覆帝记

暗涌狂澜

上

鲜于冶鉎 著

上海社会科学院出版社
SHANGHAI ACADEMY OF SOCIAL SCIENCES PRESS

目录

七十六、神威涤荡　001
七十七、锋锐无匹　018
七十八、佳人何恨　034
七十九、万仞孤影　050
八　十、醉梦颓唐　067
八十一、渔人得利　081
八十二、巨赃疑团　096
八十三、穷奢极侈　110
八十四、假盗真鬼　125
八十五、黑龙探海　139
八十六、兜转谜案　153
八十七、纷乱和关　167
八十八、惊天掌故　181
八十九、跋扈有报　195

九　十、禽夜深谷　211
九十一、不死走肉　227
九十二、幽谷仙子　242
九十三、衷肠尽诉　257
九十四、再世阳谋　272
九十五、轮转阴阳　288
九十六、假假真真　303
九十七、情归何处　318
九十八、再聚人非　333
九十九、求仁得仁　350
一　百、群侠浩劫　367
一百零一、沉舟侧畔　385

七十六、神威涤荡

这一声叫仿佛是在寂静中一颗炮弹炸响一般,还在爬绳桥的当时就定住了,而山腰下面的兵士,则被这声音吸引,齐齐向城墙看去。

就见一个士兵疾奔到施实面前,喘着粗气道:"不好了,军侯,那群尸鬼果然出洞了!"

施实狠出一口长气道:"妈的,命中注定躲不了!"

他拎着长刀叫上几个亲卫,就快速向城墙奔去。

莫沁然也赶忙跟上去想看个究竟,而秦潇却被二人刚才的对话给憋住了,一赌气也跟了上去。

顾卿卿在后面不知怎么办,跺着脚叫道:"大哥哥,到底是什么尸鬼呀?你们都去了,那我呢?"

"你赶快去山腰顺着绳桥爬上去,这里不关你的事!"秦潇头也没回,抛下一句。

顾卿卿看看他的背影,又看看绳桥上爬着的汉军,根本不知该怎么办,只是急得不住跺脚。

施实他们先后来到了城墙边,大家往下一看,只见黑暗中似乎有大量的阴影在翻腾蠕动着。

黑幕中不时传来各种奇怪惊悚的声响,让人头皮发炸。由于看不清楚,不知有多少,但那种死一般的压迫感还是让人心脏狂跳,呼吸困难。

施实边看边布置手下就位,由于此时大多数汉军已经集结在后山腰等待攀上绳桥,留在城墙上的军士已不足二十人。他们都是跟随施实已久的亲卫,十分忠诚。

施实的队长抱拳道:"军侯,我们这些人,定是守不住的!不如再叫些人手过来吧?"

施实闻言皱眉不语。这时赵信慌慌张张跑来,他刚带人把马肉包好,闻听此信,顿时惊恐至极。

没想到那些鬼兵竟趁这个当口来夜袭,那……那可如何是好?

他站定往下一看，鬼兵这时显然已经快集结完毕，各种暗涌都在往中间汇流，仿佛就等着水漫之时，便一举冲垮城墙。

赵信惊恐道："这次鬼兵可是倾巢出动了！这是要推倒城墙的架势呀！这可如何是好？"

他左顾右盼看了一气，又向绳桥看了看。此刻正有两位被蒙着眼的汉军在攀绳，速度虽然是快了不少，但是不可能在鬼兵破城之前全部上完！

他这才像是哀求般地对莫沁然说："莫姑娘，我看要不今天就先不出去了！我们先把军士叫回来守城如何？毕竟'君子不立危墙之下'，若两难当前，则先济危难，是不是这么回事呢？"

他这语气完全是在商量，甚至还有点请示的感觉。显然在他心里，已经将莫沁然视为指路明灯，追随目标了。

文人就是文人呀，事到临头不仅拽文，还总想着该如何自保，当然这也是自古的传统。不过他说的也有道理，如果鬼兵破城，那边汉军还没攀上去一半，后面的结果将是可想而知的悲惨。

这时施实也望着莫沁然，好像也在等她的决断。就见莫沁然皱着眉，突然长叹一声道："已经晚了！"

大家都愣了，不明白她怎么会这么说。

莫沁然表情无奈，道："如果这绳桥还未搭成，撤回来也就算了！但现在绳结已经套牢在驱动装置里了！如果天亮前没有撤完，那长绳必定会被绞断，那时就再也用不了了！"

"那我们可以先把绳结解下来，等过了今晚再套上去！"赵信此言一出，自己也有些后悔了。

"你也看见了，搭这绳桥有多艰难，而且能够搭成有很大的运气成分！别的不说，就是原先挂在上面那两根绳带也用不了了！再想搭个绳桥那不仅是万难，只能是看天意了！"

众人都明白了，此刻可能就是他们逃出生天的唯一机会。如果今晚出不去，那今后可能就要在对抗鬼尸的过程中慢慢饿死，最后自己也会变成那令人作呕的鬼尸。

想及此处，赵信不禁打了个冷战。他喃喃道："那可怎么办？那可……"

这时穹顶突然有人喊话了："我出去看了，下去没太大危险！你们爬得太慢了！再给你们顺下去最后一根绳子，要加快了！呃，那是……"

叫唤的正是明墉，他之前已经到了罩壳的边界，顺着大洞向下一看，离下面的山体距离不算大。而且就算这飞船的外壳是隐形的，那它也一定是有弧度的，这样军士只要闭着眼往下一滑，就能轻松下到外面的山坡上。

此时他正惦念着盛思蕊，已经是心焦如烤，真想直接就出去算了。可他想了半晌才勉强忍住，就这样把他们抛下了，不管他们死活了，无论如何自己也还是做不出。他只得一咬牙又带着那根绳子转回来了，将绳索固定好后，他将另一端抛下喊出了那番话。而他站得最高，顺眼往城墙外一看，就觉得外面似有滚滚黑水作势要向土城涌来，这才惊叫了一声。

莫沁然听完明墉的叫喊回头道："都听见了吧？现在攀绳的速度又可以加快了！摆在我们眼前的只有一条路，那就是尽可能让更多人出去！"

赵信看了看施实，见他皱着眉铁着脸一言不发，就试探着问道："施军侯，现在也别无他法！城呢也一定要守，人呢还得尽可能多出去！要不我叫些弟兄回来，我们按军营的规矩来，抽生死……"

"不用了！我带着这些亲兵守城就够了！"施实断然说道。

"这……这不合规矩吧？我的弟兄们也有份守城的！"

"不用了！"施实大手一挥，斩钉截铁道。而后他对着城墙上的兵士喊道："将士们，兄弟们，这是我们为大汉守的最后一座城了！不管结果如何，我们都会与这座城共存亡！"

那些兵卒闻听此言，都站了起来，有几个年幼的已经是浑身发抖了。

"你们几个小的，等下都跟赵司马走！"施实用手指点，那几个面相极嫩的或情愿或不舍，但都被别人推了出来。

"我们是大汉的军人！我们是大汉的疆域卫士！要死我们也会死在边疆上，死在和匈奴的战场上！"

"那些个鬼兵就是匈奴兵化的，就算是不能全消灭，我们也要杀个够本！"施实突然话音转低，低下头，在火把照耀下，他的神色有些哀伤，"现在我们的亲人都没了，家乡也都没了！军营也没了！"他突然昂起头，爆发般叫道："那我们就没有任何顾虑了！以前男儿报效是为了家国，现在我们痛杀匈奴鬼是为了我们自己！兄弟们，拿起刀枪！让这些恶鬼见识见识什么叫'犯强汉者，虽远必诛'！"

士兵们全都热血上涌，群情激昂地叫道："犯强汉者，虽远必诛！犯强汉者，虽远必诛！"

而还在山腰等着上攀的、尚身在空中的、已经到了洞顶的士兵，都齐声喊叫起来。一时间区区不到百人的喊声，似乎要穿透天际，直达宇宙！

"犯强汉者，虽远必诛"的声音还回荡在山谷里，下面的鬼兵似乎也被这如气吞山河般的声音震慑住了一般，竟暂时不动了。

施实回头对莫沁然道："'犯强汉者，虽远必诛'！这话说得好！就是我们大汉铁骑的写照！姑娘你如果碰见说这话的，替我谢过他！"

陈汤此时也死了快两千年了，莫沁然上哪里去谢他？不过她还是激动地深深点头。

"在下还有一个不情之请！"

"将军请讲!"

"如果我们汉军铁骑能帮助新朝打跑鞑子,请替我们向新皇上求一件事!"

莫沁然虽然觉得他的话说得很脱离时代,但还是点头道:"将军请说!"

"请您一定劝新皇上,请他为我们李广将军封侯!这是他应该得到的!如果能行,我们都会在九泉之下感谢姑娘的大恩大德!"

说完他向莫沁然深施一礼。

莫沁然眼光已然莹润,她拭了拭眼角,扶起施实道:"小女子定当全力以争!"

说完她又向施实深深万福道:"小女子也在此谢过将军及将士们的大德大义!"

赵信也在一边深深抱拳施礼大声道:"谢兄弟们大德大义!"

山谷中再次响起"谢兄弟们大德大义"的回声。

施实猛然间眼光如刀,叫道:"兄弟们走好!我们杀敌去了!"而山谷中又一次响起了"兄弟走好",声音中透着不舍和哀伤的情意,还有铁骨铮铮的气概。

赵信望着施实的背影,有些哽咽道:"施兄走好!"

莫沁然一抹眼泪坚定地道:"事不宜迟,我们不能让弟兄们白白去牺牲!赵司马,赶快去指挥兄弟们加快速度!"

她刚要一起走,忽然见秦潇却站在城墙边不动。

莫沁然停脚问道:"秦少侠!你不走吗?"

"你既然都叫我少侠了,那我总该干些侠义的事!我帮他们一起守城!你先走吧!"

莫沁然见他神色间隐隐有怄气的样子,知道他可能故意想证明什么。不过莫沁然没多说,而是微微摇摇头道:"那也好!不过记得到时候要赶快过来!我们在上面等着你!"

秦潇确实是怄着气,他很希望自己那番话说完,对方能给他一些劝阻关心的话。可是出乎意料,沁然这么痛快就答应了!不过好在最后那句在上面等着的话,还是让秦潇心头一热。

她心里还是有我的!秦潇安慰着自己。

他把莫沁然这句话熨贴地安放在心里,而后决然地和剩下的十几名勇士站成了一线。就为了这句话,也只得奋力一搏!风萧萧兮易水寒,壮士一去兮不复还!不过我这一去还是要回来的!

就在他满脑忽而壮烈、忽而冷静之时,鬼兵已如掀卷的潮水般冲到了城墙外。

秦潇见识过魔族席卷来袭的场面,并也与之对敌过,但这回再见还是让他震惊不已。

这次的魔族族众全都换上了匈奴兵的躯壳,每个都是面目狰狞凶残的人脸,但从眼神中又看不出任何的生气，仅仅就像是一群被上了发条的木偶人一样，不过身上有的已经千疮百孔，还有脸孔都残缺不全，露着森森白骨牙床的，直接眼球挂在外面的等。他们全部都是森森然的恶鬼之相，难怪汉军要叫他们鬼兵。

不仅是对象的差别，现在双方的态势对比也较之前天差地别。之前有思蕊、明塬、义父他们一众各显其能的高手与之对战，但现在不过是区区十几名汉军加上自己而已。

再者秘境中的青铜城墙那是固若金汤的，可这里的土城墙似乎只要这些鬼兵全力冲击就能直接被攻溃一般。

他很奇怪，如果这些鬼兵哪怕是拼命用身体冲撞城墙，那土城墙一定经不住反复的冲击，会直接垮掉。但似乎这两年来鬼兵都没这样做过，这土城才能保全到今日。

他也看出为何以前每次汉军都能击退鬼兵，保证城池不失。因为这土城墙夹在两处凸起的山塄之间，直切面很窄，如果像他们以前八十多人来防守，甚至可以分为前后两排交替作战。而且鬼兵的战法也极为原始，就是在下面搭起人墙向城上冲锋，那无论怎样，站在人墙最高处与汉军正面交锋的，都会直接处于人数上的劣势，无法取胜。

再有就是此处空间封闭，黑夜极短，鬼兵又有只在黑暗时才攻击这一特性，所以一直以来汉军都是占据着决定性的守城优势。

不过此次的情况变了，剩下的十几人就连城墙防御线都填不满，鬼兵随时就能找到空虚处突破进来。

看着鬼兵堆堆一样涌起，就要接近城墙了，秦潇一把抄起旁边的一杆长枪叫道："施军侯，你和弟兄们只要守好自己的位置就好！等下我会见来敌冲破缝隙就上前补位！"

施实是见识过秦潇的轻功的，他只是说了句："那就辛苦了！不过你和我们不同！记得情势无法逆转时就赶快走吧！"

秦潇还要说些什么，第一波涌到城墙边缘的鬼兵已经探上了半个身位。

一个汉军不假思索，一枪就把迎面的鬼兵给捅了下去。而旁边一位则是长刀猛出，将另一近身鬼兵刺了下去。

汉军齐齐出手，刀枪齐出，几乎整齐划一地就将这拨冒出身子的鬼兵全部击落到城墙下。而后汉军再次齐整地重新拉开迎敌架势，齐齐地高喝着："大汉神威！大汉神威！"

虽然只有区区十几人，但那架势却好比千军万马出击般让人心神摇荡。

再接着鬼兵就开始不断冒上城墙，汉军则是刀枪并起，在跨步举手间，几乎一下一个，将鬼兵给杀落城下。

虽然防守战线已经是极为稀松了，但汉军间仍不忘亲密配合，为身边的兄弟查漏补缺。此时鬼兵虽然汹涌，但仍不能撼动汉军的阵线分毫。

施实更是勇武绝伦，他本就魁梧强壮，站在两个守城位中间，挥着大刀左劈右砍，接连就有两颗头颅飞落。

秦潇见这些汉军虽然不会武功，更没有异能，纯粹就是靠着血肉之躯在拼杀。可他们凭着在艰苦训练中磨炼出的素养，以及在千征百战中锤炼出的默契，愣是没让鬼兵登上城墙半步！

他没真正见过素质过硬的军人配合作战，此刻虽只是不到二十人的城防战，还是看得他热血沸腾！

受到了汉军威武气势的感染，秦潇浑身的血液仿佛也渐渐燃烧起来。

此刻鬼兵已经往高处越积越多，有两个鬼兵就已从防守空位处踏上城墙。

秦潇不假思索，一个纵跃先到了一个鬼兵面前，一枪把它挑到城外。随即他身形急转来到另一鬼兵身侧，以枪代棍，一招"横扫千军"，将鬼兵击飞出去。

施实用余光看到了他的出击，不禁大叫了声："好！有强人助阵，何愁击不退鬼兵！兄弟们，加把劲儿了！"

汉军十几人都是纷纷叫着好，一时间群情激奋，个个都是血脉偾张，血灌瞳仁。他们愣是将本已有了缺口的阵线给守了下来，再次将鬼兵驱到城墙之外。

秦潇受到了极大鼓舞，更是越战越勇。他此刻甚至已放下了犹豫和摇摆，只是全身心投入战斗中。就见他在人群中如鹰隼一般，高低来回间补位，转眼间竟也逼退了不少鬼兵。

就这样，这支汉军小队和秦潇的相互鼓舞，打出了一次防守反击的小高潮。不仅到现在还无人负伤，也没让鬼兵能在城头立上半刻，甚至有的汉军还伸出长枪，去挑城外的鬼兵。

不过气势归气势，勇毅也是勇毅，但还是架不住对方十倍于己的兵力。

之前汉军就一直疑惑一个问题，对方怎么经过这么多次战役，人数还不见少？

当然经过秘境人魔大战的秦潇，现在是知道鬼兵的诡异之处，可汉军们哪里猜得到？

所以汉军作战一直都是试图瞄准对方的要害下手，总是想真的能杀掉那么一些，好让敌军数量减少。虽然这希望从未达成，但心愿未变，习惯已成。这种对敌作战是极为辛苦的，每次出手不但要猛劲快，还要稳准狠，是十分消耗体力的。

而秦潇明明已经知道了这道理，下手时仍毫无意外地攻向对方要害，每一下都全力以赴。这就像是个根深蒂固的习惯一般，几乎是无论平时怎想怎说，一到危急就会立时回到原来的状态。

这习惯，甚至有点儿像军队日常操练时在拉练中的情况一样。以一队上百人来说，拉练越野时，往往跑在前队是最辛苦的。因为后队为了防止掉队，会不惜体力向前猛追。而前队为了不被赶上超过，只好玩了命地向前跑。明明人人应该都知道，只要大家都匀速前进，保持阵型，一定会在时限内完成任务。可到了实际操练中，几乎就是次次变成了长途竞速赛。而且这也慢慢就成了习惯，只要一去拉练几乎都是人人玩命往前跑。

这在平时训练中，还可能会提高人体潜能，这习惯也会伴随到真正的战场上。

现在的守城情况是何等类似，以前守城都是前后两队人轮番作战。所以不论哪一队正面对敌，必然倾尽全力，力求更大限度地予鬼兵重创。可现在却只有不到半队人，大家都保持着这样的习惯，却是在敌人数量要高于自己的情况下吃亏的。

此时要是莫沁然在，或许能发现这一问题，并试图调整。可此时将士已经杀红了眼，而且守城官兵就这么点儿，补无可补，怎样调整也都将会是于事无补的。

所以现在汉军们就算心里明白，这般拼体力拼准头的防守，消耗极大，但现在就只剩这点儿人，根本无法轮换。人人除了等着体力慢慢耗尽，毫无对策。

秦潇似乎也像慢慢被拖陷入了泥沼。在刚开始十几下全力挥枪的时候，尚能显得气贯长虹。可久了却是对他外家功夫的考验，他本就不擅长外家兵刃，现在使出的都是师父们偶尔教过的一两招。时间久了不仅招数要不断重复，而且随着鬼兵渐多，他还要不断重复这种"横扫千军"般极耗体力的招式。

秦潇接连横扫几十下，飞刺十几人后，觉得外力渐亏。而且连臂膀也开始酸麻，长枪在手中渐渐变沉。

他见着越涌越多的鬼兵心中开始焦躁，这样下去自己这边非得被全吃掉不可！而再看汉军，也是无一不陷入苦战恶战之中。可大汉的军威神勇，已渗透到官兵的血肉之中。

汉军们口中大喝着威武，手上依旧毫不留情地斩杀着上城的鬼兵们。

这时爬到顶端的鬼兵成倍增长，已到了横向有三十多人。这时应该也是鬼兵攻城的最高峰，原先被挑下城去的直接就做了下一茬上攻者的垫脚石，鬼兵不用顾忌同伴的死活，踩踏起来反而更为坚实，上攻的速度进一步加快。

汉军们各就其位无法旁顾，而秦潇也是来回补缺应接不暇，就是转身的工夫，已经有几个鬼兵站到了城墙之上。

秦潇瞥见忙飞身过去扑救，可是刚打倒两个，就有三四个接着蹿了上来。

仅一阵工夫，几名汉军就已在鬼兵的围困之中。汉军们大叫着将兵器左抢右挥，全力抵挡，却终因寡不敌众被蜂拥的鬼兵给吞噬掉了。

兄弟的惨叫声也在撕扯着其余人的神经，每人都已如狂兽般扑向鬼兵，用仝部的方法撕打着，对抗着。但眼见着鬼兵大潮已经漫过了城头，人人心里也都明白大势已去，此刻就是成仁的时候了！

施实在挥舞着大刀向秦潇叫道："你快走！秦兄弟！"

秦潇这时却是杀红了眼一般，在鬼兵中来回拼刺冲杀，仿佛全没听见一般。

施实见状大叫："你跟我们不一样，这是我们的宿命！你还有莫姑娘要照顾，快走！"

听到"莫姑娘"三字，秦潇全身猛地一颤，这才反应过来，城已经守不住了！

他看向已被鬼兵围困在当中，再难脱身而出的施实，又看看身边都已血染战袍的汉军，心中只是在想，就这样让他们死了吗？我还能做点儿什么？

秦潇从被莫沁然斥责之后，也一直对盛思蕊被抓走时，自己没能及时施以援手后悔不已。虽然他嘴上总在为自己找着各种理由，但心中那份愧疚却是日渐加剧。

而这次守城战就像是给他来了次内心的释放，他把自己的羞愧全都化成了怒气，倾泻到鬼兵身上。所以他可以说是用尽全力、毫不留手。

但他本就不长外家功夫，作战到此已觉精力快要耗尽，只剩脚下还灵便了。

眼见着这已变成了一场根本无望获胜的较量时，秦潇心中却泛起了到底是该走还是该留的犹疑。

施实见城头已被鬼兵塞满，自己和兄弟们已是万无脱身的可能，但这位年轻的少侠明明可以走，却还在彷徨。

他不明白秦潇此刻心中所想，还以为对方没听清楚，只好继续大叫道："还愣着干吗？赶快撤走！"

秦潇回过神去看施实，却见他因一分神，左臂被两个鬼兵拉扯住，接着一声大叫，他的左臂已被鬼兵生生撕扯下来！

秦潇大惊，忙展开身形，飞入其中，长枪横扫，逼退鬼兵。他把住施实的身躯道："施军侯，我带你出去！"

此时施实已被剧痛激得汗如雨下，他咬牙颤抖道："你自己走！我说了这是我的宿命！也是我的归宿！"

秦潇还要说什么，施实却挣开他的手臂，单手挥刀向鬼兵杀去，嘴里还叫着："别忘了叫新皇为李将军封侯！"

见施实转瞬间就被鬼兵吞没，自己无望救人，秦潇心酸不已，只得长叹一声，脚尖一点就向后山飞去。

距离不算远，几十个起落间，秦潇就到了垂在最下的那根绳桥处。

此时除了下边这根绳桥下端还有一名汉兵把住绳索外，其余两处的汉军都已爬上去了，而绳桥中段还有正在爬着的三人。

秦潇叫那人赶紧上去，自己守在下面。他回头望，却吃惊地发现鬼兵如洪水般漫过城墙，正向后山的方向倾泻而来。

眼见着最当先的几名鬼兵距离绳桥不过二三十丈的距离，他更是大惊，怎么它们速度如此之快？而且是专向此处而来呢？

不过此时他也来不及多想，看看这还在爬的几人，他心一横牙关一咬，持枪就迎在了鬼兵面前。

来势最快的几人已经逼近了他的身边，他大枪一挺，疾速点刺出了几枪。

这招数还是晋先予教他的，叫"点点红花"。晋师父功力高，一招可刺出十几个枪花。而他在全力时也就能刺出不到十个，何况现在气力已亏。

不过他还是每一枪都刺到了鬼兵的身上，而最后的一枪直接扎进了一个鬼兵的胸腔之中。没想到的是，鬼兵奔跑而来的冲击力是如此之大，枪虽然刺进去了，把着枪的秦潇被冲得连连后退，眼见长枪就要脱手。秦潇此时也是被激发了蛮力和倔强，握紧枪愣是不撒手，倒是和鬼兵较上了力道！

正在相持时，头上一个仙乐般的声音叫道："秦潇，你还不上来等什么呢？"

莫沁然的声音就如醍醐灌顶一般将秦潇激醒。他猛抬头，黑暗中隐隐见到一个身影正探在空洞的外面看着。他心念一荡，心道："对！该做的我都做了，鬼兵也是杀不死杀不尽的！到此为止吧！"想毕他手一松，回身向着已经空了的一条绳桥飞去。

而这时，明墉也从上探出头来叫道："赶快！驱动装置就要启动了！"

秦潇的身形那当然是极快的，根本不用手，脚尖借力就飞速地到达了洞口。他见莫沁然仍等在那儿，心潮热涌，不禁道："沁然，难为你还惦记着我……"

可莫沁然却没回答，而是对他和明墉道："绳桥上还有三人，我们一人一个将他们拉上来！"

说完她就奔着一人去了，而明墉和秦潇剩下了这同一根上的两人。

明墉冷冷看他一眼，身形一动，就顺着绳桥下去拉最下面的一个。

秦潇看在眼里，心中暗道，他虽然还是对我凶，可知道我损耗大，还是选了最难的！就这么，秦潇一边为队友的无声关照感到十分欣慰，一边飞身下去，很快就把近的一个拉到了洞顶。

再向下看时，就见明墉正拉着这最后一个在艰难地向上攀登。

这不怪明墉学艺不精，而是此人是汉军中最胖的一个，把他留在最后就是怕他耽误了大家的速度。

可是秦潇向下一看，却是惊呼起来："明墉，快！快！后面……"

明墉在下面正一手猛拽着胖子，一手紧握着绳索，闻听此言，忙回头看。一见之下，也是大惊失色，原来此时鬼兵也在攀绳，而且已到了他下方不到五丈远的地方。

这发现足够让他们惊愕，怎么连攻城战术都不会的鬼兵，竟然学会攀绳了？

事实不像他们想象的那样，鬼兵们其实是沿着绳索依旧搭起了人梯，只不过有绳索做依傍，爬起来更快而已。不过这已足够把明墉和秦潇吓得心惊胆战。那胖子兵也低头看了一眼，顿时脸如死灰，他颓然道："兄弟，松开我吧！这样咱们全得死了！"

明墉却不松手，狠狠咬牙道："我不会再松开一人！"

可是拉着这胖子只能是眼见着鬼兵越来越近，他自己却毫无办法。

正这时，秦潇的声音在头上叫道："明墉，沁然荡过来救你！你松手！我们把他拉上来！"

秦潇话音刚落，明墉就听到耳畔一阵风声，莫沁然已经手握一柄长刀，荡着一根绳子，飘飘然向自己靠来。

明墉对士兵道："你抓牢了！"而后看准时机，一下跳到了那根绳索上。

再看莫沁然，她趁着两绳交会之际，闪电般挥刀斩断了汉军身下的绳子。

明墉在空中眼见着魔兵在空中溃倒下去，心中顿时一松，也暗自佩服莫沁然，紧急之时，能有这样的应变，也就是她了！

等他和莫沁然相继上了洞顶，又合力加快了拉拽的速度，那胖子终于被拉了上去。

大家也不多言，莫沁然和明墉当先一步上到了顶部，而秦潇则是边上边催促汉军顺着绳索，接着向通道外爬去。

明墉已经隐然看出，驱动装置就要有启动的迹象，口中催促不停。

而这时就要爬出通道的秦潇突然道："哎？那个顾卿卿呢？"

却听头上有人叫喊："我在这儿呢！大哥哥！"

秦潇上看一眼，这才放心，他刚才只顾着参加守城战，却忘了这小姑娘。

顾卿卿在上面道："刚才我还在上面看了大哥哥对付鬼兵，可真是英雄无比！"

这话说得秦潇倒是有点惭愧，他到了顾卿卿身边道："你没事就好了！等之后找到你爹，你们就可以团圆了！"

可这时就听下面的汉军叫道："不好了，鬼兵又上来了！"

几人都是一愣，怎么会，绳子不是被割断了吗？

之前莫沁然救人时割断了一根，她荡上来后又把用到的那根割断，怎么还会……

这时莫沁然突然叫道："不好，匆忙间还疏漏了一根！"

众人一想，顿时醒悟，果然还有一根！那根因为是斜系在山腰上的，难道鬼兵竟然还能顺着爬上来？

莫沁然当即就要下去，却被秦潇一把拦住，他神色凝重地看着莫沁然道："这回我去！"

莫沁然见他的凝目中却闪着灼热的光，故意避而不看，小声道："那你一定要小心了！"

秦潇坚定地点了点头，回身而去，后面却是顾卿卿的叫声："大哥哥，小心哪！"

他顺势向下，果然就在汉军身后见到了鬼兵。这些鬼兵到了这里显然就像到了家一般，已经完全不需要依赖绳索，甚至能通过光滑的洞壁向上攀爬。

秦潇又是一惊，哪里能想到这些鬼兵这么邪门，他只能在通道空间里飞来飞去，一脚一个将鬼兵踢下去。可是不久后，鬼兵却是越上越多，秦潇眼见着就应接不暇了。

此时汉军已经全部爬出了通道，秦潇赶忙疾速上蹬，快速来到了通道口。却见莫沁然和明墉都等在上面，此外竟然还有那个小姑娘顾卿卿。

秦潇轻斥道："多危险！你怎么不上去？"

"等着看你安全才行啊！"

顾卿卿话语中透着万分的关怀和少女的稚气，莫沁然不禁向她看了一眼，目光意味深长。

见人齐了，秦潇就叫大家赶快出去，却被莫沁然叫住。她神色严肃道："如果我们就这么出去了，鬼兵也能出去！"

明墉道："不会！驱动马上就要启动，到时会把他们直接搅成肉酱！"

"不见得！"莫沁然面容凝重道，"一定会有漏网的，哪怕让他们逃出去几个，那世间百姓可就遭殃了！"

"那能怎么办？"明墉苦脸道。

"我也不知道！但先圣他们全族为了誓言死守秘境，不让魔兵脱出一个，他们为此坚持了几千年，哪怕族人都死光了也要坚持到底！如果我们要是把鬼兵放出去，那岂不是要白费了他们数千年的坚守，将他们千年的牺牲和心血化为尘埃？"

"可我们又没有能用的家伙，把他们砍成粉碎，又没有足够的人手来对抗他们，那可怎么办？"明墉道。

"对，要是有大炮就好了！"秦潇接话道。

明墉白了他一眼道："废话！我还想说，要是有思蕊的拳甲光刃在……"他无意中又提起了盛思蕊，不禁觉得一阵心纹剧痛，难得再也说不下去了。

可这时却听顾卿卿道："或许我有办法呢？"

"你？"秦潇看着这个还是一脸天真无邪的女孩，根本不相信！

就见她眼一挑，随后从背包里掏出三个圆柱形的东西，这物外面被柔软的皮棉套子套着，她一按下去就是个小坑，显见这外套的防震防磕碰性是极好的，只是不知里面到底放着什么稀罕东西。

顾卿卿小心翼翼地打开一个套子，从里面抽出一个密封口的厚玻璃管子，盛的是十分清澈的无色液体。

"这东西比炮弹的威力都大！"顾卿卿得意扬扬。

明墉不解，问道："就这个？毒药吗？这时投毒哪里来得及？"

"才不是呢，我爸爸是科学家！怎么能做那东西呢？大哥哥，你猜猜是什么？"

一旁的莫沁然眼光一亮，嘴唇一动，刚要说，可她看着女孩望着秦潇的热烈目光，就闭嘴了。

秦潇可是在西洋待过的，顿时就反应过来，惊异道："莫非是硝化甘油？只要经过碰撞就会爆炸的那种化学物质？"

"我就知道大哥哥猜得着！"女孩一脸笑意。

可秦潇想的却是这东西爆炸威力确实是惊人，但性质也不大稳定，剧烈碰撞就会爆炸！

那这顾卿卿一路带着这东西，还从天上掉下来过，就不怕被炸成粉末？这也太胆大包天了！

顾卿卿看出他的疑惑，得意地解释道："这个配方可是我爸爸改进过的，性能稳定多了，可是威力却更为巨大！这次出来，他是特意给我带来防身的！"

秦潇暗暗吃惊，这可是疯狂科学家了，让女儿随身带着炸药包来防身，可是怎么想出来的呢？

谁知顾卿卿却把三瓶硝化甘油递给秦潇道："有了这个，不怕不把鬼兵都炸成碎块！"

秦潇小心翼翼接过，不敢有丝毫怠慢。

女孩接着道："我爸爸说了，他改进的这个爆炸前有一到两秒钟的延迟。大哥哥功夫那么好，足够你投出后抽身而回的！"

秦潇暗想，这也太瞧得起我了！这三管威力不知多大，到时爆炸波过大，我不也得被牵连了？

莫沁然却似乎看出他的犹豫，淡然道："交给我吧！"

按理说这里她的轻功是最高的，她有资格这么说。可此时秦潇哪里肯易手给她？这不是明显打脸吗？

他忙摇头，而后问顾卿卿道："你爸爸有没有说这单管威力有多大？"

"他说是多少焦耳来着？好像是……"

还没等她想出来，洞里那令人头皮发炸的密集声音就已经传来，显然鬼兵已经接近了。

"来不及了！看命吧！"秦潇将三管硝化甘油握在手里道。

"什么呀！大哥哥你那么威武，一定不会有事的！"女孩笃定道。

秦潇心道，你这小丫头，轻描淡写间，就让我命悬一线！等你长大了也是杀人不用刀的人物！

不过他看向莫沁然，道："我去了！"

莫沁然只是低声道："一定小心了！我们在外等你！"

她把"等你"二字说得稍重，秦潇当然明白，眼光脉脉看过去。

明墉在一旁提醒道："记住要往中间的圆柱去炸，没了驱动，这里就毁了！还要尽量斜着抛，这样才能保证会碰到点儿什么！"

秦潇默默点头，足尖一蹬，身影就下去了。

莫沁然知道此物的威力非同小可，忙劝着顾卿卿让她出去。可是小女孩一旦倔强起来，那是八张嘴都劝不动，最后还是明墉和莫沁然强把她架出了通道。

此刻外面的现实世界也是刚刚入夜，汉军们都顺着外壁溜到了山腰间。大家都在等着他们出来，等着这几位将他们从困境中解救出的英雄们，虽然目前又到了另一个困境中。

他们没一个人走，都是注目默立着，眼光很是复杂，既有对兄弟的不舍，也有对此刻的茫然。

赵信看到莫沁然出来了，欣喜至极，连忙上前抱拳道："莫姑娘，我们大家仰仗着您的大恩，终于都出来了！不知接下来……"

说到这，赵信才发现眼前的几人少了一个，不免试探着问道，"好像是那位秦兄弟没有出来吧？莫不是……"

他见莫沁然神色有些凝重，还以为秦潇遭遇了不测，不禁唉声叹道："唉！世上怎有不死之人呢？秦兄弟大智大勇，大仁大义，这也算是为国捐躯了！莫姑娘千万不要过于感怀……"

谁知顾卿卿却向他啐道："呸呸呸！你个乌鸦嘴！我大哥哥好着呢！他要把那群鬼兵全都炸死！"

听她如此一说，汉军无不惊讶，随后又都很兴奋。

汉朝时还没有大炮，自然不知道什么叫炸死，可是要去对付鬼兵，听起来就那么解气给力。

莫沁然却挥挥手道："赵司马，你先带着大家往下走一走去就地休息，尽量避开山岩的地方，以免发生不测！"

赵司马见一直亲和无比的莫姑娘突然如此严肃，肯定是有些心事。但他此刻已对莫沁然敬若神明，自然不敢忤逆，立刻就招呼人下去了。

而莫沁然说完就回过头，和明墉一齐看向洞顶方向。

明墉也是个心里清明的主儿，他见莫沁然面有忧色，沉默不语，就知道她在想什么。

他小声道："莫姑娘，你不必担心！秦潇不是个鲁莽的人，肯定会没事的！"

谁知莫沁然黯然一笑："有时我倒希望他能鲁莽一点，义气一点，性情一点！"

明墉一听,这话是怎么说的?她难道不是喜欢秦潇那种假冒文人、伪装斯文的劲头吗?

他笑笑道:"这话说的!他这样不是挺好的?"

莫沁然却好似苦笑道:"好吗?若在太平年月,这样长久下来,或许还能被人当作个谦谦君子,仁厚大侠!可在乱世之中呢?这种性子就是万万要不得的,要么被人欺,要么被人骗!"

明墉倒是对此深有体会,其实在乱世中不管你本性是否宽仁、谦让、温和,都可能被人当作是伪装的。被人当成伪装还好,要是被人窥透其人本质就是如此,那结局可就真像是莫沁然所说的那样了。

他叹息说:"其实莫姑娘大智慧,心通百窍,大可以教他呀!"

而莫沁然却道:"如果一个人的本性是如此,那是极难改变的!硬是要他改,他就算嘴上信了,心里也一定是不好受的!那干吗要逼他呢?"

"可要是不改会吃亏的!这是为了他好呀?"明墉疑道。

"好与不好不是外人就能说的,苦乐酸甜旁人焉知?'子非鱼,焉知鱼之乐'?每个人的内心其实都是拒绝改变的,哪怕他也知道改了会对他好!"

"这就要看每个人的造化了,如果有契机可能一下懵懂就开了!可要是没这机缘,就要经历大磨难才可能认识到!"

"这就是属于每人自身的造化吧!强求不得!对吗?明墉!其实你就很透彻的,看得不知比秦潇清楚多少!"

明墉顿时一愣,倒不是莫沁然说错了,而是两人之前都没说过几句话,突然就从她嘴里说出这样体己的话,实在让他意外。不过明墉此人当着真人从不说假话,既然话到此处,他就答道:"透彻算不上!但经过见过的太多了,想不明白都难了!"

"所以说嘛,思蕊姐姐是个有福之人!能得你这般相护,这是她的造化!"

明墉这次从他人嘴里听到思蕊,却并未觉得如之前那般绞心。一是莫沁然的说话方式很有技巧,不提痛处专讲感触,让人听了十分暖心。二是他出来就发现天色已晚,而现在的季节似乎是春夏之交。他要找思蕊,只能先去秘境探寻线索,可是现在到底是何年自己还不知道,季节又不对,没法找到秘境,就只能强压下冲动。

不过莫沁然又道:"你的急迫我极为理解,但你信我!思蕊姐姐是个有福之人,天降之难只为更大的后福做些考验!还有我坚信'有情人终成眷属',以你的恒心痴心,一定能守得云开见月明!"

这番话说得明墉心里是百感交集,几乎要涌出泪来。要是对方是个男子,他非得抱上去不可。

他稳稳心神道:"总之不论如何,我都要把她找到!"

"看，这就是你的透彻，知道自己要寻求什么！这样的人不多！"

交浅言深一直是江湖中的大忌，甚至是所有百姓公认的大忌。因为人的防备、偏执、自负、自傲等品性，使得敢于实言者往往给人产生轻浮、无礼、傲慢、浅薄的印象。其实有的人纯粹是善良敦厚、心直口快而爱说直言，可现实中却往往碰壁。

此时明墉见对方话说得通透，自己也不必有什么顾忌，便直言："其实我看姑娘你也很清楚自己想要什么，只是秦潇还有点儿糊涂！那你为何不点醒他，也好给自己个安心？"

谁知莫沁然却摇摇头轻声道："我们以友论交，彼此又能看出对方心中所想，自然可以畅所欲言！可他是怎么看我的，你不会不知道！有些话要是说了，可能就伤他过重，我也于心不忍！说到底，他也是个有些缺陷的好人！"

"但你要是不说，等他有一天自己明白了，那岂不是要怪你？"明墉道。

"怪我？怪我？"莫沁然喃喃自语着，"可是到那时我们定已天各一方，永世难见，就算怪我又有何干呢？"

"莫姑娘你聪明一世，糊涂一时！心中的美好不是因为不知道，而是知道了却能坦然面对！无论于身于心，这种相互坦然都是值得铭记的！不是吗？"

莫沁然听着他的话，沉默不语，遥望远方。不一会儿她转头对明墉嫣然一笑，道："你说得没错，是我当局者迷了！我还真要感谢你才对！"

明墉刚要客气两句，就听到顶洞里传来轰隆隆的几声巨响。而后是一阵强烈的山摇地动，一时间尘烟四起，山下的汉军看不清上面的几人，而明墉他们也看不清洞顶的方向了。

莫沁然见久久都未听到秦潇的声音，此刻又烟尘弥漫，看不见人，倒真是有些急了。她叫了起来："秦潇，秦潇，你在哪里？"

而山下，刚才和汉军一起下山的顾卿卿此时也在下面叫起来："我没说错吧？要是爆炸就会地动山摇！等大哥哥出来给你们讲讲有多厉害！大哥哥！大哥哥！"

虽然她是被强撑下去的，满心不高兴，但是到了下面还是跟汉军大吹法螺，听得众人都是一愣一愣的。这时牛皮兑现了，自然开心地放声大叫，当然也还担心着她的大哥哥。

莫沁然又叫了几声，都没人答应，她不禁有些急了，不会真的出了什么事吧？她赶忙边扫着烟尘边向里面探去，明墉却好像是知道结果般没跟着。

莫沁然往前走着，却看不到人影，越叫越是心焦，正想着用功上空中看一看，手臂突然被一把抓住了。她虽然本能地想要甩脱，可一瞬间她也知道了抓她的是谁，所以犹豫间就没动。

此刻秦潇从旁边探出身来，顺势一把就把莫沁然抱进怀里，嘴里轻声说道："等急了吧，沁然？"

他这种就像是浪荡公子的举动还是第一次用，只是之前在英伦街上看见洋人经常这样，此次来个出其不意，想着莫沁然可能会由惊转喜。可没承想莫沁然却像个木头一样被他抱住，动也不动，完全不似见过的那样，也没有想的那样。

秦潇也不禁手足无措起来，暗道，怎么了？这是惹她生气了吗？

却听莫沁然道："抱够了吗？够了就放手！我们赶快出去，大家都等急了！"

秦潇万没料到是这结果，一愣神手一松，莫沁然就悄然地转身走了，扔他一人愣在原地。

可莫沁然没走几步，又丢来一句话："这次你的举动才像个英雄！"

秦潇又摸不着头脑了，"这既夸我是英雄又不让我有亲昵举动，但又不反抗，这是为何？难道是我太急了？"

他悻悻地走了出去，明墉见到他只是微微摇摇头，什么都没说。

可下面的顾卿卿可是乐坏了，飞奔上来拉住他道："大哥哥，你可回来了！你跟我到下面给他们说说，让他们都长长见识！"

秦潇就这么不情不愿地在莫沁然淡淡的注视下，被顾卿卿拉到了汉军之中。而后就是一番二人的脱口表演，秦潇虽然说得是意气风发，但还不忘不时向莫沁然看上几眼。

明墉摇头道："莫姑娘，我觉得你说得越晚，他的弯路就走得越多，离明白就越远！"

莫沁然抬头望着繁星遍布、皓月如斗的天空，又看看被银白铺洒、荒凉如洗的大地。她叹叹气，并没继续说什么。

第二天一早，大家再看之前夹在山中、困住他们很久的封闭空间时，已是恍如隔世。

由于爆炸的挤压，两边整个山体都向中间塌陷了一些，没人知道这封闭空间是否毁了。但没有一个想去看个究竟，也没人愿意再踏上山半步。

赵信先带人为葬身于此的十几名兄弟立了个空碑，又按军礼缅怀一番后，众人才开拔。

此地是茫茫戈壁深处，虽然已近夏季，但还是寸草不生。

有的老兵知道，再往北走，用不了几日脚程就能到达水草丰美、生物众多的瀚海。可是没人再想往北走了，人人都想看看他们魂牵梦萦的大汉天下现在是什么样子了。

于是明墉用微型罗盘指向，靠着极为原始的汉代行军地图，大家就往南开始了漫漫归路。

说这里是荒无人烟都是轻的，准确说应是荒无一物，地面上除了戈壁石滩就是石滩戈壁。

幸亏汉军常年在外打仗，对这种情况早就习以为常。他们挖坑刨沙鼠取水，总算不会让大家渴死饿死。

这一走就走了足足一个月，虽然明塘他们的脚程快，但总不能抛下大队单独走了，只好一路跟从。

莫沁然却是对这些汉军极为上心，除了聊些家长里短寒暑闲话，就是不断地鼓励打气。

这一个月来，汉军群体已经视这个小姑娘为实际的领袖了。而且官职最高的赵司马不但没有任何异议，还主动带头服从，使得莫沁然在汉军心中的地位日渐上升。

同样没闲着的还有顾卿卿，她从未如此深入过大漠戈壁，对什么都新奇，甚至见到座秃山都要说道个不停。这可苦了被她一直缠着的秦潇，他几乎就成了这个顽皮小孩的保姆，不但要看管保证她的安全，还要不断被她成篇的废话洗耳。不过也幸好有这个话痨在，要不这一个多月闷都要闷死人了。

秦潇还有不解的就是，为何莫沁然总要和那些浑身酸臭的汉军待在一起？

沁然就如出水芙蓉、凡尘仙子般，怎会受得了一群臭烘烘的大老粗？

当然那个一脸谄媚的赵信，也让他十分愤慨，莫不是这家伙对沁然有什么企图，要不怎么会那般俯首帖耳？

但在明塘眼中却看到了这些微妙的变化，他似乎知道了莫姑娘到底要干什么。而这份用心既让他叹服，又让他担心，是真的替她担心。这姑娘心里埋藏着什么东西，她要是不说别人根本无从知道。

这一个月来生存的艰苦，对长期驻守漠北、与匈奴军频繁交战的汉军来说，似乎是习以为常的。他们善于在极限中寻找生存的希望，在苦难中挖掘潜藏的乐趣。每到夜晚他们就会集体唱着军歌，唱着思乡曲，那种强汉的风骨在他们身上展露无遗。

而对其他几位来说，苦难虽说是被迫接受的，但久而久之也能处之坦然。

茫茫戈壁似乎望不到头，没人知道仅靠双腿什么时候才能走出去，但每个人至少都充满了希望。

这一日天刚刚放亮，每日执勤的斥候就急匆匆地跑来报信，他兴奋地有点儿语无伦次道："将军，莫姑娘，前方……前方，有马队了！"

七十七、锋锐无匹

刚起的兵士一听到有马,顿时群情激越。

这些汉军可都是百战铁骑,都是纯粹的精锐骑兵。在被困的小两年时间里,他们有马不能骑,还要因草料不足,被迫一一杀掉心爱的战马,已是十分愤懑。加上脱困后的一个多月全都是靠双腿开拔,每人心中都早有万马驰骋了。现在听说见到马了,如何不个个兴奋得两眼放光?

就连文官出身的赵信一听到马也一下蹦了起来,兴奋道:"在哪儿呢?在哪儿呢?"

而后他立刻打开行军图仔细观看,却发现此处按脚程算离,大汉边关尚有很长距离。此地应该还属于漠北,那岂不还是匈奴的地界?但他转念一想,都两千多年过去了,哪里还能有匈奴呢?于是他立刻向已经过来的莫沁然问道:"莫姑娘,我们现在是在哪里?怎么会有马的?"

"你看到的那些马是野马吗?"莫沁然问斥候。

"不是,应该是有人放牧的,远望过去有几百匹,看架势应该是军马!"

"军马?"莫沁然只是思索了一下,随即脸上露出一丝哀伤,而后强压住心绪对赵信平静地说道:"看来我们这一路比想象的走得还快!"

"那现在是哪里?"赵信急问。

"可能就是外蒙的乌里雅苏台了!"

赵信和手下听这名字十分陌生,都面面相觑。

"这也是现今鞑子清朝的外蒙军镇了!就是漠北边防军的一支!"

赵信想了想问道:"姑娘,有一事我想不大明白!这既然是鞑子的天下,那他们为何还在漠北设置防区呢?往北不本就是他们鞑子的老家吗?"

莫沁然蹙眉道:"赵司马,此时的天下已经不是当时的天下了,而现在的鞑子也不能和当时的匈奴相提并论!此时再往北,到了瀚海那里就是沙俄的国土了!"

"沙俄?"赵信没听过,兵士更是人人不知道。

"对!就是黄发白肤蓝眼的欧洲人!"

欧洲他们也没听过,而她描述的特征在汉军听起来倒是三分像人七分像鬼,人群顿时哗然，怎么到了北面就是鬼国了呢？但赵信毕竟是从中央随军而来的文官，识见远非一般军士可比。他问道："是不是就像大秦人一样？"

莫沁然听他此言，点头赞道："赵司马见识倒是丰富！沙俄人就算是长相相近的另一支吧！"

"那他们也很好战了！"

莫沁然点头称是，赵信叹道："怎么自古到现在，和我们汉家北方接壤的，都是好战之徒呢？"

莫沁然只得苦笑一下，随即道："看来当时通过大汉的丝绸之路，有不少异族人是到过长安的？"

"丝绸之路？"赵信没听过。

莫沁然当即反应过来，在西汉武帝时期还没有这称呼。她转而道："就是通过西域都护到达汉朝国境的！"

"噢，那是自然，当时有不少大食、波斯的商队过来，还有的带着礼物想朝见天子的！他们说是想和大汉通商！"

"那天子答应了？"

"怎么会？我们堂堂大汉，煌煌国威，怎会和商人做买卖？但天子允许他们在西域做交易，互通有无！要说当时他们的确是对丝绸最感兴趣，视若珍宝！叫西域通商路为丝绸之路倒真是贴切！名副其实的好名字！可你们为何管黄发碧眼的叫大秦人？"

对这个问题莫沁然倒是很感兴趣。她知道汉朝时的大秦指的就是古罗马帝国，可怎么还给起了个这样让汉人浮想联翩的名字呢？

"这是天子给起的！他听史官说这国十分好战，到处侵略，天子一听这不是和暴秦曾经的行径一样？所以就直接叫大秦了！"赵信道。

莫沁然听后微微一笑，倒是把赵信看呆了，都忘了之前问过什么。还是莫沁然看出异状道："赵司马，我们应该再靠近一些，然后悄悄隐藏起来，找人抓个舌头，问清楚这里到底是何地才好！"

赵信回过神来，连连点头安排。

众人悄悄地走了半日，这才在一个小山丘后找到个安全所在。斥候派出去了，下午就抓到了两个舌头。不过汉军见二人都扎个长在脑后猪尾般扭曲的辫子，而一人还不会说汉话，直接就给宰了。另一个也只会说出简单几句，倒是问出了此地就是乌里雅苏台，汉军见他呜哩哇啦又够烦，图省事儿也给宰了。就这样，虽然没带回来活口，但消息却是得到了。

秦潇听汉军说了过程，十分惊讶，这些斥候当真是杀人不眨眼呀！过程说得无比轻松戏谑，好像比杀鸡还要简单！那可是人命啊！况且这里是乌里雅苏台，这些也是大清子民呀！怎么说杀就杀了？他看看莫沁然，心道这些人都听你的，你可要劝劝他们不可滥杀无辜！

莫沁然终于开口了："你们杀的都是鞑子兵？"

"当然了！穿着铠甲呢！"一斥候道。

"那还好！"莫沁然松了口气接着道，"以后记住，这里除了鞑子兵外，都是受尽苦难的人！对他们绝不可滥杀！鞑子兵嘛……你们做得对！当然是有多少杀多少了！"

赵信补充道："姑娘夸你呢！还不赶快谢过？"

斥候满脸欢喜地谢过莫沁然后走远了，而莫沁然却似在冥思着什么出神。

但秦潇心里，却是砰砰乱跳起来。这一路来，他就渐渐发现莫沁然对清军的下手狠辣。很多次要不是自己在侧，她很可能大开杀戒。这是为了什么？清兵虽坏，但多数也罪不至死，而且有的还可能是好人。如此不管不顾杀戮，和滥杀无辜有什么区别？大家还都是大清子民，现在也算是各族一家，不分你我，为何就对清兵恨之入骨呢？而且她说到杀光时云淡风轻的样子，怎么隐隐透露着一种狰狞呢？

接着莫沁然就给赵信讲了讲与乌里雅苏台有关的一些事情。

乌里雅苏台是一个边陲重镇不假，但它也是满清发配犯人的地方，而且被发配来的多是官犯及其亲眷全族。清朝有两处边关是皇帝钦定的罪官发配地，一为宁古塔，二是乌里雅苏台。但凡发配到此处的钦犯都与钦罪文臣有关，发配的内容是与披甲人为奴，而人员多为女性，因为不少罪官族人男性已全被诛杀。清廷本着废物利用、变废为用的方针，将罪官的女眷发配到此地，世代受尽苦难。这也从一定形式上反映了，但凡轮到发配到此两地的都是被身在圣位者恨之入骨的——不但要杀了你家全部男人，还要让你知道你家全部女人日后的悲惨境遇，有着让人寒彻潜泉的绝望。

其实对于官员犯法，历朝的处置方法皆有不同。追溯到东周前，刑不上大夫是各国传统，官员有大错直接被贬为草民就罢了。而商鞅变法时期，为了变法成功，商鞅最先向权贵开刀，竟然对公子虔施以劓刑。这种割鼻酷刑不但残忍而且摧残人的尊严，商鞅此举虽成功立威，并且产生变法顺利推行的效果，但也为其自身日后的悲剧埋下伏笔。

之后到了汉朝，仕宦集团崛起，权力斗争此起彼伏，动辄灭族。

经过南北朝后，皇帝发现了忠实的文臣队伍对朝廷稳定的意义重大，便开始了科举选官制。

所以到了唐朝时，对文官犯法的态度就开始变得柔和，逐渐以流放取代杀身。

而到了宋朝，在太祖皇帝共享富贵的感召下，历朝文臣犯了错只会被贬但不会再有性命之虞。比如历代公认的大文豪苏轼，曾经官至礼部尚书。但由于他经常站错队、选错边，一生就处于颠沛流离之中。当然这些际遇，也使他创作出了大量脍炙人口的作品，这也是对中华文学史意外的贡献。他最后被一路贬到了琼州，这个在当时几乎是蛮荒之地的所在，但他还是为当地留下了大量宝贵的人文财富，比如文昌、万宁、博鳌、博厚、澄迈等颇具苏轼风格的地名。还有就是极大地推动了当地的教育事业，并培养出了当地史上第一个举人。

不过宋朝的武将犯案，就多因为拥兵自重遭了皇帝的猜忌而下场悲惨。

到了明朝，朱元璋除了武将没放过，对文臣那也是痛下杀手。他认为弱宋最后腐败透顶终被元朝灭掉，主要都是因为对这些说冠冕堂皇话，做腐恶千古事的文官的放纵。所以他在位期间，对贪官污吏、心思不纯者毫不手软，仅官员就诛杀了几万名。而这只是官员，还不包括吏。

这几乎就相当于每过几年，朝中大小官员全部换血一次。可是他到死都不明白，自己亲写普法手册，执法绝不手软，甚至都对贪官施以剥皮酷刑，并将人皮塞草示众，可是为何贪官还前仆后继呢？

其实这问题用西方后世有位叫卡尔·马克思所著的《资本论》中的话，就可以解释。换成通俗的话就是：只要看到了成倍的财富摆在前面，那就是冒着掉脑袋的风险也要义无反顾！当然朱元璋当时没有机遇读到这部书，只能带着这个疑问入土了。

之后到了大清，开国时出于对满汉弥合的需求，清廷可谓是对历朝做法取长补短，对官员宽严并济，既减少滥杀错杀，又能安抚文臣队伍。这举措看起来是恩威并施，是个得人心的办法，可在没有法制条文约束的情况下，就逐渐变成了皇家随心所欲的手段。在这种帝王心术下，既出现过和珅那般可以屹立朝堂不倒的巨贪，也出现过不少冤假错案，被冤枉连带的也不计其数。

至于前者和珅，也有人说是乾隆爷的刻意所为，因为他当朝时已经将国库折腾了个干干净净。等他儿子嘉庆当政，国库空虚之时，正好抄了和珅的家产以补国库缺口。当然这只是后世乾隆爷的拥趸者的一厢情愿，至于真相如何也是历史谜案了。

不过那些被牵连的官员们，则多是因为权力斗争时，站到了最后胜利者的反面，他们的下场可就十分悲惨了。

赵信听莫沁然说完这些，嘴巴都快闭不上了。他惊讶道："怎么后世竟发生了这许多匪夷所思的事！真是难以想象！可后world为何会出那么多贪官呢？是天子太仁慈吗？"

莫沁然却冷笑道："天子没有仁慈的，只有管不了的！"

"此话怎讲？"赵信愣住了，因为在他的印象里天子都应该是像武帝那样君威天下的。不过他只是个不入流的小官，只是出征时远远见过天子的仪驾一次，哪里知道天子该是什么样子。

莫沁然道："别的不说了！就说说你们霍将军的后人吧！"

赵信一听说到了自己最尊崇的将军，马上点头倾听。

"霍将军可是一代英豪！可是他的后人呢，却出了个霍光，借裙带关系最终霸占朝政，架空天子，为后面的王莽之乱、西汉覆灭埋下了祸根！"

这些赵信都听得是如在云里雾里，摸不着头脑。

莫沁然见状道："这些以后我们有时间再说！现在的当务之急是，既然已经发现了前面的鞑子军马，大本营就在前方不远，大家说说该怎么办？"

他们一群当中还有一个队长和两个低级军官，大家听了她的话，都不解其意。

赵信问道："姑娘说的怎么办是什么意思？"

见众人还是迷迷糊糊，莫沁然索性就直接说道："作为大汉的铁骑，难道你们就不想继续大汉的风骨，全歼了这群鞑子？"

几人听后都惊得面面相觑，这一路来大家虽被莫沁然煽动得同仇敌忾，视鞑子如匈奴般，可她贸然就说了这样的想法，还是让人吃惊不已。

赵信有些语结问道："姑娘，你……你……没说笑吧？"

见莫沁然表情镇定，他忙摆手道："姑娘，虽说我对你是言听计从，可是这般冒险我可是不敢苟同的！"

那几人也纷纷说："就是！几百匹马，那大军得有上千人，我们才几十个，可怎么去把人全歼了呢？"

"对呀！这差距也太大了！"

"以前将军奇袭还得有个至少成建制的大队，少说也得数百人！"

"对呀，李将军以前装备精良，最多也就以一敌五过！"

"霍将军也是的！虽然敢率八百骑深入敌后，那也只是奇袭！这可是歼灭战！怎么可能？"

……

秦潇也在众人中，他一直没说话，一是不想破坏莫沁然的威信，二也是被她的计划给镇住了。他或许有些感觉，但可真没想到沁然竟然会如此大胆，要带着这群汉朝将士去歼灭清军！以前他们在路途中打抱不平，也杀伤过清兵，可那只是万不得已，而平白无故带人去袭击清军大营那可就是造反，是杀无赦的重罪。他虽然对大清的现状痛心疾首，也觉得孙文说的有道理，但他总是认为国家能救就救，可以尝试不同方法救，可以用各种渠道救！但为何要造反救？

刚回国时，他受了孙文革命思想的影响，还觉得要来一场轰轰烈烈的革命，中国才有救！但是一路来，看到了诸多百姓的凄惨境遇，他又于心不忍，转变了看法。这一造反就要打仗，那百姓本就困苦，民不聊生，但至少还活着。可一旦战端起了，烽火狼烟，杀伐遍布，不知道要死多少无辜的百姓！而且现在列强环伺，倒是别说大清，连中华能不能保全都说不准了！所以他对革命造反一事慢慢冷淡，反而觉得此时的救国不在于造反，而是要多找出路。

而莫沁然是他一直摸不透的,虽然嘴上从来没提,但行动上却多有些杀伐性。尤其是对清兵和官员,倒总是透露出杀之后快的劲头儿。他不明白,沁然不是官宦千金吗?怎么会有这种想法,难道是受革命思潮影响了?可她要革的命可是连自己家都包括了,难道还想大义灭亲?可是从她对伙伴们的关怀上也可以看出,她并非是冷血无情的人。那这一切又作何解释?莫沁然表象的变化让他深深不安,他更愿意一厢情愿地认为,沁然只是在那里说笑,当不得真!

可是莫沁然用双手示意,压下了众人的议论,而后笃定地说:"我保证大家能全歼了这支鞑子,而且还不用经过一场恶战!"

众人闻听此言都安静了,赵信道:"姑娘,战不战咱们先不说,就是马我们都没有,前提都不存在呀!"

几位军官附和,莫沁然道:"马有何难?刚才斥候们不是轻松擒下两人,夺了两匹?"

"可那只是偷袭对方,而且是小规模,大队可怎么办?"

莫沁然从容笑道:"没什么不能办的,就看你们有没有这血性,敢不敢?"

几人一听"血性"和"敢不敢"几字,都是群情激动,要知道对一支被视为当朝最强军队的官兵来说,这几个字都不是蔑视而是直接打脸。有人当即愤慨道:"有什么不敢!我们就要让鞑子看看我们汉军的血性!"

赵信还是比较理智的,他思索一下道:"姑娘,我知道你智计之高,高若天人!可毕竟我们面对十数倍的敌军,这血性该怎么运用,我实在不明白,还望姑娘指点一二!"

莫沁然却再一笑道:"我这么说是有理据的!现在的鞑子跟以前的匈奴不可同日而语!他们不但军纪涣散、贪腐横行、军训松弛,还个个贪生怕死,也就能对付对付手无寸铁的百姓!举个例子,我们斥候杀了两个鞑子兵,到现在可有队伍出来寻找?"

大家对望,这的确是没发生。

"人丢了,军营却没人来找,那就是说这些鞑子兵平时到处撒野已经成了习惯,大家习以为常,根本不当事!"

几人都是点头,可赵信问道:"就不兴此二人是告假外出?"

"他们可是顶盔贯甲的,汉军告假外出还穿着盔甲吗?"

赵信恍然,这倒是,带着兵刃没什么,可是套着盔甲的却是没见过。

"还有,你们问问两个斥候,拿下杀了这两人是不是易如反掌?"

这也不用问,那两个斥候还这样吹嘘过。

"所以呀,你们现在面对的鞑子兵,可跟你们以前的对手不可同日而语了!也就是说,如果我们出手,那群鞑子应该都没有还手之力才是!"

这话一出又让几个军官频频点头,这话听着就长汉军的威风。可赵信还是谨慎道:"不过我们现在都是短家伙,就连弓箭都没几副,而且就两匹马,可怎么对战呢?"

他可是文官随队的,对他来说没有装备可怎么作战呢?这话一出,却遭到了几名军官的嗤笑。一人道:"赵将军,看来你是真没打过仗呀!"

"没马怎么的,没有就去抢呗!"

赵信被说了个红脸,可他还是辩白道:"说得容易,那可是在对方的大帐中!我们怎么冲进去抢?"

莫沁然却道:"赵司马不用担心这个!清军大营非战时人马分离,他们的马棚一定不在营帐里!这个我们可以稍后等天黑印证!现在要的就是大家的决心!"

几人又互望了几眼,一个军官小心翼翼道:"姑娘,要我们出战不是难事!"

"但就算我们这一战是为了汉人的江山,可现在是鞑子的天下!我们就算是全胜了,又要去哪里,接下来该怎么办?"

赵信一看此人说到了关键,忙接口道:"对呀!姑娘,我们现在见到了人烟,之后该作何打算呢?"

莫沁然微微一笑道:"我们今后的打算全在这一战的胜负上!"

她把"我们"两字说得很重,听得赵信双眼闪烁着光芒。

秦潇离开了这些围住莫沁然商量的将领,自己一个人默默地来到了山包顶上。此时天色已沉,一轮骄阳正在缓缓地落入地面之下。他从未感觉过落日如此之大,大得让他心慌。他也从未感觉过初夏的傍晚是如此之凉,凉得有点儿透骨。找了块石头,他坐了下来,茫然四望,远处几里外已经有点点火光亮起。那可能就是莫沁然他们正在商量着要去歼灭的清军大营方向。他只觉得心如乱麻,完全不知道该想什么,要怎么想,只是茫然发呆。一阵风吹来,明明是南风,却让他感到寒意骤起,不觉捂紧了衣裳。

一转眼,他发现不远处明墉也坐在山丘上,同样沉默地眺望着远方。他想过去说说话,这时候他太想找个人说话了。之前的人群里他几次向莫沁然使眼色,可对方就是视若无睹,这才使他心灰意冷离了人群。可那边是明墉,他会不会还在记恨自己?怀着这样的疑问,他没敢走过去,只是静静地看着。明墉的背影就像雕塑一般凝固,秦潇看着那风中飘舞的衣襟,心中不禁很是感慨。之前还羡慕他可以和思蕊出双入对,现在他也是孑然一身了。不过自己现在不也是这样,成了没人搭理的闲人一个?

谁知这时明墉头也不回地叫道:"既然上来了,就过来一起坐吧!"

秦潇倒是一惊,难道他不怪我了吗?不会吧?是有别人上来了?他正在回头之际,明墉却又说:"当然是你!哪里还有别人!"

秦潇只得讪讪地过去,坐在了明墉身边。他不知该如何开口,但那件事却总如石头般压在他的心头。犹豫再三,他还是开口说道:"其实那时我……"

"抱歉辩解的话都不用再说了!"明墉打断他,接着淡淡道,"我没那么小气,都过去好几年了,当时怎样都不重要了!"

虽说对他们的经历来说也就过了一个多月,可外面却已经过了多年。

明墉的大度反而让秦潇更是不知所措,他支吾道:"呃,呃,你之后作何打算?"

"打算?还有什么打算!当然是去找思蕊了!"

"可是这么多年都过去了,你到哪里去找?"秦潇不解。

"去哪里找不重要,去不去找才重要!"明墉道。

秦潇没听懂他这话,问道:"怎么有点儿像禅机?"

"没什么禅机不禅机,禅机也是人间质朴的道理!我不知道她在哪里,所以肯定要行遍千山万水去找!所以去哪里不重要!但她丢了,虽然过了几年,但我相信她一定还在等我找她!所以去不去找才重要!"

明墉这话绕来绕去倒是把秦潇听懵了,他没想到也就时隔了一个多月,明墉的话里全隐隐藏着至理。莫非这么一段时间,就让他的境界如此升华了?

明墉看看他接着说:"你为何不跟莫姑娘她们一起商量大计?"

"你知道他们商量的是什么吗?我怎么能掺和进去?"

"我当然知道,早就知道了!"明墉又把眼光转向远处。

秦潇一听更为惊骇,什么叫早就知道了?难不成是沁然告诉他的?那为何沁然要瞒着我?我竟会是最后才知道的吗?一时间,一句话在他心里掀起千层波浪,搅得他心乱如混水。

"别乱想!我是猜到的!怎么,你猜不出来吗?"明墉扭头看他,似在冷笑。

"她冰雪聪明,想什么我怎么猜得出?"秦潇辩道。

"那我怎么猜出来了?"明墉反问。

对呀!自己说沁然如此聪明,可明墉却猜到了,那不是说明墉也是聪明绝顶?

"都告诉你了,别乱想!"明墉再次说了一遍,秦潇听他这一说,便住口想听他说些什么。

"现在我是明白了,人呢,最怕乱想!思蕊之所以能跟我合拍,就是因为我们都不愿意胡思乱想!"

秦潇听这话里好像全是道理,又说不出什么,只能继续听着。

"所以我就知道她心里想什么,她也知道我心里想什么!我知道她一定在等我救她!也知道我一定会去救她!所以现在我也不害怕了,也不紧张了,就再多几天吧!总好过在这漠北独行!她就再忍耐些日子!不过别怕,我这一生找不到她就不会停下来!我这想法她也一定知道!你知道我为什么这么肯定吗?"

秦潇摇头道："你们是不是已经有了誓言？"

"誓言？有多少嘴里说过的能兑现？我们是心已经靠在了一起，心心相印不需语言！"

秦潇虽然不是很信，但还是点点头。不过他随即又问道："那你怎么猜到沁然想的是什么？"

明墉看看他，再次露出一抹冷笑，叹道："真不明白，你和她走了一路，竟然还没看出她想什么。就算是你之前愚钝，那和汉军相遇后，她的种种作为还没让你猜出吗？"

秦潇皱眉揣摩，沁然遇到汉军后的确是十分热情，对他们如兄弟般，很快就在他们中有了极高的威信。可那种想法怎么会出现在她身上？那怎么可能？

明墉看他愁眉苦脸，又叹道："这就是你的问题所在，想得太多，所以根本就看不出事物本质，总是自己被自己的想法迷惑，却从未留意真相其实从未对你隐瞒！"

"你的意思是，沁然一早就向我暗示了？"秦潇疑惑道，他怎么就是想不起来有过这样的暗示。

"要说你的聪明劲儿，自打出了关就落在关里了！这么明显的你就看不出来，还非得等人家向你暗示？"明墉道。

秦潇还是蒙头糊涂难以明白，明墉叹道："看来你真的是要经过场大磨难，才能想明白自己，想明白他人！"

秦潇听这话里有些不对，又说不出什么不对。

明墉再叹一声："你实在想不明白就去问，难道还想让人姑娘家主动跑来告诉你？"

秦潇还欲细问，明墉却起身拍拍屁股道："他们该行动了。我也去，身为汉人怎么说也该为汉人做点什么！"

"你知道他们要去……"

"当然！要不然我抢匹马早就走了，还用等到现在！"

明墉边走边头也不回道："你不去吗？你想莫姑娘希不希望你去呢？"

秦潇被他这话说得愣在了当地。对呀！沁然到底是怎么想的，现在我不用想了！因为她马上就要做了！都付诸实施了，还想它干什么？可是沁然希不希望我去？那应该是希望呀！哪个会不希望有个伴在自己的身边苦乐相随的人呢？可是自己究竟应不应该去呢？这可是直接造反呀！

秦潇又被自己的这个问题困住了，他又开始纠结起对错来。一时间大清该往何处去，犯了大清国法的自己以后会怎样，一旦战端起了，百姓会怎么样，洋人们又会怎么样……这许许多多多问题，又一下子涌入他的脑中，旋即塞满。但问题越来越多，他想得脑子越来越胀，似乎要爆开。他提醒着自己：就像明墉说的那样,别多想了!可问题却仍是不停地涌入大脑,想停都停不住。他甚至想到了造反被清军抓到,莫沁然被押到断头台砍头的样子。他不敢再深想,可是又止不住去想。常言道"哀莫大于心死",可对他来说就是"哀莫过于多想"!

正在他脑中翻腾找不着方向的时候,下面一脆生生的声音叫道:"大哥哥,你怎么在上边?我们要走了!"

这是顾卿卿的声音,秦潇这才发现原来自己刚才纠结的时候,竟然在土丘上徘徊起来,这才被顾卿卿看到。

顾卿卿一路聒噪,虽然也为大家减轻了沉闷,但到了关键时候,可没人愿意再听她啰唆了。于是莫沁然不知用了什么办法,随手一按就让她昏睡了过去,到了众人商议停当要出发时才把她唤醒。她一醒就四处找大哥哥,终于抬头在土丘上看到了。

秦潇此时也发现大队士兵已整装待发,他一咬牙暗道,先别想了!这回去了再说!

等他下到底下,顾卿卿马上跳到他跟前道:"大哥哥,刚才我稀里糊涂睡着了,一醒就不见你人了!怎么你在上边呢?干什么呢?"

她张开小嘴噼里啪啦一通说,弄得秦潇无从回答。一瞥间他见莫沁然正在看他,眼光中似乎有着期待。秦潇走过去,胸脯一挺道:"我想好了!跟你一起去!你想让我做些什么?尽管吩咐!"

莫沁然的脸上微微露出一丝喜色,可顾卿卿却跟过来道:"大哥哥,你别去,我听他们说好像要杀人去!多可怕呀!你为什么要去……"

秦潇受不了纠缠,只得道:"谁去杀人,我只是跟着看看!"

此言一出,莫沁然脸上挂着的喜色迅疾消失,她努了一下嘴,淡然道:"也好,你就负责保护着小妹妹吧!"说完就跟着队伍走了。

秦潇在身后被顾卿卿抓着,去也不是留也不是。

入夜时分,圆月当空,银光铺地,万籁俱寂。

清军大营里是一派休闲散漫的气象,军官们聚在营帐里饮酒行令,而兵卒有在外面三三两两聚着吹牛的,也有在帐子里休息的。营帐里偶尔达会传出几声女了的惨叫声,当然伴陪的还有阵阵淫笑。

这时就见大帐的门帘一动,一个少年连滚带爬从里面摔了出来。而后有一名军官从里面跟了出来,趁着少年尚未起身,又起一脚将他踹倒在地。这一脚显然是重了,少年跟跄半天没爬起来。他擦着嘴角的血,满眼仇恨的怒火喷向那军官。军官见状,冷笑一声,上前又是一脚踹在少年的肚子上。少年滚了几个个儿,疼痛使他爬不起来了。不过他仍然趴在地上愤愤地喊道:"你们等着,你们欺负我娘,你们等着……"

军官冷笑用半生的汉语道:"欺负?你个罪臣的小崽子,不杀你已经是皇恩浩荡了!"

"你娘,她就是被发配给军爷们为奴的!"

"你再敢偷溜进来,我们就当众欺负你娘,再把你这小崽子给宰了!"

说完,那军官哈哈笑着步回了营帐。少年费了好大力气才勉强站起,而后向营帐恶狠狠地盯着。帐前的两名卫兵看他不服的样子,做出个抽刀的动作叫了声:"滚!"

少年紧咬着牙关,捂着肚子一步步蹭到了营帐外。他不时回头盯着大帐,脸上是恨极的表情。就算他再跟跄,不久后还是出了军营。

他低着头默默地走着,向着镇子方向,偶尔耸动一下肩膀,还发出阵阵抽噎声。可就在他绝望至极时,突然嘴被人猛地捂住。他还不知道来人是在哪个方向,来人是谁时,身子就已经被那人往腋下一挟,随即就被带动着迅速动了起来。他脸朝下,只能感觉这人行动迅捷无声。可他并不觉得有多惶恐,反正活着也是受尽屈辱,还不如就死了算了,就是可怜了自己的娘!

过了好一阵,他被平仰放到了地上,借着月光一看,有几个脑袋出现在上方。刚才绑来自己的似乎比他大不了很多,有些飘逸气,却是脸色冷冷的。还有几个汉子头上戴着奇怪的帽子,而最让他惊讶的是竟然还有个美貌的姑娘,这姑娘简直比他在梦里想象的仙子都要美上万分,美得让他连眼都舍不得眨,让他怀疑自己是不是就是在梦里。

把他挟来的人道:"等了很久,才从军营里出来这么一个,看上去倒像个受苦人!"

听着人说话,少年才觉出了这不是梦。

而后那姑娘却低头弯腰,和颜悦色问道:"小弟弟,你为何要到军营里去呀?"

少年一听这姑娘说话的声音,简直就是自己听过最美的,就应该是传说中的仙音!这怎么能在人间出现?自己还是在做梦吗?

而旁边一挎剑青年却开口了:"小子,问你呢?傻了?"

可是少年坐在地上,只是呆呆地盯着仙子般的姑娘,眼都不眨。

旁边一个大汉正要发怒,姑娘却拦住他,继续和颜悦色道:"看样子你是这里被鞑子欺负的受苦人!你别怕,我们是来收拾那群鞑子,为受苦人报仇的!"

少年听她这样说,这才反应过来,连忙起身扑通跪在地上道:"仙女姐姐,各位好汉,你们可得给我们报仇呀!我娘还在……"

"先不忙说这个,等我们杀进去,杀光鞑子,你娘就救出来了!"挎剑青年道。

"你先起来,小弟弟!你跟我们说一下你知道的大帐里的情况!"

少年被扶起了身子,这才看清自己的身前站了一堆人,个个都是很凶悍的样子。但他仔细一看,这群人好像才几十个,难道他们这些人就想杀了那营清兵?

那仙女看看他笑道:"你别怕!你都叫我仙女,那我们都是神仙下凡,专为解救你们这些受苦的人,杀光鞑子兵的!"

"神仙还怕人少吗?我们可个个都是以一敌百的!那些鞑子狗还不够杀呢!"挎剑青年道。

而后人群中也发出一阵阵轻松的笑声,仿佛真是喘气间就能把清军给吹个干净一样。少年定定神,觉得有了信心,便道:"好的,仙女姐姐,你们要知道什么我都说!你们可一定要为我们这些被欺压的人出口气呀!"

就这样,众人就这军营对少年展开了询问。

这是隶属乌里雅苏台将军下面的一个骑兵营,也是管制新近发配犯人的一个营。在营区后面还有个专管流放犯的营区叫"流监所",里面现在有上百被发配来的犯官亲眷和其他当地犯人。流监所里的人,除了早期被驱赶出去垦荒种田外,其余时间就是被派去伺候军官们。

这大营里面大概有五六百军兵,除了流监所里负责看管的,其余都在一个营区居住。营区后方是个军马场,里面有三四百匹马,有二十来人看管。

这时仙女姐姐向旁边挎剑青年道:"怎么样,赵司马?军马和军营是分离的吧?还有,他们实际也就只有五六百人,比预计的要少上一半呢!"

赵司马点点头道:"看来都让莫姑娘给算准了!"

而他随即问少年:"这些情况,你个囚禁犯怎会知道得如此清楚?"

少年答道:"那是因为我娘……"说到这儿,他眼圈一红,眼泪扑簌簌地就流了下来,语声哽咽,却是说不下去了。

莫沁然长叹一声,神色哀伤地安慰少年:"别哭了!我知道她遭了什么罪,放心,过了今晚,这里的人都不用再受苦了!"

少年看着这位仙女姐姐,就见她神色中透着深深的哀痛,但目光中却显现出无比的坚韧。

"好,那你先找个隐秘的路径,带我们去军马场,好吗?"

少年咬紧牙关,坚定地点点头。

这少年走得不快,跟不上大队。

刚才是明墉从暗处把他劫来,而此时秦潇却要抢着拖着少年快行。明墉当然不会和他抢,但顾卿卿却是满脸不高兴,还要闹上一闹。不得已,明墉只得按住顾卿卿,让她闭嘴。而这小丫头对这个率先对自己施救的人好像有些恐惧,有他拉着,自然也就不敢多言了。

一行人蹑足潜踪来到了军马场,汉军再次见到战马都是无比兴奋。二十多名看守,几乎没费吹灰之力,就被汉军全部给悄无声息地宰了。

可是莫沁然进了马场到处一搜,却皱起了眉头,同样意外的还有明墉。原来这些马都没有鞍,浑身光溜溜,而马场里也找不到一副鞍。

秦潇也发现了这点,问道:"要说马到了晚上卸下鞍也是正常,可马场里却为什么找不到呢?"

那少年却说:"那些恶兵都把马鞍放在自己的营帐里,骑的时候才会配上!"

几人这才恍然,顾卿卿小声道:"没有马鞍可怎么骑马呢?看你们可怎么杀人!"

秦潇回头瞪了她一眼,比画了个嘘声的手势。可这转眼间,却看到汉军已然都挑好了马匹,并纷纷上马做好了准备。

莫沁然问道:"怎么,兄弟们不用鞍吗?"

此时赵信也上了匹马,他笑道:"姑娘有所不知呀!我们汉军骑兵练马时都是不用鞍的!"

此言一出,几人又是惊愕,没有马鞍可怎么骑马呢?其实这是他们不懂先秦前汉时的骑兵,那时的骑兵分轻骑和重骑,由于当时金属稀缺,不用重兵刃的骑兵都不给配鞍。到了汉中期以后骑兵才能人人有鞍,当然这是后话了,赵信他们根本就没赶上这好日子。而且为上战场随行,就连赵信这样的文官也不得不学会骑白皮马。

见这意料之外的困境却未对大家造成任何困扰,莫沁然喜出望外。她脚一点就坐到了一匹马上,对众人道:"兄弟们都能不用,我自然也可以!"

明墉也跳上了一匹,他试了一下发现只要抓住马鬃,凭轻功完全可以驾驭,也就轻松下来。

而这时顾卿卿却在跟秦潇纠缠起来,她说什么也不想自己心中的大英雄就这样平白去杀人。莫沁然看过去轻轻摇摇头,而后她向着众人道:"兄弟们,现在是我们杀光鞑子狗,解救穷苦人的时候了!"

"现在有谁不想去,骑马就走,我绝不拦着!"

汉军军纪严明,此时又是同仇敌忾,哪里有人会走?

"那就让我们冲进军帐,杀他个痛快吧!"

汉军齐举手上兵器,低声闷叫了声:"诺!"

莫沁然看看还被顾卿卿缠住的秦潇,轻叹一声道:"你们不想去,就留在这里吧!也省得小妹妹受伤!"说罢她猛地一带马鬃,双足一蹬马肚,那马叫了一声就驮着她奔了出去,而几十人随后就旋风般出了马场。

秦潇这时可再也顾不上顾卿卿的纠缠了,他手一甩道:"你在这里待着别动,没人能伤得了你!"说罢他也上了匹马,飞奔出去。

顾卿卿在原地气得直跺脚,而后环视四周,语带哭声道:"说得轻巧!这里除了马就是死人,我可怎么待呀!"

那少年被抓上赵信的马背，在他明确指出营门位置时就被从马上放了下来。之后一行几十人就放马狂奔，冲向营门，少年连忙大声叫道："可千万不要伤了我娘！"

在马队离营门还有不到百丈远时，懈怠的清军巡夜士兵终于发现了这伙在迅速逼近的队伍。营中顿时叫起来，很多人来不及披挂就拎着兵刃来到了营门处。这些人何曾想得到，在这漠北深处，上百年都没有被侵扰过的大清骑兵营，突然有这么一队人马杀出来！这不就是跟敌从天降一般？而且这敌是什么人完全不知道！

清军手忙脚乱地拿东西，都根本不知该怎么布防。这时已有军官站出来，举起钢刀喊道："别乱，弓箭手何在！快去营门口放箭！"

一众抱着箭筒的士兵这才反应过来，匆忙奔过去，举起弓箭就向来人乱射。

而他们这一射箭，对面的莫沁然终于松了口气。她之前有个最大的心病一直没讲，那就是她无法判断这营里到底有没有火器。如果对方有上百火枪，一门土炮，那他们这群人可就要全军覆灭了。当然她没有跟赵信他们提到火器这回事，要不然没法说动他们奇袭了。不过在她心里确实一直有这个哽着，但见此时对方只是列队射箭，她顿时心安了。看来清廷过了这几年，还是军库空虚，不重要的边塞连火枪都没给配备。她叫着："大家躲箭了！不要停留，快杀进去！"

汉军哪有不知道这个道理的，每人都拿兵刃拨掉射来的箭矢，可马速却并未稍停，转眼间离营门已不过二三十丈。

清军这时显然也恢复了些章法，再一轮射出的箭就如箭雨般倾泻而来。

莫沁然看看明墉，明墉点头跃身而起，在空中用残剑舞开了"扫叶剑法"。只几招间，他那舞得风雨不透的宝剑已把大量飞箭扫落，还真的就像是扫叶一般。汉军见此情景是军心大振，纷纷挥舞着兵刃高叫着向前猛冲。

而此刻突然响起了"砰"的一声，而后身在最前的一名汉军应声落马。

莫沁然暗道不好，这队清兵里还是有枪的！她之前猜得对也不对，这里的普通士卒当然没有火枪了，但军官却给配了，这就是她考虑不周的地方。

而后面汉军看前方兄弟只是听到响了一声，就栽倒在马下，顿时大惊，以为是什么妖法，忍不住要放慢马速。

莫沁然见情况紧急，来不及多想，咬牙叫道："大家保持冲击速度！我去解决那放冷枪的！"说罢她身子已经飞在了空中，如离弦的箭飞入了敌营。在空中她凭借极为敏锐的视觉，就开始搜索持枪的军官，还没等她换气借步时就看到了一个。

其实这人还挺好认，一群清兵中就他一个戴着高帽。

莫沁然两个起跃就飞到了那人上空，此时那军官尚在忙不迭地往枪里填弹，根本就没注意到敌从天降，被莫沁然身形下落中的一掌斩倒。

周围的清兵猛地发现一个小姑娘出现在了中间，无不惊愕。众人愣神间，一人就被莫沁然夺过了长刀。随后莫沁然挥刀猛扫，几个兵卒就被她砍倒在地。她正要去解决那些放箭的清军，就听到身后又是一声枪响。她甚至感觉到了子弹擦身而过，而这枪没打中她，却射倒了她身后的一名清兵。

莫沁然大怒，身形再次跃到空中找寻开枪的人。等她发现时，那人已经举枪瞄准了她，她身形在空中急扭，于枪响的瞬间身子在空中转换角度极速下落，飞跨两步伸手就把那军官手臂折断。那人还来不及痛呼，就被莫沁然顺手上探，扭断了脖子。

莫沁然回头，就见汉军们已经冲开了营门，而半空中的明墉还在把残剑舞得密不透风。进入敌营的汉军顿时如猛虎入羊群般，策马挥刀左冲右撞。来回劈砍间就听到哀号阵阵，断肢乱飞。

等汉军们全部冲入敌营，索性以扇面铺开，对清军大营开始了横扫。就见大汉铁骑们直如杀神怒起，锋锐难当，她不禁点点头暗道："这次真的没有看错！这队汉军真的是神勇无敌！"

见后队已然无虞，她叫道："我去杀他们主将！诸兄弟要除恶务尽！"

后面的赵信此时也已砍杀了两名清军，他从未觉得战场砍杀是如此轻松，对手竟会如此稀松！他也不禁豪气干云地叫道："兄弟们，扬我汉威的时候到了！杀光鞑子狗！"

莫沁然一路飞行，绝不恋战，一门心思在找中军帐。擒贼擒王的道理她很懂，要是宰了主将，这场战斗就赢了一半。她在空中见到了一个最大的营帐，看样子就应该是中军帐。见帐外此时还有不少卫兵在紧张地持刀四顾，她也不走门了，直挺单刀，从上至下刺开帐顶，落到了营帐里。

进入帐中，她扫眼一看见站着两名军官，这二人都被从天而降的莫沁然吓得一呆。而她借此时机，一刀一个就把二人斩倒。这时身后一声叫："不要！"

她猛回头，就见帐中大案后蜷缩着一名头戴高帽、络腮胡子的军官，此人正举着枪瞄着她，而叫声是从他另一手边一蓬头乱发的女子那里传来。

显然刚才那一声是在提醒她，可为何那军官举着枪却未发射，莫沁然想不通。如果刚才他在背后开枪，自己估计也就中弹了，可为何就没有呢？

就见那络腮胡子看着枪也是一愣，而后把枪甩了甩，不知骂了句什么，顺手就把枪砸在了手边女人头上。

那女子的头顿时被砸得血流如注，而后络腮胡子抽出把短刀架在女人脖子上，另一只手抓住她的头发，把她一把拽过来挡在自己面前。此时二人的半个身子都露在了大案外，只见那女子身上几近赤裸，浑身都是各式的淤青伤痕，显然是受尽了折磨。

莫沁然见此情景怒极，但又怕络腮胡子伤了女人，只得恨恨叫道："你把她放了！"

"放？"络腮胡子嘿嘿笑道："有那么便宜？放了她你就要来杀我！你把刀放下！"

这络腮胡子汉话只是勉强说得清，但声音极大。营帐外的卫兵都听到了帐内的动静，纷纷叫着进帐查看。

莫沁然迅速回退几步到了帐门边，几个卫兵一拥进来，她出手如电，一刀一个结果了卫兵。而此时尚在帐外的卫兵听到了惨叫声，也知情况不对，都不敢进来了。

络腮胡子被她刚才一通行云流水般的杀伐惊呆了。他估计从未见过一个人杀人如此轻松随意，如此干脆利落，更何况对方还是个娇滴滴的小姑娘。他醒过神来，眼珠一转，立刻就把刀刃向女人颈部割了下去。只是一划，女人颈部就喷出了鲜血，莫沁然忙惊恐地叫道："不要！你住手！"

络腮胡子呵呵笑着："你放下刀，我就住手！要不我一点点割下她的头让你看着！"

莫沁然已然是惊得进退两难，她的呼吸变得沉重起来，眼一闭长叹一声，就要把刀放下。这时就听那女子叫道："姑娘，你别放！"

莫沁然顿时身子一震，睁开眼。就见那女子满脸满身鲜血，看上去说不出的凄惨可怜，莫沁然都不忍再看下去。

那女子突然笑道："你帮我把这狗贼碎尸万段，我身在九泉感激姑娘的大恩大德！我会在阴冥间永远为姑娘祈福挡灾！你定要把他碎尸万段！"

络腮胡子怒极，拽住女子的头发猛地向后一拖，随手在她胸前又划了一刀，骂道："你个母狗奴才！也敢说我！"

谁知此时女子已是毫无畏惧，她叫道："拜托姑娘照顾我儿翟仪清……"说罢她像疯了般猛地扑向络腮胡子，张嘴就咬，那样子直如索命恶鬼。

络腮胡子没想到她会有此一举，一惊之下，举刀就刺入了女子的胸膛。女子要害被贯穿，眼见就活不成了，她向着莫沁然凄厉一笑道："谢谢……谢谢姑娘的……大恩大德……我……来世……"

话未讲完，她头一歪就再也不动了。

莫沁然在后面看得是目眦欲裂，肝胆欲碎，她大叫着："不要！"而后长刀飞出，刀锋从络腮胡子肩膀直入，把他给射了出去。

莫沁然飞身到了女子身边，泪眼婆娑地探了探她的鼻息，人已经是回天乏术了。莫沁然猛转头，眼光喷火，看着正要把刀从肩上抽出的络腮胡子。她一步步走近，一字一顿地说："你听到了，碎尸万段！"说罢她手一伸，刀已在手，紧接着刀光飞闪，营帐中顿时血肉横飞……

七十八、佳人何恨

赵信虽然在霍将军出征前受过军事训练，但他此前从未在战场上亲手杀过敌。这次突袭歼灭战是他的第一战，却也是最痛快的一战。他根本没想到自己竟也能手刃几个鞑子兵，而手下几十人竟然真就把敌营几百人给扫荡干净了。

当然汉军们也完全没想到，这些发型古怪的鞑子竟然如此孱弱。除了奇装异服和发型外，与当年的匈奴恶兵完全不在同一层次。就是不算骑兵对步兵的优势，对方的体能和战力也完全是不入流的，跟汉朝当时边疆的百姓比都尚有不如。甚至还有些人萌生了胜之不武的感觉，除了对方那几声怪响撂倒了几个兄弟外，其余人就像砍瓜切菜般完成了战斗。

等赵信带人前往中军大帐时，却看见了几个卫兵就像见了恶鬼般两腿发软地在蹒跚着逃向这边，似乎完全看不见迎面的汉军一般。赵信虽然不解，但还是一挥手，几个清兵顿时就被众人砍倒在地。

等他下了马进入大帐，顿时也被眼前的情景惊呆了，随后从头顶冒出一阵恶寒，而后就是腹内翻滚，差点儿忍不住就要吐出来。而后进来的几名将领虽久经沙场，砍杀过不知多少人，但也被眼前的一幕惊得肃然而立沉默不语。

明墉是随后进来的，他见中军大案边立着一人，正是莫沁然。只见她此刻浑身是血，已经卷了刃的长刀垂在手中，她的手还在阵阵发抖。再看下面，一旁有个浑身是血的赤裸女子仰倒在地上。而另一边，则是一堆血肉模糊的烂肉块混合着内脏等铺了一地。他和盛思蕊合璧时也把对手斩成过肉段，可哪里有这样惊悚恐怖的！那人头都被砍得稀烂，根本看不出五官，天知道莫沁然在做这些时心中到底是何等悲愤。

明墉知道这位倾国倾城的姑娘身上，一定深藏着什么极为伤痛的过往。这次出乎所有人意料的行为，除了泄愤之外肯定还和过往的伤痛有关。但她不说，谁又能问？她不想说，谁又能知道？他轻轻走了过去，在她身后低声道："莫姑娘，都结束了！"

莫沁然一言不发，而是转眼看着那躺在地上死不瞑目的女子，眼中再次浸满了泪水。

此时秦潇也跟进来了，他因为顾卿卿耽搁了，落在了最后。其实就凭他的功力，想后队变前队是轻而易举的。但他没有那样做，因为他本就对杀清兵造反这件事心存抵触，所以也就故意放慢速度，让自己免碰血腥。本来他想过是不是要迂回过去保护一下沁然，可等他见到莫沁然身形跃起直入敌阵时，他的热情就彻底被扑灭了。这才是莫沁然的真正身手，功力远在他之上。原来这一路来，她都是故意留手，好让他在人前能拔得头筹！他本就猜测着，此时莫沁然的身手，却已经把他的猜想印证无疑。

"沁然干吗要这样做，难道就是为了保全我的颜面？"秦潇自问。

其实同伴女子比他功夫好，他又不是第一次碰到。就说盛思蕊，轻功也是略胜他一筹的，可思蕊对他却是从来不掩饰。反而经常大大咧咧地借此玩闹，他也没觉得有何不妥。跟思蕊在一起反而还轻松些，有的事就直接说你比他强，由你去做。可沁然为何要一路跟他隐瞒呢？难道因为她是大家闺秀，所以不愿以真功夫示人？可这也说不通，她好像每次展现什么都要留一手，都让人猜不透，这又是为何呢？而且在关东时，她百般为自己搭桥铺路，让自己和一众草莽称兄道弟，让自己的名头在绿林中迅速鹊起。其实只要她露出真功夫，估计也能把那些草莽给镇住。那些人应该是论功夫结交的，以前的伍芮不就是吗？所以她要是想拉拢人，完全可以自己直接出手，那为何非要假手他秦潇呢？

这些问题他是越来越想不通，越想不通就越要想。尤其是碰到了触发的节点，他更是想法联翩，胡思乱想完全把他脑中搅成一团乱麻。就好比现在，前面众人都在那里拼命，他却在这浮想联翩。他猛地拍拍自己的脸，让自己别再越想越深。

看到汉军已经完全扫荡了前营，秦潇才策马慢慢地踱了进去。进去后一地死尸的惨状让他觉得触目惊心，这就是造反的代价吗？都是人生父母养，何必非要把人杀了才干净呢？他边叹着气边下马前行，这时他的脚边忽然传来一声呼救。一惊之下，他忙低头看，原来一名清兵虽被砍倒在地但还没死，此刻正颤巍巍地探出手来求救。

秦潇见此人是中了从肩头劈下的一刀，刀口虽深，但似乎没伤到大动脉。此刻如果抢救及时，此人应该能活，但究竟该不该救他呢？他记得沁然曾说过一个不留，那就是不留活口的意思。叫让他眼见着有人受伤却不施救，显然有悖他的道德。师父也跟他说过"有所为有所不为"，那锄强扶弱就是应该为的，但是救死扶伤不也是应该为的吗？如果说铲灭强敌是有所为，那杀人不过头点地，适可而止也该是有所为！

想到这里，他低头问道："你还能骑马吗？"那人勉强地点点头。秦潇随即就把他扶上了马，而后在马臀上一拍道："我只能救你到这一步，至于能不能活看你的运气了！"

那匹马就驮着受伤的清兵出了营帐,慢慢隐没在黑夜里。

这时一名汉军过来了,看见他竟然没骑马,问道:"兄弟,怎么马没了?"

秦潇连忙解释道:"噢,之前那匹伤了脚,我拍它回去了!"

汉军点点头道:"全营都打完了,我是来看看还有没有活口的!秦少侠,莫姑娘她们可能都在大帐,你去那里找他们吧!"

秦潇点头应允,而后心中庆幸:只差这么一会儿,那清兵算是捡了条命。

等他进入大帐时,第一眼就见到了满身是血的莫沁然。秦潇大惊,忙奔过去问道:"沁然,你怎么了,是不是受伤了?伤在哪里……你怎么不说话,怎么了这是……"

这时他一瞥眼看见了地上那堆烂肉,一下没忍住差点儿吐出来。他捂着嘴想也没想就唔唔道:"是谁……谁这样……残忍……"

谁知莫沁然听到"残忍"二字,顿时目光一厉,那股如芒的杀气吓得秦潇把下边的话直接咽了回去。

"残忍?什么叫残忍?"她厉声道。随后她走到那女子尸首面前道:"你们看看,这就是我们大汉的女子,你们看看她被折磨成什么样子!"

死去的女子虽然浑身是血,但掩不住满身历历在目、触目惊心的伤痕。

"什么叫残忍?这才是!这个狗鞑子对这样一个弱女子做出这等禽兽不如的事,这才叫残忍!而且在这里,在大清,还不知有多少汉家女子被清狗蹂躏着,践踏着,像狗一样对待着!不,在他们眼里汉家女子连狗都不如!这女子是忍不住被反复折磨后,还要被用作人肉盾牌,自己求死的!临死前她让我帮她把这狗贼碎尸万段!你们说我应不应该这样做!"

此刻汉军基本都已集结到大帐周围,莫沁然的声音清脆有力,透着无尽的愤懑,激荡着周围的空气都在摩擦燃烧。

汉军顿时都无比愤慨地高呼起来:"应该!应该!"

汉初女性的地位较高,汉人承袭了先古母系氏族的特征,对女性很是敬重,也很有保护意识。当初这些汉军驻守边关,对匈奴兵恨之入骨,不全是因为经常交战。如果双方经常对垒,打就打了,敌赢我输是家常便饭,没什么值得记恨的。但这些匈奴兵除了烧杀抢掠外,还当众挑杀他们的孩儿,奸杀他们的女人,这就不得不让人恨之入骨了。此刻的汉军见到这女子的惨状,纷纷联想起了自己的境遇,都把拳头攥地嘎吱响,个个是愤懑难平。

此时莫沁然又说了:"那你们说,我们该不该杀光这些鞑子狗?"

汉军此时爆发出更强的声浪:"应该!应该!"

赵信此时缓过了翻涌劲儿,他第一次杀敌竟然就见到了如此多触目惊心的场景,自然是震惊非小。他也是个血性男儿,要不也不会贸然就以文官的身份奔赴前线了。听到莫沁然这番话,他咬牙切齿道:"我们兄弟以后就跟着莫姑娘一起杀光鞑子狗，为大汉的女子讨回公道！为惨死的汉人报仇！为同胞报仇！"

汉军们爆发出了足以掀翻帐顶的声浪："杀光鞑子狗！为同胞报仇！"

在这一浪接一浪的呼叫声中，秦潇看着莫沁然，却是慢慢觉得血都要凉了。而明墉看到他的神情，却是垂下眼帘微微摇摇头。

这时之前的带路少年也进来了，他见到女尸，先是一怔，而后跪扑过去放声大哭起来。莫沁然默默地脱下外衫把女尸罩上，而后默立在旁。

那孩子哭得累了，抬头哽咽道："姐姐，是谁把我娘害死的？我要把他碎尸万段报仇！"

这孩子的话倒是与她母亲的遗言如出一辙。

莫沁然却指了指一边的烂肉道："姐姐已经为你报过仇了！可惜晚了一步，没能救下你娘！"

那孩子听罢跪爬到莫沁然脚边，不住地磕着响头道："多谢姐姐大恩，我定会做牛做马答姐姐！"

莫沁然忙把他扶起来道："你可叫翟仪清？"

男孩点头，"你母亲临终叫我照顾你，你以后就跟着我们吧！"

翟仪清再次跪倒在地，猛叩头。

莫沁然再次把他扶起道："以后在我们这里没有什么跪拜，大家都是一家人！"

"他们都是你的哥哥，我是你的姐姐！"

翟仪清猛点头，而后向着众汉军再次跪倒道："多谢各位哥哥收留！我一定会谨遵姐姐的命令，视各位哥哥为亲兄长！"

汉朝时人心尚古，颇为重视礼仪情义。他这一拜，汉军们也都抱拳拱手还礼。

赵信这回把孩子扶起道："仪清，听你姐姐的，以后就不要跪了！"

"只要有我们口吃的，就不会把你饿到！"

汉军纷纷点头表示同意，可莫沁然却道："什么叫有口吃的，我们要让被压榨的穷苦人和我们都能吃上饱饭，吃上好饭！"

汉军一听群情再次振奋，仿似山珍海味就摆在面前一样。

而听她这一说大家却都感觉到饥肠辘辘了，有人马上在营帐里找起来。果不其然，寻到了大量吃喝，种类品质还远超他们想象。

赵信就想马上命人埋锅造饭，可莫沁然却把他拦住了。

她道："不是还有个流监所吗？那里可还有不少受苦人，也还有不少鞑子狗！"

"我们一鼓作气，赶过去把他们都收拾了，而后让受苦人和我们一起开饭！"

众人都是叫好，而就在此时，顾卿卿却是颠颠儿地跑来了。她在马场里，看着周围的死尸，越待越怕，索性就跑出来了。她根本就骑不了没鞍的马，只能一路步行。她边走边絮叨着大哥哥竟也把她单独扔下,怎么这么没有风度云云。好在离得不远,她不久也走到了。等她进了大帐,见到这眼前一幕,几乎被吓晕过去。

秦潇给她掐人中掐了半天她才转醒,见了秦潇马上扑到他怀里大哭道:"这是谁这么残忍……"

众人听她的话倒像是与秦潇同出一路,见她醒了,也就没人理她了。

莫沁然此刻已经带着众人来到了帐外,大家纷纷上马,翟仪清坐在当先汉军的前面带路,众人就要杀入流监所解救苦命人。

莫沁然再回头一瞥,却见秦潇正被顾卿卿缠着,在安慰她,她只能又摇头叹口气,而后就打马走了。

明墉这次没有跟着,因为几十汉军对付几十守卫,那可是不费吹灰之力。而且经此一战,他也对莫沁然抬眼相看了。这姑娘不仅让他钦敬,而且让他钦佩了。而且他发现,莫姑娘和思蕊,其实有很多共通之处。

虽然此二人脾气性格外向都是截然不同,粗看或许只有都是美人这点相似。但是美得还各有千秋,如果说莫姑娘美的是飘若仙子,那思蕊就是人间精灵。莫姑娘要是水仙淡雅,那思蕊就是山茶怒放。而此二人在骨子里却都是性情中人,都是明确知道自己要什么的人。而他自己呢,现在更是确认了自己要什么。

转而看看那还在哄小妹的秦潇,他摇摇头,此人还糊涂着呢!明墉不禁对他说:"你要是不忙,我们就去给汉军收收尸!"

秦潇一听有人叫他,终于找到机会摆脱这缠人小鬼,忙过去了。而顾卿卿一听尸体,顿时吓得不敢靠近了。

秦潇边走边问明墉:"难道汉军还有死伤?"

"当然了!都是被枪打死的!"明墉实在是怀疑此人还在梦游。

秦潇看着满地的死尸叹道:"难道非要这样吗?把人杀得一个不留?"

明墉停脚问道:"你什么意思?"

"我是说把他们打服了就好了呗!打散了也能解救受苦人了,没必要杀得一个不留吧?"

明墉有些搞不懂此人头脑了,皱眉道:"我问你,你要是偷袭了敌营,那你最该怕什么?"

"怕什么?难道是怕敌人也偷袭回来?"秦潇迷惑。

"算你沾边儿!好比这次偷袭是以少胜多,我们孤立无援,清军呢却还有援兵。我们要的是速战速决,不留活口,就是不让援军知道这件事,反过来向我们反扑!我们就这点儿人,偷袭一次两次尚可,但久了没有任何后援,如果被大军包围,那到时可就没有活路了!现在知道为什么莫姑娘要一个活口都不留了吧?哎,你这是怎么了……"

秦潇脸色突变，随即脸上冷汗涔涔而下。明墉暗暗吃惊，随即反应过来道："你不会是放走了活口吧？"

秦潇沉默不语表示默认。明墉顿足道："让我说你什么好！莫姑娘组织这场战斗多不容易，而且还是蒙上了对方没有多少火枪的侥幸获胜！要是清军火枪营一来，在这茫茫漠北，我们不被杀得连骨头渣子都不剩？"

秦潇低头擦汗，支吾问道："那可还能怎么办？"

"怎么办？去追呀！"明墉大声叫道。

"好吧！等我去安抚一下小姑娘，就和你分头去！"

明墉砰地一跺脚道："都什么时候了，你还想着这个！这里满地死尸还能咬她？"

"逃跑的人往哪个方向？我们分左右，用轻功全力去追！"

秦潇只得答应了，明墉愤愤道："莫姑娘上辈子不知烧差了哪炷香，这辈子被你这么个人给摊上！告诉你，人不追回来，大家就等死吧！"

秦潇一路沿着他记得的方向发功猛追，可是直追到气力衰竭，仍然没有看到人影。他感到极为沮丧，如果说之前他还觉得沁然的行为有些残忍的话，但现在却是满心懊悔了。毕竟要在那营清兵的生死和他们自己的存亡之间做出选择，那结果是不言而喻的。眼见着自己这边是追不到了，他只能稍事休整后，往明墉的方向斜刺赶去。他这时的念头就是盼着那人已经被明墉捉到，而后砍了干净。可是斜冲出去好远，都没见到明墉的影子。他揣测着，莫不是明墉已经追到人并解决掉了？不过此时已经追出了二十多里，再往前可就莫测了。于是他回头，奔着大营方向疾奔而去。他心里只想着回到营帐后，率先看到的会是明墉那张略带嘲讽却风轻云淡的脸。

等秦潇离营帐尚有一里多，远远看见一大队人正在向营帐走着。这些人骑马的是少数，多数都是互相搀扶着行进。他明白这应该就是流监所被攻克，里面的囚徒都被汉军带回来了。他加快脚步赶上去，到得近了才看出这些囚徒大多衣衫褴褛，骨瘦如柴，显然是受尽了折磨。而里面竟然有几个衣着打扮与众不同的人，这几人都是穿着洋装的男子，也没有发辫，看样子都是中年人，甚至还有两个洋人。这几个虽然也被折磨得不成人样，但精气神却还要好一些。

秦潇左看右看都没见到明墉，只见莫沁然此刻已经洗干净了手脸上的血迹，并罩了件粗布的外衫。她本就身材玲珑，此刻一件大衫罩身，反而显得极为英姿飒爽。

他奔过去问道："沁然，看见明墉了吗？"

莫沁然看他表情很惊慌，不禁问道："没有，他不是和你留在这里吗？"

秦潇可不敢和莫沁然说自己放走了清兵，只是含糊其辞。

莫沁然看他游移不定的神情,就更怀疑了。她正想仔细问问,却见营帐里顾卿卿风风火火、怒气冲冲跑出来道:"都是什么意思嘛?把我一个人扔在几百个死尸中间!我是走也不敢走,留也不敢留,都快吓死我了!"

这时就听人群中传来一阵颤抖的男音道:"卿卿是你吗?"

顾卿卿一听这声音顿时一怔,随即激动叫道:"是爸爸吗?你在哪里?"

这时一中年男子分开人群带着哭腔叫道:"卿卿,爸爸可找到你了!"

顾卿卿一看此人虽发如乱草、面如枯槁,衣衫破烂、浑身脏臭,但不正是自己亲爱的爸爸吗?她马上扑到男子怀里大哭起来道:"爸爸,我可见着你了!"

男子也是涕泪纵横,脸上的污渍被泪水划出了道道,他紧紧抱着女孩道:"三年了,爸爸找你三年了!可算是找到你了!"

这父女相见的场面虽然让大家感怀,但莫沁然听到三年后是脸色一暗,而秦潇则是四周去看明塘的踪迹,想看他听到的反应。

而顾卿卿哭了一会儿却向秦潇说:"大哥哥,这就是我爸爸,科学家顾铭理!"

顾卿卿哭了一会儿就能过去,因为在她的感觉中与父亲分开不过是一个多月的事情。而对于顾铭理来说这可就是历经艰苦、进过人间地狱的三年。

自打三年前顾卿卿掉下了热气球后,吊篮上的所有科学家都急炸了天。大家就眼见着顾卿卿掉落入一块云雾中,而等气球飞过去却根本就看不见任何踪迹。这可是太奇怪了,热气球前后过去也就是一会儿之间,怎么人没影儿了?尤其是顾铭理还给宝贝女儿配备了自制的降落伞,可就算她没打开,这么多人怎么也应该看到个影子吧?大家都急坏了,赶紧就在气球沿东方行进的路线上,找了个平地迫降,而后便返回开始搜寻。这一搜就足足找了半个月,可还愣是连个人影都看不到。生不见人死不见尸这种诡异的事情,现实中怎么会碰到?又不是写侦探小说!于是众人扩大了搜索范围,可接下来的半个月搜寻还是完全无果。他们不是没有经过被飞船罩住的山谷,而是那里从外面看里面就是灰茫茫的,什么都没有,所以众人就直接忽略了。此间还有科学家提出是不是卿卿被那团云雾吞没了,因为他做气象研究时曾听过这样的先例——有人进入一个诡异云团后,就被云团带走,而后到了很远的地方才被抛出,这可是有实例的。大家虽觉得有些离奇,但本着科学家的求证精神,以及不找到卿卿誓不罢休的意志,众人再次扩大搜索范围。他们甚至都远到过瀚海。顾铭理还想继续向北。可随行的气象专家却说,她掉下时虽然有西南季风,但夏季冷暖空气交汇频繁,而她掉落时恰巧赶上风转向,那她就极有可能是被高空云团带着向南吹走了。

出于不放弃任何希望的想法,顾铭理坚定了一定要找到自己唯一亲人的信念。还好身边朋友也都愿意一路相随,他们就开始了从漠北到外兴安岭,再从外兴安岭到漠南,又从漠南到漠北的寻女之旅。这条路线的漫长可谓是震烁古今,一般人是决计走不完的。可架不住这是一群极为执着的科学家，大家排除万难、荒野求生，跨越了人类的重重极限。经过了两年的长途跋涉，直走到乌里雅苏台以南，还是没找到。

此刻已有人开始了质证，因为在种种可能常量都被考虑到了的情况下，结果并未出现的原因只有一个，那就是人为变量的改变。也就是说卿卿如果活着，那她就不是被困在野外，而是早到了某个有人烟的地方。这也是他们最初设计路线时被忽略掉的变量，闻听此言，顾铭理是茅塞顿开。对呀，怎么没想过要去人烟稠密的地方看看呢？可随即他就郁闷了，这一路可见到过人烟稠密的地方？

这一路行程也有几千里了，可说到人烟稠密的地方却寥寥无几，而且多为少数族裔居住，连汉话都不会说，问都问不明白。而这时他们就已接近了乌里雅苏台镇，看这里还算是大地方。而且眼见又要入冬，漠北的冬天可不是好玩的，需要补充大量的给养装备。于是他们就进了镇，他们随行带了不少金币，钱是不用愁的。按以往的经验，有钱还怕买不到想要的东西？

一进镇，让他们感到惊喜的是，这里好多老人都会说汉语。但细一打听，却让他们惊讶，这些人不是发配犯就是他们的后代！原来此地就是个清廷发配犯人的军镇，而且面积极大，犯人分布很不平均，都是零零星星住在各军镇旁边。而且据说此地官兵十分蛮横，见到不顺眼的陌生人也直接关起来。

顾铭理的心都提到了嗓子眼，就自己爱女那个性格，到此地还不得马上就被抓起来？看着这些人悲惨的样子，他实在不敢深想了，只得和众人挨个军镇去找人。

这不，到了一处军镇，队伍里的洋人科学家招了军兵的眼，立时就被逮捕了。

顾铭理他们心想，有钱还怕换不回人？之前去非洲那些荒蛮之地都能用钱开路，这里难道还不行？可是他们是打错了算盘，等军官看到他们有大笔金银，又不是洋人政府的代表时，当时就翻脸了。不但把所有财物洗劫一空，还把他们全扔进流监所里，当作犯人对待。他们是在付出一半牙齿和诸多皮肉之苦后，才接受了这一结果，被迫和犯人们一起劳作受苦。

这对他们来说是地狱般的一段日子，不但食不果腹，衣难暖体，还经常无故受到痛殴和惩罚。好在这些科学家在科研的路上是吃了不少苦，又有寻找顾卿卿的信念支撑着，才勉强熬到了现在。此刻父女团聚，自然是有千言万语要讲。

可顾卿卿在给父亲介绍完秦潇后，他却是到了莫沁然面前深鞠一躬道："多谢这位小姐带人救了我们，看样子小女也是和你们一路来的，感谢你们对她的照料！"

他到底是见过世面的，一看便知这里的实际指挥者是这个看起来娇嫩的小姑娘。

莫沁然下马回礼，言谈举止无不优雅，又回到了那个大家闺秀的状态。她浅笑道:"这是顾先生和顾小妹的造化了!谁能想到你们会被囚禁在那里?我们只是顺手而为,你们获救重逢就是天意!用不着谢我们!"

她说得极为客气,却也是实情,顾铭理也被这一番毫不邀功的话深深折服,不住地拜谢。而顾卿卿却一个劲儿地要拉着父亲去和秦潇说话,口中还说着:"实际是这位秦潇大哥哥,在我掉落时从天上接住我的……"

秦潇哪里还有心情和他们客套,只是眼光不断在寻找着明墉。

莫沁然虽然不明白他此举为何,但还是命令上了:"兄弟们,现在人齐了,大家分队清点人手,掩埋兄弟,埋锅造饭!"

赵信忙在一边指挥,而后派两个士兵和翟仪清一同去掩埋他的母亲。

就此时,明墉却已经拍马回来,他看都没看一脸热切迎上去的秦潇一眼,径直来到了莫沁然的身边道:"姑娘,借一步说话!"

莫沁然见他脸色阴沉,忙跟他到了一边。明墉犹豫了一下道:"莫姑娘,刚才我四下探了探,发现远处应该还有清兵的军营,而且不止一个!咱们现在待在这里可是困坐孤城,如果清军派大队来夹击,那我们定会遭殃!所以我看不如我们把东西都带上,赶紧换个地方吧!"

莫沁然其实早就想到了这一点,如果来上一队用洋枪的清军,他们肯定难逃。不过明墉先提到了,倒是让她有点儿意外。这时她瞥眼见秦潇,正如抓心挠肝般不时贼眼看向这边。她心中微微一疑,难道是秦潇做了什么错事?

秦潇在远处唯恐明墉把他放人逃走的事情说出来,不时瞄着这边。此刻见莫沁然看向自己,心头一凉,不好,明墉八成是告诉她了!随后他就紧张起来,如果沁然知道会拿他怎么办?是责骂他?以沁然的性格倒是不太会。可如果是再也不理他,那不是比责骂他更加受不了?于是他就更加局促地不时看过去,唯恐自己害怕的事会发生。却听莫沁然突然叫道:"大家加快了!饭就不要做了!赶忙埋尸和把物资都带上!还有赵司马,你叫人带着找出的鞍辔,带着这些百姓去马场,把能骑走的马都骑走!"

赵信不解,过来问道:"姑娘,怎么这么急呢?"

莫沁然把明墉的说法和自己的担心说了一遍,赵信也是大惊。他也想到过这里周围肯定还有其他驻军,却没想过能有多少。再加上他听到对方可能有那种响一声就要人命的武器时,更是惊恐。他忙命人赶快照办,此时那一百多男女都是刚脱困的囚徒,一听要去马场挑马,心中很茫然。很多人真的不会骑马,但军士告诉他们,如果不走,等鞑子兵杀来,他们就都要死。这下人人都爆发了求生之志,赶快跟着上路了。

而莫沁然却是另有打算,她想着这里的敌人都有火枪,不论如何得先搜些枪支弹药好傍身。于是就带着两名汉军进营专找火枪,而营外此刻却只是剩下了秦潇和明墉二人。

秦潇很小心地靠近面色沉如潭水的明墉，小声问道："没追上人？"

明墉沉默不答。

"那你把一切都告诉沁然了？"

明墉看也不看他，仍沉默不答。

秦潇有点儿火了，怒道："你倒是给句话呀！还有你为什么要告诉她这个？反正敌军迟早要打来，干吗要告诉她是我放的人导致的？你还够不够兄弟？啊……"

可明墉却突然抬头向后看着道："我什么也没说！"

"那是谁……"

"是你自己说的！"

一个清脆却冰冷的声音从身后传来，秦潇一听却觉得心都要冻了起来。秦潇回头看着脸色中略带失望的莫沁然，就听她轻叹一声道："明墉什么都没说，只是提醒我要赶快撤！"

"是你，是你……"她轻轻苦笑一下，"是你自己怀疑别人的！"

秦潇就觉得整个身子都在往冰面下沉，冷得他有点儿瑟瑟发抖。可莫沁然却看着天悠悠道："天色也不早了，还是赶快干些正经的吧！"

她甩给明墉一杆枪道："你尽量帮忙多找些枪支弹药！"随后她对秦潇道："顾小妹一干人也得有人照料着不是，秦潇你就受累了！"

莫沁然话说得无比婉转客气，但听在秦潇耳中却如同刀扎一般。莫沁然转身走了，明墉瞟了他一眼也叹气走了。

秦潇默默地定在那里，心绪起伏着。顾卿卿已经找到她爹了，哪里还用我照顾？这分明是沁然已经嫌恶自己了！那自己该怎么办？是过去承认错误，并表示痛改前非，请她原谅？不行吧？这大错已经犯了，再追悔还有什么用？而且自己本就不同意造反蛮干的！那该怎么样？难道就这样站着，那沁然岂不是对自己更心寒？

秦潇正在左右为难间，顾卿卿却已经回来了。她牵着两匹马笑呵呵道："大哥哥，我挑好马了，顺便也给你挑了一匹。那些马鞍还是留给那些老弱吧！可是我不怎么会骑无鞍马，你教教我吧！"

秦潇此时哪里有心情教她，只是冷冷道："我也不太会！你找汉兵帮你吧！"

可顾卿卿哪里肯罢手，纠缠上就不撒手了。正在秦潇无可奈何，被扰得烦了要发作之际，就听一人说："卿卿，不要无礼！"

这是顾铭理，他牵了匹马走了过来，向秦潇深鞠一躬道："刚才听了小女讲秦英雄的事迹，才知道之前怠慢了，甚为惭愧！"

秦潇一向是彬彬有礼，见对方如此客气，也只得还礼攀谈几句。

一聊之下才知道顾铭理原来在动力学界享有盛名，尤其醉心于发动机的研发。二人聊到了困住他们的那个飞船的发动装置和原理后，顾铭理大为惊骇。这是什么样的动力才能源源不绝发动两千年,燃料呢?维护呢?要不是这事是他女儿亲身经历的,还有自己见证了这许多跨越年代的汉军,他是压根不会相信的。

还好秦潇记得这消息要是透露出去了,那秘境也会难保,就一再要顾铭理对此事保密。对方是满口答应,但还是说如果不能对残骸进行一番科学研究,那他会终身遗憾。而且他要是根据那艘飞船残骸研究出什么来,将会推动人类科技前进上百年,不,上千年云云。直到秦潇说到不死鬼兵的事,他的念头才暂时打消了。不过他还说如果能说动哪国政府,带着军队重武器前去应该就可能了。

就在他们这边聒噪之时,汉军和一众被释囚徒都已经准备好了。马场所有的马都被牵上了,空马上都驮着大包小裹,连马料都装了不少,捆扎好驮在几十匹马背上。汉军都怕到了什么地方连马料都没有,还得被迫宰马,于是提前都预备了。

莫沁然一共搜出八把长枪,都是较落后的毛瑟枪,弹药倒是不少。她想了想,还是扔给秦潇和顾卿卿一人一支,这举动倒是又让秦潇看到了希望。

随后大家就开始启程,按照老犯人的说法,离此向西大概百里有个隐秘的绿洲。因为周围山势林立,进去十分困难,所以官兵一般都不会过去。但这种地方,不正是他们现在这流浪孤军所需要的吗?

大队按照指引,终于在入午前,拖拖拉拉地全进入了陡峭山地中。这里的确是怪石嶙峋,山峰子立,是个易守难攻的地方。

众人在山围中的海子边修整,这才开始生火做饭。赵信还开玩笑,看这里的地貌怎么那么像之前被困的山谷,只是小一号,而且峰峦更峭。不过莫沁然叫他放心,像那种飞船遇上一个已经是千载难逢了,再想找也难。

人们从紧张中脱离出来,才觉得无比的饥饿和疲惫。支上了从军营中带出的帐篷,各人都去睡了。

可唯独莫沁然和明墉却并肩在山峰间走着,不时指指点点说些什么。秦潇看得心里酸溜溜的,可是自己确实不知道该不该跟上去,只得眼巴巴看着。幸好顾卿卿不时就过来扰他,倒让他觉得没那么孤寂。

不多时,二人分左右下山去了外面,再也看不见踪迹。赵信巡营时看见这一幕叹道:"莫姑娘真是大将风骨,领袖气质呀!"

秦潇不解,赵信疑道:"你不明白吗?他们是在看地形,进退的位置。我猜他们二人下去,一是为了找另一条路,顺便看看敌人动向,二是为了清除我们进来时留下的痕迹。"

秦潇这才恍然,但随即又是疑问,沁然怎会想得如此细密?她一个小姑娘怎能做得到?

就这样,在天色擦黑前,二人才前后脚回来。

明墉先回来了,找到帐子里一块空地躺下就要睡。秦潇忍不住叫醒他道:"你跟我说说,这么久你干什么去了?"

明墉白了他一眼道:"练功,你信吗?"

秦潇当然不信,继续追问。明墉不耐烦道:"你不会都糊涂到了不知师传轻功是什么样的了吗?李叔可是说过在运功同时也能增进内力!那当然练功是越勤快越好了!出去查看一番还能增长功夫,何乐不为?"

秦潇听完是哑口无言,对呀!他好像是对什么人都满口答应,但又好像什么都没有做到。他见明墉转头不理自己,甚是无趣,索性就出了帐子一人在外游荡。

此刻天已透黑,一轮巨月悬照当空。

他不知道这是不是自己的错觉,为何从汉军被困的秘境中出来,他就觉得月亮越来越大。而明月越是大得离奇,他的心里就越来越空。就好像月亮把他空虚的内心给照透了一般,各种胡思乱想无处遁形。这感觉让他既害怕又空洞,好像自己在如昼的月光下迷路了一般。如果这么亮都找不到路,那心里得有多慌乱呢?

他攀上了陡峰,放眼望去,除了苍凉就是苍茫。他缓缓坐了下来,回味着这一天发生的事情。自己到底做错了没有,他想不通。那就更别提为什么做错了,那更令他迷惑。他只是觉得好像有很多还难以承受的东西,一时间喷涌而来,而自己还没做好面对的准备。

就在此时,他听见了脚步声,很轻但是在靠近。他以为是明墉上来了,猛回头,却见莫沁然站在身后。

沁然不知何时扯了块布做了个斗篷,月光打在她脸上,呈现出迷晕的感觉,看起来圣洁得不太真实。

他慌乱间不知要说什么,却听莫沁然轻开口道:"你坐着,我上来跟你说些话!"

说罢她就坐在他旁边,佳人还是眉目如水,气质若仙。可再浮想起被她千刀斩碎的尸体时,一股冰冷又涌向他心头。

莫沁然没看他,平视着空旷问他:"还在想我把那恶贼碎尸万段的事吧?"

她语气十分平静,就好像那只是撕碎一张纸一样的平淡。这让秦潇很不舒服,这感觉让他觉得佳人身在咫尺,心却在天涯。不过他还是很佩服她一下就猜透了自己的想法,只得轻轻点点头。

"你是不是也在质疑我为何要下令杀光那些清军?"

这事情倒是秦潇善恶判定的分水岭,不过在他听过明墉的分析后,态度也摇摆了,不知该向哪边倾斜。

"你可能还在想我为什么要对那些汉军那么好,为什么对他们如兄弟一般?"

这也是秦潇的问题之一,但想到要统领他们,必须要在他们中间建立信任,所以此举也是无可厚非。

"你可能还在想,我为什么一定要教唆汉军去诛杀鞑子狗吧?"

毫无疑问,这更是秦潇的问题。官宦之女为何还要反对自家?

"你也一定想我明明是官家千金,怎么却和自己家服侍的朝廷对付上了?"

这问题完全是把秦潇心中的疑问,一点点给揪出来。

"当然你可能还想了更多更多,但就是想不明白!"

秦潇点头,这就是他现在的状态。

莫沁然突然一声苦笑:"明墉说过,有的人爱多想,明白得晚些。如果要让他明白,得点醒他!之前我还不愿这样做,怎么说也都是聪明人一个,总会想明白的!"

说完她看看秦潇,眼光清澈透亮,继而淡淡地说道:"不过现在我倒真的要说了,再不说可能就没时间了!"

秦潇正要问没时间是什么意思,就听莫沁然悠然道:"我先给你讲个故事吧!很久以前的,但是故事到现在还在延续……"

咸丰十一年,慈禧太后联合恭亲王奕䜣发动了一次宫廷政变。这次政变打倒了顾命八大臣势力,史称"辛酉政变"。

由于这次政变事发突然,在朝中大员尚未警醒的时候就已经结束了。本来八大臣被杀,摄政王议政,同治登基,两宫垂帘的新政治格局已经形成,下面官员逆来顺受也就算了,可偏偏总有些较真儿的人。

莫执焉就是一个,此人是个汉人文官,当时已官居都察院右都副御史,正三品。此人二十岁就被道光爷钦点了探花,学识能力无人不晓,廉洁自律无人不敬。在朝中他属于清流中举足轻重的人物,一直被视作士子楷模。

本来这次政变对他来说也是大快心扉,八大臣平时飞扬跋扈,完全不把新皇和两宫太后放在眼里。作为天子门生,于情于理,于宗法于正统,他都是站在皇家一边的。为此他还破天荒地写了贺表,衷心祝愿大清国运昌隆,新皇平治九州。

但是此事以后,影响迅速扩大化,不少朝中的官员都被牵连,相继被问罪,其中还包括他的主考、前礼部尚书,并牵连了他许多的弟子门生获罪。

历朝的规矩,凡入榜进士都要对大比主考行弟子礼,以恩师相称,以示尊师重道。这实际上就是主考官为网罗自己的关系所用。

当然这个主考是钦定的,皇上想指派谁为主考,就是有重用之意。放一任主考给他,就是要他选拔出自己的可用之人,而后这些人好都为皇帝所用。

帝王心术却远不只这么简单,他通过大考任命不同考官,而后让他们在朝中形成各自的势力集团。通过这些集团的相互制衡,相互倾轧,达到皇帝可以任意所用,独揽大权的目的。当然了,这些曾经的主考大员也有失势的时候,到那时最低也是个树倒猢狲散,皇帝也可以借此擢拔新人,为其所用。

本来新皇登基，臣子新旧更替，一朝天子一朝臣，这本没什么。但是莫执焉的恩师早已告老卸任多年，完全是因为莫须有的罪名被牵连进来的。

　　按理说莫执焉本就是罪臣的弟子，没被治罪已经是烧高香了，就不要再没事掺和了。可他不这样认为，因为他是天子门生，恩师就算被定了罪，但也牵连不到他——这是大清科场的另一俗例，但凡是经过殿试被钦定的三甲，就是天子门生，恩师就是当朝天子。

　　所以他认定自己既然是探花，又名满朝野，自然就牵连不到他。

　　因不忍心看到自己曾经的主考，还有自己曾经同榜的人无辜入罪——大清的规矩凡是因国政被定罪的官员，全族都要受到牵连。

　　莫执焉决定上个折子参奏一下，正好这也是他都察院的职责所在。

　　而就在他用一夜时间，写出了自认最为委婉乞怜，最为歌功颂德的折子要给那些人求情时，大祸也即将降临。

　　第二日大起，他交上折子，同治帝还是个小孩儿，什么也不懂。垂帘的两宫看了看，没说什么，就交给了摄政王。摄政王只是瞄了几眼，就说知道。

　　莫执焉不知道结果是如何，只得忐忑地回家等信儿。等了几天，信儿没等到，但对他主考一党的审理却放缓了。他以为可能摄政王听了他的话，还暗自高兴，只叫着两宫圣明，摄政王明辨。

　　一天夜里，他全家尚在睡梦之中，就被御林军给围了，全家连下人一百多口一个不落，全给下到大狱里。他顿时就懵了，这连个诏书圣旨都没有，就进了诏狱，这可是怎么回事儿呀？

　　第二天他就被带上了三司衙门，见到昔日的同僚一脸恶相，拉开架势就审他，一口咬定他预谋造反，要他招供画押。他好歹也是三品官，没有实据怎能就签字画押！于是他就据理力争。万万没想到真有"证据"呈上堂来，他傻了，那是一封伪造他笔迹的写给肃顺的书信。信里都是阿谀奉承，要誓死效忠云云，跟他拍圣上马屁，想给主考同学们求情的折子内容相仿，只是抬头变了，具体事情变了！

　　他这才恍然，难怪等了三天，原来是要根据那份折子伪造自己的笔迹呀！

　　他写得一手好字，风格自成一派，旁人很难模仿。但有了内容类似的折子，模仿起来就不是问题了。

　　他大叫冤屈，并拒不承认绝不画押。大刑来了，他也坐过堂，却是第一次体会大刑之下那种痛不欲生的滋味。

　　不过他还是硬气到底，直至被折磨到昏迷不醒还是不签字画押。他在狱中醒来，想给皇上写折子申述，可纸笔都没有。他就扯下衣裳，用身上的血来写。

　　几天后，圣旨来了，说他意图联合顾命大臣谋反，现已查证实据，罪官已签字画押招认。现判他腰斩弃市，家中男丁一概杀无赦，女眷被发配到乌里雅苏台给披甲人为奴。

他当时就被吓傻了,连声叫冤,可是谁听他的!他在牢中喊破了喉咙,换来的是一顿毒打。

他静下来仔细想想这事情的经过,签字是伪造的,押是趁他昏过去时按的。经过大堂的他,对这些手段都习以为常。但他怎么也想不明白,为何一贯不党无私的他,怎么会因为一份言辞近乎阿谀的求情奏疏就被冤枉到死呢,还要连累全家?这一切都没道理呀!论官品他不高,杀鸡儆猴也轮不到他。而且他又不是第一个上书求情的,怎么偏偏就他遭遇了此等恶果呢?这完全是说不通呀!他简直都要想破了脑袋,可还是毫无头绪。

直到行刑前夜,一个不速之客的到来,才解开了他的所有疑惑。那人就是他的主考恩师常旭,起初他见主考竟然被放出来了,心中还挺欣慰,而之后他就觉得不对了。

常旭给他斟了杯酒,冷笑对他说:"你呀,这是,也在朝为官十几年了,怎么还不明白官场是怎么回事?"

他不解就问,常旭道:"你还不明白所谓的权力斗争,是一场多方角力。当主角儿双方一派斗倒另一派时,输了的不用说就要下十八层地狱!"

这个莫执焉当然懂,可自己完全不属于任何一派呀!怎么都不该算到自己头上!

"可主角儿斗完了,就该轮到龙套了!这时获胜方要示威,要让摇摆派彻底臣服,就要杀鸡儆猴!"

这个莫执焉也明白,但怎么也轮不到四六不靠的他呀!

"摄政王收拾我,就是因为以前我对他有过不敬,所以连我的门生一并下狱,显示权威,我们在狱里就已经明白了,并每人都向摄政王纳了投名状,表示要誓死效忠他和太后!"

莫执焉这才愣了,这事情怎么他不知道?

"本来等摄政王关我们一段,等他气消了,我们自然出来了,很多人还会官复原职,可好巧不巧这时你却上书了!"

可他上的书有什么问题,都是违心的一味歌功颂德了,还能有问题?

"你好写不写,竟然在奏表里没提摄政王的名字!"

莫执焉仔细回忆,好像确实是没写摄政王,可自己的表疏是写给皇帝、两宫太后的,干吗要写摄政王?

"枉你聪明一世,还不知现在的奏章最后都是谁批吗?你这样做,就是公开藐视摄政王!他不办你谁办你!"

莫执焉当时就惛了,就因为这个,就要灭了他全家?

"你还不明白吗?所有的配角都低头认错,主动效忠了,可你却偏在此时上表，还不写摄政王，那不是当朝藐视他！此时他正找不到人来立威，所有人都尿了，偏偏就除了你这个不知死活的刺头！那他不灭了你，还去灭谁？而且你哪里听说过，历朝因为朝政的案子不被灭门的先例呢？犯臣的后代最容易复仇了，因为总想着你是被陷害的，有着千古深仇，那还不如都杀了，斩草除根来得干净！"

到了此时，莫执焉才算恍然大悟！

就因为自己的一个疏忽，少写了一个名字，就让全家惨遭了大祸！

说到这里，莫沁然问秦潇："现在你该知道这位莫执焉是谁了吧？"

"难道是你的祖父？"可明明说男丁都被杀了，那……

"他是我外祖父，我是随的母亲姓！"

"就因为这个，你就要造反，杀光清兵吗？"

"这只是这故事的开始，真正悲惨的还在后头呢……"

七十九、万仞孤影

　　莫执焉知道了实情，也就认命了，只是感叹坑了全家。次日他就被行刑，同时被砍头的还有一家男丁。

　　而包括他的夫人以及四岁女儿在内的全部女眷，就被一路押向了乌里雅苏台。这是一段极为漫长、苦难之极的行程，有的人在路上受不了煎熬就死了。而他的夫人却在被迫委身给全部差官后，勉强保住了她和四岁女儿的性命。

　　等到了地方，他们才发现，苦日子还在后头。

　　第一年，所有成人都必须戴着枷锁劳作，多少体格弱的就被那几十斤重的木枷压断了脖子。到了冬季，只着单衣更不是一般人能承受的苦寒。

　　可莫夫人却是咬紧牙关撑了下来，她受了无数的屈辱，但心中总是坚持着一个信念，自己的夫君是正人君子，他没错，他是被人陷害的！

　　不论怎样，现在他的女儿活着，她要让她活下去，记住自己父亲的惨剧，记住一家人的冤屈，有朝一日要为全家报仇！

　　莫夫人也是大家闺秀，琴棋书画、诗词歌赋、针黹纺绩、持家主内无所不通。她凭着自己的记忆，将知识一点点传授给女儿。她用伺候那些畜生换来的一点可怜的精食，抚养着女儿。她用自己的行动告诉女儿，要坚持活下来，等到报仇那一天！要不停地充实自己，让自己坚强，好能亲手报了血海深仇！

　　莫夫人就这样在巨大的精神动力下苦熬着，期盼着能有重见光明的一天。可是上天不会因为你的坚韧来转换你的命运，在日复一日的苦难、屈辱、凌辱、饥饿的摧残下，她的身体不堪重负，就快熬不住了。

　　终于在被发配为奴的十年后，也就是她女儿十四岁的那年，一场变故将她彻底击垮——她的女儿被一群酒醉的官兵给奸污了，她只有十四岁的可怜女儿！

　　其实她早就担心着这些禽兽会干出这样的事，见女儿出落标致，她平日里尽量让女儿显得蓬头垢面，以免不测。可就是这样，她女儿仅仅出去晒了一次谷，她多年的努力都白费了。她想拼命保护女儿，却被打成重伤，眼见着就撑不下去了。

　　临终前，她将悲惨的家世告诉了女儿，并为她改名莫忘嫣，让她永生都记得自己一家遭受的冤屈和耻辱。不久她撒手人寰了，留下这个只有十四岁的女儿孤零零地活在这个豺狼的世界。没了母亲庇护的莫忘嫣生活更加凄惨了，受人凌辱几乎就是家常便饭。她甚至被直接抓到了营房做了营妓，这种被当作泄欲工具令人发指的遭遇，后人连提及都要心碎。

终于有一天，她趁夜防松懈，一路从军营里逃了出来。她走得匆忙，只有一身尚不遮体的单衣，而清兵怕她逃跑，平日里连鞋都不给她。她不敢向南方人烟稠密的地方逃，只能一路向东北仓皇奔逃。她逃得双脚血肉模糊，连日来更是滴水未沾、米粒未进，身体终于支撑不住，这才晕倒在茫茫戈壁上。

本来她都以为自己必死无疑了，当然这也是她的解脱，虽然没能完成复仇大计实在心有不甘。

或许是她母亲冥冥中的庇佑，她被一队人给救了。

刚被救醒时她被吓了一跳，眼前是一群黄毛碧眼的人，她差点儿以为自己真的到了地狱。直到她看到走过来的一个华人男子时，才渐渐定下心来。那人二十出头的样子，看上去正直英气，却一脸风霜。

见有同胞，虽然暂时放心，但一想到自己现在衣不蔽体，根本没法见人，她赶忙抱成了一团，这才发现自己身上已经被套上了男子宽大的衣衫。

她小小的身躯被宽袍包裹住了，不用再担心出丑。

她十分感激这群人，尤其是这位年轻的同胞。

当她说完自己惨痛的遭遇后，男子十分同情她，并让她以后就跟着他们，至少不会再受那样的摧残了。

那群黄毛碧眼就是沙俄人，由于语言不通，所以只有他们两个说话。

男子告诉她，他的汉文名字叫秦然，俄文名字叫切尔盖，她喜欢怎么叫都行。他们都是沙俄土地和自由社的，这是个反沙皇组织，主张人民拥有权利。现在他们组织声势大了起来，经常受到皇家政府的追杀，每到此时，他们就会越过国境躲到中土来。这回在意外之下，就把她捎带给救了。

此时的莫忘嫣根本就不知道什么反沙皇、人民权利的，但见对方不是恶人，也就放心了。此后她跟着这群人一路在边境游荡了很久，这才跟他们返回了沙俄。

其实临回之前秦然曾问过她要不要跟到沙俄去，那边的条件也很艰苦，尤其是到了酷寒之时，都能冻死牲畜。不过现在的莫忘嫣已孑然一身，她还能去哪里？况且她觉得这些人看上去虽然粗野，但至少没人对她毛手毛脚。而且秦然还十分照料她，那她这个十几岁的弱女子还怎么能不去呢？

路上秦然告诉她，实际上他是被发配到宁古塔的罪臣遗孤。幸好当时他刚出生，所以虽为男子却逃过了一劫。而他也是因偶然机会才出逃到了沙俄。

他在沙俄长大成人，对皇帝的残暴有着切肤之痛，所以就加入了社团，争取为反抗沙俄做点事情。

秦然的幼年时期是在宁古塔度过，自然对同样出身的莫忘嫣十分照顾，很多悲惨的过去，她不提他自然就明白。而这些俄国人虽然是打着土地和自由社的旗号干着造反的勾当，里面却有很多才华横溢的艺术家、思想深刻的文史学家，这些都让莫忘嫣长了不少见识。

在沙俄的日子里，很快她就年满十八，出落成了一个亭亭玉立的大姑娘，甚至比俄国那些风姿绰约的洋美人都不遑多让。

在社里她也渐渐成了秘密行动的主力，总是凭她出色的外表打探情报。可她还只是个姑娘，难保不被好色之徒骚扰。于是秦然就作为她的行动搭档，专门保护她。

两人在几年的默契配合中渐生情愫，但莫忘嫣因军营的摧残，对男人的接近十分抵触。秦然用自己的爱心、责任、呵护慢慢地感化着她，让她西伯利亚坚冰般的内心渐渐消融。几年后，两人终于水到渠成，在彼得堡秘密完婚了。

本来这样的结局对孤苦无依的莫忘嫣来说，无疑是美满的。但上苍总是不给渴求安宁的残破之心任何机会，没多久原土地和自由社就分裂了。他们这对历经苦难的新婚小夫妻选择进入民意党，秦然还成了党中的要员。从此二人就开始了聚短离长的生活，而民意党也由单纯的主张宣传转而迈向实际行动。

再几年后，在长期侦查布局后，民意党终于出手刺杀了亚历山大二世，震惊沙俄。但此举并没有实现他们唤起人民觉醒和推翻沙皇制度的愿望，却带来沙皇政府对他们更加残酷和恐怖的剿杀。他们的组织遭到极大的削弱，很多人都先后被逮捕和处死。

秦然是那次刺杀的主要策划人之一，自然就上了沙俄通缉的头号名单。他们在沙俄已经是日渐危险了，迫不得已就选择逃回大清。一路护送随行的还有不少党徒，他们过了霍勒金布拉格就以商人的身份隐居下来。而秦然则是目标太大，只好携同莫忘嫣一路继续南逃。两人通过几年辗转，直逃到了天津都没能摆脱追杀，只好一路向内陆转移。

这段日子二人虽疲于奔命，但也是聚在一起最多的日子。逃亡途中，莫忘嫣怀孕了，二人在欣喜的同时更是充满了忧虑。这还在逃亡呢，怎么能将孩子生下来呢？

不久，二人逃至安徽境内时，被俄皇的秘密杀手追上，秦然在掩护莫忘嫣的过程中被杀。

正在莫忘嫣痛不欲生、逃生无门之际，救星出现了。一位路过的老尼救下了这名孕妇，并将她带回了自己隐居的山林庵堂之中。几个月后，莫忘嫣在这里生下了一名女孩儿，那一年是一八八五年，也是光绪十一年。

她感念上苍让她给先人留下了骨血，同时也更为感怀，为何自家的深仇大恨每代都要由女子担负。先夫已逝，为纪念亡人，并遵守要记住父亲冤屈的誓言，她以父姓将女孩命名为莫沁然。

听到这里，秦潇不禁问道："沁然，沁然，就是纪念你的生父秦然，而令堂仍是要你记住母家的冤屈吗？"

莫沁然点头道："现在你该明白了，我对你一直另眼相看，还有层原因是你与我生父同姓！"

秦潇这才恍然，点头继续听下去。

本来莫忘嫣以为躲得过初一躲不过十五，她娘俩在这间小庵也只能过一日算一日时，却让她惊讶地发现这位老尼一点也不简单。

被救的时候很混乱，莫忘嫣虽然记得她三拳两脚就把追兵赶跑，并抱着她一路飞驰回林中，但也来不及细想。直等生活下来才知道这位老尼不仅武功超绝，而且文采斐然，工诗善画精于音律，连女红都是上乘。她问老尼的来历，老尼只道尘世的事她已经了断完了，不愿再提，只叫她了忘师太就好了。

这庵里之前只有师太一人，她们两人的到来倒给她的生活多了些人气。而师太也极喜欢这个天资极佳的孩子，将自己的一身功夫和毕生的造诣倾囊相授，莫忘嫣也跟着学了不少保命的功夫。从此了忘师太就像是一个严师般时时督促莫沁然勤学苦练，从未有半点松懈。

沁然母亲见师太的传授中不少都是极为狠辣的杀招，也不免疑惑，既然师太已经遁入空门，为何还要传授这样的武功呢？

了忘师太讲道，只有了了生前身后事，才能忘却往事再无挂碍。可现在她们母女是三代的恨念缠身，怨气郁结。如果不让这股怨气发出来，不让自己的平生所愿了结掉，如何能做到忘了呢？佛云"放下屠刀，立地成佛"，可为什么不说"莫动屠刀，即可成佛"呢？不管别人怎么想，劫数就是劫数，恩仇就是恩仇，没什么人能轻易放下。可如果在快意恩仇后，仍能不为虚华所动，坦然放下一切，那不也是证了佛道吗？

了忘的新奇观点也擦亮了莫忘嫣有些灰霾的初心，本来经过此劫她确实已经心灰意冷了。不管情不情愿，她都想着可能要在此清净地了此残生了。可师太的话却让她明白如果是不得已的忘却，那总不会了断！要想了断，就必须要给自己个交代！于是她带着女儿在此勤学苦练，一待就是十三年。

莫沁然已渐渐出落得宛如仙子下凡般的品貌，师太传授的一身绝技也已练成。连女红师太都教完了，自觉再无可授，就要她出去自己历练，并告诉她："其实世间最利的不是武器，而是人心！""世间最难的也不是杀人，而是忘情！""但凡史上有大成就的，都能得了人心，忘却人情！"

她这话说得是十分空妙，小小年纪的莫沁然如何能懂得？莫忘嫣怕女儿年幼，从没出过门，会被坏人欺骗，就要一路跟随。了忘师太却说："你这一去是再也回不来了！而且就算是回来她也会不在了！"

她们忙追问，了尘道，沁然心中空灵已开，日久定能成器！可在这世道，成器就意味着极大的危险！所以此去定会万险重重！而自己这里，恐怕再也不会有清净了！所以等她们走了，自己也会搬离此地。只要她们记得，若能了却生前身后事，那就要学会忘却，这才能最终心无挂碍，得自由身！

她们二人都是似懂非懂告别了，而这一别却真成了永别。

莫忘嫣为了让女儿记住父亲的生平，辗转带她去到沙俄故地重游。可没承想却遇到了民意党的旧相识，故人相聚，不免唏嘘感慨一番。

而后那人说他们正在筹划一个秘密组织，这回是要把推翻沙皇统治、还人民当家作主权力的事业进行到底。他还积极邀请莫忘嫣母女加入，并说这里也在联系清国的革命人士，要如兄弟般携手一并连清王朝也推翻了。

本来单纯要推翻沙皇已经激不起莫忘嫣的斗志了，但说到推翻清王朝，不正是为自己的父亲和家人报仇的最直接方式吗？于是她欣然答应，从此参与到俄国革命派的筹划中去。

她们很快就加入一次刺杀行动当中，莫忘嫣自恃学了些高深功夫，为了先夫的未竟之业，挺身而出打前阵。可是她毕竟是快三十岁才学的功夫，没有童子功，也就不存在根基。

她在刺杀中虽杀了目标，但因对方人数众多，自己也身中数枪。奄奄一息中，她还跟女儿说一定要推翻了满清朝廷为家人复仇！

莫沁然送走了娘亲，从此再无亲人，只得和秘密组织中的人在一起了。不过她牢记着母亲的重托，将这个刻在心里，融在骨血里。由于出色，她很快就被组织委以重任。那就是带人去大清的广州，刺杀一船准备转移财产的沙俄贵族。并让她想出一个名目，来策应大清革命党在广州的行动。

她虽小但是头脑异常敏锐，记得师太曾经跟她详细讲过白莲教传教时的故事，那是借助蛊惑人心的异术，能让参与者尽皆在痴痴迷迷中深信不疑。还有师太曾经传给她一套邪门的武功，那是需要童子血辅助修炼的，而且必须是处女之身才能练成。当时师太那里没这个条件，而且说这功夫实际是白莲教一代圣领——王聪儿传下来的。

这功夫据说在月灵全闭之时修炼效果最盛，而练成之后，功力大增，届时一草一叶俱可化为利器，取人首级如探囊取物，只在一念之间。这功夫本是白莲教的不传之秘，必须得圣处女修炼方可，如果赶上天狗食月之时，那就是最佳时机。但若是在修炼途中被人打搅，阻了气脉，则不仅自己的功力会受损，而且再也无法练成此功。并且师太还说这功夫虽不伤人性命，但也是损阴德的，不到万不得已，不要修炼。

想起这一节，莫沁然心中对这次行动已有了盘算。

当时科技已经能解释天狗食月的成因，就是月全食，据推算几个月后就会有一次。

听到这秦潇愣住了，连忙问道："你不会是说，那次在羊城，你就是那个红莲教主吧？"

莫沁然侧脸看着他，眼光有些跳动："你不会是现在才知道吧？我们在上海见面时你还揣着我的红纱呢！"

秦潇顿时惊得目瞪口呆，难道说当时抱着的软玉温香，看到的玉体横陈，就是眼前的莫沁然？

随即他又局促起来，相处了这么久的佳人，自己一直都敬若仙子的沁然，竟在那时就被自己看过了全相！这可真是无意的唐突，可那旖旎的一幕在他脑中泛起，却又令他难以抑制地心神激荡。

谁知莫沁然却淡淡道："不知者不怪！你也不必不安，我都坦诚说了，你还怕什么？"她望向远方叹口气道："真是可惜，我们那么精密的布局，那么精心的准备，花了那么长时间，费了那么多人手，却被你们一群初出江湖的'牛犊'全给搅和了！"

秦潇不知该说什么才好，难道是致歉？

莫沁然却突然摇头笑道："不过也亏了你们搅了我的局，要不我练成那邪功之后，还不知是什么样子呢！"

秦潇只得跟着讪笑，他真没想到莫沁然会如此坦诚。

莫沁然接着道："那次的事情没成，我们呢就商量着先去上海的教堂躲躲风头。我趁此时返回长大的庵院，一为看望师太，二为将母亲的骨灰带回安葬。当时我父死后，师太帮她把尸首寻回，葬在庵堂后面，我母亲生前的遗愿是希望能和父亲合葬。可是等我到了，庵堂已经人去屋空，只留下了一封信和几颗药。师太在信中说听说了广州闹红莲教，就差不多知道是我做的了。她说以后的路要我自己走了，只要好好记住她的话就行。那几颗药是给我疗伤的，我是又失落又感激，不过我身边最亲近的人那时就都没了。"

她的话音依然平静，但泪水扑簌簌地流了下来。秦潇从未见莫沁然哭过，那是一种透彻心扉的凄然美，用梨花带雨等词汇根本没法形容。他想把沁然揽入怀中，可是手伸出了又缓缓放下了，他真不知道该怎样做。

正犹豫间莫沁然已擦干了眼泪继续道："之后我就返回了上海租界教堂，可谁想，在那里竟然又遇到了你这个冤家！本来当时我是有气在心，真想教训你一番，可是我却发现你们正被军兵追捕。在我心里被军兵穷追不舍的，绝不是简单的作奸犯科。于是我就打发了接头人，扮作被拐骗的和你们到了一路。等我慢慢发现你们要做的事情,似乎和我的目的不谋而合时,就想办法留了下来。"

"可你说自己是李大人的亲眷?"

"我们去广州前是做了充分准备的,对当地官员都调查得一清二楚,更别提总督大人了。我冒充他的亲眷都不用改姓。"

秦潇点点头暗道,原来这是意料之中的巧合呀!怪不得,再加上她的风采气质,几乎把所有人都骗了!

但他这话没说出口,因为他不知该怎样对待这个骗了他们一路,却在此时流露真情的女子。

莫沁然接着道:"当初我看见那个舆图,本以为自此推翻清廷有望。其实那图我早就背下来了,凭记忆可再绣幅一模一样的,可是我并没有离你们而去,你猜是为什么?"

难道是她觉得和我们一路更有希望找到标注的地点?秦潇这样想,可他嘴里却问着:"为什么?"

"因为你!"莫沁然突然转头看他,眼波流转。

"我?"

"对!"她的回答很坚定,"你与我父亲同姓,虽然有些鲁莽,但总是个有热血的英雄儿郎!我猜想着,我那没见过面的父亲应该也是你这般模样?"

这话说得秦潇无言以对,自己竟被人想象成了父亲一样。

"况且我家前两代女子都是受尽了凌辱,母亲从小就教我不要轻易与男子接近,更不要轻易被男子骗了身子。可我的身子却全被你看去了。"

这话说得秦潇心怦怦乱跳,都不敢抬眼看莫沁然。

"我就在想,你如果是个正人君子也还罢了,如果被我发现是个轻薄之辈,那我就直接宰了你,免得让别的姑娘受苦!"

秦潇听得心下骇然,幸亏自己是个真君子,要不然此刻还能有命在?但他突然又是暗自庆幸,当时去救凯特时,幸亏没被她看见,要不一准儿以为我是在轻薄那奔放的野丫头了!

莫沁然接着说:"还好!这一路你让我相信了你的人品。于是我就想用自己的办法,让你变成别人眼中的英雄。"

难怪她在东北一路在草莽中帮自己立威,原来是存着这个念头呀!可他心中立刻疑云浮上,凭她的功夫气度,完全不用假手于我呀?怎么都可以让那些草莽服服帖帖的!

而莫沁然仿佛知道他的想法,道:"以前一直封闭着练功,练各种技艺,进入大清社会,才发现这时代女子地位低下,没有男人肯听女人的,哪怕这女人远高于自己!"

"那慈禧太后呢?"秦潇终于能说句话了。

"那是权力的结果！男人怕的是她的权力！"莫沁然道。

她接着转而道："可是我发现，你似乎并不愿意做这样的英雄！"

秦潇默认，到处吆五喝六，称兄道弟聚啸山林的确非他所愿。

"可我就不明白了，英雄不都是这样开始的吗？师太给我讲历史时就说过，只要不是天生豪门贵族，想要成就一番大事的人都要先成为草莽英雄！"

秦潇想想，这话似乎是没错的。

"可你不愿意，我也不能强迫，反正推翻大清还有那舆图呢！于是我跟进了秘境，知道了远古的故事，帮忙防守打退魔兵，可这都不是我最终要的！"

秦潇点点头，这样说来她就是知道了那金盒的厉害，奔着毁掉金盒去的！

"可是结果呢？金盒是毁了，我们却被耽误了几年才脱逃出来！外面呢？还一样是清廷的天下，受苦的人一样还在受苦！"

说到这里，她不禁神色黯然牙关紧咬。

到此秦潇也明白了她为何会对军营里虐待女子的军官如此愤恨，非要碎尸万段泄愤，原来都是因为家族的深仇大恨。

"说到这里，我就没什么隐瞒的了！"莫沁然松口气道，"明墉说你看不出我在想什么，那好吧，现在我全告诉你了！他还说他和思蕊能在一起，是因为彼此都明白对方在想什么。现在你知道我想的了，那你现在在想什么，想清楚了没有？"

这连串发问，倒是让秦潇有些进退失据了。不过他想想还是问道："那你现在把汉军组织起来，就是要在漠北造反吗？"

"你都看到了，汉军此时无依无靠，到了外面他们将要面对的是什么，不是一目了然吗？那还不如尽显他们大汉的军威，在此打下一片属于他们自己的天下！"

"可你认为他们也是这么想的吗？"秦潇小声问道。

"没有哪种结果是百姓能够选择的！多数人只能被少数人引到正确的道路上来！这是俄国革命者常说的！"

"可就算如此，那他们也该有自己选择的权利呀？"秦潇鼓起勇气反问。

"选择？权利？"莫沁然突然苦笑道，"好吧，就如你说的那样，给了他们权利，那在这大清治下，他们能选择什么？王权之下，连生命都是可以随意被剥夺的，还提选择？那是民主社会提供的，不推翻清廷，人人都别提什么选择、权利！"莫沁然决然道。

"不过西方国家也有君主立宪制，不用杀那么多人，比如英国……"

"那是他们的国情，我在俄国时也抽空看了不少书，对他们的历史也有了解！你也待过那里，你说说在英国人民的权利是如何实现的？"

秦潇无语了，那的确也是通过一场革命，而且王室日渐衰弱，一直遵守了宪章，这才有了今天的民主繁荣。

"所以不去革命，哪里能推翻腐朽皇朝的统治！我们中华历史上，不是没有过皇帝向百姓的承诺，但哪次不是过不多久就翻脸了，那时百姓死得更多！"

秦潇明白了，自己在这个问题上是不可能辩得过她的，实际上她要是想辩论，自己在哪个问题上都不是对手。他低头沉默，沁然是要他表态吗？不然什么意思呢？是不是自己表示愿意跟着她做她想做的事，她就能和自己双宿双飞呢？是这样的意思吗？还是仅仅想知道自己的态度？

犹豫间，莫沁然却叹了口气道："其实我是很羡慕思蕊姐姐的，她能有那么一个懂她的人，愿意伴随左右！在这一点上，我远不如她，我也衷心愿她能幸福终生！"

说完她起身就要走，秦潇忙一把拉住她，但又说不出话来。

莫沁然见他游移不定的目光，踟蹰不前的举动，心中其实就已明白了大半。她轻轻拨开他的手道："既然你还想不通，那就再想想！"接着她向远眺望，"这里恐怕我们待不了多久！给你一天时间，想清楚，好吗？"

这一夜秦潇是彻夜难眠，翻来覆去地如烙饼般，动静都把明墉给吵醒了。

明墉见他那辗转反侧的样子，迷糊中说道："还想不明白？"

听他一说，秦潇才想起来似乎莫沁然跟他有过沟通，他不管不顾地弄醒他问道："你说，我该不该跟她一起？"

明墉一愣，骂道："你的脑子被猪拱了吧？这问题都问得出？"

"可这是造反的路，可是跟大清对抗……"

"你要是真选好了，就不会说这话！"明墉叹道。

"要是就干了，就这么点儿人，迟早得被剿灭了，到时……"

明墉打断他道："就是你没选好，也不该说这话！"

秦潇一愣，这叫什么话？

明墉瞪他一眼道："你关心她，就要帮忙想办法出主意，至少不要总想着以后输光了会怎样！"

"那总不能说造反就是对的吧？"秦潇急道。

"要是在太平日子，百姓都活得安康，谁会造反？"

"可现在大清虽然腐朽，但还有救呀！"

"大概就是你这样的人太多，清廷才会一直苟延残喘！"

"你这叫什么话？身为国民，应先为国着想，而不是一心想着推翻了再建个国！"

明墉摆摆手道："你别跟我说这些，反正百姓生活怎样，我是历历在目，你不会没看到或者装看不到吧？"

"这叫什么话，当时是那样，可是现在……"一说现在秦潇顿时有了精神，

"对了！我们可是有八年没见到大清到底是什么样子了？说不准现在好了呢？"

"你没见这里的流放犯是什么样子吗？好了？"

"这只是特例罢了，这毕竟是监所！我在英国还看过，将囚犯拴成一排，赶到船上，说是要送到什么岛上去开荒！那不是跟大清也没区别吗？"

明墉叹气道："你要是想给自己找借口，那可多了去了！就算这个不行，你还可以说，要不等我们找到李叔再做决定！"

秦潇一拍手道："这个好！没错，我确实要听听义父怎么说！"

"那你要不要等我找到思蕊后，大家一起行动这样更保险呀？"

秦潇这次一拍大腿道："众人拾柴火焰高，没错！人多力量大呀！"

"那你是不是还要找周焖，那样人更多！"

秦潇喜道："没错！没错！"

明墉怒道："没你个大头鬼！这样找借口都够你找到寿终正寝了！"

"你怎么就这么厌！莫姑娘怎么就那么看不开，非要看上你呢？"

秦潇不愿意了："厌？这是造反！你倒是说得轻松！思蕊反正大大咧咧的，找到她后，你们肯定是自顾逍遥去了！"

明墉狠狠地盯着他，他立刻就回味过来，要从那个鬼魅高手手中把思蕊给救出来，并不比造反轻松多少。

明墉见他不说话了，甩出一句道："你想不明白就到外边想去，别耽误我睡觉！"

秦潇闹了个没趣，到了外面，此时天色已经蒙蒙亮。他乱逛着，脑中被另一个明墉刚才问的问题占据，沁然为什么看上了自己？这可是个关键，自己论武学功夫不如她，论学问修养不如她，难道就因为自己是个君子？还是因为自己是第一个看过她……这想法有点儿下作，但以沁然的气度，她应该早不放在心里了！那是为什么？她提过要是发现自己是个薄幸之人就宰了自己，为何要反应如此激烈呢？

他越想脑子是越乱，反而把之前考虑的放在一边，又纠缠起了其他。

这时有人叫他，他回身一看，原来是顾铭理。他走过去和这位寻女三年，差点儿被流监所折磨致死的好爸爸攀谈起来。

当顾铭理知道他刚上牛津大学就辍学回国时，那是好一阵痛心疾首。他说毕竟牛津大学是世界上第一流的学府，能在那里深造将来一定不可限量。而且什么救国存亡的，什么革命民主的，像他们这样的科学家又能做得了什么？再说按世界大道，大清迟早得灭亡，那既然天理昭彰，就让它烂透自己亡了好了，干吗非得让他们这样宝贵的人才去掺和呢？

不过国外大学一旦注册，学籍就会保留，等他回去还能继续念。现在对他来说，趁着年轻，多学知识，多做科研，等取得成绩了，大清或许就没了，新的民主国家就出现了。到那时，他要是选择回来报国，那定是举国欢迎，到时把自己的所学用到新国家建设上，那他更是国家的英雄！这总比没头脑上战场被打死贡献大吧？反正都是为了名留青史，肯定要选最稳妥的来呀！

这时顾卿卿也出来了，听到二人攀谈，也插嘴进来。她当然是同意父亲的说法了，她还说了，自己回去再过一年就要报考大学，到时还可以有个师兄呢。

这小姑娘虽然一路上啰啰唆唆，但孩子气十足，非常天真烂漫，倒也是很能让人解闷。

这父女两个，你言我语的，来来往往间秦潇的天平更倾斜了。对呀，现在国家腐朽关我们什么事，他们还年轻，要多掌握知识，才能在未来世界掌握主动权！他甚至都想到是否要劝说沁然和他一起到海外读书，那时金童玉女徜徉在校园里，可是何种靓丽景色！而且等他们功成回国，那时不管大清还在不在，他们的确都会受到英雄般的礼遇！要当英雄，当这样太平稳当的英雄不好吗？

想及此处，他就要去找莫沁然，把这想法告诉她。可找来找去，发现除了几个有伤在身留守的汉军外，莫沁然和其他汉军都不在了。就自己去聊天这段时间，这些人去了哪里？他奔回帐篷，却见明墉也不在了。他可有点儿慌了，连忙去问。一问之下才知，这些人天刚擦亮就悄悄出去了。

秦潇马上紧张起来，她不会是看自己不想走，带着大队独自走了吧？可这担心没多久，他就恨得差点儿扇自己一耳光！混蛋，让你再多想，沁然是那样的人吗？

都说了还要给他一天的时间，怎么会食言！不过就算打了嘴巴，也不能阻止自己胡思乱想。

就这样，在忐忑了一上午之后，终于等到莫沁然带队回来了。令所有人意外的是，他们带回了几十颗血淋淋的人头。从那些扭曲的猪尾辫就可以看出，这些都是清军的人头。

还在众人恐惧诧异间，赵信率先催马出来叫道："各位受苦的汉人百姓，清早我们出去，正碰上一队来探查的鞑子兵！我们大汉铁军焉能被辫子狗吓住！经过交战，不费吹灰之力就全歼了这队人马。我们顺手把人头割了回来，给父老同胞们解解气。"

人群中很多人都发出了惊异的叫声，也有零零星星的叫好，喊着多谢军爷为我们报仇等的。

见群情不甚激愤，莫沁然出队高声道："此次出战，我们全队丝毫未伤，足以证明清兵跟我们比完全不是对手。只要有我们兄弟的铁骑在，就足以保护大家的周全！"

人群的反应还是不甚热烈，更多人是被凶残的清军给欺压怕了，早就吓破胆了，到了此时还不敢多发一言。

一人颤颤巍巍道:"军爷们,我们昨晚就被胁迫跟从,一路从流监所出来,到了军营才发现各位竟然把营官们全都杀了。我们之前不过是被囚禁劳作,只要听话不反抗,至少还有活路在。可现在军营被屠,朝廷定会以为我们都参与了造反,都有份杀人。现在我们可都成了朝廷的通缉对象,被抓住可都是杀无赦。各位,你们可把我们给害惨了!"

他这番话一出口,倒是得到了不少响应。本来很多已经稍微定心的囚徒,都跟着痛哭起来。

这局面不仅莫沁然没想到,就连赵信等汉军都没想到。这明明从鞑子狗手中救下了被残害的百姓,这些人不但不感恩,怎么还反而埋怨起来?

赵信怒道:"你们这群百姓好不知好歹!明明是我们将你们救出虎口,怎么还成了我们的不是?早知如此,让你们在囚所里继续被折磨,痛苦死好了!"

可莫沁然略一思索,就明白了这些人害怕的是什么。她止住了赵信的怒骂,和颜悦色道:"受苦的兄弟们,你们不想想,如果我们歼了清军整营,却把你们丢在那里不管不顾,你们的下场会怎样?"

众人听此一问尽皆茫然,这事情从没发生过呀?谁知道后面?

"到时等增援的清军赶到,看到全营兵将尽数被杀,而杀人者却不见踪迹了。那他们会怎么样?他们会把满腔的怒火朝你们身上发泄。反正在他们眼里,你们不过就是一群可有可无、可随意践踏、任意杀戮的奴才而已!所以如果你们当时留在营所里,现在恐怕早就被大卸八块,身首分家了吧?"

她这话说得是入情入理,人群顿时安静下来,连哭得最凶的几个都止住了声音。

"当然还有比死更惨的。相信你们年纪大的,都见过他们更残忍的手段吧!好比这些女人,你们的下场就只是被糟蹋那么简单吗?"

囚徒里有些年长的,听到她这一说,都勾起了记忆中最不愿想起也永难忘记的梦魇,纷纷吓得是浑身发抖,有的还瘫坐在地上。

见此情景,莫沁然又缓和一下道:"所以说,到了现在,跟着我们是你们最好的出路,也是唯一的活路。不瞒你们说,这队清兵我们本是可杀可不杀的。但昨夜我们全歼他们时,你们都没见到,也就不知我们兄弟铁骑的神威。正好有人送上门来,那就让弟兄们小试一下身手,也好让你们定定心。"

囚徒们见这小姑娘,把砍下几十颗清军头颅的事情说得如此轻描淡写,也都略略振奋了一些。

"就是嘛,那些清军以前欺压你们,就是因为你们的怯懦和恐惧,现在你们都看到了,在我们铁骑面前,他们就是不堪一击的废物!"

秦满见莫沁然竟把如此血腥的屠戮说得这般轻松,心下又是一阵恶寒。

此时顾卿卿却插嘴道:"姐姐,如你所说,小队清军在你们眼里当然不在话下，那要是对方大队来了呢？还会这样轻松？"

顾铭理忙把女儿拉到一边，脸色微愠，低声斥责。他算是看出来了，这貌若天仙的女孩，可是如圣女贞德般辣手无情。他女儿如此冲撞她，可别把她惹怒了。

谁知莫沁然却轻蔑一笑道："多了又怎样，昨夜那一营人还不是被我们给轻松除了……"

可就在此时，明墉的身影飞了过来，他靠近莫沁然小声说了些什么。莫沁然眼光一动，随即成竹在胸道："怕我们打不过大队清军不是？刚才这位少侠告诉我，他发现东南有大队清军正赶杀过来。那我们铁骑就让你们看看，什么是真正的以一敌十，战无不胜！"

赵信闻听此言，顿时一惊，他完全没想到清军来得这般快。之前那一小队只是让他们碰上了走单的，说宰就宰没问题，可这次是要正面对抗一个营。而且对方要是有那个响一声就能要人命的家伙，可就大大不妙了。

还没等他发问，莫沁然就把他和几个军官叫到一起商议，而明墉也被一并叫了过去。

秦潇在远处看到沁然竟然连叫自己过去的意思都没有，索性就赌起气来。他暗想，一个营的清军，光天化日之下？对方还有火枪，就你们几十人想与之对抗，简直就是痴人说梦！到时你们被打得七零八落，可别怪别人！但想到此处，他还是回营帐取了枪弹，想着如果沁然等下要是不敌的话，自己倒是可以帮她脱困。

烈日当空，戈壁上突然刮起阵阵旋风，粗粝的沙石如在风中打着转，卷到四面八方。

秦潇没有跟着莫沁然他们一起商量战术，只是等汉军全部冲出去后，和众人一起爬上了陡山之巅向下观望。

此行莫沁然和明墉一人挎着四把长枪，带足了弹药。莫沁然的神情似乎志在必得，而明墉还是一副冷冷的满不在乎的样子，但眼神却显得凝重。

秦潇曾试图和明墉打探部署，但对方不理，他也只得作罢。

站在高处向下望去，汉军已经连人带马分散藏到了这处山中，这些人土黄见灰的服装颜色十分具有隐蔽性，居高临下都很难看出。而明墉和莫沁然则藏得更深，根本就看不出。

不多时，有人胆寒般小声叫道："清军来了！"

大家看过去，只见一营清军骑兵，足有几百人，现着明晃晃的盔甲刀枪，向着这边开进。

旋风卷拂着清军的大旗，倒是有点儿军旗猎猎的感觉。

这时清军已经靠近了山边，当前居中一员头戴高帽的将军手一举，大军就全部停了下来，好像是跟手下在吩咐着什么，而后他举头向山上看来。

眼见着这人离扒眼观望的群囚已经很近，秦潇正想要叫声"趴下"，一声枪响打破了沉寂，那将军顿时栽倒在马下，一躺不起。而后两边枪声接次响起，又有几名盔甲鲜明的军官被射倒在马下。

清军顿时大乱，尚未被打中的军官忙指挥清军向着四面八方射箭。

而此时有两个人影突然从左右飞出，左边一人身前是一片白芒，正是将残剑舞得密不透风的明墉。而右边一人空手飘飞而出，正是莫沁然。只见她随手接住来箭顺势给投掷了回去，有几名马上弓箭手立刻就被投回的箭矢射于马下。

而此时从山里飞出成片的箭雨，清军中后部不少人都纷纷中箭落于马下。接着隐藏的汉军催马狂奔而出，区区几十人竟然分成了数路向着整营骑兵截杀过去。

一时间清军来不及部署，纷乱之中只得拔出马刀迎战。只见汉军只要对上清兵，一错马间刀光闪过，就有一人落马。而这名汉军只要冲入敌阵，就会一路策马挥刀不停，直接从另一侧穿插出去，而所过之处则变成了一溜空马。而他则调转马头，挥刀继续冲入敌阵，就仿似虎入羊群般，杀进杀出来去自由。而这几十名汉军无一不是这样的角色，在高处看下，就好像是几十把狂刀在一个怪兽身上穿进刺出一般。

莫沁然却是在军阵中飞跃穿插，专门找军官下手。但凡是见到有特殊的，可能有火枪的，她也不用刀剑，而是直接飞过去扭断那人颈项。

而此时明墉见汉军胜局已定，反而绕到了清军的来路，见到有成队逃跑过去的清军，就舞动残剑，将来人砍碎一地，而将剩下被吓破胆的逼退回去。

清军以前欺负软弱的百姓习惯了，哪里见过这般杀戮的阵势，尚且还活着的都被吓得是肝胆俱裂，有些愣是完全放弃了还手。

就这样，在汉军、莫沁然和明墉的配合下，这一整营清军竟然一枪未发，就被全部屠尽在山前。而等他们下马补刀和收缴武器时，竟找出了十余杆长短枪及大量弹药。就因为莫沁然事先决断，她和明墉二人在开始就将军官全部射杀，才使得这些人连用枪的机会都没有。

这一战打得是淋漓酣畅，而且就是在光天化日之下，让秦潇不得不服气于莫沁然的胆略和汉军的威武。

再看身边的囚徒们，全都看傻眼了，个个都快惊掉了下巴。直到汉军确认完无一活口，清缴完军械，再次集结齐齐面向山巅时，人群才爆发出了雷鸣般的欢呼声。这呼声是此起彼伏，在山谷中回荡着，久久不歇。这下再没人敢质疑这支铁军的威力了，每个人都如敬拜天神般将汉军迎入谷中。

莫沁然用这一战，在人群中建立了绝对的威信，让以前还有怀疑和埋怨的通通心甘情愿地闭了嘴。而后他们安排囚徒们处理剩下的尸首和马匹，自然是无敢不从。

等全部都安顿妥了，又已是将近傍晚。大家点起篝火，埋锅做饭，每人都沉浸在喜气之中。尤其是汉军们，他们也从未打过如此痛快的胜仗，唯一的缺憾就是对方简直不堪一击。当时的匈奴兵要也是如此，那可该多好啊！自此以后，赵信再不敢对莫沁然的话有任何怀疑。他甚至已经相信，这个姑娘真的就是仙女下凡，是注定要带领指引他们走向辉煌的。

等要开饭了，他递给莫沁然一碗酒，这是昨夜从清军营搜到的。

莫沁然接过来叫道："兄弟们，还有诸位受苦人，大家每人都倒上一碗酒！"

大家倒好酒，围坐在莫沁然身周，而囚徒们则坐在外围。就见莫沁然举起酒道："这第一碗酒，让我们敬战死的弟兄！敬那些被清兵们折磨死的受苦人！敬那些被清廷害死含冤九泉的苦命人！"

众人都齐齐站立，将酒洒在地上，有些年长的囚犯还落下了眼泪。

等大家再斟上酒，莫沁然又举起碗道："这第二碗酒，敬我们所有劫后余生的人！不论是我的铁血弟兄们，还是苦难的百姓们，我们每人都应该为自己能看到日月星辰干上一碗！"

众人都极为感慨，都端着碗一饮而尽。

可没想到不少汉军却被呛得咳嗽起来，原来这酒是辛辣的马奶酒，对那些生活在没有蒸馏技术、仅有低度酒年代的人来说，这酒难以下口。

赵信也咳了一下，但很快忍住道："莫姑娘你有什么想说的，我们大家遵从就好！"

汉军们也齐齐叫起来："诺！诺！"

莫沁然再倒上了一碗，突然提高声量无比激越说道："现在天下昏暗无光，清廷昏聩至极，黎明百姓饱受倒悬之苦！这大清的气数尽了，皇帝们的天数尽了！可只要他们这群朝廷的豺狼还有一口气在，百姓就要继续过着晦暗无光的日子，继续受着无尽的痛苦！我们就这么多人能做什么？以前有人有过疑惑，但现在大家看到了，在我们兄弟铁骑面前，清军完全是不堪一击！那我们就要做点事情，为受苦的百姓做点事情，为边塞饱受苦难的无辜之人做点事情！我们不求多，只求解救在漠北边疆、东北苦寒中继续受着煎熬的受苦人！只求杀光这些对苦难人做尽恶事的鞑子走狗！我们只求能为推翻这腐朽的清廷加一把力！只为能让黎民百姓得到温暖加一把柴！兄弟们，经过这几战，我们定然已经在清军中树下了威名，以后再没人敢小觑我们，再没人敢轻易与我们对抗。我们现在还有五十八名兄弟，从今天起我们就叫'漠北五十八飞骑'！从今天开始这个名字将会让敌人闻名丧胆！从今天起，这个名字将被这漠北大地永远铭记！将被漠北的穷苦人永远铭记！来！大家为我们'漠北五十八飞骑'共同干上一碗！为了我们解救全汉族同胞的事业干上一碗！"

说罢她把那碗烈酒一饮而尽，汉军都跟着干了酒碗。而后人人高呼起来："漠北五十八飞骑！""漠北五十八飞骑！"

赵信适时站起来叫道:"从今以后,我们大家都听从莫姑娘的指挥,听从她的命令!我们愿意为了她的心愿赴汤蹈火,万死不辞!"

"诺!""诺!"

汉军中爆发出雷鸣般声音,震得山峰为之摇动。莫沁然压住众人道:"至于被解救出的苦难人,你们可以自己选择。愿意加入追随我们,我们欢迎,只要我们在,你们就一定能好好地活着!至于要走的,我们也不拦着,马匹就在外面,你们牵上马拿上干粮,随时都可以走!"

此时那些囚徒们还有哪个肯走,都是蜂拥地跟着拥戴起莫沁然来。

当晚众人的聚会就在热火朝天的氛围中延续着,没人知道到底是何时结束的。

第二天天还未亮,秦潇就起来了,他想找莫沁然好好谈谈,好让自己能有个明确的选择。

到了外面,他就看见莫沁然一人独立在峭壁之上,微蒙的晨光中,她的身影显得是那么单薄,那么孤独。可是在光晕升起时,她的身影又被笼罩得那么蓬勃,那么坚毅。

还没等秦潇想好怎么说,却见翟仪清从身边跑过,边跑边叫着莫沁然的名字。她从上面听到,转瞬间就下到了翟仪清的身边。莫沁然见他急得一脸汗,就道:"别急,慢慢说,有多少人跑了!"

"姐姐,我反复查了。昨夜到现在共跑了二十五人,带走了五十匹马!"

"你告诉我只要记住人数就行,我也没拦着他们!"

莫沁然苦笑点点头:"好了,你去吧!"

秦潇等翟仪清跑远了,走过去轻声道:"你决定了这么做?"

"不这么做,还能怎么做呢?都已经过去八年了!我总不会还当自己是十五岁吧?"

"可我们确实只过了几个月而已!"

"那你问问明埔,他是不是这样想的?"

这时明埔也已走了过来,他淡然道:"我见了小孩,他跟我讲了!"说罢他盯着莫沁然道,"我们该走了!"

莫沁然叹口气点头不语。

随后汉军带着余下的众人草草吃过早饭,收拾停当继续向西转移。之所以这么急,是因为逃走的人可能会随时泄露他们的行踪所在,所以撤走是势在必行的。

他们一路向西转南,接连走了快一个月,才算彻底摆脱了乌里雅苏台的各股追兵,而此地也已接近新疆。再往前又是伊犁将军的辖区,所以他们就暂时在这片交界地,找了片海子暂时歇脚。

时间已进入盛夏,白天开始渐渐热得人发慌,尤其是汉军极受不了这种接近沙漠的酷热,很多都要热倒下了,那他们就只能往东北继续游走。

顾铭理一行也不想再跟下去了，他们的目的地本就在甘肃，现在过了三年，不知那边已经被所谓的西方探险队破坏成什么样子，更是急着要过去看看。

此时明墉觉得自己对莫沁然已经有了交代，算是报了一路相助的恩情，也要先返回中原打探一下思蕊的消息。如果一无所获，就要再趁冬季之前返回秘境，毕竟线是在那里断的，实在找不到思蕊的消息也只能再从秘境着手。

好像人人都有了自己要走的方向，除了秦潇。他多次盯着莫沁然，希望她能给他个机会再好好谈谈。可对方失落的眼神里却好像在说着：都给了你一个多月，还没想明白？

他几次都想直接过去说：我就跟你走了，让你一人在外漂泊我不放心！可每次话到嘴边就退缩了，他实在是鼓不起这个勇气，自己都不知道拒绝造反到底是坚持还是借口。

终于有一晚，众人将剩下的酒全部痛饮后，都酩酊大醉。

第二日，当秦潇头痛欲裂地起来时，莫沁然和汉军早已不见了。他不知该是心头惆怅还是痛失佳人，总之他想不明白。

剩下一行继续启程，进入新疆，绕过哈密，沿着河西走廊进入甘肃。此时距离顾铭理他们的目的地不远了，众人相互告别。顾卿卿对这位大哥哥依依不舍，言语中尽是依恋之情。

到了嘉峪关之前，明墉也跟他分道扬镳了，直接就奔赴内蒙。他记得以前路上遇到的阿克金可是个万金油，到了他那里可能会打听到更多。

这样就剩下秦潇一人，孤零零地来到了嘉峪关前。

关于嘉峪关的古诗句有很多，而他记得莫沁然以前说过，"一片孤城万仞山"的意境无与伦比。而此刻他看着万仞孤山，雄关当道，不觉得心生悲凉。自己此刻孤身只影，前路渺渺，心中空空，倒确实是比这孤城还要孤单。长河落日下，他自己的孑然孤影又该何去何从呢？

八十、醉梦颓唐

宣统三年阴历四月，上海滩这几天阴雨连绵。细密的雨水不停不休地，弥布于洋楼弄堂的街街角角。沉闷潮湿的空气就像是湿漉的棉被一样，裹在每个人的身上。而持久的阴雨又像是在散播着毛絮一般，一不留神就被吸入，而后就是从喉管到心脏的堵塞，让人说不出的憋塞压抑。

贫民的棚户房外已是泥烂不堪，而仅仅一墙之隔的租界里，除了那些光鲜的洋楼外，普通人家的居所也差不了多少。"出门两脚泥，居家水透墙"，这几乎是当时在这种天里，大清子民于上海居所里生活的写照了。

法租界的老弄堂是租界的原住区，其建筑的残旧与正在渐次而起的小洋楼呈鲜明对照。旧与新，陈腐与先进，老模样与洋潮流，都在租界的方寸之中碰撞着。

而外面的中华大地，正在经历着一场亘古未有的激烈碰撞，但也如新旧交替的规则一般，难以一蹴而就。

但在一处弄堂的尽头，有间破旧的小木楼，这里似乎是被外面世界遗忘的角落般阴幽，没有丝毫生气。哪怕是已到了晚饭时间，也没有一丝炊烟升起。

这时一阵咚咚的砸门声打破了所有的沉寂，这阵急促的敲门声响了好久，可是木楼里就是没动静。这时就听一个女人的声音叫道："秦先生在哇？秦先生在哇……"

接连叫了几声还是没有任何反应，这女人急了，索性打着油纸伞退后两步，冲着木楼上叫开了。

"侬唔好这样吧？来一次勿出声，来一次勿出声，侬要躲到啥时节？初头我那能介笨啦！看侬也是斯斯文文，还有探长介绍，才好让侬搬进来的呀！侬倒好，当房子白住的哈？一来讨租末宁，再试一趟，还是末宁，伊讲这是啥事体啊？吾勿是不通情理的人，住房交租，天经地义哇！侬倒好，成天辰光不见人！阿拉触霉头，遇上这事体当我碰到赤佬了，但欠下的租总是要给的伐？吾行让屋头的亚叔阿哥阿姐俩来评评理！"

女人的声音是越来越高，情绪是越来越激动，可是楼里就像是真的空无一人般毫无动静。

这时边上已经有人家被惊动了，不少人探头探脑出来看个究竟。女人一见人多了，声势更壮，声调更高，可是楼里却还是鸦雀无声。

就在群情嚷嚷，议论纷纷的时候，一个声音响起来了："都在干什么呢？有晚饭不回家吃，来这里捣糨糊呀？都回去，都回去！"

这人声音不高，听起来也还年轻，却好像是极有威严一般，围观的人群立刻散去，只剩了讨租的女人还在那里。

她一见来人，立刻上前尽力用官话诉苦道："侬好，周探长！"

"副探长！"

"副探长介个不是探长了？侬倒是给评评理……"

"好了，我都知道了，他欠你多少钱？"

"吾少，一块银元！"

"包勒我身浪！给你两块，都拿着，下次记得找我要！"

"那介好啦？侬是大探长，阿拉怎好……"

"别说了，委去委去吧！"

……

给钱打发走女人的正是周炯，只见他一身法租界探员制服，手里拿着个警棍，走路间似乎有些跛脚。他又敲了几下门，说："是我！开门！"

可里面还是没动静，他摇了摇门，显然已经从里面被门闩给插上了。他摇摇头叹口气，探身扒住屋檐几下就上到了二层木窗边，开窗翻身就进去了。

进了屋子，一股霉臭味就扑面而来。地上到处散落着垃圾，在这天气里散发着阵阵的馊臭味。

他皱着眉捂着鼻子，迎面就看到了一张桌台。就见上面到处散落着各式空酒瓶空酒坛，桌上还有一油布包不知放了多久，还有散发着腐味的花生米。

他眉头皱得更紧了，几步走向床边。只见床上正瘫睡着一个人，此人全身的衣服都是油泥脏污，头发乱蓬蓬地，胡子也是乱扎扎地，好像是很久都未洗漱收拾过。

周炯过去推推那人道："师兄，师兄，醒醒，醒醒！"

可那人却是鼾声依旧，全然没有感觉般。

周炯又叹口气，从衣兜里掏出份报纸，假意正经地念道："清国政府正式向外公布，祸乱外蒙三年之久的'漠北五十八飞贼'匪部现已被一网打尽，女匪首……"

念到此事，床上人噌地就蹿了起来，并以迅雷之势夺过报纸，嘴里还不住念叨："哪儿呢？哪儿呢？"

周炯摇头道："舍得醒了？那么黑，你看得着报纸上的字？"

说罢他找了个油灯点燃，灯光照近床上人的脸。

就见他眼睛在报纸上下来回扫过:"哪儿呢?沁然的消息在哪儿呢?"

这人就是秦潇,而此刻污秽一脸、双眼浮肿、憔悴邋遢,哪里还有以往英俊潇洒的半点模样?

他找了半天,什么都没看到,不禁瞪眼看向周焖。

周焖道:"我不这么说,你能起来吗?"

秦潇颓废地把报纸一扔,又往床上栽倒,一只手却在床边划拉着酒瓶子。他抄起一个摇摇是空的,又抄起一个还是一样,他不禁叹气道:"给我带酒了吗?"

"你还喝?你看这两年你都喝成什么样子了?"

"别废话,给我找酒去!"

在当时的世上有三鬼最难缠,也最令人望而生怖。那就是烟鬼、赌鬼和酒鬼,这三样东西能把一个好好的人生生地废掉。而且不光是废,这三样东西还能把人变得失去德行,失去礼仪,失去廉耻,完全变成亲朋眼中的魔鬼。

周焖听他这话,也是有些生气了:"还买什么酒?我问你,半个月前我给你的钱,是不是都换成酒喝了?你是没见到房东来讨钱时的样子,可是丢尽人了!要不是我现在当的这个差,她都能到巡捕房去告人来抓你!"

秦潇听完冷笑一声:"你当的差厉害嘛!"

周焖还没反应过来,诚恳道:"以前我跟你说一起到租界当差,你死活不肯!不过现在也不晚!这不,黄大哥已经是华探长了,我也是副探长了,只要你想,把这酒戒了,随时都能来挣这份法国人的钱!"

见秦潇闷闷的不说话,他还以为师兄正在考虑,就接着道:"酒呢我也知道一时半刻是戒不了的!那你只要当差时不喝……嗯,不,反正在我们捕房,你只要在法国人在的时候能忍住不喝就成!而且,当了巡捕,你以后想喝什么酒还不容易?"

"知道我以前为什么不答应你做巡捕吗?"

周焖一蒙:"你没说呀?"

"那我告诉你,我才不要给法国人当看家狗,更不想做欺压百姓的狗腿子!"

周焖一愣,不过他忍了忍,继续和颜悦色道:"师兄,现在此一时彼一时了,这叫身在人檐下,怎么也得有个糊口的饭碗吧?"

"你别说了,我可不想像你那样,还有你那黄大哥那样,用狗碗吃饭!"

周焖再也忍不住了,拍案而起道:"够了!你满嘴都是狗、狗的!我们为自己打拼养家容易吗?你呢,除了捡现成的喝酒还能干什么?"

"我能给你们破不了的案子做侦探!"

"你可算了吧!那是我央求黄大哥,他也看你还算个人物,就给你点钱赚赚!不瞒你说,就在法租界,没有他问不出的案!"

"他那也叫问案?屈打成招!"

"那又怎么了？当差就是向法国人交差，能把差交了还能拿赏金有何不可？况且他打的是什么人，都是帮派的瘪三儿！哪里曾冤枉一个好人？"

"他那是在借巡捕之名为自己扩充势力！"

"那又怎么样？如果不是各大小帮派都服了他，都听他的招呼，法租界能有现在这么安乐？况且要不是他把自己的声势做大了，他能当上这个华探长，更能照顾自家兄弟？"周炯似乎发泄完了，一屁股坐下来。

"周炯你这话太浑了！他冤枉别人、照顾自己人就是没错了？他做大势力就是为自家兄弟着想了？你别忘了，帮派都是干什么的，哪个不是从穷苦百姓手里抢钱，嘴里夺食？为自家兄弟抢钱就不算抢了？你这是什么混蛋话！还有你不知道他走私军火呀？"

"走私军火怎么了？"周炯又气得站了起来，"那可是帮法国人和革命党做生意！要是没他每天运进来的那些枪炮，革命党还能有今天的势力？还能打得清廷节节服软？"

"那你不知道他是上海滩最大的走私鸦片势力呀？"秦潇也坐了起来。

"鸦片？我还真不知道！反正这些我都没参与！"周炯哼道。

"况且就算他走私了，又能怎样？他是把鸦片卖给北方那些官僚贵族们，抽死他们拉倒！"

"你……我看你就是个是非不分的混蛋！同流合污的败类！"

"婉毓嫁给你，就是瞎了眼！"

周炯一听这话气得是眼圈都红了："我混蛋？我败类？婉毓眼瞎了？"他粗喘了了半天，这才哽咽道："两年多前，你变成了酒鬼来投奔我，我二话没说就收留你了！这两年多，你也不去看钱先生，也不见婉毓，你的生活用度全都是我帮你筹措！知你爱自尊，我还得从捕房里拿些案子给你破破，说这钱是你赚的！可你知道捕房的兄弟们背后都怎么戳我脊梁骨吗？那可是从他们嘴里抢食！你看我当了巡捕，没事儿就冷嘲热讽，我敬你是我师兄，这我都忍了！我看你消沉，我不想多说刺激你，可你知道我这些年是怎么过的吗？你有问过我吗？以前的事你都知道吗？就知道自暴自弃！我要是像你那样，钱先生早就得死了。婉毓也不知要落魄成什么样子！……"

周炯前些年过得怎是一个苦字说得了的！

那年他们在秘境中被水漩涡卷走，地上活的只剩周炯和不省人事的钱千金了。而正当周炯不知所措时，第二次地震又来了。他仓皇间背着钱千金拼命逃窜，不知怎么，等地震结束，他们就到了冰天雪地的外界了。当时正处于春节过后，北境的天地仍是极寒。他背着钱千金到处找秘境的入口，可是再也找不到了。于是他只得咬着牙，背着钱千金一路向南行进。中途钱千金醒了，可是满嘴都是胡话，查看之下原来是发高烧了。这天气在野外发高烧随时会送命，周炯为了救他的命，将所有厚衣都给她罩在身上，而自己却穿着单衣在冰雪中，为他想尽办法找吃的，照顾他。

在一次捕鱼时，周炯意外踩进了冰窟窿里，一条腿被锋利的冰条刺穿，没有及时医治，落下了跛脚的毛病。也幸亏是天气慢慢转暖，他和钱千金才没被冻饿死在极北。可等他带着已经有些迷迷糊糊的钱千金回到上海时，让他五雷轰顶的事发生了。他朝思暮想的宋婉毓，已经被唐季孙娶为了偏房。

原来当时在上海，唐季孙就看上了宋婉毓的美丽恬静，故意找借口把她留下。而通过大半年的软磨硬泡，威逼利诱，加上些见不得人的手段，愣是把宋婉毓的身子给占了，还把她纳入偏房。周炯当时觉得心都要碎了，而还没好利索的钱千金闻听此事，则是气得七窍生烟，他上门去痛骂唐季孙。

可又能怎么样呢？此时李鸿章已在议和中病倒，眼看就要撒手西归了。而唐季孙这个老北洋系的实业派，此时几乎掌握了大清的铁路、通邮和兴商，已经在朝野呼风唤雨，再没人能奈何得了他。钱千金被气得急火攻心，差点就一命呜呼，幸亏周炯拼命救助，这才保住了命，但人就彻底呆傻了，连个完整的话都说不出了。从此照顾钱千金的重任，就落在了周炯一人的身上。

唐府他是决计待不了了，可是此时的他可是举目无亲。为了生计，他只能留在上海滩，为他们爷俩儿活着挣口饭吃。最先他想着自己怎么地也会英语，在洋行里找个活计应该不难。可由于他现在跛了脚，人家看是瘸子都不想要。再加上此刻已有不少喝过洋墨水的清人洋人来上海找饭碗，他一个大学都没毕业的谈不上什么优势，只得作罢。可是他们爷俩儿的生计不等人呀，婉毓本来偷偷找过他，给他塞钱，却全让他给拒绝了。

为了生计他宁可硬气地去码头扛大包，卖苦力挣钱。这时码头的帮派看上他了，觉得这人身体一流，虽然跛了，但做个打手还是绰绰有余的。不过他也硬气地拒绝了，这些帮派在他眼里可跟义父的漕帮不同，都整天干些喊打喊杀抢地盘的事情，这他不想掺和。于是码头他也混不下去了，只得到租界里去找活儿。他拉过洋车，做过苦力，背过死尸，反正能让他们爷俩儿活下去的艰苦差事他都干过。所谓"天无绝人之路"，可那必须得是这人确实在辛苦地为生存找路。

一次他在捕房外看见法租界招巡捕，就报名去试试。本来那时巡捕房已经被大清的衙门传染了，但凡是有实惠的工作要么凭关系，要么靠钱。像周炯这样没钱没路子，又是个脚跛的，肯定没戏。可是天道酬勤，偏偏让他遇上了黄世荣。他到上海后，不是没找过这位只有过一次照面的义兄，可那时黄世荣辞职回乡下了。周炯以为他不在了，没承想却意外惊喜地看到了。

黄世荣从家乡筹了一笔钱回来，买通法国人，又在巡捕房里做了个小队长。他一见周炯是喜出望外，周炯的勇武曾给他留下深刻印象，所以对他更是极为热情，马上为他疏通关系进入了巡捕房，在他手下当差。自此干了三年各色下等苦力的周炯，终于能给钱千金一碗安稳饭了。

而自打他进了巡捕房，就以过人的功夫迅速崭露头角，他本人吃苦耐劳，很快就站稳脚跟。再有黄世荣极善于钻营沟通，拉拢势力，这两个龙虎兄弟没用几年就成了法租界风云人物。

在黄世荣荣升副探长时，周炯也被提拔为队长，他的新晋黄金王老五的身份，让无数提亲者都快把他家门槛踏破。可周炯心中却始终只有婉毓一人，将来人全部婉拒。大家看巴结不上这个法租界新贵，转而要给他那个痴傻的师父介绍老伴，这回周炯却没谢绝，留下了个各方面都说得过去的来伺候痴傻的钱师父。

就当他事业刚开始风光时，租界外也在风云莫测地变化着。随着袁世凯出任直隶总督、北洋大臣，几年光景已经全部接管了北洋曾经全部的产业。随着交通经营权被收回，唐季孙终于从巅峰坠下，风光不再。他看出随着袁世凯不断控制朝野局势，他的日子只有更加凄凉。所以他裹挟了这些年利用北洋资产购得的所有古玩字画、一应细软，举家外逃。但他为了掩人耳目，临行前却把宋婉毓留下作为幌子，掩护他成功远遁。

毫不知情的宋婉毓被蒙在鼓里，守在大宅中等了几个月，最后还是从报纸上知道唐季孙外逃到美利坚的事情。她顿时觉得天崩地裂，而此刻追查唐季孙的大清官府却没放过她。因为唐季孙裹挟的资产本就来路不正，而且据传里面还有李鸿章生前由他代为保管的大量字画古董。朝中当时就派遣人马前去抄家，而宋婉毓本就是唐季孙玩乐的工具，哪里知道什么内情，当即就被拿下收监。就当她在牢里痛不欲生之际，周炯听闻消息前来搭救。

这些年周炯一直没忘了心中的婉毓，只是见她珠光宝气的、似乎活得十分幸福，就没去打搅，可那份放不下的执念却一直锁在心间。此时婉毓成了替罪羊，沦落到了大牢里，他自要全力营救。终于在黄世荣一番关系敲门、金钱铺路的运作下，宋婉毓被释放出来。

而此时再见周炯的宋婉毓却是无地自容，万念俱灰下甚至想要寻死。最终是周炯用诚挚和痴情慢慢地拯救了她，让她重新找回活着的希望。周炯在市井底层求生几载，深知人在檐下，只得低头，命运不济，只能任命的苦痛，对昔日的心上人更是百般抚慰，千般照料。而宋婉毓在重拾对生活的信心后，感念昔日心上人的痴情，愿意用余生来陪伴伺候他。

一对往日青梅竹马的师兄妹，终于在历经人生劫难后走近了彼此。周炯怕她想起往日的心碎事，对过往一概不提，只是更加呵护关怀。宋婉毓深感他不离不弃，更是对他无微不至，千般缱绻。

时间飞逝，不久光绪皇帝就驾崩了，而慈禧太后也薨了，大清各处都沉浸在悲痛之中。宣统儿皇帝登基，他的生父、深恨袁世凯的摄政王载沣，将朝中风头无两的袁大人驱赶下野。一时间朝廷、北洋都在一片晦暗风雨飘摇中，但仅在方寸之间的法租界内，却是一派喜气洋洋。

周炯终于与宋婉毓喜结连理，从此再没人能将他们分开。而中华自古就有双喜临门，喜上加喜之说，婚后不久他就迎来了事业的新高峰。

黄世荣经过几年经营，终于在法租界成了雄霸一方的人物，而他顺势也将法租界华探长的位子收入囊中。富贵不忘兄弟，是黄世荣的信条，不久后周炯也被提拔到副探长的位子。两兄弟在法租界呼风唤雨的日子正式开始。

而就在这时，差不多快九年未见的秦潇突然找上了门来，他的出现着实让人吃了一惊。倒不是秦潇的出现让曾经的师弟师妹惶恐，实际上周炯这些年一直都在打探他们的消息，可是从来没有得到任何音讯。周炯和宋婉毓在心中都以为义父他们已经死了，为此已为他们立好了牌位供奉缅怀上了。

可秦潇如丧家之犬般落魄彷徨地突然出现，却是出乎他们的预料。再见的秦潇，完全没了昔日的风流洒脱、自信不凡的气质，取而代之的是个愁云密布、颓唐的酒鬼。

秦潇一人进了嘉峪关后，就径自到了京城，因为他要印证自己没选择和莫沁然一道走是对的。入了关他就渐渐了解到了这几年大清发生的变化。

李鸿章在他们进入秘境的第二年，先是被派去议和，而后签订了丧权辱国的《辛丑条约》，在国人的一片骂声中就凄凉地死了。随之而来的，大清倒是有了一番知耻而勇的景象。

从兴学修路开始，再到办厂兴商等，无一不是在向着兴利除弊的方向发展。而后新学大量兴起，新学科举也被搬到了朝堂，这些举措在秦潇眼里都是大清在积极寻求变革的印证。而后桎梏了学子上千年的科举制度被废除了，这石破天惊的举动虽然遭受了守旧派的一致攻击，到他出去时，还有学子举着二圣的牌位跪在文庙前哭诉不起。但以新学替代旧学是大势所趋，也是朝廷在显示变革的决心。

之后朝廷宣布预备立宪，开始了裁撤无用官吏的步伐，朝野都是热议纷纷，各地都举办了咨政会，为预备立宪出谋划策，摇旗呐喊。

这些秦潇看在眼里，心中是无比激动。如果朝廷能抱着破釜沉舟的决心，自上而下彻底推行变法，将大清变成立宪国，走上迎头发展、追赶发达国家的进程，那是再好不过了！百姓要少遭受多少战乱，家庭要少经历多少罹难！孙文先生也不必苦苦寻求革命道路推翻大清了，有个名义上的皇帝有何不可？大不列颠不还有女皇吗？不是照样国强民富？

沁然也不必再在漠北带着汉军到处杀戮清军了，大清施行立宪后就是真正的法制国度，那时也就没什么祸及家小的冤屈了，还有什么深仇大恨值得再介怀呢？而且沁然是个心思通透的人，只要让她看到大清能走上国强民富的正轨，能从君主专制变为立宪法制，那她就一定能放下执念，回归安宁的！

为此秦潇一路向东，他要到京城亲眼去看看预备立宪后大清展现的蓬勃新生，要亲自找些证据以此来劝说干着掉头事业的莫沁然。

他到了京城正赶上慈禧太后辞世不久,可在他看来,预备立宪仍在如火如荼进行。可不久后,新任摄政王就把立宪派的中坚力量驱逐下野了,而他在不明就里间,竟碰到了曾经见到过的袁家公子袁克己,并在巧合下帮袁家摆脱了追兵,一路到了天津。

袁世凯当然对这个出手相救的年轻人高看不少,而他为了继续避祸很快就潜回了河南老家。而秦潇就和袁克己住在天津等候消息,在此期间,各种坏消息从京城接踵而至。先是革新派被逐步裁撤,朝廷的预备立宪陷入僵局,而后很多满清权贵相继出任要职,一时似乎之前预备立宪取得的成果几乎全被推翻了。

秦潇看到电报的内容很是疑惑,怎么不过是新皇换旧皇,立宪就进行不下去了呢?袁克己却告诉他,这些消息都是他在京城的兄长打探出来的,万万错不了。而且也告诉他了之前预备立宪的真相,就是他父亲在用太后的寿命,跟她做了一场时间游戏,才能被通过的。现在太后死了,新皇摄政王一党当朝,预备立宪不是挡了他们的路嘛,怎么会还继续下去?看着吧,情况只有一天比一天糟!

他没说错,很快内阁就改组了,革新派除了老臣张之洞谁都没留下,换上的全是满清亲贵。而老臣也被排挤很快就要没了立足之地了。

见他还是一副懵懵懂懂的样子,袁克己不愿见蠢人继续犯蠢,就道出了实情。他讲反正自己在家也没什么发言权,以后无论怎么承袭,有他的两个兄长在前面,都轮不到他。既然他此生也跟朝政无关了,那他就实话实说了。

大清所谓的立宪实际上就是皇族亲贵和权臣百官的一次谈判妥协,要达到双方都能接受的条件,也要做足了表面功夫,这需要很长时间。他父亲知道只要太后在位立宪就绝不能通过,所以就提议将预备立宪期延长到十年。因为俗语讲"七十三,八十四,阎王不叫自己去",他认为慈禧太后自己也清楚活不过八十四,所以预备立宪期才能被通过。果然太后七十三就死了,但新当权的摄政王可是还年轻呀,他家的亲戚也都是一帮年轻的恶狼。眼见着大权在握了,看着大清治下硕大的羊圈,谁不想吃更长时间的绵羊?所以只要这儿皇帝尚存,大清朝局不乱,没有足以动摇国本的内忧外患,想从权贵手里把权力给剥夺了,那是绝无可能!而且现在他父亲都下野了,朝堂之上的张之洞也是风烛苟延,用不了多久,朝廷就全变成了满清亲贵的朝廷,那时就更别做立宪梦了!

真是一席话点醒梦中人,不过秦潇还不死心,就追问朝廷之前那些举措都怎么解释。

袁克己笑他真是被一叶障目了,兴办的那些东西哪个是关乎大清命脉的?废除科举办新学是因为四书五经已经不能再为朝堂所用了,选拔新学学子才符合当前朝廷的利益。而这些说穿了都是表面功夫,只是给百姓些安慰,给非议者些寄托,也给洋人些表率,总之都是表面功夫。

秦潇闻此是面如土灰，没想到还真让莫沁然给料到了，高高在上者的承诺随时都可能作废，大清要做立宪就是糊弄世人的一场骗局！

但想通这些并没有给他带来心中的放松，反而让他更加迷惑无措，无从进退了。他黯然地辞别了袁克己，开始恍惚地漂泊起来。一路上他借酒消愁，谁知酒入愁肠愁更愁，只能饮更多的酒让自己麻醉。

就这样饮酒当饭中晃晃悠悠地他就到了上海，到了曾经到过的唐府。可此时此地已被朝廷查封，他一路醉着一路漫无目的地乱撞，终于在法租界见到了宋婉毓的身影，一路尾随就找上了门来。

周宋二人见师兄猛然出现，却是这样落魄，都是悲喜交加。他们要把秦潇安顿在家里，但秦潇见到痴痴傻傻的钱先生连自己都认不出，又见周宋二人恩爱无间，心中更加酸楚，就决意要搬出去住。周炯猜想他定是遇到了什么极大变故，厚道的他不多说也不多问，直接给他安顿了住处，并在两年间一直变相周济他，才能让这个已深陷酒精之中的师兄苟活下来。

而在租界的这两年，秦潇除了喝酒，唯一主动做的事就是看报纸。租界的报纸不同于朝廷的邸报，新闻很是丰富。

不久他就看到了莫沁然的消息，不过上面她变成了带领"漠北五十八飞贼"的女匪首，到处袭扰官府，打家劫舍。但从报道上看，清廷是拿这支来无影去无风的狠辣队伍毫无办法。而且报纸上还有她的画像，竟然也有自己和明墉的，虽然相去甚远，但神彩间却有几分类似。按莫沁然出手不留活口的习惯，这画像的细节肯定是从被秦潇放走的清军嘴里问出的。为此秦潇深为自责，不但没有给沁然帮上忙，还平添了许多麻烦。而且他更为后悔的是，为了这样的朝廷他竟然放弃了沁然！

他不是没想过去漠北找她们，可是一到要出门就退缩了。或许是不敢面对，或许是对清廷还有些幻想，他也说不清，只能就这样沉沦下去了。还好报纸上经常能见到沁然的消息，有时报道会说是五百八十飞贼，而又有增加到五千八百飞贼的，之后又回到了五十八飞贼。秦潇只希望这是报纸故意搞出的数字游戏，但只要她还活着，他的心就会稍安些。

这时明墉也回到了上海，毕竟他在闸北底层厮混多年，这里也算是半个家了。他当然也是先被周炯发现的，几人再次重聚，无不唏嘘。

明墉从内蒙转道一去就是大半年，他不仅是连盛思蕊的消息都查探不到，而且据他讲秘境的入口都找不到了。周炯很担心义父义母，但如果明墉这样的机关高手都找不到，那别人去了也是白费。

由于明墉答应过思蕊不再做暗处生意，所以他的生计也成了问题。于是周炯就帮二人一起接活，为他们赚些赏金。明墉倒是痛快，只要他在时，两人的工作都由他一人包办，而后拿着半份赏钱，一过十月就再次一路向北寻找，一走就是大半年。此次已经是他第二次北上了，不过这次都过了八个月还没回来。

秦潇就这样每日借酒消愁，在麻醉的世界里沉沦着。周炯都给他换过三个住处了，要不是他是副探长，就连这处旧楼都很难收留酒鬼秦潇了。适才秦潇的言语激起了周炯憋闷在心里的酸楚，他索性就一次释放出来，当然听得秦潇是无言以对。

他见周炯委屈得直掉眼泪，心知自己是错怪了这位仗义憨厚的师弟。他走过去小声道歉道："对不住，为兄错了！"

周炯看看他嘘口气道："我也是憋了好多年，你又在那边拼命刺激！要不这些我宁可烂肚子也不会讲的！记得以后见到婉毓自然点儿，她已经被往事伤透了！千万别让她再受伤了！"

秦潇赶忙连声称是，坐在了旁边一歪腿凳子上。他拿起茶壶想倒些水，可是里面却空空如也。这也难怪，他除了喝酒，什么都不想干，家里没水也是正常。

周炯见状擦擦眼睛道："一看又是几天都没吃什么了吧？其实我真不懂你们靠酒度日的，就靠那个就能活下来？"

一说这个秦潇却道："就是粮食精，喝了就够！"

周炯摇头道："不跟你说这个了！今晚我闲着，要不跟我回家，让婉毓叫下人张罗几个好菜，我陪你好好吃喝喝？"

秦潇一听这话，忙摇头道："不去！没脸去！"

周炯对这师兄是又生气又心疼，不过他还是说："那我带你到外面吃去！正好敏体尼萌路那新开家饭馆，我们过去吃！"

"不会又是你探长大驾光临，人家免单吧？"秦潇不自然道。

"当然不是，跟手下人去，没办法！我自己出去吃饭哪次不付钱？"

见秦潇勉强点头答应了，他忙推着秦潇道："你快去换身衣服，洗个脸，我先带你去刮个胡子洗个头！这都没人样了！"

两人出了发屋，秦潇算是找回了些人样，但酒精对他的伤害都写在脸上，可不是简单洗洗就能抹掉的。两人一路来到了一家叫"得意门"的酒楼，伙计一看是个巡捕头，忙点头哈腰地给迎上了二楼江景座位。现在外面雨已经住了，望着法租界外滩的灯火通明，再看看对面浦东的寥寥灯光，对比实在是强烈。

伙计识趣，先上了一壶酒，秦潇一口气就给灌下去了，而后叫道："这也是酒？不要黄酒！去拿几坛最烈的老酒来！"

伙计在周炯的示意下取酒去了，周炯道："我说你就是死心眼儿！为莫姑娘就把自己折腾得起不来了？"见秦潇不答，他转而道："其实上次我见到的那个叫……叫……叫什么……对！顾卿卿！那小姑娘就不错！而且对你还挺痴心一片，要不你就……"他看见秦潇脸色要变，忙改口道："也对！那小丫头，小嘴巴跟机关枪似的，的确也挺让人心烦的！"

说起这事，秦潇也确实勾起了烦恼。本来他藏在租界陋室，就是不想被熟人发现，可好巧不巧却碰到了顾卿卿。这也难怪，上海是洋人在华的乐园，大有成为远东第一大都市的态势。各国洋人没事就到上海来寻找淘金机会，或借道取乐，而顾铭理一家都是法国籍，自然也会来法租界。

顾铭理他们在甘肃沿着敦煌莫高窟一路寻找大半年，却发现沿途早已经有两拨欧洲大盗光顾过，莫高窟损失了大量的经卷和文物，他们来晚一步。他是痛心疾首，并发现清朝政府并没有任何防范措施，整个遗址竟然只是由个监守自盗的王道士带人看管。他是既捶胸顿足又无可奈何，就想到通过法国驻上海领事馆的熟人，向清朝政府发出警告，于是一行就再次辗转来到上海。而到了这里的最大收获，却是女儿发现了一直念念不忘的秦潇。

秦潇也没想到自己落魄成这个样子还能被她发现，也很惊诧。顾卿卿见自己心中的英雄竟然生活如此惨淡，不禁落泪痛哭。之后她几次三番地来劝秦潇跟他们出洋。

可是秦潇一想起要不是顾铭理在他的选择关头，给他讲了那一番所谓的科技英雄救国论，他搞不好就放下一切跟沁然走了。所以他丝毫不为所动，最后竟然态度极为强硬地将顾卿卿拒之门外。

顾卿卿要跟着父亲先回法国，只能依依不舍地走了，可是放出话来一定会再来。等他们一走，秦潇就立刻搬家，并希望永不要再见他们。

此刻周炯见秦潇面色不善，他也见过秦潇对这小姑娘的冷漠态度，索性就不提了。

这时酒菜都上来了，秦潇又是一通灌酒。周炯摇头给他挟了一大块走油蹄膀道："先吃点儿肉，光喝酒那不喝坏了？"

可是一看菜，他又猛地灵光一现道："其实这人哪，就跟这菜一样，火候不到不行！就像小姑娘太生了，没火候，难免会嚼不动！"

他一指旁边的一盘青豆炒年糕："就像这里的大蚕豆，火候要是不够就和年糕炒不到一锅！可这蹄膀不一样呀，那可是经过两蒸两走油，吃着就这么酥烂滑口！"

秦潇正挟着蹄膀想吃，听他话里有话，不禁停下来听着。

"你说这世界是真够大的，可是地球却是圆的，那说明什么？有些人你就是躲不开，哪怕是背着他走，一路不回头，也能有碰上的一天！"

他见秦潇好像是听出了他的意思，忙挟了个鸡腿给他道："先啃个鸡腿再说！"

见秦潇三两口就吃完了，他才接着道："你看有那么个人，本来呢我们在英国就以为已经不会再见到了，可是在山东却又碰到了。原本以为那就是最后一次了，没承想这么多年过去了，又在上海碰到了！你说，这是不是缘分？"

一听这话，秦潇就是醉得再迷糊，也听出来他说的是谁了。可一提到这个人，秦潇却是比宿醉后的头疼还要头疼难当。这人就是再次不期而遇的凯特，那是去年的事情。与她上次山东一别都十年了，秦潇都快把她给忘了，可谁也没想到，却让他在一次探案中碰个正着。

按理说十年过去了，凯特都老大不小了，在当时那个社会风气下，就算是西方，也早该结婚了。而且她家是豪族，出于对家族延续的需要，她也早该嫁了。没错，凯特是嫁了个名门望族，可是前两年就离婚了。当然这原因谁也不好打听，但凯特却因此换来了自由和大把金钱。她可不愿意再在伦敦的贵族圈里混迹了，索性就怀抱着一丝幻想来到了大清。此时她的舅舅已经是英国驻上海总领事馆的领事了，她自然到上海来投奔，而因此意外地再遇秦潇。

两人见面，秦潇除了尴尬就是想逃，而凯特除了激动就是惊诧。秦潇想逃很正常，每次遇到她都没什么好事，溜之大吉是为上策。可凯特惊诧的理由却十分简单，她没想到十年过去了，这个东方男孩却似乎并没怎么变老，只是沧桑了些，颓废了些，反而更添男子气息。她是见惯了贵族圈里那些个油头粉面粉饰样貌的家伙，可这东方人脸上却根本没有时光流过的痕迹！

她哪里知道对方是被困在秘境中，错过了成长的时间，马上就一厢情愿地以为此人是个被上帝眷顾不会老的男人。当然秦潇也不可能跟她解释那些，不过从此凯特可是缠上他了。

其实凯特现在是自由身，虽然西洋女子比较显老，但她热情奔放的性格和火辣的身材可是都没有变。每次她走在街上，都会有男人驻足回头观看，这也足以成为她自傲的资本。可是这个东方男孩却不为所动，几次三番拒绝自己。为此凯特很苦恼，甚至都找周炯谈过，让他当说客。可是对自己这位师兄，周炯毫无办法，凯特只好打起了袭扰战。幸亏三个月前，他的父亲去世，她要忙着去和两个哥哥争家产，急着回英国了。

秦潇等她走后，马上再次搬家，就躲到了现在这里。

周炯语重心长道："这人经过了世事的磨炼，就像是蹄髈经过蒸炸走过油一样，也就变得更加酥软了！而且人家对你也是一片真心，你要不就别那么矜持了？"

见秦潇默不作声，周炯还以为他在顾忌凯特结过婚的事，马上道："哎！咱们江湖儿女，还有什么看不开的！谁这辈子还没遇过个正宗的混蛋？吃了苦经了磨难，还更懂得珍惜了呢？你看我和婉毓，现在多好！这才叫历经沧桑才知真情可贵！"

秦潇的脸色越来越难看，索性一把把筷子甩在桌上。

周炯忙给他捡起递过去："你看，随便聊聊，生什么气呢？来吃菜吃菜，这个糟焖大黄鱼不错，来尝尝，尝尝……"

秦潇运着气,这小子哪里知道什么叫"曾经沧海难为水,除却巫山不是云"哪?自己心里还能放下别人?就知道在这儿聒噪,这不是就想自己赶快找人成个家,好像他一样让人管着?可他转念一想,周焗对宋婉毓又何尝不是如此呢?当时他可是已在法租界有了名号,什么样的姑娘找不到?还不是在苦苦等着婉毓?要不是唐季孙出事了,到了现在他可能还是像自己一样,也是苦等着的光棍一条?再想想明墉,也不还是一样?要说他的情况是最渺茫的。思蕊是被那武功高似鬼魅的人劫走的,他们捆一块儿都沾不到人家衣角。那人还想找回来,那不是比登天还难?看来他们三个都是同病相怜,只是现在周焗终于守得云开见月明了,而他们两个还要苦苦煎熬。不过他又想起自己不是没有过机会,而是整整有一个月的时间去选择,最后还是选了条错路,就这一点,自己比他二人就大有不如。

他越想越愁,就举起酒坛子猛灌。周焗见他又抑郁上了,也不提这些烦心事了,不停给他挟菜。秦潇索性也就举起筷子,边吃边喝,很快两坛子酒就见底了。在周焗的苦劝下,并做了等下给他带走三坛酒的承诺后,秦潇才依依不舍地放下了酒坛。

两人也吃得差不多了,就喝着茶看着江景。

周焗感慨道:"我当初刚回来时,就在这片扛过大包,现在想想都历历在目呀!"

秦潇也道:"其实靠自己本事活着,也没什么不好,这点我不如你!"

"也别这么说,当时要不是码头的帮派非要拉我入伙,我也不可能有今后的际遇。"

"这些帮派势力你们巡捕现在就不管吗?"

"说实在的,不是不管,而是管不了。"

"怎么,是你那黄大哥的关系……"

"可别这么说……"周焗马上嘘声制止秦潇,"他的势力才不屑于这些小打小闹呢!"

"那是因为什么?"

"帮派实在是太多了,成天的龙蛇混战,消了一股,就上来两股!总之抓都抓不完!"

"不过他们倒也不怎么祸害百姓。"

"那是没成气候的,要是成了一霸,那可是比我们巡捕房在一方都要厉害。百姓不被祸害,可能吗?"

"那你们现在是……"

"我们现在成立了专门打击不法帮派势力的部门,可是你知道的,那些法国佬很多都收了帮派的钱,我们只能睁一眼闭一眼。"

"上海滩本就是个龙争虎斗的地方,有高层罩着,他们就更无法无天了。"

"可不是嘛！不过黄大哥也说了，这些法国佬做事太偏激。收了钱就一味护着，迟早会打破这里的势力平衡，到时就会各派开战，更难收场了。"

"那你们巡捕房的态度是？"

"我们也要扶植自己一方的势力，这样才能做到均衡，只有平衡才能保证安定，大家才能都有生计。"

这话虽然不敢苟同，但秦潇也知道自打黄世荣出任华探长后，法租界的治安的确是好了不少。不得不说他的均衡很有成效，其实对普通百姓来说，能太太平平地活着，不是比什么都好？

他正在思索间，周炯已经叫伙计算账了。这时就见江边有两群人在默默地向中间集结，路人可能是都知道了要发生什么，都纷纷躲避逃窜。

秦潇就见这两堆人衣服里似乎都揣着硬邦邦的东西，显然是各色利器，等着一声令下就开战。秦潇叹气叫周炯道："看下面又要帮派斗殴了，你这个副探长就不想管管？"

周炯摸了一下腰间的枪套道："说实话，如果上边没有下令，这事我也不用管！"

"但今天既然碰到了，就先看看事态……"

"哎！怎么又是这两帮？"周炯看了一下后道。

"哪两帮？"

"哼！"周炯哼了一声道，"他们是从闸北一路从公共租界打过来的，刚开始在苏州河上，现在到了江边！这几年就数他们势力发展快，而且之前被法国佬打压后，很快又复原了。这两帮人还很有意思，有时还联合一起打外人，但只要没人争了，他们就自己开干。而且这两派是势均力敌，谁都吃不掉谁，也算是上海滩传奇。他们还都说自己以前是漕帮的正宗弟子，你想义父是何等磊落的人，要是听有人冒充漕帮的名头，还不勃然大怒？"

"这两帮叫什么？"听到漕帮，秦潇来了点儿兴趣。

"一派叫斧头帮，另一方叫红枪会！"

听到这两个名字，秦潇心里一怔，怎么如此熟悉？好像以前和义父在那里听过。

这时酒楼里好像突然炸了锅，一楼有人叫叫嚷嚷地就往里边冲。而二楼也霍地站起来十几条大汉，各个头上都是泛着青光，往楼下一股脑奔了下去。

在法租界，还留辫子的男人已经是极少了。周炯是一头短发，秦潇刚洗了个头，一头原本邋遢的长发现在看起来有些飘逸，而那群汉子都是刮的光头。

周炯道："看到没有？这就是要开干了！师兄，你说，我是管还是不管？听你的……哎，师兄，人呢？……"

八十一、渔人得利

此刻的码头已经是人头攒动,两方集结的人和各酒楼茶肆涌出的,加在一起足有小两百人。可是这些人却只是聚在了一起,并没有想动手的架势。甚至两派中的熟人还打起了招呼,看样子并不像想象中的帮派火并。

秦潇在刚才听到这两派的名字时,糊涂了一下,几年酒精的麻醉已让他的思维变得迟钝。可人的大脑就像是个庞大的图书馆,各种记忆就像是里面的图书。而记不起来就像是索引丢了,但记忆那本书还在,只要想办法加上契机就能找到。

秦潇脑中就闪过了一把磨盘大斧和一条分水红缨枪,他仔细捋着脉络,猛地想起,那不就是他和义父刚来上海时在码头遇到的漕帮那件事吗?当时一个山东人叫冯兴庄,带着东北分舵济宁四湖道微山支甲组的船,和另一个叫严曲九的,领着东南分舵九江鄱阳湖道信江支丁组的帮众,在争抢码头泊位。最后在帮中卢应龙护法的调停下,双方终于决定齐齐退出漕帮,并留在上海滩单干。当时冯兴庄还跟严曲九开玩笑说,就以他二人用的兵器给新帮派分别起名为斧头帮和红枪会。没想到一晃十年,这二位还真做成了!

秦潇庆幸经过了这一番麻醉沉沦之后,自己的记忆竟然没有退化。而他决定要下去看个究竟则是因为这些人毕竟曾经是漕帮的人,而义父李白安如果是活着知道是漕帮的事,绝不会袖手旁观。

他一激动连周炯都没通知,就抖动身形,直接从窗子跃下。可惜他喝了不少酒,宿醉时走路都已摇摇晃晃,更何况还刚灌了两坛烈酒。从他根本不放在眼里的二楼落下,他竟脚下不稳差点儿摔了个狗啃屎。

他稳住身形四顾,幸好人们的注意力都被码头上的人吸引了,根本没人注意他。他这才一摇三晃,向着那群人走去,而后混进人流。虽然已清洗过,但满身酒气和一头蓬乱的长发让他混迹其中竟没被发现。可他在人中站了半晌,竟还没有要开打的迹象。他不禁暗揣,难道是猜错了?

而此刻,两派人中各有一人叫了声:"清场!"

而后外围的大汉马上分散开去,连举拳带恐吓把周围围观的人全部驱散,而后有人远远围站在外围,看样子就跟朝廷的戒严一个样。

秦潇不禁暗叹现在帮派的组织已经如此规范，处处都向衙门看齐了。这时他看到得意门楼上周炯正在窗口眼巴巴地看着他，还向他做着出来的手势。可是秦潇好不容易振奋一回，哪里肯听，只是悄悄地摆手让他别管。

周炯在酒楼上一扫就看见了一脸颓相的秦潇，他本来不想管帮派的事，自然不想现身，于是就想招呼秦潇回去。谁知这个醉鬼不知是醉迷糊了还是怎的，竟然让自己别管。周炯心里虽气，可还是不能扔下师兄，只得在楼上静观其变。

众人就这么在江边干等着，突然就听有人叫着："来了来了！"

所有人往黄浦江中看去，只见漆黑的江面上现出一条大船。这船看规模得是军舰大小，船上的灯光闪耀下，还隐隐看到了炮位。就见这舰船在江上慢慢地掉头向江边驶来，而船头的高亮探照灯开始晃得人睁不开眼。

这两百来人就开始跟着船头行进的方向走，沿江慢慢下去，眼看就要出了十六铺码头的泊位区。有人惊异地叫道："他娘的，这是要往清界开呀！"

人群中开始有了小骚动，很多人也议论开了："对呀，咋能这样？出了法界，咱就没辙了！"

可还没等众人想出什么，身后突然传来急促的马蹄声。大家回头，看见两架马车正在一行人小跑的护送下，急速驶来。这些人肯定都认得这两架马车，纷纷恭敬地分开左右，让出中路。两辆马车几乎是并驾齐驱地到了码头边，而后又差不多被同时勒停。

秦潇看着这停稳的马车，马头位几乎都是一平的，心中揣测，看来这二人是旗鼓相当，谁也不肯落后半分，但也不愿抢头一寸。

这时又是两个声音几乎同时叫道："请帮主下车！"而随着声音，两派人员几乎是人人抱拳低头行礼叫道："有请帮主！"车上这时几乎同时下来两人，这两人下车后先向下面挥挥手，大有凌统一方的气势。而后两人是相视一笑。

秦潇在后面看去，只见一人是又粗又胖，留个大光头。这码头上对面那些光头汉子应该都是他的手下。而另一人是又瘦又干，一头削平寸，自己所在这边应该都是他的手下。这时他才觉得自己的一头蓬乱长发有些打眼，在人群中显得格格不入，但幸好根本没人留意他。

这时粗胖子先说话了："老严哪！这阵子咋老不来我那哈酒了？"

秦潇一听就是山东大汉冯兴庄，不过此时他更胖了。

干瘦子却道："那你为什么不到我那里打牌去呀？"

秦潇认出这不就是那个使分水红缨枪的严曲九吗？不过他显得愈加干瘦了，感觉就像是被风腊过一样。

两人都是哈哈一笑，而后冯兴庄道："这次咱们两帮子联手做这趟买卖，要是成了，以后咱两帮子也就别互相斗了！不如合一块，你看咋样？"

"行啊！十年了，你不厌我都厌了，兄弟们也都熟了，怎么下手？"
"那咱以后就叫个'斧枪帮'，咱两个都是头把交椅，你看咋样？"
"多不顺嘴呀？还是叫'枪斧会'更顺！"
"你瞧瞧你！一点儿亏都吃不得！"
"你还不是一样？"

两人边顺口说着，一路在帮众的簇拥下就来到了江边。

秦潇在后面听二人谈话间还是十年前那个斗嘴的模样，不禁也是暗叹，此刻二人都是叱咤一方的帮派头子了，还是这样本性难移。

二人见这军舰逐渐往清界靠过去，也都十分惊诧。

冯兴庄道："这袁家少爷咋说哩？奶奶的！这到了清界那边可咋接货呢？"

严曲九道："就你性急！等等再看！反正我们只负责接运，两不相帮！"

这时军舰正好在清法交界处停了下来，而后从船身两侧都往下了软梯。冯严二人对视一眼，正摸不着头脑，就见军舰上已经有人叫道："还等什么，还不架桥取货！"

两人顿时醒悟，马上安排人手。码头上这时泊着一片小趸船，两派人合力把这些船和码头连在一起。而后就见光头队伍纷纷抽出斧头，这斧头单面斧刃，另一边还有个锤头，这些人搬起早就码好在岸边的木板，转斧为锤，将一艘艘小船用木板连在了一起。由于人数众多，训练有素，所以很快一架水上浮桥就已搭好。

而严曲九的人也没闲着，都从身上抽出几截连在一起的棍棒，细一看还都有个枪头。原来这红枪会的随身武器是枪，平时携带不便，故被改造成能组装在一起的几截。就见他们将枪瞬间组装好，而后奔到浮桥上，在两边依次将枪插入木板中，而后用红绳子一个个串联好，刹时浮桥的扶手绳就已连好。

冯严二人相视一笑，自得间也有些对对方的钦佩。

此时，军舰上已经开始往下顺货了，都是一个个的长条大木箱。秦潇在后面这才看明白，原来这两伙人是在携手走私呀！可是什么样的走私要用到军舰呢？这军舰没有打旗号，看不出国别，显然是故意收起来的。

本来看到此时，秦潇就已经兴味索然了。他本以为原漕帮帮众的一场火并，可能会引出有可能尚在人世的义父。可见到的却是热火朝天的走私场面，他不禁有了退意。可他往对面一看，却又停住了脚步。

此刻对面清界，也有几条大船驶到了军舰另一侧，从那侧开始接收大木箱。秦潇纳闷了，怎么清朝衙门也在走私吗，还是在同一条军舰上接货？看两边接的货都是规格一样的大木箱，那这里面到底是什么呢？两边卸货各不侵扰，都干得井然有序，迅速异常，这边从浮桥上传运到底，很快岸边就已码放了层层木箱。

秦潇透过人群看去，只见这些木箱都是由木板构成，中间的缝隙还可以隐隐看出干草和油布露出。而木箱上都印着外文，秦潇看过去不是英文而是法文，但是他毕竟也是在海外待过几年的，这些法文也是认得，都是明晃晃的军火名，有长短枪、手榴弹、各式子弹等，林林总总，秦潇大惊，怎么？这是从军舰上走私武器？！而且还是大清和法界在一艘军舰上一同走私！他这时才明白那军舰为何要停在两界中间了，这就分明是在说，我们就是卖货的，至于买货的两方是两不相帮！

秦潇想到此节都快气得浑身发抖了，虽然整天在法界醉生梦死，但外面的形势他还是知道的。四月革命党已经在广州起义了，虽然很快被镇压，但从租界的报纸上看，现在各地反清的呼声都是极高。反抗的声浪是一浪高过一浪，各地对清廷强取民权的做法是声讨一片。而各地在秘密组织反清团体的消息已经不是秘密，早就见诸各大报端。反而各列强国家的态度却是极为暧昧，各种声明都是含糊其辞，俨然是一派两不相帮，作壁上观的姿态。而且也有些国家的驻华公使明确表示，这是中国自己的内政，他们将不支持任何一方，同时也不会为哪方提供军火武器。

这声明得到了很多强国公使的口头支持，而中心意思就是你们大清政府想买军火镇压革命党，或着革命党想买军火对付清廷，他们都不卖。可据报上评论分析，强国不肯卖军火给清政府，是他们认为清廷财政已经破产，任何借款买枪的协议以后都有可能是废纸一张，他们根本就偿还不上。如果是真金白银来买，列强也愿意做这生意，但现在国财都已被大清权贵瓜分，清廷国库除了一堆借据欠条还有什么？

而革命党就不一样，在孙文十余年如一日的海外奔波，宣传鼓动下，革命筹款开始水涨船高，渐渐地也能从海外购置大量武器来掀起革命。可是列强们表面都是说，革命党购买武器不是他们的国家行为。

现在看来，应该是清廷和革命党都从这军舰上买军火，而且就选在租界边缘钱货两清。既然是军舰出马，那怎么就不是国家行为？列强肯定是首鼠两端，照样私下卖给两方军火，然后坐看鹬蚌相争，自己收渔人之利。

想到这里他气得是心脏怦怦乱跳，本来酗酒之人就会这样不时心悸，而且越是事发突然，刺激反应就越强烈。秦潇此刻就想要找酒喝，好来平复一下内心滚滚欲喷的汹涌热血。可他转念一想，这些军火都是双方厮杀杀人用的，那还不知要造多少孽！不如自己就放把火，把军火都给烧了，让他们毛都得不到。

一想到放火，他就想：既然要烧，那就两边儿都烧。法租这边还好说，但清界那边呢？那帮官兵可都是荷枪实弹的，自己就这么过去，能是对手吗？

他身形渐渐靠向界墙，想先翻身上去看个究竟，才好决断。可是这他本以为如履平地的墙头，却让他差点儿被墙上的铁丝网勾住了脚，发出划楞楞的声音。他忙顺势后仰滚下提气，才没结实地摔在地上。幸好人们都在热闹地干活，没人留意到他。

不过他极为沮丧，连个小墙都翻不过去了，自己跟个废人还有什么区别？这一下他又心灰意冷了，只想赶快找坛酒灌下去，醉着就什么也不想了。他想爬起来，谁知刚才一翻腾酒劲儿上涌，身形一摇三晃差点儿又坐到了地上。幸亏他拽住了旁边的树枝，这才勉强稳住，没有摔倒。

可这一下动静儿就大了，在戒备的帮众马上警觉叫道："什么人？"

霎时间几道光束就朝他晃过来，他一头长发非常扎眼，此时更是被大家看出根本就不是自己人。而后帮众叫着，纷纷掏家伙向他扑来。

秦潇虽然眼见着自己拿手的本事都快废了，心中正在沮丧。但见一票人舞着斧头长枪就朝自己过来，不免心头火噌地蹿了上来。

"要是连这群帮派鼠辈都打不过，那自己就投江死了算了！"

他念头一起，刹时一股热血上涌，歪歪扭扭接连飞出两脚，把迎头两人踹飞。而后他腾身而起，飞到众人上空，在起跃间是一通乱踢乱打。

本来要说他醉成那样子，帮众就是斧头齐飞，群枪乱挑，也能把他给伤着。可是大家见他步伐凌乱，身形摇晃，时而像要摔倒，时而又像乱扭，而且起落飘忽，都还以为是什么高深武功，愣是一时间拿他没辙。

这时冯兴庄的亲随也看到了这边的动静，奔过来，他见此人频频出手，把自己兄弟竟打得晕头转向。那人不免也狐疑起来，这么大的酒气，此人莫非用的是醉拳，看身法还是轻功，莫不是什么醉门轻功？

可严曲九的亲随可就没么客气了，他奔过来一见此景，立刻叫道："跟个醉鬼客气什么，都给我退开！"

说罢他就从腰间掏出火枪，举枪就要瞄准。此时就听一声大叫："我看谁敢！"

就见一巡捕长官横臂立在醉鬼面前，他举着枪继续叫道："敢打巡捕，你们胆子不小！"

来者正是周烔，至于走私这一幕，他是根本不想管。能这么大张旗鼓干的，上面一定是默许的，至少黄大哥一定是默许的。但他在上面眼见着秦潇吃亏，忙奔下来保护。

他在巡捕房声名赫赫，他虽然认不全这些帮派中人，可是这些可全都认得他。一见他出手了，众人也就立刻住手了，而秦潇还在乱踢乱打，胡乱间还踢了周烔一脚。

一人道："周探长，抱歉了，冲撞了你的人！我们这里办事黄探长是知道的，你赶快把你的兄弟带走吧！"

说罢他从衣袋里掏出一袋钱，递到周烔面前道："周探长，一点儿小意思，还望您大人大量！"

按理说这里子面子都有了,台阶也足了,周炯就想借坡下了,可秦潇却不依不饶道:"我不走!我要烧光这里的军火!"

周炯一把把他抱住道:"师兄,你醉了,走吧!"

"我没醉,这帮助纣为虐的混蛋贩卖军火残害百姓,我就要把这些造孽的东西全烧了!"

周炯一听话越来越过,忙架着秦潇往外拉,秦潇还不依不饶道:"你们这群混蛋,都丢光了漕帮的脸!帮主在天有灵不会放过你们的!"

这时就听一声大叫道:"都站住!"

周炯回身一看,冯兴庄和严曲九都过来了,他暗叫不妙。他虽是副探长,但只是中央捕房的,跟黄世荣的华总探长还是有很大差距的。这些帮派给他面子不假,但要是大帮派的帮主亲来对阵,他的面子可不一定够了。

他看着二人,正琢磨说点儿什么,冯兴庄却先说话了:"周探长,您的大驾俺们兄弟怠慢了,在下赔个不是,改天再登门谢罪!"

周炯一听他说得客气,心里就冒凉气,这群帮派大哥,都是嘴不对心,越是客气越是麻烦。果然他接着道:"这位小兄弟是你把子弟弟?"

秦潇看着比周炯年轻不少,看上去还是二十左右毛头小子的样子。

周炯不知怎么回答,冯兴庄接着道:"这小兄弟说话可就不着听了!咋的,知道俺们都是漕帮出来的,俺们咋给帮子丢脸了?"

"他说醉话,帮主你别介意!"周炯赶忙往外架秦潇。

谁知秦潇也不知是醉劲儿上来了还是不服气,叫道:"怎么没丢脸?漕帮从不干伤天害理的勾当,从不做损害百姓的营生!你们贩军火,这是要黎民饱受涂炭!让苍生受尽苦难!还不是让漕帮丢脸?"

周炯一听暗气,师兄你这到底是真醉还是假醉?说是假的站都站不稳,说是真醉了却还能连篇胡话,你真该去说书啊!

可冯兴庄却不以为然道:"以前帮子里不碰鸦片,这就是帮规!至于军火嘛!俺们又不用它来杀害百姓,有啥罪呀?"

"可你们帮着贩卖,那就是助纣为虐!就是为虎作伥!"

周炯忙去捂他的嘴,还一边道:"帮主你别跟他一般见识,真是醉了!"

冯兴庄却道:"你一口一个漕帮,帮子早十年就散了,看你年纪轻轻的,跟帮子啥关系,莫非穿开裆裤时就在帮子里了?"

帮众哄笑,秦潇却叫道:"我义父就是漕帮随意堂堂主李白安!"

冯兴庄一愣,他加入漕帮时早就没随意堂了,但这名字好像是听说过。可严曲九却上前一步道:"你是说李堂主?他离开漕帮都快二十年了,你怎么知道他?"

周炯一听怎么还把义父给扯出来了,忙想着要圆场。可这时却听码头上一人说道:"这么热闹是干什么?"

大家回头一看,一白绸大褂翩翩公子正走下浮桥,上得岸来。

冯兴庄大声叫道:"哎呦,袁公子大驾光临!欢迎欢迎啊!"

严曲九也忙迎上去道:"没承想袁公子还亲自来了,我们可是怠慢了!这事你让小的来就行了……"

可这位却手一比,看向周炯和醉鬼,而后说道:"这不是周炯老弟,那个……那不是秦潇兄弟吗?你们怎么在这儿?"

周炯一看来人,立刻松了口气,心道有他在,这下事情可是能圆满解决了。

他忙拖着秦潇过去打招呼:"袁公子,你来了!"

来人正是袁克己,他和秦潇、周炯都是旧识,在此地见到两人不免惊讶,可最令他惊骇的是秦潇怎么醉成这样子了?

周炯忙打圆场道:"袁公子,我师兄他醉酒闯了两位帮主的围,没什么大事,我们不打搅了,这就走!"

而此时秦潇却是模模糊糊地看到了袁克己,他继续大骂道:"你也不是好东西!合伙贩卖军火,想让这天下大乱,到时百姓死伤受苦,黎民水深火热,你们呢就发战争财……"

周炯一看师兄现在是逮谁骂谁,这还得了,忙拉着秦潇一路赔不是往外走了。

袁克己不失风度,客气地把他们送走,回身问:"这怎么回事儿?"

"谁知道!"严曲九道,"一个醉鬼来搅局,巡捕房探长出来护着,真够乱的!"

"不是说已经打点好黄世荣了吗?"

"可不是,他还参了一股呢,应该不是捕房找事!"

"没错!那小子一口一个漕帮,一口一个我们残害百姓,丧尽天良什么的,还扯出什么李白安来唬我们!"

"我看多半就是个醉酒闹事的!不用理会!"

可袁克己听到漕帮、李白安的时候却是眉头轻挑,他嘟囔着:"残害百姓,丧尽天良,几年过去了还满口正义!"随即他眼珠一转自语道,"或许有件事儿还真得这样自认正义的人来办……"

他回过神,见冯严二人都一脸莫名看着自己,忙笑道:"行了!别管他们!说正事儿!"

冯严二人都松口气,忙叫人抬过一大一小两口箱子道:"一共是一千根大黄鱼,公子您看看!"

袁克己一一打开箱子,黄澄澄地在黑夜晃成一片。

严曲九道:"小的这口三百根,是给您送到哪里?"

袁克己摆摆手道:"先送我上海府上!"随即他一笑道,"没想到革命党家底儿挺厚呀！说凑到就凑到，我还以为他们要拿些别的什么顶账呢！"

"可不是，而且他们还说了，要多少有多少！钱不是问题！"

"那你们传话去，下个月还有一船，公子我给他们打个九折！"

冯严二人一听还有生意，都笑得合不拢嘴。

这时就见最后的兄弟们抬着几口大筐，筐里弄出几个粗筒，还有轮子样的东西。

冯兴庄问道："公子，这不会是炮吧？"

"就是山炮啊！不过都是拆碎的，要不运不过来！你们告诉他们这三门算我附送，还有三十发炮弹！零件儿都在，装不上用不了是他们自己没本事！"

冯兴庄忙拍马屁道："袁公子就是袁公子，出手就是豪迈！"

袁克己挥挥手接着道："我还给你们一人备了两箱长短枪，子弹各一箱！"他指指帮众手里的斧头摇头道，"这都什么时代了，还用那个，换上火枪才能跟得上时代脚步！"

两人一听都是大喜过望，忙称谢不迭。

这时从清界那边划过来一条小船，下来一便服者，拿着两个小盒子。那人来到袁克己面前先是打了个千儿，而后起身道："袁公子，我们海大人感谢公子守信，银票都在这儿了！"

袁克己打开盒子一数，都是万两一张的大票。

"二十万两，一两不差！"来人谄媚道。

袁克己抽出六张塞在衣服里，而后打开另一个盒子，只见里面都是大小不一的浑圆白球。

冯严二人不知是什么，定眼看着。

"这可是能拿出的全部'仙乐散'了，按您说的没研碎就是原样！"

袁克己点点头道："你们海大人还想要军火吗？他还有现银吗？"

那人忙点头："自然，大人说了，至少要两个营的军火，这还不够！"

"至于现银，我家大人一定筹措得出！"

"好，你告诉他，我还送了他三门山炮，三十发炮弹，但只能拆成零件运到。让他找个懂行的装上！"

"到时京郊几大营他都可以抗衡了！"那人千恩万谢地走了。

袁克己见冯严二人还是目不转睛盯着盒子，就说："我做生意公允吧？价码一样，东西一样，就连赠品都一样！"

两人忙点头，继续拍马屁。

"可是你得告诉革命党，我可没给清军打折儿！说穿了，公子还是向着他们的！"

两人不住地点头说公子仁义，可二人还是盯着那装着"仙乐散"的盒子。

袁克己明白了，又把盒子打开道："怎么？觉得很诱惑是不是？"

那二人犹豫一下点点头，谁知袁克己一下关上盒子道："这东西比鸦片厉害多了！一次就上瘾！而且一辈子念念不忘！"

"那姓海的，以前就是抽得迷迷糊糊的，把家产都败光了！"

"现在我把他手里这玩意全要来，也算帮了他！"

"你们可别想着碰，这东西比毒药还狠！好东西，公子我还能不赏你们吗？"

二人忙点头称谢，严曲九却道："那下次要是那姓海的筹不来钱拿货，那我们兄弟可不可以替革命党多要点儿？"

袁克己忙摆手道："不成！"

"现在各督府私下要货的多着呢！不愁买家！"

"他们朝廷督府私自要这干吗？"冯兴庄问道。

"哎，说你什么好呢？就是看不清形势！"

"现在是什么时候，马上天下大乱，那些个督抚哪个不想壮大势力，趁此机会独立，自己做草头王呀？"

"我这货源充足，门路还齐全，以后他们就是我们的大客户！"

"这只是我不想给革命党更多的一方面，另一层，双方嘛实力均衡才好较量！总不能让一家独大吧？"

"那让革命党赢了不是更好？"冯兴庄道。

"你够笨，大家打个不休，我们才有生意做！要是他们那么痛快赢了，我们兄弟喝西北风去呀？"严曲九训斥道。

"老严就比你透彻，好好学学！我说你们真可以合为一家，内斗最没出息了！"

冯严二人互望一眼，都觉得这话有哪里不对。

"好了！都回吧！"袁克己突然阴冷一笑道，"我还得为正义的人找点儿活做呢！要不啊，他总得想着捣乱！"

当晚秦潇被拽走后，又不停嚷嚷着要饮酒。周炯只得又带着他灌了一坛，这才把他拖回到自己家里。

此刻周炯的身家已经不一样了，去年黄世荣就送了他一间西式大宅，连下人厨子花匠一应俱全。本来以周炯的薪水，是无论如何也养不起这房子的。可黄世荣说了，一切都包在他身上。周炯一心想给宋婉毓最好的，见她貌似喜欢，也就欣然接受了。

毕竟他心里有底，巡捕房这几年，像样点儿的大案要案铁案，几乎都是他破获的。洋人那边的面子全都是靠他撑着，所以就算住了大宅也不至于心不安理不得。可秦潇却坚决反对，自周炯一家搬进去后，秦潇就再没接近过周炯的家门。

而这晚周烔实在是太累了,不想再把他扛回弄堂里去,只得放家里了。

秦潇第二日清醒过来已经是过午了,他按习惯四下划拉,酒瓶没有,取而代之的是丝滑的被褥。他猛睁眼四看,却见自己倒在一张西式大床上。这屋子里窗明几净,整洁气派,哪里还是自己的狗窝?再一看身上,已经被换上了一身干净的睡衣。

他敲着头,左思右想,终于接上了断片儿,知道自己是在哪里了。他忙想下床,却发现只有双干净的拖鞋,自己的烂鞋呢?

正在他蒙头到处寻找时,门一开,就见宋婉毓推门而入。他自打来上海时见过她一面,这是第二次见宋婉毓。只见她云鬓高挽,略施粉黛,衣着名贵,神态清雅,俨然已经是名门少奶奶的样子了。

秦潇觉得没脸见自己的师妹,忙倒回床上,用丝被蒙上头。

可宋婉毓却大方道:"师兄,你醒了!"

"我给你送新衣服鞋袜!穿上梳洗好,咱们该开饭了!"

见秦潇仍蒙着头,宋婉毓笑道:"师兄,你别臊,昨天衣服是管家帮你换的!"

秦潇只得在被子里回道:"师妹你放在那儿就好了,我自己穿上!"

宋婉毓只得摇头放下东西道:"等下穿好出来就行!"

秦潇听见关门的声音过后,才从被子里钻出来。他见屋角还有个洗漱盆,上面安装着漂亮的鎏金水嘴。这可真是天上地下,租界法式大宅都通了自来水,而他的狗窝还要到弄堂口担水呢。

他迅速地洗漱完毕,开始套衣服。

宋婉毓拿来的是雪白的衬衫和格子西装,虽然六月穿这个是有点儿热了,但哪个租界的体面人不是这样穿戴?等他把锃亮的手工皮鞋穿上,再照照镜子,已经有了几分浊世佳公子的味道。

他不禁想起了以前在英伦的日子,想起了几个师兄妹第一次换上正装去拍照的场景。那时过得多简单多快乐,可现在呢?不但物我两非,连其中一人也都真的飞了,生死茫茫。

他推门而出时,门口的下人马上躬身行礼叫道:"秦少爷!"而后七拐八绕地把他领到了一间明亮的大厅内,这里摆放着做工精美的西式长条餐桌,那些繁复的餐具都是熠熠发光。

此时宋婉毓正在盛着汤,见他来了,忙笑道:"师兄,你挨着钱师父坐吧!"

秦潇这才看清,在宋婉毓左手边的大躺椅后面露出个人影。他坐下探头才看清,此人正是一年多未见的钱千金。

这时他正靠躺在特制的躺椅上,身上一套净素淡青大褂,头被理得整整齐齐,梳洗得也是干干净净,还是一派文人的儒雅样子。可再看脸上可就不同了,双眼浑浊黯淡，嘴角还不住地抽搐，见了秦潇向他问好就跟全然没听到一样，毫无反应。

这时宋婉毓把一碗汤摆在了秦潇面前道："师兄你起晚了，现在是中饭，你就先将就吃些！"随即她端起另一碗汤，一勺一勺地喂着钱千金，看着他把汤一口口咽下，还不时拿个丝巾为他擦拭嘴角。

秦潇道："钱先生一直都是你来喂吗？"

宋婉毓只是淡然道："下人粗手粗脚的没个轻重，我可不放心！况且现在先生好多了，以前喂都喂不进，真不知炯哥最苦的时候是怎么把他给伺候过来的！"

她的话里有些哀伤酸楚，但透着淡淡的关切和爱惜。秦潇不免有些揪心，二弟他们这一路可真是走得好苦啊！不过再看看现在的环境，这不就是苦尽甘来吗？

秦潇故作轻松道："没事，都过来了，钱先生会越来越好的！你们现在也是富贵荣华了！还有……"

他突然发现自己长期沉溺于酒精之中，竟然连几句奉承人的话都不会说了。可到底是不会呢？还是不想呢？他觉得心中又有点儿乱。但凡一到心乱，一个酒坛就会浮现在脑海中，他忙慌张地四处打量。可除了满桌子美味佳肴，哪里有个酒影子呢？

宋婉毓见状却道："炯哥临走就嘱咐过了，早就备好了。但他可不想你沉迷此道，所以也说了只要你不要就别拿出来！"

现在的样子明显就是很强烈地要了，宋婉毓一挥手，下人就端上来一瓶酒。那是一个极精美水晶酒瓶盛放的洋酒，酒色陈黄浓透，摇荡间酒体十分凝重。

他立刻拿玻璃杯倒满一口灌下，只觉得喉咙间一道浓澈直入五脏，却是好酒无疑。

宋婉毓笑道："师兄你慢慢喝，这是二十年陈的单芽苏格兰威士忌，喝快了容易醉还伤胃，你先吃点菜！"

秦潇知道这种洋酒，也喝过，但对于一个像他现在这样的酒鬼来说，酒好酒坏一点儿都不重要，能喝醉的都是好的。况且这酒一瓶的价格够他喝一个月劣酒了，他自然没什么机会喝到。谁知宋婉毓却道："炯哥说了，别人送他一大箱，你知道的他也不喝酒，等到时给师兄一道送过去！就是师兄你可别再这般伤身地……"

秦潇把酒杯一顿道："够了！"

他这一下把正在给钱千金喂汤的宋婉毓吓了一跳，一勺汤全洒在了钱千金身上。宋婉毓忙用丝巾擦着，还边说："师兄，我又没说什么，你发什么火呀？"

"我喝酒与别人有何相干？伤身又怎么样，喝死也是我自己的事！"

"我也没说别的，师兄，就是劝你要喝也喝些好酒，别早早把身子喝坏了！"

"好酒？我是喝不起好酒！这是好酒！可就凭周焗那点薪资能买得起？这样来路不正的好酒我喝不下去，也不屑喝！"秦潇把酒瓶猛地推到一边，看看身上道，"还有这洋装，我也买不起，也不屑穿！赶紧叫人把我的旧衣拿过来！"他再看看这华丽的大屋，又是无名火起道，"还有这屋子，哪个配得上周焗的饷银？我也不屑久待，换好衣服就走！"

这就是酒鬼最让人难以忍受的一面，只要有什么不顺意的，当场就不管不顾地发飙，完全不计后果。当然秦潇此时还没有喝醉，但他也从来没清醒过，这不一听到好酒就让他联想到钱，顿时就乱喷起来。

那边的宋婉毓却是眼眶一红，哭了出来，她抽泣道："师兄，我知道你瞧不上焗哥给洋人卖命。可是这世道但凡还有个出路谁想这样？"

秦潇来劲了："那他还可以去干苦力！扛大包！总之活着要有尊严！"

他说这话时都忘了自己现在能活在上海滩租界里，全是靠着周焗的周济。

宋婉毓哭道："说得倒是轻松，他做那些的时候，连养活自己和钱先生都困难，何谈尊严？"

"什么叫何谈尊严？这摆明了就是贪图富贵！贫贱不能移都忘了，要不要钱先生再好好给你们上上课？"

这是秦潇这酒鬼另一处让人听之生厌的地方，只要是黄汤下肚，就会正义凛然，妙语连珠，当然都是不顾任何人的感受，只图自己口上痛快。

他见宋婉毓不搭话，更来劲了："为了富贵就不惜当洋人的走狗，收受好处，这与大清衙门的贪腐官吏又有何不同？为了穿金戴银锦衣玉食就不惜依附于权势，这与青楼女子又有何不同？"

他说这话时完全忘了昨天周焗说过的，宋婉毓曾被唐季孙骗娶去当偏房的事情。听到此，宋婉毓是再也挂不住了，索性掩面大哭道："师兄，我知道你之所以不来，就是嫌弃我曾经攀附过富贵，就是嫌恶我不是个清白女子。可那时你当我愿意？你们都杳无音讯，我一人在威逼利诱蒙骗下又能怎么办？说实话，我一直都觉得对不起焗哥，对不起义父义母父们！我一直想用残生好好报答焗哥，好好照顾钱先生，好好照顾照顾师兄你！可你觉得我如此轻贱，那我活着还有什么意思……"

秦潇万万没想到自己的失言会招来如此大反应，顿时不知该说什么了。而这时就听一直在躺椅上一声未吭的钱千金，突然口中发出阵阵噢噢声。秦潇终于觉得抓到了救命稻草，忙到了钱千金身边蹲下问道："钱先生，你清醒了吗？我是秦潇呀！潇儿呀！"

而宋婉毓也因这突然变故忘了哭泣，俯身急切地看着钱千金。就见钱千金的嘴角不住地抽搐，混浊的眼睛突然一转狠狠地盯住秦潇。这眼神让秦潇想起以前自己背不会功课时他的眼神，只是此时却要狠厉许多。

只见钱千金想举起手却举不起来的样子,使劲往上够着手指,努力地冲着秦潇的方向,口中又发出了更大的噢噢声。宋婉毓怕是老师受了什么刺激,气顺不过来了,连忙伸手去为钱千金抚胸口,口中道:"先生,你憋了痰吗?要不我给你拍拍?"

秦潇闻言忙要伸手扶起钱千金,可是他的手刚碰到钱千金的手臂,钱千金不知哪里来的力气,竟一把把他的手推开。秦潇正诧异间,就见钱千金终于举起了一根颤巍巍的手指,指着秦潇,眼喷怒火,口中鼓捣半天才吐出一个字:"混……"而第二个字他就再也说不出了。

秦潇虽然在迷醉之中,但也还是个聪明人,他怎会不知钱千金那个"混"字下面是什么呢?他顿时觉得羞愧难当,扑通一声跪倒在钱千金面前低头道:"徒儿知道错了!潇儿知道错了!愧对了您老的教诲!我就是个混蛋!您老别生气,我给您磕头赔罪了!"

说完他真的就开始在地上磕起头来,那头颅磕在法兰西进口的地砖上,是砰砰作响,声彻全屋。

等他再抬头,却见钱千金稍微平静了些,眼睛却在微微转动向着宋婉毓那边。秦潇立刻就明白了先生的意思,忙膝盖转向,对着宋婉毓一头磕了下去道:"三妹,是我混蛋!我就是个自私自利的混蛋!你们这些年含辛茹苦,那是忍受了多少煎熬才走到今日!可我呢,白布上抓着个黑芝麻粒儿就不放,不是混蛋是什么?师妹你通情达理,就原谅了为兄一回,好吗?"

宋婉毓本就是个重礼明事的,哪里肯让兄长给自己下跪,连忙跪了回去。同时她也哭着道:"师兄,你没错,是我当初错了!要是当时我一狠心死了,也就不会让那混蛋得逞了,也就不会气得钱先生这些年这样了!"

"不是,是我的错,我没有保护好师妹,才让师妹受苦!为兄给你赔不是了!"

"不,是我错……"

一众家仆就看着这二位跪来跪去,互相认错,都是无所适从。这些人大多不知少奶奶这段不堪回首的往事,有人竟然还以为这两个本是一对,是少爷强娶了少奶奶。现在旧情人见面,难免有得一闹,可是众人也觉得少爷可真是滥好人,怎么还放心让旧情人独处一室呢?不过家中的这位老爷可是一直都动不了说不出,这么一闹却把他给闹起来了,这也算是好事。

这时却听饭厅外有人叫道:"我回来了,师兄醒了没?"

周炯穿着制服大步走了进来,他一见此场景,当即就愣了,忙扶着两人起来,而后却惊异地发现钱师父竟然是双手颤抖,口中嘟嘟囔囔似乎要说些什么。他是又疑又喜,忙叫管家去请大夫来看看,并命人先送钱先生回房休息。等他坐定了,看着无比尴尬的两人,里外想不出个究竟。

还是宋婉毓先打破僵局问道:"烔哥,今天中午你怎么得空回来了?平时不都是在捕房里吗?"

"今天呢是有件大事要告诉师兄,我怕晚了师兄又走了,就急着赶回来了!哎,你们这是……"

宋婉毓擦擦眼睛道:"没什么!"

秦潇却道:"是我言语无措,得罪了师妹!周烔我也向你赔个不是!你们这些年辛苦了,是我混蛋!不出力还说三道四的!"

周烔好像听出了什么,但见事态平息,而且几年都没开过口的钱先生竟然发出声了,这也算是意外惊喜,也就没多说什么。

三人让下人把菜给热热重新端上,周烔才端着碗道:"就是嘛,咱们兄妹三人,本就如一家人一样,说开了还有什么过不去的?"

几人一说兄妹三人,就想起了尚且下落不明的盛思蕊来,大家不禁又是默然,宋婉毓却抽泣着说:"四妹也不知怎么样了?她那个性子,可别在外面吃亏才好!"

秦潇一想起盛思蕊又勾起悔恨往事,只是叹气没作声。

周烔见一句话又让大家低沉了,忙道:"哎,四妹有福之人,定有福报!况且还有明塘这小子锲而不舍,我们也不必过于介怀!现在这篇翻过去了!来,让我们为新生干一杯!"

说罢他就要倒酒,可见秦潇酒杯竟然空着,而且酒瓶还被拨到了一边。

他就问:"怎么,师兄?这酒喝不惯?我也喝不惯洋酒!刘管家你看看,家里还有没有什么陈年老酒了!"

谁知秦潇因刚才酒后胡言,到现在还是羞愧不已,他忙道:"先,先不喝了吧!"

宋婉毓却问道:"你平日都不怎么喝酒,这还当着值,怎么却想着喝起酒来了?"

周烔笑道:"今天是特殊!有三喜!"

宋婉毓擦干眼角,眨着眼看着他,心道烔哥怎么也卖起关子来了?

"这第一嘛,就是为了庆祝钱先生又能再次开口说话!"

秦潇这才问道:"钱先生怎么病得这么厉害,卒中没有几年都动不了、开不了口的?"

周烔摆摆手道:"这些年不知看了多少中西大夫,都说了,不是卒中!"

"那是因为什么?"

周烔摇头:"没人说得清,可能是接连的巨大刺激吧。你也知道,他和徐师父天天吵,却是生死至交!再加上晋师父窝里反,他就崩溃了。等回到上海刚好些,又看到……"他又提起往事,唉了一声,接着握住宋婉毓的手道,"都过去了,以后我和婉毓再也不会分开了！"

宋婉毓满眼感动地看着他，又要流出泪来。周炯却笑道："说喜事呢！可不要哭！"

婉毓忙抽泣几下强作平和道："那第二件呢？"

却见周炯指指自己的肩章和袖章道："我进来这么久，你们都没看出啊？"

见二人还没反应，他叹道："我今天荣升副总探长了！"

宋婉毓一听先是喜上眉梢，而后奇道："这刚升了副探长才两年多，怎么一下就连跳两级成副总探长了！这，有点儿快吧？"

"快什么快呀？黄大哥可是几年间就直升到了总探长的位子！若论在法租界，还没有人比我更能破案的！黄大哥年初就说了，法国人是挺看好我的，年内我一定能升！现在虽是快了点儿，但也是顺理成章！"

宋婉毓听他这一说，才算放下心来，笑道："好！今天我也陪你喝几杯！"

周炯却是满脸爱惜地看着她道："以后，你在外面可就不一样了！整个法租界有头有脸的人都得给你几分面子！那些阔太太们也要邀着你到处打牌逛街看戏了！明天我陪你去做几身好衣服，总不能亏待了我家婉毓！"

宋婉毓笑道："我才不稀罕跟那些阔太太们干那些无聊的呢！我的衣服也够多，不用做了！倒是炯哥你，官当大了，风险也大，可要留意小心才是！"

这二人你言我语的，倒是把秦潇晾在一边。

他心乱又想喝酒，但他刚说出不喝，总不能马上失言，就只得抓心挠肝地坐立不安。

宋婉毓瞟眼看到他的不自然，忙道："哎，你刚进门就说有大好事是关于师兄的，到底是什么？"

周炯这才反应过来道："对了！这就是第三喜，也是最大一喜！"

"师兄有桩好生意上门找你！你要是做成了，过上我们这样的日子是绰绰有余了！"

秦潇一听此，本能觉得不是什么好事。但刚刚才闹过一场，不好马上再翻腾一次，只好坐着听着。

而宋婉毓却问道："噢？是什么大生意？竟然这么赚钱？那还不是多少人抢着去做？"

"所以我才说是找上门的，这生意呀除了师兄别人还真不一定做得了！"

"那危险吗？"宋婉毓担心道。

"这个……"

这时就听下人进来回道："禀告少爷，外面有位袁公子求见！"

周炯一听立刻站起来道："哎，财神爷说到就到！来，师兄，让他自己给你说说……"

八十二、巨赃疑团

秦潇一听问道:"你等会儿,什么袁公子呀?"

周炯啧了一声:"昨晚刚见过,你怎么忘了?袁克己,袁公子啊?"

秦潇在脑中乱麻里捋了半天,才断断续续串起昨晚的事情来。他脸一沉道:"他干的都是发国难财的生意,我才不去呢。"

"哎你这人,要是那生意,我不早给你推了?告诉你,人家找不到你,一早就来捕房找我说了,那可是真真正正利国利民的生意!你看,人家为显示诚意,可是亲自上门了!还都是老熟人!袁公子的面子,可是法国领事都要给的!你怎么也不能驳吧?怎么都要见见!来,走!婉毓你去把别人送的明前龙井泡上!人家可是见惯场面的大人物,可别笑咱小气了!"

说着说着,秦潇就被周炯拖到了前厅。此刻袁克己正背着手,在客厅里看墙上的一幅油画。那是黄世荣连宅子一并送的,周炯根本就不知好赖,就看着上面画的是绿野田园,直接就挂前厅了。

袁克己听见周炯叫着进来,就拿扇子指着那幅画道:"周炯,没想到你品位还不错!这可是塞尚的画,在欧洲他可是活着就出名的画家!他前几年死了,这画价儿就等着翻番儿吧!"

周炯哪里懂这些,就打哈哈道:"袁公子说值钱我就信。谁不知论品鉴赏玩,公子可是真正的大家呀!"

周炯毕竟在外面场合混迹久了,马屁功夫也练出了一些。

袁克己一听,笑着回头,只见他戴着个玳瑁框金丝墨晶眼镜,一袭白色西装白皮鞋,倒是显得极为儒雅,品位不凡。

周炯忙让座,并把秦潇推到前面去。

这时宋婉毓已经亲自端茶上来了,袁克己起身绅士般行礼道:"没想到尊夫人也是国色天香!周炯哪,你这个大探长可有福了!"

宋婉毓是第一次见袁克己,见此人如此斯文又满嘴夸奖,心想这样的人还能给师兄什么坏生意?定是师兄多想了。不过她转念一想,当初那混蛋唐季孙看起来又何尝不是这样,不还是个衣冠禽兽?看来这帮官面上的大人物都不怎么信得过，等下要让周炯给师兄提醒提醒才是。想到这儿，她朝袁克己笑着施礼，而后给了周炯个眼色就退了出去。

袁克己看着秦潇道："怎么样？秦老弟，酒醒了吗？"

秦潇讪讪道："袁公子，如果您要我做您那样的买卖，最好免开尊口！"

这要是旁人对袁克己这样无礼，他早就怒了。可秦潇毕竟救过自己一家，而现在他又暗中有着一番盘算，自然不便发火。他继续和颜悦色道："秦兄弟，我做的哪样买卖，让你这么动气呀？"

"还不是走私军火，屠戮百姓那样的事？"

谁知袁克己听后却是哈哈大笑，笑得十分轻松。

秦潇不明就里，有点生气道："难道袁公子认为杀戮百姓是件有趣的事儿？"

袁克己摇头道："我不是笑别的，是笑你没看清当下的形势！"

"什么形势？要给双方提供军火，让大家打成一片，而后百姓遭殃？"

袁克己道："就知道秦兄弟是正气凛然，所以袁某人必须得跟你说清楚其中的利害！"袁克己收起笑脸，"你可知黄花岗一役革命党为何失败？"

"还不是因为人少枪少打不过清军！"

"着了！你说现在朝廷到处对革命党打压，实行军火禁运，那他们哪里来的枪炮革命？还不是得有我这样有路子的人才能成全他们！"

"可你父亲怎么说也是当朝一品，怎么还想着给革命党枪炮呢？"

"他曾经是，现在不是赋闲在家了？而且他可是朝中的革新派，要是慈禧老佛爷还在，他没准儿就把立宪这档子事儿给撺掇成了。那孙文他们也不用叫嚣革命了！谁知时也运也，现在这朝堂之上的人就算是说立宪都没人相信了。还有我父可一直是暗中支持革命党的，他也认为革命党能给朝廷施施压，没准儿能推动立宪呢？可谁承想，换上了另一帮败家的玩意儿当家，这朝廷眼看就没救了！那现在有了革命的群情，也有了声势，可没枪没炮怎么成呢？你说这时像我这样，还能疏通关系帮上一把的，怎能不帮呢？况且现在有能力帮的人可不多了，所以革命党应该感谢我都来不及呢？"

"我说的是屠戮百姓的事儿！"秦潇气道。

"秦兄弟，你怎么钻上牛角尖儿了？是看着朝廷继续糟蹋百姓，还是让革命党推翻朝廷，还百姓个太平盛世，孰重孰轻，你不会看不明白吧？这时革命已经势在必行了，那就要帮他们赶紧壮大，赶紧把清朝推翻，那才是真正对百姓有益！你说对不对？"

秦潇本就容易进入思维的旋涡，听他此言，又觉得有些道理。可他又问道："那你还卖枪给大清，又怎么解释？"

"卖给大清？呵呵！告诉你吧，秦兄弟，现在朝廷国库可都被大清权贵给掏空了，是一个子儿都没有！卖给他们，谁来付钱哪？不怕告诉你，买的一方不是朝廷,而是个叫海旭的小官儿!他那是想武装自己的家丁,而后跟朝廷要点儿好处!"

海旭?这名字听着怎么这么熟,可秦潇脑中混乱一下想不起来了。他只得问:"要什么好处?"

"此时朝廷已经发不出军饷了,没人再卖命了!这时谁自告奋勇站出来给朝廷卖命,那就是大功臣,肯定要加官进爵!"

"那个姓海的就是图的这个!可你不是说朝廷马上就要被革命党打败了吗?"

"这话我们知道,可海旭不这么以为,而且朝中像他那样的也是有的。毕竟危难时挺身而出,就能换来高官显爵,自古肯为这个冒风险的也是大有人在。毕竟革命反清是一种风险,挺身保清也是一种风险,就看参与者怎么看了。"

"那你就卖武器给他们双方,让他们对着干,一起残害百姓?"

袁克己摇头道:"秦兄弟,你又看人不明了!在大清像海旭这种官儿我是见得多了!这些人嘴里总喊着忠君爱国,为朝廷效命,可却是地地道道的机会主义者!等他到了前线,打着打着见苗头不对,可能随时就转向。他们手里有枪炮,还可以用枪炮跟革命党对阵,可是一旦没了枪炮,就随时可能用治下百姓挡枪子儿!这种事儿,史书上还少吗?秦兄弟!"

而此刻秦潇突然想起了海旭是谁,他猛地说道:"海旭是不是那个好色无度,抽大烟,仗着祖上的封荫在关外敛财无度,养着亲兵,作威作福那个?"

袁克己吃惊道:"怎么,你也认识他?看来大清还是小呀!不过他已经不在关外了,现在跑到安徽当个小官儿,敛财嘛,看起来他也没多少财可敛。"

"他家祖上不是在关外有大片封地,怎么跑到安徽了?"

袁克己惊讶道:"看来秦兄弟还真知道不少呀!那是他以前。自打徐叔当了东三省总督之后,矿盐全都收归了朝廷,现在兵荒马乱的,他那些地哪还值什么钱?总之身家是大大比不上以往了。这不他母家在朝中失势,他那关外肥差自然也就没了。他经历了一番波折,最后差不多掏光了家底儿才在安徽谋个小官,这不才砸锅卖铁买军火想趁机能东山再起吗?"

秦潇听他说得如此轻松,心中恶心,怎么死伤无算的事情在他嘴里说出竟会这般轻描淡写?

可袁克己却看出了他眼中的寒意道:"我可以打包票。这小子不会给朝廷助力,但也不会给革命党添乱,这总行了吧?"

"可你不还是在做这让百姓受苦的勾当!"

袁克己眉头皱起道:"秦兄弟,我可是跟你推心置腹了!你想,要是没枪没炮,他们就不打了?那时百姓死伤更惨!我要是不卖枪炮,他们就买不到了?还不是一样?至少我还可以多坑坑海旭,也多给革命党些实惠,让他们能顺利革命!你说说,我这么做可是有什么不对?"

秦潇一听确实没话了,对呀!历史上没枪没炮时百姓不都是攻守双方的沙包,不都是被随意屠戮的对象?说穿了要打仗的是双方的人,那跟卖枪炮的有什么关系?不过他随即就否定了袁克己的歪理,毕竟少一个卖枪炮的世上就会少些枪支弹药,那百姓总还是要少些死伤的吧?不过这道理他一时找不到什么来佐证,只是闷头想着。

周炯在一边打圆场道:"哎呀,别为这些事情再争论了,事情都过了,咱们得着眼现在!"

袁克己向他挑了个大拇指,而后看向秦潇问道:"怎样?秦兄弟,现在能谈正事儿了吧?"

秦潇只得道:"说好了,伤天害理的我是绝不会干的!"

"怎么会?要不能来找一身正气的秦老弟?"

袁克己接着就把事由说了一下,可是听得秦周两兄弟是诧异不已。

原来就在二月,曾经在紫禁城内红极一时的、慈禧太后最亲近的、原大内总管李莲英在京城病死了。本来一个太监而且是过气的,死了又有什么大不了的?可这位的确是不一样,在生前他备受慈禧老佛爷的宠爱,据内档所记,几十年间光是老佛爷赏赐的皇家珍宝就不下下几十件。而且此人生前可是权势无边,哪个大臣想在老佛爷面前办成事儿,不得贿赂他呀?就是曾经的李、翁二位中堂都要给他孝敬,恭亲王等权贵都要给他上供。所以据统计,此人曾经收受的各种贿赂不下近千万两之巨。可怪就怪在,此人自从被逐出了紫禁城,就在京城凄凉地住着,而最后死时也是极为寒酸。内府曾经派人把他的家乡老宅、居所甚至坟地都暗中搜了个底朝天,一丝一丝地找,愣是一根钱毛也没找到。他是太监没有子嗣,之前也没传出他跟哪个宫女结成对食,也没有认养儿子。而他那些所谓的太监干儿子们,都是嘴上说说,当不得真。而且凡是被怀疑有点儿瓜葛的人都被查了个底儿掉,就是找不出一样东西、一两银子来。于是内府就觉得此事奇了,这么大笔宝藏竟然就平白消失了吗?

其实那些银子还有另说,关键是慈禧赏他那些宝贝,载可都是顶级国宝。其中尤其有一样,圣祖时期寮国进贡的百宝黄金面具为最。据说这以前是交趾国和寮国战争时期的遗物,有通幽冥的异能。而当时李莲英最会给慈禧没事唱折子戏解闷儿,老佛爷一次偶然见他与心中人面不对板,就叫人取出这面具给他戴上。而此后这面具就一直没入库,所有人都认为是被李莲英私藏。如此多的皇家珍宝下落不明,这对朝廷来说是个重大损失。

朝中内府便有心要派专人,来寻找这些李莲英贪没的赃物。可是事有不巧,现在恰逢天下开始大乱,内府中根本就派不出得力的人手了。而袁世凯虽然下野,但袁家在朝中还是很有些关系眼线的。袁克己听闻此事,觉得这件事要想办成,非得是品格高尚的局外人不行,最好就是个功夫绝伦、义薄云天的江湖人物。这不他一下子就想到了秦潇，就亲自上门来游说他出马。

秦潇听后，有一个疑问："既然说是老佛爷的赏赐，那怎么还成了赃物？"

"你说得对！这我还专门去内务府打听了。人家说：上赏说是恩典，那更是皇家的威严。如果把上赏摆在台案上世代供奉，那没问题。但是如果把上赏给私下吞没了，那就是胆敢窃取皇家至宝的贼，怎么不是贼赃？"

"可那是你赏给人家的，就不许是人家的了吗？"

"这个我也同样有过疑惑，人家说：所谓普天之下，莫非王有！上赏也不例外。除了上赏给大清亲族的，都只是代天子保管。你怎知下一个主上会不会要让你家后人把赏赐给还回去呢？所以上赏就是供奉用的，任何私藏损毁都是犯了重罪。以前的和珅和中堂，不是皇上经常给他赏东西吗？那嘉庆皇上最后不是通过抄家，都给收回来了吗？"

袁克己这几句学着内府人的腔调，听得周烔直想笑。

秦潇听完却倍感疑惑道："不过这也说不通呀？李莲英掌管大内都几十年了，他平时进进出出的谁敢管，自然也就找不到内廷记录。那保不齐这些年间他已经偷偷地把这些银票呀宝贝呀都运出宫去藏起来了，要是这样，他现在人死了，可是彻底断了线索，还能上哪里找？"

袁克己笑道："还是秦老弟心细呀！这个我也疑惑过。但是自打慈禧老佛爷病重后，李莲英直到被搜查干净赶出紫禁城前，就一直没出过宫，可是其间发生了一件事，却是更加诡异！"

见二人又来了兴趣，他喝了口茶道："在老佛爷病重期间，曾经有个老佛爷八竿子才打得着的远亲，曾经贿赂他十万两，就是想在慈禧太后去世前能让他给说合个差事。可是老佛爷死了，此人却没得到任何官位。这不，他一怒之下把李莲英给告到了内务府，就说是李莲英索贿却没办事，他这口气顺不下。而后内务府马上就把李莲英监视起来，是一顿好搜呀！可就是没见着那张十万两银票的影子！"

周烔突然问："那就不会是那人趁机讹诈，其实根本没这回事？"

"哎呀，这个人呀秦兄弟认识，说他蠢笨都好，但还真不是个拿不出的地主儿！"

见秦潇疑惑，他唉了一声道："就是那个海旭呀！你也知道那个货，没钱都要撒银子，更何况求官儿这样的大事儿了。所以内务府是采信他的证词的，可是银票却千真万确找不到！"

秦潇、周烔相视一眼，秦潇道："那还可能是那些稽案的人监守自盗。毕竟再大面值的银票只是一张纸，随便就能藏身上了。"

袁克己苦笑道："秦兄弟可是太小瞧内务府的眼界了！要说紫禁城最方便贪赃的是哪里？就是他们！他们平时神不知鬼不觉地就能折腾出大把钱来，还用得着蹚这大案的混水？所以那张银票就不翼而飞了！"

"那万一是李总管见势不妙，自己给烧了呢？"周炯接口问道。

刚问出口，就见袁克己用莫名的眼神盯着自己，周炯也就不再多说了。

却听袁克己道："如果谁人都有周老弟这份魄力，那可就天下太平了！那可是十万两！对谁都是要藏着掖着的大数目，别说李莲英，就是我也舍不得烧呀！"

秦潇问道："既然这事确定是发生了，但贿赂的银子找不到了，可人家又上告了，那朝廷可怎么解决？"

说到这儿，他又苦笑道："真是匪夷所思，贿赂者因为别人收钱没给办成事，还要去告状把贿赂的银子要回来，真是可笑！"

"你可别笑！"袁克己一脸无奈地道，"这种事儿呀在京城我是屡见不鲜了。尤其是这帮子皇亲国戚们，他们的银子可真不是好拿的。朝中实权派汉臣以前都怕了这些人，他们上门要疏通关系办事儿，差不多都得给人办了还不能收钱，否则呀，会被这帮人当话把儿念叨一辈子。不过现在汉臣可没什么烦恼了，实权部门都被亲贵占着了，爱怎么算账瓜分让他们自己掰扯去！"他又喝口水道，"但是呀那个海旭这么一闹，掌权亲贵也没办法，只得跟他商量又让他出笔钱买了个小官儿！"

"什么叫又让他出钱买官？"秦潇问道。

"你还不知道是怎么的？现在大清的官儿都是明码实价的，没钱屁官儿都别想！"

秦潇听得黯然，可把刚才的话前后都思索了一遍，他为难道："袁公子，这事儿貌似到了现在线索都断了！看来我也是无能为力了……"

袁克己忙道："我还没说完呢！要是像之前那么下去就是千古悬案了，我也不会大老远来找老弟你。这不就在不久前，有件东西嗖地就浮出了水面！"

那是日前在天津的一家古玩行——瑞兴行，掌柜的接待了位神秘的客人，而此人带来的一件物件可是差点儿没把全行行家看傻眼。

那是一件一尺多高的帝王翠佛手瓜，整个儿是浑然天成，没有任何雕琢痕迹，就是天然形成的。而唯一能判断此物不是从矿里直接挖出来的证据，就在连于一起的底座上。那显然是雕刻成食盘的模样，下面刻的两行字虽然被刻意磨去过，但在行家依稀还可以看出有"缅甸""乾隆""内务"等字样。

瑞兴行掌柜顿时惊了，这可是从内府出来的宝贝！而且仅就天然佛手瓜器形和翡翠的等级来说，这就是个无上至宝！

民间都知道清宫有件翡翠白菜，那是惟妙惟肖、栩栩如生。白菜的清白寓意，加上内府工匠刻上的寓意多子多孙的螽斯和蝗虫，使得那棵永久不腐的白菜在百姓中被传得神乎其神。民间也兴起了翡翠白菜热，只不过那价值和宫中至宝可是不能同日而语的。

而这件天然佛手瓜,更有福气在手的寓意,此物那真是可遇而不可求。

掌柜的虽然知道内府的东西随便碰不得,但又实在心痒难耐,便起了私自收下的念头。可是一问要价,却也把他吓了一跳。

对方直接开口二十万两不还价,那岂不是要把瑞兴行外面的通货,都给抵卖了才收得起?可掌柜的却不想错过这难逢的发财良机,他说此物这价钱别说是天津卫,就算是京城琉璃厂也没有古玩行收得起。但他提出,这宝贝如果能让他组织个围局来请些真正的大行家来竞买,那二十万只是个底价。那人就问如果要找,何不在京城,天津卫能有什么大行家呀?掌柜的就说京城毕竟是天子脚下,很多事情不能太明目张胆。可天津卫就不一样了,洋华混杂,市井繁荣,很多京城的王公巨富们都是来这里收宝的,而且是既出得起钱又拿得稳宝。

掌柜的夸下海口,定会办个帝王级的围面,请些最上身份的买主过来,价钱一定低不了。不过他有个条件,就是成交价他要抽两成的佣金。那人犹豫半响,最后还是答应了,但东西没给留下。

不过瑞兴行毕竟是大收家,店里就有照相机,掌柜吩咐给这翡翠佛手拍了一通照片这才定好日子,公开竞卖。此后掌柜的洗出照片,给一些大行家发放约请。可是当时的顶级藏家里皇亲贵胄可是占着多数,所以这才让内务府得到了风声。

他们细细一查,李莲英被赏皇宝中正有这翡翠佛手,于是就想马上派人拿人拿赃。不过还是让明白人给按住了,拿一个人一件东西容易,可是要是线索就此又断了,那不是得不偿失。索性将计就计,放长线钓大鱼,就等着成交后尾随卖主而后将他们一锅端了。

故此袁克己为秦潇毛遂自荐了,上面也认为这来卖货的多半是紫禁城的,官面出面也容易被认出来,有个能干的生面孔出马那是最好不过。

秦潇听了这一大段讲述,只有暗暗苦笑,这是什么事呀?朝廷要追回给人家的赏赐,还用国宝之名。当然这理由也就算了,但你怎知卖家就不是只有这一件东西,弄不好就是竹篮打水一场空!

他正盘算着怎么找个理由婉拒,袁克己却问道:"怎么样?秦老弟,这活儿对你这轻功高手来说是手到擒来吧?"

秦潇却道:"袁公子,不是我不想接,也不是想驳你的面子。而是要是那人真的只有一件宝贝,到时难免扑空。你说这活要是接了却干不下来,不是大大损伤你的面子吗?"

袁克己却眯眼一笑道:"我知道了,怕白辛苦一场!"

还没等秦潇反驳,袁克己就拿起一只皮箱来,边开边说:"我袁某是这样让兄弟白忙活的人吗?这里是定金,办成办不成都是老弟你的!"

秦潇一看过去,原来是十根黄澄澄的金条。

周炯也惊道:"十条大黄鱼!哎呀,师兄这下你可赚到了!"

"事成之后，如能追回十件以上宝物，十倍酬金奉上！"

虽然秦潇不怎么爱财，可是一说还有百根大黄鱼酬金，倒是真动心了。

在上海滩，精于世故的上海人给金条起了个极生活化的名字——黄鱼。大黄鱼就是指新制十两也就是一斤的金条，而一两的金条就叫小黄鱼，当然有些私铸的二两三两等的也算。这一百根大黄鱼相当于多少钱呢？当时他们在法国为周炯求药时，沐掌柜开出的价钱是千两黄金，也就是一百根大黄鱼。当时钱千金折算的英镑价是七千四百多，而英国普通一家人有个三四百镑就够体面地生活一年。而当时在法租界，这些钱也足可以买下周炯住的宅子，可见这是多大一笔钱了。

秦潇心动了，但还是有些顾虑。袁克己看出来了，笑道："秦老弟，我都给你安排好了！你就以买家身份进入围局，而后就等着竞买结束施展你的手段了！"说罢，他又从箱子里拿出个牛皮纸袋子，递过去道："秦老弟，这是明天的船票，还有盘缠，我为你定了大后天礼士满酒店的客房，围局当天一早有人接你过去，之后他也会接应你的！"接着一指箱子下一个黑乎乎的物件说："为兄还为你备了手枪一把，还不放心？"

秦潇一看对方都准备得如此充分了，再也不好拒绝，只得应了。袁克己是心满意足地走了，周炯去送客，剩下秦潇坐着发呆。

周炯回来看他还傻坐着，笑道："怎么，师兄，这么多金条还不满意？"

"我就是在想他怎么找上我了？我这两年就是废人一个呀！"

"那人家也不知道。早上在捕房他还跟我提起你仗义出手救他全家的事，还是感慨万分。所以他说有这样发财的机会，当然留给师兄你了。"

"不过，我能有这么好运气？"

"你运气还不好？到了上海就被两个漂亮姑娘先后缠上，这都快赶上齐人之福了！"

"周炯你别乱说……"

"好好好，不说，就说这个事情，对你来说还不是手到擒来！"

秦潇见实在是拗不过，只得点头了。

这时宋婉毓进来道："师兄你此番过去，定要多加小心，这群当官儿的坏着呢！"

周炯忙搭上爱妻的肩膀道："哎！这次就是跟踪个贼，不碍事！"随即他看向秦潇问道："师兄，这金条？"

"我那里又不能放，你就帮我收着吧！"

周炯把金条放到宋婉毓怀里推她出去，而此刻这两人只要有一个能仔细看看金条背面的款识，也都会多思量一番了。因为但凡是正规金条，都有款识，标志着铸造单位。只要这两人看看，就知道那绝不是大清的金条，而这上面刻着的是英文缩写。

而此时秦潇却是想着如果得了这笔钱，那他今后一二十年什么都不用干了。那他是不是该有所转变，该放下一切去找莫沁然呢？

第二日上午，他上了由上海开往天津的轮船。除了身上的穿戴和钱和几坛酒，他是什么也没带。也幸亏是袁克己给他订的是单人头等舱，要不同屋非得被这浓重的酒气熏死。

船提前到了，可安排接待的人却早早地等在了码头。接完人，对方就驾着马车一溜烟儿地驶到了位于租界的里士满酒店。约好了明日接他的时间，来人一走，秦潇在客房中就无聊起来。

现在时间尚早，且他肚内的酒虫早已蠢蠢欲动，于是他就一人来到街上找酒馆。

天津作为最早的通商口岸之一，其繁华与上海那样华洋交错商贾林立的地方还有不同。这里随处可见留着辫子的大清警察，各色南来北往的大清人在租界里倒显得很是主流。

作为曲艺圣地的天津卫也到处可见专为说评书的、唱戏曲的、说相声的设立的茶楼茶肆。可秦潇的眼里现在只有酒，根本就不顾经过的那些人头攒动的场所里传出的阵阵欢笑声，而是直奔一家酒楼而去。进去点了几坛当地的名酒平沽高粱，随便叫了几个菜就开始灌酒。

其实这酒也是白干烧酒的一种，开封便是清香馥郁，入口浑厚绵长。可被秦潇灌入肚中，无非就是压惊定心的必备，他早已品不出好坏。

半坛子下了肚，他才感觉心神安宁了些，边吃菜边环顾起这间他闷头找酒进来的饭馆了。他坐在一楼靠里的边座，旁边有楼梯直上二楼，显然上面是专有雅座大间的。而一楼硕大的楼面，桌椅却是摆在四周的，空出了中心像个大圆似的空地。此时尚未到饭点儿，所以食客三三两两并不多。

他见清净，索性叫过小二来，这小子是个精瘦麻利的小伙儿，弄块白毛巾搭在肩上，见人就赔笑哈腰，一副干练的模样。

小二过来看秦潇一身西装革履，看样子都不是大路货，说话就赔着客气。他先打个千儿道："先生，您叫小的嘛事儿？"

在秦潇耳中，天津话虽然口音有些奇特，但听起来干净利索，还挺入耳。

"小二，你们这么大酒楼怎么不会做生意呀？"秦潇反正无事，就借着酒劲微来的兴奋聊起话来。

"瞧您说的，我们这是嘛？汇海楼啊！不瞒您老，这可是天津卫海河边最大的酒楼啊，别无分号！就俺们家的大师傅，那可是宫廷正宗传下来的，满汉大菜是没有不会的！您老听着，俺们家的酒楼可有：蒸羊羔、蒸熊掌、蒸鹿尾儿、烧花鸭、烧雏鸡儿、烧子鹅、卤煮咸鸭、酱鸡、腊肉、松花、小肚儿、晾肉、香肠、什锦苏盘，熏鸡，白肚儿，清蒸八宝猪，江米酿……"

这小儿嘴里利索，噼里啪啦一顿，听得秦潇直晕，但他隐约觉得这些话怎么好像跟自己在刚才路过的一家茶肆，听上面说相声的讲的一样呢？

他忙打住道："小二，你不会是来给我说相声的吧？"

小二一听，立马喜笑颜开道："还是先生通事，这就是报菜名！咱天津卫的小伙计没谁不会倒背如流的！我可跟您老讲了，这报菜名的菜可就是从俺们酒楼抄过去的……"

秦潇听这小二干练是不假，可就是太贫了，他忙打住问道："你歇歇吧！我就是想问你们这么大铺面，可中间的地方为什么都空着，这不是不会做生意吗？"

"您老一说这个就证明您是第一回来我们家酒楼。您老可是不知道，这中间是留给每晚来这里献艺的手艺人。他们知道俺们酒楼买卖大，每晚都来表演赚些赏钱。咱们掌柜的大善人！不想断了人家饭碗，就专门留地方给卖艺的。您老今儿个可来着了！您再吃着喝着，等个把时辰，就能看见今晚的耍猴大戏了！"

秦潇乍一听这里每晚都有表演，心中很是佩服这掌柜的生意经，这可是多好的招徕客人的手段呀！上海那些酒楼怎么就不学学，也省了他每次都一个人喝闷酒。

但听到耍猴，他笑道："耍猴的谁没看过，有什么好看的！"

却见小二一脸正色道："我向您老保证，您保管就没见过恁么精彩的猴戏，就没见过恁么聪明的猴！不信您老等着看看，要是不出彩儿，我把您老喝剩的酒坛子吞喽！"

秦潇听这小儿还要开贫，忙又叫了坛酒把他支走了。他倒是对猴戏没什么兴趣，反而想起了要做的事情。这大太监李莲英可是曾经红极一时的人物，虽然没有手握大权，但权臣们却无一不得给他溜须拍马。就像李鸿章等军机重臣都要进供孝敬他，那是因为什么？还不是他离慈禧太后最近！这不就是不管你掌握了多少权势，都不如靠在那个分发权力的人身边。这整个大清，就是一群人在围着那么一个团团转，时刻惶恐着，唯恐当中的那位一不高兴，自己就得被抛出圈子。每个官员都是诚惶诚恐、唯唯诺诺，唯恐手握生杀的那位一旦怒了，自己就没吃没喝，甚至连命都保不住了。这就是君权帝制，莫沁然虽然因为满怀愤恨一心要推翻它，但她可能并没有见识过这许多背后的龌龊与无奈。她只想用一腔热血身体力行，却没想到这其中的许多关联。帝制虽然是一个人手握生杀，可是下面不还是有万万千千官员吗？不还是有像李莲英这样的权力媒介呢吗？没有他们，光靠一个皇帝，一个太后，怎能成为桎梏万民的帝制？所以要想彻底推翻皇帝，那得从上到下制度的改变！或许就像是孙文先生说的那样，要建立一个新的共和国，那人民才能见到希望。

他胡思乱想着，酒也飞快地下着，慢慢地天色渐暗，酒楼里张起了灯，食客也渐渐多了起来。而这些人似乎都是要看表演,没人上楼去,都在楼下坐着热议纷纷,小二开始忙个不停。秦潇又冒出了想法,其实这在座的每一个,包括自己,不都是被帝制耍弄的猴子吗?

而就在他第三坛酒喝到一半时,酒楼门口突然一阵铜锣响起。紧接着一个猥琐汉子背个个大包,边敲锣,边牵着一只猿猴走了进来。他一路走一路给周围的食客鞠躬抱拳,看起来有些人是看过他的戏耍的,还纷纷打招呼。这汉子到了秦潇跟前,也是深深一揖,可秦潇的目光全都被那汉子牵着的猿猴吸引过去了。

一般人耍猴戏,用的都是身材较小的猕猴,这才能做出很多高难度的灵活动作。而小猴子通常都是坐在耍猴人的肩上,东张西望龇牙咧嘴讨吃的。可此人牵着的是一只体形好比大型獒犬的猿猴,这猴直立起来得有十岁左右男孩般高矮。就见它也不胡乱张望,更不兴奋激动,而好像是被不情不愿地牵着。而最让秦潇惊异的是,这猿猴的眼中竟然流露出深深的悲苦之色。

秦潇也是见过不少动物的,就算是号称最通人性的狗和马,都不会从眼神中传达什么感情色彩。而这猴的眼神倒是像极了秦潇经常看到的底层饱受各种折磨,求生不能,求死不得的眼神。这眼神甚至让他心头一凛,惊异不自觉地就流露了出来。

而那猿猴也抬眼看着他,张张嘴巴,似乎要说些什么,却一声也发不出,只是用更为悲苦恳求的眼神望着他。秦潇瞬间觉得自己一定是喝多了,否则怎会出现这种幻觉。那分明就是被凌辱到绝望的眼神,分明就是绝望中残存哀求的眼神。

他猛地晃晃头,再使劲儿揉揉眼,等他再看时,耍猴人已经带着猿猴绕场走完,回到中央。就见他把铜锣往外圈地上一放,铜锣底部朝上。

他抱拳,用听不出是哪里的怪异口音说道:"各位客官,各位老少大爷!小的带着猴崽子来经贵地,先多谢各位大爷照应!"

说到这儿,他一边的猿猴却真像人一样,马上就后退跪倒,像人那样对着四周磕了几个头。这耍猴者连碰都没碰那猴,而且言语中也没有任何命令,而猿猴就像是懂人言一般就下跪磕起头来。

众人都是见过的主儿,但见如此新奇,也都纷纷叫好,一时间已有不少铜钱被抛进了中央。那猿猴不等人吩咐,自己就到各处拾了铜钱,放到铜锣里。

秦潇见状也是十分震惊,这猿猴得是训练多久,才能有如此灵性!

接下来,耍猴人掏出一把竹片,上面写着一到九的汉字。他把竹片散扔到地上,对着猿猴叫道:"去看看今天来了多少大爷!"

猿猴立刻围着场子慢慢转了起来,不时还探头顺着人缝看过去。当它又经过秦潇时,他又被那猴的眼神刺得心里一痛。

猿猴数完了,从地上捡起两块数字竹片摆在一起。耍猴人举起两块竹片,亮着上面的五和七字道:"原来今天到场的是五十七位大爷呀!"

小二刚才也已数过，忙叫着回应："对了您呐！正是五十七位客官！"

众人见如此新奇，纷纷叫好，又往场中抛了不少铜钱。可秦潇更是惊诧莫名，这只是只猴，怎么可能？

紧接着耍猴人就继续抱拳说道："今天呢我和猴崽子就给各位大爷们表演点儿新鲜的，还望大爷们捧个钱场，赏口饭吃！"说罢，他就从大口袋里往外掏东西，而后一样样放到地下。

秦潇也看不明白那些家伙是干什么用的，只是他见每一样东西摆到地上时，那猿猴就被惊得眼神一动一动，但就是不敢躲。

等东西摆完了，耍猴者抱拳道："大家可能奇怪，我拿这些家伙是干什么用的！那我就告诉大家，今天有个名头叫'齐天大圣过刀山'！"

众人都是竖着耳朵听着，而有看过的不禁露出得意的笑容，向身边人耳语。

"各位大爷都知道地府有个生死簿，那是掌管人间生死的。孙悟空曾经到地府勾销过生死簿，今天我这猴崽子就要过刀山下地府为大家取掉生死簿上的名字，让大爷们都能福寿无穷！"

大清的有钱人谁不想长生不死呀，听后果真都纷纷鼓掌叫好。

那人一边组装着器具，一边道："上次猴崽子取了百家姓上'赵钱孙李，周吴郑王'大爷们的名字，今天就轮到了'冯陈褚卫，蒋沈韩杨'……"

说着他已经组装完成了个两端有口的长条铁笼子。这看上去就好像是河里网鱼的串网一样，只不过是生铁的，在内里还有无数的尖刺倒钩，要从铁笼子里出去，就要穿过这些刀刃。

而在铁笼的各间隙还挂着不少姓氏牌，但数目却有几十个。

耍猴人弄完这一切后道："大爷们可看好了，这里有几十个姓氏牌，可今天呢只是轮到了'冯陈褚卫，蒋沈韩杨'等诸位大爷！大家喜欢看，迟早会轮到您的！"

下面人有的点头，有的得意，有的还有点儿不耐烦。

秦潇一听觉得这买卖做得好，一天取八个姓氏，百家姓上有五六百个姓，足够他在一家酒楼表演两个多月都不重样。

耍猴人布置停当一切，就牵着猿猴到了铁笼一端道："进去吧，猴崽子！记住是'冯陈褚卫，蒋沈韩杨'！"

那猿猴显然是极不情愿，用前爪探进了一下又缩了回来。可耍猴人只是在猴身上轻轻一挥袖子，猿猴立刻就乖乖进去了。

别人没看到，秦潇却是眼见，他就见那人在挥袖的同时，手上飞快地在猴身上用尖针刺了几下。而那几下，更是让他觉得疑惑不已。原来，这几下刺到的位置，如果按人体来说，都是人的重要穴位，一刺上肯定是痛苦不已。可这不是只猴吗？刺到人的穴位上还能如此管用？

见猿猴已经往铁笼子里钻去了，众人都是屏住呼吸看着。

这猿猴不像是一般猴子那样灵动地上蹿下跳，辗转腾挪，而是像个人一样留意着每个倒刺尖刃，同时还在分辨着各个姓氏木牌。它每走一步都要前后仔细观望，而且并非是手足并用，而是像人一样，先拿两只前肢小心试探，而后再慢慢地挪动后肢。它每一步都极为小心，而且还努力地把身子收缩，避免碰到尖刃。就这样，小心翼翼磨磨蹭蹭半晌，它才摘下来两个姓氏牌，但猴身却并未被刮蹭到。

耍猴人显然觉得猿猴速度慢了，猛地一敲铁笼，那猴子顿时就加速了。可秦潇那个角度恰好可以看到他敲击时袖子的摆动，只见在那一瞬间，一支长细钢针一下就刺到了猴肩胛内侧的膏肓穴上。这穴位在人身上一按就疼，更何况是拿针刺，但到猿猴身上也是一样管用？

秦潇是越来越疑惑，但还是完全不明就里，只得继续看着。只见猿猴一加速，猴身立刻就被尖刃倒刺刮破，刹时就冒出血来。可这猴的猴毛本来都像自带黏性一般，血一流出倒像是被猴毛封住了，不再多流。

猿猴努力地加速穿过尖刃倒钩，并急速地识别并摘下姓氏牌。而它也因速度快，不时被刮到。

可奇了怪了，任何动物受伤都会有强烈反应并发出叫声。可这猿猴愣是一声不吭，直忍着到了全部姓氏牌到手并通过了尖刃铁网。

等它把姓氏牌往耍猴人手上一放，那人亮出牌子，果然就是"冯陈褚卫，蒋沈韩杨"，一个不错，一个不多，一个也不少。

耍猴人说："恭喜这八个姓氏在场的大爷，您们的名字已经被孙悟空从生死簿上摘除了！"

食客中有同姓的已经兴奋地起身拍手，而其余人众也纷纷发出赞叹之声。一时间叫好四起，铜钱撒雨般落到场中。而有人竟直接掏出银元掷入场中，中间已经有了几十块白花花的银元。

秦潇看着群情欢腾，耍猴人忙着捡钱，而那已经有了不少刮伤的猿猴却黯然地蹲坐在一边，用两只前爪捂着背后较重的伤口。他看着直是摇头叹气，这都是什么呀？如此把戏竟哄得国人如过节一般，猴子就能让你长生不死？这愚昧的风气呀！

可就在此时，他又看了看猿猴，却见它举起爪子到眼前看看出了多少血，而后又把爪子放回到背后伤口上。这细节怎么看起来这么像人？秦潇再看此刻已经有些血淋淋的铁笼。只见一根倒刺上正挂着一块白色的东西，他怎么看怎么觉得不对劲儿。

秦潇心念一动，身形疾动，在所有人都还没反应过来的时候，就已经把这白色的东西抓到手中重新坐回椅子上。

耍猴人显然可能感觉到了风声，他回头见秦满正坐着举着块东西在那里看。他脸色一变，赶忙把银元往身上揣好，而后把满满一摞铜钱往袋子里一倒，而后麻利地卸掉铁网，纷纷抛进袋子里，牵着猴作着揖就要走。可到了门口却被小二给拦住了。

小二叉腰道："我说爷们儿，懂不懂规矩！昨儿你头演，掌柜的宽宏不收场子钱！可今儿个你得交了，要不怎么跟掌柜的交代呀！"

耍猴人显然不想得罪这里的人，忙赔笑道："对不住小哥儿，一急就忘了！"他向衣服里边掏边问，"多少钱，小二哥？"

这小伙计是极为聪明，他掰指道："我刚才看了，你银元一共收了三十三枚，铜钱倒是有八千多！这么着，我给你打个折扣，你交十五个银元，三百大子儿就行！"

耍猴者一听当时就急了："什么，怎么这么多？"

小伙计压根不退让："你老也不打听打听，进门占场卖艺就是五五开，你要是到了外面大街上，警察得收你八成！怎么，不想给？那行啊。赶明儿全天津卫没哪个地界会让你进内场！上大街自己耍去吧！"

耍猴人显然是之前领教过租界警察的厉害，叹口气只得往外掏钱。

可这时，就听身后有人叫道："你别走！你这个害人做猴的混蛋！"

……

八十三、穷奢极侈

这在背后大叫的正是秦潇!

他飞身从倒钩上取下那块白色的东西,在座位上仔细看。只见这是一块皮质样的东西,惨白色,背面还沾着些许血肉。这东西有弹性还有韧性,仔细看上面还有纹路,甚至还隐约间可见毛孔。

他思索着回想着,猛地想起以前在古书上看到过的一个故事。他拿着那块白东西跟自己手臂上的皮肤对比,更加确定,这就是一块萎缩了的人皮!

他接着又想起周烔以前在租界破获的一起乞讨团伙案。乞讨并不犯法,但那个团伙却是把正常健康的人掳去,折断手足,残害得面目全非,而后赶到街上去乞讨。怕这些被残害者呼救或听到任何声音,他们将这些人的耳朵用铜汁烧聋,舌头割掉,有的甚至还刺瞎双目。就这样这群被残害者过着眼不能见、耳不能听、口不能言的地狱般悲惨的日子。关键是这些人手足俱被折断,很多连动都动不了,想死都没可能。

要说那次案件的破获,还是靠了工部局的一位董事。他家千金在被奶妈抱出玩的途中丢失,这才有了巡捕联合英军法军在租界的联合搜查。最后竟扩大到清界,要求衙门联合侦办。

等找到了这位千金,她的手脚已被折断,而一只手已被前后折断过两次,再不能复原。军警要是再晚来一步,这孩子估计就耳聋口哑了。

为此工部局大为光火,要求不惜一切代价严查此案,势必将歹徒绳之以法。这才抓出了一伙横跨几个省,主要成员上百的特大害人乞讨团伙。

据他们招认,他们属于一个九流以下的见不得光的古老门派。这门派还有个挺文绉绉的名字叫"采生折割",专门就是拐骗、偷盗小孩致残后,推到外面,利用人的同情心赚钱。这伙人仅在十年间就在苏浙沪一带残害了上千名儿童,竟然还残害了几百名妇女。

而等到被害人员从各个窝点被解救出的时候,用周烔的话讲是一辈子都忘不了的惨不忍睹。可这些被解救出的人还成了问题,大多数已无法辨认本来面目,又不能说不能听,完全无法帮助他们回到家中。

当然这个事情就是后话了，但在当时却把工部局和英法租界头头脑脑的体面人都给吓坏了。他们全把老婆孩子送回了本国，再也不敢让孩子待下去了。

而秦潇记得周炯说过那些人招认除了"采生折割"这残忍的门派外，江湖最阴暗处还有另一邪恶门派叫"颠倒六道"。专门是把兽皮披在小孩身上，经过长期折磨和秘法，让兽皮与小孩合为一体，再割掉孩子的舌头，让他们成为不能人言的兽型人。这些兽型人多数是以猴、狗、猪的形象出现，为他们用各种办法赚取钱财。

而此刻秦潇手上的就是一块人皮，而那只远超野兽的聪明猿猴实际就是个被控制残害的猴皮人。

秦潇这一叫，不光门口的小二，包括所有食客都是满座皆惊。见秦潇上前奋身挡住了耍猴人的去路，食客都围上来看个究竟。

那人见秦潇大叫拦住自己，先是震惊，而后却轻松笑道："这位小爷，你没说笑吧？这是人？"

"你让大家伙看看，这到底是猴还是人？"

众人都纷纷道："这不就是猴吗？""对呀！怎么是人是猴还分不清了？"

"肯定是喝高了胡说呢？"……

小二见状忙过来，他就知道秦潇可是喝了三坛平沽高粱，那是老酒烈酒，保不齐早就醉了。他打哈哈道："这位先生，我看您老准是花了眼了，看这猴聪明就以为是人了！没事，我扶您老回去歇会儿，再叫后厨给您老烧碗醒酒汤，保准一会儿就好！"

可是秦潇一挥胳膊就回绝了小二的好意，他拿起手上那块皮道："这就是从你们说的猴身上刮下来的，就是人皮！"

人群有近的看了看道："乖乖，还真像人皮！就是色儿淡了点儿，像是我家小三的屁股！"

旁人哄笑，耍猴人却道："你说人皮就人皮啊？可谁知道不是猴皮下的东西呢？"

"你倒是看看，这猿猴从头到脚哪里有一点像人？"

大家又是纷纷议论点头，秦潇急道："胡说，真猴猴皮下还怎么可能有人皮！定是你把猴皮披在了孩子身上，经过残害，强迫他卖艺为你赚钱！"

耍猴人阴恻一笑道："你也说了，猴皮下怎么还能有人皮？所以这就是猴，那也不是人皮，就是猴皮下的东西！"

秦潇无意间的言语漏洞，竟被人抓了话柄反制，他一时间懊恼自己喝酒太多连话都说不周全了，但他还是说："胡说！猴皮下不可能有这样的皮质！"

耍猴人继续阴笑道："那这位小爷怎么知道猴皮下没有这样的皮质？"

秦潇又被人用自己的话驳了回去，就像是对不明事物的辩论，你所说的可能随时都是对方反诘的理由。

谁知人群却骚动起来，人们也进入了辩论，说猴皮下有这样皮质的和没有的各执一词，辩得不亦乐乎。最后还是有看热闹不嫌事大的叫道："去找只猴来，把皮一剥一看不就都清楚了！"

马上就有人出声响应，一时间另找只猴的呼声甚嚣尘上。

秦潇心中又怒又气又急，别说这匆忙间到哪里再找另一只猴，就是找到了当众剥猴皮这种残忍行径他是无论如何不能容忍的。而就在此时，他一扫眼，却看见了那只猿猴正蹲在地上无声地哭泣，眼泪大颗大颗地落下，而它也用前爪不时地拂拭着。

秦潇心念一动，怎么把被残害者给忘了！这孩子口不能言，显然是被割去了舌头，可那混蛋为了让他卖艺表演，却不能把他弄聋。他一定听到了听懂了自己在为他伸张正义，这才哭个不停。于是他马上道："这人是不是猴，一问便知！"

接着他低头问道："你是不是被这人残害的人，是他给你披上猴皮把你变成猴的？"

见猿猴畏畏缩缩不敢有动作，秦潇顿时明白这是平时饱受耍猴人残害，对耍猴人怕到已极，根本不敢有任何忤逆，于是提高声音道："不要怕！有我在！我定会为你主持公道！"

那猴抬头，眼泪汪汪地看着他，而周围也有人看见了这猴在哭，也纷纷奇道："看见没，猴竟然哭了？"

"猴怎么会哭？这就是人，要不能那么聪明？"

"不对，牛还会掉泪呢？那也是人了？"……

耍猴人却笑道："你也听到了，会哭的又不只是人！它要是人，怎么不应你呢？"

说罢他袍袖一摆似是不经意间向猿猴后部拂去，可秦潇却看得真切，这袍袖下藏着一根细长钢针，他再不能忍了，举手就拦住了耍猴人的去势，而另一只手疾出，直切向耍猴人手腕。他这两下力道都不大，但就是快得让人无法躲闪。

耍猴人的钢针还没接触到猿猴，就已经被秦潇一格一切给打落了。众人见一根细长钢针落到地上，纷纷发出噢声，也不知是明白了真相还是没明白。

可那猿猴见秦潇出手如电打落了钢针，也觉得此刻碰到的就是不世的救星。他立刻扑到秦潇脚下，跪倒后拼命磕头，止不住的泪水都甩到了空中。

耍猴人见状，猛拉系在猴颈处的铁链。秦潇见状，飞踢一脚，而后双掌齐下，猛地把铁链夺了过来。

这时耍猴人见对方是个高手，索性耍起赖来道："大家可看见了！这人见我的猴聪明，就想抢去占为己有！大家看了……"

还真有不少人跟着起哄，一时间秦潇明明占了上风却有理说不出。耍猴人更是仗着围观者起哄叫嚣开了，现在秦潇得了猴却显然处在了群论下风。他本想着凭着自己功夫，抱着猴用轻功跑，没人能追得上，但这样一言不发地走了不成了他最大的污点？

而正在此时，就见猿猴突然张开嘴巴朝向众人，他嘴中的舌头果然已被齐根切去。众人见状又有了不同倒向，可耍猴人却道："怎么的？猴崽子小时候舌头生了烂疮，为保它的命，只好切了舌头，这有什么不对？"

有人又觉得有理，可猿猴死命地指着自己的牙齿。众人一看顿时再次生疑，猴牙和人牙其实很相似，不同就是猴子都有一对未退化的上獠牙，而人没有。

秦潇见了当即明白道："看到了吗？他要是猴，怎么没獠牙？"

耍猴人又冷笑道："训练它时怕它咬我，早就把獠牙给磨平了，这也叫理由？"

秦潇这次是真的见着什么叫道理并非掌握在对的人手里，他每说一句，都能被对方以听似合理的理由反驳，而且人群中竟还有不少人支持他。这些人完全忘了一个根本原则，那就是猴子不可能像人一样认得汉字会挑汉字。但此刻他确实是无从反驳，只得在那里想着人猴区别好再论证。

而此时却见那猿猴突然忍住了眼泪，好像是在下着极大的决心一般。但见它把屁股扭了过来，而后用两只前爪猛地揪住尾巴根。大家见此情景都是屏住呼吸，而秦潇却是极为惊愕，他想干什么？莫不是……

就见猿猴张大嘴巴，发出无声的怒号，而后双爪抓住猴尾猛力摇摆，接着猛地发力，就听"咔嚓""噗"两声过后，一条猴尾就被生生地揪了下来。

众人都被这一幕惊得是目瞪口呆，就连原来支持这是猴的也开始怀疑了，猴子怎么可能揪下自己的尾巴呢？

而这一幕同样让秦潇震惊莫名，他感受到了这个被迫害的孩子想脱离魔掌视死如归的勇气。他双目血红道："到了此刻你们还看不出，这到底是人还是猴吗？"

耍猴人也万没料想到这小子竟有如此勇气，竟然把自己费力给他粘在尾椎骨上的猴尾硬生生给揪下来。他眼见大势已去，就脚底抹油想溜。

可秦潇却一眼看到他叫道："哪里跑！你这个残害小孩的恶魔，跟我去见官！"

那人见状撒腿就跑，秦潇一个箭步跟上去就要拿他。

众人见人跑了，再没了疑惑，倒是继续围着看热闹。

秦潇的手掌已接近了那人肩部，可谁知那人头也没回，袍袖往后一挥，一大把银针就被射了出来。

秦潇见状忙低头闪避，可后面看热闹的哪里来得及躲闪，不少人都被银针射到，纷纷惨叫不已。

而等秦潇再跃身出手,那人已经在两丈外了。可这点距离当然不在秦潇话下,他再次猛地抓住那人肩头。可那人却去势不减,秦潇只觉得手下一空,只剩件袍子被抓在手里。他气急,没想到这人还有金蝉脱壳的本事。他再次飞起身形,直抓向那人顶门。

可就在手掌将将接近之时,那人突然一挥手,一团白烟就朝他面门铺散过来。秦潇忙扭身回头躲避,等烟雾过了,他再回身看,却见那人到了海河边,一个猛子就扎进了河里。

本来秦潇的水性也还不错,但就这时他却听后面有人叫道:"哎呀,疼死我了!"

而后酒楼前中了银针的围观者,就有人开始倒在地上扭了起来,边扭边叫疼。秦潇只得愤愤地一跺脚,赶回去看个究竟。等他到时,已有不少人都忍不住痛倒在地上扭了起来。

秦潇暗想莫非这针上喂了毒?可店小二却不干了,揪住秦潇道:"这先生,这祸可是你惹的,出了人命我们酒楼可吃不消!你可不能走!"

而就在这时,却见猿猴拿着那只耍猴人匆忙逃走落下的口袋,从里面倒出了两个小瓶。他拿一个小瓶对秦潇比画一个往身上抹的手势,而打开另一个瓶子往自己屁股上身上的伤口抹药。

秦潇明白了,忙拿着第一个瓶子给中针的人敷药,半刻之后,那些人果然消除了痛感。

而秦潇再去看猴孩儿屁股上的伤势,就见原来的猴尾连着边上的猴皮都被扯掉,却没怎么出血,也不知是伤得不重还是他的药膏有灵效。

而猴孩儿处理好伤口,扑通一下跪倒在秦潇面前,连声磕着响头,泪水不住流下。秦潇见这孩子承受着这么巨大的痛苦却不能说出来,顿觉心如刀绞,赶快把孩子扶起来。而那猴孩儿却抓住秦潇的衣襟,再也不肯撒手了。

同样抓住他不撒手的还有小伙计,他说今天的买卖全被砸了,必须要秦潇赔钱。可猴孩儿却指着那大口袋,秦潇当即明白这聪明的孩子要说什么,那里可是有上千铜钱,还不够赔吗?

最后秦潇又搭上了十块银票才被伙计放行,可他带着这猴孩儿却要去哪里呢?他这个样子是决计找不到家人了,就是找到了也没人肯认他。而这张猴皮估计也是脱不下来了,要不他准得当时就死了。一想着这孩子以后就要披着猴皮过着不人不鬼的日子,秦潇就无比心痛。

他实在无法,就把猴孩儿带回了里士满酒店。可酒店的人却死活不让猴子进去,任秦潇再解释都不行。最后他只得施展轻功带着猴孩儿回了房间,而后再在门迎一脸惊讶的表情下出去,买回了吃喝再从大堂招摇而入。

猴孩儿见他进屋顿时就扑过去,紧紧抓住他的衣襟,仿佛再也不想撒手一般。

秦潇心中极为痛楚，但又实在没有可行的办法。

好在猴孩儿抹的不知什么药膏，效果极好，没到晚上身上的伤口竟然全都结合在一起了。秦潇暗想这可能就是那伙邪人的秘药，他们驱使人猴做危险表演，人猴会经常受伤，那就得有这样能帮助伤口快速愈合的药。不过这样也好，秦潇在澡盆里放满热水，给人猴好好洗了个澡。

起初他还担心被热水一泡，他的伤口会再次崩开，可这情况竟没有发生。等他换了三缸水洗净那身肮脏的猴毛，给他擦干全身毛发后，却发现那些伤口还都被黏合得死死的，包括拔掉猴尾产生的最大的那个。

他不禁好奇这是什么灵药，怎会如此强力？等他打开药瓶仔细查看后才明白，这哪里是药，分明就是一种秘制的强力胶。他不禁又是一阵心痛，这孩子每次受伤都没有经过任何消毒去炎，就这样把伤口粘上，没死当真是造化了！

他试图用写字来问出孩子的名字，可写了自认常见的上百个孩子可能的名字，那猴孩都只是摇头。实在无法，秦潇只得给他取了个名字叫灵福。这是希望上天有灵，赐他后福的意思。他猛地想起，要是沁然在，肯定能起个更好听的名字，不禁又是黯然。

当晚他把灵福放在床上去睡，可是灵福却显然是刚脱魔爪，惊恐过度，只是不住地抓住他的衣襟不撒手，还止不住哭泣。

秦潇只得半偎在床上拧拧巴巴陪了他一晚，连酒都没喝透。

第二日秦潇迷迷糊糊醒来，却发现自己身上盖着被子，再看屋中，却见桌上已经摆着两屉冒着热气的包子，此外还有一坛酒。而灵福则规规矩矩地站在一边，等着他起床。

秦潇一见，当即明白这些都是灵福早上从窗子溜出去偷的。他也暗怪自己怎么这么笨，那恶人一定是当他是猴子一样训练赚钱偷窃，这些技能灵福怎能不会？还有昨天自己还费力抱着他从窗子进屋，他根本就能自己爬嘛！

他洗了把脸坐下，也拽过灵福坐在一边，先是语重心长告诫他再不可偷东西。而后见对方一脸委屈，又觉得这小子这么做也是对自己的一番报答。于是就不再多言，只是叫灵福一起来吃。

今天的围局是在卜午，卜午他又出去按照灵福的身型给他买了衣帽鞋袜。等给他打扮妥当，再看上去，虽然还是说不出的怪异，但至少不会让人一眼看出这是个脏猴了。

可灵福只要单独待在酒店一阵，就会惊恐万分焦躁不安，秦潇只得不住地劝慰他这里十分安全，告诉他不要怕。

等约定的时间到了，秦潇把依依不舍的灵福放在房内，出门上了马车就去赴约。等马车启动时，他还在房间窗口看见一脸不舍的灵福。

车七扭八绕，过了好久才来到了租界内一间幽暗的大宅后面。其实他们到达的位置只是宅子的后门，之所以能判断出是大宅，是因为这后门外都圈着个几十丈见方的花园。秦潇在上海滩没少见过西式大宅，可后院还有如此占地排场的还真不多见。

这宅子没有任何门牌名标，只是被树冠浓密的树木绕圈遮住，看不出里面的乾坤。

赶车人到了后面的铜门边叩门，不久后门开了条缝。那人往里塞了个大牛皮纸袋，秦潇根本不知道里面是什么。因为按计划，他是假扮卖家混进去的，也不用叫价，就等着竞卖结束、跟好拿钱的卖家就成。所以他也不知道这里是什么规矩，反正到里面悄声待着就成。

可赶车人在与里面人交涉了一番后，又从口袋里掏出一沓银票塞了进去。这秦潇可是看了个真切，难道是在交押金吗？这也合乎规矩，毕竟是二十万两起拍的买卖，如果哪个二五眼叫了个高价却没钱结账，那东家损失可就大了。但现在交押金是不是晚了点儿，而且这二十万的押金怎么着也得两万两银票，看来袁克己还真的挺信任这驾车的。随即他又想到其实自己这笔生意就算做成了，酬金也不算高，毕竟也不过是追回赃款的不到一成，这钱也赚得算是心安理得。

等了一下，赶车人才回来开了车门，恭敬地请他下车。秦潇今天穿的是专门给他送来的白西装，配上赶车人的恭谨，果然显得很有派头。此时，赶车人却在他耳边悄声说："秦公子，进去好好享受，今天的围局门票就是五千两！可别亏待了自己！"

秦潇正走着，一听这话腿肚子差点儿抽筋。五千两一张门票！这得是什么规格！他之前闲着帮忙办案子，几起下来也不过就是几十银元的赏金，而这里进门价就要百倍以上。这门票可不同于押金，是退不得的，那就是什么也没买就要花五千两。也不知东主请了多少人，要是光参与的就上百，那他什么都不用做，光门票就赚大发了。

秦潇对于贵族上流的圈子是一窍不通，难怪会有此感叹。殊不知这次不过是个小小的消遣，比起京城豪门巨贵们在销金窟里动辄一掷数万那真是小巫见大巫了。

秦潇强忍着心中的激动，挺挺胸膛进入了铜门。带路的是个穿着一身宝蓝水绸的中年人，此人不说话，但行止态度都是彬彬有礼，温文雅致。他暗想此人绝不是主人，但下人都有如此雍容，那主人的情调可想而知。

不过让他吃惊的才刚刚开始，这道门进去并不是大宅内部，而是通过一个雕梁画柱的回廊进入了中心庭院。就见这院子里是舞榭歌台、碧池假山、画舫雨亭无所不有。看上去既有南方园林的精致，也兼具北方大户的开阔。

更别具一格的是，这中庭里还有很多西式布置的映衬。那里冒出个古罗马样式浮雕的庭柱，这边摆着个文艺复兴气息的浅盆。那边厢池边有条法式风格的扶栏，这边厢静卧着张英伦皇家气的条椅。

而各种混合中西风格的布置也让秦潇看花了眼，而最让他惊奇的是一个珐琅彩鱼缸。向里面一看，有几条硕大的五色鲤鱼正悠闲地游荡其间。这鱼看着怎么这般新鲜奇特，秦潇虽然满眼都是新奇，但不方便露怯，只得故作镇定地跟着继续走。

穿过了中庭，才看到一栋用石柱做门撑装饰，几何尖角做围，圆弧盖顶的气派大宅。可是任秦潇在西方见过不少西洋建筑，也愣是说不出这是古罗马派的、巴洛克式的、哥特流的，还是拜占庭风格的。总之既像是混合杂糅，又像是各取所长，但总体感觉像是自己看过的，在西方极为前卫的超现实主义画作般让人难解其意。

带路人见秦潇看着宅子出奇，就说了一句："这是主人找了几个不同国家的顶尖建筑师共同设计建筑的，要的就是博采众家所长！"

秦潇想着一路看过的中庭布置，不禁点头暗道这就是一脉相承啊！

带路人又说："等先生进去了，就知道什么是真正的'中学为体、西学为用'了！"

秦潇忙点头左顾右盼地边走边看，心想，这可是五千两，不多看点儿可怎么能值回票价！不过他还是眼界太浅，更多的不可思议还在后面。

两人来到了大宅的门前，这还是后门，但已经是两扇对开的了，只见西式扭转门把手都是包金的，门框也是描金的。进了门后，先映入眼帘的是一条横向的走廊，吊顶檐角都装饰着西式浮雕。仔细看看墙上挂的东西后，秦潇不禁是暗暗抽气。

只见墙上间或挂着大小不一的西洋油画，画的主题几乎都是田园风光和自然风景。按照秦潇的知识，这些应该都是印象主义的画作，遵循的是片刻视觉冲击下的光影关系。他见了这么多，也是眼花缭乱，再加上走着根本没法仔细看。但其中一幅田园风光的用色之强烈，表现之饱满却给他留下了深刻的印象，真不知这是哪位画家的作品，如此桀骜不驯、独树一帜。

而走过回廊，又来到了一个后厅。此间却全是一派中式古典风格，各式的木架摆放其间，中央还有个中式书桌和大圈椅。这些都是纯木质的，看木头的色泽都是隐隐透出凝厚的青紫色，这种东西以前秦潇在唐季孙府上见过，应该都是紫檀。不过这些装饰并没有什么稀奇，真正吸引人的是各处摆放的古玩和满墙的字画。

由于引路人请他在此稍等片刻，他就索性到处看了起来。不看不知道，一看之下全屋没有一件凡品。

他虽然不像明墉那样精通古玩，可毕竟还是见过一些，可这里的都是市面上少见。就说那些瓶瓶罐罐，无论是窄口、阔口、单耳、双耳、有足、无足，就没有任意两件从尺寸大小到形状姿态是相似的。再看釉面彩绘，更是有光滑、皲裂、布点、渐层、粉彩、斗彩、青花、白描、山水、人物等，也是没有任意两件哪怕是色彩上类似的。

再看那些字画就更是了不得了，他也不太懂好坏，只是看着密密麻麻的题跋和收藏印鉴上的名字就知道，这些每一个都是本朝以前的。

他还没惊讶完，领路人就回来了，客气道："公子，这边请！"

秦潇被引着走进了个弧形通道，而两边墙壁上都挂满了各色人体油画，这都是新古典主义的。之所以他知道，是因为盛思蕊每次去博物馆见到这些裸女画，都是大加斥责，所以他就留心记了一下。

可还没等他一一看清，他就被引到了一间虚掩的木门前，那人手一扬道："请！"

秦潇抬头，见牌匾上书四个古劲大字"紫气东来"，他还在琢磨这四个字是什么意思，人就被让到了里面，随后门就关上了。

进门就看到四扇丝质半透明屏风，屏风上用工笔画着四大古典美人。当然在秦潇看起来，除了衣着不同模样都差不多。

而透过屏风，隐约见到一张长条台案，而案后有三张椅子。他信步走进，却见这里面两边似乎都是夹层木墙，他知道这种中空木墙的作用实际就是隔音的。

他漫不经心地扫了一眼墙上的挂画，顿时脸红心跳。原来两边都是挂满了各色古法春宫图，画风之露骨令人不敢多看。而墙边还有张宽大的软榻，看起来躺上两三个人都不成问题。整间屋子都用这种材质渲染布置成了粉色，整体氛围极为暧昧。

看头顶，这屋子无顶盖，木墙一直延伸向上，却是看到了一块弧形不透明七彩玻璃顶，这可能就是外面看到的弧顶。那他现在所处的应该就是大宅的中心了。

而这屋子前面却是一张垂下的竹条百叶帘，这帘子的竹条角度是刻意调整的，从里面可以看到外面，而在外面却很难看清里面。秦潇心道这帘子外面估计就是空的，而自己这间只是今天参与者的一间。门口匾上写着紫气东来，再加上自己一路记得方位，此间应该就在东面的"震"位，那难道这次竞买一共只来了八位主顾吗？就是八个人，光门票东主就净赚四万，这买卖看来还是划算的。

不过他还是想浅了，这时前面百叶帘一挑，随着一声温软的"公子"进来了两位女子。只一个照面，秦潇的眼睛立刻就直了。

这两名女子俱是妙龄，容貌虽算不上倾国倾城，但也绝对是难得的美人——云鬓高挽，略施粉黛，眉眼中流转着万种风情，千般娇媚，让人一看就觉得浑身发飘。

而真正让他眼直的是往下一瞥，就见这二人都是轻纱罩身，里面轻薄的亵衣，全身衣着就似半透明般将娇美胴体朦胧展现。秦潇刚想着要低头，那两名女子就已经踏着流云步来到他面前，而后一齐行礼，之后就一左一右架着他坐到了软榻上。

一名女子见眼都不敢乱看的秦潇笑道："公子一定是第一次来，可是面嫩得紧呢！"

"可不是，公子生得风流紧俏，我们姐妹心中也是欢喜！"

说着二女就要给秦潇脱外套，秦潇一惊忙口吃道："这是干什么？"

一女子笑道："现在客人还没到齐，后厨正在准备帝宴，公子现在不想风流一把，难道要等到结束了还在此过夜不成？"

秦潇忙躲开二人手道："姑娘们，我……只是……受人之托，来此……"

"公子莫要多言，来这里的客人都说是受人之托，可是这等规格可是一般人受得起的？既然来了，也就不必矜持，一场风流，可是免不了的！"

见秦潇还是躲躲闪闪的，另一姑娘道："公子是第一回来，紧张在所难免！也怪我们难得见到如此英俊的年轻公子，有些失礼！"

第一个姑娘道："我们可都是此间主人为今天专程从京城请来的，我叫梓春，她叫夏玉，平时在京城不是王公巨贵可是见不到我们姐妹的！"

夏玉接话道："可不是，所以公子，今天我们都是你的！……"

说罢二人就左右环抱上了秦潇，秦潇见形势情急，忙脚下加劲使上了轻功，从二人的夹缝中如鲶鱼般钻了出来。

那二人扑了个空，都是很吃惊，梓春道："公子莫非对我们姐妹放不下心？"

随即她嫣然一笑道："啊！看来公子是要……"

说罢她手一顺，外罩轻纱就滑落下来，这雪白胴体顿时耀得秦潇马上闭上了眼。

两姐妹相顾一愣，而后都是会心一笑，二人交耳小声齐道："是个雏儿！"

之后这两位对秦潇更是不依不饶了，围着屋子就追上了秦潇。秦潇仗着功夫，左躲右闪，愣是不让二人近身。

这倒成了一幅奇景，两个几乎裸体的美人在扑抱着躲闪的年轻后生，不知此间主人见了，会做何等想法。

这两人实在是沾不到秦潇的身，又扑累了，索性坐下喘气道："公子，你要是喜欢这游戏，我们姐妹都是弱不禁风，哪里陪得起呀！"

秦潇见二人终于累坐下了，这才定住身形，往案前椅子上一坐，目不斜视道："姑娘请穿好衣衫吧！"

这两女子又是一愣，夏玉恍然道："看来公子是风雅人，请别怪我们姐妹造次了！"

"对呀,每日在京城对着那些半老头子,早就麻木了,看到公子才这般性急。请公子莫怪!"

"是呀,我们可是琴棋书画样样精通,不过好久都没遇上雅人了!"

说罢,两人起身,正正衣裳,一左一右在秦潇身边椅上坐好。

梓春一拍手,没过多时,外面帘子一掀,一个小厮头也不抬地送进了几壶酒和酒具。

秦潇受了刺激,一看酒,忙要拿过来灌下去压惊。可却被夏玉一把挡开道:"公子是贵人,这倒酒的事理应我们来才是!"

秦潇看着她慢慢地从极精美的酒壶中往一个不过寸许浅的酒杯里,姿势优美地斟酒,心都快急死了,可又不能表露。

好不容易等她斟满,秦潇刚想夺过来喝,梓春又端起酒杯道:"公子,我们不如行个酒令,就以诗来,我说上句,公子若答上了,梓春就陪酒一杯!"

"您听好了,'葡萄美酒夜光杯'……"

还没等他说完,秦潇已经迫不及待地取掉酒壶盖,端着壶仰头就将一壶酒灌了下去。

梓春看得又懵了,她怎么知道秦潇是酒瘾发作,不得不如此,还道是秦潇不喜欢诗词,她忙改口道:"那公子既然不喜诗词,那我们不如猜个谜语吧!刘邦大笑,刘备大哭,打一字!"

谁想到听到此处,秦潇突然把酒壶往桌子上一扔,愣在那儿了。

这谜语正是莫沁然曾经出给过他的,而这话一出,沁然的音容笑貌就不停地在他眼前浮现,再也收不回去了。他想起了沁然跟他说过,她就是那次在广州被他看过全相的教主魔头。秦潇想起那一幕,不觉得又是感到窘迫,又是感到心跳。可这几年了,那画面都模糊了,不知再这样下去,那场景自己还能不能记得?

春夏二位姑娘见一出谜语,就惹得这俊俏公子又是发愣,又是傻笑,又是苦恼的,更加摸不着头脑了。

秦潇此时已经完全沉浸在自己的内心世界,而外在唯一想的就是喝酒。他随手抄起另一壶,又是一饮而尽。

夏玉道:"公子真是好酒量,可是宴席还没备好,您要悠着点儿,可别喝坏了身子!"

见秦潇依旧不为所动,梓春可是有点耐不住了。她们两个可是京城花魁级的,一般的富家公子哥儿连面儿都别想见到。这次被此间主人一天一人两千两请来,当然是有目的的。如果她们能把此间买主伺候得神魂颠倒,等下竞买他每加一次价,她们姐妹就可以多得一千两,而且根本不论这位是否是最后的买家。这也是这家私卖的常规隐藏做法,就是靠各种手段抬高卖价。可此时梓春见这位俊俏公子好像不为美色所动,不免心急。

要是光为了两千两,她们是不会过来的,只要把那些个京城的王爷呀贝勒呀伺候舒服了,怎么也有千八赏金,犯不着来回折腾。就好比上回,她将一个买家伺候得如在云里雾里,那人竟然加了十次价,最后还买走了一件。仅一次,她就分了两万两。千古皮肉只为财,难道还真是被小白脸的俊俏吸引不成?

眼见着这单生意就要泡汤,她眼珠一转有了计较。这时竹帘外突然响起一声喊:"宋宴已停当,请各位贵宾享用!"

接着外面就响起了《春江花月夜》的古琴演奏声。随后竹帘再一打开,有人端上了一副餐具,而后一道被银罩扣住的托盘就被端放到了桌案上。

秦潇见只有一副餐具,不免奇怪。

夏玉却笑道:"这顿帝王宋宴是为贵宾们准备的,我们哪里配得上呢?"说罢她把一副用丝巾包裹的筷子打开,轻轻拿出道:"公子您看,这可是象牙金头箸,价值不菲,您刚喝了不少酒,就让小女子来喂公子吧!"

秦潇见那筷子是通体奶白色,而筷顶镶嵌着鱼样雕琢的黄金头,他虽然不太识货,但也知此筷价值不菲,也就不动了。

而梓春拿起个酒杯道:"这可不同于之前的了,这可是仿汝窑冰裂杯。据说这套餐具可是南宋的古物,可是损坏不得!还是由小女子来喂公子吃酒!"说罢她从又送上来的十来个酒壶中选出一壶道:"这清爽头盘要配上甘醇的'入竹青'才相得益彰,来!公子请饮!"

秦潇见着杯子上都是大片的裂纹,要说多好他是看不出,但要是如此昂贵的古董,他可不愿再用自己饮酒而抖的手碰了。可自打他记事后就没被人喂过,这个……这个要多尴尬?不过对于酒他还是来者不拒,杯一沾唇就吸溜了进去,只是觉得味道挺沁,其他倒没别的。

可此时夏玉却打开了银罩,只见里面有四碟小菜,应该是头盘,可秦潇却一样都没见过。夏玉边夹起一块像是青梅的蜜饯说道:"这是'青梅卤春兰秋菊',是将青梅去核,内填蔗霜、橙子、石榴和鸭梨粒等微渍卤制,公子尝尝!"

秦潇听都未听过这菜名,但听到这些食材也不无惊讶,现在还刚入夏,怎么就有如此多鲜果,可真是不易。想毕他就按在嘴里尝了一个,但除了酸甜也没觉得特殊。

之后他又吃了奶房蟹钳、花烩乳鸽和蛤蜊脍,听着夏玉滔滔不绝地讲着菜式做法,他就觉得这也过于繁复了,而且完全吃不到东西。

那个奶房蟹钳是用切得精薄若纸的鲥鱼片用乳酪涂裹,包裹住时蔬叶和蟹钳肉,并用一片火腿封口,而后再用一制成剪刀状的双耳竹签插锁住,视觉感受远大于实际口味。

至于那蛤蜊脍,就是削得轻薄如透的豚鱼生汆三下沸水,而后蘸酱料吃。这刀工的确是让人叹为观止,但他根本就想不出这和那怪名字有何联系。

不过光这些冷菜就足以让他见识了什么叫奢华，以前他还仅仅以为吃顿好的就是大鱼大肉，最多就是名贵的食材。而这里的东西从样式到摆盘，从器具到搭配，无不精美绝伦。他不禁想到书中刘姥姥进大观园时的样子，自己现在这样又有什么区别？而两个半裸美人喂着吃，这种体验更是刘姥姥享受不到的。可秦潇只觉得极为别扭，只想着赶紧上完菜，吃过办了正事儿走人。

这时梓春却端起一杯酒递到他唇边道："公子，在热菜之前，您先喝杯紫露酒清清口。"

秦潇是目不斜视，嘴一歪就把酒都吸进了嘴里。这酒的口感可确实奇怪，如微醺中缠绕的嫩柳，入口就像百转间将他的舌头给锁住了一般。而这酒液就仿佛在他的舌尖缠绵一般，不肯离去。

秦潇就感觉这酒入口就像活过来一般，不住地在自己口腔里激越碰撞。而他再看这屋子里的事物就好像是扭转飘动起来，他一眼瞥过墙边，却看到那些鲜活的春宫里的男女就像是全部在画里活了一般，跨出画外，就在这屋中做着肉体激烈碰撞往来的事。而那些气喘吁吁、娇喘连连、呻吟浪叫就不停地往耳朵里钻。

他赶忙想捂住耳朵，却感觉手上软绵绵的好像抬不起来。他想转眼，却一下扫到了梓春的脸，而这一扫眼睛却似转过不来了。

就见梓春的样貌渐渐幻化重组，竟变成了沁然的模样。就见她云鬟微乱，脸色桃红，眼神迷离，婉然轻佻让人骨酥筋麻。再见她双唇微张，竟向着自己的唇上印了过来。

这一幕秦潇不知在幻想中经过多少次，可每次到了这一步前都打住了，他可不想亵玩了心中的圣洁仙女。所以等真正要实现了，他又惶恐地将头扭向另一边。

可转头才发现，沁然的脸正贴向自己，距离已不过数寸。他都能感受到对方身上的火热、颤抖和弥漫出的让人心神迷醉的气息。他就觉得自己已经完全陷入了一个温柔旖旎的沙地当中，顺从着沉沦着，晕眩着迷乱着，而后就是整个人被覆没，再也看不到外面的丝毫光亮。

好一会，秦潇终于觉得这世界不再旋转了，而自己也能自如活动了。

他真舍不得睁开眼，这简直就像是一场香艳无比的春梦，只是在梦中他和沁然是那般的激情似火、痴缠难分。在梦中沁然一会儿是一个人，一会儿又幻化成两个人，让他百转千回，沉溺其间。而且在梦中，他似乎还不停地和外面的世界竞争着什么，而这些次竞争也让他更为热血激荡。

恢复了知觉的他，此刻就感觉自己大躺在床上，而左右半身上，各有一软绵绵热乎乎的物事趴在上面。尤其是胸前左右，简直就被那种软弹温润熨化一般。

他猛地睁开眼，就见到一左一右两个云鬟蓬乱的人正依偎在他的胸前，身上却寸缕未挂。他大惊之下再看看自己，上身的衣服不知都跑到哪里去了，光溜溜的正被两个女子盖着。

秦潇心中狂跳，猛然挣脱开二人，飞也似地起身开始忙乱地找衣服穿。

再见这二女，却是慵懒地撑起身子，眉目含笑地看着他。

梓春先说道："公子这是怎么了？急什么，时候还早着呢。"

秦潇忙乱中惊惶地问道："两位姑娘，我……我和你们这是怎么回事？"

却见夏玉笑道："公子怎么这么健忘，你呀也是个薄情人！刚才不知把我们姐妹俩儿折腾成什么样子，转眼就忘了？"

梓春道："算了，妹妹，你我好久也没见过如此俊俏还生猛的公子了！也算我们姐妹没白春风雨露尽心尽力服侍一场了！"

秦潇此刻听得都快五雷轰顶了，他颤巍巍问道："你们是说我们刚才……"

夏玉见他快被急疯的样子，忽然捂着嘴笑了起来，一笑间双眉颤抖，风月无边。

梓春道："我看呀公子也不是什么薄情之人，可能是真没经过，一下子太紧张了！"

说完二女笑成一团，秦潇看着床上一对鲜活的肉体滚来滚去，顿时就明白了。在此情此景之下，还能有什么好解释的，当然就是自己和她们……

秦潇此刻虽然已如身坠冰窟般透体生寒，可还是抱着仅存一丝的希望问道："可我为什么都不记得了！"

"公子你都忘了？这也不奇怪！"梓春道。

"第一次用过'仙乐散'的都会觉得是幻觉，不过下次可就真的欲仙欲死了！"

秦潇一听"仙乐散"三字，顿时觉得脑子被猛地一击，他脑中闪过记忆中的玄玉丹炉，白色怪虫，白色丹丸，海旭……

他再也支撑不住，顿时一屁股坐在了地上，而后惊得是一句话也说不出了。

夏玉见状，好心地起身想扶起他，她边走边说："公子，这东西外面可是找不到，可比鸦片要好多了……"

谁知秦潇却一把推开她伸过的手道："你走！你们好狠毒！怎么会给我吃这个！"

夏玉被他一打，顿时叫痛道："公子，好痛！你怎么一点儿也不怜香惜玉？"

梓春也下了软榻，和夏玉站成一排道："公子，这可是此间主人的一番美意，您可不能负了这上品极乐！"

秦潇都快哭出来了，自己这几年送上门的痴情姑娘都不看一眼，没想到却被两个青楼女子毁了清白之身。不光这个，自己竟还被糊里糊涂喂食了"仙乐散"。那东西的炼制过程自己都目睹过，没想到这回竟然……他实在没想到，仅仅是一个下午，好像就是过隙之间，自己竟然就一下子堕落到了这般田地，这可让他还有什么脸去见沁然！

两个姑娘看着秦潇无比痛苦地在地上都快捶胸顿足了，也觉得好像这回事情有点儿大了，忙悄悄地找那透明的纱罩穿上，然后从前门溜了出去。

　　等门关上，秦潇都没从堕落到极致的悲痛中缓过劲儿来，可无论他怎么自怜自怨也好，忏悔痛苦也罢，该发生的貌似都发生了，自己还能怎么办？秦潇只得颓然从地上爬起来，一边踉跄地穿着衣服，一边脑子空空如也地感觉着魂魄全失。

　　而此刻门帘外忽然有人叫了起来："所有竞买结束，'春江花月宴'款待完毕！请诸位贵客准备接宝！"

八十四、假盗真鬼

秦潇一听这话就明白了，这是竞买品已经有了下家，等着人家付钱交收。可听起来这拍品可不止一件，而且像是都找到了买主，可整个过程自己竟然完全茫然无知。他此刻再悔恨也是于事无补了，于是他来到桌子前，见上面还摆着几道菜和十来个酒壶，这就是后面上的热菜了，可自己依旧是毫无印象。

他愤然抄起一个酒壶，就往嘴里灌酒，可是接近了嘴边，他的手却突然停住了。他想起自己就是在喝了那不知是什么的"紫露酒"才中了道，从此就再难自控了。而此刻难道他还想继续沉沦下去，直至万劫不复？

他抓着酒壶，体内如万虫挠心般想喝，可理智却告诉他再喝下去就将再无回路，他不免是两相为难。

而此时，竹帘一挑，两个小厮却推着个小车进来，他们小心地将桌子摆在一旁，而后将桌子推到了秦潇面前道："公子，请收宝！"

秦潇一愣："收什么宝？"

"瞧您说的，当然是您高价拍回的宝贝了！"

秦潇不仅是愣，而是浑身再次恶寒道："你是说我拍回的？"

"您可是要辱骂小的了，这件'佛手翡翠'就是您拍回的，难道还会有错？"

秦潇一听脑子里顿时炸了锅，自己就是要监视这件东西的交易，而后盯住卖家，可自己怎么会把它给买回来了？

小厮见秦潇傻呆呆地发愣，还当他对之前的过程有些不满。也对呀，谁会在自己已经拍出最高价时，还连续加了三次价呢？这样的苗头他们的确是见所未见，于是一人就讪笑道："公子刚才的豪气可是震慑全场，小的想公子此番一次成名，以后定然没人再敢跟您抢宝贝了！毕竟在全场沉默时，自己连续加价三次的，别人保准会被当场镇住，绝不会有人再敢挡公子的财路……"

秦潇听到这里，忙打断说："你是说我已经开出了最高价，而后自己还加了三次价？"

小厮点头，而后垂首道："公子豪气，必将在津门垂范永远！"这时他就听到对面响起了一声清脆的"啪"声，这个他倒是熟悉，以前的确是有人拍后悔了临到交割恨得打自己嘴巴。这个他处理起来当然驾轻就熟:"公子,所谓买定离手,概不能悔。这就是生意场上的规矩,谁也没办法。而且以小的愚见,公子虽然多花了三万两,可却是打下了别人一生无法企及的名头,这买卖还是划算的!"

秦潇一听多出了三万,顿时就觉得浑身发抖,他不禁问道:"那……那最后的成交价是……"

"三十八万两!"

秦潇差点儿没又坐到地上,这是彻底把袁克己的托付给搞砸了,而最关键的是自己成了最后的买家,可自己哪里来的钱收货呢?

小厮见他迟迟不言,接着客气道:"公子,您要不再看看货板?"

秦潇一看小车上用红缎面罩着的东西,茫然道:"这样吧,你们现在外面等我一下!等我再好好看看!"

两个小厮做这行显然日久,什么客人都见识过,所以也不以为然。到处都是人,前后都有守卫,还怕他跑了不成?于是两人就客气地掀帘出去,等在外面。

秦潇呆呆地走到小车旁,一把掀开了上面的红缎子。就见一晶莹剔透的尺许高的摆件映入眼帘,那个翠绿,那个天成,那个绝伦。上面这些词都是袁克己跟他提到的,而好在哪里他是什么也瞧不出来。此刻他只是不停地盘算着,下一步该怎么办?

他强作镇静,好好从头捋起,这次来就是要见到卖家并跟踪,那事已至此,如果能见到卖家,至少还能挽回一城。

他马上对外面叫道:"我能不能见见卖主?有几个问题想请教一下!"

"对不起,公子!本地全部交易通过中间完成,这是对双方保护的规矩。如果公子有何疑问,请将问题日后提出,小的们定会为公子找到行家解释!至于真伪,公子大可放心,此间的信誉可是名扬京津,万无赝品之忧!"

秦潇一听自己希望中的一点小突破口被小厮当场封死了,不觉沮丧。而后他绞尽脑汁想开了,可是无论如何都想不到周全的法子。突然他猛地一拍脑袋,真笨,还想什么想,当然是三十六计走为上了!

什么跟踪卖家,这事情本来就荒唐,上赏的东西,虽然赏给李莲英这太监有点儿名不正言不顺,可毕竟是赏的。给人的东西还要抢回来,这本身就够无耻的了,那自己就是甩手不干又怎么了?还有那袁克己,本身就做着军火生意,又对开战双方卖货。他说得是冠冕堂皇,天花乱坠,但归根结底还不是个两面得利发战争财的混蛋?自己看在钱的面子上帮他这回,可这里本就没有所谓的正邪善恶,全是他妈的利益,那自己还有什么想不开的?大不了回去就把订金给退了呗,接着过回苦日子去!

就在此时,外面叫开了:"公子,您货板看好了没有?小的们可是等着给东主结账呢！"

秦潇叫道："就快，就快！你总得等我数数银票吧？"

想通了，他的话里也就重拾了自信。他哪里有银票啊？还不是赶紧看看局面哪里好开溜。前后两端此刻定有不少人把守，不好出去，倒也不是怕打不过，而是如果闹大了，谁都不好收场。那还能是哪里，当然就是屋顶了。之前他就看过，这顶上是直通建筑弧形天顶，为今之计只有那里了。

他一咬牙，暗道对不住了，而后足点木板墙壁，飞快地就上到了顶椽。等把住了木板边缘，他才看清，原来这木板搭建得已是极高，与弧形顶椽不过就离着那么一尺多宽。要不是这天顶是弧形的，这缝隙根本就不会有。他也不多想，立时就翻身上了木墙顶。

而此时，外面的小厮已经察觉出了不对劲儿，两人边叫着边试探着挑帘进入。进了屋里两人也傻了眼，怎么刚才还说话呢，现在人就不见了？两人在屋中一顿翻，根本就没有人影，而后他们敲开了前门，前门守卫说根本就没人出来。两个小厮骂骂咧咧地忙飞跑着前去报信，估计他们从未遇过这等离奇的事情。

可是包括他们和前门守卫在内，都只是瞄了一眼天顶，就没再纠缠。因为在他们心里，怎么可能有人能沿着毫无抓手的光滑墙面，上得去六七丈高的天顶呢？而且整个大宅戒备森严，他们也不信就有人能溜出去，于是就撒开人手到处去找。

秦潇爬到了墙顶，却意外发现这夹心木板隔开的墙壁远超他想象的厚，因为这墙壁是由两堵空心木墙，再加上中间的木料支撑构成的。这么做第一应该是为了彻底隔绝两间屋中的声音，还有就是这木墙是临时搭建的，这样操作是为了绝对结实牢靠。可这样的布置就给了秦潇腾挪的空间，他沿着木墙匍匐前进着，试图能找到一个神不知鬼不觉的出口。

在上面他倒是印证了自己之前的猜测，下面确实是被隔成八个房间，按八卦排列。而每间屋中都有人，又都有两个裸女陪侍。看看这些屋中的客人，秦潇倒是有点儿明白那一对姐妹见着他为何猴急了。这些客人不是老迈就是肥硕，要不就是一脸淫相，真跟自己差别挺大。

可一想到自己和那两个青楼女子，他又瞬间痛苦难当。不过此时找路才是重点，可是天顶是由巨型五彩玻璃拼成的，自己虽够得着，却看不出哪里有开口。如果硬要打开，也不是办不到，可那样一来，全宅子可就都惊动了。再看下面的家丁小厮们，虽然在四下找他，可是完全没有声张，更没有惊动任何客人，可见此处还是对下人训练有方的。

秦潇在上边时曾想过自己是不是应该把那个佛手翡翠带上，就算最终什么人也没抓到，至少还能有个交代。这就是他的性格了，虽然看不起袁克己的所为，但还想着要给人个交代。不过等他再看，人家已经把东西推走了。那秦潇也就别无他法，只能专心找出路了。

在上面他还看到了东西交收的过程，看来今晚一共有四件宝贝参加竞卖，而且全部找到了下家。在那些人数钱时，秦潇看出每一件大概都有二三十万的数额，那今晚总共的成交价应该在百万两白银上下。他为此极为震惊，倒不是东西卖得有多贵，而是都到了这种国将不国的时候，还有人在这么大把地花钱买着古董，真是让人难以想象。不是说盛世古董，乱世金银吗？现在怎么着也算乱世吧，可为何还有权贵在高价收进古董呢？可他想不明白的事情又何止是一件两件？

据袁克己曾经的说法，这些参与购买珍贵古董的都是权贵王公。可是现在大清国库里连一两现银都拿不出，国事运转都难以为继，更别提给前线的官兵发饷了。而国财大多被这些人纳入私囊，可都到了存亡边缘，这些大清贵胄们就不知道拿钱出来保护一下自家的江山吗？

袁克己曾经跟他讲过，宫内曾经找满朝亲贵，要他们筹款补充一下国库，可是人人哭穷，惹得太后都快气晕了，迫不得已从内府抽钱给国库补钱。而这钱一到了国库，立刻就被掌权的亲贵们瓜分掉。对于这个秦潇曾是极不理解，难道大清亡了，这些权贵还能继续过着好日子？不过袁克己给出的回答，却让他心如死灰：什么大清，在他们眼里就是捞钱的机器。眼见着这台机器就要产不出价值了，那还不想尽办法多捞点儿。而大清亡与不亡又和他们有什么关系？到了哪朝，有钱的都是大爷。尤其是现在形势更复杂了，革命党要的是民主国家、先进国家、文明国家，那就不能按照以往改朝换代的样子来吧？那他们就没有任何被抄家杀头的顾虑，而且这些个权贵，哪个没在租界里有产业？哪个没在海外银行有账户？到时真的情势危急，往租界海外一躲，太平舒服日子照样过着。并且新朝来了，肯定是大把缺钱，那他们手里敛存的资财还可以成为上可进下可保的资本。那他们有什么好怕的？

秦潇想到此处是越来越心寒，没想到此时最想让大清完蛋的，恰恰是大清权贵。而他没想到的是，要是大清真的是中华最后一个帝制王朝，那只有帝制王朝打造出的古董才会更加值钱，所以他们才会高价收购呀。秦潇在这个世道面前，真的只是像个单纯的孩子般幼稚又可笑。不过他身在墙顶，此时最着急的还是找路出去。

这时，下面的钱物交割都已经完成，小厮们把银票都锁进了盒子里，又给买家们搬来了精美的包装，看起来这服务当真是周到备至。

可就在此刻，秦潇却看到两边大门里的守卫相继被放倒。放倒守卫的是一伙黑衣人，黑布罩住鼻下，根本看不出容貌。但这些人的步法十分整齐，而且下手都是极为规整，好像是有命令般一起出手。那些守卫声都没发出，就被齐齐放倒。这些人快步进了大厅，又纷纷寻人而去，很快就放倒了全部小厮和下人。

秦潇在上面看着惊奇，难道是来了入室抢劫的？这里可有百万银子加上几件宝贝，一起劫了去岂不是比智劫生辰纲还要痛快？但他随即不解，此间主人看起来就是个权势很大的主儿，而且这次围局安排到这般档次，应该是保密得很好，怎会轻易让劫匪知道呢？而且他来时也看了，此间处于租界深处，并不是一般劫匪都能进得来的，再说这大宅也是守备森严，怎么一伙人就这么悄无声息地进来了呢？

等他们控制了全部下人，为首一黑衣人接过手下递过来的几个盒子。他一扬手，手下立刻钻到各个房间中，将一众衣衫不整的贵宾和陪侍的女子都驱赶了出来，聚到了当中。

他们显然根本就没料到会发生这种事情，全都吓得不轻。可这些贵客可都是见惯了场面，口上还很硬气。

一个还在和陪侍做着床上运动的胖子，直接就被揪了过来，此时连裤子都没穿，他激动地大叫："大胆奴才！你们是吃了狗胆！知不知道老子是谁？你们是不是都想被抄家灭门！"

一个黑衣人不等他说完，上去就是左右开弓，啪啪地扇了十几个大嘴巴。那人腮帮顿时肿了起来，他估计从未受过人的嘴巴，一时不知怎样反应，只是噢噢地叫着。

黑衣人叫道："再敢不干不净，小心割了你的舌头！"

那胖子顿时眼中只剩下愤怒，却说不出话来。

这时已经有其他人从各个房间搜查完毕，一共又翻出了几十万两银票。领头黑衣人几脚踹开了钱盒，把所有银票数了一数，而后有些奇怪道："怎么才过一百万两？谁还藏钱了？"

秦潇听这话好像有点儿不太对劲儿，什么叫才过？他在上面得听真切，那三位买家的交收款大概八十多万，又搜出几十万，这一百多万怎么还不满足？而且更不对的是，这人的话中好像透着知道今天该有多少钱一般，这才对总数有疑问。这怎么可能？打劫的除了标榜在外的那些明镖，比如生辰纲就是十万贯，库银就是十万两等外，谁又能知道到底能劫到多少呢？

可下面人没给他再思索的时间，一个黑衣人对着领头的耳语几句，而后领头的叫了声："拉出来！"

随后有四个无福消受的就被拽了出来，被踹跪在地上。秦潇记得这几个都是没买货的，此时就见他们有的蹬着靴子，有的穿着内衣，都是极为狼狈惶恐。

领头的道："你们几个老臭不要脸的，银子也不带，就来这混吃混喝嫖姑娘来了，是吧？"

几人还都懵着，没明白他话里的意思。

领头的踹倒一人骂道："我说你们来这儿是不是就没打算买东西呀，是不是一

129

帮子臭要饭的混蛋，来这里蹭享乐来了？"

这几人这才明白，原来这些人在他们身上没搜到钱，故此有此逼问。一人深知人在檐下不得不低头的道理，颤颤巍巍道："老夫却是第一次到此，纯粹是探探路，没想着要……要买东西！"

领头的一见这人还算是穿得有点儿齐整，冷笑道："哼，老王八蛋，当老子是三岁呀！来人！给我扒光了，仔细搜！"

几个如狼似虎的黑衣人顿时扑上去，就开始撕扯此人的衣服鞋袜，那场景好比一帮凶汉要强暴个老男人一般。

"各位好汉，杀人不过头点地，给老夫留点儿颜面！"那人死命地捂着内裤，杀猪般叫着。

几个黑衣人把他的外衣鞋袜都搜了个干净，一无所获。

领头的冷笑着拿刀挑着那人的内裤边角道："你是自己脱呢还是我们给你扒下来？"

"你们有辱斯文，亵渎礼仪，你们这些少教的……"那人口上接着硬气。

就见领头的一使眼色，马上就有三人上去，把老者按住手脚，强扒下内裤。

此人算是终于领略了一把被人用强而毫无还手之力的感觉，手一被松开，立刻就捂住了下体叫道："你们这些禽兽不得好死！"

一个黑衣人把内裤仔细搜查，果然找到个暗袋，从里面抽出一沓银票来。领头的看着这每张面额都是一万的银票，笑道："老没廉耻的，还敢口口声声骂别人！你倒是说说，你个新上任的侍郎，怎么有这么多现银呀？"

这话听得秦潇一惊，原来是个大员啊！可他发现下面的另三位却是一点儿吃惊的表情都没有，显然是根本就知道此人身份。

那人拿银票拍着手道："本来呢没想为难你们，可谁让你们都不合作呢？看来不杀杀鸡、儆儆猴，谁都痛快不了！侍郎，这里就你官儿最小，嘴还最硬，只好让你受点儿苦了！"

他话音一落，立刻就有三个黑衣人又扑了上去，这就是一路扒他衣服的三位，此刻显得是驾轻就熟。两个抓住他手脚按住，另一个抽出刀来，用刀背猛拍他屁股。这侍郎刚开始还嘴里什么丧尽天良、禽兽行径的乱叫，可十几下抽下去，就只剩下惨叫了。剩下那三个见到这般当众羞辱，听到这刺耳的号叫，无不战战兢兢。

领头黑衣人又说话了："我们兄弟只是求财，绝不会害命！几位大人只要是合作，我们根本犯不上伤你们分毫！舍命不舍财这事儿，是蝼蚁百姓干的，几位大人身娇肉贵的，可是挨不了吧？况且就这点儿银子，对我们来说是后半生的安家费，对你们不过是动动手指的事儿！犯得着这么舍不得，像他那样丢尽了脸面吗？"说着他走到一人身边蹲下，拍着他的胖脸道，"你说是不是，这位尚书是哪个部来着……"

那人一激灵道："好汉说得对，我这就拿钱！"

就见他从靴子里翻出个荷包，打开抽出的全是万两一张的银票。有了那边厢的杀鸡儆猴，又有了这边厢的主动配合，另外两个忙乖乖地从身上隐秘处取钱。上面的秦潇看得分明，还有一个将钱袋藏在屁股沟旁，真不知此人是如何做到的。

对面黑衣人捂着鼻子抽出银票，往上一交，而此时这四人的银票也码了厚厚一摞，看上去也有百万之巨。

领头的黑衣人看看笑道："这才对嘛！好好合作，哪里来的皮肉之苦？"说罢他还不忘向那被打了屁股的侍郎的伤处踹了一脚，"你说是不是，侍郎大人？"

那侍郎疼得只有哼哼的分儿，还哪里说得出话来。

秦潇在上面听到挨打的这位竟然是个大员，而且下面几位都比他官大，关键是这几个每人身上都有几十万银票。他是气不打一处来，朝廷都到了这般田地，官员天天哭穷，可每个大员却都是巨富。看来真是穷朝廷不穷官啊！想及此处，他也乐得看这些黑衣人教训他们。可接下来的事，他就有点儿看不过了。

就见黑衣人又押上来四个，这几人都是中青年的样子，看上去一点儿达官显贵的样子都没有。

领头的道："你们几个就是卖家代理吧？"

几人灰头土脸点头。"我也不为难你们，东西爷们拿走了！你们就空手回吧！"

几个人都是满脸的如丧考妣，卖宝贝竟然赶上这种事，不但钱拿不到，东西也被劫了。这可真是变成了一笔烂账，东西都交割了，无论买家卖家都没地方找人说理去。

领头的见地上还趴着十来个透明裸女，突然淫笑道："兄弟们，这可都是津京两地青楼的花魁呀！平时我们就是带着大把银子去，连看都不一定看得到，今天倒是一勺烩了！去找些东西都裹上带走，也让兄弟们开开大荤！"他挑着一女下巴笑道，"小美人，别害怕，只要把爷们儿伺候舒服了，不但分毫不伤你们，还有赏钱呢！"

一众黑衣人都淫笑起来这些姑娘也未曾想过会遭此大劫，都吓得抖似筛糠。

秦潇在上面看到被挑起下巴的，正是之前用"仙乐散"迷晕自己的梓春。他虽然对春夏二人用奸计夺取自己的贞操咬牙切齿，再想到让自己用傻子加价行为高价拍下宝贝肯定也是两人诱导的。可面对她们即将面对的悲惨遭遇，他还是动了恻隐之心。

虽说做皮肉生意就像其他生意一样，都会碰到奸坏的下家，都会落得人财两失，可这些人要是被这群悍匪劫走了，那下场可能就不会只是人财两失那么简单。在乌里雅苏台他是见过沦为营妓女子的悲惨下场，那这些姑娘到了匪窝下场还能好得了？

虽然这结果好像是她们自作自受，可毕竟都是如花妙龄，干上这行的也大多都是被逼的，有各式各样的苦衷。那就由着她们被劫走了，而他却无动于衷？

他看着下面的黑衣人把买家们都捆了个结实，也用床单什么的把姑娘们都裹好，唯独留着那几个卖宝的空手站在当地。秦潇心想此时要不出手，可能这些姑娘就要真被劫走了。不过他看下面黑衣人不少腰间都露着枪把，显然也是带着火器的，只是没用上。而他自己两手空空，可怎么想办法对抗这一众黑衣劫匪呢？

就在他思量无策间，却见到在门口放哨的几个黑衣人都直愣愣地倒了下去。而后一行人身法飞快地就冲进了大厅，迅速用手上的家伙火枪控制住了之前的黑衣劫匪。

秦潇心道，这可是救兵来得及时！可仔细看，又不是那么回事。只见来者只有七八个，也都是口鼻上捂着面罩，只是衣着是各式各样的。这救兵不会也罩着面罩吧？这事情怎么如此乱了。

就见一个新来的，用一把短匕抵住了之前领头的喉咙道："挺好呀！给爷们儿省事了！"

黑衣领头人毫无惧色道："大胆！你们知道招惹的是谁吗？聪明的赶紧滚蛋！要不让你们死无全尸！"

来人嘿嘿一笑道："哎呀妈呀，嘴还挺硬！"

话音未落，他匕首一闪，那黑衣人手腕肩头立刻就多了几个血窟窿，那人再把匕首抵住领头黑衣人的脖子问道："我们死无全尸前，是不是得让你们先变成血葫芦？"

那人几乎是瞬间就被刺了几下，疼痛和惊骇顿时让他说不出话来。

可秦潇在上面却看得真切，这可不是一般的劫匪，这可是江湖上的武林高手呀！看他出手如电的利索劲儿，功夫可是着实不浅呀！再加上他们进来时的身形，俨然都是练家子。可让秦潇不解的是，这么隐秘重要的权贵竞买围局，竟先后被两拨匪徒知道了消息，这里的保密可是太不完善了！而且这两伙劫匪，却还有着不同。

黑衣人一帮俨然是组织严密，统一着装、统一行动，看上去就像是军人般训练有素。而这后来的一伙儿显然就是一帮江湖人士，个个都有本事，上来就控制了局面。这两伙人显然都得到了消息，可确是前后进入，很可能是这群江湖人物之前就发现了黑衣人的行踪，故意来个黄雀在后。

果不其然，有人拎着个钱袋叫道："都在这里了，两百多万两！"

那制住领头人的拿匕首捅捅他道："谢喽！替我们兄弟省了事儿！"可随后话就不好听了，"你说你们这帮王八犊子也太不地道了，劫财就劫财呗！连货都不放过！知道啥叫盗亦有道不？好歹得给人留点儿！"

秦潇一听这人说话，竟然就是他曾经在东北绿林草莽混迹时无比熟悉的东北话！而且这人说话听着还有那么点儿熟悉，可就是想不起来。

这时一穿紫红衣服、梳着大辫子的走了过来，秦潇一看那人身段打扮竟还是个女的。就听她说："你还扯啥咸淡呢？还不赶紧都捆上！等啥呢？"

这人说话听着也挺熟，可秦潇就是一时想不起。那男人倒是唯唯诺诺，立刻就招呼人照办，开始捆绑黑衣人。

蒙面女子见地上被裹成一个个粽子、口中还被塞了布的青楼女子，叹气摇头，而后猛地踹了领头黑衣人一脚。领头的刚被捆好，这势大力沉一脚正中他胯下命根，他惨叫一声就坐倒在地。

而后见女子骂道："妈了个你的老毬的，叫你妈丧！妈的劫财劫物不说，还想劫色！咋的！看上啥就想拿啥是不？"

"她们本来就是来卖的婊子……"领头的捂住裆部打滚，嘴里还不服气。

这女子托起他来，左右开弓扇了他一溜嘴巴，并随手在他身上撕了块布塞到他嘴里。那边之前被抽脸还有被打屁股的两位权贵，虽然被绑着塞住嘴，见到此情都是不住地点头唔唔叫好。

女子继续道："卖的咋地，你给钱了？不给钱就想把人绑走糟蹋，你他妈比卖的都不如！就你们这伙，把盗匪的脸都给丢尽了！今天要不是老娘忌口，非得清理门户不可！"

她又看看地上那些粽子，她们都用感激哀求的目光看着她。女子怒道："都他妈看啥？你说你们，世道不好，活着困难是不假，可不是每个都要去青楼做婊子，让臭男人祸害吧？就算你们是被那些混蛋爹妈卖进去的，怎么也能跑吧？就算断胳膊断腿儿也比整天被人糟蹋强，知道不？"

朝青楼女子发完火，她又拿过了钱袋子，从里面抽出一沓约有十几万两，扔到那些正被松绑的女子面前道："一人一万，咋地都够活了！以后都消停地活着，别再出来让人祸害了！"

之前男人见她此举，忙上来拦道："别，咋忘了我们来干啥呀？你咋能把钱给这些窑姐儿呢？这要让三哥知道了……"

女子瞪了他一眼道："咋地，我乐意！我看你这些年是活拧巴了，都忘了自己是谁了！啥玩意，总三哥三哥的，听听就行了呗，还事事当真啊！要我说你那操性，连老五都不如！"

男子知道招架不住，忙求饶般让她住嘴。

女子却叫道："今天来的兄弟一人拿一万啊，都会跟三哥说不？"

几个江湖人物都捆好了黑衣人，听这话都是大受鼓舞，纷纷道："不会！"

"听着没有，要是他知道了就是你说的！"

男子见女人上来了不讲理的劲头，他只能摇头毫无办法。

秦潇见这女子处事洒脱中透着蛮横，豪气中现着精灵，从说话到行为举止都那么熟悉，可就是叫不上是哪个。

见事情都收拾完了，带头男子对着那些被绑的买家道："你们的绳子都松过了，挣个一盏茶工夫就开了！你们可都瞧好了，抢劫你们的是这群穿黑衣服的，打你们骂你们的都是他们！我们是从他们身上抢的东西，跟你们不沾边儿！所谓冤有头债有主，你们想算账找他们去！爷们不伺候了！"

秦潇在上面听这番歪理直觉得好笑，而下面绑着的黑衣人都是恨死了这群横空出来截胡的了，人人都是手上加着劲儿在挣脱绳子。

那女子看还呆愣着的一众青楼女子骂道："一帮妈的烂皮子，还不走，等着人家祸害啊！你们是不是骚浪贱进骨子里了……"

那些女子忙仓皇地往外跑去，而这伙人也如阵风般在大厅消失了。

秦潇这才回过劲儿来，心道此时不跑更待何时呀！不过他的出逃路线却别人不同，他早就瞄好了弧形五彩玻璃穹顶边侧有扇很大的玻璃窗。之前没跑是那位置有些显眼，没办法在众目睽睽下悄无声息溜走。可现在地上除了几个卖货的还傻傻地站着，其他人都被捆着呢。他连忙运几下功就到了窗边，果然这开窗的把手在内，这扇窗就是方便人上到外面去清洗穹顶用的。秦潇再不迟疑，立刻就开窗到了外面。

他到了外面关好窗，立刻就仰躺在穹顶上。百感交集、羞愧难当已难以形容他此刻的心情，逃出生天、如释重负也不能描述他此刻的感受。他只是想大骂一句，这是他妈的什么烂事儿呀！

这一趟，他嫖也沾了，抽也沾了，还都是第一次！而且男女之事他也是头一回！竟然还被……他悔恨啊，自责呀，这可是难以见人了！尤其是沁然，想到这里他心中绞痛……

他看着已经繁星满布的夜空，心想还不如把他就这样丢到星星上去，这样子他也好换个永世清净！

就此时，突然他感觉旁边有人在拽他的衣襟，他顿时一惊。到了这上面本以为没人会打扰，旁边有人自己竟忽略了。忙一眼看去，他却看到了满眼喜悦的灵福站在一边。他一怔，忙问道："你怎么来了？"

灵福是因为害怕才来的，秦潇一走，他就害怕得不成，刚刚脱离了魔掌的他，怎么还敢一个独处，怎么还敢远离恩人？见秦潇马车走远，他跳出窗子，在房屋上攀缘起跃，一路跟随就到了这里。而大白天的他不敢现身进去，就藏在了树上。入夜了，他见这里周围就那穹顶视野最好，就爬上去等着秦潇出来。总之能和恩人离得近，他就会倍感安全放心。

秦潇也是很吃惊，这里可是有七八丈高的，没想到灵福这孩子竟然能爬上来。

其实他是先入为主把他当成孩子了，却忘了灵福是被当作猴子驯养的。那些丧心病狂的要不能把他训练得比猴子更厉害，怎么拿他赚钱？当然这过程肯定是灭绝人性的，不过灵福确实要比秦潇想象中有更多的本事。不过他既不能言，又不能写，只能用那份感激喜悦看着秦潇。

秦潇见他过来，先是有些欣喜，而后却突然想起了个问题。刚才在下面，这两拨人不论劫的方式内容如何不同，但都做了一件相同的事。那就是都没有捆那些货主！按理说这不应该，因为只要逃出一个跑去报官，那劫匪想全身而退都会增加难度。这也是他们把其他人全绑上的理由，那为什么不绑那些货主呢？难道不怕他们去报官？

这里还有个问题，之前那伙黑衣人是连钱带东西，竟然要连着窑姐儿一块儿抢走。那样做卖家报官的可能性就高，因为他们是丢了东西又没收着钱，钱物两失下痛极过度容易报官。

但第二伙却只拿了钱，放跑名妓应该是不在算计之内，全是女匪首临时起意。他们的处理就明显聪明得多，卖家虽没卖到钱，却保住了货，那就当白来一趟刺激之旅，没大损失不用报官。而那些买家身份大都高贵，钱没了就没了，对他们来说还可以再捞，再加上秘密地到这里开局，本身就不想张扬，所以也不大会报官。显然第二拨江湖人物对这事情，事前分析得很清楚，行事看似癫狂却透着心机。反而第一拨胃口太大，显然是要走过路过不错过，要做就做把大的。

不过显然黑衣人除了丧尽天良外，对于做一票是一票的抢劫来说，做法却应该是合理的。第二拨虽然口口声声说什么盗亦有道，但都是盗了还有什么道？只要不伤人性命，那干一票全包圆不是没有道理的。就算放过那些名妓，但价值上百万两的宝贝放过不拿，总有点儿说不过去。

这时他想起了自己的任务，虽然事情办砸了，但有这两拨一搅和，完全就看不出也说不上是他把事情办砸的了。现在货也在，卖货人也在，那下一步他们不得赶紧带上货开溜吗？就算那三个可能来路正的也许不溜，可为李莲英卖国宝的却一定会溜啊！那他守在这里，不就能继续盯着跟踪那家伙了？

想到这儿，他顿时又来了精神，没承想事情被搅糊了，任务却能接得上，这意外也算是个惊喜吧？可他又想到这两拨人都保持着卖货人的自由，是不是都是一般心思呢？不过先不管他，现在黑衣人那伙儿已绝不成了，最多只剩一路江湖人物了，自己倒还少了些应付。

秦潇让灵福趴下，自己猫腰仔细在穹顶观察形势，就见这前面有大片的西式花园，都是灌木，组架比较低矮。而宏伟的大门前是一条横贯的大马路，不知两方通到哪里。再往前就是一条静静流淌的河流了。不用说这就是前门前院了，看起来虽空荡荡的，但有人出去的可能性不大。

他就回到后门上，专注地看起门前的举动来。就见门口没什么动静，他虽然想了良久，但实际上时间还没过多久，里面几个卖家可能还没反应过来，不知下一步如何行动。他又悄悄打开那扇窗户,从窗缝里他见到正有三个在排着队,在厅里打着电话,显然是正在跟本家主人请示。而另一个却是在紧张地找着各式家伙包裹着一个锦盒,那盒子有一尺半高,看大小应该就是那个佛手翡翠。看此人果然不等其他几人打完电话,就抱着包袱匆忙地往外跑去。

秦潇心道,就是你了!

可接下来他看到的却让他又是一惊。

等他来到屋顶这面,却见那人正拿着包袱往大门逃去。而跟着他出来的还有一人,只见这位是一身亮晃晃的宝蓝水绸,正是秦潇进门时的领路人。

秦潇纳闷,不是这里所有下人都被捆起来了吗?这人怎么还行动自由?而他回想了一下,刚才在大厅的混乱中确实没有看到过这人。

就见这人出了门后,突然一打口哨,旁边黑暗中立刻蹿出两人。这两人行动迅捷,显然就是第二拨劫匪里的。他与这两人耳语几句,指指门口,那两人点头会意。一人就先蹿了出去,而留下一人手中却多了根棍子。他又与蓝衫人说了几句,举起棍子又似乎很犹豫。蓝衫人骂了他一句,他这才挥起棍子打在了蓝衫人头上。蓝衫人应声而倒,之后便不再动弹。

秦潇顿时明白了,这穿蓝绸的就是这群江湖人物的内鬼呀!难怪之前混乱中没见到他,肯定是躲在哪里观察动静了。这时带着李莲英财宝的人一出现,他立刻出来通知同伙儿,而后再叫同伙把自己打晕,好制造受害证据,以便继续潜伏在其间做内应。

秦潇不禁暗叹,现在这群江湖人物都有这样周详的安排,这般巧妙的布局了?这可跟他以前知道的江湖人物大相径庭啊,看来世道变了,连江湖都进化了!

不过他也来不及多想,而是在空中跃起,直扑向一边的大树,好借力到街上追上逃跑的人。可他刚落到树上,就想起来了,这灵福还在穿顶上呢!自己怎么把他给忘了!

他正要回身过去,却见灵福灵巧地七蹿八跃,也落到了这棵树上。他倒是一奇,没想到他的身手还挺灵活嘛。于是他做了个跟上的手势,就下到了外面。

按现在的时间,那卖宝人应该就在视野可及的范围内。果不其然,那匆匆忙忙拎着大包的身影不是他又是谁?

秦潇两下就上了旁边房子的屋顶,又见灵福虽然多用了些力气,但也跟着上了。于是他就在屋顶,一路跟踪着那个卖宝人。

这一路那人虽然七拐八绕,却是就靠着双腿,一辆人力车都没坐。也不是他不想,而是这里的确是够偏够静,住的又都是有钱人,人力车一般不过来。

秦潇也看到下面有几个身形,正在暗处紧跟着卖宝人,那就是第二拨劫匪无疑了。看来他们果真是得到了李莲英藏宝的消息,把大算计都押在了此人身上。

不过秦潇脑后没长眼，他不知道的是，等咬上了这个家伙之后，其余的劫匪又返回了大宅，将剩下的三件宝贝给一并劫走了。

秦潇跟得轻松之极，灵福却是渐渐被甩在了身后。他虽然灵活，但毕竟不像秦潇那般是个轻功高手，能平步屋顶如履平地。他卖力地勉强跟着，却见秦潇的影子慢慢地远了。灵福就是不能发声，急得是手足并用，不住倒腾，可还是没法更快。这时他却感觉自己被凭空抄起，就见秦潇朝他一笑道："忘了你不会轻功，我抱着你走吧！"

灵福被秦潇抱在臂弯下，扑簌簌又掉下泪来。

这灵福有着大猿猴的外皮，身型有个十岁孩子大小，而重量也有几十斤。秦潇这几年几乎就快被酒给泡透了，体力大为下降，只一阵子他就有点气喘吁吁了。可他还是抱紧了灵福不撒手，灵福则在他的腋下感激地看着他，不时掉着眼泪。

那人出了租界，上了辆黄包车继续走，秦潇还是一路跟着，而那几个人影也是不离不弃。直等到那人到了一处靠在码头边的小屋前下了车，进了屋，再不见出来，秦潇才落身到了旁边的隐蔽处。

他刚放下灵福，就听身后有人小声道："兄弟，大路朝天各走半边，这货板我们盯上了！你还是再找他家吧！"

秦潇一听这是劫匪在叫自己放弃，头也不回道："各走半边是不假，但还有八仙过海各显其能呢。我们阳关道和独木桥各走各的，互不相干！"

"我说你这小白脸子怎么油盐不进呢？跟你好好说不行，非得让我们兄弟来横的是不？"

秦潇这两年也见识了些江湖人物，早就没了早前那么多客套，他也不客气道："既然目的都是一样的，那也得看谁有本事拿到才行！"

"我说你还挺上浑了是不？别以为能在房上蹦跶两下就叫有本事？跟你说，这货板我们兄弟志在必得，麻溜滚蛋，省得受苦！"

"那我要就不走呢？"

"哎，我……"

那人显是怒了，从背后一个黑虎掏心就招呼过来。

按说在背后出手，在江湖上是挺不地道的。可秦潇跟这人对话压根儿就没回过头，也算无孔在先，所以人家这样招呼也说不出什么。可秦潇只是脚下一转就把那人拳风避过，而后顺势在那人肩头轻轻拍了一下。那人顿时大惊，这一下手要是重些，他焉有命在？看着这小白脸明显是在让着自己，他接下来倒是有些犹豫了。

秦潇此刻却是按捺不住心中的激动，自打每日被酒精麻醉以来，他就没这么利索地出过手。不喝酒跟人过手找到的快感，让他很是兴奋。可他随即又想，要是不喝酒，自己的日子可怎么过呢？

这时对面又有一人蹿过来，劈头照着秦潇就是一刀。秦潇见此人动上了家伙，也不敢怠慢，在空中一翻身就落到了那人身后，随即一掌就把他拍了个趔趄。

秦潇低声道："我不想出手伤了你们，还望知难而退！而且你们也打劫了快两百万两，见好就收吧！"

那两人顿时愣了，打劫现场没见过这小子呀，他怎么知道得如此清楚？这活本就是干得不明不正的，现在倒好，又多了知情人！而眼见这小子穿得像个假洋鬼子，原来功夫却是远在他们之上。这两人一时想不到法子，只得在那里思索。

可秦潇想的却是，这两个可千万不要跟自己玩儿命！他只是轻功好，手底却真是一般，再加上喝酒太久，身体早被掏空。刚才那两下打完，他到现在还手抖呢，要是这两个一起上来，还真是难对付得很。

秦潇见二人不动，以为他们有了些畏惧，就开口诚恳道："你们二位听口音都是关外来的吧？我十年前在关外曾结识过不少好汉，深感他们的气度豪迈，也不忍心伤了你们！你们就见好就收吧！"

他这话是半真半假，前半段倒是真的，可后面却是虚张声势了。

那两人看看这个小白脸，也就是二十左右的样子，十年前他刚不会尿床，就去结识江湖好汉了？这说出去，搁谁谁能信？不过这小子貌似还真挺厉害，而上头的命令他们又不能违背，这可怎么办？

一人一眼看见一旁正在发呆的灵福了，之前他见这小子抱着这大猴蹿房越脊的，显然这猴对他极为重要。他索性一把拖过猴来，拿刀架着猴脖子道："小白脸子，该知难而退的是你！你知道不，我们兄弟可都是杀人不眨眼的，更何况是只猴儿！要是你再死皮赖脸非得蹚这混水，我就叫你看看你这猴的猴头有多重！"

秦潇一惊，自己一个人惯了，完全忘了灵福的安危，他忙道："这可不对呀！我认识的江湖好汉哪有一个像你这样，为难个猴子的！我还当关外都是真英雄、纯爷们，怎么出了你这么一位拿猴要挟人的呢？你可真是给关外人丢脸！"

"你胡扯啥玩意呢？俺们关外英雄就这么快意恩仇，你能咋地！"

"呸，你们这伙无耻之徒还敢自称英雄，我呸！"

这时秦潇就听他身后有人说道："咋的，俺们关外的就不是英雄了？"

八十五、黑龙探海

秦潇一听声音又从背后传来，心道，这些劫匪怎么总喜欢到背后去呢？他猛回头，见到了对面人的脸，那人此刻已脱掉了面罩，露出本尊。秦潇见他三四十岁的样子，沧桑中还残存着些许英俊模样，怎么看怎么面熟。

而那人看了秦潇一眼，顿时一愣，随即又上上下下把他打量了几个来回。而后他面露惊色道："这怎么可能啊？你不会是七弟吧？"

一听七弟，秦潇当即醒悟，就说这人看着面熟，这不就是在蛤蟆背山一起拜把子的四哥凌震吗？他立刻大喜道："对呀，四哥，我就是秦潇！"

凌震一听，喜出望外，过来一把抱住他道："哎呀，怎么是你小子！可真是奇了怪了，哥哥我都快成半老头子了，你咋还和以前一样呢？"

秦潇想起和群莽一起戏耍劫掠海旭的往事，到现在还觉得趣味丛生，此刻见了故人自然是喜不自胜。

而凌震见了这十年未见的小兄弟，也是心中欢喜，但更大的是疑惑，这小子怎么跟吃了不老药般，还那么面嫩？

两人热情似火又搂又抱，本来对于绿林道上来说也是习以为常的，却让后面那两个先出现的劫匪感到一阵反胃。你要说在关外绿林上，多少糙老爷们兄弟们整天勾肩搭背，大块吃肉，大碗喝酒，甚至经常混一被窝，这都没啥看不惯的。可这两个现在就像是一对叔侄相见般，热情却远超两辈之谊，看着就让人胃疼了。尤其凌震还不时抱着秦潇的脑袋是左看右看，口中还不住念叨着老弟你咋还跟大姑娘似的水灵呢，就让人更加胃部抽搐了。

就在一人刚耍回头去吐时，却见一女人落在他身后骂道："妈了个贼骨头，不去放哨，跑这儿买啥单儿？"

而秦潇听到此人声音更是当即醒悟，立刻回头叫道："六姐，是我呀！"

那女子正是伍芮，她一听也是一怔，走近两步仔细一看，顿时跺着脚叫道："是老七！"

随即她也上去一把抱住秦潇道："你说你个老七呀，一走就是十年，从不想回来看看大伙儿！可让你姐想死了！"

随后她又把秦潇拉开，从上到下又看了几遍疑道："我说老七，是我过糊涂了还是咋的，你咋好像从山里离开就直接咔嚓在这儿出现了一样呢？你咋模样都没变呢？这可咋话说的呢？"

对于秘境中的经历他说出去也不会有人相信，只得含糊说这几年一直闭门在家，哪里都没去，所以少经风霜，看着就没怎么变。

伍芮叹道："哎呀，光搁家待十年就能年轻不老，还有这事儿？这我可得试试，你看姐我这几年都磨成啥样了，都快成老太婆了！"

秦潇马上道："六姐你一点儿也不老，还是那么年轻俊美、英姿飒爽！"

伍芮一听略有得意笑道："姐虽然天生丽质，到现在还有不少人垂涎姐的美貌，但姐还是老了，不认也不行了！你看这皮肤都没你细了！告诉告诉姐，你是咋在家待着就能不老的，是不是还得吃点啥进补的？我听说南边娘们都吃燕窝，那玩意俺们东北不也海了去了，就是没啥人会做！我听人说吃猪蹄子也行，那玩意咋吃呀？褪毛焖啊，那不是给臭老爷们下酒的吗？南边儿有没有人吃？到底管用不？"

秦潇听伍芮嘴里噼里啪啦问个不停，都不知该怎么回话。尤其她问的还是怎么防止面容衰老的，秦潇更是一窍不通了，只得不住打哈哈。

就听凌震道："六妹，还有点儿有用的没有？净整这一出一出的！咋地你就是吃了一屋子燕窝还能变回大姑娘啊？我看你这样就……"

"你给我滚一边儿去！"伍芮骂道。

"这些年就毁在你们这帮败家玩意身上了，整大跟你们混，就算是仙女都得变成野人了！"

"那又不是我的错！还不是帮三哥打江山！况且也没亏着你呀！哪回好东西不都顺着你来挑！"

"啊呸，那都是土匪窝子里的女人玩意儿，给你们你们要啊？"

"那大哥二哥不都有嫂子了吗？还有三哥还有两个了，那不都是可着你先哪！"

"你给我滚一边去！嫂子们那都是嫁人了，大门不出二门不迈的！我呢，都半老徐娘了，还单身一个，还不得好好捯饬捯饬！"

"可谁不让你嫁了，谁又让你单着了，还不是你眼光高，谁啦都瞅不上，这才被自己耽误了……"

"你给我闭嘴，再胡咧咧腿打折！"伍芮怒道。

秦潇很纳闷，这都过去十年了，听着话里的意思，六姐还未婚配，而这位四哥也好像是孤身一人。最初见到这两位，是他们伪装在街头卖艺，当时看这两个十分登对，很是珠联璧合。等见到了邹赟后，才知原来男人还有长成那样俊的，而且听他们在山头的对话，好像伍芮对邹赟颇有意思。那到现在难道这三位还都是单着，想到这里，他问道："那五哥邹赞呢？他现在怎么样？"

一说到此人，凌震是哼了一声，而伍芮却是长长叹了口气。秦潇知道这是问错了，忙想法子要找补。却见伍芮却突然扬起头似笑非笑道："你那小妹子现在咋样了，按说你俩现在孩子都该老大了吧？"

秦潇忙摆手，说："那只是我妹子，你可不要乱说。"

伍芮却不屑道："你可拉倒吧！谁看不出来呀！你就是对那小仙女有意思！说实话，姐这辈子都没见过那么透络的姑娘，你要是没能耐娶过门，可是你的问题！"

秦潇一听，当时就黯然了，谁说不是呢？这就是自己的问题！

可凌震却道："别说别的了，老七，你咋到这儿来了，一路跟着这死太监干啥？"

秦潇一蒙问道："什么太监？那人是个太监？"

"这你还看不出啊？哪有正经男的夹着蛋走路呀？"

秦潇一下回过味来，好像确实如此，况且代理出手李莲英的宝贝，那是个太监的确说得通。秦潇见是自己人，就把受委托来找李莲英贼赃的事情说了一遍，但他略去了委托人就是袁克己，因为怕这两位哥哥姐姐有什么误会。

二人听完，都是点头，伍芮却道："啥玩意呀，这么机密的事儿都快人尽皆知了！"

秦潇忙问二人来由，他们吩咐了人去继续监视，就拉着秦潇坐在一边慢慢讲起。

当初秦潇、莫沁然和他们分开后，张聚霖就开始按照新任军师陈同恩的指点，开始一路发展壮大。仅仅两年间，他们就消灭了不下十几路土匪，并因为只剿匪不碰官，不扰民不侵民的政策，在辽西地区已经颇有些威望了。果不其然，官府此时就前来招安了，而张聚霖也欣然领命出任了个管带。不过这只是个虚衔，朝廷是既不给饷也不发粮，队伍还是自己的队伍，盛京将军有安排还要领命。这几位对这样的安排十分不满，当时就想撂挑子，重新找个山头自立。还好被陈同恩百般解释给劝说住，可这样的招安显然不是张聚霖想要的，于是这伙人就消极怠工，对朝廷摆出爱搭不理的样子。可这虚衔也不是好拿的，一年多以后盛京将军府就受不了这般怠慢来了申斥，而张聚霖他们索性直接带人跑到了辽东半岛。

要说张聚霖本来到此已经算是把官道走到头了，带着两百来手下剩下的命运也就是占山为王了。可要说人生命数谁都说不准，这时日俄战争爆发了。张聚霖正好赶上双方进行对抗时，那时交战双方在辽东战线拉开阵势，比拼的是人数实力。俄军虽然后备军多，但一时间无法大量调动到辽东半岛，于是张聚霖一伙就被征入了沙俄军。可是当战争进行到如火如荼之时，俄军全线溃散，日军借机反攻，张聚霖一伙又成了日军的协从。就这样双方在中华的国土上开战，践踏着大清的百姓，摧残着大清的黎民，可清廷愣是躲得远远的，连边儿都不敢沾。

不过这一场大战却是真正壮大了张聚霖的队伍，他的手下迅速扩充到了上千人，并且在战场上捡了大量枪炮弹药等洋货。等双方分出胜负，各自收兵，张聚霖已经形成了盘踞一方，无人再敢小觑的力量了。

就在地方作威作福两年后，赶上了徐世昌出任东三省总督，全面整饬东北的军政事务。他对这股能抵得上两三个营的剽悍力量再次起了兴趣，于是对他的第二次招安开始了。而张聚霖为了显示实力，直接带着兵就清缴了一直盘踞在辽北最大的一个山头。徐世昌投桃报李，给了他个统领的职务，并许给他一千人的粮饷，从此张聚霖的招安事业算是完成了。

按说那时人也不算少了，粮饷也算有了，官儿也不算小了，张聚霖兄弟们到此也算是能过上安生日子了。在此阶段，他们完全忘了莫沁然曾经给他们提议过的"东北王"计划，专心致志地享乐起来。荀毙、程昙先后娶了妻，张聚霖纳了妾，邹赟则成了远近闻名的花花大少。他早就不唱戏了，但迷上了逢场作戏，再加上他长得确实漂亮，于是周边的大姑娘小媳妇没少主动跟他亲密接触。为此闹得很是民怨沸腾，也闹得伍芮很是暴跳如雷。可是这有什么办法呢？百姓斗不过有枪的，伍芮也管不住这个风流的，总不能像嘴上说的那样真把他阉了吧？

就在众人的荒唐日子过了两年后，噩耗传来，新皇登基后，朝廷日渐入不敷出，索性就给非旗营的粮饷一道给断了。要说这事倒回几年前，他们倒还没什么所谓，大不了再回去单干呗！可现在不一样了，身份不同了，养尊处优惯了，谁还能再过颠沛流离的日子？

到此时，张聚霖才想起莫沁然曾经给他规划的蓝图，只有割据一方才能真正屹立不倒！可现在想起了小仙女英明的先见还有什么用呢？解决这上千口子的生计才是大问题。

他们首先想到要跟海旭那糊涂蛋血拼一场，把他的家底通通抢过来。可谁知那龟蛋早就变卖了家产跑到关内去了。此时当兵无粮，当匪又背离初衷，一干兄弟们就僵在那里了。

赶巧不巧，一个他们熟悉的徐世昌的亲兵给他们透露了个秘密。在天津的一所大宅中，专有人暗中操持着国宝的买卖，每次成交额都在百万两上下，而且交易双方都是见不得光的。

这消息倒是给了张聚霖他们一线生机，一回交易就是百万两，那只要抢它一回，问题不就都能解决了？于是他就派凌震、伍芮带着一队人，到天津潜伏见机行事，而他则继续带着队伍到处土匪解决生计。等伍芮他们就要上路了，这回邹赟却死活要跟着。原因很简单，以前他摆平各路情债靠的是钱，现在没钱了，各路女性债主还不上门把他给分了？

不得已三人带队上路到了天津，不过邹赞还是有些用处的，他不费什么力气，就买通了那所交易大宅的一个管事。据那人透露，这宅子的主人谁都不知道，他会不定期过来，但当时会驱走全部宅中家丁仆役。不过据他说最近会有一单大买卖，里面有件国宝级翡翠面世，到时成交额将为极可观。几人大喜，就奔着这个来了，谁想到还碰上个大的。于是就谈成了分账比例，制订好了计划准备动手。

就在动手前夜，那管事却潜过来透风，说是当天还有一伙安排好的劫匪要来下手。凌震、伍芮他们就不明白了，什么叫安排好的劫匪？管事说这是此间主人的意思，他是偷听管家电话才知道的。可能此间主人认为这种抽成交易以后都进行不下去，所以要趁着这会包圆来把大的。他们一听，这倒也好，先让那伙安排好的进去搅和，等事态稳定了，他们再进去来个黄雀在后。于是就发生了两伙前后行劫的离奇一幕。

秦潇到此算是明白了他们的来意，问道："那你们跟着这太监干什么？"

"还不是那管事的告诉我们的，这家伙跟李莲英的巨额宝藏有关系，只要盯住了他，就不难刨出李莲英的藏宝。我们一想就这么几件儿就值一两百万了，那巨宝要是到手，以后还用干什么？所以就一路跟来了！"

"那就是说，你们之前并不知道，现在清楚了还想再干一笔大的！"

"可不是咋的，老太监的东西本就来路不干净，抢了去也算是替天行道！"伍芮还觉得此举很是正义。

"不过这些东西我是帮朝廷追回的……"

"哎呀，你可别傻了，老七！"凌震语重心长道，"你不看看外边都成啥样了，天下都成啥样了？还帮朝廷？咋的，帮朝廷继续喂养贪官哪！"凌震有些动气。

秦潇听他的口音已经是完全关外话了，之前还不是这样，他说道："可现在还是大清的天下，那些也都是内府的东西，而诸位哥哥还是朝廷的官啊！就这么……"

"我说你咋越活越回去呢，老七！"伍芮插话道。

"就这个狗屁朝廷还有啥好放不下的？就这样朝廷的官还有啥好当的？当初俺们是为了啥拉队伍的，不就是自己的乡里乡亲都活不下去了，这才干上的！你以为那狗屁官谁想当啊？还不是应应急嘛。现在这混蛋朝廷眼瞅就不行了，你还给它端参汤送过去，不是傻吗？不如就趁现在能多攒住些实惠，好壮大自己的队伍！你是不知道咱们治下的百姓过得有多好，都对咱们感恩戴德。要是以后有钱了发展大了，整个东北百姓都能过上安稳日子都说不准。"

"也不是每个都感恩啊！被老四迷得团团转那上百个就按不住了！"

"啥时候了，你说他干啥！"

伍芮瞪了凌震一眼接着道："老七呀！当初是那小仙女鼓捣大伙儿干上的。要干就得像她说的那样干大的！那没钱成吗？况且咱们得了这些，还能少得了你的，不愿意跟我们回去拿一成直接走！这大把银子还不够你们以后逍遥的？"

秦潇听到了这主意时，就已经心游天外。他想着，对呀，这就是沁然的主意，等干成了不就是让她欣慰吗？于是他迷迷糊糊问道："那四哥、六姐你说该咋办？"

话一出来，他也一愣，自己怎么也变成东北腔了，看来这关外话还真有感染力。

"一不做，二不休，把他们全劫了！"

几人正在这商量着日后大计，一个手下却疑云满脸地跑来道："两位当家，有点儿情况，得请你们看看！"

"咋了？人跑了？"

"没有，自打进去就没出来。而且点上灯后，那人就坐在灯下一个时辰了都没挪窝！"

"我们觉得奇怪，来请示下两位当家。"

凌震一听噌地就蹿了出去，他轻功本就了得，看身法这些年是一点儿都没落下。

伍芮却看着一直站在秦潇身后的灵福问道："怎的，老七，这些年添喜好了？咋养上猴了？"

秦潇一想这一下子说不清，就只能带着灵福和伍芮到了监视圈外。

就见凌震看着灯光，皱眉道："果真是一动不动。"

伍芮一看顿时急了："那还傻站着！赶紧进去查个清楚！"

"不是怕打草惊蛇……"

"还惊个屁！谁他妈能一动不动坐一个时辰，搞不好人早就掉包了！"

几人一惊，忙四下冲进了小屋，等屋门从里面打开，走过去的秦潇才看到，屋中桌子上点着油灯，而椅子上摆着个纸扎人。

凌震气得上前一脚把纸人踢倒骂道："娘个粪球的，这人咋能就这么消失了呢？"

这屋子不大，连灶间在内都是一目了然，哪里有个人影！几人都在发愣不知到底怎么了，秦潇想到屋顶看看是不是有什么通路。此刻却见灵福走到窗边靠河的位置，一把掀起了地上的一块木板。几人忙凑过去看，就见下面就是流过的河水，显然那人是从这里提前跑了。谁能想到一个太监竟有如此头脑，还懂得金蝉脱壳呢？

几人顿失宝藏线索，无不懊丧，伍芮就开始数落起凌震不长眼，凌震只能干生气说不出话来。

秦潇却劝道："二位哥姐，不忙吵！这人是从这里跑的，下面是水路，他肯定是早就在此备好了船只！"

"对呀,可我们也不知道这死太监到底逃了多久,往哪边逃的,上哪里去追?"凌震沮丧道。

"他逃是逃了,可我们不见得就不知道他往哪里逃!"

"这话咋说的?"伍芮瞪眼问道。

秦潇觉得这位六姐实际上没有怎么老,瞪着眼睛时还和当初那样明媚有神。他说道:"我义父说过,只要是内河,所有船只都要受当地漕运帮派管制,无论是从哪里出的,要到哪里去,漕帮都会有人记录。这人带着个那么明显的大包袱,肯定是逃不过漕帮的眼线的!"

"可我们关外的人都知道,漕帮早就散了。还到哪里去找?"凌震道。

"漕帮虽然散了,但内河漕运一定有帮派控制,这就是官府眼皮下的势力,也是管不了的势力。所以我们只要能找到本地帮派,请他们帮忙,就不难找到这人的去向!"

"那还等什么?麻溜的吧!"伍芮道。

随即她看了一眼灵福道:"没承想这猴子还挺机灵的,以后就跟着姑娘我吧!"

灵福被吓得赶忙躲到了秦潇身后,众人都是大笑。

海河河神帮帮主封四道刚上床,就被外面的一片嘈杂吵醒。他心道:这是哪个吃了熊心豹子胆的,敢深更半夜跑到河神帮来闹事?

他以前也是漕帮出身,自打帮子散了,他带着兄弟经过几年打拼才建成了这"河神帮",控制了天津四路水门。他也因此改名叫了封四道,这名字就是霸道地告诉外人:我一生气把四道水路封了,看谁还能不服!海河是内河,很多百姓日常生活都要靠这条河,民间又早有拜河神的传统,所以他的帮派命名河神更有独霸一方的意思。控制河道几年来,帮众越来越多,事情越来越顺,近来都罕见跟他们挑事儿的了。那是谁这么不开眼,敢到太岁头上动土?

他穿好衣裳,到了聚义堂,就见里面已经聚了黑压压不下几十帮众。手下忙上来禀告,一伙听口音像是关外的,横得没边儿,抓了几个帮众弟兄就闹到帮里来了,此刻正往里闯呢。

封四道一听,先是人怒,就要拍桌子叫声干他娘的,可缓了缓他又皱眉沉思起来。他这几年发家靠的可不全是打打杀杀,也仗着自己待人接物独特的洞察。一伙关外的,自己帮子和关外素无来往,他们硬闯上门干什么?还有自己手下也有几百号,加上船上的过了千,哪个没眼色的敢这么大模大样就硬闯上来?还有帮外日常也有上百弟兄,这些人竟然如入无人之境般就要进来了,看样子也不是什么省油的灯!

于是他压住冲动,平和道:"来的都是客,既然不请自来,那就请进来吧!"

手下急道:"帮主,那可太给他们面子了……"

封四道瞪了他一眼,那人赶紧垂手下去了。他暗中摇头,自己虽然已经家大业大,但就是找不到几个成器的手下。

没多久,一路人马就彪行进来了。就见为首一人是个模样英武的彪形汉子,身旁还站着个蛮横美女,而另一边却有个穿着西装、样貌斯文英俊的年轻人。

他一看这是什么组合呀,不过他还是冷静问道:"不知几位到我帮来有何贵干?"

为首的凌震道:"咱哥们几个借道贵宝地,把个人从河上给丢了,想向帮主讨个下落!"

他认为这话很客气,却没想到是犯了忌讳。走水上的要是被人上门说是要讨人,那多半就是要找个死在水里的。按吃水上这碗饭的说法叫"水里来,水里去",要是没人出钱捞,丧身水底就当下葬。就算是两派水上相斗,在水上死了人都没有到对方去讨人的说法,所以他这一问是犯了忌讳。

一手下怒道:"你们的牌子落了底,找我们来要,真是笑话!"

他说的是黑话,就是你们的人死在水里,怎么能找别家要人呢?可这边几位是根本不懂水上黑话,秦潇也没受过李白安的传授,完全不明白。

凌震喃喃道:"什么牌子?"

可封四道还是老辣,他见状还是和颜悦色地问道:"你们丢的是顶牌,花牌,还是点子呀?"他这是问你们的人是个什么人物,由大到小,要就是个点子那就没必要了。

可对方还是听不懂,伍芮急道:"胡扯啥玩意呢?又不是打牌九?扯啥锤子板凳的!我们就是想打听个坐船出去人的下落,明白没?"

封四道听这女子说话完全不像样子,就有点儿生气了:"我们堂上轮不着饼子说话!"

这话要是放在伍芮当姑娘时,还真听不懂,可自从那次在堂上被海旭揶揄为二饼后,不少人都暗自叫她,她自然也就明白什么意思了。此刻听对方说出来,伍芮顿时大怒,就见她猛地长剑出鞘,飞身几步飞也似地刺出几剑。

封四道见这女子突然发难,忙回身躲避。可伍芮的剑一出就是一顿剑花,根本看不出路数,他只能拽出身上的分水刺就来招架。

伍芮虽然凶悍,可封四道作为白手起家的一帮之主也不是吃素的,于是十几招过后,两人斗得是难解难分。

秦潇这边谁都没想到伍芮会突起发难,而河神帮众也没想到这帮二五眼竟敢在帮里直接出手。两方对视愣了半响,这才纷纷亮出家伙对峙起来。

虽然河神帮人数众多,但凌震他们和手下却是身手极好,双方剑拔弩张倒是谁都没先出手。

这时秦潇却突然大叫了一声道:"都别打了!"

伍芮和封四道斗得不分胜负,都明白了对方不是善茬,借此由头立刻分开。

秦潇道:"帮主,我们只是来请您帮忙找个人。之前都怪我姐姐性情太爆,可您也是出言不逊在先,不如大家就化干戈为玉帛好吧?"

封四道见这白净小子不过才二十岁的样子,竟然就敢大言不惭地让他们罢手,真是异想天开。

可是见那一方似乎却是很听他的话,不免皱眉沉思起来。

秦潇再次抱拳道:"帮主,我们丢了个很重要的人的下落,就知道他大概是在两个时辰前坐船下的海河。这里论河道,还有什么人比您面子更大,请帮主不吝赐予援手,我们定当感激不尽!"

秦潇客客气气地出来圆场,是因为他见伍芮沾火就爆,跟十年前没什么分别,又见己方人少,又在人家地盘,难免会吃亏,只得站出来出头。

封四道看了他一阵,突然笑道:"哼,现在可真是江湖大了,什么鱼都有!且不说你们无礼前来,我不该帮你。就算是请我帮你,你能感谢什么"

凌震此刻是揣着小两百万两银票,自然胆壮气足道:"要多少谢银,你就开个价!"说完他又有点儿后悔,自己这里可都是万两一张的,难道对方要五千,拿了自己的银票,他们还能找零回来?

却听封四道又笑道:"都是江湖人物,要什么谢银,说出去也让人笑话!"

凌震松了口气,可他又说:"可是我们水路办事得依水路的规矩来。你们要是能懂得规矩,功夫做到了,我们自当全力帮忙!否则……呵呵,就只好送客了!"

伍芮又怒道:"我看你是欠扁!我七弟给你脸你不要!是不是还要干哪!"

秦潇一听连忙阻止,可他脑中突然闪过以前义父曾经跟他说过的漕帮的事,顿时脑中一亮。

他笑着说道:"帮主,是不是我们按水路的规矩做到了,您就帮我们找人呢?"

"那是自然,本帮主一诺千金!"

"那我就不知道,以前漕帮的规矩算不算水路的规矩呀?"

封四道听他提到漕帮,顿时暗惊,随后又打量了秦潇一遍,暗想,漕帮散了的时候你恐怕还穿着开裆裤吧?定是听过些什么来这里唬人!于是他也笑道:"当然算了!"

"那就是漕帮四龙门只要我们办成一样,您都得给我们行这个方便?"

封四道一听更是奇了,这小子能知道四龙门?还是唬人?不过他口上却道:"那你倒是说说,这四龙门你想办哪样?"

这四龙门是漕帮跟外人讲和谈判文斗时用的阵仗,分别是"金龙戏珠""赤龙翻江""白龙腾云"和"黑龙探海"。前三种都是需要多人来完成的,可秦潇看这些关外汉子哪个像是深识水性的?于是他就道:"还是'黑龙探海'吧!"

封四道更是暗自惊奇,没承想这小子竟还能叫出名字来。不过他还是不信这小白脸能办得到,所以笑得更加轻松:"这道道是你划出的,办成了本帮主决不食言!"

可是秦潇身边的几人就听得完全是云里雾里了,凌震道:"老七,啥是黑龙探海呀?不就是帮忙打听个人吗?还至于这么玄玄乎乎的吗?"

可那边伍芮见封四道答应得轻松,嘴角眼梢似乎还透着一股奸笑,就说:"对!老七!干啥还非得探海呀!不就打听个人吗?咱出钱不就行了!实在不行……"她瞟了一下帮众,轻哼道,"实在不行,就削到他们说为止!"

秦潇一听这二人草莽豪气是不减当年,忙劝住,让他们放心,自己应该应付得来。

所谓的四龙门是以前草莽盘道时用的。中华水系广布纷杂,漕帮虽是内河霸主,却并不能一统江湖。各处的支流水脉,凡是能行船渔养的地方都有各式大大小小的门派,这就是有利益的地方就有江湖。而但凡是遇上这路同在水上吃饭的同行,漕帮除了对一些油盐不进的采取狠辣手段外,几乎还都是以盘道论短长。毕竟同在水上漂,树敌过多,就算是巨无霸如漕帮,也架不住众多水耗子的联合啃噬。

这四龙门,比的就是水上行船闯荡的四门功夫。"金龙戏珠"就是考验人在水上的稳定性,"赤龙翻江"则是考验对行船的驾驭能力,而"白龙腾云"应对的科目是对风帆的驾驭。以上三门都要团队协作才能完成,而且一群好手出马则会营造出极强的观赏性。比如李白安就说过,以前曾见一队水手将载有近万斤货物的大船开得如同在水上侧飘,的确是让人叹为观止。而这第四门"黑龙探海"就是考验单人的水性了,要在对方指定的深水里探出对方指定的物品。

秦潇选这一样一是己方没有什么通水性的人,二是不想让伍芮他们急眼了动手伤了和气。他以前就常听义父说中华武林败就败在各方都是争名逐利,都是明争暗斗,都是自相残杀,这才让朝廷钻了空子给各个击破的。所以到了真正的江湖,他很想用以前的江湖规矩来解决问题。不过要说这科目他虽然知道,但对于能不能完成,可是一点儿底都没有。毕竟几年来的自我摧残,身上的功夫都打了折扣,气也变短了,力也减弱了,实在不适合逞强。不过他心里憋着一口闷气,就是在围局里中计的惨遇,他根本无处发泄,只得通过这种方式来让自己的心里稍微舒服些。

几人已经跟着河神帮众人,来到了帮后的一处码头边。

刚开始他们没敢带灵福进入帮里,怕误伤了他,大家一道出来时,帮众见外面还有只大猴扑上来,都吃了一惊,经解释后方才明了。不过他们也都是加剧了对这白脸小子的轻视之心,一个到哪里都带着宠物猴的还能有什么真本事?

此刻夜已深沉,河水哗哗的流淌声在静夜里显得格外清晰。

封四道说:"小子,你可想好了,现在可是涨水期,水流又急,别到时你下去送了小命就不划算了!"

伍芮一听还可能送命,忙对秦潇道:"老七,别犟!咱还有别的办法,犯不着玩命!"

可秦潇此刻已经是铁了心要争回口气,根本就不回答她。

等大家到了码头边,封四道往下面一指道:"我也不为难你!在雍正朝这里曾经有条官船沉下去了!当时官府就没打捞上来,就在下面一直沉着!这百多年过去了,这码头早就成了我们的后院,沉船还在下面。你呢要是能在沉船上哪怕捞上一件东西,这龙门就算你跳过去了!"

封四道手下一听帮主开的这科目,都是齐齐发愣。这事情他们都听过,但那沉船装的不是官盐吗?这盐到了水底还有什么好打捞的,除了让海河变咸一点,再没有什么价值了。要不怎么当年官府都没怎么组织打捞,显然是放弃了。随后帮众马上对帮主的大智慧纷纷暗挑大指,什么叫先礼后兵,什么叫笑里藏刀!帮主这招厉害!这小子就是能下到底还能捞到什么?盐口袋?那有谁能证明是沉船上的!这下子,这小子肯定是要闷声吃瘪了。

凌震、伍芮看着夜幕下黑漆漆的河水,都是不住地摇头,这哪里是黑龙探海呀,明明就是龙探黑海!这下去啥都看不着,还能捞东西?

伍芮叫道:"你个老东西,故意难为人是不是?这比你他娘的洗澡水都黑,谁能看见啥呀?"

其实封四道也就是四十多岁,伍芮叫他老东西,给他气得,可他还是挤出笑容道:"本帮主一贯不欺负弱小!拿出来!"

手下立刻递上两根长筒,长短就像一截甘蔗,而一端还封着口。

封四道说:"小子,别说我们欺负你,这是我帮秘制'海光棒',能在水下燃烧照亮!这一根够烧一炷香的工夫,要是你等它们燃尽还没上来,我们就只好为你做个衣冠冢了!"

这意思就是说一炷香时间你要是还没上来,也就必死无疑了。没错,在前朝时香比较粗,所以能燃烧到半个时辰,可到了清末民间大多用的都是线香,这一炷香大约也就是五分钟。一般武林人物水下闭气最多也就是两三分钟,而练过的好水性最多也就能水下闭气十分钟。秦潇是潜到水下捞东西,消耗更大,所以在几乎所有帮众眼里就算他水性再好也撑不过两炷香十分钟。

可秦潇接过"海光棒"却是大为欣喜,他刚才还在想,如果白天下去还能勉强视物,可这深夜了,下面一团乌黑,可该怎么办?如果明墉在,还能借他的萤石一用,可现在呢?总不能让他们去找个手电筒吧?没想到,河神帮还有这样传统的宝贝,他赶忙谢着接过了。

可伍芮却是大大不懂了,这什么东西在水里还能照亮,莫不是什么宝石?

其实也不怪她,只有精深的水上人才能知道此物,这东西里面用铝粉加上一些传统配方古法秘制,在水下打开遇水就会燃烧放出强光。而且由于制作的特殊,它还会持续稳定地燃烧到铝粉耗尽,一管正好能发光五分钟。这就是中华民间秘法的精妙了,虽无先进的科学武装,却仍然可以创造出让人叹为观止的东西来。只不过随着更为便捷的西洋科技席卷大清,很多耗工耗时费力还要匠心的传统技法已经渐渐失传了。

秦潇此刻已经脱掉了身上的衣服,换上了对方提供的一套水行服。这是一套由鳗鱼皮缝制的水行衣,衣不过肘,裤不及膝,就是为了防止在水下被不明异物划伤和减少阻力用的。

秦潇初见这衣服更是大喜,称谢不迭。这家伙轻薄滑身又紧致,在水下可是最好用不过了。他是见过西式的潜水装备,那笨拙,那沉重,那不便,可怎么跟中华这些国粹相比!

他想这个时全忘了,这套鱼服必须得是像他这样的高手穿上才能派上用场。否则以一个不会轻功、水性不佳,甚至还不能在水下闭气的人来说,这鱼服怎么能让普通人潜到水里面呢?

准备停当,封四道点燃第一炷香,秦潇只是挥了下手,随后人就没入水中再不见踪影了。

伍芮就在水面上瞪眼看着,她眼见着水下一团火光燃起,而后火光快速下沉,很快地原来的一团光,已经仅仅剩下肉眼可见的一点了。她回头看看香炉,那炷香只少了不到一半,她心道,看来老七这潜水的功夫确实不错!她虽然不知怎么个不错法,但是就觉得自己要是沉底恐怕也没这么快。

又看了一会儿,那点肉眼可见的光点儿突然消失了。按理说秦潇带了两个发光棒下去,这时就应该看见第二个点亮了。可她又等了一会儿,还不见任何光亮发出,再回头,第二炷香已经点燃了。她极为焦急,这小兄弟她是打心里喜欢,如果不是之前一直有个小仙女陪着,她都想给说门亲事。可眼见他在水下生死未卜,气泡都没冒上一个,可是急得人不知怎么好了。可自己这伙人连个水性都不识,可怎么去看个究竟?

她侧脸瞪着正聚精会神看着水下的封四道,见他一脸幸灾乐祸的样子,就气不打一处来。她抽冷子飞出一脚正中封四道的臀部,幸亏他前边有缆绳柱,加上他反应机敏,及时把旁边弟子扫到水中卸了力道,否则非得被一脚踢进水里。

封四道被这猝不及防的一脚,踢得差点儿落水,在帮众面前出了洋相,他顿时勃然大怒道:"你个臭娘们,竟敢偷袭我!"

两边帮众顿时一哄而上把他们团团围住,这几人此刻都是背对着水面,如果河神帮众只要不管不顾一拥而上,他们就全得落水。

眼见形势极为危急,凌震猛跨一步挡在伍芮面前,他一拱手道:"我家妹子性急了!险些伤了帮主,我代她向你赔罪!"

伍芮不依不饶道:"你个老东西,是不是设好了套让我兄弟钻下去?现在人都没影了,我看你肯定是在下面设了什么陷阱,把我兄弟给套住了。枉我兄弟还要跟你们和气盘道,就他妈是设陷阱害人哪!这么下流龌龊,你们还他妈是不是江湖中人!"

封四道一听此言,却挥退了手下,如果此时跟他们翻脸,就算是能占到点儿便宜,以后传出去也不好听。再有自己的实力在岸上不见得是这虎娘们的对手,那边几个看起来都是好手,这样下去,自己还可能吃亏。

他忍住气道:"这方法是你兄弟提出来的,我们也没在水下设套!"他看看香又说:"还有半炷香,你怎么就知道你兄弟一定上不来呢?规矩已经定了,就等等再说!"

伍芮好不容易被凌震压下来,骂骂咧咧地继续焦躁不安地看着。就见水下好像突然起了阵乱流,而后这涡流好像在加大,不时有些小鱼被卷出水面。大家都吃惊地向下看着,封四道尤其奇怪,这海河是内河,一般都不会有什么涡流巨浪的。尤其现在刚到涨水期,这是怎么了?

突然,水中一个大物跃起,掀起的水浪将所有人当头浇了个透,就听空中有人叫着:"赶快找人把这头鼋给罩住了!"

大家都是又惊又奇,这腾起来的原来是头巨鼋,怎么会从水里腾空而起呢?

而伍芮却是惊喜得快要跳起来了,没想到老七不但没死,还骑着个大乌龟出来了!

等众人连捞人带网巨鼋,一阵七手八脚过后,终于把那头足有五尺长的巨鼋给网了上来。按理说长到这个头的,在场是谁也没见过,可这大家伙虽然庞大,但身体并不十分沉重。再仔细看看,哪里有一般大鼋的肥颌粗脖,倒是像饿得就快从壳里脱出来一般。

封四道一见这都快被饿得壳包骨头的巨鼋,忙叫手下去拿鱼来喂。忙完这些,他才来到秦潇的跟前,见他被一众人围着,刚刚喘匀了气。封四道万没想到这小子竟有这般奇异,竟然骑着头巨鼋就上来了,也是十分好奇,就问起了水下情况。

听到这一问,秦潇才苦笑摇头道:"帮主呀,你们可真是守在金山上要饭,放着这么个大宝藏怎么不去打捞呢?"

原来当时他下水就闭气直接往深探,不多时就来到了混浊的河底。此时他是打着海光棒都看不清要找的沉船,因为水下河底实在是太杂乱了。那可真是什么都有,光家用器具就占了一多半,甚至还有口大铁锅,不过早已锈迹斑斑。

他是拨开了好多杂物,才看到了那艘传说的沉船。这船上是被层层大网裹着,显然当时运输时是把货物包裹得极为结实。就算船翻沉了，可包裹货物的大网却一点儿都没散。

他慢慢地游进，四下拨弄，想把网打开一条缝，好伸手进去拿件东西交差。而就在他闭气摸索之际，猛然间就觉得水流一激，有什么东西从他旁边疾速向他手上袭来。

他大惊，忙踩水后退并伸过海光棒去看，就见一个足有拳头大小的尖喙正啄在之前落手的地方。再往后看，就看到了两只凶恶的巨眼，再向后看，却看到了个巨大的龟壳嵌套在后面。

秦潇心中一惊，这是只巨鼋啊！这东西怎么还咬起人来了？

可是这巨鼋只是啄了他一口，一击不中，并没有追过来，而是在大网左右摇摆起来。

秦潇看着稀奇，就绕到了巨鼋身后，再仔细一照，却好像是看到巨鼋的两条后腿好像也都被这层层大网给钩住了。这大家伙正在努力挣扎，可怎样也挣扎不出。

鼋这种家伙虽然牙尖嘴利，但是由于有个壳子罩住，根本就够不着后退，所以被网给钩困住了，根本就没法脱身。

秦潇见这鼋根本就没有他在寺庙中见过的那样肥厚，显然不知被困了多久，早就饿得脱相了。他记得人说过，放生这东西就是功德一件，所以心下就起了好生之德，想接近它腿边帮忙把鼋腿给松出来。

没承想，巨鼋已经发现这人接近自己的身后，猛地一摇身体，顿时就撞了秦潇的手臂上。秦潇此刻正要点着第二根"海光棒"，却被这一撞，短棒脱手，瞬间就不知哪里去了。此时他已是眼前一团漆黑，而被刚才一撞差点儿泄了气，他忙稳住自己，爬到了龟背上。

这家伙的背足有他身高长，秦潇沿着他的背摸索，渐渐摸到足部，将绞住的绳子一一松开。而等他在松第二只鼋蹼的时候，拉网拉得用力，竟然把网下罩着的布拉开了。可是他的眼却被布下的东西晃了下眼，那不是别的，而是金光。他忙把罩布拉开，却见下面是整整一筐金器，他顿时傻了眼。

他猜不出那帮主让他下来打捞这些干什么，这东西他们自己捞不是更好？又不是没能力，干吗要让外人掺和？看来唯一的解释就是这里的东西上面人并不知道，他这次完全是误打误撞碰上了。

秦潇正琢磨，可巨鼋却已经被他松开了束缚，能活动自如了。

这大家伙不知被困在下面多久了，要不是鼋的特殊呼吸属性，一般的恐怕早就被困死了。所以它一脱困，就猛力地往上面开始游，秦潇此时气力也已耗尽，眼看就闭不住气了，索性就抓住鼋壳，被它一路带着冲出水面。

八十六、兜转谜案

等秦潇讲完经历，封四道顿时就呆了，没想到自己帮后的码头水下就藏着这么一笔宝藏。自己和兄弟们整日辛苦不就是为了财吗？可谁知财宝就藏在眼皮子底下，自己竟然全不知道。这船不是说是运的官盐吗？怎么还有金器了？那要是有那么值钱的家伙，为什么当时官府不组织人手打捞？

他怕是秦潇顺嘴胡溜唬他，马上安排好手下去打捞。果不其然，等手下把一筐筐金银器都运上来，他才被晃得心中狂乱。可他还是不明白，怎么就这么一船宝贝，当时官府就没组织打捞呢？

其实他不知道，这艘船并不是什么官船，而是一个贪污的大员，为怕狠辣的雍正爷查抄贪腐，就将家里的细软装船要运往南方。为怕人知道，他在上面铺上了盐袋，伪装成官盐船模样。谁也没想到这船竟在海河沉了，他自然不敢声张，也就听之任之了。不过这些别说封四道，就是所有后人都不知道，所以这次是让他白捡了个大便宜。

封四道看着一件件箱子随后被捞上来，打开一看都是满满的金银，他预估了一下，今晚的收益大概也有个几十万两了，不禁心花怒放。这可相当于他们帮派十年拼死拼活的总收入呀，他看了秦潇一眼，心道这小子还真是个送财童子。

可伍芮看见一箱箱金银被捞出水面，哼一声道："老东西，这宝藏可是我兄弟发现的，这账怎么算呢？"

封四道顿时明白，这是问他要好处呢。可这东西是小子发现的不假，不过确是在他地盘上捞上来的，这账嘛……他又看看秦潇，见这小子眉目很是周正，透着一股子善良正义之气，就扑哧一笑问道："小兄弟，你看这账可怎么算呢？"

却听秦潇道："这些东西嘛，当然都归帮主和贵帮！"

封四道一听暗喜，果然被他猜个正着，这小子就是个青头。

可秦潇却随后道："不过我得跟帮主讨件东西！"

封四道心里咯噔一下，果然便宜不是买卖，不知这小子到底要些什么？

"我要跟帮主讨这只巨鼋！"

封四道一听原来是要这个，他知道看着家伙的身量，恐怕最少也得活了几百

153

年,也是罕见的宝贝。不过跟现钱比起来,这家伙又算是什么呢?而且他要是不答应,等对面母老虎发起怒来,那时保不齐就财物两失了!不过他话没这么说,他犹豫道:"本来呢,这巨鼋本就是天降吉兆,河神祥瑞,我本要它来做个镇帮之宝的⋯⋯"

伍芮果然怒了:"你个老东西,帮你找到那么多宝贝还不知足!管你要个大乌龟怎么了?难不成想让我们自己动手随便拿呀!"

封四道是打心里有点儿怵她,忙又跟秦潇道:"不过小兄弟看上了,我怎能不割爱!"他见秦潇脸现欢喜,又接着道,"不过,我还有个条件!"

伍芮一听就火大了,怒道:"是不是要附加我削你一顿呀!"

封四道白了她一眼,转头对秦潇笑道:"我要跟小兄弟拜把子做个兄弟如何?"

这几人都万没想到此人竟会提出这种要求,都是愣了。按照东北群豪的个性,交游满天下,本就是种有境界的追求。可这老小子平白无故这么说,不知要冒什么坏水,可就说不准了。

伍芮提醒道:"老七,这虽然是你的事,但可要想好啊!不是谁都能做兄弟的!"

可秦潇却想起了和莫沁然一路在关外,她不停地给自己招揽群豪兄弟的情景,心下是一阵酸痛。她是喜欢我英雄的样子!

秦潇想到这突然微笑回道:"那怎么不成,只要大哥不嫌弃!"

封四道一听是大喜,连忙招呼手下布置结拜现场,并撒出人去寻找秦潇要找的人的下落。等万事就绪,秦潇就成了河神帮的副帮主,但他明显看出帮中很多人都对他投来不满的眼神。

他忙谢绝道:"大哥,小弟到处漂泊,根本就当不了什么二当家,帮中有才能的兄弟多了,这个副帮主还是给兄弟们做吧!"

封四道此举只是表明个姿态,见他推辞,自己谦让几句也就就坡下驴了。

可伍芮却不干道:"怎么,就捡了我俊俏弟弟当个便宜兄弟,连点儿表示都没有,哪里有诚意?"

封四道现在已经被这母老虎给烦透了,他沉思刹那,从衣服里掏出块牌子交给秦潇道:"二弟,以后你凭此牌,在黄河以北水路定会畅通无阻,也定会有求必应!"

秦潇翻看这牌子,就见这只是块木牌,但是全身像是已被包过不知多少层浆,整体都泛着亮光。再见牌子一面刻着个"神"字,另一面刻张开的巨口,看样子像是个龙口,而最特别是口里面还立着个像是画着几道曲线的小牌子。整个雕刻是浑然一体,虽然看不出是什么木质,但显然年代已久。

封四道说:"这是我入门恩师给的,他老人家曾经纵横黄河以北,无人不敬。

这块牌子只要出示，在整个北方水面都有人给你面子！"

秦潇本想推辞一下，谁知伍芮却一把将牌子抢在手里道："弄块破木头就想唬我老七，你休想！等到外面要是用它不好使，看我不回来收拾你！"

封四道只得憋气摇头，这时打探的人已经回来了，查明那艘船现在已经离了天津境，正沿着京杭大运河要南下呢。而且手下们已经咬紧了那艘船，不怕他跑了。

秦潇等一听有了消息，连忙要走，封四道见留不住，就送了一艘大船，连上巨鼋，还有几个手下一路负责接应消息。

等秦潇他们彻底在视野中消失，一亲随才小声问封四道："帮主，为何如此高看那小子？"

"嗯！你懂什么？你看看他的兄弟都是什么人？而且他不是池中之物，迟早得有一番成就！"

手下不懂还要细问，却被封四道一挥手给打发了。之后他就看着秦潇他们远去的背影，陷入默默的冥思之中。

等上了船，几人就刚才的遭遇讨论起来。伍芮就认为便宜了那姓封的，要说水下那些宝贝自己一方也应该有份儿。可凌震却同意秦潇的做法，认为在人家地面上，还是收敛点儿好，毕竟自己已经白得了一百多万两。可二人都是不明白秦潇为何要带上这大乌龟。

秦潇笑道："这是鼋，无锡有个鼋头渚，就是那个鼋了！"

伍芮、凌震二人都没到过长江以南，根本就不知道，只是摇头。

秦潇道："这鼋呢本生长于南方，北方很是少见。想必是哪个人家礼佛放生给放到海河里去的。你看这大家伙恐怕也不下千百年寿命了，要是被留在封大哥那里，难免会被当成个活贡品，从此就再没自由了！我把它带走，到了水广人稀的地方给它放生，也是成全了上天有好生之德！"

"就它？把它放生，它还能感激你咋的？"伍芮不解。

"万物皆有灵！放生又图的不是感激，只是一念之仁罢了。"

说罢他看看巨鼋，没想到此时这大家伙也转着脑袋看着他，眼光中倒似真有些感激的意味。

伍芮还是摇摇头，只是说这大家伙反正也熬不了汤了，放了就放了吧。

秦潇却突然想起什么道："你们不是说五哥也跟着来了吗？我们不通知他就这么走了吗？"

伍芮一听邹赟，顿时气得不说话走向了船尾。

秦潇正纳闷，凌震却过来坐在他身边道："老五呀，现在还不知是在哪个或几个小娘们的裙下快活呢！管他作甚！等我们办完事，给他发个电报也就是了！"

秦潇不禁问道:"四哥,莫非这些年你们都是这样过来的?"

他悄悄一指伍芮的背影,凌震见状叹道:"那还能咋整?"

"六妹就是对小白脸子不死心!可这些年老五碰过的姑娘,没有两百也有一百八,六妹就只能生气伤心!"

"那你呢?"

"我?"凌震苦笑道,"老七你应该有这个眼力,还看不出哥哥我是咋想的?可这六妹就是一根筋拴死了,我也没办法!"

"那你就没跟她表表心意?"

"还表个啥?在一起十几年了,我这点儿意思她还能看不出来?"

"那可不一样,别人看出来的和你自己说的,完全不一样!"

"有啥不一样?"

"人心就像蒙着层纱,被人再怎么看也是隔着一层,但你说出来就是把纱给掀开了,那才能让人见到真心!"

凌震听完愣了半晌点头道:"有点儿道理!这都是你想出来的?"

秦潇苦笑道:"哪里呀!是我一个朋友告诉我的!可我没听他,这不现在就苦闷着了!所以四哥,有真心就一定要说!要不你会后悔的!"

凌震猛地点点头道:"没错!老七你说得对!都十来年了,再不说就不知还等不等得到了!"

这时就听伍芮的声音道:"啥等到等不到?"

凌震一激灵忙回头道:"老六呀,你说你也不回船舱睡会儿去,搁这吹风干啥呢?"

"你们干啥呢?"

"这不是和老七商量,等到了地方,得了宝贝,等不到八月就得回去!"凌震猛拽一气,而后长长松气。

秦潇见凌震对伍芮害怕成那样子,也觉得好笑,也打哈哈道:"六姐,你们都回舱睡去吧!这行船是急不得的,时间可是长着呢。"说完他跟凌震使了个鬼脸道:"时间那么长,总不会再等不到了吧?"

凌震会意做了个坚定的表情,伍芮奇道:"你俩大晚上的,奇奇怪怪不知说点儿啥?我咋越听越糊涂呢?"

凌震忙拉着她边走边说:"别胡猜,老七能有啥坏心思,赶紧睡觉去!"

"啊,我这折腾一天早就累了,你咋还这精神呢?"

……

秦潇看着二人背影,摇头苦笑。要是他现在能和沁然同在一条船上,该有多好!那他一定会重新做出选择,可是一切都太晚了!

正当他望月伤感的时候，突然觉得衣角被拉动。扭头一看，原来是灵福坐在了他的旁边，手里还抱着一坛酒递给他。他万没想到灵福会拿酒给他，而且在这种地方，他是从哪里找到的酒呢？他不忍拂了灵福的心意，接过来道了声："谢了！"

随即他把封口打开，一阵醇厚的酒香扑鼻而来。这应该就是平沽高粱的味道，要是换了以前，他早就端起灌下半坛子了。可这次他没动手，只是呆呆地看着摇动的酒水。

这几年他就像是泡进了酒缸里，只知道颓废，只知道消沉，只知道沉沦。他只想着从现实世界中躲开，从纷扰中躲开，从烦恼中躲开。结果呢，一把青春就老酒，烧成灰烬愁更愁。他只是变得更加糟糕了，而外面什么都没改变。这世界是逃避不了的，这感情也是逃避不了的。自己想逃避，最后被酒害得还不够惨吗？现在就连四哥都想着要不再逃避了，难道自己还要继续沉沦下去吗？今晚他是滴酒未沾，却是完成了"黑龙探海"，要是继续喝酒，他还能做到吗？

他看着灵福和巨鼍，这两个都不知比自己要悲惨多少倍，可是他们放弃了吗？沉沦了吗？外面的世界不知都变成什么样子了，自己都快认不出自己了，难道还要继续让酒摧残自己吗？

他曾经试图用一场接一场的大醉，来掩饰自己选择错误的遗憾。可就算再有机会，沁然看到变成酒鬼的他，难道还会再给他机会吗？酒是穿肠毒药，古人说得一点儿不假！他自己已经中毒迷惑多年了，再也不能就这样被一直毫无意义地毒死下去了！不能再在别人怜悯的、同情的、痛心的眼光中自我摧残下去了！

想到这里，他心一横猛力一抛，那酒坛划出一道长弧，落入河道中。灵福不解地看着他，他却无比轻松道："我再也不饮酒了！"

漫漫运河承载着中华上千年水运的兴衰，牵系着沿岸亿万百姓的命运。这靠水吃水的漕运生活秦潇等人还是第一次感受到，在上千里的航程中一应生活用度、日常必备全在船上完成，也确实让他们深切了解到水上人家的艰辛。

而在这运河上一路南下，在这个季节里几乎全部逆风。但水势却是前顺后逆，而到了鲁南境内又再次转为逆水。所以这一路上风帆几乎是没用的，船工全靠在兜兜转转的河道内摇橹来保持船行向南。

与船上的枯燥比起来，更为煎熬的是船期的漫长，众人似乎在日以继夜的无聊中就跨入了五月中旬。但是带着佛手翡翠之人的行程却远没有要结束的意思，都进入了长江段逆流，他还在前面跑个不停。

这些关外豪强们怎么受得了水上的漫漫无聊，要不是凌震在一力压着，早就忍不住要上岸去快活了。可凌震唯独压制不住伍芮，自从出了直隶段进了山东，她就忍不住了。

那时众人已经咬住了追踪的船只,她就叫嚣着直接上去拿下然后严刑逼供得了。可这个计划却让凌震和秦潇连连摇头,齐道不妥。要是能这样干,干吗不在天津就下手了,还用等到现在?既然要钓大鱼,就得有耐性,反正已经追上鱼尾了,就不怕他跑了。当然为了避免前船起疑,进了山东他们就换了条船,也放河神帮的随从回去了。

倒是别说,封四道给的令牌倒真是好用,对方只听他们报上了名号就直接给调了条大船。可在换船时,船上的巨鼋几乎惊住了所有人,有大量人众前来围观,甚至有人要高价购买。秦潇怕节外生枝,赶忙叫上人众加速跑了。

当然这巨鼋惹出的麻烦还远不止这点儿,等他们进了长江河段时,秦潇见路遇个大湖叫洪泽湖。见此湖倒是个能涵养灵物的地方,秦潇就想把巨鼋放生。可是被路过的渔人给看见了,他一大呼小叫,立刻引来了几十艘快船。

船上渔工见了这只比扛碑的赑屃小不了多少的灵物时,都是感觉河中神灵显灵,纷纷就在船上下拜烧香。一时间他们这里有鼋神的消息顺水而走,传遍了整个湖区。为了从这些信民中脱身,他们不得已改变行程,钻入小河道,并连打带吓才摆脱了这些追神族。

而这时已由运河进入了淮河,来到了安徽境内。

等之前坐小船跟踪的人来报告说,前船放弃了主淮河航道,进入了池河航道。大家都觉得这人走上千里几十天的长途水路简直是太莫名奇妙了,如果想到安徽从陆上走明明更快,干吗非得走最耗时的?不过凌震却说这才说明这人的谨慎,他身上可是藏着几十万的重宝,现在陆地上兵荒马乱的,倒是水上更太平些。

伍芮却是再也忍不了了,坚持要上岸去在陆地上追击。其实这也好理解,一个女人在船上漂泊了几十天,这种难言的苦闷的确是男人感受不到的。于是一行人只能分成两拨,秦潇带着巨鼋和灵福连着几个小伙计继续在水路走,而凌震陪着伍芮带上几名强手在陆地堵截。

在这一路上秦潇曾多少次暗示让凌震对伍芮开口,可凌震就算是鼓足勇气却每每在最后关头功亏一篑。分手时秦潇再对凌震悄声说:"四哥你可要抓紧了,等事情办完五哥归队,可又没你什么事了!"

凌震除了长叹点头还能说些什么,这种近情情怯的滋味秦潇是懂得的。

几人商定了联络办法就立刻分道,这回秦潇的大船上终于清净了下来。这段时间,除了灵福跟他感情日益深外,巨鼋似乎也接受了这个把自己从缠绕中解脱出来的小伙子。这些天它对秦潇给它泼水擦身喂食都十分顺从,曾经到了一处险弯时,船都快翻了,而它竟没有想下船游走。到了现在秦潇和灵福已经熟络到能骑在它身上了,而秦潇还给它起了个名字叫聚福。

他们一行沿着小河道继续向下来到了南肥河,就快要接近省府合肥了。

这让很多人费解的府名,实际是由地理位置直接命名的。合肥就是指东肥河和南肥河的交界之处，类似的命名方法在中华的古城中有很多。比如战国名都邯郸，这两个字要是单独拆开来看，没有任何其他意义。而邯郸两字分别指的就是当地的两座山，邯山和郸山，两山之间的城市之名由此而来。

而中华自古以地理标注命名的除了国名城市，甚至还扩展到了姓氏人名。这些可以追溯到周朝分封诸侯时，以地名直接封国，而此后该国人很多就以此国名为姓。比如人所共知的商鞅，本姓卫，就是以自己的祖国卫国为姓。而这个传奇的小卫国却硬是一直在群雄环伺下，熬到了秦朝。

不过当下秦潇已经追到了南肥水，却是犯了难。之前在水广人稀之地让聚福露面都会引起巨大的轰动，现在要接近省府了，那得造成多大的民情沸腾呀？他就想把聚福给直接放生了，可谁知这巨鼋却赖在船上不走了。

秦潇刚开始还以为，这大家伙可能是看船上有吃有喝，日子过得舒坦，不愿意动了。于是他索性就开始不给巨鼋喂食，可是一连三天，它还是没有要动的意思，甚至闭起眼睛开始长眠。

幸好被追踪的太监没有在合肥上岸，而是继续南下通过巢湖驶向长江。

到了巢湖，秦潇再次放生的企图宣告失败后，他也就不得不让这个慵懒的大家伙继续赖着不走了。

而这时前方来人报信说，被追踪者已在芜湖码头上了岸。

秦潇只能跟巨鼋商量，说："聚福呀，你看再走就过了长江，就再没有什么大水系了，此时不真元入水，更待何时？"聚福像是听懂了，但却故作高深地摇头晃脑，死活就是不挪窝。秦潇实在无法，只得上岸雇了辆大车，趁夜把聚福搬到车上盖好，继续行路。

直到了一个叫丹奕镇的地方，这太监才投了间客栈，而秦潇也才和凌震、伍芮会合到一处。

伍芮见秦潇还带着大乌龟，十分惊愕，她根本没想到路过了这么多大江大湖，这小子竟还没把大乌龟放掉。她就问秦潇："老七，你是不是想把这大家伙熬汤啊？告诉你，满天下也找不出这样的大锅！这家伙就算是有千年了，你要是想拿它炼丹，也没有这么大号的丹炉呀。"

凌震理解道："老七那是心善，怕自己好不容易救上来的大乌龟被人给糟践了，这才舍不得。"

"你舍不得，那这大家伙可怎么安置，总不能一路带着吧？"

秦潇只得道："哎呀，看情况，之前的地方它都不愿意下去，等到了合适的地方它自然就走了！"

众人无法，只得在旁边找了间客栈就近监视。

这丹奕镇虽然不是个人口大镇，但仗着靠近水陆要道，镇中投宿吃饭的地方还很多。众人总算能畅快地吃喝睡上一晚了，当夜也就一夜无话。

可是第二日刚刚天明，那被追踪的太监居住的客栈就喧哗骤起。没多久就来了两个衙役，带着几个乡勇冲进了客栈。

没一会儿，监视的人来通报，那客栈死人了，而且死的好像就是一路盯着的太监。

这消息可像是晴空霹雳，怎么还有这种事情，都追到七月末了，眼看着就钓上大鱼，鱼饵却没了！这小两个月的艰辛煎熬不说，时间也不说了，但眼看就在嘴边的肥肉却突然消失了，谁咽得下这口气呢！伍芮气急破口大骂，凌震只得好言相劝，不留神还被伍芮捎带上一块儿骂。

秦潇见大家全都乱了，心浮气躁，就快要干不下去了，灵机一动却计上心来。他问凌震："四哥，六姐，你们身上可有什么官府的关防凭证什么的？"

秦潇知道张聚霖现在是个统领，那也是个四品武官了，关外军政常一体化，所以说不准这二人就有什么官方文件。

凌震从包袱里掏出二人名刺和一张关防印信递过去，这二人出门要紧的东西都是凌震带着。

秦潇见其中一张上写着"巡防前路副统领凌"，此外还另有个名头叫"奉北路副按察"。

他见这官名是眼前一亮，问道："没想到四哥还是个按察使！"

"使个屁！那是三哥觉得威风，自己加上去的！"

"不过这官印可是真的！"

"真个屁！那是仿真刻的，就是那陈同恩师爷的刀工，说是与真的无二致，反正又不能当钱又不能调人的，就图个心里痛快呗！"

秦潇心道这陈师爷可是彻底被带入泥沼中了，也开始胡作非为了。不过现在这名刺官印，可是能派上大用场了。他说道："这个借我一用，等下四哥带两个兄弟跟我一块过去，到时听我的，别说话！"

凌震见他的意思这是要冒充上差混进去，也就点头应允。

就见秦潇忽然变得盛气凌人起来，带着几个人大大咧咧地就直奔那间客栈而去。

此时那间店外已经围了不少看热闹的百姓，两个手下咋咋呼呼地抽刀一阵轰，百姓立刻四散。而这一行腾腾地直奔客栈楼上而去，下面的乡勇竟然都大眼瞪小眼，愣是没敢拦。

等秦潇他们上了楼，就见几个人围在一间客房门口，不用说，这就是案发现场了。秦潇几人噼里啪啦就推开众人，进了房间。

秦潇假意一绷脸，傲慢十足地说道："这是谁负责的？"

这时地面上正蹲着两名衙役，好像是正在勘查地下的痕迹，听见叫喊忙抬头。他们这时就见到在几个彪形大汉的簇拥下，当头站着一个傲慢的年轻人。就见他年纪不大,说是个衙门见习的还差不多,可此人背后几人都是杀气腾腾。尤其一个大个帅气汉子,那份不怒自威的劲头,一看就是在沙场上打磨出来的。

这两个衙役相视一眼,都感觉对方来头甚大,怠慢不得。两人起身拱手,一人道:"请问来者是?"

秦潇大大咧咧地一展手上名刺和关防印信,朝二人晃了晃道:"都看明白了吗?"

这两人见上面有统领和按察的名头,看起来就像个大员,而且那个按察好像是省里的大官的称呼。这两个只是微末小吏,平素里见过的最大长官就是县令了,而且能几年见一回就不错了,哪里还见过更大的老爷们?这二人忙惶恐地打千下拜道:"小的参见大人!"

秦潇见此计奏效,就不慌不忙往椅子上大喇喇地一坐,道:"本官寻访到此,却偏偏遇上个命案。大清治下,朗朗乾坤,岂容宵小猖狂?你们维护一方治安,却在眼皮下发生这人命大案,就凭这一点,就可以治你个失职之罪!"

那二人一听更是恐惧了,连忙双膝跪地哀求着。他们之前听说过邻县有个是亲贵的来当了个地方官,那脾气大得,不顺眼就要挨板子。这位看着年纪轻轻,却是个大员,显然也是个得罪不得的亲贵,忙不住恳求。

秦潇道:"我看你们当差也算勤勉,管治也颇为不易,就暂且饶了你们这回,还不快把案由如实禀来!"

这二人哪还敢有隐瞒,忙拉着掌柜和店小二一道跪下,把案情从始至终陈述了一遍。

凌震见秦潇摆着个架子吓唬人,还真挺有那回事的,就心中暗笑:这老七看来是个当官的料,凭张纸就敢唬人,这不是官架子是什么?

其实秦潇这套是他在租界办案时学来的,吓唬小吏,拉大旗作虎皮是最有效果的。他当时骗周炯给了他一些空白的印信,随便写写画画,再随口胡诌一通,往往能起到意想不到的效果。

而随着这几人的讲述,秦潇和凌震就逐渐兴奋不起来了,看来这事情还真是远超他们想象的蹊跷。

按掌柜描述,这客人登记名叫杨春,一个人带个大包袱住在这天字第二号房。其实这小店哪里还有什么天字上房,只不过就是个楼上单间。当天他哪里都没去,就连晚饭都是让送到里面去的。当晚小二巡店时曾经听到里面有碰翻桌椅的动静,就想敲门查看。可对方说是没事,小二再听听动静也没了,也就没再过问。今天一早,照例小二要给上房的客人打水上热水,敲了半天门里面都没应。小二一推,门没有插实,他进去一看,就见这人仰躺在地上一动不动。他叫了几声,推了几下,又探了探鼻息,一碰已经没气冰冷了,这才吓得赶紧下来报信报官。

这两个衙役本就驻守在镇子里，听到报案，立刻就通知了乡勇一路赶来。可是进了门一勘查，才觉得奇怪。这人身上没有任何表面伤痕，看脸色舌苔又看不出中毒迹象，而且此人的脸上还现出奇怪的笑容，好像是在享受中死去的。而在地上也没发现有明显的脚印，屋中没有什么打斗痕迹。一些摆设乱了，也印证了小二昨晚听到的声音，可凭着两人多年的经验，这好像并不是打斗产生的，而更像是这死者自己碰到的。

但是掌柜小二描述的大包袱却是不见了，而早上小二来时见门没关实，也可以佐证昨夜死者并未闩门。由于这几日都未曾下雨，土地干燥，所以就算这屋中进来过外人也留不下足印。所以现在就算判定是他杀，也找不到任何杀人者留下的线索。而要是店中住客犯案，可能性倒是也有，不过这店里昨夜就两个客人。除了死者外，还有个老商客，那人是这里熟客，经常在此落脚，据掌柜讲此人人品应该没有问题。而衙差二人也盘问过此人，的确没发现什么疑点。现在就是这人死了，东西没了，但既找不到人犯，也不知贼赃。

秦潇一听这案子虽然离奇，但是还是有能说得通的地方，尤其是只要加上非普通人这个因素。

他先走到窗前，据说这店里只有天字两间房有窗户，那这死者杨春就是要找有窗的来住。他推开窗仔细看窗框各处，这窗子是从里面插上的，据说法应该是死者做的。但窗台下却有两道明显的踩踏痕迹，显然有人从这窗里进出过，而后是死者亲自插上的窗栓。这么说，死者和这个从窗户进出的人，一定是相熟的。是他把人放进来后，又从窗户送走的。既然是熟人，为什么不走店门，难道有什么怕被别人发现不成？

秦潇想到这杨春是否已经注意到了他们一路的尾随，可是他很快就否定了这想法。一是这些关东豪客粗中有细，跟人都是不露痕迹。二嘛，如果他感觉被发现了，一定会再想办法出逃，就像上次金蝉脱壳那样。

莫非是死者被秦潇等人跟踪，被他们组织上发现了，所以杀人灭口？他们组织上的人看出杨春已经暴露，以后用处不大，还只能是累赘，所以先杀了灭口，而后带走包袱。这个可能性确实很大，但还需要进一步验证。

不过死者的情况就说不过去了，这人死相倒是很幸福很满足的样子，没有外伤，也不似中毒。按理说究竟中没中毒要等仵作来验了尸才知道，但看这人的样子倒是不像中毒。他也听说过一些很邪门的毒药，能让人在快乐中死去，可死者的脸色多多少少都会发生些变化。可这位呢，除了嘴角有些口涎流下，脸色基本没什么异变。可如果不是中毒，那是怎么死的呢？

秦潇继续在屋中寻着，就见桌子果然已被撞移了位置，而脸盆架也移了位，下面支脚移动的痕迹都清晰可见，却都不像是无意或混乱中撞到的，好像是人过去时把它撞移了位。再看架上的脸盆空空如也，他心念一动，再拿起桌上的茶壶。

壶盖本就是开着的，里面还是空空如也。他立刻问小二："这里面的水都是你倒掉的？"

小二忙跪着摆手道："没有，没有，我见人死了，就赶紧跑出去了，里面的东西是原封不动。"

这就奇怪了，茶壶里的水被喝得一滴不剩还能解释，可脸盆里的水呢？按小二说原封不动，那就不是扣翻洒到地上了，那水呢？

他接着打开了柜子，按理说那个装着宝贝的大包袱应该被放在这里。可是柜门被关得好好的，里面还有个小包也是好好被放在里面的。看这样子，那包袱确实不像是被抢走的，要不然为何小包袱还在？他打开小包，就见里面竟然连银元银票在内还有上千两，什么贼人会放着那么大一笔钱不顾呢？

他再仔细盯着掌柜和小二，掌柜都五十多了，小二虽称作小二但也三十多了。就衙役讲此二人在此客栈也有十几年了，人品有口皆碑，来往老客商都爱住他家店。他看看这两人倒真是一副老实巴交的模样，不像是作奸犯科之辈。但他还是不放心，让衙役带着人把店里里外外都仔细搜了一遍，可还是毫无发现。

那现在的问题是，如果这两人晚间趁杨春开门之际，进入行凶，之后拿走包袱藏匿，他们确实有作案时间。但那个包袱却是从外面看不出什么值钱的，如果图财，应该把小包里的钱财也带走。至少带走一部分，只留下一点儿，才好不留破绽。可那小包看似就是随意放置的，里面丝毫也不凌乱，不像是被翻过的。而且杨春此人不是本地人，掌柜和小二要是图财，杀人后完全可以抛尸弃尸。而江边也就是十几里远，扔到江里去，岂不是干净？何必要画蛇添足报官？所以掌柜、小二的作案嫌疑暂时可以排除，那就是从窗外进来的人干的。可那人显然是杨春熟人，而且是被杨春送出去的。

那他的作案过程难道是先进来跟杨春接头，而后拿走东西，之后又不知给杨春下了什么药，等杨春送走他后，才发作身亡。可现在的问题是，杨春到底是吃了什么，才能死得这样兴高采烈还没有任何中毒迹象？而且那空的脸盆就很可疑，这里是木板地，要是里面的水被倒掉了，楼下一定知道。难道是从窗子倒出去的？可谁会多此一举呢？要知道大清可是没有化验技术的，就算是水里有什么异物也查不出。

秦潇还是再次打开窗户向下看，只见下面是店里的一片晾衣杆，上面挂着各式被单毛巾等物。据小二说，这里只要是不下雨就全天都有东西晾在上头。而且这几天连续无雨，晾晒的东西就更多了，晚上也不会收回来。

他再看看外面，心中也是一惊，这里离最近的树木、房檐足有两三丈宽，自己都没有十足把握能一下飞过去。那如果是同伙从窗子进出，那至少也得是个轻功高手。

现在各处疑点都已勘完，最说不通的就是杨春到底是怎么死的，要是吃了什么药,那是什么药?于是秦潇就让两个衙役去找仵作来验尸,客栈里还是暂时被封闭,一切等仵作有了结果再说。

而他们则先回去了,等着仵作的通知。不是秦潇不想看验尸,而是他知道这仵作来还不知道是什么时候。

很多人对古时的仵作有些误解,总听评话里讲什么一有命案仵作就会随时候命,其实那是种错误理解。像宋代提刑宋慈那样到处云游,经常能碰到死者当场解剖的那是极端个例。整个古代仵作都是极为稀缺的职业,因为古人信奉死者为大,故敢于碰尸体的都是少数,更别提在死尸上动刀切割了。所以仵作一般都是家传,就像刽子手一般,都是世代相传的技艺,因为除了他们家没人愿意做。虽然仵作属于吏的序列,也有俸禄拿,但极为稀少,少到一般的小县城也就一个。所以一般偏远的地方处理命案,都是先把尸体搬到义庄里去,如果是夏季还要给尸体铺上石灰,防止等到仵作来时尸体都腐臭了。

不过秦潇冒充上差一顿咋呼,两个衙役是飞也似的去找仵作了,估计时间不会太久,怎么也拖不过一天吧?不过这一来众人又开始了苦等,等着实在无聊,大家就到镇子里逛逛放松心情。

这丹奕镇的确不是个大镇,看住宅稀稀落落也就有个上千人的规模。但因为通商,市井倒是很繁荣,而且很多家宅都很宏伟。伍芮纳闷就这么点儿人,商业却又如此热闹。

其实皖南自古就是长江水道的重要通途,不仅一省,包括浙西、赣东等地都靠此间进行商货贸易,所以徽商和晋商、潮商和甬商自古就是中华四大商帮。

伍芮到此见线索断了,本就十分气郁,白白遭了快两个月的罪,到底还是一场空,而且这段时间那死货邹赟,还不知在天津的风月场快活成什么样子呢!想想她就更气,索性就要大撒把,要花钱多买些东西来泄愤。

女性通过购物来填补内心落差这习惯自古有之,可以说中华商贸的发达与其贡献是分不开的。而且这习惯是不见血的血拼,更是无硝烟的恶战,本也无可厚非。可是伍芮不管不顾乱买一气,却是让凌震看不过去了。

他就劝道,咱们说不准还能找到线索继续追查下去呢,你带着这小山般的东西到时可怎么行动啊?不如等一切尘埃落定,再采购也不迟。可伍芮一听就更气了,先是数落凌震小气,又是说他不够洒脱。凌震回了一句那老五那样就够洒脱了吧?谁知这句可是点着了火药桶。伍芮立刻就把矛头指向了所有男人身上,叫骂着男的都是负心汉云云。

秦潇在一旁听着也不敢插嘴,生怕把祸水给引过来。他倒是对这些年凌震和伍芮二人没有任何进展,有了一定的认识。凌震总是像大哥一般,想给伍芮讲道理。可他也不看看伍芮日渐增长的脾气,这样子做只会起到反作用。不过他看着两人就像是老夫老妻一般斗嘴,心中又是发酸。此刻还不知沁然怎么样了,自己到底还能不能重新做个选择。

这时两人已经吵到了一间马头墙灰白色大宅底下,这种形制是典型徽派建筑,只是这宅子的确是很大,在这镇子里显得十分突兀,显然是当地首富一类的。

这时秦潇却看到一个六七岁的小男孩,正坐在宅子前的石阶上哭。这孩子穿的是绫罗绸缎,显然是有钱人家的孩子,但为何哭得如此伤心呢?

他突然脑筋一转道:"四哥六姐,你们别吵了!你看把人家孩子都给吓哭了吧?"

一听这话两人倒是闭嘴了,伍芮嘟囔着:"胡扯!我这么温柔善良,怎么还能把孩子吓着?"

几人走过去,就见这孩子长得十分清秀可人,看着就招人喜欢。

伍芮一见小孩伤心,母性泛滥,上去和颜悦色道:"小弟弟,告诉姐姐,你为什么在这儿哭呀?是有人欺负你了吗?"

凌震嘟囔着:"一大把年纪了,还当人姐姐,也不嫌……"

伍芮头也不回给了他来了一脚倒钩,凌震顿时住嘴。

小男孩抬眼看着几个陌生人,先前还有点儿怕,但见为首的女人像是妈妈一般和颜悦色的,也就放下心来。可他还是忍不住说道:"阿姨,我妹妹被人带走了,我留不住……"

本来小男孩的一句阿姨让伍芮颇有不快,但她一听什么妹妹被带走了,立刻就皱起眉来。

秦潇也觉得奇怪,这孩子一看就是大户人家的孩子。如果他是穷人家的孩子,妹妹被人带走了,家人没办法就只得在这里干哭,可大户人家怎么会?

他正想问,伍芮却开口了:"告诉姐姐,谁把你妹妹抢走了,姐姐帮你夺回来!"

小男孩还是抽抽搭搭道:"阿姨,不是抢走了,而是被带走了!"

秦潇一听这是什么话,就问道:"那你爹娘知道吗?"

小男孩抽泣着点头,伍芮怒道:"难道你爹娘把你妹妹送人了?姐姐帮你把妹妹要回来!"

她已经被男孩连叫两次阿姨了,可她还不死心还要再试。

"阿姨,不是的!反正爹娘害怕,只好给人带走了!"小男孩接着抽泣。

秦潇越听越是糊涂,虽然说钱没权大,但这小孩的妹妹能有多大,还能被哪家有权人收了当儿媳妇小妾童养媳配阴婚?这事情可是蹊跷了,他看了看伍芮,却见她脸色阴沉。

秦潇还以为伍芮要暴怒,没承想她叹口气道:"那你就告诉阿姨,到底是怎么回事?"

秦潇听伍芮泄气再也不自称姐姐了,也是有些好笑,再看凌震却向他挤眉弄眼。意思是都一大把年纪了，还自称姐姐，被小孩子膈到了吧。

伍芮问这小孩怎么回事，可这孩子才多大，断断续续根本就说不明白，只是翻来覆去地说他不到三岁的妹妹被人带走了，再也见不到了。

可这该怎么管呢？伍芮却是上了脾气道："你家在哪儿？走，阿姨带你找你爹娘说理去！"

小男孩指指身后，原来这镇上最大的宅子就是他家。可是大家怎么也猜不透，这样的大户人家的孩子难道连个孩子都保不住？秦潇心想，这是哪个官，连不到三岁的孩子都不放过，这也太丧尽天良了！

而就这时，一个衙役呼哧带喘地跑过来道："大人，大人……仵作到了！"

几人一听，立刻就要动身回去，伍芮临行还不忘告诉小男孩等着她办完事就回来。

等几人再回客栈，里面已经有了个半大老头在等着。掌柜的求爷告奶，这才把尸体移出客栈验尸。而这镇子太小，又没有义庄，可到哪里去呢？不过这件作显然是经验丰富，他叫人抬了个条案把人端到偏僻地方，并叫人买了多把油纸伞，而他就在伞下开始验尸。

整个体表跟之前大家的判断一致，没有任何外伤，也排除掉任何锁喉插阴致死的可能。而通过验尸解开全身衣裳，大家也确认了这就是个太监。而且仵作据刀口判断，此人从小就净了身，是个资深太监。

为防止有什么遗漏，他还把这太监的发辫松开，查看了头顶大穴，都没有任何外伤致死痕迹。

这最后一条，秦潇倒是很佩服这仵作的细致入微。因为头顶确实有大穴，只要插入足够长的钢针进去的确可以致死，显然这件作考虑到了这一点。

而后就是口鼻喉，再往下就该是开膛破腹了。这验过的尸体秦潇见过，可是从未见人当场开膛，所以倒有些不敢看。而凌震、伍芮都是在战场上刀头舔过血的主儿，也都不敢看，而是回过头去。秦潇只得暗中摇头，强忍着一路看下去。

只听仵作念叨："口腔无异物，无明显破损；鼻腔无异物，无明显破损；舌苔……"

说实在的秦潇也是听着有点儿耳根发炸，但还不能离开。这时就听仵作道："喉管，哎，这里还有什么东西没能化开呢！"

秦潇一听顿时一震，马上趴过去观看。可是一看之下，他立刻疑窦丛生。

八十七、纷乱和关

秦潇看过去，只见死尸的喉管上沾着一颗白腻腻的小丸。这小圆丸通体洁白，现在被沾在喉管的黏液上，看着有些恶心。但黏液里可见隐约的白色粉末，显然是这丸药到了喉管刚被化开一点儿，杨春就死了，而之后整个身体没了活性，药丸就不再继续溶解了。

秦潇看着这小白丸，再看看杨春已然保持在脸上的极度陶醉的笑容，心中不禁一惊，这感觉怎么好像是在哪里有过印象。可这印象又像一阵风吹过般，丝毫也抓不住，只是平生疑惑。

接着仵作就把白丸小心挟出，放在鼻子底下闻了闻，摇摇头道："无任何气味！"

可当他把小白丸往旁边的小盒里装时，突然眉头一皱咦了一声。

秦潇见仵作有发现，忙问何故，仵作皱眉道："半个月前，我从两具尸身上也取出过类似的白丸……"

说着他从包囊中翻找，拿出个小盒来，打开一看，果真里面有两颗通体洁白的小圆丸，但大小就小多了。

秦潇忙道："难道也是从两个太监尸体喉管里发现的？"

仵作沉思道："非也非也，你当这里是京城吗？太监是那么好碰到的吗？"

秦潇追问起事由，仵作道："那是半个月前，在弋江边上捞起两具浮尸。两人被打捞上来的地段距离不远，当时那几天，恰逢大雨，弋江水位暴涨，所以怀疑此二人是从船上落水溺死的。这二人表面看起来都是青壮男性，表面又没有什么明显致死伤痕，死时面容都很陶醉，不像是受过什么痛苦，本来官家认为没什么可怀疑的。但老夫却以为大谬，就是一个妇人小孩在溺水时，也会拼命挣扎呼救，表情也会惊恐万分，怎么会这么如享受一般呢？更何况这两人是青壮，被发现的河段水流虽急，但河道却颇窄，这两人怎么就能这么轻松被淹死呢？于是老夫就施展手段验尸，果然从两人食道内取出这两个白丸，都没有化净。"

"那你就没验验这白丸里到底是什么东西？或是什么做成的？"

"老夫只验尸，又不验药！再者这白丸又没有任何气味，显然不是中华传统药材，我又能如何知道？不过这丸药的制法是十分精良，泡在水中那么久，竟然还没有化净。我也曾想用狗来试试这药丸是什么东西，可是狗一闻之下就立刻跑远，再不敢靠近。再加上那两人本是过路客，又变成了无主尸，衙门自然不想节外生枝，也就按意外溺水身亡，草草结案了。不过呢，由于验尸时我发现了非常疑惑的一点，所以就在两尸在义庄安置的当夜，我就又去了，想去验个明白彻底！"

"那您到底发现了什么异状？"秦潇一听此人专业，之前绷的架子也不撑了，叫了声"您"。

"那就是这两人肌体表面都很鲜活，连个未愈合的伤口都没有，可怪就怪在二人的内脏都出现了很大程度的腐败！"

"您的意思是……"秦潇疑惑地瞪大眼。

"一般人死后要至少七天后内脏才开始腐败，而当时不过是七月初，又泡在水里，肯定不会腐败得那么快的！"

"那您是说……"秦潇不敢想。

"就是说如果按这二人内脏的腐败速度来看，这两人至少已经死了超过两个月。但从他们的肌体表面看却是刚刚死去，而且肌肉皮肤甚至还跟活着时一样有弹性。"

听到此时，伍芮和凌震也凑了过来，这倒是很稀奇。

"不过他们溺毙也是真的，这就全然矛盾了，所以老夫就决定趁夜再解剖一次看看，到底有何古怪！"

伍芮忍不住插嘴道："我说你们这些验尸的都是故意的吧？明明白天尸体也在那里躺着，你们非得晚上去？是不是故意给自己的鬼故事添素材？"

仵作摇头道："非也非也，白天衙门以意外身死结了案，现在可是夏季，尸体保存不易而且易传染瘟疫，所以等第二天就要火化掩埋了。那我不晚上去何时去？再加上此案衙门已经具结，我这般做是无事生非，自然不能为外人知道，所以只得偷偷晚上去了！"

几人一听，这才不再多话。

"可是到了义庄，让我震惊的事情发生了！"

伍芮瞪着大眼，还手做捂耳状，好像是要听鬼故事般。

"我发现这两具尸身竟然都移动了，而且其中一具尸体竟然在草帘底下呈半坐状！"

凌震悄悄在伍芮耳边道："听听，诈尸了！"

伍芮捅了他一拳，恶脸相向。

仵作却是不管不顾继续道："当时老夫也是吃了一惊，就知道这两具尸身有古怪，没承想还真诈尸了！于是老夫趁二尸没能彻底动之前，上前用刀快速地削断了他们的手筋脚筋！"

秦潇听到此不禁连连点头，暗赞此仵作反应机敏。

"之后我见二尸竟然都睁着眼，索性一不做二不休，把他们的眼睑肌全部挑断，而后我怕他们还可能有听觉，就直接两钢针插进二人耳中，破坏耳膜。再接着我掏出石灰，灌进了二人鼻孔中，让他们不能嗅物！"

伍芮听到此时，感觉手脚冰凉，她看着面无表情的仵作道："你这老东西可真是够狠哪！"

仵作面不改色道："如果让二尸诈尸，那百姓可就要遭殃了！所以面对恶尸，定要先下手为强！"

秦潇忙接话道："那这两具尸体都不能再动了吧？"

"刚开始老夫也以为会这样，没想到等我把一人腹腔刚刚再次剖开，这尸体又抽搐起来！"

几人听得都是极度震惊，伍芮以为仵作在吹牛，便讥讽道："你这老东西，深夜一人，面对个会动的死尸还能镇静自若？"

谁知仵作道："谁镇静，我也怕死！要不是跟尸体打交道多了，搞不好就吓昏在当场！不过我强自镇定，迅速将他的各处筋脉全部挑断，并将骨肉筋膜全部切断，这尸体终于不动了。之后我对第二具尸体如法炮制，等他们都不动了，我才开始再次检验，可是结果却让我更为吃惊。原来两人的内脏腐败程度远在我料想之上，心脏肝脏几乎已经烂成了一团团腐肉。但这让我更加疑惑，如果心脏都烂了，那二人是如何有血液运行的呢？不过到此我才明白为何在整个解剖检验时，二人都没怎么流血。开始我还以为是人死之后血液不流动，这时看来是二人体内几乎已经没有血了。之后我又锯开颅骨，检查了脑子，却发现这人的大脑也已经是腐败不堪了。至此我就明白了，这两个几乎就是两具内里全腐败了，但外表肌体仍保存完好的死人，而且至少已经死了超过几个月。这发现让我很震惊，以前就听说过湿尸死而不朽什么的，没承想还碰见真的了！我见这两个的肌肉还隐隐有些跳动，怕再生变故，就叫人当夜把两具尸身给焚化了。"

"那之后呢？"秦潇急问。

"之后还能怎样，这样的事情碰到一件就嫌多了！不过我还是百思不得其解，这两个到底是死后被投到江里的，还是什么别的。为什么明明内在肌体都烂透了，外面却还是鲜活一般？当然这情况连我先祖的笔记中都未曾提及，以老夫的智慧也是想不明白了！"

秦潇听此人做事极有章法也极为仔细，就问道："那您的先祖是……"

"一代名探宋慈！"秦潇立刻投过去钦敬的眼光，而伍芮、凌震却好像连听都没听过。

秦潇道："怪不得先生验尸极为有章法，原来是宋慈后人，还未敢问高名？"

"宋仰慈！"

秦潇忙施了个礼道："宋先人可是一代神人，为后世景仰！"

谁知宋仰慈叹道："其实坊间对先祖是多有夸大，将他传得神乎其神，我们后人也多为所累，所以一般也不以后人外称。今天也是大人看得起，老夫这才自报了家门。"

"那宋先人那些离奇的验尸断狱的手段不是真的吗？"秦潇很好奇这后人为何如此说。

"大多都是真的，但跟什么通鬼问神的手段是不沾边的。先祖验尸断狱的真言只有两句。"

"是哪两句？"

"勤勉精细，为死探真！除了经验和细致，没什么发现真相的好办法！"

秦潇暗暗点头，这宋神探有此后人，也算不枉了英名。可他随后又问："那这具太监的尸首是不是也像那两具一样？"

宋仰慈摇头道："完全不同，这人的内脏都是新鲜的。人确实是刚死的。大人要是不放心，我再把头颅打开让大人看看！"

几人忙说不必，这才送走了宋件作。

可现在知道了这些，情况却依旧是一团迷雾，反而增加了更多旁枝，变成了一团乱麻。首先可以肯定了，杨春是吃了白丸后突然毙命的，而死时丹丸甚至在口中都没有化开。而这白丸到底是毒药还是什么别的，还是一无所知。

秦潇拿着这白丸在手中把玩着，这小球很硬，而且在手里攥弄半天都没有化开或者掉什么粉末，看来的确是制作精良。他总觉得这白丸有什么蹊跷，好像是曾经见过，但没有能够联系到一起的事物，他根本想不起来。

他突然心思一动，去到了外面车上，掀开蒙布露出聚福的头。这大家伙可能正在打盹，感觉到了动静，只是睁眼歪着头看着他。秦潇就把那白丸往巨鼋的口鼻处伸去，他想着大家伙是个灵物，看看它闻了这东西是个什么反应。没承想聚福探头闻了闻，突然神色大变，竟然将头猛地往肉壳里缩去。

秦潇忙又把巨鼋盖住，暗想，之前宋件作说过这东西狗都不吃，巨鼋闻了就要躲，可见在动物的灵嗅中对这白丸是排斥的。可为何自己闻起来却没有任何味道，而且看形状也没什么可怖的呢？试想杨春没有外在伤痕，这白丸显然是他自己服下的，可为何要服下呢？而且他死前的神情看起来很享受很陶醉，还有些飘飘若仙的感觉，莫非就是这白丸产生的效用？而且屋子里所有水都没有了，又没有倒出去，那是哪里去了呢？水壶中的可能被喝了，但水盆中的，也被喝了吗？这怎么可能？谁会在可以叫干净水喝的时候去喝洗脸水呢？

还有那两个溺死的，体内也都有这看起来一样的白丸，而且死时都是满脸的沉醉享乐，难道也是白丸的功效？而且那两个就像是传说中的活死人一般，内在都烂透了，外边却鲜活如生，而且死后还能动，这也太匪夷所思了吧？虽然传说中活死人——虽死犹生的湿尸谁也没见过,但是怎么也不能像这样外鲜内腐那样离谱吧?

现在事情似乎越来越复杂了,夹杂的线索似乎越来越多,可是就没有一个能指向藏宝的。

再说那宝贝,应该就是杨春的接头人从他那里拿走的,可那到底应该是怎样一种情况呢?可以试想一下,杨春作为这宝贝的买卖经手人,东西拍卖被搅黄了,但宝贝还在手里。于是他就一路返回到这里,给上面的人交差。

而这些人竟然跑到了如此遥远的芜湖来了,且不管他们到此是何目的,但显然两人是交接成功了。虽然杨春没拿回钱来,但至少宝贝没丢,这样看他算是不功不过,而且长途护宝没有功劳也有苦劳。那对方显然是要奖励杨春一番的,他是个太监,女色一定没用。而能带着这价值几十万的宝贝长途跋涉却没动私心,显然钱也是没用的。

那还能打赏什么?而且这奖励能让杨春喜出望外,欣然领受还能继续死心塌地?难道就是这白药丸?可这白丸有什么奇特的地方,能让一个人能忍受得住几十万两的诱惑呢?而且杨春得到药丸显然是迫不及待就吃了,而且肯定是感受到了极大的快乐,但快乐还没到顶,他就死了!那这白丸到底是什么,能有如此魔力呢?

他好像感觉自己跟脑中的线头越来越近,可就是怎么抓都抓不着。

就在这时,伍芮却过来道:"老七,先别想这个了,你忘了我们还有件事没干?"

"什么事?"

"那小男孩妹妹被带走的事情呀?你不会忘了吧?我可是答应人家要管了,可不能食言!"

秦潇这才想起,还有这么一桩事,眼下既然想不明白,没有任何线索,还不如去看看,就算是帮人了。想到这儿,他立刻就和伍芮、凌震出了门直奔那间大宅。

到了门口,众人先一泄气,原来那男孩已经不见踪影了。

伍芮就在埋怨几人回去耗费太久,耽误了时间,现在想帮也帮不上了。凌震又插话说当然还是正事重要了,那个孩子的戏言当不得真。伍芮又火了,骂他铁石心肠没良心。

秦潇听着暗自摇头,这四哥怎么老是不长记性呀,总跟六姐顶什么呀?他记得那时五哥邹赟可是对六姐敢怒不敢言,至少是打不敢还口、骂不敢还手,要不六姐能在心里记挂他那么多年?还明知他是个花花大少后,还苦等着?原因不就在于邹赟顺从嘛。

正想着,他一瞥眼就看见宅子边上露出个小脑袋,正是之前那男孩!他忙叫二人别吵，一起走了过去。

男孩见到伍芮道："阿姨，你终于来了！"

"那当然，答应你了就得办到！"

"爹娘怕我乱说，今天就要把我送到合肥去！你们再不来，我就要上船了！"

"那事不宜迟，赶紧的！你家在哪儿？我找你爹娘去！"

男孩一指大宅："就是这里，我带你们从后门进去！"

几人绕到了后面，这一路却看出了徽派建筑的特点，高高的马头墙将里面遮得严严实实，宅内几乎是分毫漏不出。

其实这马头高墙的徽商大宅，在建筑之初除了防盗还有另一个目的，就是防止女人红杏出墙。商人在外往往一走好久，连家都回不了，为了防止家宅生变，故此高筑外墙，将宅内风光彻底掩藏，以杜绝女子有外遇的可能。不过这想法太过一厢情愿，墙再高，难道还能挡得住想要飞出去的心？

几人到了后门，男孩推门就进，几人从后面跟着。进去一看，才发现并不是这家人要把男孩送走，而是要举家搬迁的模样。院子里此刻已经是堆满了大箱小箱，仆役们还在忙碌收拾，见了外人也没多问。

男孩径直带几人来到正堂，而后躲在伍芮身后道："我爹娘就在里面！"

伍芮一拍小孩道："阿姨给你做主！"

而后她一脚踢开屋门骂道："是哪个丧尽天良的爹娘，竟然要把自己亲姑娘卖掉！"

秦潇听她这话好像是曲解了男孩的意思，但也没多说，跟着就进去了。

屋里正在忙碌的一对中年男女果真被吓了一大跳，眼巴巴地看着闯进来的三人。

伍芮见没人接声，继续叫道："就是你们这对没心肝的爹娘卖孩子吧？我说你家都这样家大业大了，还要卖孩子，你们是被钱迷晕了咋的？"

那对夫妻这才看清几人后藏着的男孩，都是长叹口气，男的马上跑过去把屋门关上了，而后他对男孩道："我的小祖宗，这事你咋能让外人知道，还把人引到家里来了？是不是嫌还不够乱？"

伍芮一听当爹的训孩子，当时更不乐意了："咋的？做了事还不能让孩子说了？看你心虚那样，准没干好事儿！"

男人看着这几个都是一脸凶相，看上去就不好得罪，他只得无奈地说："几位，这是家中摊上了不幸，算我家倒霉！这事情几位请别管，省得惹麻烦上身！"

伍芮一听更来劲儿了："咋的？还有姑奶奶我管不着的事儿？告诉你，我还管定了！"

妇人忙把男孩拉过来教训道："你咋啥都跟外人说呢？看我不……"

说罢她朝男孩屁股拍了两下，男孩一疼就哭出来了，而妇人也开始掉眼泪。

秦潇看到此景，上前道："别怕，我们只是路见不平，想给孩子讨个公道！看你们也是有难言之隐，不如说出来，看看我们能不能帮你解决？"

男人疑惑地看着他们道："你们……"

伍芮一气，一脚就踩碎了张椅子道："咋的，不行啊？"

而秦潇见这一脚把椅子上原来挂着的一个拂尘弹到了空中，他只是轻轻一点，就在空中把拂尘接住，而后轻轻地放回到桌子上。

中年夫妇当时就被这两下镇住了，女人缓过劲儿来，忙快步到伍芮面前，扑通一下跪倒道："请侠女帮忙救回我们的女儿呀！"

伍芮虽然最硬，但其实是纯粹的刀子嘴豆腐心，见对方都下跪了，自然就再没什么好说的，只是扶起她问起了详情。

这时男人又长叹一声道："也罢，如果几位大侠真的能帮我们夫妻要回女儿，我们当真是感激不尽！"说罢他长长一揖。

"别扯那些没用的，赶紧说到底咋回事儿！"

男人本想把男孩给赶出去，却见他死死地抱住伍芮的大腿，也只得摇头，这才把情由给他们说了。

这家人姓黄，是本地富商，家境极为殷实，又有亲戚在省城做官，在当地也算是没人能轻易招惹的。他家几年前有了个儿子，两年多前寒月又添了个女儿，都是生得十分漂亮，乖巧伶俐，家中甚是满足。谁知就在几个月前，全家去了芜湖，在春节的庙会上，遇到个老道士专给小孩批八字，都说极为灵验，而且不收钱，专送富贵。他们一看也就去凑了个热闹，谁知那老道看儿子的八字没什么，可一看女儿的八字却是连连称奇，直说这是大富大贵的命格，来日必将凤鸣天下，母仪万方，坤墼日月，极登八宝。

按理说吉祥话是人人喜欢听的，何况这还是不要钱的，但黄富商却觉得大有不妥。什么叫"凤鸣天下，母仪万方"？那不就是以后要贵为国母？什么叫"坤墼日月，极登八宝"？那不就是以后要当女皇帝？黄富商一听就大为摇头，自己已经够富贵了，自己做生意能保一双儿女都富足一生，还要什么国母女皇？他当时不顾那老道苦苦挽留，执意就带着老婆孩子走了。谁知这件看似不起眼的事情，却为他家带来了祸端。

刚过了年，他家就来个不速之客，这人看不出是个什么来路，说话阴阳怪气的。他开口就要把他家女儿带走，说什么这孩子是金凤转世，必有一番大作为，在他家只会让她平庸了，必须要跟他走，才能成就大基业云云。黄富商一听此人说法跟之前庙会上那老道如出一辙，只是这个更过分，竟然要带走自己的孩儿。他当时就让家丁把来人给轰了出去，并警告他不要再来。可是没过几天，一个晚上，宅子突然悄然无息地进了个人，这平白出现的人把就要上床就寝的夫妻没给吓死，还以为是进来打劫的。可那人却对夫妻二人献上的金银财宝不屑一顾，却

173

是劝着他们要让他把他们的女儿带走。这孩子将来必有大作为，这是天注定的，放在家里埋没了云云。不过这要求对黄氏夫妇来说怎能答应，他们一直视女儿为掌上明珠，怎么能给别人？于是又是拿出银票珠宝好一顿哀求，坚决不肯让出女儿。那人苦劝了快一个时辰，见还是无果，就放下话说还会来的就走了。这个可是令他们纳闷的，按理说能毫无声息地进了他们卧室，那自然也能神不知鬼不觉地劫走女儿。可他并没有，只是一味地劝说他们自己放弃。

第二日，他们觉得事态严重了，就想全家赶紧搬到省城亲戚家中去住。毕竟亲戚是为官的，这伙贼人再怎么样也不会明目张胆地进入官府后院吧？可等他们上了船，才知道问题的严重性，这船无论怎么开，都是出不了芜湖境。倒不是人家设了什么封江拦江的路障，而是只要到了界口就会被不明外力给调转过来。试了多次都是这样后，船工都害怕了，从未遇到过这般诡异的情形。不得已他们只能撤回来改走陆路，可是同样的遭遇发生了，他们还是怎么走都走不出芜湖界，都是一到边上，就会被看不见的外力给驱赶回来。夫妻俩这会是真害怕了，回到家后不但拍了电报，还派人快马去给亲戚送信，希望他能施以援手。可亲戚的回信却让他们绝望，信中说他已被恐吓过，不敢管他家的事情了，以后他们只能自求多福。

这夫妻两个正在绝望时，最早给女儿批过八字的老道从天而降到他家院中。这人说她女儿天生就是那个命格，谁也改不了，让他们不如顺应天命，把女儿交给他带走。这时夫妻两个才明白原来一切的源头，都在这个批八字的老道身上。他们又是苦苦哀求，可是老道不为所动，大有不带走人不罢休之势。黄富商最后被惹急了，说你要是想抢人，自己把孩子抢走谁又能拦得了呢？可老道却是大为光火，说必须要让他们心甘情愿把女儿交到他手中才算数。这夫妻一听哪里有过这种事，这不是让自己送上门去死吗？于是继续苦苦哀求，并说不行你就把我们全杀了吧！可老道继续摇头说，带走大命格的一代女主，绝不能见血，不能强抢，必须要他们自愿。

于是在双方的反复纠缠下，黄富商自以为提了个对方没法满足的要求。他说带走女儿，除非拿出二十万两银子来。要知道他经商十余年都没有攒下十万两银子，这二十万已经是一间大商号的全部家当了。他以为狮子大开口就会把对方吓走，谁知对方满口答应了，并说好七月间必拿银子来请人。

送走了老道，夫妻二人是惊魂未定，他们第二天一早就再次想溜，可仍然和以前一样，根本就出不了芜湖。这样反复折腾几次，他们也放弃挣扎了，而那老道却好像消失一般，再没有来找他们。

黄富商一想老道可能是被二十万两银子给难住了，毕竟那么大笔钱对一般的贪官来说都不是小数目。尤其现在兵荒马乱的，银根很紧，就是想拆借都不一定借得出。他还为自己当时的狮子大开口暗中得意，而日子也就这样过下去了。可谁知就在昨晚，那老道不期而至，而随着他来的不是银票，而是一件宫廷宝贝。

秦潇立刻就问道："是不是个佛手翡翠？"

黄富商一惊道："你怎么知道？"

秦潇顿时心下有些明白了，但还是让他继续说下去。

老道把佛手翡翠亮出来说，本来这宝贝已经卖了三十八万两，但临时出了变故，现在只能把这宝贝作价二十万给他，让他带出孩子。黄富商万没想到对方真会拿了件宝贝来换女儿，当时就彻底傻了。他是个识货的，知道这家伙价值不菲，远超他全部家财。可他要是知道对方能搞来这种宝贝，当初肯定是不会开价的。不过话既已出口，人家还就真的办到了，他还能怎么办？他算是个守信商人，不想昧心说这东西是假的。而且见这老道不达目的誓不罢休的劲头，又实在纠缠不起。关键是，老道的手段他们都见识过，如果把人惹毛了，人家真动手杀了他全家，再把孩子抢走，那他们还是一样没辙，只能听之任之。就这样，在他们万分不愿的情形下，黄富商终于交出了女儿。

其实就在秦潇听到三十八万两的时候，他就明白了这其中的关联。当初这小太监去天津卖宝就是要带钱回来，要这家不足三岁的小丫头！而且因为自己的掺和，钱没赚到，或者说是由于凌震和前一帮劫匪的掺和，钱没换到。可对方就直接拿佛手翡翠换了人，不过最让人奇怪的就在这里，哪个小孩子要拿这么大一笔钱来买呢？这可真是奇了天下大怪了，以前只听说有人绑票勒索，还没听过有人花大笔钱去人家买小孩。如果钱少当然就不奇怪了，买卖孩子在穷苦人家是常有的事，可这是二三十万两呀！在当时想买个三品大员坐坐也就是这个明价了，买个三岁小女孩？难道她还真是金凤转世不成？

秦潇越想越迷惑，越想越糊涂，看来李莲英的宝藏之一，现在是用来换小女孩儿了，这过程中有太监出现纯属正常，可这老道又是干什么的？

秦潇就问道："你说的这个最早碰到的算命老道，听起来就是这事件的主谋，这人到底什么样？"

"具体还真说不上来，长相木木地，好像是面无表情，走路就像瞬间就到了一个位置，简直就跟鬼神一样！"

"瞬间到了，鬼神，没有表情，木木地……"秦潇嘟囔着，他似乎是勾勒出了老道的轮廓，怎么好像有点儿熟悉的感觉？还有老道要是和杨春是一伙儿的，那那颗白丸……

他感觉中这两股线索就要交汇到一起，但还是差点儿什么。

这时就听伍芮道："你们两个窝囊废父母，就这么让人把孩子带走了！那留下点儿什么痕迹在孩子身上没有啊？"

黄妻想了半天，而后又哇地一声哭了出来道，那天老道要带孩子走得急，连孩子喜欢的吃喝都没来得及准备，哪里有什么痕迹呀。又说她就是个不到三周岁的孩子,连话还都说不齐整,就算是带了什么,那孩子自己也是搞不清呀。

可黄夫却道,昨天夜里天气见闷,显然就是要下雨了,他就把给孩子特制的锦羽披给她罩在了身上。当时那老道还说他想得周全,这么金贵的孩子淋上雨可就不好了。

一听这名字,几人都是奇怪,什么叫锦羽披呀?

黄家父母就回忆说,这孩子出生时本在寒月,按理说鸟雀活动都减少了。可她出生那天,家里却来了一群五彩斑斓的小鸟,不停地在院子里叫着。孩子就在鸟叫声中出生了,据接生婆说,这些小鸟是栖息在深山里的一种,叫做蓝冠彩鹏,能在镇子里出现已是极为罕见,更何况是这个月份。而她出生时,天边正好有霓虹般的晚霞,所以就给她取名叫黄霓鹏。而这孩子天性不知怎么地就和小鸟亲近,一些平时见人就溜得飞快的小鸟,一见她都想亲近。而这附近山中有一种叫"锦鸮"的凶鸟,专以捕捉这些弱小鸟类为食。所以黄家就花钱请人打了一百只锦鸮,用它们的尾羽做成了件"锦羽披",当作孩子的雨披,也算是为她喜欢的小鸟报仇了。

几人一听原来是个鸟毛雨披呀,都想这家可真是够奢侈的。不过这雨披要是鸟毛制成的,那倒是真的防雨性能极强了。

秦潇随后问孩子长相,黄妻拿出一张照片来,那是春节时在省府拍的,就见照片上的小女孩明眸善睐,笑容可掬,很是可爱。但秦潇却知道,当时照相曝光时间长,要拍小孩笑的照片是很难的,可见这孩子甚为乖巧。

众人见再无所获,秦潇就要了孩子照片以方便查找。伍芮却大包大揽地说,这孩子她无论如何也要帮他们抢回来,要不还真没有天理了。

凌震只是摇头,这除了件花里胡哨的雨披,几乎就没线索。而且那老道要是像他们说的那么神,早就裹着孩子不知跑出多远了,哪里去找!

可秦潇却听这孩子出生的际遇甚是神奇,寒月出生,两年多前……他不禁问夫妻这孩子的具体出生年月,回答是光绪三十四年十月二十二。秦潇记得那时他刚刚一个人到了京城不久,很快很多对大清来说天翻地覆的大事就接踵而至了。这日子听起来也是甚为熟悉,可就是一时想不起来了。

凌震、伍芮都是粗人,更是不知所以然,这三人就只能悻悻地告辞了。不过伍芮临行前告诉他们先不要急着走,说不准等个几日孩子就有了消息呢。她还答应男孩要亲手把他妹妹送回来,看着男孩满眼的期许,秦潇却是暗暗发愁,这又是个没影的公案,几乎完全没线索,送回人来,可真是说得容易。

等他们离了黄府,几人到一间酒楼用饭,秦潇就陷入了沉思。现在看来这佛手翡翠一事的关键线索,就落到了那神秘的老道身上。杨春是为他的需求去卖宝贝,交易不成竟然还带着价值数十万的宝贝回来交给他。这本身就极不正常,一个太监沿路往返了几千里水路,历时几个月,却没动任何私心想独吞,这不是太过离奇了吗？如果说他仍然受着皇家的节制管束，这样做还能说得通。可内务府不是说这是李莲英私藏夹带的吗？而且李莲英都死了，这太监就算是以前李莲英的亲随，这时也不该毫无背叛的意思呀？而且这个太监和个古怪的老道，又能有什么内在联系呢？简直是风马牛不相及嘛！而且杨春为何那么听老道的命令呢？几个月在外又没有任何人跟着，怎么会如此忠心不二呢？难道他是被老道用什么妖法控制了？可也不该呀！别说是离得远，就说他能在天津使出金蝉脱壳的手段，脑子肯定也是灵光的。这与被人用妖法控制，成为行尸走肉可完全不同啊！再者他也见过杨春，的确是个小心谨慎行事的人。那到底是因为什么，能让个太监对老道死心塌地？

莫不是那个白丸？秦潇猛地一惊，向怀里摸去，摸出了小盒，再仔细看这白丸。除了的确有点儿让人看了感觉新奇外，还真没看出别的。莫非这就是个什么让人成瘾的东西，老道能借此来控制人？不过这想法也甚是离奇，杨春要是真的用这东西上了瘾，想想几千里几个月，那对上瘾人是极难控制的。他就抓过一个有鸦片瘾的神偷，如果那人不是鸦片瘾逐渐加重，根本不会被抓住。据他交代，吸鸦片就是个无底洞，开始以为一天一次就够了，但心痒总是难耐，最后发展成了一天不在鸦片馆泡上几个时辰，都走不动。可见用什么让人上瘾，无法摆脱，对短程近距离控制管用，可是这般长途跋涉显然是没效的。就算给他备上一桶白丸，也保不齐他半路就吃光了，所以老道用药瘾控制太监杨春并不现实。那到底是什么让杨春这般听命于他呢？这可真是想不明白的问题。还有这白丸又出现在了之前那两个活死人体内，又是何解释？可惜那二人被火化了，要不他还真想看看一个死尸内脏都腐烂了，皮肉却还是如鲜活一般到底是什么样子。不过现在想这些已经是没用了，如今线索全断了，但包括杨春的死，李莲英的宝藏，女孩被带走，这些所有错乱的事情，最后都和诡异的老道有关系。而且现在看起来，女孩被劫持是距离最近的一件事，要想找到老道只能以此为突破口了。

想及此处，他把两个衙役叫来，让他们到周边的镇子去走走，看看能不能发现线索。一开始二人是不大情愿的，但秦潇一出手就给了他们大把的银票，这二人才欢天喜地干劲十足地去了。这钱是秦潇从死去的杨春包袱里搜出来的，能白用就不浪费。

而他们一走，镇子上空就如泼洒般下起了雨。据酒保说，这雨憋了足有十来天，这一下起来就没个头了。果真这雨从午后开下，直到快要入夜仍然没有任何要停的迹象，下得是连绵滂沱。外面的泥土路早就泥泞不堪没法行走了，几人只得困在客栈中。

这情形对于在江南待久了的秦潇来说是习以为常，但对于习惯了雷霆骤雨的关东客来说可就难受了。伍芮本想通过购物来发泄的打算全盘落空，只得在客栈里焦躁地等待。而凌震每次不识趣地去说些什么，都会被她当头一阵痛骂。

秦潇在感叹四哥到现在还不识趣的同时，又想起了远在漠北的莫沁然，不知她此时又在经历着何种狂风漫沙。本来一个如水般的女孩子，就应该生活在江南这样水润的地方。写《红楼梦》的曹雪芹不是说女儿是水做的吗？总在漠北荒滩难免会被蒸干耗尽。

而他又想去为巨鼋开了个天窗，好让它能好好淋淋雨。谁知灵福却与它待在一起，也不知聚福是把他当人还是当猴，反正相处很是融洽。

这一夜就在哗啦的雨声中度过，每人都被这连绵不绝的雨搅得心神不安。

第二日晨除了鸡鸣都看不出任何天明的迹象，雨还在下着，似乎小了些，但还是那么连绵不断。

就在他们吃早饭的时候，两个衙役回来了，这二人虽然穿着斗笠雨披，但早已被浇成了落汤鸡。二人进屋连灌了几碗热姜汤才还了阳，这才告诉他们邻近的丹辉镇也出了这样一件奇事。

原本他们赶过去的时候已是下午近晚，找了那里的里正并没有问出什么线索。可大雨已经倾盆，他们也走不了了，只得在此暂留。不过就在停留之时，从上游冲下来一物却搅乱了整个镇子。原来被水冲下来的是个小女孩的尸体，看上去也就是两三岁大。而这消息一经传出，镇上立刻就有两户人家哭天抢地地前来认尸，不过一看之下却都不是自家孩儿。在衙役的威逼利诱下，他们终于说出了实情。原来他们两家的女儿都被不明身份的人，用非暴力手段带走了。其中一家很穷，来人就出了五百两银子，而另一家稍富，就花了两千两银子。总之这两家的孩子都是女孩，都在不为外人所知的情形下被用钱带走。说是没用暴力，但这两家都是被逼迫得毫无办法，才迫不得已收钱交孩子的。而且这两个女孩，都是在光绪三十四年寒月二十二生的。其中较富一家也在春节去过省府庙会，让个老道给孩子看过八字。当时那老道也是说这女孩必将母仪天下，凤占枝头云云。之后就是不停地上门骚扰，实在无法只得就范，而另一家穷户则是人家直接上门核对八字，见对上了，就要上门要人。这情况里正竟然都不知道，当初见他两家女儿不见了，问起回答是说这兵荒马乱不太平，给送到外地亲戚家了。衙役问起是何人来逼迫并带走孩子的，两家都说是阴阳怪气的人，但都不是老道。那这个被发现的死孩子又是谁家的呢？显然这也是个不到三岁的小女孩，死时身上穿着一身纯白丝绸，看起来很是华贵。

为了确定死者身份和死因，当晚他们就又去找了宋仵作。幸亏他回去的路上被大雨给耽搁了，就困在周边渡口。而宋仵作的发现很是惊人，他认为这孩子是被迷晕死的，看上去就是个意外，而且死亡时间应该就在一两天前。而且这孩子死前至少吃了相当长一段时间的净素，肠胃里除了菜蔬纤维已经没有别的了。而最让人意外的就是，从这孩子的胃里发现了一根锦彩鸟毛。宋仵作只是精通验尸，却说不出这到底是个什么鸟的尾毛，但仅看颜色就一定稀有少见。所以这二人见再无别的线索，就让里正写了个条陈，天不亮就赶了回来。

他二人掏出羽毛和条陈给了秦潇，都说实在累得不行，要赶快休息。

秦潇见这二人背影，也是暗叹，谁说大清捕快效率低下，只要是重赏之下照样能雷厉风行。他以前这种事接触多了，知道重赏之下才有勇夫，所以开始就掏大把钱开路办事，果然事半功倍。

现在从条陈上看，了解了邻镇丹辉镇丢失两个孩子的情况，果真与黄霓鹏同日出生，但时辰不同。看来这伙人是有计划地买走同日出生的女孩了，而就算是穷人家的也用大价钱去买并封口，显然是不想有任何风声传出来。可这么做是为什么呢？实在令人难以理解。不过现在有了一尾羽毛的线索，虽然少了点儿，但总还算有点儿收获。

他忙命人去叫黄富商来认认这羽毛与他家千金身上的锦羽披有何关系。

其实秦潇是这样认为的，那孩子之所以死了，有可能是对方得到了一直要的黄霓鹏，所以原来备用的就可以抛弃了。这样死者就有可能接触到这羽毛，那样就可以继续按图索骥。毕竟是雨中从河里发现的，抛尸地点应该是上游，至少不用往下边找了。

可黄富商的到来却并未给他们带来任何振奋的发现，他也不认识这是什么鸟毛，只是肯定这不是女儿身上用锦鸦尾毛制成的锦羽披上的。

见他又要激动，秦潇忙命人把他送了回去。

现在线索多了根羽毛，但是这又有个毛用啊？

可店中掌柜此时路过，看到那根斑斓的鸟毛却是很稀奇，连声叫怪。秦潇忙问缘由，掌柜说，年轻时他在深山采药，见过这样的鸟，不过这个在市镇中几乎是不可能见到的。可秦潇问他这是什么鸟，在什么山上才有，他却完全说不上来。不过他说本地后山住着个古怪老头，有个绰号叫"掌故通"。据说此人一生独居，不与外人来往，却是个掌故之王。

一般的掌故指的是民俗、传说、历史、乡志等少有人知道的人情世故俗事。可这位掌故通却是包罗万象，连方圆几百里甚至全省乃至古徽州的人文地理、花鸟鱼虫无所不知。有人想知道些稀罕事，必须上门求教，但总能得到满意答复。而且此人不好财，但要备足七精八礼上门，才肯接待。而且想知道的事情越是隐秘，越是关系重大，用来交换的东西就得越稀奇。而且此人看似隐居深山，却似乎对外面的事情了如指掌。所以无论谁去问什么，只要满足了他的要求，他都能给出完美答案。

秦潇一听，马上就去问。不过掌柜的说掌故通不奉诏，不屈官，想要上门必须按足了规矩。秦潇完全不懂什么七精八礼这样的乡俗，就掏钱拜托掌柜的去筹办。而掌柜道这些至少要办一天，要他们耐心等待。

等那两个衙差休息好了，秦潇又拿出一百两银票，让他们换个镇子接着查探。

二人见有大财到手，立刻抖擞精神上路。

雨下一天仍然没有停，似乎又小了一些，变成了连绵细雨。但几人是再也等不了了，赶快雇人抬着七精八礼，上山去找掌故通求教。

之前他们曾把这些礼物打开来看过，看看到底值不值秦潇给出的一百两。但一见之下也是让人大为诧异，就见里面有一个活的巨大的河蚌，一头活的小公猪，一只样子很奇特的小鸭子等活物。而且还有一筐茶饼，一担隐约冒出肉味的烧饼，一半人多高的大坛酒。

大家都怀疑这山上的古怪老人，是不是用这办法让别人给他送生活用品呢？不过事已至此，别无他法，外面还在下雨，山道肯定更加湿滑难行。为此秦潇出了三倍价钱才雇到了足够人手，担着东西上山。

秦潇现在花的都是杨春包袱里剩下的钱，反正觉得这也是为死者解开死亡谜团，他倒也花得心安理得。而等到了山前，他们才觉得这价钱没出冤枉。这山道不只陡峭，还蜿蜒曲折，而且并没有什么成型的道路。众人都是抓住竹竿树干才能一步步勉强上山，而且由于雨大，很多路段还有了塌陷，让众人都是反应不及。

就这样，过了午后，一行人才到了山上一块平缓处。此处离山顶尚有距离，平整处全被茂密的竹林覆盖着，而竹林中掩映着几间竹屋。此刻竹屋上似乎冒着阵阵炊烟，莫非里面有人在做饭？

八十八、惊天掌故

几个挑夫此刻都累得不行了,见到了地方,纷纷把东西往竹屋外放成一排,就都直接坐到林下喘气去了。秦潇几个都有功夫在身,倒没觉得什么,但都感觉这价钱请挑夫请得太值了。

实际上挑夫在皖南、赣东、浙西一带,是个古老的职业。这里几乎都是多山丰水少田,很多人家的田地根本不够养活一家人,所以很多男性都做了挑夫这一极辛苦的职业。比如有的山上的寺庙道观就连日常用水都要靠人挑上去,日常用度更是全部需要这原始的人力搬运,就更别提建筑材料等了。

而且这些地方还为有钱人过山准备了一种特殊的交通工具叫"滑竿",就是两根竹竿穿过固定的一把座椅。人坐在上面,由脚夫抬着攀山过岭,当然由于类似的职业极为辛苦,所以挑夫的寿命都不长。

见这几人歇着,秦潇就想多给点儿钱让他们先下山了。但挑夫头却说:"大人,我们出来一趟是绝不能空着手下山的,那样就太不合算了!"

秦潇正想着难道他们还能搬些柴火下去,这时竹舍的门开了,里面有个声音传出来道:"进来吧!"

秦潇以为是叫他们,刚想进去,就见那些挑夫一溜进了竹舍,不多时就抬出了不少空的坛坛罐罐,而后系好了担子,担着就下山了。而那扇竹舍的门却砰地又关上了,几人大惑不解。难道里面的人就是让挑夫把东西挑走,但并没有欢迎他们的意思?

秦潇怕伍芮又发无名火,忙上前轻叩竹舍门道:"掌故诵老先生,我们前来打扰,是有要事请教!礼物都放在门外了,您看我们是给您拿进去吗?"

等了一阵,却见侧面的竹门开了,有声音道:"搬进来吧!"

秦潇只得招呼众人把东西全都放了进去,可细一看,这只是间仓库的样子,里面还有不少这样的大筐大坛,有些就像是根本没动过。

等他们出来,秦潇又叩响了之前的竹舍门道:"老先生,东西我们都放好了!现在能让我们进去了吧?"

这时竹舍门才开了条缝,就听里面人道:"人进来,雨具鞋子脱在外边!"

几人更是奇怪,之前挑夫们都是两脚泥一身水进去了,怎么轮到他们反倒是要脱鞋脱雨具呢?伍芮就要生气,凌震冒着被踢的风险连忙拦下,秦潇也道:"入乡随俗!客随主便!"

他们在门外还看到了一个专门放鞋子的鞋架,还有个堆放雨具的平台,显然这间主人平时就有这习惯,但为何双重标准他们就不清楚了。还好几人都是有求于人,连伍芮都勉强按下性子,依吩咐光脚依次进了竹舍。

到了里面,有几级竹阶梯,上去了却是个木板铺成的平台,与地面约有两尺不到的距离。可就是这点距离,却保持了木板面的干爽,而最令秦潇他们意外的是,这木板台上几乎是纤尘不染,可刚才那些挑夫明明进来过呀?

这时就听木台一侧有个声音道:"寒舍粗陋,没有桌椅,几位就随便坐吧!"

几人循声看去,只见木台一边有个小木桌,而桌子后有个榻椅,此刻椅子上正斜倚着一人。只见这人是坐在椅子里,从低矮的桌面看过去,也就是刚露个头肩,可见身材之矮小。而看他脸上,却是如剥壳鸡蛋般光滑,样子显得极为稚嫩,如果不是之前听说他是个老者,大家都要怀疑面对的是个小孩。那人没等他们惊讶发问,率先说道:"进门时你们没见到挑夫们踩出的泥印,是因为我要他们带下去的东西都放在台子下!而且老儿喜干净,等他们走了我都擦拭过了!"

秦潇几人这才明白,但还未至会心程度,掌故通又道:"老儿看着确实稚嫩,那是天地灵秀,给了老儿不老身,但也给了老儿不长寿!这就叫天地万物皆有一因一果,一报一应,求不老因果则有不长报应!这就是天地万物难逃的天道了!"

几人听着小老儿说话极其玄妙,都纷纷席地而坐,等他接着说。

"本来老儿对本地人是从不多讲的,但你们从远道而来,又要寻众疑之根,是以就要多说些。比如之前的挑夫们,上山一次极为不易,若不满载而回就要空跑半途。所以我将这里多余的东西叫他们带回,也算是他们的一笔收入。这就是善因,一念之善,虽为无形态,虽为点滴态,但谁又能知无形点滴之水就不能汇聚成流啊!是以行事多存善念,也必会导善因灌善田,终有善果结成之时!"

秦潇听了是颇觉道理,但伍芮却是越听越迷惑,他们是来问鸟毛的事,怎么先讲上普善经了?她不耐烦道:"好了,你又不是什么和尚老道,没事灌什么行善迷魂经哪!"

"此言大错!难道行善积德还非得和尚老道才能说吗?难道行善为人非是和尚道士不能做吗?换句话说,难道普通人就一定是作恶,而和尚老道就是行善积德吗?"

伍芮听这老小子绕来绕去,自己连接话的机会都没有,继续哼道:"反正我们是来查个坏老道的。你要是能帮忙,就别浪费时间!"

秦潇听这小老儿话里话外除了禅机,还有诡辩的味道,真不知此人久居独居深山,与哪里来的人争辩。是不是正好他们这些陌生人送上门,让他一解没人辩论的苦恼呢?于是他一揖道:"老先生,我们此行要查问的事情关系重大,现在看就关乎三个小女孩的生死,这可是万万耽误不得,还望先生尽早赐教!"

谁知老者却没有说完的意思,他接着道:"老朽是看今天这里的人都颇有善缘,才多说几句的!你们中有人情根深种,却苦于无果!"凌震听了心里咯噔一下,忙用心开始听。

"有人为情所困,难择进退,无所适从!"伍芮的态度也平和了不少,疑惑地看着小老头。

"还有人一心为善,一心求全,却求仁难成仁,求解难得解,是也不是?"

秦潇听了眼睛大睁,好像这小老头钻到自己内心中似的。

"其实所有的困惑皆来自自身,皆来自于自己看事不明,看局不彻,看己不透,看物不清!其实被外界所迷本为人性,人生于世长于世,每时每刻都要与外界接触,每时每刻思维都不能避免受到外界干扰。所以就会迷惑,就会彷徨,就会不明所以,就会难觅所终。但世人又不能脱离外界活着,所以这些混沌就会日渐加剧,最后自己便如深陷泥潭般,深入其中无法自拔。其实这就是人自己没搞清楚,自己和外在困惑的人事物之间到底是什么关系。所谓'知我心者,谓我心忧,不知我者,谓我何求',凡是从心出发,以心感受,外界就会简单许多。好比纵外有广厦千万,但竹舍一间足矣,那你的心就会安宁。再比如天下大事纷扰,但唯愿此身太平,那你的心就会平和。当然年轻就会有欲望,就会有野心,就会有追求,就会有渴望,这也是世间发展的推动。可北海虽广,终有穷时,只要不是千载的枭雄,百年的魔头,人的追求总是有限的,总有极耗思退的时候。到那时,再问心,自己要的真的得到了吗?届时若答案为否,那不知此人会以何等心情面对残生呢?世人追求不虚妄,但等到求到了才发现自己错过的才最真实,到那时就算是求得造极功业于己又有何用呢?总之,不论是问心,还是对事,你要求的果往往会因为你做的因而不同,所谓苦果自种。到时果已成,报已到,万事再难转变,那时再回头还有何用呢?所以凡事问心,跟着心走,万物看因,多种善因。终有一天,心会开口,果会自现。届时所有烦恼皆会一扫而空。"

秦潇听他滔滔不绝讲了一大通,都觉得非常有理,但却都是道理,似乎什么可操作的办法都没有。他想开口细问,对方却接着道:"莫问前路是吉凶,但报满腔执着心!不做会悔,做了可能也会悔,但若想无悔,还要凭心去做!"

秦潇还是觉得有些不明白,却听老头道:"好了,老夫的奉劝良言到此为止!下面谈谈正事吧!"

三人就这样被老头打断了,都颇有不甘,但事已至此还真没别的办法。秦潇只得掏出那根羽毛递上道:"请老先生明鉴,这是我们现在跟踪的一个重要线索,可是没人知道这根羽毛到底是出自哪里,又在哪里能找到。还请老先生不吝明示！"

谁知老头儿只是看了一眼，然后就眼望着顶棚出神，一句话都没接。

秦潇觉得奇怪，刚才还是滔滔不绝，玄玄乎乎，怎么现在一句话都没有了？难道是看不出，还是在想什么？

伍芮更急了，刚才他把自己心事道出，胡拽了一通，却半分解决问题的办法都没有，这老东西是不是忽悠自己呢？她问道："你怎么不说话了，不会是看不出吧？浪费时间！"

谁知那老者却转回目光看着秦潇叹道："倒还真不希望是那样！这样，你把这件事，你知道的全部给我说清楚，我再给你答复！"

秦潇一听，怎么好像是很复杂的样子，不就是问个出处掌故吗？不但他感到莫名，伍芮也忍不住了道："哎，老头，就问个毛事，你至于要刨根问底吗？"

谁知小老儿不答，只是盯着秦潇，秦潇无法，只得从头到尾，从太监到老道，从白丸到鸟毛，从买孩子到死孩子全都说了。

谁知老儿是越听神色越变得惊恐，等他听完后，脸色阴沉道："这件事可是牵扯极大，我劝你们别再插手了！"

伍芮道："那怎么行？我们可是跑了几千里的！"

"难道你不是为了财才追到这里的？难不成来之前就知道孩子被带走的事？"

秦潇一直没说几人来此的原因，听他一说也是吃了一惊，伍芮更是吃惊，不知道这老小子是怎么看出来的。

"既然这事情是你们偶遇，那就当个偶然的事情把它忘掉吧！"老者平淡道。

"那怎么行，我可是答应了小孩的，要把他妹妹救出来！"伍芮嚷道。

"不明所以时，答应了就当是阵风吹走吧！这事情你们力有不逮，办不到谁也不会怪你们的！"老头儿接着风轻云淡。

"可是这事情确实是到了我们的头上，现在就算不想管都脱不开身了！"

秦潇道："而且我师父教我'大丈夫有所必为'！这件就是我们必须要做的事！所以无论如何艰险，我们都做定了，还请先生明示！"

老者见秦潇起身鞠躬，态度极为恭谨，也不禁长叹口气，然后说道："这件事可是涉及皖南整个的山川地脉，若是让他们得逞了，最多就是灵脉受损。可若是让你们给做成了，那整个灵脉就将不复存在，那罪过可就大了。"

秦潇一听，这事怎么能牵扯这么大呢？显然是老者故意往大了说，好让他们知难而退。于是他摆起正义凛然的神情道："有所为，有所不为，为了救那几个孩子，我愿意全力一搏！而且现在我们只知道这几个孩子，但绝对不会只有这几个！难道老先生就忍心看着孩子们被生生地夺取性命？常言道人命大如天！"

老者叹气打断道："好了，你别说了！此举定会泄露天机！哎，也算我的命数吧！不过这等天大的事，要我说出来必得给我一定补偿！"

秦潇忙点头。

"但要什么我说了算！而且只要你有的都不能拒绝！"

伍芮一听暗道，如果这老小子有什么邪术能和秦潇交换身体，那他到时要老七的躯壳，这可坚决不能答应！

就这时，老者却伸出手在她面前一竖道："放心，我不会要他身上任何零件！"

秦潇咬牙坚定点头道："君子一言，驷马难追！"

老者见秦潇答应了，从榻椅上起身，在屋中转了一圈而后望着天棚，向秦潇等人问道："你们知道这镇子为何叫'丹奕镇'吗？而且你们发现小孩死尸的那个镇叫'丹辉镇'，知道名字为何这么相近还这么奇怪吗？"

三人都齐齐摇头，但这和今天要问的事情又什么关系呢？掌故通让几人别急，这所有的事情要从皖南的民间传说说起。

据说在王莽篡汉前后，天下再次陷入大乱，一时间诸侯草头蜂拥并起，整个中华又在割据与一统中摇摆动荡。那时的皖南境内有两大山脉，分别是现在的黄山和九华山。传说地上枭雄四起闹得痛快，天上也不太平，天宫丹炉打翻，两颗金丹从天而降，正落在两大山系的中间。当时在此地周边都能看到这仙丹被七彩瑞气盘绕，久久不退。所以周边很多镇子都以丹字起了原名，比如丹奕、丹辉、丹澈、丹阳、丹霞等。但历经快两千年朝代的变迁，这些名字早就被改得面目全非了。而芜湖这两个镇子的两个古名被改回还要说到光绪年，当然这是后话了。据说当时那掉落的两颗金丹，一为至刚九阳，一为至柔九阴。两者相辅相继，继续在群山之中弥散着仙气，日久年深，旁边的大山脉都得了仙气滋养，历经千年，开始变得灵异异常，奇绝群山。而在那时代，那个地方归属的州府就叫歙州，而这歙字就是吸纳天地灵气的意思。而这两座大山也成了传说中仙山神山一般的存在，九华山自唐朝起就成了道教佛教的修行之地。而由于传说中九华得仙丹九阴之气滋养较重，是以后来又成了佛教地藏王菩萨的道场，信徒遍布九州。而黄山最早就有黄帝在此炼丹的传说，是以得名。而山脉气势万千，更是被无数追崇者当作修行的宝山。至于那传说中从天而降的金丹，有的说因千百年的日侵水蚀早已朽烂，也有的说是日久沉入了深谷中，非有缘人再难发现。但这两颗阴阳仙丹，也惹得后世诸多痴迷修仙得道者来此盘桓留连。

当然中华古人总要给天地灵秀、自然造化之地硬加个出处传说，这也给信奉正宗传承的国人一个叩拜崇信的理由。而皖南山脉的奇秀冠绝群山，是以这样的民间传说很多自不稀奇，这点秦潇很能理解。但他不知道老者扯上这么一大段是干什么，但对方只是要他接着听下去。

但万事万物都有个度，神山也好仙山也罢，出他一两个神龙见首不见尾的、只在云深中难见真面目的地仙幻神都没所谓，反而为此地更增加了传奇趣味。但要是出那么一两个头号反贼,那可就大大不妙了。宋徽宗时期,就在歙州地区,生出了当世头号反贼方腊。此人在浙江起兵,不到一年就连克数十州,兵锋直指汴梁,所向披靡,战无不胜。要不是朝廷及时招安了以宋江为首的梁山贼寇团伙,并成功清缴余孽,北宋王朝会不会被断送都未尝可知。当然朝廷对一胜一败的这两方都不放心,在宋江终于得偿当官的愿望后,朝廷秘密将宋江一伙主要头目全都以各种阴暗手段除掉,以绝后患。而对已经被剿灭的方腊造反团伙,同样要剿杀彻底。由于方腊本是歙州人,手下精英骨干天王什么的,不少也出生于歙州。所以徽宗不但在此地剿清余孽,修改官方通志,还将歙州改名为徽州。因为歙这个字就有吸收天地灵气的意思,而此地是万万不能再出现有天地造化的反贼了。而这个徽字则是一派安宁祥和的意思,正好可以一改原歙州的戾气。由此古徽州渐渐就由此而来,而关于古歙州的传说就渐渐地在历史中消弭了。不过北宋亡国之君赵佶万没想到的是,他身后的庙号也是个徽字,难不成他的治下就真的那么祥和?

听到这儿,伍芮就先不耐烦起道:"我说小老头,你先扯到王莽时期,又扯到北宋,还有什么丹炉里的仙丹,到底还要扯到什么时候?况且那什么丹炉的传说不是在新疆火焰山吗?怎么还到了这里?"

"那是一块丹炉石,这是金丹,毫不搭界!想要知道这事情的始末,就要从源头追溯,明白没有?"

秦潇见这老头神情倨傲,语气坚决,就制止了伍芮的反诘,示意他继续讲下去。

可是地名改了,县志改了,但民间的传说却一直都在,而且还越传越神。这就是官府想封悠悠民口,民却已滔滔妄言回之。

传说方腊之所以能造反,而且造反时期有如神助,都是靠了那颗至阳金丹的功劳。而之所以能被宋江等人所灭,那是上苍给逃脱天界的天罡地煞星君们定下的命数。所以天道昭彰,报应不爽,方腊被灭了,那颗至阳金丹的功效也就发挥殆尽了。但剩下那颗至阴金丹还藏于深山之中,所以将皖南山系继续滋养得灵秀万状。不过这随着岁月的流逝,也渐渐只成了少数老人们还记得的谈资,再也没什么人当回事了。直到本朝道光年间,一个旗人被派到了芜湖当官,这段历史却引起了他的注意。

当时他正仕途不得志,寻求扭转家族命道的机会。听到这传言,大感兴趣,就来此请教详情。当时这掌故通就把这事情的前因始末告诉了他,没想到却无意成全了个有心人。

凌震听到此,忙打断道:"等等,你说道光年间,那人来请教你?那你得是有多大岁数?"

说完他疑惑地看着老头,此人虽说是鹤发童颜,但这如孩童般小小的身躯,怎么看也不像是个一百几十岁的人。

老者嗤道："老儿在当时就自称老夫了，难道你们还不信？要不我怎能成为本地的活掌故呀？"

秦潇虽暗自吃惊，但由于经历了过多的不可思议，所以倒显得十分平和，他道："老仙人，我们没有不信，您继续说吧！"

那人知道此地有两颗传说中的金丹后，十分惊异，便要问具体地点在哪里。可这只是个传说，且不说没有，就是有，过了快两千年又有谁知道？那人虽悻悻而去，但是绝没死心，趁着在此地为官之际，在古歙州地面和黄山、九华山两山脉间广为走访，细加打探。据说他还请了不少道士专程为他做事，可是到底做些什么没什么人具体知道。他是在道光十四年的六月到此的，上任后就不停地往山里走，忙忙碌碌到了腊月中旬，才回到芜湖的府上。而且据说还带回了不少道士，说是要摆个什么法阵。而就在大概十来天后，也就是在春节阶段的一天晚上，城中很多人看到，有一道耀眼夺目的金光直飞入他府中。也有很多人看到，当晚他的府上被七彩瑞气包覆，十分惊异。而且随着这炫彩的氤氲，很多人还隐隐看到了其中竟似有彩凤的身影。更为奇妙的是，很多山中珍稀的七彩鸟雀也不顾严寒，飞到他府中盘旋鸣叫，久久不去。而那些道士在他的府中，接连做了七天法事后方才离开。但这些道士都不知是他从哪里请来的，之后就再没人见过。

不久后，那位旗人就被辗转调回京城。而到了当年十月，据说这人府上就降生了一位千金。至于这位千金，日后则是凤鸣天下，母仪万方，而且实际统治了大清几十年。而在光绪年间，朝廷一纸诏令，周边几镇全部改回原古名。

听到这里，秦潇倒吸了一口凉气问道："您说的不会是慈禧太后吧？"

"正是这位国母了！"掌故通叹道。

"那您的意思是，慈禧太后的生母是在这里受孕的，而后在京城生下的她？"

"没错，这时间段是刚刚好，而且太后能凤仪天下也与古歙州的传说息息相关！"

"您不会是说太后之所以能成为权倾当世的太后，都与那个古传说有关，就是那颗至阴的金丹？"

见老者点头不语，秦潇哂笑道："这也太无稽之谈了，且不说这金丹传说是真是假，就当它是真的，那就让她爹给得着了，而后她就受金丹的庇佑成了太后？"

老者依旧不语，秦潇摇头道："这故事恐怕是传得离了谱了，大概只有愚昧的乡民才能相信吧？"

掌故通突然抿着嘴问秦潇道："关于汉高祖、唐太宗，总之这些皇帝出生的传说你信不信？"

秦潇想起了汉高祖的母亲梦蛇有孕的故事，钱千金曾告诉他那就是史官给自家皇帝故意添上神秘色彩，号称受命于天。于是他摇头道："我不信，一点儿都不信！"

"那关于武则天的传说你就更不信了！"

秦潇坚定地点头。

"可从你拿来的这根羽毛和你说的这件事来看，真的就有人信了！"老者叹气道。

"你这是什么意思？"秦潇一下子没明白。

"就是有人相信了慈禧的命数是由山中那颗阴丹决定的，所以要再次让阴丹显灵！"

"什么意思？"秦潇还是没明白他话中意思。

老者叹了口气，接着讲述道，世间很多人都相信外物的力量会决定一个人甚至国家的命运。

就以此为例，有人相信慈禧之所以能独掌大清几十年，完全是因为那颗阴丹。

因为在这男权至上的时代，如果不是有极大的仙缘辅助，那仅凭个女人是无论如何也不能做到这一点的。当年她父亲在此做官时，曾经大费周章寻找金丹的下落这是事实。而在她母亲受孕时，有道士在他家做法也是事实。至于到底有没有什么七彩祥瑞、凤影隐现这种虚无缥缈的东西不好说，但山中稀有灵鸟在他宅中鸣叫也是事实。在众多事实面前，就是想否认慈禧太后母亲的受孕与金丹无关都不太可能。而且太后本不是倾城绝色，她父亲又不是能为皇家效命的中流砥柱，那她缘何能一路过关，最后集万千宠爱于一身，最后还权倾朝野的呢？

秦潇想说这都是靠她自己的算计、权谋和努力呀！可他想想也的确是说不过去，后宫又有哪个主子不是那样呢？他是听太医黄呈敬说过这些内情的，慈禧能垂帘听政离不开当时恭亲王的帮助。可后来垂帘听政的可是两宫皇太后，而她的西宫算起来是个副职，那她怎么就能一步步独掌大权的呢？

在外人眼中，这些传奇的经历当真好比传说还扑朔迷离，难怪会有人怀疑她是借助了仙丹的先天威力了。不过掌故通是怎么将这些虚无缥缈的往事，和如今的谜案联系在一起的呢？

老者迎着他疑惑的目光道："其实你说的几个女孩子都是何时出生的呀？"

"好像都是光绪三十四年十月二十二，怎么了？"

"哎，对呀！有两家的父母都是让老道看完孩子的八字后被盯上的，这日子有什么稀奇？"

"你是大清人，难道不知道这日子是哪一天吗？"

秦潇仔细回忆，那是他从嘉峪关回到了京城，当时路上看到了一些让他欣慰的变化，所以才要到京城走走。到京城时已经到了十月下旬，可刚刚逛了几天就碰到京城戒严了，随后就是昭告天下，而后是国葬……等一下，那时候的日子……他猛地想起来道："那一天不会是太后殡天的日子吧？"

老者点头道:"没错,那几个孩子就是在太后去世时出生的!现在你还没明白,这些孩子要用来干什么了吧?"

伍芮突然一拍大腿道:"我以前看过喇嘛搞什么仪式,叫什么活佛转世……那些掳走孩子的,不会是要给太后转世吧?"

"藏传佛教活佛转世,要经过非常复杂的遴选过程,到了乾隆时确定了金瓶掣签制度,当然这个我们不去研判。"老者道,"可眼下,这些人在寻找慈禧死时出生在此地的女孩,看样子就是为了寻找转世的女童了!"

"不过我不太明白,为何要在这里找,怎么不去京城呢?"秦潇问道。

"这就要说回那个至阴金丹的传说了,如果慈禧是受了金丹的庇佑才能一路权倾朝野,那转世者也就会出现在她曾经被孕育出的地方。至少在操作的人看来,这样是合理的!"

"那为什么要在这时候来寻找呢?按说太后过世都快三年了,怎么会选在这时候?"秦潇问。

"这就是一个自宋代流传下来的道家一支的说法了,据说要在死者身亡后九百九十九天,才能施法转世成功!"

秦潇掐指算着,看起来好像是要到时候了。却听老者道:"如果是那样的话,时间应该是在六月十六!"

秦潇继续皱眉问道:"可是他们没法确定转世的人是谁,所以就会找到所有那天出生的女孩?"

"没错了,现在你们只是从两个镇子发现的,你们可以到周边芜湖境内的村镇都去问问,实际数目应该远不止这些。而且这转世可是圣人再临的大事,也绝不能见到血光,所以他们才会不惜金钱手段,但不用强,把女孩换到手。"

"不过好像说不通呀?"凌震皱眉道,"要说转世怎么也得看看时辰吧?现在丢的三个孩子时辰都不一样,这怎么说?也太草率了吧?"

老者道:"不需要时辰一样,只要当天就行!"

"按古时的说法,人死前后,三魂七魄会相继离开,可能到了咽气的时候,靠着老参汤还能吊半天气呢!尤其是太后,还在大内,魂魄都散了,人还没死,这也是可能的!所以他们只要找当天的就行,不用管太多。而且据说还有古传秘术,能凭借一魂二魄就能将魂魄都召回来!"

秦潇一拍脑袋,什么李莲英的宝藏,竞买围局,宝贝现身的种种,这下就全都理顺了。那看样子是李莲英在死前就开始策划了这场让太后转世的计划,他是最希望太后在世临朝的。而且看起来此人为了这个计划,还忍辱负重多年,不但早将宝贝钱财偷偷转出宫闱,还在外面广布了人手。为此他不惜让自己在京城当成活靶子,牵引住内廷的目光,而所有这一切实际都在暗中偷偷进行着。如果不是这黄家太富,小打小闹根本就骗不来人家女儿。为求得到人,他们才迫不得已犯险，把宝贝变现，这才露出了马脚。可如果不是他们这般穷追猛咬，就算是内廷派人来查此刻怕也是落空了，完全不知他们的阴谋。不过秦潇不明白的是李莲英难道会忠心至此，太后都死了，还想为她转世尽忠？

掌故通听后道："这件事现在当事人都已身故，实情也就再不可知。"

"你怎么知道不是慈禧临死前做出的部署，又或是大太监誓死效忠呢？"

"可是人都死了，难道还有什么可怕的吗？还非要继续做奴才吗？"秦潇迷惑不解。

"子非鱼，安知鱼之乐？你又不是太监奴才，又怎知他们当太监奴才的欢喜呢？自古就有数不清的人为了已灭亡的皇朝，擎幡招魂，矢志不渝。远的不说，就说红花会吧！那陈近南不是叫着'反清复明'直到死吗？不但他自己认为是忠心不二，就连很多后人也觉得他是忠勇可嘉吗？所以这些太监想为曾经权倾一时的太后超魂转世，看来已经是没错了！"

"不过这事情听起来太过匪夷所思，难道还真有什么灵魂转世不成？"

"我只是通晓掌故，但具体的没有见过，但似乎民间也多有传说，有些还真的神乎其神，让人不得不信！"

"那这都什么时候了，就算让慈禧转世回来，还有谁会信她在个小女孩的身体里，还有谁会听她的？"凌震道。

"其实也不需要当朝有谁会听……"老者悠悠道。

"什么意思？"几人都是齐问。

"现在是什么时候？"

"宣统三年啊，你不会是糊涂了吧？"伍芮道。

"我说外面现在是什么情况了？"

"外面？"伍芮嘟囔道，"那还不是马上就一团糟，天下就要大乱了，好多人都嚷嚷大清要完了！"

"对呀！这就是他们的真实目的，如果现在这个大清不完，太后转世根本就没什么用处！但大清要是完了，那不知得有多少王公亲贵、遗老遗少，要整日以泪洗面，嚷嚷着大清的主上最为圣明，叫嚷着要恢复大清。那时这位曾经威震朝野的转世太后可就能派上用场了，到时候振臂一呼，肯定是应者如云哪！到时重新建立个大清也说不准？"

"对！"秦潇答道，"据说至少有好几百万两呢！还有几十件国宝！"

"这就对了！这些加在一起可就有上千万两了，大清全盛时年入国库不过五千万两，你想想这是多大一笔数字呀？"

"能在全国恢复大清可能不行，但在一地割据可是绰绰有余了！而且关于钱，可能他们包括太后都早有布局，实际还可能更多！"秦潇恍然道。

老者点点头："没错了，终于学会怎么思考了！现在你们也看出了，这些人让太后转世是板上钉钉了！而且不论这转世是真是假，能成不成，在他们来说到最后都是个仪式。最后他们要的是个活招牌，能扛起对己有利这面大旗的，能在乱世让前朝遗老一呼百应的活招牌！"

"那按你这么说，一定会找出一个转世太后来了？"

见老者点头，伍芮马上接着问："那剩下的那些女孩儿呢？"

"当然就没用了！你们已经见到过一个没用的了！"

听到此时，几人心中是一片恶寒。难道费这么大力气，找了这许多小孩子，就为了个虚无缥缈的转世，而且最后除了一个剩下，别的还要全部害掉？

伍芮一听顿时上火了："这群混蛋！老头，你知道他们在哪里？我们一不做二不休全给他捣了！"

而秦潇却有一个疑问：这群太监跟着起哄，这没问题，可那古怪的老道从何而来呢？他参与此间又是何目的？莫非他以前就是帮忙寻找金丹的？还有那些白丸，到底干什么用的？那两个莫名的死而不腐的尸体又是怎么回事？

掌故通摇头道："按你的说法，老夫也不知道这些关联。但你说死者死时都露出很陶醉的笑容，这个我倒是知道一点儿。以前有人身患重病，临死前痛苦不堪，医者都会开出鸦片药方。这样人在死的时候就能暂时摆脱痛苦，还会得到片刻精神上的满足！那白丸是不是就是这个原理呀？"

秦潇闻言，就觉得脑中像是划过一道闪电，顿时被照亮。他想起了以前在东北时曾经进过的那个玄玉丹观，里面的那个不死道士。那枯木老道不就是用他的师弟，就是那个大白蠕虫，吞死人来产出这种致幻白丸吗？莫非此间这别人口中模样怪异的老道，就是那个尘虚子？这倒是能解释白丸了，可他不是在关外待着吗？怎么跑到此地来了？他又想起袁克己说过海旭活动到了安徽当官，难道尘虚子也跟着过来了？不过这些他都不能确定，但一想到枯木老道那神鬼莫测的身手，他就觉得胆寒，暗念着还是千万不要碰到此人才好。现在似乎所有问题已经明朗，几人就追问起如果那些人想搞个转世仪式，要藏到什么地方去完成。

这时掌故通才拿起那根羽毛说道："这就是为什么一见这根毛就觉得怪异的原因了。这根鸟毛属于我们皖南山区中的一种特有鸟类，据说除了黄山和九华山两大山脉区之外，别处都没有。这鸟我们叫'七彩斓蜂'，就是我们山里人也是很难见到！"

几人见这鸟羽不长，但的确是色彩斑斓的。

掌故通又道："这鸟身体不长，但是极灵活，擅长以各种昆虫为食。而且它喜欢居住于比较清幽，山花烂漫的地方，叫它是'蜂'，也是因为它像蜜蜂一般专绕着鲜花飞舞。不过此鸟由于鸟羽太过漂亮，一般人多的地方都被逮完了。而且这种鸟性格十分倔强，一旦被关在笼子里，就会不吃不喝，直至饿死。所以现在想找到活的，只能往山脉中最深处走了。还有这小鸟确实比较喜欢没攻击性的小孩子,所以这鸟羽出现在死去女孩的口中也不足为奇。"

几人都是啧啧称奇,但伍芮道:"那到底有没有个地方,我听说黄山、九华山老大了,这要找起来可要到什么时候?"

老者仰头瞪了她一眼道:"就你猴急!怪不得还是举棋不定,我看你就是心不静,所以才会无从抉择!"

伍芮被这一句说愣了,这不是勾回到最初的话了吗?

"老夫奉劝一句,镜花水月,美则美矣,但终究泡影!坚固岩石,虽无意趣,但可为终身所依!"

伍芮听得发愣,还要发问,老者却道:"你们到了黄山西坡,那边山水有相逢。到那里去问一个叫'千花百鸟谷'的地方,到时再请个向导,自然就能找到进一步的线索了!"

伍芮不满意,继续追问:"老头,怎么着你也得给个大体的位置,画个图也行啊?"

老者怒道:"老夫几十年都没出去了,那里什么样我还哪里知道?抓住线索,自己去问便是!"

秦潇见已经没什么再问的了,也就不想浪费时间,当即就想告辞。谁知掌故通叫住他道:"别忘了,你许给我的东西!"

"您要什么,现在说了,我就派人给您送上来!"秦潇倒是爽快。

"也没别的,其中一样就是你的巨鼋,现在你就可以叫人给我送上来!"

秦潇顿时吃惊,这大家伙进镇都是藏得很好,这远在山上的老头是如何得知的?

老者缓声道:"它在你那里十分不安全,你把它放在外面,随时会被人捉到,下场你应该想过吧?"

谁知伍芮道:"老头,你不是想来熬汤吧?"

"胡闹!这可是几百年的灵兽了,可不能毁在你们手里!在老夫竹舍后的池塘里,它至少还能悠哉地继续看着天地日月变化,不是比跟着你提心吊胆好!而且在我这里,没人会打它的主意!"

秦潇一听说得好像有理,就点头答应了,说下山就找人送来,他亲自押运。

老者又说:"这第二样嘛……"

"你可够贪的了,还没完了!"伍芮气道。

"你懂什么,我此番泄漏皖南天机,无论你们此行结果如何,山脉必有一劫,老夫必然会折损阴德,我要些东西难道有错?还有这物呢对你来说还是个累赘,虽然你觉得他可怜,但普天之下也没他容身的地方。就送到老夫这里,让他在此静度残年吧!"

秦潇知道他说的是灵福,他说得都没错,自己的确是没法安置,又不忍心抛下,或许这里确实也是个选择。

他正要答应,伍芮却道:"别上当,也许这老骗子专门以此行骗呢。"

老者笑道:"清者自清,老夫这番举动也是成全你的一番善念,为你种些善因!"

秦潇知道伍芮说的只是气话,就劝了几句,然后答应了。

老者却道:"也不急于一时,记得他要你带着,你就带着他,但你们要动身去救人的时候,必须把他们送上来,否则……很多事就难料了!"

秦潇听他又打起了禅机,也就不多说,与伍凌二人一起与掌故通告辞了。

再下山时雨已经渐歇了,三人都没怎么说话,都是各自想着心事。

这次上来,三人的心事都被老者一一戳穿,这到底是江湖骗术呢,还是确实有此感应?不过老人精,人见得多了,自然也就有了观人辨物的本事,而且说得都是颇有道理。再者此人对他们进入镇子里的行程几乎了若指掌,看来的确是个不可小觑的。

几人飞快地下了山回了客栈,就开始商量对策。按伍芮的脾气当夜就要动身,直扑那个什么花鸟谷,毁了这群人的如意算盘,救出小孩。而凌震却认为此举不妥,应该再调查了解详细些,毕竟离八月初十还有日子。伍芮又不高兴了,开始数落凌震没气概,没胆色云云。

秦潇发现六姐比十年前脾气大了不知多少,几乎是沾火就着。他记得依稀听过老姑娘如果不出嫁,脾气性格会变得十分古怪,看来伍芮就属此类。但为何会造成这样的结果他也不知道,只能不断暗示凌震迈出这一步。可凌震却像没事人一样,依旧慢悠悠的,让人着急。

秦潇此时也想赶快下手,现在三人明确了目标,破坏了所谓的转世,不但能救出孩子,还能把宝藏通通夺过来。但他怕的是万一尘虚子就在当中,那事情可是十分不好办了。那枯木怪物可有千年道行,功夫之莫测简直就与他见过的祁主使不分伯仲。有这样的人在,他们是毫无胜算的。而且这白丸的谜团还未解开,如果不是他,这能令人致幻的白丸从何而来?如果就是他,那他用白丸控制人还有那些死而不腐的,又是何用意?而且此人本就是个能长生不死的,虽然像块木头般,但也是长生不死呀,干吗要来蹚这池浑水?而且他又是怎么和李莲英等太监搭上关系的?

这种种疑问困扰着他,让他无法抉择。

灵福倒是越来越乖巧,只要他们谈论正事,他就跑去和聚福两个待在一起。这不知道这一个猴皮孩子和一只巨鼋,两个在一起到底能交流些什么。难道还真是心灵互通,能有默契?

秦潇经过了不少匪夷所思的事之后,对任何事都不敢妄言,包括眼下这个太后转世。这到底能不能成为真的?要是根本就是骗局,那他们还用做得如此细致周详,不惜血本,不惜工夫?看来掌故通那里知道的还真只是皮毛线索,要想得到全部答案还得他们一步步查下去,追下去,蹚下去。这时他想起了自己此行的差事和现在的处境已经是谬以千里了,但是不是冥冥中注定这些事就会发生呢?就像老头儿说的,"凡事问心,跟着心走,万物看因,多种善因!"自己是不是就应该这样做,也是不是就在这样做呢?

这种种的困惑聚在心头,他也是无从应对,只得趁着伍凌二人斗嘴之际出了客栈。

此刻雨已经小了,但变成了江南那种常见的绵绵细雨。他待久了也有数,这样的雨才是江南最难熬的,不知何时是个头,但潮闷会如附骨之蛆般一直纠缠不散。他也没打伞,就打算随便溜溜。

正在他信步来到镇子的东南口时,远远见到两个人正互相搀扶着,一瘸一拐地往这边走来。他定睛细看,原来就是上午被派出的两个衙役。这二人走了大半日就回来了,不知有没有收获。但看样子似乎都受了伤,这是谁能在光天化日下袭击衙役呢?他忙赶上问道:"你们这是怎么了?"

那二人一见他,当时就要哭出来了,齐齐跪倒道:"大人,可要为小的们做主呀!"

"别急,慢慢说,这是谁把你们打了?"

一人边抹眼泪边说道:"我们下去了两个镇子,果然都有发现!我们见雨小了,就借了两匹马想继续往西南去,没想到……"他已委屈得泣不成声。

另一人抹着鼻子道:"没承想沿路碰上一群横的,愣是把我们的马给抢了,还揍了我们一顿!"

"是谁这么大胆,敢揍官差?"

"要是一般人还好了,抢我们马揍我们的就是一群官差……"

八十九、跋扈有报

秦潇一听这可奇了,虽然现在各地民怨沸腾,南边已经开始乱了,但只要不是实打实的造反,一般还不会对官府下手。光天化日殴打官差抢东西,而且动手的还是官差,这可怎么回事呢?于是问道:"是不是伪装成官差的?"

"不是!"一人委屈道,"就是正宗的营兵,而且他们的凶恶在我们皖南一带是无人不知无人不晓!"

"那到底是谁?"

"就是安庆河营协办守备的兵!"另一人嚷道。

"那里的长官是个新来的,据说是个皇亲国戚,叫个什么海……海……"

"海旭?"秦潇惊道。

"对!就是这个名字!这人到了这里以后,仗着自己兵多枪多,谁都不放在眼里!见到官差官马、富户女眷是说抢就抢,在整个皖南那是人见人怕。而且听说还私设公堂,管自己叫青天大老爷,专给刁民打官司,周遭富人见了全都怕!"

"那周边府道就没人管管他?"

"连安庆府都没他人多枪多,谁敢管?"

秦潇见这两个衙差滔滔不绝地数落海旭的罪行,心中也是暗自摇头。看来海旭就是从东北活动到此地的,而且看样子,也没袁克己说的那么落魄嘛!老毛病一点儿没少,新毛病还添了不少。想起当初和莫沁然一起大闹海府洞房的事情,秦潇不禁莞尔。看来自己与海瑞果真是有缘分,这浑人看来真得有人好好管一管!

秦潇放两个公差回去休息,又给了些汤药费,心中已经有了盘算。

再回到客栈时,伍芮和凌震还在吵架,秦潇暗自摇头,看来六姐是不能闲的人哪!一闲下来就要拿身边人出气,这邪火是没少憋呀!

"四哥、六姐,都消消气,歇一歇!刚刚我才知道,在这里我们竟然还有个熟人,你们猜是谁?"

伍芮果然住嘴了,问道:"谁呀?"凌震也问道:"是哪个?"秦潇提示说:"就是十年前我们在大闹喜宴时碰上的!"

两人想了半晌，伍芮先道："不会是那个海晓嫁到这里来，祸害哪家男人了吧？"

秦潇摇头道："不对！再猜！"

凌震一拍脑门道："大清这么小吗？不会是你妹妹吧？"

秦潇心中暗伤，摇头道："是男的！"

那两人想了半天，都没想到还有哪个男人被算在外面了。

凌震猛然道："你不会是说那糊涂青天吧？"

秦潇微笑点头，伍芮奇道："这货不是卷家当出关了吗？难道逃到了这里？"

"不是逃，而是又当官了，叫个什么河道协办守备！"

凌震算了算："哎呀！还是个从五品了，比以前的官更大了！"

"人家以前是爵爷！"

"最后一袭！"

"那也是爵爷呀！怎么又沦落到在此当官了？"

"到此就是，沦落还谈不上吧？"于是秦潇就把听说的跟他二人说了。

伍芮听完后，一拍桌子道："这老小子，怎么一点儿长进都没有！还是那副流氓相！老四，你怎么说也是个从四品，摆上官威教训教训他去！"

"我说了人家还是个爵爷，我又不是正经长官，见了他还得下拜呢！"凌震叹道。

"呵，那还能让这老小子继续风流快活下去了？想起他那副乌龟相就来气！"伍芮气道。

"不过我倒是想了个法子教训他，但不是用官面儿的办法！"秦潇笑道。

"说来听听！"伍芮眼睛放光。

"我看没必要节外生枝，咱们还有要事在身呢！"凌震显得谨慎。

"没必要个屁，碰见这路下流货色，就要好好教训教训！在关外我就想动手了，没承想这小子使了一招金蝉脱壳！没想到山不转水转，在这儿又碰到了！这可是天要收拾他呀！是不是，老七？"

秦潇道："要是平时我们确实可以先放过他一马，但现在我们要务在身，反而要去搞一搞他！"

"这是什么意思？"凌震被这自相矛盾的话给绕晕了。

"现在我们要做的事情风险极大，而且对方极有可能有个入了化境的高手。如果是那样，我们这两下子，照了面儿都白给。所以为今之计，我们只有积攒大量火枪弹药，才有一拼的可能。我听说这海旭现在枪支弹药可是有的是。那我们何不过去洗了他的大营，多抢些枪支弹药，也让他这土皇帝收敛一点。"

两人一听都觉得此计大妙，他们此次出来，虽也做了些准备，但也只有长短枪不到十枝，弹药更有限。之前凌震还发愁到哪里去找枪支弹药，此刻要能得到补给确实再好不过。他们之前参加过日俄战争,深切地认识到了枪炮的重要性,所以都赞成秦潇这一提议。可等一说地方,打开地图一看,又都觉得实在是难办了。

从此地到安庆几乎是横跨皖南,好几百里呢。如果绕过去打海瑞,那正事会不会耽误?

不过秦潇却道:"咱们要去夺宝救人的地方正好在安庆的东南,咱们这样过去虽然是绕了点路,但也算是顺道。而且我们现在也不用再确认情报了,凭知道的就足以行动!"

两人一听都再无异议,不过对海旭那厮竟然能跑这么远来此地祸害一事还是甚感惊讶。看来现在的大清还真是有枪有人就是霸王,谁都管不了。秦潇也是更加体会到袁克己的军火生意到底有多大的赚头了。

事不宜迟,几人当即就决定行动。

可他们以及带着的几个弟兄都没有马,坐船过去又太慢。

伍芮、凌震二人就喊着人出去找马了,入夜后回来,还真就牵回十来匹模样装束各异的马。

秦潇看这情况,知道这马多半也是他们从周边抢的,这群莽人到底土匪习气难改。不过事态紧急,只能听之任之了。

第二天还未破晓,秦潇就带着几名弟兄,趁着市井无人将巨鼋和灵福送到了山上掌故通处。之所以要摸黑是怕巨鼋被闲人发现会有不测,而没用外人也是这个原因。

那几人将巨鼋固定在木板上,抬着上山,一路叫苦不迭,也是着实体验了一把挑夫的艰辛,好在报酬丰厚。

灵福则是由秦潇亲自抱着,虽然灵福自己行动也很灵活,但秦潇却坚持抱着他。

这些日子秦潇已经对这个可怜的孩子有了感情,一想到要把他就这样留在怪老头处,还是心有不忍,但又能有什么法子呢?

虽然秦潇什么都没对灵福说,但灵福好像也感觉到了自己和这个善良的救命恩人分别在即,只是紧紧地搂住秦潇的脖子,掉着眼泪。

等到了山顶,掌故通却早已在外面等候,他叫人把巨鼋抬到了竹舍后面的池塘处。说是池塘,但大小也像个山间小湖了,水波不兴,清澈碧绿,在幽幽山林的掩映下,倒是个恬静的所在。

巨鼋像是知道这儿就是它的栖身之所了,待绑绳一松开,就迫不及待地一头扎进了湖水中。潜水了好半天,它才浮出水面,歪着头看着秦潇,并不住在水面盘旋,好像是在和他告别,又像是在谢恩。

秦潇心头一松，他知道这大家伙很有灵性，路上想让它入水，不是它自己喜欢的推都推不进去，可见这里确实是它的归宿了。不过灵福在一边却是拉着他的衣角，眼泪汪汪、恋恋不舍。

掌故通见了此景，微微一笑，将秦潇和灵福带入竹舍。他打开一间屋门，指着里面对灵福说道："这就是你的新家了！"

秦潇见屋里陈设虽然极为简朴，但是十分干净，还泛着阵阵清香，心下满意，于是低头对灵福道："你呀就在这里陪老先生吧！"

谁知灵福又是眼泪大颗大颗流下，秦潇只得道："对不起，我实在是没法再带你上路了！前路过于凶险，带上你会有不测。而且之后我要回到人烟稠密的地方去，到了那里你更是寸步难行。我知道以现在的技术，是没法把你身上的兽皮完整揭下的。"他叹口气接着道，"你就先在老先生这里住下，等西方要是有了什么新的技术，能帮你从这身皮里脱出，我再来接你！"

灵福是听得懂他说的话的，也知道自己跟着只能是恩人的累赘，也就默默地垂下手不看秦潇。

而秦潇也想对掌故通嘱咐一番，但被老头几句话就打发了："说我这老头子现在好不容易有两个伴儿了，能对他们不好吗？况且这里什么都不缺，完全不必担心生计。方圆百里的人又都对我尊敬有加，是万万不会有人来打扰这里的清幽的。"

秦潇见再没什么说的了，就要起身告辞。他见灵福还是对他依依不舍，就从身上掏出个小盒给灵福，小盒里面是一颗浑圆的丸药、一小卷五色丝绳编的手串和一块小小的玉坠。那药丸是从尘虚子那里顺手牵来的，按莫沁然的嘱咐一直随身带着。

说来这药丸可真是奇绝，经历了多次泡水后竟然一点儿变化都没有，看来还真是个神奇之物。那条手串则是自己仅有的莫沁然手做的东西了，之前看明墉脖子上挂着个小鱼般的暗红石片，知道那是他和盛思蕊一人一个的。

不过直到和莫沁然离别，他们两人之间都没有任何信物，仅剩的这小卷丝绳手串自然当宝贝似的贴身携带。

最后那个玉坠则是海府大婚之日他顺出来的，本想给莫沁然把玩的，但莫沁然完全视之如无，只得自己当纪念带着了。

每次打开盒子，秦潇都觉得心有戚戚。他把那通体柔白的小玉坠给灵福挂在脖子上道："这个就送你当护身符！愿你此后福泽绵延！"

秦潇问掌故通的名字，可对方坚决不说，只说没提名字已经很多年了，早不记得那俗世的符号了，秦潇只得不舍而去。

灵福望着秦潇远去的背影，握着玉坠，又在暗自哭泣。可此时掌故通却是一把关上了竹舍门道："小家伙儿，以后就在我这里了！你就叫我爷爷吧！你也不必伤心,其实跟着他,你只能一生都是这个猴样,是不是?"

灵福抹抹眼泪,抬头奇怪地看着他,不知他为何这般说。

"其实在我这里,我可有时间,也有的是办法,试着让你重新为人。你说这样不好吗?小姑娘?"

灵福听到此,眼神中露出无限的惊恐。秦潇可是一直把她当男孩的,因为秦潇下意识认为要找个小孩强行变成猴,就应该找个男孩,所以秦潇从没问过她的性别。可眼前这矮小白嫩的老头一眼就看出她的真身。

"别害怕,老头子又不能把你怎么样!老夫也是见你可怜,跟着那空有妇人之仁的糊涂小子是要遭不少罪的,而且猴皮还没法除下来。可我这里不一样啊,别看我只让你叫我爷爷,可我比你祖宗太爷爷都要大多了。我这一辈子,什么没见过,什么不知道?但还真是没遇到被'颠倒六道'折磨过的活人猴!这不能不说不是你的造化,在别人那里,你可能永远没办法恢复人身,但在爷爷我这里,却可以倾力一试!你说能有机会恢复人身,这还不好吗?"

灵福听完,眼睛骨碌碌转着,能恢复人身自然再好不过,于是她默默地点点头。

掌故通看着她满意道:"而且,我也懂得些再生术,到时呀你还能再说话呢!"

灵福憧憬着这情景,眼中不禁露出希望的光。

"不仅如此,爷爷我还懂些不老术,让你过个几十年还是个姑娘,你说好不好呀?"

灵福仿佛被这远景给惊呆了,只是痴痴地出神。

"不过治病总要受些罪,你要忍得住!"灵福顺从地点头。

掌故通满意道:"那我们今天就从吃药开始!"

"还有那小子给你起的是什么名字啊!打今起,你就叫灵芷萱吧!"

灵福听着自己的新名字,被老者牵着手,脑中全是自己变回人后的样子。她摸摸玉坠,露出了难得的笑容。

秦潇卸下了身边的牵绊,那伙兄弟也卸下了沉重的包袱,几人就飞一般跑回了客栈。

回来时天已大亮,绵绵细雨也终于告停。正好饭点儿,于是全体满怀着去惩治混蛋官的兴奋心情狼吞虎咽起来。

首先伍芮显得极为积极,之前在海旭府上,她当着邹赟比较矜持,就没能狠狠收拾这兄妹两个。现在三十年河东三十年河西了,邹赟也不在,还不痛快地出手一把?

可是凌震却还是很谨慎,也怪不得他,这几年他算是当了官了,而且还是个主管，事事谨慎也在情理之中。他正策划着行进路线及作息安排呢，突然发现个关键问题："我们到现在还不知那海旭的府第军营在哪里呢？这可怎么走啊？"

秦潇道："就他那跋扈的样儿，离着几十里不用打听都能知道，我们只要尽快赶到安庆就好！"

伍芮道："你还不如老七呢。那个海乌龟的嘚瑟样，还不早就臭遍几十里地了！"

凌震被说得无话可回，便趁着天雨不再，赶紧收拾启程。

其实这些位还有什么好收拾的，就是家伙带齐了钱财别落下，就能上路了。

秦潇突然发现，原来凌震有着和钱千金一般的细致心思，总能把事情安排得井井有条。但就这样一个外在阳刚、内心细腻的汉子，伍芮偏偏视而不见。

一行人沿着官道疾行，途经几个大县都未停留，傍晚时分赶到池州才寻店住下。

这里距离九华山不远，秦潇顾不上休息，到处打听"千花百鸟谷"的事。可得到的结果却是清一色的不知道，这不免让他有了些小小沮丧。

倒是一些老人说了点金丹传说的事，虽然加起来都没有掌故通说的三分之一，到底让人安心了不少，至少老头并没有欺骗他们。

晚上在客栈邸报上，秦潇看到了一则让他心惊的消息——"漠北五十八飞贼"已被歼灭，女匪首自己在乱军中毙命，从此漠北再无匪患……

虽然知道就凭莫沁然的身手，那些清兵没人能伤得了她，可秦潇还是止不住地担心。

其实这两年朝廷关于漠北五十八飞贼的说法总是不一致，而这一篇很可能也是假的。

但是秦潇看着宣传上第一次提到的"全歼"两个字，忍不住想：难道沁然他们真的出了什么意外吗？转而想想那些汉军的凶悍，又实在想不出任何他们被打败的理由。思来想去，秦潇决定等这事情完了，说什么也要到漠北去看看了。

为此，秦潇这一晚也没怎么睡踏实，眼前总是马蹄黄沙战刀和莫沁然那傲然的身姿晃来晃去。

第二日众人快马加鞭，午后就到了安庆府。

下马一打听，百姓一听河道协办守备全都懵了，显然根本没听过这衙门。但一提到海旭海青天，不少人却是知道，都说海青天来的时间不长，却破了不少案子，把不少地痞流氓送去了军营服苦役。

大家没想到海旭的名声竟然还不错，都有些怀疑自己是不是搞错了人，可打听多了，这些好话就开始不对味了。

当地人讲海旭就是个糊涂蛋，办案子只看当事人顺眼不顺眼，有的州府都结了的案子，他还愣插上一手，冤枉了。秦潇等人这才放了心，只能说大清百姓没几个是懂法的，只要惩治了让自己觉得不顺眼的人就叫好，所以才会有一些好话。

又问起衙门所在，当地人就往东南指，说那边下去不过百里就到了。这又奇了，海旭这家伙不是个河营官吗？怎么营区官衙反而在内陆近山的地方？

这是他们不懂海旭此刻的苦恼的，谁不知靠水吃水才是发财的门道？可是长江河务何等肥差，早就被瓜分干净了。等海旭买官时，就只有这个官职了，府第军营兵卒粮饷一概没有，就是一纸任命、一方印绶，至于这官要怎么当，海旭自己看着办吧。

海旭到底还是来了，虽然到了后他大为光火，但事已至此，何况还带着全部家当，包括那个嫁不出去的妹妹。

之前在盛京，海旭何等荣华富贵。秦潇他们大闹婚宴的事情对他的影响并不大，几万两银子对于海老爷来说都是不痛不痒的事情。只要他矿权在手，还怕没有源源不绝的银子？

损失最大的就是丢了陈同恩这个师爷，虽然当时他也没感觉出来。

当时海旭为了弥补没有和小仙女胯下快活的遗憾，去玄玉丹观要了不少"仙乐散"和"玉擎丹"，抱着几个姨太太胡混足半个月。此间因为"仙乐散"整日飘飘然的，等他终于想到自己还有个衙门要当个青天时，已经是一个月以后了。那时他才想起师爷来，可哪里还能找得到呢？

于是海旭只能自己一人上堂审案，那闹出的笑话闹剧、冤假错案就不知有多少了。再想请个师爷，却是无论出多少钱都没人愿意了。道理也很简单，陈同恩来时，海旭正准备大展拳脚，还没开始胡闹。但此时海旭已经是恶名昭著，自然没人愿意来蹚这个浑水。

海旭就索性单干起来，在胡来的路上是越走越远。几年下来，民怨沸腾，但当地上司看在他京城姨舅老爷的分上，也不好把他怎么样。

东北有民谚，"人作有祸，天作有雨！"海旭的祸端终于被他给作出来了。

其实这结果不完全是海旭作的，也是他家的运数到头了。那一年他京城的亲戚失势，为了保住这个大靠山，海旭费了几十万两银子，但屁用没顶，该被刷下来还是被刷下来了。

从此海旭四面楚歌，原来对他客气的各路头头脑脑，开始给他脸色看了，要不是他还有个爵位撑着，估计连脸都见不到。但海旭勉强维持下去的根本原因还是舍得花钱，大把银子送出去，谁还不得给钱几分面子啊！

可惜这也是好景不长，又过了两年，朝廷决定彻底整顿混乱的东北军政事务，于是派出个总督来，全面收管东北的矿山路权，自此海旭的财路是被彻底堵死了。

按理说，海旭就是不靠这些矿权，仅凭家里传下来的田产，也足以当个大户了。但海旭这些年大手大脚惯了，手下又养着近千人，这些兵饷靠他那些田租可是捉襟见肘了。关键他还是个有追求的人，就算不能把海青天的事业继续下去，他也想在仕途上再有一番作为呢。于是他就到处找关系，好不容易搭上了李莲英这条线，又七拐八绕地给送了十万两银子。

没想到升官的消息没等到，等来的是太后的死讯，而后李莲英瞬间失势。

刚开始他还抱有幻想，以为李公公怎么也该在太后死前把事给递到吏部了，于是他就在京城苦等。这一等就等到了李莲英被逐出紫禁城，等海旭找到门上的时候，这位从未谋面的大人物早已经是呆呆傻傻，根本不记得这事了。

海旭心里窝囊，但也毫无办法，只得回到家里继续想办法。谁知回去后，事态进一步恶化，没过两年，他原来那个巡司衙门就被裁撤了。

他一下子沦落到光剩一堆亲兵的无官爵爷，而且眼见着钱越来越少。

既然所有的道都被堵死了，他索性破釜沉舟，将家宅田地全部变卖一空，带着现银和几百个亲兵再次来到京城活动，

这时京城已经全变成了新皇的班底，都是摄政王提拔的新人，也是些认钱不认人的主儿。但等他砸了十万两却连个水花都没见到的时候，他渐渐明白，这就是个无底洞呀，自己再怎么使银子也不见得能得到什么好处。

正好他又遇上个明白人，那就是一直在京城各个圈子里游走的大能人袁克己。

海旭花了几万两，想去跟人家结识，可对方连看都不看一眼，这也让他深切地明白了京城官场的深不可测，还真不是他这样的小土财主能蹚的。

就在四处无措的时候，他又只能依靠自己带着的"仙乐散"来解忧了，他是不分场合地用，而且还经常分给一起的贵族公子哥们用。

海旭万没想到自己的转机竟来自于这"仙乐散"，这东西不知比鸦片强劲多少倍，而且还不会有吸食鸦片后全身无力等副作用。这东西很快被那些公子哥传开了，没多久竟把袁克己引上了门。

袁少爷用过后，大赞不已，嚷嚷着要出钱买。这回海旭留了个心眼，死皮赖脸地请袁公子给谋个位置。袁克己是认准了这"仙乐散"，觉得此物以后必有大用，加上架不住海旭的苦苦哀求，就给他出了个到内务府闹贿银的主意。

海旭刚开始还不敢，这行了贿，人家没给办事，要回来当然也行，不过仕途以后不就全断了？不过袁克己叫他尽管去闹，后面的事情他给收尾。

这一闹，果然是惊动了不少人，内务府还成立了个专侦部门，李莲英遗产的事也在京城闹得沸沸扬扬。

经袁公子说话算话搭桥让他又送出一笔钱，这才谋到了这个有名无实的安庆府河营协办守备。

这官有了，但粮饷人马、枪支弹药是一概没有，海旭又为上任的事情发愁——自己手下虽然还有几百人，但是枪弹却都快用完了，这到了任上还不铁定被欺负得满地找牙？

这时袁公子又说可以搭线给他买军火，到时他有人有枪，谁还能不让他三分！

海旭一听大喜，就求袁克己操办，可袁克己开出的价钱是一个营的装备二十万两，外加海旭手里全部的"仙乐散"。

海旭刚开始是犹豫的，不是他心疼所剩下不多的银子，这个只要上了任，总有办法捞回来。他舍不得的是"仙乐散"。因为就在他离开盛京之前，玄玉丹观的程仙人突然来拜访，说要连着道观整个一起迁往南方。这可是个巨大工程，可不是说说就能办到，于是程仙人找他帮忙。海旭当然舍不得"仙乐散"和"玉擎丹"，就拼命要留。程仙人倒是痛快，一次性各给了他半筐，海旭才勉强答应。趁此举家进关之际，海旭直接连着整个道观的家当一道送到运河边才告别。

海旭不知道程仙人待得好好的为何要走，但那两筐丹药，却是够他用一辈子都不止了，所以也没问。

眼前袁克己提出要"仙乐散"，可比割他的肉还疼。不过他也狡猾着呢，想着到时随便给几十颗就说已经是全部了，谅他袁公子也没辙。但袁公子更是个精鬼似的，直接拿来一个木盒，告诉海旭不管怎样，装满这个木盒就行。海旭回去一试，发现要是把这盒子装满，那自己就只剩下小半盒了。

不过身在人檐下，他也只能豁出去了。于是他现在虽然钱不多了，丹药也不多了，但有枪有弹了，袁公子还极够意思，搭了他三门山炮。这下他装备远超州府，看看谁还能把他怎样。

海旭的这些个内情，秦潇等人当然是不知情的，不过他们问出了海旭现在就把一座巨型宅院整个买下当了府衙。

升堂办案，养兵和家眷，包括仓库都一勺烩了，全部安置在一起。

三人都觉得很奇怪，要说做个府衙什么的，一个宅子是没问题，包括家眷都够用。可怎么能养得下几百亲兵马匹和大量物资装备呢？以前海旭好像是专门盖了个营房来安置的。

不过那些人说了，你们去看吧，那哪里是府第，都赶上个小城了，连大门都有城门那么大。

几人暗笑这些老农没见识，什么府第能有个城大？城门般的大门？简直就是胡说，显然是没进过大城镇嘛！

不过话是这样说，他们还是马上就策马一路来到了海旭的府宅处，远远一看，还真把他们全都惊住了。

这哪里是个宅子啊，分明就是个坚固的小城池。

那高墙，那场围，那绿茵掩映，那层层进进，那嘶叫声声，那巡逻的卫队，怎么看还真就像个圈起来的小城。

几人此刻觉得那些老乡的形容还是不够贴切,这哪里是大呀,简直是巨!

他们怎么都想不透,海旭是哪里来的狗屎运,刚来竟然就能找到这么大座府宅呢?

其实这也是袁公子牵线帮着海旭买的,要说这袁克己真是个大能人,但凡是稀缺紧要赚钱的物事就没有他办不到的。

他知道海旭要到安庆上任,可是就他放在京城外那几百亲兵,初见之下都把袁克己吓了一跳。

要不是现在乱乱纷纷,换作盛世年景,这混蛋货非得因为带这么多亲兵入京,被参图谋不轨,当时就得下了诏狱。

可是当海旭说了自己的抱负和苦衷后,袁克己却眼光一转,主意来了。

因为他知道在安庆远郊近山区的地方恰好有那么一座闲置的大宅,而且他正好熟悉屋主。

那栋大宅要回溯到太平天国作乱时,据说当年还不是中堂,只是个壮年练兵魁首的李鸿章,曾经带着他所部的淮军在那里驻扎过。

据传当时他们刚进去的夜晚,宅子还闹了鬼,李大人还被吓出了重病,就没有参加当年的围城总攻战。

而之后那宅子就落入了淮军之手,而后经过多年辗转,等北洋水师筹备的时候,那里又成了北洋的产业。

风雨飘零了几十年,等李中堂死后,那里就变成了李鸿章亲随唐季孙的家业。

要说风水轮流转呢,李鸿章一死,淮军、北洋系也就彻底土崩瓦解。

而李氏所有的亲信,都被逐渐驱逐出了北洋曾经引以为傲的,包括邮政、交通、招商、兵工等重要部门。

而当年曾经作为旗手的唐季孙自然也不例外,而且他的情形还要更危急些。

其他人下野也就下了,大不了回家就行了,可这唐季孙却完全不同。

当时袁世凯已经入主直隶、北洋,在一系列实权实业的回收中,唐季孙自然就成了群狼眼中的超级肥羊,太扎眼了。

且不说这些年他控制铁路、邮船、实业,捞了多少好处,这些部门简直就是当时大清财政的半壁江山呀。而且不是收入的半壁,而是既有债务又有实力的半壁。

好比铁路,大清的铁路几乎都是向列强借款修造的,唯独唐季孙在华东主持修造的一些,是属于股份合营的。也就是说,这些铁路的运营权是各方入股,赚了钱各方分红。

袁世凯老谋深算,再加上个贪财的庆亲王,两人采取的方式是相继参股,玩西洋利益均沾那一套。

庆亲王不愧是老洋务，他深知自己没法全盘控制的，就不要想着全占，只要能分到合适的利益就成。

而袁世凯此时刚入中枢，立足不稳，也与老亲王不谋而合。

所以在权力回收上，两人就饶了唐季孙一马，让他能继续在华东过逍遥日子。

不过等太后一死，袁世凯下野后，新上任的摄政王可就不这样想了。

第一，他认为唐季孙就是个反复无常的小人，先效忠李鸿章，后效命袁世凯，比历史上著名的三姓家奴吕布也不遑多让。

第二，而且真的让这个衣冠楚楚、背信弃义的的书生，真的改投自己的门下，那还不是真成全了他三姓家奴的春秋大梦？

第三，也是最现实的，自己新提拔的这些亲贵们都太猴急了，每个都像时时刻刻攥着把刀般，随时等着在哪里割一块肥肉。

所以唐季孙的所有权力、实业、股份什么的，必须全部上交朝廷。

而且这还没完，，他还要唐季孙着朝服来金殿述职。

此举可把唐季孙给吓坏了，这哪里是述职呀，分明就是想要他的命！

这朝廷的三品顶戴，还是当年李鸿章给他的，为的就是让他在办厂兴商时可以少些阻碍。

但实际上到了朝堂，不但什么用都没有，还会变成给他定罪的铁证！

想明白了此节，唐季孙立刻开始变卖家产，筹备细软，陆续私下装船，准备跑路到外洋。

而这个大宅地也在他名下，他索性就贱卖给了袁世凯曾经的手下，而这次在他出逃中给予过帮助的人。

而那人什么时候见了袁克己，都要规规矩矩地鞠躬叫声公子。

有了这层关系，袁克己一封书信，就把这宅子给海旭盘了下来。

当然他没少从中捞好处，光收海旭的介绍费就超过了当时唐季孙出手的价钱。

这宅子现在落入海旭手中，他更好像是王八入大湖一般，每日在小城里玩得不亦乐乎。

当然这些内情秦潇他们还是不知道，现在他们只是发愁该怎么进去教训人。

好在他行事已有经验，知道明刀明枪硬着来那是匹夫所为。

而且万军之中取上将首级，那是冷兵器时代才可能出现的桥段。

现在他们面对的是全副武装的几百亲兵卫队，贸然出手还是要吃亏的。

就算他轻功不错，伍芮和凌震在养尊处优之前也都是身手了得，但此时就折损了人手、耗费了精力实在是大为不值。

其实在路上他们就商量过怎么处置这个糊涂蛋海旭，几人中就连冲动的伍芮都觉得不该宰了他。

道理也很简单，这狗官虽然遭人恨，惹人气，但还揣着点儿志气。

虽然这当青天的志气似乎从未达成过，但这货倒是矢志不渝。

而且他也确实没对百姓犯过杀孽，并且也真正惩治过一些流氓无赖。

秦潇想起那天他在堂上，猛揍那厮的经历，就觉得好笑。

毕竟日后回想起来，他就算是当时对莫沁然和他用强，那也不是不可以的。

可见这人除了糊涂跋扈，骨子里倒不是个十恶不赦的人。

既然决定了不伤人只取东西，那当然就是智取为上，此刻也已接近傍晚，他们找了处林密僻静的地方休息吃干粮，就开始谋划入夜后的行动。

秦潇这时才看出以前自己的幼稚和偏执，人多好办事，人多力量大，一个好汉三个帮，这些道理到现在他才明白了个彻底。

当初莫沁然在东北绿林为他广结兄弟，广铺义名，不就是想让他到了真正办事之际多些帮手？

之前他自己一人独行办事，纰漏不说，哪一件不是办得异常艰辛？

哪里像现在，凌震分配人手，安排放哨接应，伍芮准备武器和一切夜行必备。

而且这二位兄姐还不放心他只身犯险，一意要同行前往，那事半功倍可想而知。

他心中念起莫沁然曾经默默为他做出的种种安排，实际上哪一件不是有利他自己的？

而且莫沁然在安排好这一切之后，完全躲在他身后，风头都让给他，自己甘做陪衬。

虽然按她事后的说法，这样做只是要他成为个能振臂一呼，群雄响应的当世英雄，来实现她覆灭大清的抱负，但这又有何不可？

经过这几年孤身一人，他算是看透了，大清要亡这是天数，是不可扭转的定数。

而亡在谁手里，不过更像是上天的随机选择，其实只要结果达到了，那些还重要吗？

这不是老天把大清给抛弃了，也不是黎民把大清给舍弃了，而是大清这腐朽透顶的帝制王朝自己把自己给葬送了。

以前听钱先生讲史的时候曾经提过，韩非子说，亡六国者非秦也，乃六国也。

可如果韩非能活着看到秦朝二世而亡，他也一定会说，亡秦者秦也！

每个帝制王朝其实都是自己把自己给葬送的。不论是义军蜂起也好，外敌入侵也罢，归根结底就是帝制王朝最后自己把自己玩死的。

纵观中华数千年，几十个王朝，哪个又不是这样呢？

这就是帝制王朝的腐朽，决定了它必然会让自己这棵参天大树的根茎烂掉，树干朽掉，而不管树皮看起来多光鲜，只要是外力轻轻一碰，它自然就倒掉。

秦潇正在胡思乱想,最后一片能看到的昏黄日光也渐渐被黑色浸染,夜终于来了。

夏日的野外虫鸣蛙叫,加上几天前下了连绵的细雨,潮闷的空气将环境衬托得无比轻噪。

秦潇等三人留下剩下的兄弟望风接应,他们则趁着外墙守卫换岗之际,如三只大鸟般落入小城之中。

三人落下的地点,正是整个大宅的中庭花园。

这花园大到了没边儿,中央有个巨型的人工湖,湖面上还有艘石舫,湖中立着一块姿态形状宛如天工般的巨型奇石。

他们三个不知道,这东西就是太湖石,而且这块的大小和天然之美完全与紫禁城御花园里那块不相上下。

显然海旭也不知道这东西的金贵,现在这石头顶上被安置了几块枪靶,显然这已经变成了海旭的射击练习场。

不过这三人倒是挺佩服海旭的想法,这石头露出水面有几丈高,往上边射击,的确不会伤到地面上的人,真不知这蠢蛋是怎么想出来的。

但秦潇隐约觉得这样的石头自己在江南见过一些,如果是纯天然的好像还挺名贵。

海旭这块不知道是不是真的天然的,要不能如此糟蹋?

不过海大人让他们猜不透的还在后面,这中庭花园里有很多舞榭歌台、亭台楼阁以及回廊画壁,但似乎都被海大人改动过了。

只见很多本应该是空着四壁的亭台阁楼,现在全部被封闭上了。

而那些九曲回廊,也全都被加盖了木顶,至于那些个画壁,则全被各式的大油漆字覆盖。

仔细一看,上面写的连在一起就是"世袭一等精奇尼哈番,海青天"。

真的是人到哪里,这威风就要跟到哪里,跋扈都在空中飞扬起来。

不过他们可是不能再细看了,而是要赶快找到枪炮弹药所在。

鉴于这个宅子实在太大,他们只得兵分两路。

伍凌二人心疼秦潇,让他往看似较安全的后宅去搜,而他们则去了前院。

凌震有两个树叶哨,给了秦潇一个,让他有发现及时通知。

秦潇施展轻功,足足用了一刻才把这后院粗略飞过看了一遍。

这中庭花园后就是正堂,分三进六厢,虽然不多,但规格都是大得离谱。

看上去好像一般府衙都没这般阔气,这样的格局像海旭这般妄自尊大的一定喜欢。

而再往后是个小庭院,说小实际是相对前院来说的。

这庭院倒是花草树木、亭台楼阁一应俱全,而竟然没被动过什么手脚,看来这里应该就是内宅用。

再往后看内宅，竟然从前面就分了左中右三个门，每个门里各有六进十二间厢房。

这倒是与一般内宅不同，难不成这家曾经的大户人家，一家人三代同堂，才会有这样的安排？

秦潇不懂，也没时间多思考。他看内宅里一目了然，并没有什么好像能藏放枪支弹药的地方，就打算到前面去接应凌伍二人。

这时他却看到右侧一扇宅门一开，从里面出来两人，都戴着斗笠。

这二人一出去，就一前一后沿着墙往左边径直走去。

沿路的亲兵看到这二人，都赶忙让路请安，而此二人则是根本不屑一顾般直向最左侧边墙，直奔一座凌空的塔楼而去。

秦潇在房上看步伐身形，这二人似乎都是女人。

那座凌空塔，秦潇之前看到过，除了觉得下面中空上面六棱，这样子有些古怪外，还真没往心里去。

但见此二人到了那塔下，叫亲兵搬来两个梯子，而后屏退亲兵，接着就摘下了斗笠。

秦潇借着下面第一人的烛灯看过去，只见后面倨傲之人的样子虽然看不太真切，但是仅从侧脸就可以感觉到奇绝无双的风貌。

他仔细回想一想，顿时反应过来，这不就是海晓吗？

他悄悄靠近些，就听下面两人已经开始说话了。

一人道："小姐，不是你说的怕把人吓着，才要戴斗笠吗？咋还让给摘了？"这人显然就是海晓的丫鬟。

就听海晓说："之前我确实是这么想的，可现在想想，你比我模样俊，进里面我就说是丫鬟，你是小姐，逼问他答不答应！"

"他要是不答应，你就说，那就把你配给我的丫鬟！"

"到了这一步，他就只能答应了！"

"到时把他往后堂一押，黑灯瞎火我现身胡闹一番，到时生米煮成熟饭了，他不答应也得答应！"

丫鬟忙道："小姐好计策！我咋就想不出呢？"

"那是你太年轻，经的事儿少。等你像我这样经历多了，就啥都知道了。"

"不多说了，记好词儿！我们开门了！"

"哎，等会儿！"丫鬟又叨咕一通，这才点点头去搬梯子。

她还边搬边说："小姐，当初你咋想到把他藏这儿了呢？"

海晓奇道："还说呢？不就是我那不着调的大哥，总说我不能这个，不能那个,要顾及他青天形象,不能再随便抓男人回来!"

"这不,里里外外都是他的眼线,人根本就藏不住!"

"当时他开这个密室的开法还以为别人不知道,我就偷偷看见了。"

"这里他十天半月也不来一回,正好是藏人的所在!"

"你说那人在里面待一天了,会不会闷死、饿死呀?"

"不会!上次我见我哥误把两个亲兵关里头了,两天都没啥事。"

"那他等会儿会不会反抗呀?"

"都捆着饿一天了。再加上那里都是枪炮,吓也把他吓死了,还敢反抗?"

"那我们就开门了!"说罢,两人就分别从六角塔两侧上了梯子,把嵌在墙上的两个石头铃铛一扭。

让秦潇震惊的情况出现了,随着那二人扭动机关,地下竟缓缓现出了地道入口!

覆帝记

暗涌狂澜

下

鲜于冶鈺 著

上海社会科学院出版社

九　十、夤夜深谷

秦潇眼见着海晓带着丫鬟进了地道口，灯光逐渐消失在黑暗中。

再看这六棱塔四周，亲兵们全部不见了，显然他们是受了吩咐不敢靠近。

之前他听二人谈话中说到了枪炮，想必这就是海旭收藏重要物品的地库了。

不过让他怎么也猜不透的是，就海旭那脑子怎么会修建这样一个极为隐秘的地下暗室。

要不是恰巧遇到海晓她们打开开关，就算是告诉了他地方，也决计想不到这方法竟然会这般奇巧。

不过现在既然已经知道地方了，就没必要再让凌伍二人到处乱找了。

他掏出凌震给他的树叶哨，说是树叶，其实并不是树叶做的，而是用纯铜打造的一个如卷页形状的哨子。

有些人能揪下树叶吹出哨声，但那需要一定的技巧，而且不同的叶子吹出的声音还不尽相同，很难作为统一的暗号。

而这铜做的树叶哨则大为不同，吹它发出的声音就像是一种特殊的沙鸟的鸣叫声一般。

一般的大鸟叫声就是呜哩哇啦，而小鸟也不过是叽叽喳喳，而这种沙鸟的叫声则像是在叫着"来……呀，来……呀"，端的是十分奇特。

秦潇吹响了树叶哨，听到这哨声他也觉得好笑，这不就像是在叫着人们过来吗？

不过，此时地道洞开，周遭又无人守卫，不趁此进去探个究竟，更待何时？

于是他闪身，在黑暗中两个起落就进了地道。

进去后他又被震了一下，这入口远比他远观看起来还要大，简直能够马车轻松通行了。

他不禁暗中对海旭有了些新的认识，这精细谋算的劲头，怎么能说是个傻瓜呢？

不过，他很快就改变了这想法，只见这下去的通道两边都是厚实但古旧的青砖墙，显然这地下密室是用过很久的，海旭不过是捡了个现成的。

但这也足够让他对海旭无可匹敌的运气感到咋舌，他这宅子未免也占得太划算了吧？

再沿着墙边缓缓往下走，密室的通道就渐渐在最里面昏黄的灯笼光下显现出来。

这密室两边都高高地码放着一箱箱的货物，但此时都被布罩着，看不出究竟是什么。

再往里一看，这样码起来罩住的货物堆足有十来个，显见藏货之丰。

这密室是极大的，比常规的码头仓库都小不了多少，这也不禁更让秦潇疑惑，这里原来的主人建造这么间隐蔽的密室到底是用来干什么的。

但至少可以确定的是，原主人就算不是富可敌国，那也至少是富甲一方。

不过如此巨富怎么会把这么大一份家业就转给海旭了呢？会不会是这厮硬抢来的？

念及此处，他对海旭又多了一份恨意。

这时里面的说话声就渐渐地传到了秦潇的耳中，而他在灯光最亮处也看到了一个男人被捆绑在地下，样子很是狼狈。

但细细看，眉目却挺清秀，有了之前海晓强娶邹赟的先例，这个被绑之人的外貌倒是很对海晓的胃口。

就听那人有气无力地叫道："二位姑娘，行行好，就把我放了吧！我上有老下有小，一家人都等着我养活……"

"你说什么？不是说你是个独身后生吗？"海晓的语声有些愤怒。

那人抬头看了看，显然被海晓的奇绝容貌吓了一跳，看了一眼忙低头恳求道："我说的小是指我下面还有一对不谙世事的弟妹，老是指高堂多病的老娘，都需要我赚钱养活，你们就大发慈悲……"

"这你担心什么，只要从了我们小姐，担保……"丫鬟接着口。

海晓偷偷地猛蹬了她一脚，丫鬟吃痛只是抽了口气，没敢叫出声。

海晓马上转口道："只要你从了，从了小姐……小姐我，你们一家老小的事儿就都不是事儿！"

那人抬头看了看丫鬟，显然这人的长相好多了，能让普通人接受，他还是恳求道："小姐，您就放了我吧！我就是个穷书生，每天靠抄写给家人赚些口粮，您说您家大业大，什么……"

"住嘴！这是我们家小姐心疼你，看你太操劳了，索性就接你过来享福。"

"别给脸不要脸，这份造化别人想求还求不来呢？"

"怎么，你还嫌弃我家小姐？……"海晓应该是在恶狠狠地盯住书生，吓得他赶快又低下头去。

"不是小人斗胆嫌弃,而是这婚姻大事是父母之命,媒妁之言……"

"什么命呀言呀的,被我家小姐看上就是你磕头烧香八辈子都换不来的好命,还敢不从?"

"怎么的,嫌我家小姐难看呀?"海晓显然在开始设套了。

书生马上道:"不敢不敢!不过这等大事,焉能不事先禀报母亲大人,再等她老人家吩咐后,择良辰吉日……"

"什么吩咐、良辰的,我看今晚就不错!"海晓步步为营。

"这可万万不可!"书生急得直摇头,"圣人所言历历在心,虽然已没了科举考不了功名,但圣人教化却万不敢忘,男女之大防……"

"什么狗屁大防,男男女女在一起本就是天经地义,本来就是自然造化。"

"搞这么狗屁烦琐!净是些劳民伤财的虚招子,折腾得人仰马翻,最后还不是一个样!"

"告诉你,你今天要不就从了我家小姐,以后你全家就有好日子过!"

"要不然……"海晓显然在等着丫鬟接设计好的下话,可丫鬟也被海晓刚才那番话说得发愣,竟然全忘了自己的角色。

海晓见丫鬟还无反应,又蹬了她一脚,并提高声音道:"今晚你就从了我家小姐,要不然……"

丫鬟吃痛顿时反应过来,戏还没演完,台词还得接着说,马上强作正色道:"听着!今晚你就从了我,要不然,我就把你赏给我的丫鬟!"

海晓绕了一大通,憋了半天戏,就等着这句呢,她忙道:"多谢小姐!"

而后她欠身脸对脸看着书生冷笑道:"咱们也今晚了,由不得你了!"

书生吓得浑身发抖,连忙跪爬到丫鬟跟前道:"小姐,听你的,一切都依你,我从了你!从了你!"

海晓一声冷笑,但笑声中多少带着点儿无奈。

虽然这计策从策划到实施都相当成功,但这的确是下下策,完全没有明抢来得那么心安理得。

秦潇也是感慨这海晓多日不见,竟然进化若斯了,那番男女之说,思量一下还真有几分道理。

没想到海晓又哼了一声,接着说道:"什么圣人之言,书生意气,我看早就烂到渣了!最后还不是谁硬气听谁的!"

这书生本来是极不情愿,找了诸多托词,又见这小姐还算周正,而这丫鬟却如夜叉在世。

如果不答应,真被母夜叉强霸了,那这辈子也太冤了。

本来他家贫如洗,书没读到半截科举就取消了,彻底断了寒门学子的仕途梦。

再加上他自小读书，四体不勤，家中连耕种都要老母来做，自己只能做些零散抄写补贴家用。

被这家抓来时，他也见了此间气派，刚才小姐这一威逼利诱，他想着自己好歹以后能给老娘弟妹口安乐饭了，也算不枉世上一遭，所以就答应了。

但此时他却听到海晓在辱没圣人，侮辱学子，顿时血气上脑，腰板一梗道："这话说得，世道是不行了，但圣人自有圣人的道理，学子也自有学子的骨气！今天你就是杀了我，我也绝不会从的！"

海晓万没想到，这本来都屈膝下跪的书生竟然来了这么强烈的反抗，不禁一愣。

随即她冷笑道："杀了你？你就这么舍得死？"

"死有轻如鸿毛，有重于泰山，但不畏强迫去死，至少不会辱没了圣人门徒这四个字！"

海晓想想笑道："那圣人的教化对你来说真么重要，真的什么都不顾了，包括你全家老小？"

书生一震，这倒是个大问题，但话既已到此处，还能咽回去不成？

于是他脖子一梗道："没错！如此强逼，生不如死，老娘弟妹也会体谅我的苦衷！来吧！我自引颈向天笑，去留圣训在心间！来吧！"

海晓一看他直着脖子的模样又笑了："那好，我才不要杀你！"

"你既然不从，那留着男人的家伙也就没用了！"

"我去找把刀来，直接就把你骟了！"

书生一听，吓得差点儿瘫坐在地上，可嘴里还是嘟囔着："想司马公，甘受宫刑而著绝世《史记》，我今日……今日……"

他实在是想不出来，还能有什么值得比的。

而海晓见他还不求饶，索性就假意到处开始找刀。

那边丫鬟忙拦着："小姐……不……这事好商量，他不过就是煮熟的鸭子嘴硬！我再劝劝他……"

说罢丫鬟对书生叫道："赶紧说我从了！"

书生是怕到极点，但这面子如何放得下，哭声道："给我个痛快，杀了我吧！"

海晓还真从一堆货物里面抽出把刀来，她向书生走去叫着："去按住他，给我扒了他裤子！"

丫鬟见拦不住，只得过去按住书生，假意脱他裤子，边劝道："还不赶紧服软，就说从了！她这人可是说到做到！"

书生见明晃晃的钢刀逼近自己，冲着自己的下体，他似乎都感觉到了钢刀划过皮肉的冰凉。

他忍不住了，竟哭了起来，抽噎道："弟子对不起你的教诲！"

他转眼看着海晓，哆嗦道："我……我……"

海晓一见他那样子，就知道这吓唬奏效了。

自己怎么可能骗了他呢？不就是奔着这个去的嘛！书生可真是读书读傻了，连这个都想不到。

不过她还是把刀慢慢地伸向书生的裤子间，就等着他亲口认服。

书生见情势危急，只能带着哭腔叫道："不要，我……"

还没等他说完，却听到一人出现在海晓身后，打断他道："你其实想说，就是不从，对吧？"

海晓一听有人在背后说话，先是一怔，而后马上就想抽刀回砍，可是刀一下子就被夺了过去。

等他她看清此时把刀指着她的人时，愣了半天，这才结结巴巴大惊道："你不是十年前，差点儿成了舅老爷的姓秦的小白脸！"

"天哪！都十年了，你怎么还没变样？"

秦潇现在是最不喜听人说他十年没变样，因为他根本就没法解释。

他端着刀冷冷道："那是你们心太坏了，自然就老得快！"

刚才他在后面听书生竟突然硬气起来，颇有点儿大义赴死的意思，心中还挺佩服。

到底是苦读诗书的圣人门徒呀，关键时刻这点儿气节还是有的。

可等到海晓威胁要骟了他后，他马上就衰了。

而在海晓步步逼近的情况下，他眼看着就要求饶了。

他虽然暗中摇头，世风日下，什么圣人教化、礼义廉耻全都可以不顾了。

可他又不想这书生从此再也抬不起头做人，所以就在他即将服软的关头，把他给救下来了。

书生一看竟然来了外人阻止了母夜叉，不禁惊喜交加，差点儿喜极而泣。

虽然在话里这疯女人奸像认识来人，但他们显然是不对付的。

书生马上挣脱按压，朝秦潇跪倒在地，磕头道："多谢英雄救命之恩！多谢英雄救命之恩！圣言道：受人点水恩，当以涌泉报！来世小生愿做牛做马……"

秦潇马上打断他道："算了，别说了！以后别老把圣人挂在嘴边！一旦有了闪失，他们的脸也被你一道丢了！"

书生顿时觉得脸颊火烫，如果不是此人出现，他恐怕早已跪地求饶了，还要再被恶女羞辱一番。

他忙道："请英雄惩治这两个恶女人，以还我清白男人一个公道！"

秦潇摇头道："还什么公道？你就这点儿气量，等会我放你逃走后，让她们保证再不为难你就是了!"

可书生有点不依不饶道:"这二人辱没圣人,实在是罪不可恕,不惩戒难平滔滔正义,难正男纲妇道!"

秦潇又反感了,人家又没真杀你、骗你,用得着跟女子这么死缠烂打吗?

还有,刚才要不是他在紧要关头救了这书生,这小子保证乖乖跟人进闺房了,还轮得着在此大放厥词?

再者什么叫男纲妇道?他见识过的女人没一个是按传统妇道来的,可她们哪个不是巾帼不让须眉?

无论是义母、沁然、思蕊还有凯特,甚至包括后来的顾卿卿,哪个又不是一腔善良,一身骨气,不知比多少男儿都要强?

那些所谓的男纲妇道不过就是精神枷锁,说穿了更像是专门禁锢女性的精神工具,这又哪来的正义?

于是他又气道:"你别胡说了!人家手段是不光彩,但也没杀人放火!

"况且因地制宜也是圣人的思想吧,不信再看看夫子见盗跖!

"还有人家也比你聪明多了,一个小小圈套,小小恐吓,就把你给吓得服软了!

"我看你要想拿圣人说事,回去还要多读读圣人的书,真读明白了再说!"

书生不服道:"可我刚才差点儿就让这丑鬼给侮辱了……"

"别总是丑鬼丑鬼的挂在嘴上,圣人没教你积口德吗?就凭这一点你也不配谈圣人!人家长成这样子,也不是她的错,那是她没得选!所以不要开口辱人!"

书生还想争辩些什么,但是眼见这位救命的并不站在自己一边,也就讪讪地闭嘴了。

可刚才秦潇这番话却是让海晓吃惊不已,没承想此人竟会为自己说话。

尤其是最后一句,更是说到了她的心里。

因为天生长得丑,她没少受过男人的白眼,虽然家里有钱,帮她招了上门女婿,但每个都是酒色之徒,都早早自己把自己祸害死了。

为此她还得了扫把星的名头,而且还百口莫辩。

到此她索性放纵自己,让自己变成个人见人怵的恶女人,再用钱在声色场上买来欢愉,但内心却是寂寞无比。

直到在戏台下见到邹赞,这才真正被迷倒了,不惜一切就要强娶过来。

但最终还是被这个小白脸和他那个神仙妹子给搅和黄了。

这十年过去了,青春早已不在,空虚依旧难填,她又过了十年荒唐日子,但心中是无时无刻不渴望着能有个人厮守到老。

这不,在此间又遇到一个,让她想起了邹赞的影子。

她琢磨着这江南人大多性情柔和,如果自己稍微强迫一下,对方也许就从了。

所以就直接出此下策,绑人上来逼迫,没承想又被这小白脸给搅和了。
本来她心中是充满恨意的,但没承想这小子的一句话却是正中自己脆弱的内心深处。
她疑惑地看着秦潇,心中的感觉极其复杂,有彷徨,有不解,有丝丝感动,还有阵阵惆怅,唯独没有恨了。
她过去默默地给书生松了绑,还从身上取出一把银元给他,然后淡然道:"你走吧,以后我都不会为难你了!"

这举动把书生雷得是外焦里嫩,顿时愣在了当场。
他完全不理解,这母夜叉刚才还是提着钢刀一脸凶相,怎么转眼间就松绑送钱,难道是转了性了?还是怕了这位救命恩人了?
不过他想想圣人说过的唯女子与小人难养论,也就相信这就是女人的不可捉摸。
连圣人都苦恼,自己还是赶紧躲为上策,于是整了整衣服,怔怔地脚下想挪步,又不太敢走。
不过这时候,地道入口处传来一阵急促的脚步声,听声音不止一人。
秦潇一听这不可能是凌伍二位练家子的声音,正要回头去看个究竟。
却听叫声已经传了过来:"我说妹子,你怎么就不能让我省心呢?藏了个人还藏在如此重要的地方,你说你想干什么?别以为偷偷摸摸,我就不知道了,这府上没有什么是我想知道却没法知道的!……"
秦潇听这声音随着脚步一路而来,他听出了这正是糊涂官海旭。
其实也不用分辨,在府里还有谁会开口叫妹子?
就见海旭带着两个亲兵,还在那儿说呢:"你说你,我都不能带太多人来,还得给你留着颜面,可你怎么就自己不要这颜面呢?"
"你呀你,怎么就是不改毛病呢?……哎……哎呀,怎么是你!"
他此时已经见到了秦潇正横在海晓面前,细看之下就是十年前让自己吃了大瘪的小子,第一反应是掏枪。
而一边的两名亲兵已经把长枪端起,对着秦潇。
可见秦潇却是不慌不忙地,脸上还带着笑。
这些人都很吃惊,这小子是吃错药了吧?
没承想两个亲兵都觉得脑后遭了一记重击,而后全身瘫倒就再也不知道后事了。
海旭刚从身上掏出手枪,一见亲兵左右倒下,还没来得及吃惊,枪已经被身后伸出的一只手给夺去了。
这时就听秦潇笑道:"四哥、六姐,你们怎么才来呀!"

海旭回头，就见面前这一对男女，自己好像也见过，仔细回忆一下，原来就是那两个卖艺的，也一道搅和过自己的好事儿。

他见此刻地道里除了这三个之外，还有个不认识的小弱鸡，那显然就是亲妹抓来藏到这里的男人了。

而书生见到又来了几个人，而且身份好像极为复杂，理都理不清，惊得浑身发抖，端在手中的银元差点儿掉了一地。

海旭到底是爵爷，而且也算是久历官场了，到底还有点儿气势。

他冷笑道："没承想你们三个倒来了，那个小仙女没来吗？正好我迁居新府，还没有故人来做客，不如一起叫出来到前厅去坐坐！"

"我这儿可有明前的龙井。咱们沏上一壶，好好聊会子家常。"

伍芮却踢了他一下道："少动歪心眼子，你个老乌龟！"

凌震却道："我们听了你的哨，赶过来时正碰上海爵爷。"

"而你又看不到了，见海爵爷慌慌张张的，知道有要事，就一路跟着，没想到还真找到地方了！"

"这叫什么来着？'歪打正着'！"

"什么歪打，我们这是'黄雀在后'！"伍芮数落着。

凌震讪讪道："对，你说了算！"

谁知这一服软，伍芮倒是接不下去了，反而不知该说什么了。

秦潇心中暗笑，看来四哥有点儿开窍了。

不过海旭现在不知这三个衰神时隔十年再次找上门来，到底是何用意，心中倒是很紧张忐忑。

他问道："不知你们三位今天大驾前来，是有何贵干哪？"

"没什么，路过此地，正好见到熟人，就上来跟海大人借点枪支弹药！"秦潇道。

海旭一听倒是暗自松了口气，他现在存银不多，如果这几个是来敲诈的，那自己可真得要肉疼了。

但这些枪支却是他刚花大价钱买回来的，正准备在此地大展拳脚。

这几个上门来要，莫不是听到了什么风声，上门破坏来了？

于是他干笑两声道："那好说，我让亲卫们送些枪弹过来，给几位带走，怎么样？"

"别呀，海大人，招待故人总不能拿些次货旧货吧？"秦潇笑道。

"我看你这里就有一些，不如我们随便捡捡，看合手的就拿些，海大人不介意吧？"

"说笑了，我这里只是摆放些陈年杂物，哪里来的枪支弹药……"

他正狡辩着，却见秦潇——掀开货物上铺着的布，果然其中有两摞木箱，正是之前秦潇在码头上看到过的德文武器箱子。

他看着一脸不可思议的海旭，笑道："海大人可真是自谦，这么多德国造，还说是陈年旧货？"

"那我们就从这些陈年货里选一些，没问题吧？"

海旭见老底已被人揭穿，又被人钳制着，只得道："哎，瞧我这记性！这可是最先进的德式武器，几位随便取吧！"

凌伍二人见海旭突然大度，完全没了上次还要叫嚣一番的架势，不禁发愣。

谁想海旭接着道："还愣着干什么？动手呀！"

凌伍二人这才上前一一开箱，这一开箱可把他们镇住了。

这里面的枪支可比他们之前在日俄战场上捡的洋物先进不少，甚至还有有弹夹的半自动步枪。

而且他们还找到了一挺机枪，就是没组装，但仗着这些年他们在军营的经验，装起来不是问题。

而秦潇却看着一箱木柄东西吃惊，这可是手雷呀，没想到在这里也有。

他们不知道此时德国也已在穷兵黩武，跃跃欲试想对周边强国开战。

而手榴弹这种古老的阵地战、战壕战杀伤性武器，又被重新大规模生产出来。

当然让他心惊的还不止这些，他还看到了一门组装的差两个轮子的山炮，在那时这可是绝对的大规模杀伤性武器呀！

秦潇问道："海大人用步枪都可以在大清无敌了，要山炮干什么？"

海旭没想到他还能认出来，惊讶道："哎呦你还知道？不怕告诉你，这可是卖家赠送的！我开始还没打算要呢！"

秦潇听了心里咯噔一下，这货他知道是袁克己卖给他的，不但卖了枪支弹药，还搭送了威力巨大的山炮，这是何道理？

不过这时凌伍二人已经挑好了一大堆枪支弹药，顺手牵走了机枪，还在秦潇的提醒下带了一箱手雷。

海旭虽然看得无比心疼，但他更想不明白的是，这三个未免太贪吧，这么多东西，他们可怎么拿出去呢？

他猛地想到，糟了，这几个外面有人接应！

果然凌震道："谢海爵爷了！不过还得烦劳海爵爷叫辆车来，把东西装上送到府外！"

"然后就叫你的人回府，我们呢和海爵爷在门口等着，到时你的人一回来，我们就走！"

"你放心，我们不会让海爵爷伤一根汗毛，包括令妹！"

"海爵爷身娇肉贵，你看这样可好？"

海旭还能说什么，只得答应。

可伍芮却不满意道:"你说把东西装车送出去,那被他的狗腿子咬上可怎么办?"

"我们带着老乌龟和他妹妹一起随车出去,不准人跟,到半路将他们放下不是更好?"

凌震点头讪讪道:"你说得对!就按你的来!"

伍芮被他这一顺着说,又没词儿接下去了,只是愣眉愣眼地看着凌震。

秦潇却是暗暗叫好,四哥看样子要开窍了!

按照伍芮的意见,海旭叫来一辆车,而后叫人装车,再由凌震赶车,伍芮和秦潇控制着海旭和海晓坐在车上。

秦潇见书生一脸彷徨,不禁把他也叫上了车,等到了安全之处就把他放下。

几人顺风顺水就出了海府,经过前院秦潇又被震了一下,只见院子那叫一个大,拴着几百匹战马都不觉得挤,也吓得浑身直冒冷汗。

他见识了海旭的实力,这在此地又是这个时候,还不真成了一霸。

他猛地想起什么,叫他们先走,自己则纵身消失在黑暗中。

等凌震联络上了自己人,他们把马车驾到偏远近山处,凌伍二人这才把他们放下。

而此刻却听到海旭府的方向一阵爆炸声响起,几人忙回头看,却见海旭府后院方向一团团火焰伴随着爆炸声腾空而起。

而且这爆炸声是此起彼伏,一时半刻都没有要停下的意思。

海旭当时脸就绿了,回头恶狠狠地盯着凌震。

凌震大体也猜出是谁干的了,忙叫声告辞,就拉着伍芮消失在黑暗中。

海旭此刻已经气得浑身发抖,他知道刚才肯定是那小白脸回去把自己的地下密室给炸了。

这个小王八蛋,不但吃了老子的东西,还要毁了老子的家当!此仇不共戴天!海旭咬牙想着。

这时,一直悄悄尾随的亲兵已经赶到了,忙下马请安。

却听海旭咬牙切齿道:"你们马上通知人马,赶快去追,在这皖南地界谅他们也跑不远!"

"记得传本大人令下去,谁能拿到匪首的人头,我赏银一万!"

亲兵领命去了,海晓却是皱眉,一副欲言又止的样子。

海晓见海旭气得一副吹胡子瞪眼睛跳脚大骂的样子,想了想还是说了:"哥,不如就随他们去吧!"

"随他们去?"海旭听得暴跳,"他们可是炸了我二十万两银子的装备,那可是我留着准备东山再起的!这帮王八混球,不剥了他们的皮难解我恨!"

说完，海旭跳上一匹马，拍马飞奔回去部署抓捕了。

海晓长叹一声，自从她对小白脸没了恨意之后，总觉得那几句话确实打动了自己的心肠，而这么多年自己也从未听到过这么让人心暖的话。

本来她想劝哥哥放过他们一马，但眼见着这群人毁了哥哥的基业，他说什么也不会善罢甘休了。

海晓只得悻悻地去牵给她剩下的那匹马，没想到一瞥间，就看见书生还愣愣地站在那里，动也不动。

她不禁奇怪问道："你怎么还不走？"

这书生本来下了马车腿麻了，打算活动一下等会儿再走。

没承想海旭的救兵到了，他又被吓得不敢走了。可等他听到海旭说赏银一万两时，不禁被惊呆了。他只知道这是户大富大贵的有权有钱人家，可完全没想到这么有钱！一万两，他想都没敢想过，人家却就是随口那么一说！自己寒窗苦读多年，没想到科举被废了，书都白读了。而后自己就成了乡间的废物笑柄，就连薄田都要靠老娘来耕种。这一万两得是他们家多少辈子才能有的巨额财富呀！而后他又听到海旭说到二十万两银子的装备后，更是被惊得走不动了。天哪！这家人得是富可敌国吧？这财富自己就连听都是头一次听到。他不禁再次想到了自己的经历，不免觉得这前半生真真都是白活了。别人随口而出的数字，都远远超过自己梦想的上限，这生而为人的差距怎么就这么大！寒窗苦读为的是什么？还不是能跳过龙门，从此改变命运，远离贫穷和苦难！但现在唯一可以希冀的全都没了，难道还要让自己重回乡间捡起锄头去干活儿？

他心里激烈地斗争着，思潮汹涌地翻滚着，就是没有再想过要赶紧走的事情。

而此时海晓一问，他才反应过来。

他呆呆地看着对面那张之前差点儿把自己吓坏的脸，怎么现在看起来却没那么可怕了呢？

海晓见他还不挪窝，只是傻傻地看着她，就说道："怎么？还不走，怕我还去追你？放心吧，我答应过了就不会反悔！"

谁知对方却愣头愣脑地盯住她问了句："其实你才是真正的大小姐，对吧？"

海晓听了一愣，木然点头而后问道．"怎么，被吓住了？那还盯着我看？"

书生却是羞怯一笑道："之前我说的是气话，姑娘千万别放在心上！我这边给您赔罪！"说罢朝海晓深深一揖。

海晓就喜欢这种文质彬彬的书生相，被他这一揖倒是逗乐了。

她道："怎么？不觉得我丑了？也不怕我了？"

"其实姑娘还是另有一份世人难以洞察的美而已，只是小生愚钝，之前紧张，竟然没发现！"

之前在风月场上，海晓是用钱砸得让那些贱男人叫自己美人，但到了外面美这个字就再没什么男人对她说过了,更何况是这样一个自己喜欢类型的男人呢?

她倒是不禁有点儿脸红,竟然觉得有几分少女般的羞涩涌上心头。

她咬着嘴唇道:"那你什么意思?"

对呀,书生到底是什么意思?

他看着面前这位扮清纯状的半老徐娘,似乎慢慢地竟然真的觉得还有点像自己说的美在里边了。

那他接下来到底又要怎么做呢?

之前那场爆炸的确是秦潇弄出的,他当时看了海旭的阵仗,觉得如果再有那样的武器落在了他的手里,不定要有多少百姓遭殃呢!

他一咬牙,一不做二不休,回去就把海旭密室中的军火给点了,爆炸随后发生。

这也怪海旭当时走得匆忙,没关机关门,要不秦潇自己一人也别想打开机关进去。

等炸了海旭的军火,他通过树叶哨跟凌震等人取得了联系,追上了队伍。

此刻众人正在山前的树林中分着新式的枪械弹药,个个都很兴奋。

不过凌震却对秦潇道:"老七呀,最后这一招你可做得有点不地道!"

"常言道'杀人不过头点地''打人不打脸',说的都是别把事情做绝了这个意思!"

"你现在毁了海旭的根基,他还不找你玩命儿?"

秦潇道:"四哥,你知道那些炮威力多大吗?如果用它们打仗,不知要连累多少无辜百姓死伤呢!"

"如果我不趁这个机会把它们毁了,我会后悔一辈子!"

"那你也不该就这么直着来呀!是不是等我们办完了正事,能没牵挂地撒丫子开溜时再毁不是更好?"

"况且,哥哥我得说你几句!你这是妇人之仁哪!可是要坏了大事的!"

"百姓死伤些对大局来说又算是什么?你们见那时日俄在旅顺开战,不知死了多少清朝的……"

"你别说了!"伍芮气道,"我觉得老七做得对!为人还不得善良点儿呀!老七这一念之仁,不知救了多少人,造了多少级浮屠呢。"

没想到凌震一听伍芮教训,又变得蔫头耷脑,来了句:"你说得对,都对!"

这下子伍芮又没词接了,只能是皱着眉瞪着凌震不说话。

本来秦潇还想着说些诸如自己考虑不周云云的,没想到被六姐仗义执言打断了,而四哥似乎是悟透了心法一般,一句话就让对方没词了。

秦潇心道,这世上的变化可能就如同这人心人性,有的时候,就那么一点儿改变，却能达到出其不意的效果。

不过没等他们歇多久，林子外就听到了大队的马蹄声，还有官兵的叫嚷调度声。

众人都是心惊，想过海旭会发飙，没想到来得这样快！

他们忙收拾东西准备突围，可是一动之下却是叫苦不迭。

原来真的怒了的海旭此次竟是派手下倾巢而出，几百骑兵就像织了张大网一样快速地向他们包抄过来。

这样的阵势根本没法突围，而且一旦正面对抗，面对同样装备精良的海旭部下，难免会有死伤。

所以众人只得沿着山路向上走，希望通过山地的险要和林木的茂密，让大队骑兵知难而退。

可这次他们打错了算盘，这些人像是得到了死命令般，毫不退缩，紧紧地咬在后面，毫不松懈。

众人没法，只得往大山深处接着翻山，企图用山地甩掉追兵，可是对方就如同闻到腥味的豺狗一般，就是死死不放。

他们连翻过了三座山，还是没有摆脱追兵，这时马已经不能骑了，众人牵着马爬山，一路叫苦不迭。

而且他们一头扎进的是大山脉，这远不同单座的、连片的高山，山脊是一个连着一个，山峰也是层峦起伏，一派爬不到头的模样。

眼见着这样下去不是个办法，众人就想着要在哪里找个出口脱离群山。

恰巧在这时，一人眼尖，发现了在旁边山脉下边有一道奇黑无比的深谷。

众人连忙往那边赶，到了边上，这才看出，就在这山腰下面，在对面的山体之间，有一道深谷。

这山谷如被墨汁染过一般，今夜是六月十四，月亮接近正圆，而众人经过了长途跋涉，时间也已经接近了下半夜，忽然一阵乌云把月亮遮了个严实。

常言道"八月十五云遮月"，没承想恰巧被他们赶上了。

他们是一路眼见着月亮由升到没，现在月色全无，下面的深谷看起来更是漆黑无边，让人看着心惊胆战。

可是又能怎样的？海旭的大队追得实在太近，这些亲兵们好像全然忘了危险生死一般，个个奋勇。

按凌震的说法是重赏之下必有勇夫，这些人肯定是得了什么极大赏赐的许诺，才会如此不要命的。

所以现在的情势，众人已毫无选择，只能进入深谷。

他们小心翼翼地将枪支弹药都背在身上，然后深一脚浅一脚往山下探去。

223

有句老话叫"上山容易下山难",说的就是再高的山只要能有把手可以攀附,那就可以仰仗四肢的配合爬上去。

而下山却不一样了,多数时候只能靠双腿,而且如果斜倾过大,一不留神就会变成整个人往下滑落,甚至是掉落,十分危险。

这些都是关外绿林道上的好手,纵横沙场都是生猛无比。但遇到这种连绵大山却本事完全白瞎,徒有力气却用不上,只能任自己逐渐由爬下转为滑下。

最先控制不住的就是马匹,在遇到一个突然出现的近乎垂直的斜面时,一行中有两匹马踩空,嘶叫着坠入山谷,只几声就见不到踪迹了。

众人听着半天都没消失的马嘶声,更是恐惧异常。

这山谷得是多深呀,掉了这么久都没摔到地面?

有几位见形势险峻,就打起了退堂鼓,还是在凌震的强威之下,才稳住了下山的阵型。

其实这也是他们不了解或者紧张过度忽略掉了,在这又深又长的山谷中,回声是很强烈的,几乎就是久久不绝。

不过接下来的事情倒是给众人些许安慰,因为海旭的追兵比他们要惨多了。

他们眼见着有几个亲兵是连人带马掉入山谷中的,那撕心裂肺的叫喊听着既让人惊悚,又觉得隐隐给劲儿。

掉下了几个人后,海旭的追兵果然放缓了速度,似乎在上面商议对策。

而众人正好趁此时,重整信心,加倍小心,别无二心,协力齐心,终于在经历了一番惊悚惊心后下到了谷底。

而最令众人兴奋的是,一个人都没折损,而且由于之前把枪弹都带在了身上,所以也没有损耗。

等纷纷打开火折子四望后,大家的心情似乎又沉到了谷底。

按理说之前掉下来几匹马几个人,现在到底了,怎么着也该见伤见尸了。

可是他们愣是一具尸首都没见到,人也就算了,有可能挂在半山的树上了,可马那么大个,怎么就能完全不见呢?

几人沿着周围找了一大圈,还是没有发现任何尸体,却发现了好几大摊血迹,还有拖行的血痕。

这情景让所有人都紧张起来,凌震更是叫着全部持枪上弹围拢成一圈警戒。

从现有迹象看,这些或伤者或死尸,都被什么东西给拖走了。

而且要拖走马尸,必须是个体型更为庞大的生物。

而现在四周寂静无声,在无尽的黑暗里潜伏着巨大且凶猛的野兽,让谁不是步步惊心?

不过警戒了一阵,并没有任何生物向他们发动攻击,大家也就稍缓了下来。

凌伍二人叫上秦潇商议对策,这里显然是危机四伏,不是个久留之地,那下面该怎么办?

这峡谷自然就有两个出口,到底往哪边走,是个问题。

凌震分析着,综合现在的局面来看,海旭的追兵并没有继续往深谷下来,显然是知道危险了。

可是重赏之下,他们也绝不会轻易撤回去,哪怕是不想要这赏金,就这样两手空空回了,又这么快回去,海旭也不会轻易放过他们。

那他们下一步要做的肯定就是分兵,一路在他们刚才下来的山上继续看守,另一路绕道下来进入山谷。

那据此分析,从来的方向出去肯定是要碰到强敌的,可要是往里走,就是向未知越走越深,吉凶殊难预料。

凌震的分析得到了秦潇的肯定,不过现在既然已经进入了绝境,那走回头路就会跟海旭的追兵死磕。

到时他们三个或许可以勉强自保,可是其他几位弟兄呢,只不过是骁勇,不懂什么高深武功,每人面对十几甚至几十个全副武装的火枪兵,可怎么办呢?

伍芮也道:"还想什么想,那话怎么说来着,'自古华山一条路',反正现在是有进无退,还瞎琢磨啥,直接往里走就是了呗!"

凌震看看她,长嘘口气道:"你说得对,就听你的!"

看来现在凌震已经完全掌握了对伍芮说话的精髓,一句胜一万句。

不过这回伍芮可不干了:"咋的?回回这样,好像我逼你似的,不情愿拉倒!犯不着好像埋汰我似的!"没想到凌震又追加了一句:"从今天开始,一切争端都由你的意见做主,我绝不再反对!"

"而且只要你说什么,我二话不说就去干!"凌震作义无反顾状。

这话倒是憋得伍芮一时没词了,可她还是皱眉道:"你二啊?要是我说错了呢?你还傻傻地干去?"

"要是平白无故的时候,你也不会争论!"

"但我们争论时都是不知对错的时候,既然都不知未来是对是错,又何来的对错?"

"那我们就选你的那条路走下去,不是直路我们把它扩直,遇山就绕遇水就渡,总之我们会把它走成一条对路!"

"这世上不确定的事哪里有什么对错,就看坚不坚定做了!所以以后只要你指路,我就坚定跟下去!"

"而且……"凌震目光灼灼地看着她,接着,他语气深沉道,"而且你的善心是不会故意把大家往错路上引的!"

伍芮迎着他灼热的目光,只是惊讶地瞪大了眼睛。

这还是自己认识了十多年的师兄吗？怎么好像刚刚认识一般？

他的话中透露着无比的真诚，眼神中喷发出熊熊的热量，怎么让她感觉到一下子陌生了？

但这种陌生却让她觉得很是受用，很是惬意，当然还很是温暖。

这是他们相处十几年来都没感受到的温暖，他还是那个他吗？怎么好像变得……

就在她胡思乱想时，凌震叫着整队，他将手榴弹分发给众人，说清了用法，将九个人分成前中后三组，现在只有七匹马了，就由最后一组牵在身后。

而且谷内漆黑一片，没法判断地势地貌，只能大家探着走。

三组里秦潇抢着打头，带着两个兄弟，凌震让伍芮居中，而他带着两人在后，三组人前后间距一丈，齐整地向山谷深处进发。

这凌震是领兵打仗的老手了，这点布置自然不在话下。

而在谷中待了一阵，没有任何意料外的事情发生，弟兄们的恐慌心情也逐渐消退，就抖擞精神跟着各自领头的开始上路。

身后和山上还可以隐约听到人叫马嘶的声音，可这山谷中却是静得出奇，就连一声鸟叫雀鸣都没有。

而就在他们身边，漆黑一片的密林中，有一道几不可见的身影，在盯住他们一阵后，疾速地向前起跃，消失在贪夜的黑暗中。

九十一、不死走肉

众人慢慢走着,按照部署好的节奏有条不紊地走着,身后头上已没了追兵的声音。

身后只有自己马匹的马蹄声和不时的马鼻声,除此之外就是众人沙沙的脚步声。

在这个漆黑的世界,除了火折子那点儿亮,就再没有别的光亮。

在这个沉寂的世界里,似乎除了他们就没有任何活物,甚至都听不到炎炎夏日任何虫子的鸣叫。

这静得太可怕了,也太不正常了。

这时大家才意识到他们漏掉了一个重要问题,大家看见尸体被拖走的痕迹,都以为这里有猛兽,所以注意力全部放在了观察随时可能扑出的大生物上。

而他们却一直忽略了深谷中的小生物,忽略了这里竟然没有任何小生物的声音。

山谷无风,一丝都没有。两边如墨的树林是静得出奇。

安静本来是一种祥和美好,但要安静到完全察觉不到声音,那就是惊悚了。

他们走着走着,发现自己已经走到了一道河床上。

山谷下有溪流小河原本极为正常,但这河床却是干的。

几天前刚下过一场连绵大雨,再怎么说河床里总不能一点儿积水都没有吧?

可这里还就真没有,难道在这山谷里就没有下雨?

大家精神越来越紧张,两边的兄弟总想拿着火折子到两边照亮仔细看看。

人就是这么奇怪的生物,当察觉莫名的怪兽可能在身边时觉得可怕,但当什么生物都感觉不到时也觉得可怕,非得找出点儿什么活物来。

所以很多人都说像什么聊斋等野狐鬼谈,都是因为作者离群独居过久,在极度的孤独寂寞中自己想象出来的。

但是要到了这样一个连万物的声音都听不到的地方,又能想象什么?

就在人们的恐惧中,搜寻中,火折子的数量消耗极快。

他们没准备火把,那是他们根本就没准备今晚就去寻找探测千花百鸟谷。

之前他们想得可理所当然了，晚上去海旭那里敲上一笔，而后找地方休息，第二天再准备进山的应用之物。

不过秦潇一气冲动之下，竟然把海旭给彻底惹毛了，这才把他们逼得连夜躲进大山。

而这火把不是随便掰根树枝就能做出来的，而是要用浸泡火油的布缠裹固定才能做好的，而且为防止挥发还不能准备过早。

所以现在他们身上只剩下这点儿火折子，必须要节省使用。

所以每队就削减用度，由三个点亮，变成现在只有一个照亮。

这样一来，两边的兄弟视物就更困难了，视线基本都看不到两丈外。

这样半摸黑走了一阵，一个弟兄实在是忍不住，对凌震道："老大，不如我们放火烧树吧！"

这些人在出关前就商量好了，到了外面一致叫凌震老大，叫伍芮二姐，秦潇加入后就变成了三哥。

而秦潇等三人却是四六七的叫，幸好众兄弟都训练有素，才不至于弄混。

凌震一听，也不马上摇头了，而是叫住了前队，和伍芮秦潇聚在一起商量。

这主意一提起，出主意的顿时被伍芮罩头就来了几巴掌。

"你疯了！在山里烧树，亏你想得出！要是点燃了山火，把大山给烧秃了，你他妈赔得起吗？"

秦潇也是不同意，当时他在东北和莫沁然经过小兴安岭时就见过守林人扑灭山火的情景。

那可是调动了周围上千百姓去扑救，场面别提多悲壮了。

他们还眼见着有百姓在扑火过程中被烧死，在这般群情悲愤的感召下，他们也加入了扑火，并且还出了大力，终于合力将山火扑灭。

而火虽然灭了，但百姓们还是分组搬土掩埋可能的火种，还有直接就用脚踩上一天的。

火灭了，但当地百姓却是没有一点儿兴奋的意思，一问才知，就是这么一次山火，却给他们带来了难以估量的损失。

哪家死人就不提了，光是围着这山住的几个屯子，未来几年都可能闹饥荒，而且山被烧秃了，万物不存，要想恢复到以前生机盎然的样子不知要多久。

对此秦潇是记忆犹新，所以也觉得那满嘴胡言的小子的确是该揍。

不过现在的确是又入了困境，这才走了也就多半个时辰，火源消耗明显就比意想的要快得多。

再这样下去，他们等不到天亮，火种就得全熄了。

为了保存光亮，他们只得决定三队并在一起，改用一个火种，人呢尽量聚得紧密些。

于是兄弟几个又被召集到一起，可是一数竟然少了一个。

疑问之下说是去解手了，还带着个火折子。

伍芮气得大骂懒驴上磨屎尿多，但也只能等他回来再上路。

可是众人在四下呼叫了半天，都没有听到任何回应。

伍芮骂道："这他妈的山谷里还有茅厕不成？这小子掉粪坑里去了？使点儿劲儿叫！"

又叫了一阵，还是没有半点儿动静，这下子全员都惊恐了。

如果此时抛下生死不明的兄弟不管就继续上路，那未免太不仗义了。

于是大家只得分两路到两边去搜找，但走出了上百步都没有人影。

这下子再聚回到一起的众人可是都手足无措了，这人就算是去大解，也不至于走出百步之外呀！

更何况还是个糙爷们儿，平时尿尿也就背开伍芮几步就算是礼貌了，怎么也不至于跑太远。

这时一人在不远处地上踢到一物，拿起来一看，却是个烧了三分之一的火折子，大家顿时都傻眼了。

这物表明，刚才那人就在不远处被什么生物给掳走了，现在估计是凶多吉少了。

但最可怕的是，距离这么近，就没人听到任何呼叫声和撕咬的动静，这人就这样没了，实在是太让人心惊胆寒了。

秦潇也是很奇怪，他最近戒了酒，五感都恢复了不少，可也没有什么非常明显的感知，那刚才那个兄弟是怎么没的呢？

如果是被猛兽强力快速地给一口咬死带走，就算不发出什么声音，但至少也该有点儿风声吧？怎么会没感觉到呢？

这意外之变，让气氛顿时紧张起来，周边的空气似乎都要凝固一般。

现在这地方太邪门了，大家必须得赶快向前走争取尽快出去，才能摆脱目前看不见的险境。

于是大家仝都放弃了呼喊搜索，连以前跟失踪弟兄关系不错的也不敢再多停留了，全部聚精会神地四处张望，加快了脚秤。

秦潇这回倒是留了个心眼，他自告奋勇地走在了最后。

他不是用走，而是用轻功让自己平稳地站在马背上，倾听着可能的声音，观察着随时可能现形的危险。

这时一行来到了个弯路处，山谷因为山脉走向的关系，弯曲是极为正常的。

但这处弯路却很窄，比之前的河床底还要窄，而且路边并没有看到树影，而在拐弯处却隐隐看到了两边山崖突出的岩石。

秦潇目不转睛地盯着两边，这时他就见从一处岩石上突然扫过了一道类似人影的影子。

他心道：还等不着你！于是足下飞速一点马鞍，身子直射出去，直奔那影子而去。

可是让他万没想到的是，那影子的速度如风如电，转眼间绕过了弯路就直飞没入前方的黑暗之中。

秦潇是用尽了全力，都没法跟上哪怕一丁点儿。

他心中极恐，那要是个人影，那得是多么高的轻功！

这功夫不但是自己无法企及的，也远在他义父之上，甚至与在秘境中见过的祁主使不相上下。

按武林中的话来说，这要是人，那功夫就入了化境，简直就像传说中来无影去无踪一般。

可是如果他真是个人，又有意与他们为敌，只要一出手转眼之间就能把他们全部制服，还不让他们有任何还手之力。

要杀他们那就更加容易了，那可以说不等他们反应过来，就能不费吹灰之力将他们全部杀于无形。

犯得着这么鬼鬼祟祟，隐藏行踪吗？

刚才那个弟兄是不是他杀的，或是掳走的？但为何要那样做呢？完全可以正大光明地来！

人要是又恶又狠到了极致，他就变成了道理，就成了世人只能跪伏的神。

完全没理由这样躲躲藏藏的呀，这说不通呀……

正在他百思不得其解的时候，身后突然传出了叫声，他忙用功回身回去查看。

就见此时众人已经绕过了弯路，而每个人都端枪对着面前的一个人。

待得近了，在微弱的光线下，他看见此人神色木然，直愣愣地站在那里一动不动。

众人正端枪对着他，可是对方没动，谁都没有开枪。

伍芮举着手枪叫道："你干什么的？我们兄弟是不是你抓走的？"

对方不回答，只是像木头般向前挪动了一步，吓得众人赶忙后退。

伍芮又叫道："你他妈不吭气就行了吗？再不开口，休怪我们枪下无情！"

那人还是没回答，又向前如木桩子般移了一步。

伍芮道："别废话了！兄弟们，给我把他打成马蜂窝！"

就在这时，忽然一阵极为低沉的声音从空中传了过来，这声音就如同撕裂人的耳膜直刺人大脑般让人极度难受。

而此刻后队的马突然嘶叫起来，那声音极为凄厉，而且并不是一匹马。

就在众人回头之际，前方的人突然扑向了人群。

有几人在慌乱中开了枪，几枪过后，全部打在了来人的前胸。

可是让所有人震惊的事情出现了，那人竟然只是中枪时身体向后面仰了几下，而后就不减势头，继续冲向众人。

人群顿时慌了，乱枪响成了一片，而队后的马嘶声却是更加凄厉。

秦潇见前队自己已经插不进去了，忙一个起身就飞到了队后。

在空中他就隐隐间看见了，还有一个人正在厮打着马匹。

等秦潇落下身形才看清，原来准确地说，他那不是在厮打，而是在猛烈地厮扯着马肚子，有一匹马的肚腹已经被撕开，内脏正在啪嗒啪嗒往下掉，而马匹也已经摇摇欲坠。

秦潇实在不明白，这人得有多大力气，才能徒手把马腹撕开。

而且这人同样是表情木然，离得近了，还看见他是剃了个光头。

就见他并没有看，而是只要经过一匹马就直接伸手下去撕扯马腹。

这手段当真是让见者惊心，场面足以让人吓得胆战。

秦潇身上背了一杆枪，他瞄准照那人头部就开了两枪。

这是德制最新式的连发步枪，连他都已经叫不出型号了。

但显然这枪威力很大，秦潇枪法又准，两枪几乎打在了那人额头上的相同位置，打出了个明晃晃的血洞。

可那人只是被后坐力震得退了退，而后接着扑向马匹。

按理说这么近，他应该看见了开枪的秦潇，可那人却没对着他来，而是继续扑向马匹。

秦潇觉得很是惊奇莫测，而且眼见这最先进的步枪都不能阻止那人的来势。

他看一匹马身上插着一把大刀，上前猛地抽了出来，而后奔着那人砍去。

这一刀正中那人肩胛，刀刃都嵌进去了，秦潇用了好大力才又抽了出来。

如果这是把宝刀，应该把那人半个身子都卸下来。

可是那人还是如同仅仅被下压力挡了一下般，退了一步，接着继续进攻。

秦潇也是傻了，这人不是刀枪不入，而是刀枪不惧呀！

这可怎么打？不过他还是继续向那人左右挥刀，而此刻秦潇已经站到了马前的位置，直接对着来人。

那人就不再攻击马匹，而是扎着双手就向秦潇直扑而来。

离得近了，秦潇都看见了那人头上被打穿的大洞，可就是这样，那人依旧能全力进攻，这怎能不让人惊骇！

秦潇也是不管不顾了，把这把大刀奋力挥舞开来，咔嚓一刀，那人的一条胳膊给砍断了。

再接着一刀，那人的肚腹被砍了个大口子。

秦潇见这都阻止不了来人的攻势，索性照他的腿就来上了一刀，直接把对方砍倒在地。

可那人虽然没法再站起来，却努力地在地上用身体蠕动着，单手仍死死地抓向秦潇。

秦潇头皮都快炸了，他不得不爆发出了生平从没有过的残忍，闭上眼一刀砍向那人的颈项。

扑哧一声，那人的头颅被砍下，可最让人震惊的事情是，没了头的那人竟然还蠕动着抓向秦潇。

秦潇被吓得已经是肝胆不存，又是一通乱刀，直至将那人的手脚全部砍下为止。

秦潇看着还在地上动着的尸体，仍觉得心脏狂跳不止。

他开始还为不明不白就这样残忍地杀了个人懊悔，可是看见眼前情景再回想刚才经历，所有的一切都可以证明，他杀的不是一个人！

这只是个徒有人外壳的不死生物！难道是秘境中那些个魔兵逃到这里来了？

明墉可是说过，他又去了两次秘境，可是再也找不到了，他怀疑秘境已经不存在了。

难道那些魔兵南下到此了？不过他很快就推翻了自己的这个猜测。

那些魔兵远比这个要凶狠得多，而且速度超快，还能将断肢重组继续厮杀。

可这个只是个杀不死的，或者说本来就是个死的。

可死人怎么还能动个不停，还能在没了脑袋后继续进攻？

他不禁想起了传说中的尸变、尸王什么的，这里可是人烟罕至的深山山谷中，不会真的有什么尸王吧？

他再看看被砍得七零八落的这个人，他身上并没有腐烂迹象，外表就像是个常人无异。

那这能算是尸体吗？再看他穿着长袍，这不就是个大清人吗？但为何剃个光头？

正在他难解其奥之际，前队的伍芮跑了过来，边跑边说："哎呀妈呀，可他妈吓死人了！都被砍成肉块了，还能动呢！你这边……"

她立刻就看到了地上的一堆，讪讪道："你这边还好，没那么恶心！"

原来他们前队遭遇那个也是枪打不死，踢打不倒的。

由于之前把刀剑什么的都放在了马上，前队兄弟身上只挎着枪，所以虽然人数远远占着优势，但还是跟来人缠斗了好久。

而且一名兄弟还被来人撕穿了肚腹，内脏流了一地，眼见就活不成了。

最后还是伍芮和凌震反应够快，取出就近的家伙，齐力将那人斩成肉块才结束了这场战斗。

这场战斗牺牲了一名兄弟，马两匹，对方全部死亡，但不是能确认的死亡，而是只能确定再没有攻击力了。

大家斗完两个不死的怪物,都是连吓带累,都瘫坐在地。只有秦潇还在盯着地上蠕动的尸体在看。

伍芮倒是很体贴,见状道:"行了老七,过都过去了,别责怪自己!"

却听秦潇那刀摆弄着被砍掉的头颅,突然他又出了一刀,直接就把那颗头的后脑砍开了。

伍芮一咧嘴道:"哎呀,不至于恨成这样!"

"不是,六姐,你看这人的脑袋不觉得奇怪吗?"

伍芮皱眉道:"啥怪的,不就是个被砍成两半的秃瓢吗?哎……这是……"

她就见这被砍开的脑壳里面是空空荡荡,大半脑子都被摘除掉了。

就听秦潇道:"刚才我开枪在他脑袋上开了个大洞,就觉得奇怪了,这才动刀砍开,果然里面多半是空的,根本就没多少脑子!"

伍芮极为震惊道:"这怎么可能?这人长这么大个,怎么竟然没长全脑子?"

"以前骂人说没脑子,没脑子,原来还是真的!还真有没脑子的人!"

秦潇只能暗中摇头,清晚期,国人绝大多数仍没有任何科学基础,还都不知道大脑才是人体的行动思维中枢,是总司令部。国人还大多以为心脏才是人体的绝对中心。

当然这并不表示当时人就完全不认为大脑是有用的,至少还认为脑袋是用来思考学习的。

不过它与人体的行为行动有何关系,就基本不知道了。

不过秦潇也没空解释,而是说:"这人不是天生无脑,他的大脑是后来被人摘除的!不信你看……"

说完他手指着后颅骨的缝合线道:"这就是用外科手术把脑子给移除了!不过……"

"不过什么?"这些对伍芮来说都是新奇事物。

"不过这可是像极了西方的手术,并不是我们中华传统医者做得出来的!"

"那就对了!这么残忍的事儿,也就洋鬼子干得出!"

秦潇又是暗暗摇头,这么一杆子打翻一船人的说法在清末很是常见。

他以前办案时,很多遇到超出大清人理解范围的,就一律认为是洋人干的。而且普通百姓认为,残忍的灭绝人心的事情只有洋人才干得出。

不过,难道中华坏人就少吗?他就见过不知多少残忍无边的,就像不久前那个"颠倒六道"组织的人,那手段同样令人发指。

所以坏人是不分国界国籍的,因为坏是藏在心里的,不是露在表面的。

不过他还是说:"没错!这个的确是西医外科手法。这些洋鬼子到底是对这个死人干了些什么,为什么这样?"

他猛地想起最早在疯人院里,得悉那些洋医生拿病人做活体开颅的事情。

难道这是那群人干的？不过那个莱斯特院长不是被自己打死了吗？难道……
这时伍芮却有了更惊人的发现，她叫道："快来看，老七！"
秦潇投眼过去，就见尸体已被翻了过来，而伍芮正在翻动着被割开的肚腹。
伍芮道："这个人不仅没有脑子，还没有内脏！啥都没有！"
秦潇马上过去一看，果不其然，整个胸腹腔一片空空，就连在肋骨底下的不太好摘除的肺都给摘下来了。
而且身体表面还是有一道长长的深深的缝合印，这同样是西医才干得出的，可他们此举为何？
秦潇马上叫伍芮去看看那具尸体是不是也是这样，伍芮去了不久就回转告诉他，果然那个也是个没脑没内脏的。
秦潇顿时陷入了沉思，两个没脑子没内脏的不死人，还是人吗？简直就是能攻击的走肉！这怎么……
一件事猛地闪进了他的思维中，那是宋忤作跟他说的，在河里之前曾打捞上来的两具无主尸体。
当时他就光想着与白丸的联系了，可现在想起来没这么简单。
宋仰慈说那两具尸体都是外表完好，就像是刚死一般。
但他解剖后发现两人的内脏和大脑都已经腐烂，这就和死去很久的人特征相符。
可为何内里全烂了，而外在却毫无腐败的表象，这令他很不解。
而且晚上他再回去时，却发现尸体竟然还能活动，这更是让他当时极为费解。
不过今天他看到的这两个，不就是吗？明明按理说中了几枪早就该死了，可却没死。
脑袋都砍下来了，但是还能活动，直到都切碎了还能隐隐动弹，这到底是为什么？
而且最神奇的是，他们两个既没有脑子还没有内脏，却能如生人一般，怎么这么难以置信呢？
而且他还发现，这人身体被切砍这么多次，身上却几乎都没怎么出血，这又是怎么回事？
一个没血、没内脏、没脑子的人还能不死来攻击人，而且除了切碎还没法让他停止进攻，这怎么可能？
今天如果不是秦潇和凌伍二人武功卓绝，那剩下的几个兄弟可能都会遭遇不测了。
试想如果这样的人要是面对普通百姓，那又会是怎样？
种种异端，不仅让秦潇想得头都要炸了，但还是如在深深的迷雾中，完全找不到解释。

这时凌震走过来道："老七呀！别想了！咱们既然想不明白，就得赶紧赶路！这里面太邪性了！可不能久待！"

说罢他又朝伍芮问道："你说呢，师妹？"

伍芮又被他问得一愣，这师妹的称呼她是好久没听过了，没承想他现在竟这样叫她。

转眼间人世沧桑过了，人都老大不小了，却还叫得那样嫩，倒是又令伍芮心思一乱。

见无人反对，凌震马上叫人组织队形继续赶路，那个死去的弟兄也是带不走了，就在旁边刨了个坑把他草草埋了。

凌震还在他坟前许诺回去后定要善待他家人，又说了些诸如你老娘就是我老娘，你儿女就是我儿女这样的话。

当然秦潇心里明白，这都是说给那些活着的弟兄们听的。

人就是要个希望，要个踏实，凌震这样做完，剩下的三个兄弟果然重新抖擞精神。

现在一行的目的很明确，就是快速通过这山谷。

他们现在也不管不顾了，索性就都上了马，任马按它的判断自行向前慢跑。

其实这样做是有十足依据的，马不仅视力惊人，更兼具对危险的敏锐感觉。

一般时候，人就算在黑夜骑马，只要不是快到让这有灵性的生物反应不过来，都不会被它带落到深坑泥沼里去。

作为古时最可靠的交通工具，人对马的信任还是很深的。要不也不会在找不到路时，弄匹老马来个老马识途。

果然在马背上，大家的行进速度快了不少。

虽然四周仍是一片漆黑，在马上连火折子都没法点着，但凭着对马的信任，大家还是行进得稍感安心。

可是走了没多久，马就渐渐缓了下来，而众人也听到了哗哗的水声。

刚开始众人还以为碰到了溪流瀑布，想继续催马，可马都不走了。

他们下马打开了火折子往前探查，果然在前方十丈远处看到了一个横跨的深涧。

这条山涧看不清对面有多远距离，但凭从对面流到山涧下的水流来看，这道山涧大概宽度有五丈。

这地形他们之前从没见过，就连也算走南闯北过的秦潇都觉得十分诧异。

怎么说呢？现在这条山谷其实就是夹在两山之间的深沟，而山涧就像是横着把两条山脉连同深沟一起，劈出了个五丈宽的口子。

而且这一劈还极深，直接就劈到地底下去了。

现在可算是明白了之前走过的河床为何一点儿水都没有，看来应该是都流到这横切的山涧下去了。

而且之前那段山谷前应该没有其他水源，否则不会一点水都积不下。

但没有长久的河溪冲刷，哪里能出现河床？

那唯一可能的解释就是这段山涧可能也就出现了几百年，至少不该是最初伴随着山谷一起形成的。

自然之神力会产生无数令人惊叹的地质地貌，秦潇也是到过了漠北的人，自然是对此心存敬畏。

就算是现在深夜没光，但这大自然的鬼斧神工还真是让人感叹，更何况这真的就是鬼斧神工般的地貌。

几人往两边试着探路寻找，可是两边被切得特别齐整，就连再插脚走上去都几乎不可能。

而秦潇仰仗着功力飞出查看，没错，这条涧是他们能过去的唯一通道。

不过这里左右又没有大树，想搭个木桥都没可能，怎么才能让所有人过去呢？

这距离秦潇完全没把握能全力一下跃过去，他相信义父李白安可能也不行。

不过这里既然早就存在，那这山谷底下如果有人往来通行的话，必然会修一座木桥。

但现在看不到了，说明可能有人已经把木桥给破坏掉了。

秦潇想到之前在黑暗中见到的那个让人毛骨悚然的影子。

如果是那人干的，就全都说得通了，因为就他那登峰造极的武功，根本就不需要桥。

不过现在对他们来说，有桥可就是必要的了。

有人提议回身去找大树，砍了做桥，不过当场就被否定了。

这里是深谷底，树木很难长得极为高大，再者这里是江南，本就没什么高大的乔木，上哪里去寻高过五丈的大树呢？

也有一个说不如远道返回吧，现在估计追兵都撤了。

不过这也被否决，且不要说回去追兵还在不在，就是半路上在之前遇到伏击的那个弯道附近再遇上一次之前那般的攻击，可是谁都承受不了的。

对方只有两个，就把他们搞得差点儿人仰马翻，要是更多了该怎么办？

可是回头不是岸，那向前怎么走呢？

秦潇这时想起如果沁然在身边，或许能编一条漂亮结实的丝绳，再想个什么办法让大家渡过去。

可现在，几人身边连个趁手的工具都没有，还能怎么办？

关东几人本来的任务就是到天津卫干上一票，所以之前道上用过的家伙是啥也没带。

此时明明飞虎爪百链索什么的就能派上用场，可偏偏不在身边，只能看着深涧对面徒自生叹。
　　不过这时就见凌震往一边的山头上看着，秦潇心念一动，过去道："四哥，看出什么门道了啦？"
　　"你看那边！"凌震指指山上道，"看到山上垂下的藤蔓了吗？或许那就是我们过去的唯一办法！"
　　秦潇之前运功探寻时曾看到过那些藤蔓，确实是够长，加以改造利用，配合自己的功力，就能够在山涧间连成一条植物绳道，够弟兄们通过，可是马呢？
　　他这问题一说，凌震却笑道："老七呀，你呀可真是不能掌兵的！"
　　"在战场上，除了自己的生死弟兄，一般的兵士都是炮灰了，更何况是马？"
　　"等过去了，彻底走出去，还怕没马？"
　　秦潇虽然知道这道理，"一将功成万骨枯"谁不知道？
　　他受了沁然的感染，这几年在清醒时思念她的时候，也会读一些诗，尤其是这句广为流传的。
　　这本是唐代诗人曹松写的，前四句是：
　　泽国江山入战图，生民何计乐樵苏。
　　凭君莫话封侯事，一将功成万骨枯。
　　但仅这句却可以概括连年征战、中原逐鹿的场面。
　　他也因此更不想做什么盖世英雄，因为他实在不能忍受百姓颠沛惨死。
　　这时听凌震这么说，心中真切地感觉到自己与这乱世的格格不入。
　　这时伍芮却走过来道："胡说啥玩意呢？要我说，老七才是有情有义的真汉子！无情就是英雄啊？"
　　凌震一听她说话，立刻就顺从答道："师妹说得对，是我该反省啊！"
　　伍芮却是叹口气，愣愣地看着他道："这些年，你要是一直跟我这样说话不就好了！"
　　凌震却迎着她的目光道："改过从不为晚！真心知道了要改才最重要！"
　　伍芮心情复杂，一时不知该说些什么。
　　秦潇见为今之计只得抛弃马匹，这时候自己可不能再妇人之仁了，人和马孰重孰轻，这他还是掂量得出的。
　　他叫过众人，吩咐了一番。
　　大体就是他要运功上去，先扯住两条结实的藤蔓，而后运功借力荡过去。
　　之后轻功较好的伍芮上山，把藤蔓的这一端扯下，带下山来。
　　之后在他固定好那段藤蔓上快速过去，同时带上两根藤蔓加固，而剩下的人就在这边加固另一端藤蔓。
　　这样的安排较为合理，兼顾了大家的功夫水平，又有前后照应，看起来十分合理。

秦潇就要登山去了,伍芮还是千叮万嘱,因为这样过一个毫无保护的深涧,她还是有些不放心。

而凌震也一反常态,没有说些什么且放宽心不会有事等的场面话,而是仔细地嘱咐并帮他随身带了柄手枪和两颗手雷,并扎裹好。

秦潇知道凌震是外粗内细,可没想到真的表现起细心来,与最细致的女子也不遑多让。

他谢过二人,就在全部期许的目光下,飞身登上山顶。

他选出了两根拉起来甚觉结实粗大的藤蔓,一根绑紧在腰上,而另一根却牢牢缠绕在手里。

这可是他第二次借住藤蔓运功跨越,第一次还是刚回国时在广州。

那时他怎么都不会想到当时所谓的妖女,竟会成了他一生念念牵挂的人。

想起来还有些心酸的他,不禁在心里默默地念着沁然的名字,暗道:"这次这鸿沟要是能跨过去,我们之间的鸿沟能否也跨过去呢?"

不过他也来不及多想,在黑暗中看准那模模糊糊的对面山间平地,身子顺着山崖快速踩动,开始荡起藤蔓来。

藤蔓和他都在山涧的一边,而这一侧后方又不是空的,想要荡到对面去,其实一点儿也不容易。

他需要把整个藤蔓沿这一侧平面荡地飞起来,而后才能借点扭转力道方向,之后才能让自己飞过去。

秦潇做到了,他此刻已经将藤蔓荡地飞离了峭壁边,之后他借助前荡的力道猛地纵身向对面飞去。

虽然这看起来只有五丈的距离,但这边一众人却都是看得目不转睛,心惊胆战。

因为这下面是看不到底的深涧,而对面也看不真切。

其实秦潇心里还是挺有底的,如果这一次他要是因为纵跃距离不够,不能直接飞过去,他还可以借助藤蔓再退回来,依据上次的判断再试一次。

可是这次他却是幸运的,一荡之下眼前就看到了对面的山崖。

他大喜,伸足就踏了上去,可没等他的脚踩实,脚下猛地一虚,身体竟向下直落而去!

他大惊,这崖下竟然是空的?

此时他的一跃之力已经势竭,而下一次换气借力要在踏上实地的那一刻。

可是这一下竟然踏虚了,他便无法马上转力向上腾起。

不过他手上腰间还有藤蔓,希望借着藤蔓爬上去。

可没承想,就在上方,突然横向划过一道寒光,之后两根藤蔓都像是突然断了一般，被他拽着向下直坠。

秦潇心下大惊，这是怎么回事，难道上面还藏着人专门来等着他落入陷阱而后切断藤蔓？

而这时他也听到飞过来的方向传来惊呼声，俨然是凌伍他们已经隐约看到了这边的情况。

不过现在想这些是来不及了，他就觉得自己正在沿着一个圆形通道下坠，而四壁都很远，没办法找到抓手。

他大急之下还算镇定，连忙把手上断了的藤蔓飞抡出去，沿着周围猛扫。

只要让他扫到哪怕是一点障碍，他都能找到希望让自己停止下坠。

而藤蔓扫了几圈，却什么都没碰到，他心下开始大骇，这跌落的到底是洞还是什么？怎么这么宽阔！

不过他没放弃任何希望，一边不住地提气，让自己减缓下落速度，一边飞速地解开腰间绑缚的藤蔓，两根一起向外扫去。

他现在就像是个长着两个巨大触手的生物，跌落到深涧一般，来回挣扎却是抓不到任何触手。

就在他焦急万分之际，下面却是隐隐有了幽暗的光亮。

借助这点光亮，他依稀看到不远处有个树枝状的东西伸了出来。

他再也无暇细想，紧扭身形向那树枝靠过去。

但距离还是没有算准，他眼见着一丈多远处的树枝与自己擦身而过。

他灵机一动，甩出藤蔓，藤蔓恰好缠在了树枝上，而他也终于能借助这一点拖力将身子在空中停住。

而他没等那树枝被拽断，而是几下就来到了洞边，把住了洞壁的细缝。

幸亏这洞壁不是那种平切面、十分平滑的，而是错切面，有些棱角交错的，要不他根本就把不住，还得滑下去。

他向上一看，那根救命的树枝差点儿就让他给拽断了，此时正虚浮地挂在壁上，只要轻轻一碰就会掉下。

他很是奇怪，这洞里光秃秃的，连棵树都没有，哪里来的树枝呢？

可仔细看去，那哪里是树枝，分明就是株巨大的灵芝。

看这灵芝的尺寸，至少不下几百年。

他在收回藤蔓时，顺手将已经掉下的灵芝接住。

这可是救命的宝贝呀！秦潇看着这个直径足有一尺半长、十来斤重的乌青色大灵芝暗叹。

灵芝药用极其广泛，自古被称为瑞草，就跟仙草一样。

而且两者的图腾也多与祥瑞有关，还是绝对的大补之物。

普通灵芝有六色之分，功效皆不相同。

但眼前这株颜色秦潇就算不懂说法，也知道野生的能长这么大个头，那已经是堪称极品了。

而一般的大药铺要是有这么一株，足以作为镇店之宝了。

要是大富之家，则可以当成传家宝，专门用来起死回生了。

他拿绳子将宝贝背在背后，这才得空向下看去，而这一看，却差点儿没把他吓得差点脱手掉下去。

就见下面那一点幽暗的光亮，原来是底下一种青白色的晶石发出的。

借助光亮，他看见下面站着一排排一动不动的人。

那些人都是被剃光了头发，木然地站着，但隐隐能看见身体微微地晃动。

秦潇立刻就看出，这不是跟在山谷中袭击他们的是一类吗？不就是那些不死的行尸走肉吗？

如果自己刚才真的什么都没抓住，就直接掉下去，那不是一下子掉到了走肉堆中？

他是见识过这些走肉的难缠和可怕，这次过来他手头没有任何刀剑，真要是掉下去，那能不能活着脱身还真是未知。

他真是一边心下胆寒，一边庆幸，一边又极度疑惑。

这里到底是什么地方，怎么有这么多走肉呢？这些东西应该全是人的尸体改装的，而且不知用了什么手段让他们不腐不死，还能成为杀伤利器。

这显然是人为的，但到底是什么人，有先进的解剖技术，还有神秘的科技能力？

可是这些走肉，到底又能干什么呢？

正在他疑惑不解之时，就听上方突然传出了说话声："还看什么看，这么高掉下去，肯定成肉饼喂那些走肉了！"

秦潇忙扭过身子，背对着外面，紧贴着崖壁，一声不吭。

又一个声音说："师父可说了，这里不能马虎，不小心会变成走肉！"

这二人都是关外口音，秦潇听着十分熟悉。

"师父真是多虑了，你说我们到了这里，暗无天日的，快四个月了，哪里出过什么问题？"

"要你留神就留神，废什么话？师父可说了，明天就是大日子，不能马虎！"

两人声音越来越清晰，好像是到了深洞里一样。

"哎，倒是有些怪了，怎么那群肉没动呢？"

"兴许人掉下去就直接摔死了！那群肉对死人可不感兴趣！"

"看着不妥，要不我们下去看看吧？"

"要去你自己去,我可说什么不陪了,上次差点让走肉把我咬了,我可不去碰霉头!"

"你说你,让你穿上避味衣,你就是不穿,现在倒怨上别人!"

"那衣服太臭了嘛!这里又不好洗浴!也就是你才受得了!"

"那可是师父做出来给我们保命的!小心你嫌臭丢了命!"

"哎,也怪了,你说这些走肉脑子都被取出来了,怎么还能闻到味道?"

"师父不是说都是那小日本的实验吗?之前那些脑子没取净,保留了嗅觉!"

"而后又有一批有听觉,再往后的就能随意驱使了!"

"下面这些都是半成品,小日本不要了,师父废物利用,用他们来保证谷口安全的!"

"这也真是怪了,以前谷里进人,见到走肉不被吓死也被弄死了!"

"这次这些怎么这么厉害?竟然能一路来到涧边?"

"所以说师父是机谋深远,早就布了这个双重陷阱,只要是自不量力或者是活得不耐烦的,进来了就别想出去!"

"说得对!咱们师父要说就是太仁心了,你说说这世上还有哪个能接得了他一招半式!"

"不过上次来那个,师父不是说了不分伯仲,而且现在是盟友了!"

"而且要不是他老人家不杀生,根本就不能有人进来!"

"对,尤其是明天开始就要办大事,我们都吃一个月净素了!"

"那也得吃,这事情办完了,咱们派可就风光了!"

"哎,我还是怀念在山上有吃有喝,逍遥快活的日子,那样不是挺好?"

"你这没大志,师父要当了护国法师,我们成什么了?护国大弟子,那得是多少人之上啊?你还怕没好日子过?"

"也对!不过师父为何要把丹炉给运走?"

"他不说了吗?我们这里只是个临时点,这件大事办完还要去南边!"

"炉子那么大,还不先运走了?"

"哎,你看看,那大灵芝好像是移位了?怎么看上去比之前低了些?"

"胡说,你就是眼花了!灵芝还能走?"

"不过师父说了,打从有这个深涧就有了这棵灵芝,现在也有好几百年了!"

"这可是个宝贝,师父都舍不得摘,要临走前再拿,你可别打歪心思!"

"胡说,就是我想那也下不去呀!"

"这还差不多,回去吧,还能再睡两个时辰,等叫起就要真忙了!"

"走,哎你说师兄……"

九十二、幽谷仙子

秦潇动也不敢动，等着二人远去，这才长松了一口气。

他听二人谈话，隐约间好像知道了这些人是谁了。

白色药丸，没有表情的老道，进入谷中那道诡异的身影，国师，丹炉，这种种联系在一起，不就是那个在玄玉丹观见到过的程仙人尘虚子吗？

至于他为何突然从关外出来，到此躲在这深谷之中却是不明白。

而且听两个小徒弟讲他们还要去南方，一路南下到底为何，实在是想不通。

话里还提到了日本人，实验半成品，那些与老道又有什么关系？

不过倒是可以肯定的是，这些走肉都是小日本做出的试验品，可做这些到底为什么，他想不通。

可他想起义父说过日本人都是狼子野心，早有侵吞中华之意，所以一定没安什么好心。

而且就算是不知道为什么，光是把这些走肉放出去，那就不知要给百姓带来何等灭顶之灾。

所以他攥住腰间手雷的木柄，就想把下面的走肉都炸碎了事。

可他还是忍住了，现在还不是时候，听小道说他们明天要做大事，是什么大事？

秦潇一路进谷的时候是八月初八，过了一晚，明天不就是八月初十？

那不就是掌故通口中提到过的，阴谋给太后转世复生的日子？

联系在一起，老道应该是操办这场转世的主谋之一，可他不是修炼长生丹吗？为什么要掺和这荒谬的乱事？

还有如果真的是老道在里面，那他的行事必须加一万倍小心。

尘虚子的功夫他是领教过的，却是达到足以令人胆寒的程度。

而且小徒弟还说有一个功夫相当的盟友，那又是谁？

如果这两个都在一起，那他要是闯进去可是没有半分生还的机会。

秦潇不禁犹豫，到底要不要跟进去探探？

如果进去，九死一生，就算是拉上凌伍他们一起，就算有机枪，也无非是能多开几枪，但也是九死一生。

而且现在他们还困在对面过不来呢！这帮手还是很渺茫。

那就这样悄悄地退出去，那些无辜的孩子们怎么办？这些阴谋谁来挫败？

一时间责任与自我在他脑中反复盘旋，让他不能决断。

因为这是近乎明知不可为而为之，近乎偏执地送死。

到底该与不该，这个问题不知被文人墨客变换各种形式，演绎过多少次。

但秦潇相信就算让作者自己来选，他也多半会选立于自己安全的一面。

"君子不立危墙之下"，圣人几千年前的教导实际在西方也是一样。

人都有利己属性，谁又犯得着为与自己不相干的人或事去送死呢？

不过此时不管脑子里如何乱，眼中只是浮现着一个情景。

那是在乌里雅苏台外面的孤山上，莫沁然傲然独立于万仞之上，虽然形单影只，但是却无比毅然决然。

纵万千人吾往矣！这种豪迈的气魄令秦潇常常羞于面对，这也是他这几年宁愿选择沉醉在酒精之中，也不敢去找莫沁然的原因。

因为他怕再面对沁然质问的眼神，他怕那个眼神在说："你为什么不敢做个救民水火的英雄？"

他怕从那双清澈浩然的眼神中，看到怯懦畏缩的自己。

他还怕沁然只是一言不发地看着他，那眼神如神光一般将自己看透彻。

他更怕，那平淡的眼神钻进他体内，会迅速凝成冰棱刺得他体无完肤。

那他到底在怕什么？直到刚才一刻，他才明白。

他最怕的就是哪怕她眼中流露出一丝温柔、一点孤寂、一星悲苦，他就会毫不犹豫地彻底放弃自己。

他最怕的是因为喜爱她而失去自己！多么卑微！多么不齿！

人人都有私心，人不为己，天诛地灭，秦潇也认为自己不是个自私的人。

他善良，爱帮助穷苦人，他仁厚，不忍看到百姓受苦。

可那些他认为的无私都是什么？

无非是他为自己不敢直面这个世界的丑恶，寻找的种种借口！

无非是他为了掩饰内心对腐朽朝廷的畏惧，寻找的种种宽慰！

那很卑微，至少与沁然身体力行所做的事情比起来。

他怕莫沁然看穿了他的内心，怕她哪怕说出一个让他害怕听到的字！

而面对莫沁然真正的大勇大智，大胸襟大气魄，他怕自己的渺小再也无处遁形，暴露在刺目的青天之下。

不过为什么他就不能改变呢？明塽为了师妹彻底放弃了来钱最快的职业，而找到师妹的希望跟大海捞针一般渺茫。

从这点来说，他根本就不如明塽。

周炯为了心爱的婉毓，为了照顾不能自理的师父，不惜尝遍苦难，而后寻找机会为他们改变困境。

他还嘲笑、不齿周炯的职业，可是仅就无私的目的来说，他远不及周炯。

就连上面的四哥，都为了爱了十多年的女人，甘愿改变自己，甘愿逆来顺受，难道他就比得上这他心中一直被视为粗莽的四哥吗？他远远不如。

那他还能跟谁比？身边的人都甘于舍弃，哪怕是明知得来难比登天。

可他呢，却畏畏缩缩，不敢对自己视为禁区的地方做一点挑战，更是不舍得让自己的自以为是受到一点儿伤害，他算是什么？

秦潇心中翻覆难平，要是沁然在这里，她会怎么做？难道会眼见着无辜的孩儿送命不顾，一走了之？

她不会，她哪怕是舍弃自身，也要尽全力去拼上一拼！

那他秦潇为什么就不可以？难道他就想一辈子这样活在自己心中的影子下吗？

秦潇咬牙攥拳，右手抓住的石棱都快被他掰断了。

他感觉浑身的血气都在往脑子上涌，他觉得凭空生出一股从未有过的力量。

那是感召的力量，那是自省的力量，这力量让他热血澎湃！

他默念着：沁然，从今以后，我要让你看到我的改变！

而后他牙关一咬，纵身就向小道士消失的地方飞去。

下面的青光，照着他的背影，加上他背着的巨型灵芝，从背后看来就像是个超大个的、刚刚破茧而出的飞蛾在扑飞出去一般。

他几个纵跃就看到了一个极为隐蔽的斜刺洞口，立刻就抓住边缘上去。

细听了一下，里面没动静，他就灵猫般闪身而入。

这是一个天然的石洞通道，毫无打磨痕迹，通道又高又圆，完全不知道是什么地质原因形成的。

他小心地走过这段弯曲的通道，眼前却是豁然开朗。

通道外有着昏黄的光线，借着光线看出去，这里宛如仙界花园一般，全是各种盛开的花朵。

按理说这个季节应该是花谢的时候，但此刻见了这么多花，显然是经过人工处理的。

他记得秘境中先圣曾经说过，武则天登基之时本已是九月，这时处于北方的洛阳，牡丹花期已过，但深爱牡丹的武则天强令全城牡丹盛开。

最后累苦了花匠，还有人因为犯天颜直谏而入狱。

沁然还说这就是帝王，以一己之私甚至要改变自然习惯。

但这事情也不是全没有好处，倒还促成了一位叫李汝珍的作家写出了一部奇书叫《镜花缘》流传后世。

而这里显然也是更改了花期，要不哪里会过了秋分还有这样的盛景？

他探身出去，就觉得上面是无比开阔，一抬头，就见原来这上头是空的，直接就能看到天穹。

虽然现在仍是黎明前的黑暗，但那开阔的气象却是显露无遗。

秦潇奇怪，这到底是什么地方，从地洞出来竟然就能看到天？

莫不是那山涧过去一段路后，又有了这下陷的山谷？

但他此刻没法上去，只能联想猜测。

再看这些花，几乎都是叫不出名字的稀有品种，但又是姿态万千，美不胜收。

他也记得那掌故通说这两个山系中，阴气最盛的地方就是一个叫"千花百鸟谷"的。

他们在外面问百姓，没有一个人知道的，看起来是个绝少人知的隐秘所在。

那这里是不是就是那个地方呢？他看看这些花的根茎，都不像是移植过来的，而是原生在这里的。

看来就是了，他随即暗骂自己笨蛋，到这时候了还有什么疑惑？

不是这里，那尘虚子为什么要出现在这儿？这不是明摆着吗？

简单绕了一下，他发现此间还颇大，这些黄光都是从灯笼里射出的，但只是照到了中央一块。

至于隐没在黑暗中的到底有多大，他就不清楚了。

他还没来得及到处去走走看看，找些线索，又有脚步声传来。

这声音像是一个人，又像是两个人。

之所以这样说，是因为有一个不间断的脚步声，双脚有节奏地走动，这很好辨认。

但另一个却是间或微微响一下，而且还断断续续。

从这就可以判断，另一个绝对是个极强的高手。

秦潇心念一动，赶紧缩身隐藏在群花中央，猫着身形，一动不动。

不多时，脚步声近了，秦潇因为顾忌那高手可能是尘虚子，大气都不敢喘。

之前自己曾闯进过他的丹房，还顺手牵走一颗丹药。

而且两个人还照过面，交讨手。

如果是别人，过了十年，样貌变化大，可能一时还认不出。

可他这十年过去却还是不到二十的模样，对方肯定一眼就能认出他。

所以为今之计，还是藏好自己听听他们说什么为上。

就听一人说道："程仙人，等再过两天大功告成，我就该尊称你为国师了！"

秦潇听这人口音十分怪异，一听就不是本邦人，难道就是小道士口中的小日本？

想到此处，他更是立着耳朵，屏住气息，仔细听着。

"哪里！贫道不图虚名，只求我玄丹派以后能成为国教，造福百姓，泽被后世，千古流传！"

"您的高风亮节，您的志向宏远一定会得到满足的！"

"村先生突然回转，是为何事呀？"

秦潇听着这程道长的声音，不就是尘虚子那怪里怪气、有如木桶中传出的声音吗？

"不为别的，我就是对那个小仙女还是有些舍不得，想请程仙人割爱！"

"这个不必说了，我早说了，这女娃资质极高，修为清奇，我要作为大弟子培养的！"

"贵派不是只有男弟子吗？要女的干什么？"

"我倒是听说贵国古代有个流派叫'男女双修'，那姑娘美若仙子一般，仙人不会是想……"

"胡说！"老道有些生气。

"无量天尊！"随即他又缓和了，"本仙人修为已入化境，早就不在乎男女之事了！"

"这姑娘的确是这么多年我见过资质最高的，远超当年我那师嫂孙……"

"算了！我门一向是男女皆传，盖因我门功夫本就是幻化阴阳，融合俱全，所以不分男女都可修炼出境界！"

"村先生这么着急要此人是何用意？莫非是想自己……"

"当然不是，当然不是……"

"我们大日本国的亲王殿下现在是年轻有为，正好需要佳人相伴，所以……"

"如果是有此想，我倒是劝你早早打消念头！这般仙子我是万不能容忍被外人染指的！"

"而且就算她以后的功夫全废了，一般的武学之人都不是对手。你那亲王要是动了这念头，就是自己找死！"

"当然，当然……"

"不过还有一节，如果她要是誓死也不答应你呢？"

"那不用你操心，本仙人还可以用丹药让她当个护法！"

"没错，仙人的神丹可是奇妙无穷的，这段时间我可是亲眼见证了！"

"这次这件惊天动地、足以改变历史的大事，没有仙人相助还真是要困难重重！"

"村先生不必自谦，没有你那培植走肉的技术，我的丹药纵使效力绝伦也无从下手！"

这时两人好像是走到了什么地方停下来，而后一阵铁门开门声传来。

"真是神奇，上次我看见他不过也就是六十来岁，这才多久，怎么看起来就像是七八十的老人了？"

"现在你就是开着门，他也走不了了，而且就现在这样，你还要带着他吗？"

"其实我对这个现象很感兴趣，人为什么会那么快衰老，这人很值得活体研究！"

"但现在看起来，他已经熬不到目的地了，就算了吧！"

"既然要做的没做完，我就先告辞了！我们等着程仙人过来汇合！"

"好说好说，慢走，村先生！"

"嗯，是村山！"

"好的，村先生！"

"嗯，那我就告辞了！"

等那日本人的声音消失后，尘虚子呸道："小短腿，还想染指我的仙子！真是癞蛤蟆想吃天鹅肉！"

说罢他边关铁门边说："至于你嘛，我其实可以不关门！但为了你的尊严，还是关上吧！"

说完他就用间或的脚步声，飘忽远去了。

秦潇在里面听得是心头狂跳，按捺不住了，小仙女，那是谁？还有谁能被这样称呼？

他知道莫沁然那浑然的仙气是旁人不会有的，按她的经历，那是在师太母亲长期倾力督促的苦修中培养出来的。

那是在长期不沾烟火气的悠然仙境般的地方养育出来的。

那种气质宛如仙子下凡般，能让善者动容，奸者变色。

能被所有人认为是小仙子的，不是她，又是谁？

他听尘虚子走远，马上出来，根据声音辨识，找到了之前那二人去过的铁门处。

只见那里有一个山洞，不深不阔，被扇铁栅栏门关着。

就见里面正蜷缩着一人，只是没有灯光，看不真切。

他悄声开门进入，打开火折子，就近仔细看那人。

那人被靠近的光线一激，勉强眯开眼，而看到秦潇的脸时，那人竟然肌肉抽搐一下，无力地举着颤抖的手指，似乎要说些什么。

秦潇看那张脸，确实也是十分心惊。

他也是见过不少老人，但这人显然没那个叫村山的日本人说得那般年轻。

或许在倭国，这看起来只是八十岁的老人吗？

这是一张褶皱层叠的脸，由于上眼皮松陷，已经快把眼睛遮成一道缝了。

而且他的手也是苍老之极，看上去与耄耋老人不遑多让。

他头上没留发辫，原来插住长发的簪子早就松了，此时是一头灰白的乱发。

不过他身上那身接近赭红色的破烂衣服倒是看着眼熟，总觉得哪里见到过。

秦潇见这人看到自己似乎十分激动，嘴巴翕张着就想说话。

他忙把耳朵递过去说道："老人家，你有什么就说吧！"

却听耳边断断续续传来："我是……赵信……"

什么！秦潇猛地回身细看，的确有点儿赵信的样子，可不过才分开三年，他怎么老成这个样子了？

却见赵信艰难地招着手，他赶快又把耳朵递过去。

"莫……姑娘……要给我……找药……落到……道士……手里……"

"快去……救她！"

说完这些，赵信像用尽了全身力气般，瘫倒在地，只剩了微弱的呼吸。

秦潇觉得五雷轰顶一般，什么？难道沁然真的落到了尘虚子手上？

什么找药，为什么他老得这么快……

他来不及细想了，忙飞身蹿出，奔着尘虚子消失的方向追去。

秦潇边追边在心中狂叫："是你吗？沁然？要真的是你，你等着我！我马上救你出来！"

秦潇追进了一条通道，这里面两边有几个凹洞，里面都摆放着一些灯油和杂物什么的。

再往里去，豁然就见到了一个装满鸟笼的大厅。

可说来也怪了，这些鸟竟然没一个鸣叫的，凑近一看，原来都像是在打盹般，睡得东倒西歪。

秦潇哪里还有心思关心这鸟怎么还能成群睡觉，只是到处看着，希望能看到莫沁然的身影。

这里是个很大的石室，而且四通八达，还有四个方向的出入口。

这些出入口都是呈上弧形，宛如天成一般，真不知这等奇妙所在是怎么形成的。

秦潇正不知道该往哪里去，就听到一个方向发出了敲击木桶般沉闷的说话声。

他连忙飞身接近，但不敢靠得太紧，只是掩在一个弧形石门的边侧，倾耳听着。

"怎么样，考虑得如何了？"

"这可都几个月了，贫道的心意还不够赤诚吗？"

可能是听对方还不说话，尘虚子接着道："你知不知道，那个小日本又来向我要你，我怎会答应？其实第一次他开口时，就给出了很诱人的条件，可我连听不听！你也该知道，我无非就是要你拜我为师，好传你衣钵，你何必这般倔强？"

他叹口气道:"你知不知道,这都几个月过去了,你的内伤再治不好,可能一辈子都治不好了!等你拜我为师后,我定会倾尽功力为你治伤!以我的先天神功,加上外面那株千年灵芝,你的内伤不但会治好,可能还有所补益!况且为师我可是一派丹药宗师,各种奇丹数不胜数,只要你想,我就算用丹药也能把你喂成当世第一高手!怎么?这样还不够满意吗?"

见对方还不说话,老道叹口气说道:"你可千万别把老道的一番苦心,当成别有用意!想我已经历经千年,什么事情还不早就天高云淡了!但唯有这传承一事,还是一块心病!我哪里想到,过了千年,世上武学不但没有进境,反而全面衰退,就连找个像样的人想倾囊相授都做不到!想我派传承上千年,到了现在却仅剩下些耍耍养生功夫的,再不就是画符念咒、捉妖驱鬼的。那功夫呢?我派传承的功夫呢?宗师创下的绝世武学呢?全都不见了影子!想先师曾闭关十年,悟出绝学,一度煊赫武林,可现在呢?却连个能记住一招半式的都没有!你说我能不痛心,能不着急?还有我的丹门秘方,更是幻化无穷,可通鬼神,这你应该是知道的。这门传承要是断了,那我非得死不瞑目不可!你倒是说说,还想有什么条件,尽管说出来!"

这次对方开口了,而声音一传出来,秦潇顿时觉得心血翻滚,一阵眩晕,这不就是他朝思暮想的莫沁然吗?

"尘虚子道长,您丹药的威力我是知道的,要不然也不会到您的丹观去为我亲戚与共的兄弟求药!"

"哎,你要是真求,我也不会不给你!可你是偷偷摸摸地潜进来的,还被那老怪打了一掌!要不是我施救及时,你恐怕早就喝了孟婆汤了!"老道嗔怪中还有些怜惜。

"没错,为此小女子是感激不尽的!服了道长的丹,确实是日渐大好,虽然我还不知道那是什么丹!"莫沁然悠然道。

"你放心,我怎会害你!那是千年前配方所制疗伤灵药,光找齐材料我就用了好几年,炼成了三十颗,正被你赶上!现在还不是仝被你吃了?哎,这就叫缘分命数!为师可不是心疼那些丹,你能承我的情,我才高兴呢!只是那老怪功夫那门得很,寒功与为师的功力不相上下,真没想到现在还有这等武学奇才!你中了他的寒掌,光吃药不能除根,非得配合本师的功力为你打通全身经脉,驱散寒毒才成!"老道急切说道。

"仅仅道长的仙丹,小女子就已承情,感激不尽了!大恩大德来日必定相报!但道长既然不能帮我的弟兄治疗,就应该把我们放了,何必一路囚禁下来?"莫沁然话音十分婉约。

"谁说囚禁了?那小日本说你师兄可能是有什么传染病才这样的,把他隔离开是为了大家的安全！况且，我那是为你疗伤！到昨日你才吃好最后一颗丹药，而且每次都得为师我用功力帮你激发药效，要不你现在岂能痊愈到这种地步？"

老道话中带着些委屈，而且好像平时他难得和莫沁然说上话一般，话说得很快，很急切。

"小女子说了，实在是感激不尽！既然如此，还望道长把我和我的赵兄给放了！我替他一道感激您的大恩！"

说完，秦潇却听到一阵风声，好像是老道疾速出手阻止了什么事情般。

"你不必对为师行此大礼，为师看中你，等正式拜师时走个仪式即可，平时连鞠躬都不用！"

原来老道在阻止莫沁然拜他，这老道可确实是对亲人仁至义尽，可不图她的仙子气质，到底是图她什么呢？

莫沁然叹道："道长大可不必如此，赵兄有此境遇，本在预料之中！我本是不想看着一同生死的最后一个兄长就这么死了，才到您那里一试！既然现在已经无力回天，那我们只能认命！请放我带他出去，为他找一处风景秀丽的地方，陪他最后一程，也不枉兄妹生死一场！"

"不是说过了，你还没痊愈，要治好病根！而且那位都走不动了！你也没法带走了！再说风景秀丽的地方，我这里就是呀？还清幽得很，等把他葬在这里，他一定安息！只要你认了我这个师父，什么都好说……"

"道长您说资质高的不好找，但您可是不死之身，难道时间久了还找不到吗？况且我本是女儿身，您为何一定要找我继承衣钵呢？你这般苦苦相逼，小女子真的很难理解……"莫沁然声音中全是无奈。

"看来你的授业恩师就没跟你说过，你的师承渊源，她可能都不知道！可那天从你对老怪那几招出手，我就确定了我们的师承渊源，同气连枝！这可不是再活个千年就能碰到的奇缘！也罢，为师就给你说个千年前的故事听听，到时你就明白了……"

作为重阳子首创全真派的大弟子，尘虚子恐怕是全派弟子中唯一知道全真派的起源的。

当时重阳子还年轻意气，再加上跟一位师妹正在纠缠不清，心中也有些烦恼，还有心思给他谈谈师承渊源。

而之后等他苦练先天功时，再收的弟子也就没时间讲了。

再者，尘虚子除了武功外，就是痴迷丹药。

这炼丹就必须要翻阅大量的典籍，寻找其中可能记载的蛛丝马迹，所以对全真派之前的事情反而清楚了不少。

重阳子的恩师在更早之前，曾和另一位天资卓绝的师妹另创过一个门派叫

"凌真派"。

这一派讲究的是阴阳修为，接近灵虚幻境，以达仙道。

这两位一男一女，阴阳功法双济，两人共为掌门，有资质的男女徒弟皆收。

他们打算打破传统的门派中只传单一性别的传统，成为一个将男女一视同仁的流派。

同时也要创出独门武功，能汇聚阴阳，让男女皆可修炼至化境。

刚开始，二人琴瑟和鸣，互为补益，一切都很祥和美好。

可是随着功夫修为的日渐精进，二人却在武功的本质上产生巨大的分歧。

本来嘛，所谓阴阳共济同修，本就是个美好的愿景，但实现起来却是好比登天求仙。

这就像是日夜很难共存一般，无论是怎样想办法，都没法把黑白完全融合在一起。

由于二人分歧日渐加剧，本来比恩爱夫妻还要和谐的二人，渐渐产生了离隙。

但学武之人大多性格十分刚强，尤其是武学达到境界的，那更是极为坚韧不拔，甚至是固执己见。

由于没法说服对方为自己做一些妥协退让，那两人索性就将门派一分为二。

男弟子都跟了掌门师兄，留在北方的雄山峻岭上继续修炼，此后以真字门自居。

而女弟子则是跟着掌门师姐，去了江南的群山幽谷之地清修，从此以凌字门自称。

他们两门虽然分开，但互相的弟子仍以同一师门论，互称师兄弟姐妹。

而且两门还多有交流，不时还有个比试较量。

而这两位创始人则是开始闭关苦修，各人都想练出一套以至阳或至阴为根本的武功，以显示自己当年观点的正确。

而重阳子那时因功夫超群成了真字门首徒，而他的林师妹也因功夫绝伦成了凌字门首徒。

由于各自的师父都闭关了，二人就带着自己的师兄弟姐妹，没事就相约交流功夫，慢慢地二人感情日深。

而就在年轻一代互生情愫时，两门的创始掌门却是因苦熬过度，心气郁结，相继离世了。

而在他们离世之前，各自把自己创出多一半的功夫传给了首徒，望他们日后发扬光大。

没承想这两个也是武痴成性，一试之下觉得神功精妙无比，就全身心一头栽进去，醉心于功夫的修炼和完善上了。

这么一来，两人本来就要水到渠成的感情就此止步。

而且，由于两人在至阳和至阴的路上越走越远，每次见面都是争吵不休，最后武功上说话，却是旗鼓相当。

二人秉承着师训，互相都要争一个说法分一个强弱，从此便赌气互不来往。

都要等到神功已成之时，再来向对方讨教，较量出个高低。

没过多久，重阳子感觉略有小成，便自创了门派。

而林师妹则在深谷中悟出了另一套功夫，也自创了一派，并带着弟子搬出幽谷，和全真呈对抗态势。

后来的事情，很多人都从江湖流传中听说了，尘虚子也就不赘言。

单说这凌字门，原本不只林师妹一个武学超群，只是她喜好锋芒。

在她自立门派，搬出山谷后，原来凌字派还有个师姐却是坚持留在了师父的清修之地，继续隐修。

而随着宋被元朝取代，王师兄的全真派留下了传承，但林师妹的古墓派却是从此消弭于江湖。

而随着孙不二的死去，此最早从"凌真派"传下的门派就再没有女弟子流传下来。

至少等尘虚子醒来后，发现天下沧桑巨变后，经过多方考证后，是这样认为的。

而且他也不知为何，先师的神功竟然在本门传承中都无人再会，这怎不让他倍感沮丧慨叹！

直到莫沁然这次带着赵信来偷偷取药，误跟怪人交了几下手后，尘虚子才看出其中竟有全真源功夫的影子，这才把她给救下来。

而且他也渐渐想明白一件事，那就是之前古籍中记载，仍有凌字传人留在江南幽谷中继续修炼。

那她的后人弟子，虽然没有现世开宗立派，但肯定是有女弟子传承留下，并保证了凌真派凌字门功夫不会失传。

而在给莫沁然运功治伤时，更是感觉到他们的内力隐隐有一脉相承之感。

这可是让他喜出望外，这要是能收了这资质奇佳的女弟子，以他的倾囊相授加上她自身的底子，那不就能成就一位将始祖两门功夫融合的、震慑古今的武林奇才、一代宗师了？

因此他才对莫沁然百般忍让，不惜倾囊相助，就是想让她心甘情愿在自己身边修行。

秦潇听完这些来历，就觉得匪夷所思，这千年前的事情，尘虚子怎么知道得如此详细，那就不计较了。

光说是同时修炼阴阳两路功夫，那不就是在东北的数九寒天，一边在野外烤火一边吃冰，那还不是没半点好处？

真不知这些武林奇才们是怎么想出来的！不分男女一概同收，一同修炼本是好事，但非要同修阴阳，或兼具阴阳，岂不是让人变得不男不女？

　　他想到了祁主使那阴阳怪气的声音，他不会就是阴阳双修的吧？

　　可转念他又暗中摇头，那个鬼魅显然是修炼阴功的！

　　不过尘虚子提到过伤了莫沁然的寒功厉害的怪人，是不是就是祁主使？可他们之间又有什么联系呢？

　　那位不是一门心思要恢复圣族吗？怎么都搅和到一起去了？

　　老道说完这些，叹气道："现在你知道为何我会看中你了，为何我会不惜一切救你了吧？所以千万别误会为师有什么企图，外人看重你的容貌，但对为师来说，根本就过眼于无！"

　　他的一声叹气，就如在闷桶中嗡了一声那样刺耳。

　　莫沁然道："不过仅凭这些，您就断定我是跟您的流派一脉传承，这也太武断了吧？武林的鼻祖泰斗，本就是从佛道两教中来的，那经过了千年，诸多门派对开山鼻祖那里多有借鉴吸取，并不稀奇呀？"

　　秦潇暗道沁然辩得好，很多武功流派都从佛教道教功法中有借鉴，你总不能说每个都是你们传承的吧？

　　却听老道说："你师父没跟你讲过什么传承吗？"

　　"没有，她甚至都不让我叫她师父！"

　　"这就对了！由于'凌真派'开派两位宗师在世时，都没能创出至阳至阴的功夫，所以临死时甚至都不愿把名姓留在记载中，免得后世贻笑大方！你的师父恰好是尊重了这一传统，凡我派弟子师父不留名姓的，后世收的弟子一律不能以师徒相称，这就是千年前的规矩！你还是不信吗？就说我们到了这山谷之后，你的几声口哨就可以让百鸟和鸣，再让百鸟噤声！你还真以为那些鸟是吃了为师配制的药粉才会齐齐睡去，其实全是靠了你的哨声！在外面你做不到吧？知道为何吗？为师经过多年考证，再来此实地察看，经确认这里就是以前'凌字门'修行的幽谷！这里的花鸟都是特有的，外面都见不到！你就没想为什么到这个季节，百花见你竟会盛开吗？你身上就流传着此间主人身上的内息，还不明白吗？人间有变，但是生物不会！这些奇花异鸟显然就是以前凌字派先人在此培植繁衍的，她们的印记早已经烙在了这些花鸟的传续之中，生生不息！还有你没觉到此之后，恢复神速吗？这地方可是当年祖师千挑万选的至阴之地，就是为了配合她功夫的修行！还有我多方打探，知道这里在民间传说中叫'千花百鸟谷'，但据传有的采药人的祖先曾经见到过此间有仙子凌空飞行，这就是祖师爷的清修之地！"

　　"可是就这些……"

　　"哎，你别说了！到了现在你还不相信为师的苦衷吗？还不相信为师的赤诚吗？跟你说为师不仅要把你变成当世第一高手，还要让你把仅存的中华武林传承发扬光大！在我醒来之后，就发现天地巨变，再打听才知道，原来已经过了千年！而这千年间，中华人又干了什么？先是元朝现在又是清朝！也罢！这些游牧民族本就与我汉人同气连枝，血脉与共，谁得了天下，那只不过就是自己人分个强弱，轮流坐庄而已！可现在不一样了，洋夷们可是在觊觎着中华大地！你真的想让那些黄毛蓝眼统治中华，别说他们，就是小日本那些罗圈腿的狼子野心我都看出来了，难道你还想让他们统治这泱泱中华亿万民众吗？"

这话倒好像是说中了莫沁然的心结，她沉默一下道："那你还跟他合作？"

"这只是暂时的，只是互相利用而已！为师向你保证，等大事一成，为师立刻灭了他！给同胞报仇！"

"可你们现在做到这些……"

"为师说了，真的只是暂时的！其实为师根本不想掺和，直到你出现了！为师心中恢复武林繁盛的念头终于被重新点燃了！而且越烧越旺！这是个多好的机会呀！借着他们的能力，先帮我们完成开宗立派！"

"不过您这样做……"

"你听我说完！为师先开立宗派，而后传你衣钵！你就是新任掌门！之后我们广招门徒，培养他一千，不，一万个武学英才！到时候还不让那些洋夷们见识见识，什么叫中华武学的精妙！什么叫不可欺辱的中华人！"

"一万个也未必做得到，而且西洋武器一日千里……"

"那我们多培养呀！而且谁说我们就不借助西洋武器呀？在关外我就知道此物厉害，专门还换了一批！我们是两者并重，但我们的弟子除了有武器，还有神功在身，那洋鬼子们还有什么胜算，还不乖乖地滚出中华去！"

莫沁然似乎被他的宏图打动，沉默了一阵道："可是一万个弟子，那要培养多少年啊！……"

"别怕年头久，为师就不怕日子不够多！你也知道了，为师这里是有长生丹的，经过为师实验改良后，应该就会没什么副作用了！等你吃下去，就能永远将我们的大业发扬光大！"

"可这……"莫沁然估计看着老道的样子有些打怵。

"别怕，这就是那个小日本还有用的地方，他是做什么科学实验，专门能分析出成分！等把丹药提纯，去掉副作用后再给你服食！而且为师还有'延春丹'，足够让你六十年后还跟二十一样！"

"但是你跟老怪合作……"

"这也是暂时的，他与我武功不相上下，暂时我们只是互补，但只要有你加入就不一样了！放心，他斗不过我们！"

这时，老道好像想起什么，问道："那日他本可以一掌就毙了你，但我看出他明显留了手,好像是认识你?"

"我也不知道,他戴着面具,出手又如闪电一般,根本就不知是谁,但觉得似乎有点印象,不过只是一下之间,完全看不出!"

"别怕,为师保证你不出十年,不,以你的资质加上为师神功的辅助,五年就够!我们不练邪功,就用正宗传承功夫,你就不用再惧怕他!而且我们还有优势,他可等不了我们这么长时间!"

秦潇听出莫沁然陷入了沉思,的确尘虚子这张饼画得好大,没多少人听后会不动心的。

他的心在抖动着,他无比清楚,只要沁然认准了一样,就绝不会轻易回头。

那她现在要是答应了老道,那以后……

他不敢想了,只是屏气听着,生怕她说出那个让他恐惧的话。

莫沁然还是没让他失望,她也叹道:"道长的宏图,小女子实在是钦佩!但您现在做的这个什么转世仪式,不就是要另立新女主?到那时,权力在人家手中,您的希望恐怕要落空了!"

老道长叹一声,颇有我心谁知之意道:"你真以为为师是真的要帮他们转世个什么新女主?那都是表面的说辞,是一种堂皇的借口,说穿了就是一帮权贵没了权力,心有不甘找的由头!这荒谬的事情为师怎么会信?恐怕他们自己也不会信吧?为师过了千年,这十年又常常冥想,现在的情况为师看得可能比谁都清楚!那群权贵、策划这些是为了夺回权力,他们眼见着大清势在必亡,如果是现在恐怕会亡在权臣革命党手里,如果是以后就不知会亡在哪个洋夷手里!他们不是怕大清亡了,而是怕从此之后再没有能凌驾于万人之上的权力!所以他们才借太后的名头来搞这么一出转世,就是好让他们有一个名正言顺的主上,好能继续耀武扬威!而老怪呢,则是要一块土地,能自治的土地好复兴他的小王国!这两派出发点不同,但利益相同,权力都要主上才能给,土地也要主上才能封,所以他们才会走到一起!至于小日本,通过此番不知试验出多少走肉,积累多少经验,好日后为他的帝国效命,而且这次可是答应了他不少好处呢!找到为师则全是巧合,也因为为师在关外名头太大。他们想借我力一场正规的法事,完成所谓的转世,而条件就是新主地盘的教权!现在这里有两个亲贵,在等着新主确定后主持封禅。而老怪则早就去筹备开国,之前也留了一份诏书,就等新主盖上印玺!小日本也过去准备走肉,好跟各方较量!而为师则是主持完法事后,跟着大队一起护送新主登基!这里面都是各怀鬼胎,各自为政,实际上新主是谁,对他们来说都不重要,只要有一个名正言顺的象征就行!等一切结束,新国成立,老怪就是新任辅政王和第一位领主,而那两个权贵则一个自封摄政王,一个是大学士,为师就是国师!你想想这样的局面,一个三岁小孩当主上,能长久吗?等风波再起,那两

255

个权贵的春秋大梦就会破灭,老怪会动手除了他们!而后新国就是他的领土!至于为师嘛,他可动不了,只能在同一块地方掌握教权!现在问题来了,他死忠的部下没多少,而且都是泛泛之辈!但为师可不同了,通过教派传功,势必一天强似一天!之后势头就会全部扭转,在同一片土地上我强他弱!当然为师不喜政务,也不愿意出头,但你不同呀!我可以在几年间就把你打造成通天教主般的传奇,让追随者云集!你心性质朴,心系苍生,又美貌绝伦,再加上武功盖世!这样的人是什么?是天下的表率,是真正的凤鸣天下之人!到时你就能一呼百应,你带着你的弟子们,带着你挑出的宅心仁厚的人,去让洋鬼子见识见识中华的威风,见识见识什么叫中华的力量!你再将我们的正传教派发扬光大,让武功成为国术!让人人自强,无人敢犯!难道这一切,你就不向往吗?"

九十三、衷肠尽诉

　　这张饼简直是铺上了金粉，让人无法拒绝，秦潇暗叹这老道为了收沁然可真是处心积虑到了极点，估计把上千年的梦想全说干净了。

　　可这真的很难拒绝，如果有人给秦潇提出这样的条件，他根本就不知道该如何拒绝。

　　这时他反而心空了，也不再提心吊胆了，更不怕沁然不答应了。

　　因为这一切如果是真的，那对沁然的理想来说，无疑是又近了一步，而且有这样的强援，她成功的机会更大。

　　如果真的是这样，他甚至觉得沁然真的应该答应，这怎么着也比在大漠里带着几十人风吹日晒到处拼命要好。

　　他甚至还有点儿为沁然庆幸，什么叫因祸得福，她碰上老道就算一个。

　　这显然是超出了莫沁然理解的掏心掏肺的，的确是又让她沉默了一阵，而后才道："那道长倒是说说，既然这一切都是假的，那非要抓这些女孩来干什么？"

　　听莫沁然口中还是维持这道长的称呼，秦潇勉强把精神振作，继续听着。

　　"唉！"老道叹道，"这不是做戏做全套嘛！每个人磕头拜佛时几乎都认为这泥塑土胎就是个假的，可谁不是有点希望呢？人皆如此！既然找到了为师，我就要像模像样给他们操持一番，这样才能显出我国师的法力高强不是？"

　　"那那些孩子，等结束时刻只能选出一个，剩下的呢？"

　　"没有那些，只有十个，为师按三魂七魄找的，其实早就选好了个最伶俐的！其他的嘛，你要是答应拜我为师，为师保证找人全给她们送回家里去！"

　　秦潇一听老道果然奸诈，一边画饼一边还有人质，这是逼着沁然不得不就范呀！

　　果然，莫沁然叹了口气道："我还是希望道长慈悲为怀，不要再见血死人了，这毕竟有损贵教派的清名阴德！"

　　"为师说过了，只要你答应，为师什么事都应了你！"

　　"还有件事情要劳烦道长，我这衣服好久没换了，请给我准备身新的！"

　　"早就给你备好了！"秦潇就听那飘忽的脚步声向这边靠近，吓得他赶紧紧靠着墙壁，唯恐被发现。

幸亏老道没有走过来，而是在前面拿了些东西，就回去了。

"你看，早就做好了，等你穿好，晚上你就是大护法，最后这新主的凤冠也在你手里，由你给她戴上！你看这样满不满意？为师可是能想到的都想到了！你可不要负了为师的一番心意！"

"多谢道长！我今天斋戒，什么也不吃，你就不要让弟子再给我送饭了！还有，我想好好休息一下，不知道长能否别让人来打搅我？"

"没问题！休息好了才成，你刚刚伤势有些起色，正要休息！放心，直到晚上，这边没人会过来！你呢，就在花园看看花，逗逗鸟，后院还有你那兄长！可不是为师要关着他的，那是他的要求！总之晚上之前，这后面就归你一个人！"

老道飘忽的脚步走出没多远，又停住了说道："真的，相信为师，为师定会送你个光明的前程！"

等老道走远了，秦潇倒是拿不定主意到底该不该就此现身了。

之前他听老道跟沁然说的时候，好几次冲动就要冲进去，可是越听他就越没底气。

老道答应沁然的远超他的想象，而且布局之深远，谋略之深邃，绝不是顺嘴胡说就能说得出的。

显然老道为了收沁然做他的大弟子，是花了很大一番心思的。

而且这态度很是挚诚，要倾囊传授衣钵的情感溢于言表。

秦潇不知道如果这样还不能收到个弟子，那什么条件才能收到。

而老道答应沁然的这些，他没一样是给得出的。

甚至他都觉得，仅从至诚一片上来讲，自己都不如这个老道。

这不是他妄自菲薄，自我否定过度，而是自己哪怕就是画饼都画不出这么大一张出来，甚至上面还铺着金箔呢。

这种人外有人，天外有天的感觉，让他很有挫败感。

如果哪个富可敌国的公子哥要跟他争沁然，哪怕是搬出可以埋人的财富来，他或许还会凭着赤诚争一争。

可眼前呢？一个老道，似乎什么也不图，就是要让你成为绝世高手，就是要让你成为一人之下万人之上，而且似乎他还有能力办得到。

这可怎么争？完全不在一条起跑线上，也完全不是一个目的地，但那边的终点看起来就是那么的辉煌灿烂。

这不是争不争了，而是根本就比不上。

秦潇甚至都想放弃了，直接默默地退出去。

现在沁然受了伤，而似乎只有老道能把她彻底治好，之后还会保证她实现宏愿。

　　这次的目的是救几个孩子，可老道却答应了沁然，一定会放了她们。
　　不仅放了，而且还会把人家送回家去，那来这里的原始目的也就达到了。
　　那还要不要进去？还要不要跟沁然说说自己对她的思念？
　　还要不要劝她？劝她别和这老疯子一起疯？
　　可人家的疯狂是有根有影，而且很可能实现，这些他怎么能阻止呢？

　　近情情怯，这是一种常见的感觉。
　　心里越没底越觉得怯，越觉得亏欠就越是不敢见，这也是很常见的。
　　但他真的就放任这种千载难逢、简直如天作巧合一般的机会就这样溜走吗？
　　这回他要是不敢出去，而是选择默默离开，那以后还有机会再见到沁然吗？
　　茫茫人海中哪怕是擦身而过都不一定能见到，更何况以后要是天涯之遥呢？
　　难道就眼睁睁地看着心爱的人，再次从自己的身边飘走，而自己却毫无反应，只能怪苍天为何造化弄人？
　　想着想着，秦潇那颗本已渐渐冷静的心突然又狂跳起来。
　　一千多个日日夜夜，每晚都是她的幻影伴自己入眠，每天都是对她的幻想在跟自己作伴。
　　他不敢去见她，怕一瞬间自己的渺小就纤毫毕现，怕只是一眼，自己就会控制不住再也不舍得远去。

　　他自我放逐了三年，差点儿就把自己扔进酒精的深渊无法自拔。
　　他不敢去，甚至连到京城都不愿意，以为那样离她近了，怕自己控制不住自己找她的冲动。
　　自己到底在怕什么？这世道他早就看透了，果然如沁然说的一般无二。
　　可他既然都看透了，为何还不敢去见她，恐怕就是那点儿可怜的自尊吧！
　　这种将自己的脆弱藏起来的方式，真的没那么体面。
　　不过就算他躲着，躲到远处只敢从报纸上知晓她的消息，可冥冥的命运之手却把他推到了她的身边！
　　这是什么？这就是天意！天意能违背吗？不能！
　　回想和沁然从相逢到相伴的点点滴滴，哪一次又不是天意的安排？
　　无论是羊城的郊外还是申城的教堂，哪一次又有过刻意？
　　这都是上天的安排！就像是这次，没人能想到会在这里碰到她，这一切都是冥冥间的天意！
　　这是老天在给他机会！而这种机会错过了就真的不会再有了！
　　那他还要犹豫什么？难道再次让机会从眼前溜走？

到那时自己不怨自己，老天都要怨自己了！

想到此刻，他抖擞精神，自己都感觉到了自己的呼吸在加快。

他强行让自己镇定、镇定，要让沁然看到他生活得还好，至少要她不用为自己担心。

他悄无声息地走着，眼前已经看到了一间石洞，洞里面被柔和的黄光照着。

他轻轻踱了进去，尽量不让自己发出一点儿响动。

一只脚迈进去，眼前是一张石桌，两只石凳，屋内陈设十分简单。

再一只脚进去，他看见了一张床，虽然也是石头做的，但上面铺着被褥，但看起来倒不是十分坚硬。

床边的石案上放着一套大红色的衣服，还有个凤冠。

而此时他看见了一个背影，那种如仙子般的婀娜，不是莫沁然又是谁？

她此时正只身孤影地背对着站在墙边，凝视着石墙上挂着的一幅画。

那是一幅古画，墨色黯淡，纸张见黄，但没有什么破损，画上内容尚且清晰可辨。

只见画上面一轮明月，月光下是个舞剑的女子，看穿着是个道士打扮。

就见她手中的剑尖直指对面崖壁上举着宝剑的一名男子，看装扮还是个道士。

不过这人画得十分模糊，倒像是石壁上的影子一般。

莫沁然看着这幅画看得入神，好像没留意到有人进来一般。

不过也可能是秦潇的动静太轻，他一直提着气，运着功，唯恐会惊到她。

再小心地走近几步，秦潇看清了画上女子。

只见她发髻高挽，眉目清丽，神色肃然，但是隐隐间却流露出一丝寂寞愁苦。

这时他看清了画左上角题的一行诗，写的是十分娟秀的宋体，他认得全。

那是一首耳熟能详的宋词：

明月几时有，把酒问青天。不知天上宫阙，今夕是何年。我欲乘风归去，又恐琼楼玉宇，高处不胜寒。起舞弄清影，何似在人间。

转朱阁，低绮户，照无眠。不应有恨，何事长向别时圆？人有悲欢离合，月有阴晴圆缺，此事古难全。但愿人长久，千里共婵娟。

这画的意境加上苏轼这首《水调歌头》的陪衬，尽显出画中女子的愁郁之情。

只是对面男子在画中还是个影子，女子就是舞剑都没人陪伴，只能对影独舞，这寂寥几许又如何能说得清？

莫沁然看了一阵，轻叹一声道："'起舞弄清影，何似在人间'，嫦娥早知会有此寂寞，是否会重新选过呢？"

说罢她慢慢地回转身来，轻抬起头向对面一看，顿时双眼圆睁愣住了。

秦潇见她回头，本不知该躲还是不躲，但见她的背影较之前更为清瘦，心中酸痛。

而在她回头的一瞬间，秦潇竟看到她脸上露出了凄苦的神色。

这神情他从未在她脸上看到过，之前的那些镇定、淡然、坚定、自信、坚持似乎在那一瞬间都从脸上消失了。

那个如仙子般飘然于世、淡静似云的沁然一下子消失了，眼前的她仿佛一下子变成了个饱受苦痛折磨的小女孩，一个有苦难诉的小姑娘。

秦潇的心立刻猛地揪痛，他迎着莫沁然那震惊的目光，强忍着没让自己的泪水落下来。

他忍住内心的翻滚，轻声说："对不起，我来晚了！让你受苦了！"

莫沁然如瞬间石化般愣愣地瞪了他半刻，这才鼻子抽动一下，而后马上用手拂脸转过身去。

她说道："你怎么来了？"声音中透露着强装出来的镇定。

秦潇见她单手在脸上擦拭，肩头轻轻地颤动，好像是在无声地哭泣。

他心中的滚涌好像都要扑出来了，他紧走几步到了她背后，轻声道："真的对不起！是我的错！让你受委屈了！"

莫沁然连听他两句道歉，似乎心中的苦痛更难自抑。

她捂着嘴含糊道："没什么，这是我的事，与你无关，自然没什么晚不晚。"

"不，我错了！我真的错了！我曾经自私地以为那是你的事，那是我没必要去追随的事，可是我大错特错了！我曾经卑微地以为那是错的事，那是根本不应该去做的事，可是我错得离谱了！这几年我每一天，都在问着自己，我错在哪里了？可是现在我全明白了！我全错了，我不该卑微地自己躲开，我不该自以为是地对你嗔怪，我不该像个懦夫一样置你于不顾！我不该任由你在漠北被日晒风吹，我不该忍心让你一个人风餐露宿，我不该这几年懦弱得都不敢去找你！我明白我全都错了，我不该对你的一番苦心还心存怀疑，我不该认为你只是出于一己之私！总之，我全都错了！我向着老天忏悔，希望他能让我鼓起勇气去找你！就在不知道你就在这里之前，我还不停地想着要见到你！天可怜见，上苍给我机会！终于让我再见你了！我只想问一句，如果我现在回头，你会原谅我吗？"

在他无比痛心认错的过程中，莫沁然时不时擦拭着眼角，肩膀一抽一抽的，看得他的心也跟着一抽一抽的，痛苦难当。

她在哭泣，让这个坚毅无比的女孩哭出来，她得是承受了多大的苦难，经过了多少艰辛，忍受了多少痛苦。

他的悔恨就像潮水般涌出，摧垮了自我防备的堤坝，淹没了自我保护的狭隘。

秦潇强忍住泪水接着道："这全是我的错，让你吃了那么多苦，让你受了那么多罪！我太自私了，让你一个人置身险境，让你一个人承受世间的苦难！现在我全明白了,我再也不会让你一个人孤苦漂泊,让你一个人承受痛苦!世上再有什么对你不公的事,就对着我来吧!上天再有什么对着你的雷霆骤雨,就让我来为你顶着吧!看见莫沁然好像是停止了无声的抽泣,他无比诚恳地说道:"你还能再给我一次机会吗?让我好好地赎罪!就让我陪在你身边,让我为你挡风遮雨好吗?"

莫沁然又擦拭了一下眼睛,但没有回头,她轻叹一声道:"不用了!秦少侠!我有今天都是自己惹出来的,我没有怪过谁!包括你!至少这两年多我做了不少我该做的事,我不后悔!现在就算是再也没法做下去了,我也没什么好遗憾的!你走吧!你知道那个尘虚子就在这里,要是让他抓到你,你就再也走不了了!"

"不!"秦潇提高声音道,"我不走,我绝不会走!老天给了我这次机会让我能再见到你,这是我一生的最大福分!能认识你是我今生的幸事!能陪着你是我今生最大的愿望!我不会走!我知道老道在这里,他还要逼你做他的徒弟!不管你如何抉择,我都不会走!我会一直陪着你,不管你要去哪里,要做什么!天涯海角,刀山火海,哪怕是地狱我都义无反顾地陪着你!直到你再也不需要我了!直到你再也不愿意看见我了!"

秦潇见到莫沁然的肩膀又开始抽动,手又伸到了脸上。

他坚定地说:"总之,让我留下来吧!让我好好照顾你吧!"

莫沁然又擦拭了几把泪水,突然嘘口气道:"对了!我现在就不需要你了,以后也不想再见到你了!我怎样选择与你无关,我的未来生死也与你无关,我下不下地狱更与你无关!你快点走吧,这里待久了你就出不去了!"

秦潇听她说得决绝,心中一阵迷乱,脑中顿时天旋地转。

这是怎么了,难道自己还不够坦诚吗?难道自己非得把心剖出来给她看她才肯原谅我吗?

难道是自己那句地狱说错了?难道是……

可他猛地想起她的最后一句——待久了就走不了了!

没错!到了这时她还在记挂着他的安危!

她心里何尝不想有人能陪着她一起分担风雨,可是她太为别人着想了,宁可自己吃苦受罪,也不想连累他人!

这才是她,这才是无私无畏的她,是大气凛然的沁然,是坚毅超拔的奇女子!

她就是想用这样故作冷漠的话来逼走他,好让他彻底脱离险境!

想到这里,秦潇再不犹豫,他上前从后面一把抱住她,动容地道:"我知道你是想为我好!都到了这个时候,你还是一心想着我!与你相比我何等自私渺小!我何等无颜以对!可我再也不会走了!不管什么我都要和你一起担着!你就让我留下吧！求求你了，沁然！"

莫沁然被他这突然一抱，身子猛地一颤。

这是她长这么大第三次被男人抱着，前两次也是这个冤家。

不过第一次是不相识时，她赤身露体又功力受损时被他抱起。

可那时，她对这个英俊的男孩只有愤恨。

第二次是在教堂空中跨越时，她不想暴露功力，被他环抱着飞跃。

那时，也只是有点伪装成功的小得意。

而这次却是在自己心情正百转千回间，被他猛地紧紧抱住，她的心情是无比彷徨、惊遽，想拼命挣扎出来，身子却软软地用不上力气。

她不住地给自己打气，一定要挣脱出来，可是身体却不受指挥地渐渐发软、发颤。

而那双环抱着自己的手臂却是越来越有力，越来越紧，好像要把她紧紧地裹进对方的身体之中。

她无力地挣扎着，可是觉得脸上开始发着烧，心中开始燃着火，那是被对方点燃的。

她正在做着最后的挣扎，可对方却猛地一扭身，站在了自己面前，从正面又紧紧地把她抱住。

她顿时被宽厚滚热的胸膛包裹住，她的双手抵在对方胸前，想用力推开，可却被这温热熨得十分惬意，而一股暖流正顺着双手迅速地涌向自己的全身，而自己的血脉似乎都被熨得温暖起来。

这些年，她多想能有种伴随在身边的温暖，可惜偏偏事与愿违。

每到夜深人静时，她会卸下坚硬的伪装，孤独地蜷缩着，那是一种冷彻肺腑的孤寒，哪怕在炎炎夏日也是一样。

而现在这份她以为早已失去的温暖突然从天而至，又扑了个满怀，她反而手足无措。

听着对方不住地在自己耳边说着原谅他，原谅他，她心中猛力地抽动。

难道那时就是他一个人的错？难道自己的一意孤行不计后果就没有错？

难道这一切都是他的离开造成的？难道自己就不该检讨自己的偏执？

一切的一切，问题如排山倒海般喷薄而出，将她的脑海再次淹没。

她又哭了，这回不再是遮遮掩掩的，不再是强自忍耐的，而是真心实意地痛哭，为了自己，也为了这个把她抱在怀里的人。

她终于觉得一直坚强的身体好像是那么需要一个依靠，她靠在他胸前痛哭失声。

时间伴随着哭泣，静默地流淌。石室中只有两人抱在一起，和阵阵嘤嘤的哭泣声。

他们相拥在那幅女子孤独舞剑的画下,画中全是分别的离愁,而画外却全是重聚的喜极而泣。

莫沁然哭了好一阵子,这才慢慢地抬起头,看对方肩头被她哭湿了一大片,还有些抽噎地说:"把你衣服哭湿了……"

秦潇轻轻地抱着她的头道:"这是随时为你准备着的!"

他看着她身上还穿着一袭打着补丁的粗布衣裳,想起她以前为自己裁剪缝制的仙子霓裳,不禁心头又是阵阵抽搐。

秦潇道:"以后我每天都让你穿得漂漂亮亮的,我的仙子!"

"你怎么学会了油嘴滑舌,你不会是……"

"绝对没有!一直为你守身如玉!别的女子在我眼里都跟完全透明一般!我的眼里心里只有你一个!永远只有你一个!"

"不许跟我油嘴滑舌的……"莫沁然又缓缓将头靠在他胸前。

其实秦潇说这话心中有点儿理亏,却是事实。

上次他在围局里曾被两个花魁迷晕,而后他见自己赤身裸体和对方躺在一起,还以为自己失身了。

为此他还曾痛苦不已,不过事后等到了船上,他才醒悟过来。

当时他裤子还穿得好好的,难道那两位事后还会把自己裤子穿上?

而且在那里偷看到的其他人的情况,也让他坚定了这一点。

并且他还调动过内力查看,童子气还在,也就放心了。

所以他现在是有点儿亏心,但绝不是说谎。

二人又相拥着站了一会儿,莫沁然就带着他出来到了后面的花园。

此刻天光已大亮,花园上方是空的,因为这里本就是个深谷。

说也奇怪,花园里那些叫不出名字的奇异花卉,随着莫沁然的进入好像的确是盛放得更加灿烂了。

她带着秦潇来到了关着赵信的铁门前,推开门走了进去。

只见此时赵信已经彻底地倒在了地上,动也不动了。

莫沁然凄然地摸了摸他的颈脉,叹道:"'漠北五十八骑'最后一个兄弟也走了!"

秦潇也敬重道:"之前我见到他时,他可能是用尽了力气告诉我你在里面,看来那口气过后没多久,他就去了!"

"这人也实在是令人钦佩!我把他埋了立个坟头吧!"

莫沁然却摇摇头道:"当初被关到这里时,他就跟我说过!等他死后,要葬在这鲜花丛中,不要覆土,就这样露天仰面放着,好让他能时时看着鲜花,闻着花香!"

秦潇心中肃然，按照吩咐把赵信的尸首摆在花群中央，让这个临死前一直与戈壁黄沙为伴的人能长眠花丛。

做完这些，秦潇问："沁然，这里那老道真的不会来吗？"

莫沁然轻笑道："不会，他要我做他的徒弟，都快入魔了！"

"那你怎么会被他抓住的，而赵信司马怎么变成这样了，不过才三年不见？"

"这话说起来可真是令人难以置信了……"

莫沁然和众人分别后，毅然决然地带着汉军们开始了纵横漠北的传奇。

除了在乌里雅苏台报仇那次外，他们就再没有过滥杀，而是真正变成了行侠仗义、来去无踪的队伍。

他们专杀作恶多端的狗官恶兵，遇到匪祸也会清缴，而且仗着他们的凶悍和莫沁然的功夫，开始时几乎所向披靡。

为此他们也得到了百姓的爱戴，很多地方蒙古包的牧民都把他们当救星一样看待。

甚至有的地方还给他们立长生牌位烧香，都希望他们能够长命百岁，守护着草原戈壁上的劳苦民众。

而有了群众的支持，他们的补给也就不成问题了，几乎在整个外蒙驰骋都不用担心吃住。

而随着他们名声日盛，清廷日渐恐惧，开始派大军前来清缴，但每次都是铩羽而归。

"漠北五十八飞骑"的威名，更如草原不落的太阳般在百姓心中照耀。

可是到了第二年末，一个非常离奇的情况出现了，汉军中年纪大的一些人开始迅速地衰老。

刚开始人人都没太在意，毕竟每日风吹日晒，草原上的人长得本来就见老。

可是渐渐地这情况就加剧了，很多人一个月下来就像是老了十岁，而不出几个月，原本在马上十分精壮的骑兵就老得连马都上不去了。

为此莫沁然可是急断了肠，跑断了腿，但都没有得到任何救治办法。

而等吃过了无数偏方之后，那些人还是在第二年中就彻底衰老死了。

但这种情况不仅是出现在一个人一批人身上，而是全部汉军都是一个情况，只是衰老得有快有慢。

比如最先那批人，是真正身经百战的精锐中的精锐，年龄稍大，战斗经验丰富，而且还是出战最积极的。

可是那些稍微年轻的，或者是不常出战的，情况就稍微好一些，但也不可避免地快速衰老。

很快，队伍在短短两三个月就已经减员了三分之二，而剩下的还在加速老去。

莫沁然隐约感到这可能是由于出了那飞船笼罩的秘境造成的，毕竟按实际年龄算，这些人可都是两千多岁了。

一旦离开时间缓慢流动的封闭空间，回到正常世界，人体就会加速老化。

而且平时体力消耗大的，年纪大的，衰老就快，反之则慢些。

但就算是猜出了又能怎么样？根本就是毫无办法医治的。

而此时他们剩下的这点残兵，已经根本就不能出战了。

想把"漠北五十八飞骑"的英雄事迹流传下去，此时就得招募新人了。

而在这个时期，最好是先去沙俄边境躲避一下大队清兵。

恰逢此时，沙俄在和外蒙王密谋外蒙独立，双方关系日渐亲密。

沙俄同样也把他们列入了通缉剿杀的黑名单。

现在是两边都待不下去，莫沁然只得带着仅剩下的几人越过了兴安岭，躲到了她和秦潇曾经到过的林场里。

在那里除了赵信外，所有弟兄都死了，都是老死的。

赵信比较特殊，他本来是文官出身，从军后也没打过多少仗，基本在后方运筹。

而加入了五十八骑后，大家一般时候也不带他出战，所以消耗不大，再加上本身就年轻，所以衰老较慢，但那时看着也有五十岁了。

莫沁然虽然在众人面前都流露着无比的自信坚韧和从容，但内心是极为善良淳朴的。

她与这几十人在几年间早已成了亲密的兄妹，虽然她面上依旧平静，可是内心中却早已如火烧般煎熬着。

她不想跟着自己出生入死的兄长们就这样一个个老死，连一个都留不下。

现在已经到了东北，她就想起了以前曾经到过的玄玉丹观，和那个不死老道。

如果一个人能用丹药保持不死，那她为什么就不能为自己仅剩的兄长试一下？

她带着赵信辗转来到了牛鼻山，把赵信藏好，就一个人孤身上去寻丹。

而正巧她在丹房里到处搜寻的时候，尘虚子和一个戴着面具的怪人走了进来，把她困在了里面。

那二人商量着一件大事，怪人怂恿老道加入，可是老道一直左推右推，一副不情愿的样子。

那怪人说，如果能帮助太后转世成功，那以后新国的教权就归老道了，以后他就会被尊为国师。

老道似乎有些动心了，但仍是犹犹豫豫。

怪人等得不耐烦了，一掌向空中挥出道："难道你就愿意一辈子困在这里做个卖药的吗？"

这一掌恰恰就袭向了莫沁然藏身之处，她感觉寒劲刺骨，连忙躲避，也就暴露了行藏。

怪人见有外人，就向她又挥来一掌。

莫沁然是用出毕生所学，在空中用轻巧的身法配合精妙的招式，试图能化解开掌风。

但还是丝毫作用没能起到，她感觉全身好像突然被冻住了，而后就全无知觉了。

等她再醒来时，感觉全身彻寒，四肢百骸无一处不痛，动一下就痛不欲生。

可这时老道却说，要不是他的全力救治，她早已经死了。

而且老道坚持要收她为徒，并说一定能把她治好。

之后她就眼见着整个丹观连着丹炉整体搬迁，她先被藏在车里，经过长途跋涉，又坐到了船上，最后辗转了不知多久才来到了这个山谷。

在一路上也幸亏老道给她喂药，运功给她疗伤，要不她早就经不起长途折腾死了。

赵信也被一直带着，只不过这人见她被抓，十分硬气，不时痛骂老道欺负女娃，不是男人是个王八云云，最后被关进了花园里，行事露着一派强汉风骨。

也就在前几天，她刚刚能活动自如，但体内真气还是空空如也。

老道完全知道这点，知道她逃不了，根本就不防范她。

不过她这些天，任由老道如何引诱，就是一直不跟老道开口说话。

今天她的药吃完了，寻思着能不能求老道放了他们，这才有了之前对话。

可是让她意外的是，老道竟有如此宏图大志，这一时间也是让她有点儿无所适从。

之后二人坐在花丛下，秦潇倒是也把自己这几年的际遇都说了。

他倒是很诚实，说到了自己的借酒消愁，意志消沉，说到了自己的麻醉度日，说到了自己的彷徨无措。

他话说得很平淡，却听得莫沁然罕见地流露出心疼的表情。

之后他说到了自己这次受人之托来查此事，抓到了线索，这才顺藤摸瓜，歪打正着来到了这里。

结合二人所说，他们分析这就是传说中的"千花百鸟谷"，也是传说中至阴金丹掉落之地。

看上方好似圆形的大穹顶，好像还真有点儿像是个天降巨球给砸出来的一般。

但是球没了，这里却生满了奇花异草。

而老道他们显然是要用小女孩主持太后转世仪式的,可是据老道说他根本就不会也不信什么转世。

这是单纯糊弄那两个亲贵,而人选他早已定好了。

而仪式过后,他们就要带着选好的新女主,乘船去新国登基。

而之前那个面具怪人早已在筹备建立新国,那个小日本科学家则制造大量的走肉来为新国交战使用。

这走肉的厉害秦潇可是见识过,这东西虽是人做成的,但早已不是人了,甚至死人行尸都不是,只是单纯的肉体杀伤武器。

听到那走肉的恐怖,莫沁然也是皱着眉头,紧咬嘴唇。

不过至于他们要去哪里,之后又有什么图谋,他们暂时还都是全无所知。

两个人离开了快三年,再见面自然是倾诉衷肠,竟然都说到了日头偏西。

由于之前莫沁然曾说过不吃饭,所以这么长时间里,真的就没有任何人来打扰他们。

在整个说话过程中,莫沁然竟然流露出了各种不一样的丰富表情。

这让秦潇既欣慰又心痛,只想着自己今后一定不能再让她受苦了。

说了半天,等二人都住口了,莫沁然这才留意到了他身后背着的大灵芝。

她浅笑道:"这就是尘虚子提过的那千年灵芝吧?被你背着倒像是一对肉翅一般!"

秦潇反应过来道:"对了!老道说,这灵芝对你有极大补益,这个东西我们要带出去!对你伤势痊愈一定有好处!"

莫沁然叹口气道:"现在我好像是功力全无了,就像是个废人一般!"

"全无内力,又怎么出得去这深谷呢?"

"没事,有我呢!等下我抱着你,咱们一样可以神不知鬼不觉地出去!"

"难道你就想这样走了吗?"莫沁然突然淡淡地道。

秦潇心中一凛,怎么刚刚说过不再自私,这么快就忘了?

他马上说道:"没有,我只是说我可以带着你,至于你想做什么,我全听你的!"

"我觉得至少咱们得救了那些个可怜的女孩儿!如果我走了,尘虚子难保不会迁怒于她们!"莫沁然似乎在询问。

"对!这也是我来的目的!不过我们不是单打独斗!"

"还记得吗?在东北张聚霖那里,我结拜的几个兄弟,四哥和六姐现在正在山涧对岸!他们都可以帮忙!"

"他们?"莫沁然想到了那时还是欢乐少年,也露出一丝笑意。

可随即她又微蹙眉头道:"可是尘虚子武功之高难以想象,可不是我们几个就能对付得了的!"

秦潇道:"不怕!你看我这里还有这个!"

说罢他掏出一颗手雷拿在手中道:"这个外面还有一箱,倒是能把这里都炸个稀巴烂!"

莫沁然先是一喜,随后又微蹙眉头道:"这些可能伤不了尘虚子,倒会招来无数死伤!还有这里可是千年前那些前辈先贤的修炼之处,我真不忍心毁了他们的一番心血!"

秦潇点头道:"那你说咱们该如何?我都听你的!"

"现在四哥他们在哪里?"

"这我倒是不清楚了,我掉下来都大半天了!"

"他们的功夫也过不来,真不知道!"

"那就是暂时用不上!"莫沁然凝神思索着。

秦潇这才觉得自己是给了个假希望,这些找不到的帮手说来又有何用呢?

不过莫沁然嘘口气道:"这些我们暂时先不考虑,我呢现在也都快成废人了,也帮不上忙,你一个人也是身单势孤……"

秦潇马上道:"要不我先带你出去找到四哥他们,等人聚齐了再做打算也不迟!"

"不行!"莫沁然坚定道,"尘虚子要是见我走了,必然知道是有人救我!到时他们的计划一定做出改变,那我们就再没法救人了!"

秦潇点头,可目前的局面,仅凭着两颗手雷和一把手枪,怎么能在龙潭虎穴中把人救出来呢,还要面对个绝世高手?

这二人想来想去都没主意,就回到石洞中饮水。

莫沁然又看到了那画,她道:"这画看笔法就是个女子画的!如果按尘虚子所言的师承,那我倒是应该叫一声师祖!她当年在这里孤身练功,苦求功法精进,以此开宗立派,名垂青史!可是呢,她心中还时时刻刻念着那个人,就连练剑时都要幻想对方在自己身边!一晃斯人已去,连念着的人也化作白骨!不知如果她泉下有知,是否会对自己当年的一意孤行后悔?明明只要每人放下一点,就可以十里无婵娟!可偏偏大家都被固执倔强所害,终究只能起舞弄清影!人间如果能少些比较,少些功利,少些争斗,少些贪嗔,不知有多少人能幸福一生!可偏偏每个人都能嘴里说说,但心里却念念不忘!对过眼云烟的,都执着不放!可对能牢牢抓住一生的,却都视而不见!等到人生终了,才发现自己仍是形单影只,那些苦求的却是一样也陪不了自己,那该是何等感受?师祖,不知你在天上后悔了没有?如果再让你选一次,你会不会重蹈覆辙呢?或者是想通了呢?"

秦潇听着莫沁然的感慨,一直都没插什么嘴。

这话好像是对师祖的英灵说的,更像是自己的内心独白。

不过他听着怎么感觉那么让人浑身舒泰,那么让人喜不自胜呢?

就这时外面忽然远远传来一阵闷声:"好呀!好徒儿!你终于肯认师祖了!"

秦莫二人顿时大惊,这是尘虚子来了!

现在秦潇要是奔出去肯定会被他听到,莫沁然灵机一动一指床上。

秦潇领悟,一纵身就钻到被子里,而没多久,他就感觉一双光滑的玉腿伸了进来。

沁然把衣服脱了,这是在掩护自己!

秦潇心中是暗暗感激,可是这是他第一次这么近感受莫沁然的玉体,忍不住心肝乱跳,想看又不敢看,想碰又不敢碰。

就听外面尘虚子的声音近了:"好徒儿!为师听见你叫师祖了⋯⋯哎呀,对不住徒儿,为师以为你穿着衣服,想也没想就进来了⋯⋯为师背过去不看你!"

"道长何事呀?我正准备换衣服呢?"莫沁然回道。

"没什么,刚才路过外面,听到你说师祖,为师以为你已经想通了!这不一高兴就进来了!"

"没想到冲撞了好徒儿更衣,为师造次了,造次了!"

秦潇心道:这老道可真是对沁然一片丹心呀!竟然如此尊重!

可他一眼偷瞄,却发现莫沁然在被中一腿平伸,一腿跷起,显然这是为了遮掩他。

可这个动作太让人浮想联翩了,而且这春光也太让人血脉偾张了⋯⋯

"看来还是为师略懂你女儿家的心意,把洞里找到的这幅画给你挂上了!果然让你想通了!为师真是老怀宽慰呀!"

"道长不必客气,人生三昧总有通的时候!不过道长,现在我觉得腹中饥饿,请叫个徒儿给我送些吃喝进来,等下就让他陪着我过去吧!"

"说得对,说得对!护法怎能没个手下呢?我马上叫人去办!徒儿呀!外面事多,为师先走了,等下咱们师徒再聚!"

随着尘虚子的脚步声渐远,莫沁然套上新的红衣下了床。

她一掀被子,却见秦潇蜷成个大虾模样,不禁奇道:"怎么了?肚子痛?"

秦潇答道:"没什么,有点抽筋!"

其实他暗道这是突出一块,可不能被沁然看到!

随即又暗骂自己真是个瘪三流氓,都这时候了还在想着那些下流龌龊。

幸亏莫沁然对男女之事一窍不通,自然就没看出什么异状,否则秦潇非得被窘死。

等他恢复过来下床,莫沁然就跟他说了一下计划,秦潇一听抚掌叫妙。

没多久,一个小道端着一堆食盒叫门走了进来,道:"大护法,这是吃食,请用!另外,师父说了今晚所有参加法事的人须得戴上面具!"

"我这里有两个,您挑一个……哎呀……"
旁边秦潇一把将他斩晕,扔在一边。
莫沁然朝他点点头,二人赶快开始吃饭。
同时一场救人计划正在两人脑中形成。

九十四、再世阳谋

秦莫二人快速用过饭，由于只拿了一副碗筷，秦潇坚持等莫沁然吃完再吃。拿着沁然用过的碗筷吃饭，秦潇心中这个激动啊，这样才算做是亲密无间！

不管他心中如何活泛，莫沁然却是冷静地作出了规划。

现在转世仪式在即，再找帮手已然是来不及，而且就凭着尘虚子鬼神难敌的神功，现在帮手多了也是没用。

那为今之计，只靠他们两个，沁然又好像是武功全失般用不出内力，怎么和他们抗衡呢？

现在的要务就是把孩子救出来，但如何从虎口中救出，却是个头疼的问题。

鉴于现状，莫沁然决定让秦潇乔装成小道跟着她，他们一路装作顺从，就在大典上动手。

而动手的目标是两个亲贵以及选出的新主，他们在旁人尚不能作出反应之际，直接下手控制住这三人。

以手雷相要挟，先放走所有孩子，而后带着新主和亲贵做人质全身而退。

不过秦潇倒是有个问题，这里可是在深谷之中，让他带着一两个上去还没有问题，但那么多人，可怎么实施呢？

莫沁然说其实不是这样，这山谷底下连着一条山中暗河，当时他们就是从那里进入的。

届时就可以利用暗河，劫船带走人，等与大队会合后，就相对安全了。

不过这老道始终是个大隐患，只要他想出手，在路上随时都会把他们打得人仰马翻。

但莫沁然认为这前提是，老道只有看破了他们并不想真的伤人，才会对他们痛下杀手。

可秦潇却是想老道知道沁然的脾气秉性，知道她不会滥杀无辜，所以应该下手时没有顾忌。

这个问题倒是让莫沁然颇为头疼，这的确有可能，几个月相处下来，老道难道会看不出她是个什么样的人？

自己就是为了救一个人活命，才会深入龙潭被擒，那还不是早就暴露了她的真性情。

所以问题的关键就出现了，该怎样做一场让老道信以为真的戏呢？

最后莫沁然猛地醒悟，现在什么新主权贵在他的眼里都不算什么，自己这个他眼中的衣钵传人才是重中之重。

所以整个计划以秦潇挟持她，逼迫老道放人为上。

不过问题又来了，如果老道想抓住秦潇，那可真是转瞬间的事情，该怎么做才能让他不出手呢？

问题是一个接着一个，越想心中就越没底气。

莫沁然索性一咬牙，不管那么多了，到时这些可能也都想到了，只能随机应变，能多救出一个孩子就是一个！

不过这计划却颇有让秦潇置于险境的意味，不管老道看不看得出，莫沁然他是要留的，可秦潇他却是根本没用的。

但秦潇这时却是毫无畏惧道："没事，沁然，不用考虑我！大不了我抱着他用一颗手雷同归于尽！"

莫沁然忙拉着他的手道："这可不是什么计策，万万不可！"

秦潇却神色坦然道："这几年我想了，其实我根本没为你做过什么！如果能为了你成仁，那是我的荣幸，又有何不可呢？"

莫沁然忙捂住他的嘴道："不许胡说！你的生死可不是你自己的事情，还要问问我答应了没有！"

秦潇心中一抽，看着对方流动着波光的明眸，觉得这话是有万千情义在里面。

他一把抓过莫沁然的手道："不过你放心，我再也不会离开你左右了！但如果形势危急，我要你和孩子们一起活下去！"

他说得坦诚，莫沁然看着看着眼圈突然一红。

她黯然道："你说就连赵司马这样的兄长死了我都舍不得，难道还能眼看着你不顾？"

这话虽然说得婉转，却带着万分的不舍。

秦潇将他的手放在自己的脸上摩挲道："能再见到你，已经是我的福分了！大要我为你去做，我就会为你去做！这回我不会再退缩了！"

莫沁然动容地看着他，看着他，觉得他一瞬间真的变成了自己想要的那个英雄了！

她之前一直在心里希望，秦潇能成为一个顶天立地的英雄，成为一个能肩负天下的英雄！

不过这几年她有些变了，顶天立地、天下兴亡这样的重担不是谁都可以担的，也不是想担就能担的，更不是仅凭一个人就能担得起的，也绝不是仅靠着一腔热血就能有资格担的！

她这几年到处驰骋，惩治恶人，虽然是薄有威名，但也是举步维艰。

而最让她难过的是队伍难带，汉军们倒是十分忠诚，这她放心，主要是招募的新人。

她在漠北五十八骑声名鹊起后，曾进行了两次大规模的新兵招募。

她心里是明白的，光凭这几十人，不但干不成大事，而且日久还会被吞噬，所以新人招募，是势在必行的。

刚开始招兵都很顺利，有人甚至牵着马匹牛羊前来投奔。

所以第一次队伍竟扩充到了五百多人，这也就被外界传为"漠北五百八十骑"了。

可是刚刚成军三个月后，问题就层出不穷了。

他们因为要逃避官府的追剿，居无定所，风餐露宿是家常便饭。

而且这些新兵加入战斗，死伤也是意料之中的事情。

可是有一次突袭一帮马匪，死了十来个新人，当晚全队就跑了两百多人。

而这情况还在恶化，等他们从大漠里走出去，接近城镇还有百十里的晚上，新人几乎跑光了。

汉军抓回几个逃兵，要按律惩处。

莫沁然就问他们为何要跑，难道他们加入队伍不就是为了弘扬正义、替天行道吗？

一人哭哭啼啼说，本来以为进来能威风，但没想到竟然还会死人！要早知道会死，那说什么也不来了，还不如老老实实在家里放羊！

另一个则道，还以为进了队伍能享福，没想到比在家里还苦！而且还要命，家里虽然受官匪欺负，但命还保得住呀！

汉军们虽然动气大骂，可莫沁然还是沮丧地把他们给放了。

她想不通的是为什么参加义军，明明可以一雪前耻为家人报仇，惩治贪官恶霸，那些人来了却要走？

她想不明白，明明在家里被欺压得就剩一口活气了，这些人却还觉得义军不如食不果腹、空徒四壁的家里好？

她想不清楚，想斗争就要有牺牲，这只是个运气问题，但至少死得轰轰烈烈。

她每次都会给死难的弟兄们隆重大葬，让死者英气永存，这难道不比苟延残喘活着好？

可赵信告诉她，她实在是太仁慈了，遇到逃十个就杀十个，以正军法，一定会起到杀一儆百的效果！

而且在军中不乏逃兵，哪次长官用这办法都能奏效，要不干吗写进军法里去？

不过莫沁然不忍，她不忍这些曾经想过要来追随义军的人，就被那样残忍地死在自己人手里。

她觉得这次是没做好准备，等下次把招兵训练的事宜都安排清楚了，再试一次，她就不信以真心换不来真心！

没过多久，五十八飞骑打了个大胜仗，从军匪盘踞的地方解救出一镇百姓。

当时好多人都叫嚷着要投军，莫沁然就决定收了。

这一次竟招募了上千人，而且加上全镇愿意为义军服务的百姓，总数接近两千。

而莫沁然也决定在这里好好休整，顺便好好操练这些新兵。

她是竭尽所能，让每个新兵都有家一样的温暖，都能感受到兄弟姐妹般的真情。

而她派赵信他们尽心地操练这些士兵，毫不松懈，而且保证温饱。

一切看起来似乎都向着美好的方向发展，而士兵们的斗志也给了她很大的希冀。

由于这次在一地盘桓时间过久，他们的行踪就被官府知晓了，而他们也被渲染成了"漠北五千八飞骑"。

官府甚为震恐，就派了十个营从三面前来围剿。

其实这样以少胜多对莫沁然他们来说是家常便饭。

他们面对的几乎都是十倍于己之敌，但都能全胜。

这不是他们计谋有多强，兵法运用多么出神入化。

漠北就连地形地势都很单一，连利用地形伏击都是很有限的。

只是因为清军完全是一盘散沙，人人怕死，很多时候几乎是一战即溃。

所以汉子们在重围中是谈笑风生，一点儿都不紧张，莫沁然更是成竹在胸。

她想用这一次大胜仗来教育新兵，人多不可怕，哪怕是人山人海也是可以战胜的。

不过这次清军是学聪明了，连续几天在外面昼夜喊话，说什么加入反贼诛灭九族，说什么现在投诚，既往不咎等。

莫沁然不断叫人告诉新兵，这纯粹是胡扯！因为第一根本没有诛九族这么一说，再者一旦投降下场就是死！

可清军的连日劝降还是让新兵动摇了，从开始几十人跑到后来几百人跑。

赵信他们是抓回来一批，就被心慈的莫沁然放了一批。

就这样人越跑越多，七天不到上千新兵竟全部跑光了。

没了人马，莫沁然他们只得选择趁夜突围。

虽然全身而退了，但后来整个镇子和投降者全部被屠了。

为此莫沁然心中好不悲凉，从此再也不敢轻易招募新人扩大队伍了。

她不明白的事情越来越多了，也渐渐不愿意多想了。

她最初那一腔热血渐渐冷了，她知道了自己的渺小无力。

幸好这五十八人十分忠诚地跟着她，不离左右。

他们明知道这小仙女小妹子功夫远高于自己，但每次出战都要尽力护着她，不让她受伤害。

这些人都像大哥一样，在日常照顾着她，每每就给她一个憨憨的笑。

就是这些温暖，这些笑容，让她在漠北极寒的冬日里度过漫长的寒冷。

让她的心没有冻结，让她的身边有了依靠。

所以当这些兄弟们相继快速衰老而死的时候，她心急如焚却又束手无策。

所以当只剩下一个赵信的时候，她不顾险境，甘冒奇险为他求药，想保他活命。

因为她知道，如果赵信也死了，那她心里最后的寄托就没了，自己就会变成一艘在汪洋上的孤舟。

如果这次秦潇没有出现，她真的说不准就答应了尘虚子的条件。

第一，这张饼画得好美，第二，她实在是太累了，实在是太孤独了，实在是一个人撑不下去了。

而且老道的目标，似乎与她的宏伟蓝图并不冲突。

不都是要推翻腐朽的帝制吗？不都是要让受苦人翻身吗？不都是要还百姓太平安乐的日子吗？

总之要让中华强盛起来，老道的规划也不无道理。

关键的是，这人毫无利欲私心，因为利欲对他没用。

他只是想看到更为辉煌灿烂的愿景，那加入他，帮帮他又有何不可？

秦潇出现前，她看着那幅画也在想着秦潇。

这人在她心里的地位是很重的，他们从没说过什么情话，没有什么私定终身的举动，甚至都没有刻意地拉一下手。

不过她心中就是念念忘不了他，虽然她曾经怪过他就那么走了，虽然她曾怨过他为什么连一点儿英雄气概都没有。

可她早就想通了，那不能怪他，因为毕竟朝廷还在，这行为的确是离经叛道，被世俗所不容。

也不能怨他，因为英雄的确不是天生就能当的，而且也不是好当的！

她不就是个失败英雄的例子吗？而且没有老道的救治，她早就成了鬼雄！

那她为什么对他念念不忘，仿佛一个不留神他就会从心里蹦出来？

难道是那次在广州自己内力行岔，赤身裸体被他看过抱过？

虽然这件事她要是不说，这人永远都想不到！

可那毕竟是自己第一次被个青春少年看过，想想都有些羞恨。
那难道是一路上他对自己的体贴有加，温软细语，还待之有礼？
之前她在沙俄见惯了男人的粗鲁无礼，所以秦潇倒是给了她很多好感。
难道是他跟自己的父亲同姓？不过同姓的人多了，为何他却与众不同？
难道是他的善良慈悲心肠？那自己就没有吗？……
总之她想了很多可能性，就是算不清自己为何会那么想他，念着他。

给她授业的了忘师太和母亲都没告诉过她，为何会思念一个男人。
她成长的经历也没有机会让她知道，男人到底是个什么样的存在。
总之她想着他的时候，心里就会觉得莫名其妙还惴惴不安，甚至有些懊恼。
所以她在看着那幅画时，看出了画中女子隐隐藏着的悔意。
虽然摆出一副死不承认的样子，可是一首词就把这心态暴露了出来。
那自然就让她联想到了自己，想到了那个笑起来很温暖的人。
想到了自己当初强硬的态度，没有给他留下任何余地。
现在看起来，那其实也没给自己留下什么余地。
可还能怎么样呢？难道还能时间倒转，让过去重来一次？
可就是重新来过，自己是否还会有不一样的选择呢？
这样，她才顺嘴感慨了一句，而后一回头，却见到了那个一直放在自己心里的人。
现在她心里觉得挺充实的，但秦潇却最终说出了让自己深为感动的话。
她有点儿混乱了，他们好不容易才刚刚重逢，难道又要面对生离死别？
难道她的每一次选择，都会让局面变得如此不可控制？
莫非她这一次又是一意孤行了，可这次却要把心中、面前的他送到生死难料的境遇中去？
这不是她想看到的！可又该如何选择呢？总不能……
可秦潇此时，却仿佛看出了她心中的彷徨一般。
他将她的手用双手夹着，温和道："不要犹豫，做你该做的！"
"我不想你以后后悔！而我同你一起去做，我也会后悔！"
"所以现在要做就做吧！至少我们都不后悔！"
莫沁然看出他眼中的真挚，身上散发出的恳切，她觉得这人完全变了，他已经快和自己心中的那个他重合了！
秦潇松开她的手，默默地起身换上小道的衣服，有些短小，但还看得过去，尤其是在夏日。
而且不知道为什么老道竟让人送来了面具，要让他们都戴着。
虽然不知道这葫芦里卖的是什么药，但现在却是正中下怀，成了秦潇最好的掩饰。

他拿过两个面具,都是样貌很凶很瘆的木头面具。

这是两个傩神面具,秦潇也分不出品次高低,只好微笑着问莫沁然:"你要哪个?看起来都配不上你呢!"

莫沁然却突然一下扑到了秦潇怀里,她把头深深埋在他的胸前喃喃道:"对不起!本来你可以继续逍遥地好好活着!"

秦潇无比动情道:"没有你,我怎么活着都不会逍遥!"

二人默默地拥抱着,感受着彼此身上的温暖,触碰着彼此身上微微的颤动。

或许他们都在想着时间能就此停止该多好!能一直这样下去该多好!

可此时外面的钟磬响起了,那应该就是大典的召集令。

莫沁然默默地从他怀中出来,眼神坚定地看着他,一字一顿道:"总之要是你不能活着,我也不会独活!"

世上还有比这个还重的海誓山盟吗?秦潇心中热浪翻滚,觉得脑子眩晕,激动得竟一时说不出什么。

可等他稍缓过来,想要开口时,莫沁然已经戴好了一个面具。

秦潇只得戴好另一个,藏好灵芝,端着凤冠,跟随着她出门去了。

其实这间石洞还真有个门,只是不同于普通的有轴门,而是侧向滑开的木门,用绳索做的滑轨,看着很新,应该是来此后特制的。

经过狭长宛如天然般的通道,两侧间或也有些石洞,可是都没有门了。

显然那扇门是为莫沁然特制的,足可见老道对她的优待。

经过通道到了个宽敞的空间,这里四壁浑圆,如果是天然形成的,那可真要佩服大自然的造化了。

此时已有不少弟子候在这里,规规矩矩地等着。

看得出,平时老道对弟子管束甚严,至少这规矩是立下了。

再看旁边果然有一口钟一口磬,显然刚才的召集声音是从这里传出来的。

下面弟子中只有少数几个戴着面具,而众人见他二人戴着面具过来,都是眼现艳羡之色。

莫沁然怕秦潇跟弟子们混在一起露馅儿,就傲然地站到了一边。

而秦潇跟在莫沁然后面站着,正好躲进了阴影里。

没多时,尘虚子带着两个弟子来了,见穿着红衣的莫沁然已经就位,心下欢喜。

他对弟子们说:"今日大典,莫姑娘将作为护法!过后,为师将亲自主持拜师仪式,以后她就是你们的掌门师姐了!"

老道果然是说到做到,在这里就先宣布了对莫沁然的任命,立刻就抬高了她的身价。

众弟子忙向莫沁然施礼叫道:"参见掌门师姐!"

莫沁然派头十足,连话都没说,只是挥挥手。

老道巴结似的对莫沁然道:"怎样,对为师的安排还满意否?"

莫沁然平淡道:"等拜过师之后,再谢不迟!"

不过这次的敷衍,对老道来说已经是进了一大步。

他突然开怀大笑,颇有老怀宽慰的意思。

不过在秦潇听来,那声音真有如磨木头般难听。

而且笑声从毫无表情的面具里传来,更是让人觉得憎恶。

老道笑完,开始安排一切事宜,等众道士都领命走了,他才对莫沁然道:"你来,为师为你介绍今夜的诸位贵人!"

二人在老道的引领下穿过通道,又来到了下一个大厅。

这让秦潇很是吃惊,没想到这下面有这么大,看来空洞是一个连着一个。

这间厅里已经坐着了两个人,这二人见有人进来,也慌忙往脸上戴面具。

秦潇想着戴面具可能就是这二人的主意,不想以真面目示人,所以就让人人都戴着面具。

就见这两个一个是大腹便便,另一个却是干瘦模样。

二人都穿着隆重的朝服,胸前都是莽龙,肩头都各有两团龙绣。

这可是当朝超一品亲贵们的穿着,而这二人看着年纪也不小了。

其中胖的那位道:"国师,你说大家都是熟人,为何还一定要戴上面具呢?"

"摄政王啊,这可是辅政王那边要求的!"老道说。

"之前从未提过,而且之前他还说不来,这回怎么就非要派人来亲见盛世?而且还带来这么多面具要人戴着,是何道理?"瘦的那位说。

"估计还是不放心!"胖子道,"可这也太小心了吧?当我们什么了?还能扣下他个辅政王怎么的?"

"对呀,况且地盘还在他手里,我们怎么也不会呀?"瘦子补充。

"哎,大学士也不必这么激动,人家想来看看本国师施法,也情有可原!"

"这次来的据说是辅政王妃,据说国色天香,是以不愿以真面目示众,又怕我们尴尬,就忍忍戴上面具好了!"尘虚子道。

"噢,原来如此!国色天香……那老鬼还能有这样的老婆?"胖子道。

"怎么就不行!他什么样子、多大年岁我们也不知道,就是知道武功盖世!"

"自古美人英雄配!他找个美人没什么不可的!"瘦子道。

"我说你不是个英雄,不还是照样美人满床?"

"就说上次在天津卫那回,你还抱着两个美人呢?"胖子道。

"别说我,你也好不到哪里去?好像那回你没有似的!"瘦子反驳。

"也是，本来要去做个戏，没想到东道主可真是懂得投其所好，那两个我在京津都没见过！"

"我的也是！真不知从哪里弄来的，那么水灵水嫩……"

老道察觉到莫沁然在场，如此粗鲁不太合适，就咳了几声。

两人见一穿着大红的女子在场，似乎也明白了老道的意思，都喝着茶顾左右言他。

"要说上回，你说是被谁截了胡呢？"胖子道。

"对呀！安排得好好的，以翡翠佛手做饵，我们两个入局，诱几个凯子上套，然后再行劫，多天衣无缝啊！"瘦子叹道。

瘦子接着慨叹："可惜了白花花的一百多万两，要不我也不必拿出小五那里的钱！"

胖子抚掌道："说的没错，本来是打算为新朝出一百万的，局成了，我们就不用掏自己钱！"

"可谁想到，竟然来了两伙真劫匪！不过也是怪了，最后那伙人怎么就没把东西一块带走呢？"

"难不成是一帮不懂行货的？不明白价值？"胖子揣测。

"不可能！"瘦子断然道，"光买东西都有那么多钱，那东西的价值不是傻子都清楚！"

"那为什么没带走？"

"莫不是……莫不是放长线钓大鱼？"瘦子狐疑。

他突然警醒问老道："国师呀！这些天你这里太平吧？"

"有本国师坐镇，魑魅魍魉不敢靠近！"

"我是问有没有什么外人混进来？"

"我不是说了，本国师在此，魑魅魍魉、牛鬼蛇神要通通回避！"

"那就好，那就好！"瘦子长嘘口气。

胖子道："我都说了嘛，国师的手段通天，比那老怪只会喊打喊杀高明多了！"

可老道似乎并不领情道："大家本就各司其职，同舟共济，更要精诚团结呀！"

两位亲贵都附和："国师说得对！"

老道等了一下却问道："二位这次弄来那么多宫廷国宝，都是真的吗？不会都是西贝货吧？"

"哎！岂能骗新主呢？她可是太后老佛爷转世，那可都是她生前见过玩过的物件儿，可造不了假！"

"可这些东西，就是二位从那太监李莲英手里弄来的？"

"也不全是！这还是大学士的主意，你说说吧！"胖子道。

瘦子喝了口茶道："这事情说来可长了，还要从最初的谋划说起，那时老怪还没加入呢！"

"反正现在时间尚早，本国师也很感兴趣，你们二位皇亲贵胄怎么会和他那样的江湖人物攀上关系？"说完老道叫弟子换茶。

"这可要说到三年前了……"瘦子边思索边道。

这胖瘦二人本是皇族至亲，也是太后的死忠追随者，认为当今世上除了太后，没人能驾驭得了大清这艘破船。

他们可没想到，三年前，太后突然病倒而后一病不起。

多少太医名医都看了，暗中对他们说这是油尽灯枯了，回天无术。

这让人无比心焦，因为太后要没了，意味着他们的荣华富贵也就到头了。

为此两人在私下放出话来，谁能救治太后绝症，不管用任何办法，只要能为太后续命，他们愿意答应来人的任何条件。

说出这话的时候，两人都认为，那些医者甚至异者，不过就是些江湖人士，到时给点钱也就打发了，再不济就给些珍宝。

可是来了不少，他们也偷偷带去见过太后，可愣是没人敢接这单买卖。

眼见着太后的生命日渐从身上抽离，两人心里如同火上煎熬。

这千年老参都吃了，还没有什么大起色，看起来是真的要吹灯拔蜡了。

这天晚上，瘦子府上来了个怪人。

此人没通报没传唤没打招呼，就那么凭空地出现在瘦子的书房里。

而这一切就发生在瘦子转身的一瞬间，着实把他给吓了一跳。

刚开始他还以为是鬼魅，差点儿就下跪背过气去。

可等来人一说话，他就明白了，这人是要来给太后医病的。

虽然不了解此人底细，但光这手的确非常骇人。

正在瘦子犹豫时，怪人却手一指，他面前的茶杯就变成了碎末。

而碎碴渣溅到脸上，是无比的彻骨之寒。

瘦子见此人功大高到匪夷所思，忙通知胖子带来人一起秘密进宫，救治太后。

而当问到瘦子要什么作为回报时，他只是说等救活之后，要太后给他一道旨意。

这二人没敢细问，但心想还能要什么，不过就是财和官儿吗？

只要救回了太后，那还不都好说吗？

于是三人连夜进宫，来到了已经奄奄一息的太后榻边。

太后此时已经意识模糊，根本就不知道来的是谁，说的什么。

不过怪人却叫他们不慌，只要他一发功，太后准会转醒。

他叫二人命人端来纸张笔墨，好等着草拟诏书。

而他却不慌不忙把太后扶起，用单掌按住太后后心。

两人不知接下来如何，都巴眼看着。

只见那人说了声"看好！"，就见太后浑身突然一阵抽动。

而后就见她脸上猛然泛起一阵青光，接着头顶冒出丝丝白气。

二人站在一旁火炉边都觉得阵阵生寒，忍不住紧了紧貂皮领子。

再接着就见太后那本来半睁不睁的眼睛猛地睁开，就如同平日那样，冷冷地扫过他们，而后竟然开口叫他们的名字，问他们怎么在这里。

太后之前已经很久没说过整话了，更别提还这么精神。

两人一看怪人果然了得，忙齐齐跪倒高叫太后保重凤体，续我大清辉煌。

可怪人还没等太后作出进一步反应，急切说："在下此次前来，为太后续命，是要向太后求一样东西？"

太后这时才缓缓反应过来，头也没回，气势威严道："讲！"

"请赐在下一块土地！"

谁知太后一听这话勃然大怒，骂道："是不是洋鬼子叫你用邪术来诳我的！还想骗我大清土地，没门儿！"

胖瘦二人也没想到这怪人要的竟是这个，太后一直对被洋鬼子欺负割地赔款耿耿于怀。

此时他提出要地，那不是正中太后心病？

这二人忙解释此人真是来为她续命的，不如太后就恩准了，满足此人要求，等太后大好，好重整大清江山社稷，重振祖宗辉煌。

可太后却是急气攻心，指着二人的鼻子痛骂一番，大有这几个全是走狗卖国贼一般的架势。

谁知怪人却是长叹一声道："就知道跟主子办事，办了多少都是白忙！"

说完他手一松，人眨眼间就回到了地上。

而太后则像被抽了筋一般，慢慢地瘫倒在床上，缓缓地合上了眼。

怪人就要走，可胖瘦二人见过刚才的奇迹，哪里还肯罢手？

此刻救治太后的希望全系在此人的身上，他们的身家前途也全在此人身上，怎么能放了？

于是二人苦劝怪人留下，这次有此变故全因为事发突然，太后将他误当成了洋人的细作。

等他们好好跟太后陈明利害，再来请他给太后医治。

此后三天太后一直迷迷糊糊昏迷不醒，怪人也来过两回，只是说如果不答应他条件，说什么不会再用神功施救。

二人都想到自己先草拟一份假诏书，骗他救治太后。

可此人不傻，坚持要等到太后醒来给他个说法才给续命。

这么一拖二拖，太后眼见着就要熬不住了，两人急得火烧上房，可是毫无办法。

而比他们更急的还有一位，就是太后的御前红人，总管太监李莲英。

宫里无数的历史告诉他，旧主死了，自己的死期也将近了。

他见这两位对太后的生死如自己一样上心，本就是熟人，这一来，几人常在一起更成了无话不谈的熟人。

一次李莲英就给他们说，太后曾告诉他，她小的时候听父母说起过一些事情，并给他讲了自己不少掌故，其中就包括皖南深山中至阴金丹的传说，太后被孕育在母身时的种种异状，道士作法什么的。

李莲英当时还拍马屁说太后就是天上金凤转世，受着神仙金丹庇佑。

他可能只是感慨一说，但这两个却是上心了。

他们都知道活佛转世的事情，而太后如此英明神武，不是转世的神仙又是什么呢？

那也就是说，既然她能转世一次，那就能转世第二次。

瘦子学问高，回去当即就翻阅御库典籍，果然让他找到了道家也可以做这种转世的道法仪式。

这么一耽误，太后那边可是撑不住了。

就在怪人最后一次神鬼莫测般出现在太后寝宫时，太后终于殡天了。

那人只是一阵叹息，慨叹自己壮志未酬，今后也就没机会了。

见他要走，瘦子突然灵机一动，拉住他说有机会。

于是三人回去，就在瘦子府中密谋起来。

现在太后没了，但可以让她的阴魂转世，重新投到活人身上，那不就相当于太后复活了？

而只要太后复活了，重掌大权，那他们的要求还是问题吗？

怪人起初还质疑这简直就是神狐怪谈，可架不住瘦子搬书本讲事实，一顿大忽悠，愣是把怪人听得愿意留下来再看看。

人后出殡，这二人都抱病没有参加，全天都猫在家里密谋。

等很多细节都厘清了，发现现在还缺一个人和一样东西。

这人就是能整个操持太后复生的高人，此人必须深受敬拜，得是个仙人级的。

而这第二就是钱，太后就算是复生了，也再不能回到这紫禁城。

务必在外面找个地方开辟个新朝廷，而这些都要大把的钱。

这第一嘛，怪人愿意包在身上，他常年走南闯北，各地无所不熟，找个仙人或老道应该不难。

不过就是时间问题，短期内这事情很难。

瘦子就说这个是长线工程,急不得。

而且书里说,让彩凤复生要在死者的经血凝结地,找到死者去世同一天出生的女孩儿,而且要在九百九十九日后的至阴之时才可以进行。

怪人一听有点儿丧气,怎么要这么久?

不过胖子瘦子齐说要的,这可不是摆个生日宴那么简单,一切都要经过长久的筹划才能成功。

而且他们也知道怪人想要块封地,就直接许诺,如果成事将直接封块地给他当王,并让他在新朝中当辅政王。

怪人这才平静下来,或许给他封地称王这个诱惑太大了,他苦思之后倒是真的答应了。

于是怪人就着手去寻找这样的仙人,而且顺带着去寻找合适的建国之地。

至于胖瘦二人,则着手其他庞杂的准备。

为了能永保富贵,他们可是下了大力气,真投入,不惜用家产来填补。

可不久他们就发现,这样下去就算是把家产掏空,新国都未必能建立起来。

这时他们几乎就同时想到了已经失势被逐出紫禁城的李莲英。

内务府盛传,李莲英身无长物出宫,而且还住在京城的穷胡同里作凄惨状。

要说这骗得了别人,可绝瞒不过同为太后亲信的胖瘦二人。

李莲英有多少家底儿他们还不清楚?就是他们两个都给他行贿过近百万两银子,更别提他人了!

于是这二人用了两年多的时间,对李莲英进行了近乎疯狂的秘密拷问。

当然对熟知宫中事务的人来说,那些血腥粗暴的都上不了台面。

真正阴毒的整人手法都是杀人不见血的,那些丧心病狂的下流手段都是能让闻者色变的。

可这李莲英倒是嘴硬得很,当诸多他曾经在宫女太监妃嫔身上用过的手段,都在他身上过了不知多少遍后,甚至最后连他自己从宫中带出的宝贝儿都被毁了,他都抵死不招。

这把两人气得冒烟,这没把的是宁舍命不舍财,还真是没招儿了。

可就在几个月前,他们放出的眼线,秘密抓捕到了李莲英在宫中最后认的干儿子杨春。

这杨春是个精灵似鬼的主儿,在太后殡天前就被放出宫中,从此杳无音讯。

要不是胖瘦二人爪牙遍布,才过去两年多,根本就别想抓住他。

不过这厮可没李莲英那么硬气了,没几个回合就被吓破了胆,全都招了。

最后他说出之前李莲英曾派人秘密找了个机关高手,给他造了个大号宝箱,没有钥匙谁都打不开。

而且箱子还有自毁装置，妄图用外力开箱，里面的东西都会被付之一炬。

所以那箱子虽然被杨春秘密守着，可根本就打不开，只能守着满箱财宝没法动。

二人拉着杨春到李莲英处逼问钥匙下落，李莲英一看被自己最信任的干儿子背叛，顿时气得破口大骂。

他骂太监都不是好东西，骂权贵都是王八蛋，骂尽忠一生却落得如此下场，大骂……

在骂声中，他绝望地死去了。

死后，他的尸体被剖开，一寸寸查找，可就是找不到钥匙。

而后他们就到处寻访机关行家，找给李莲英修宝箱的人。

世上没有不透风的墙，不久这个造箱者就被找到，而且这消息还是英租界有人秘密放出来的。

造箱的叫杜自鲲，有一手机关开箱绝学，但似乎不太问世事，只是醉心于机关之术。

他缺钱了就会出山一次，接个大活赚够钱继续回去钻研。

这人被抓到了，箱子被找到了，自然也就能打开了。

不过二人怕这秘密被外人知晓，就直接杀了没用的杜自鲲。

两人在箱中翻出银票八百余万两，珍宝三十余样。

他们在痛骂李莲英巨贪之时，也犯上了愁。

之前怪人曾来会面，说仙人已经找到，而建国之地业已找到。

而且他还找了群不死的战士作为生力军，保证顺利建国。

可问题是，这些准备一共要花费至少上千万两。

而二人只搜出了八百多万，还有一百多的差额。

就在他们发愁的时候，怪人却带着仙人来见他们，共谋大计。

这仙人和怪人一样戴着面具，而且怎么看都好像个木头桩子般坚硬。

但此人同样动若鬼魅，让人心惊胆寒。

当二人知道这位就是大名鼎鼎的"仙乐散"和"玉擎月"的制造者后，又立刻大添好感，大感认同。

就这样怪人拿着钱带着他召集的队伍先动身去筹备建国，而仙人则是极速赶奔皖南，去筹备转世事宜。

至于最后那一百多万怎么办，二人还是没有计较。

之前他们已经填进去了一百多万，自然都不愿再补这个窟窿，于是他们就想到了位于天津租界的竞宝围场。

那里的主人保密太好，没人知道，但是交游满京城的袁公子却是认识的。

虽然袁家在朝中失势，但北洋的实力还是没人得罪得起，所以也就问不出。

但他二人都不止一次去过，每次都上百万的交易额很是让他们眼馋。

故此瘦子想出一计，他用宝箱里的一件佛手翡翠做诱饵，让杨春带着去天津找买家。

这开价二十万的宝贝自然没有哪家能轻易吃下，但谁都不想错过，必然会介绍到围局去竞买。

到时他们也会被邀请，届时暗设伏兵，在交易结束后进去掳掠，把别人的钱和宝贝都抢走。

之后再由杨春带着一部分银子上路，直奔皖南，去填补仙人那里的缺口。

本来是如果平时再缺钱，他们也不会想出这等招数得罪那个连袁公子都不敢说出的人。不过现在他们马上要建立新国，以后京城都不一定回了，还不破釜沉舟干它一票？

计划如期实施，想到以后不能再在京城的天上人间饱尝人间春色，两人又见到从没见过的极品货色，自然老夫也发少年狂。

没想到被安排好的人提前动手了，而且竟然还对他们动手逼供。

这时他们才回过劲儿来，这根本不是自己人！

那是哪里来的？莫不是这就是后面的黄雀？

不过让他们更为傻眼的还在后面，正当这伙人得意忘形，还要劫走姑娘的时候，有一伙人凭空杀出。

这群人更是利索，因为前面的已经帮他们把钱都收好了。

不过这群人却压根没碰那些宝贝，劫了钱就走了。

幸好杨春机警，拿了宝贝赶快就溜了。

他们不怕这已经不小还叫小的太监叛变，因为据仙人说他已经用新研制的丹药控制住他了，不怕他会反水。

不过这件打劫的事情后来让他们好生狐疑，据自己安排行劫的人说，他们在外面埋伏的过程中就全被打晕了，醒来人已经都被扔到了郊外。

那这第一伙劫匪是谁，第二伙又是谁？

这他娘的可真是，如此隐秘的围局竟然有这么多人收到风声，治安就如此之差吗？

于是他们就去质问袁公子，可袁公子据说早就去上海经商了。

这样人财两失的事情他们还是头一次碰到，不过现在也是死无对证，只得作罢。

之后等着约定的日期将近，他们才按指示来到皖南，被从水道接进了秘密水路里，再进入了这个神秘的山谷。

瘦子讲完这些，口干地掀开面具吃茶，而胖子却问道："那杨春的东西收到了吧?"

"那是自然,没那东西换不来最后一个遴选人!"

"那他人呢?"

"服丹药服死了!"

"啊?……"

九十五、轮转阴阳

"怎么死的?"胖子纳闷道。
"不会是起了歪心思被国师识破……"瘦子问道。
"无量天尊!非也非也,本国师素来悲悯天下苍生,怎会无端杀生呢?"
"他是服药过度,自己被自己吃死的!"
"难道是吃了国师您的……"瘦子语音惊恐,胖子闻言也是大惊离座。
因为他们都是使用老道"仙乐散"和"玉擎丹"的,这药要是能致死,那他们……
"无量天尊,非也非也!本尊丹药纯取自然,不会要命!"
"他是吃了那日本人的改良丹才死的!"
二人听了稍稍放心,这才重新坐稳。
"那日本人拿了几颗'仙乐散'说是要改良,而后能大批量生产。"
"那颗是他送来的样品,我就想着给小太监试试!"
"反正他是个无足轻重的,本尊的丹药何其珍贵,怎能无端浪费?"
"就是就是!"胖瘦二人齐声道。
在他们的心里那可是得像他们这样身份身家的人物,才配用得上的。
"谁知道小日本在里面掺了什么,小太监闻到后就喜不自胜,一口就吞了!"
"没多久他就乐得疯癫,然后就一命呜呼了!"
胖瘦二人听得很是诧异,没想到还有这样的死法。
"那个日本人不是二位大人介绍的吗?到底是何底细?怎么又掺和到这件大事里来了?"
"噢,他呀!"胖子似乎在回忆起源。
"他呀是个日本的科学家,但是和日本军方关系深厚!之前这人在关东搞矿山,后来徐世昌去当总督了就要收回。他呢知道我的大名,就慕名来拜访,想活动活动继续下去!这人出手倒是大气,可徐世昌有北洋撑腰,腰杆倒是很硬,总是搪塞我!这一来二去,就拖到了老佛爷殡天之后!接着新官上任,跟我们不对付,日本人村山的算盘就算是打不响了!"

"不过盛京辽西的矿山,还是有不少在被小日本开采着?"老道问道。

"那些是新官安排的,我们没有门路。而村山一开始抱上了我们的大腿,自然也就没有其他门路!而且据地方说那小子的矿上,就没有活着出来的矿工,所以很是招人怀疑!"

"是不是都用来研究那走肉了?"老道问。

"你也知道这事?"瘦子惊奇。

"当然,他还扔了批试验品到谷底,拜托我帮他试用呢!"

"那效果到底是不是向他吹嘘的那样,能以一敌百,不死不痛?"

"后半句倒是真的,但前边嘛,或许碰到手无寸铁的百姓还可以,但是遇到高手可就不成了!"

"你们知道他搞这么邪门的东西,还让他加入?"老道疑惑。

"事情是这样的!"胖子道。

"当时我们在朝堂失了势,也开始谋划着这件复生转世的大事!那一次,小鬼子又来拜访,我本想把他给打发了,没承想,他倒是告诉了我个紧要的情况!他说他们日本眼见着在这届儿皇帝加上愚蠢透顶的内阁的主理下,清朝就要灭亡了!他们政府愿意扶植一个新朝,来接管现在的朝廷!而且他们不介意由亲贵们联合成立这个新朝,只要能满足他们日本在中华的利益即可!我们当时是没钱没人,虽然有辅政王这样的绝世高手,但总归人单势孤不是?所以我就问想怎么扶持,是给钱给人,还是给枪给炮?他说全没有,我说你滚蛋!不过他说只要我们能先成立个新朝廷,他就能从本国要来支持!我说你想得美,连人都没有,怎么打仗?他说这个打仗的人他最不缺,可以保量供应,而且这些都是些打不死的战士,威力惊人!我将信将疑,不过他是信誓旦旦,我就说你得证明一下。他说三天后直隶热河边上一个村里的所有人全都会死,而且死状可怖!我本没当回事,可三天后还真接到探报,那里真有个村子一夜间所有人全部死光!而且有肢体不全的,有开膛破肚的,真的十分可怖!而且没有留下杀人者的任何痕迹,仿佛整村人一晚全被兔杀了般!而且据邻村人说,隐约看见了一些僵尸一样的人进入了那村子!我一听,可真是惊着了!这小子还真有两下子,就跟他问及细节。他说这是他用尸体秘密研究的杀人利器,本要用到日俄战场上。没想到沙俄佬这么不禁揍,没等他秘密武器派上用场,他们就败逃了!所以这些走肉闲着也是闲着,不如借给我来完成建立新朝!这样我才答应让他参与进来,现在你也看到了,他研究出的东西还真够邪门的!"

"那他想要什么?"老道问。

"反正都是些能给他换来名留青史机会的东西呗!没事,我大国泱泱,给个些许东西算什么?关键是以后我们就有了小日本这个后台,那新朝可就顺利多了!"

"那他为什么不在这里研究,而是要等弄好了,把走肉送过来实验?"老道问。

"他说这样的实验研究设施器材和人才,目前只有上海有,所以秘密研究基地就在那里!至于还有什么人参与,他只说有两个很厉害的西方脑科专家加盟了,对他来说是如虎添翼,这也是他要在上海研究开发的原因之一!再加上上海水路运输发达,方便各种原料成品的运送!"

"原料成品?"老道微一疑惑而后就懂了。他叹口气道:"这人是一身邪术,等事成后必得除了!"

"国师这个可不能急,我们还指望着他从中斡旋,好得到日本国的武器支持呢!"

老道又叹口气:"不论如何,这一国的尊严不能丢,一国的气节也不能丢!"

瘦子道:"国师,您是太以我大清为尊,以朝廷为傲了!"

"您可能不清楚,朝廷上的那些人除了白花花的银子,谁的心里还有什么尊严,什么脸面?在外邦面前到处丧权辱国,这尊严都丢尽了,在国人面前频频食言,这脸面早不要了!现在对我们来说,新国建立须得有个强援,这才能与各方分庭抗礼!那日本人又如何,只要能保得住我们新朝,就算暂且有些损失,也没什么过不去的!没看我们大清这些年是怎么过来的?还不是到处跟洋人借款补窟窿?就朝廷那点儿岁入,根本就架不住内阁那伙中饱私囊的!"

"没错!"胖子接口道,"国师不必多虑,这朝政外交就由我二人操持!您就一心掌管传教布道!"

"有转世的老佛爷在,这朝局坏不到哪里去!总不会比现在那帮子还差吧?"

瘦子点头和胖子互视,可老道却显然没他们那般乐观,只是发出了如木轴扭动的声音。

这两位也知道,他们此次合作倚重的几位重要人物都是殊难揣测。

放在平时,这样的牛鬼蛇神他们可是断然不愿招惹的,可谁让眼下实在是黔驴技穷了呢?

胖瘦两人明显感觉到了老道对与日本人合作有所不满,但这可是他们长远计划的重要一环,万万不可或缺。

甚至可以说,未来这个新朝能够长久,他们的权势能够稳固,只有依靠日本这个强援。

难道国师和辅政王这两位永远戴着面具的怪异妖人,能够帮他们把新国长治久安?这他们可是从没想过。

不过眼前这二人却是必须要依靠的,也是万万不可得罪的。

这两个没敢多刺激老道,而是假意找些搪塞来缓和冷场。

胖子先道:"国师,您说今日有您的大弟子担任护法,莫非就是身后这位?"

老道这才口气缓和道:"没错!今日不仅是二位大人大喜的日子,也是本国师大喜的日子!"

"不仅能亲自选中新主,还能收此佳徒,实在是老怀宽慰!"

瘦子见老道后面的红衣女子身形婀娜,飘然超群,虽然隔着面具看不出容貌,但想必也是绝色佳人,要不老道能这般上心?

他心中却是又妒又气,那个如同怪物一般的辅政王据说有个佳人相伴,这个老朽般的古怪老道也有个佳人相伴。

这两个以前在他的眼里可算个什么东西,无非就是街市上的渣滓,实在不值一提,可眼前却都是美人相伴!

那个还明确说是自己的女人,这老道竟然还欲盖弥彰般叫作弟子!

他是从不少地方看到有些个歪道淫僧,专门以弟子为名金屋藏娇,没承想这老道嘴上道貌岸然,干的却也是龌龊之事!

想到这儿,他忍不住道:"国师好福气呀!当真是佳人在伴,温香满怀呀!"

谁想到这话却一下子激到了老道,就见他伸手一拍石桌道:"请大学士自重,贫道岂是贪恋人间美色之人,纯粹是为了本派寻一资质绝佳的继承人罢了!"

他这一巴掌,直接就把石桌拍成了碎块。

零星溅起的石屑打到了胖瘦二人的面具上,发出"砰砰"声。

那两人见老道一掌下去,威力如斯,再也不敢多言了。

其实老道早就料到了世人会对自己这个美若仙子的徒儿,有这样那样平白无端的猜测,更会直接质疑他目的不纯。

对于这些俗人眼光,世人风语,他是根本就不在乎,长生圣人难道会跟血肉凡胎一般见识?

不过现在莫沁然就在他身后,他可不想让刚刚回心转意的莫沁然对他有丝毫误会,所以直接下了些重手恫吓那两个为贵不尊的。

他侧头对莫沁然道:"徒儿,这两位大人一贯喜欢开玩笑,你千万不必介怀!"

胖瘦二人见老道竟然还要跟这红衣少女解释,足见其地位非凡。

胖子忙道:"对对对!大学士是诗词看多了,总想着些风花雪月!"

瘦子也忙道:"对对!老夫失言,护法莫怪!"

他是见到了这国师的厉害,以前还以为他只是个会炼丹的,没承想一出手丝毫不下于那个冰冷的辅政王!

刚才那一掌哪怕是随便扫在身上,他就要立刻和财富、地位、权势、美女永别,所以忙道歉,再不敢多言。

而莫沁然压根就没回话,只是轻轻点点头。

老道倒是对她这般高傲很是满意,这才是未来一代宗师该有的风范嘛!

接着，三人就有一搭没一搭聊些闲的，莫沁然感觉身后的秦潇一直没个动静，就偷眼向后瞧，却发现他从面具中透出的双眼全是沉思状。

秦潇听着这几人的对话，一直在思考、厘清线索。

看来李莲英的宝藏确有其事，只是最后还是落到了这两个密谋建立新朝的人手中。

那个修造藏宝箱又被杀掉的叫杜自鲲，这不就是明墉的那个二师兄？

他当年不要两千两谢银，就要那口打开的鎏金盒，看来的确是对机关之术极为痴迷。

而这许多年过去了，没想到秉性是一点儿没变，但最后还是丧命在手艺上。

可那个从英租界透露出他行踪的又是何人？这不是摆明要他死吗？

再有他在天津围局时就感觉看到的第一伙行劫的很是古怪，据这一胖一瘦讲，那不是他们安排设伏的，而是将他们埋伏的人伏击之后再来抢劫的。

那伙人可是摆出了一勺烩的架势，不但钱物，就连那些姑娘们都没打算放过。

要不是四哥他们早在外面埋伏了，还真就让那群人得逞了。

现在想起来，他们的行动调度好像很有章法，穿着又整齐划一，莫不是军人？

可哪路当兵的，能知道如此隐秘的事情呢？而且还把之前那路意图行劫的在没动手前就都料理干净？

而且他们好像知道这些人都带了多少钱似的，搜得那叫一个彻底，手段那叫一个利落。

他还隐约记得有个光溜溜的胖子还被揍了，莫不就是对面这个？

还有个瘦子的钱藏得那叫一个隐秘污秽，却都能被搜出来，看来对这些人的脾气秉性也都了若指掌，那群人到底是干什么的？又是属于哪家势力？

还有那日本人竟然在上海建立了秘密实验基地，自己也算是在那里待了快三年，却一无所知！

他奇怪得也有道理，这三年他接触的不是租界的巡捕就是衙门的衙差，这种事他怎么一点儿口风都不知道？

不过，他这疑问也没有道理，上海此时扩容已经很大，仅原隶属苏州府的松江县都已经分布了不少厂房。

他这一个只在苏州河黄浦江沿岸繁华地带活动的半吊子私家侦探又能知道多少呢？

不过，让他深为忧虑的是这研究本身，那老道丹药的威力他是不知道的，但仅仅凭着那两位对他的尊崇，也知道此物非同小可。

如果那小日本真有什么改良的办法，能不用那大蠕虫产丹，而是大批量生产的话，那不知要贻害多深！

他深知中华民族被鸦片毒害，不少人都成了真正的病夫。而那丹药的效力是远在鸦片之上，如果再荼毒同胞，那百姓还能有活路？

再者就是制造走肉了，那东西的威力更是他亲见亲试的，如果日本人别有用心，用他们来屠戮百姓，那何人还能有活路？

还有他们话中提到日本人还雇用了两个西方的脑科专家一起研究，那这走肉的威力岂不是更大？

西方的脑科专家，他倒是隐隐记得两个，不过那都是十年前在疯人院中见过的，难道这么多年他们还在上海活动？

这许多疑问，都让他陷入了重重迷雾中，完全是一团刚散，一团又起，自己完全无法尽窥全貌。

看来他这几年在上海滩算是白待了，竟然如同个盲的聋的一般，没有一丁点儿消息来源。

这事情要是放在明墉身上，他早就查个底儿掉了！

不过他是一门心思放在寻找思蕊上，哪里还能旁骛？

现在既然听到了这些，秦潇倒是觉得等出去后一定要好好查查，绝不能让这些流毒再祸害大清百姓！

他在这全神贯注地想着，完全都没注意莫沁然在看他。

不过，莫沁然倒是相当欣慰，看来一定是什么触动了他的心思，此刻专注思索的样子不就是个济世英雄该有的样子？

这边他们动着小心思，可是主要的三位也没闲着。

原来老道身旁的石桌被拍碎了，小徒弟进来打扫后又换了个木台子，再给三人续茶。

胖瘦二人聊了一阵，都觉得时间差不多了，这辅政王妃架子也太大了吧？怎么还不出现？

老道却道："她一路远来，可是要休息一阵的！况且时间尚早，二位不如先去用饭休息一下！我叫徒儿们准备！"

两人再也不敢忤逆老道，只得悻悻地被人领下去。

老道看着莫沁然道："好徒儿呀，等晚上你就负责戴凤冠，再有就是等新主选出时，你要催动百鸟齐鸣祝贺！"

莫沁然只是点点头，秦潇却全然不清楚怎么莫沁然还有这手本事。

老道又出去安排，莫沁然就带着秦潇走到了放置鸟笼的大厅里。

这里看来是临时安放这些模样奇异，但毛色异常美丽的小鸟的。

就连这些鸟笼子都是现做的，竹条全是新的。

莫沁然支开众人，这里仅剩下他们二人。

可是笼中的小鸟有些倒是已经醒来了，见莫沁然过来了，都兴奋地跳到她面前隔着笼子对她吱吱地叫。

而这些鸟中赫然就有秦潇见过尾毛的七彩斓蜂，而这全鸟看起来更加七彩斑斓，活泼灵动。

秦潇不明白，这些都是野生的小鸟，何以见到莫沁然都像是见了主人般一窝蜂拥上来？

难道真的像老道说的，这山谷里的花鸟还真与沁然散发出的内息相关？可沁然明明说她已经用不出内力了？

就见莫沁然把手伸进鸟笼去摸一只全身明黄、有着朱红色尾羽的小鸟，那鸟儿非但不避开，反而用头在她手上蹭着，显得极为亲热。

秦潇更是吃惊，别说是野生的小鸟了，就是家养的八哥百灵，你想用手去摸摸头，鸟儿还不一定配合，更何况都是野生的了！

莫沁然又把另一只手伸进了旁边的鸟笼，这回里面一只蓝橙色相间的小鸟直接就跳到了她的手掌里，而后就像个小孩子似的在她掌心打滚撒娇。

莫沁然不顾秦潇在旁边都快惊掉了下巴，她左伸手右伸手，将本来分散在各个鸟笼中的小鸟慢慢地拢齐进了两个鸟笼里。

说来也怪，那些鸟儿欢欣雀跃，全部主动配合。

秦潇见鸟笼不少，想伸手帮忙，却没有一只鸟不躲着他，看他伸手过来，全部扑棱成一片。

秦潇只得悻悻作罢，看着莫沁然就像是跟小鸟做游戏般将它们聚拢到一起，都放在两个笼子里。

这两个笼子里足足被塞进了上百只小鸟，叽叽呀呀一大堆，看上去拥挤不堪。

可莫沁然用双手在两笼小鸟头上拂过，那些鸟全部听话地安静了下来。

秦潇完全被这一幕镇住了，看得目瞪口呆。

以前他曾经看过魔术师、马戏团训鸟，可哪里能训这么多小家伙！

而且莫沁然全程戴着面具，一言不发，更完全看不到表情。

这是怎么办到的，实在是太不可思议了！

莫沁然做好之后，把手抽出鸟笼，那没关笼门，可那些鸟儿就那么乖乖地待在里面，连叫都不叫。

莫沁然回头看看一言不发的秦潇，轻笑一声道："好奇这些小家伙怎么会如此听我的话吧？"

秦潇道："真不可思议，难以置信！"

"说实话，我也不知道为何会这样，这些鸟好像从骨子里就认识我一般！"

秦潇忙道："这就是仙子的灵气，能让百花绽放，能让百鸟顺从！"

莫沁然微微摇头道："什么仙子，要真是仙子还能坐困围城？看来尘虚子说得没错，我可能真的与这山谷有着什么渊源！"

秦潇最怕她被老道蛊惑，忙道："许是你师父跟这谷有些关系，所以传了些什么你不知道的！"

莫沁然点头道："有这个可能！了忘师太可是从小就让我喝一种茶，那味道清香而又特别，没准……"

就在这时，就听到有人叫道："辅政王妃驾到！"

二人立刻转头去看，就见一行小道匆匆忙忙一路小跑赶去之前的大厅。

他们也很是奇怪，之前那两个叫什么摄政王、大学士的来了，都没这般架势，怎么一个王妃到了却要摆出如此排场呢？

这王妃可是在他人口中被说了很久，一直不见其人。

现在正主到了，焉有不去见识一下的道理？

于是莫沁然叫秦潇拿着两个鸟笼，她捧着王冠当先款款地步入大厅。

再进大厅，里面可是多了不少人，就见上首位坐着一人，身罩黑色绣金凤斗篷，云鬓高挽，戴着个面目清冷的面具，显然就是辅政王妃了。

她身后还跟着两个随从，毕恭毕敬地站着，但看气场架势可是两个高手。

此时刚到的胖瘦两名亲贵只能在她下首坐着，看磨磨蹭蹭的样子好像是老大不情愿。

也难怪，这位人还未到，就让所有人为她戴上面具。

而且一来就坐到了首位，完全没有尊卑之分。

可秦潇对她却是心存着一份感激，要不是她让戴着面具，此刻还真不知该如何无声无息地混进来。

瘦子大学士哼一声道："也不知辅政王平时是怎么教内眷的，连这点儿规矩都不懂！"

胖子刚想附和，却见王妃身后一人抽刀快似闪电般架在瘦子脖子上厉声道："大胆！竟敢对我族圣主这般说话，你不要命了！"

胖子一见此架势连忙闭嘴，瘦子也是连声道着不敢，对方这才把刀收了回去。

胖瘦二人胆战心惊对望一眼，都是心下暗悔，早就知道跟这些眼中没权贵的江湖人物在一起有风险，没想到这些人的路子远比他们想的还野。

看样子，以后是要有苦头吃了！

不过，秦潇听见"我族圣主"几字，却是猛地一惊。

什么？这不会是盛思蕊吧？再联想那些人口中功夫奇绝的怪人，莫非就是那个鬼魅祁主使？

也难怪了，老道说怪人的功夫与他旗鼓相当，那不是祁主使还有谁有那般神鬼莫测的功夫？

可是这一切都太巧了吧？祁主使不是抓了盛思蕊要回去振兴圣族吗？怎么跟这些人搅和上了复生太后的勾当？

难道……难道……难道他就是想借此复兴圣族？

难怪这两年明墉一直查询毫无进展，原来他们早就到了南方去筹备新国，明墉老在北方转悠，怎么能碰到？

他越想越觉得有道理，便盯着那王妃仔细打量。

可是她全身都被罩在披风里，脸又被面罩遮个严实，仅凭头发怎么能分辨是哪个女人？

可能莫沁然也感觉出了此人是盛思蕊的可能性，也在紧张地打量她。

而就在这气氛紧张之时，老道出来了，见王妃坐在上首，而两位亲贵噤若寒蝉，顿时就明白了怎么回事。

他朝王妃唱了个喏道："王妃大驾光临，有失远迎啊！望恕罪！"

秦潇和莫沁然此刻都在巴巴地等着对方说话，只要一开口，就断然不会认不出。

就见王妃只是轻轻动了一下手，她身后的人就道："国师客气了！王妃偶感风寒，不便多言！还望国师恕罪！"

胖瘦二人互望一眼，暗道：这谱也太大了！

老道却是并未在意道："那好，王妃凤体为重！要好生将养！"

可秦莫二人却是有点儿泄气，没想到这位王妃不说话，那就没法印证他们的判断。

可老道又说："不知王妃此来，是给我等带来了什么好消息？"

王妃又一摆手，后面的人道："王爷在南疆已经做好了全部安排，连行宫都找好了，就等着新主入住呢！"

"如此甚好，如此甚好！"老道道。

不过他接着道："不知王妃有没有合用的药物，本国师这里倒是有不少灵丹妙药，管保叫王妃药到病除！"

王妃又一摆手，那人道："多谢国师心意！不过王妃小恙，不日即愈，无须耗费国师仙药！"

这王妃三摆手，秦莫二人根本就无法判断这人是不是就是盛思蕊，而且就连个基本的年龄都判断不出。

老道见对方坚持，只得道："那时候也差不多了！请诸位到道场一同见证新主转世！"

等着王妃站起来，秦莫二人都是心中一沉，就见她身量比秦潇也是差不多，根本就不是盛思蕊那般小巧灵动的样子。

秦潇心中暗道：也好也好！不是最好！要是明墉知道了日思夜想的人已经成了别人的妻子，还不知要心痛欲碎到什么样子呢！

不过，他也很是好奇，这王妃怎么如此之高，要知道大清女子长成和她差不多高的极为少见。

不过这念头也是一闪而逝，因为他看见这王妃虽然被大氅由上至下整个罩住，但依稀可以看得出一双大脚，走路也是呼呼带风。

他心道：这王妃看来也是武道中人，看这脚跟自己都差不多了。

莫沁然也一眼瞄到那双脚，微微怔了一下，随后迈步跟了上去，步伐好像轻松了不少。

众人七拐八绕又来到了一间大厅，这间大厅可能是这谷里最大的一个。

上面距地面足有三丈多高，而且还开了个圆洞，看起来很像是天然未经雕琢般。

不过如果这里是千年前就已住人修炼的话，那也有可能是人力开凿的，只不过日久年深，日蚀水琢，早已将不自然的边缘化为自然。

在这圆形的厅里四周，摆着十张石床，更令人不解的是，这些床俨然都是使用不知多久的，所有的边缘都已钝化。

这显然是很久前人工造好的，不过是不是一早就摆放在这里就不得而知了。

老道解释道："等一下满月初上之时，我们将候选人依次排好，等月光隐去，本国师再做法选出新主！"

胖瘦二人见筹备这么久的大事眼见就要成了，都是掩不住的兴奋。

而王妃一行却显得有些心不在焉，无动于衷。

而秦莫二人也是各想着心事，都没走心。

很快，月光就从洞顶射了下来，或许是小洞聚光，本就十分明亮的满月，此刻映在地上更是觉得冷亮一片。

老道此时已经套上了一件明黄色的道袍，显得极为庄重华贵。

就见他拿起一把拂尘扫了一下，朗声道："请出候选童女！"

接着一行十个女孩就被陆续地带了进来，并被小道们安置在石床上躺下，头都朝内。

秦潇见这些女孩都穿着统一制作的大红色礼服，虽然都是小小的人儿，可经过一番梳洗打扮，还真有些庄严的味道。

而他发现那个在照片上见过的大户黄家的女儿黄霓鹃也赫然在列。

在这些高矮胖瘦各有差异，样貌肤色各有不同的女孩中间，这个出身富贵、娇生惯养、样貌可人的小孩看上去还真有些出类拔萃之感。

莫非她就是老道早已内定的人选？要不然能不惜用价值几十万的珍宝去换？

秦潇如是想着。

不过既然说是个转世仪式，又有那么多候选人，怎么能把他想要选出的人不着痕迹地选中呢？

怎样能既显示国师的尊严，又能服众，还能挑出自己心仪的，这还真是个不小的功夫！

他看看莫沁然，但是她戴着面具，根本就瞧不出脸色眼神的变化，只是觉得她注视的方向好像是那个王妃。

秦潇心中一愣，也朝着那王妃看过去，她除了如男子般高大外，还真没有什么别的。

难不成这是莫沁然的旧识？他很快就否决了这个疑问。

怎么可能？莫沁然一路的经历与这样的人几无交集，怎会认识？

但她为什么总是盯着他？他也朝王妃看去，可是那高大的身子罩在斗篷里几乎动也不动，还不说话，左看右看也看不出个端倪。

而此人不仅是不动不说，此时就像是闭着眼睛般，在面具后竟看不出一丝光亮。

她在干什么？闭目养神吗？可是大家都站在外围，其余人都在盯着中间等着施法的老道，唯独她却像是不理不睬。

那她不远数千里过来干什么？难道就真为那一纸诏书，其他的都不在乎？

不过此时外面的其他人可没有他这样的心思，胖瘦二人被王妃随从恐吓后，对她是十分忌惮，此刻都站得很远。

但随着老道法师的推进，这两个都不禁往里面走近了两步，都伸直了脖子向里面看着。

可这时那王妃却突然睁开了眼一般，向着顶洞看了一眼，随即好像是颇失望地轻轻摇摇头。

秦潇也抬头看了一眼，不过他却是有些惊讶。

只见之前如在洞顶铺洒下来的月光，此刻却好像变成了一道直线直射到地下。

这是什么道理？莫非也另有些什么玄机不成？

却见尘虚子走到了月光光束的底下，突然仰头，清冷的月光照在他那张阴森的傩神面具上，显得十分诡异。

就听他开口道："月华满盖，大阴飞升！阴虚幻灵，魂魄重聚！"

而一边的钟磬声却是应时响起，配合得倒是严丝合缝。

老道低下头，在身前的案上点燃了三炷高香，香一插进香炉，他立时一伸手，一边的一柄七星剑就到了他手中。

只见他脚踩玄位，身形斗转，道服飘飘，开始舞起了剑来。

就算是秦潇不精通剑法，但也看得出他这一路的确是不同于现在武当太极等道家的剑招。

就见他身体虽然僵硬，但身形却极为灵动，整个剑招舞起来显得是仙气纵横，配上衣裾飘飘，却是一派仙风道骨。

可是让人惊奇的还远在后头，而且让所有人都大开眼界。

老道并没有像常见的做法那般，又是摇铃，又是焚符，又是撒米喷酒的。

就见他将案上摆放一圈的白色小瓷瓮一一用剑尖挑开盖子，这过程中他舞剑的节奏丝毫不乱，每一下都如行云流水般。

而且那些盖子被挑起后，都稳稳地落在了瓷瓮旁边，瓮身却是纹丝不动。

再见他用长剑连续刺挑，眩目的剑花过后，一圈的小瓷瓮竟全部被他挑到了剑身上。

这些小瓷瓮在剑身上排成一排，互相之间竟然没有发出什么碰撞声。

秦潇也不得不暗叹老道剑法的高妙，就这一手不知要让多少剑术大师汗颜。

他细一看那些小白瓮竟有十个之多，莫不是配合三魂七魄之说？

可他的叹服还没落踏实，就见老道突转身形，宝剑顺势挥出，就见十个瓷瓮依次疾速地飞到了空中。

而后就听一阵连续的噗噗声，那些瓷瓮竟然呈圆形环布，扎进了石顶上。

就见这些小瓮都是口倾斜朝下，一个未碎，全都斜斜地扎进了石头里。

秦潇不禁倒抽凉气：这功夫简直有神鬼之力！瓷瓶竟然能在功力下被硬嵌到石头里，而且丝毫不损，这功夫有谁能会？

这些瓷瓮的位置分布十分均匀，而且都是斜口朝下，正对着下方石床上女孩的头部。

这时不光是秦潇，莫沁然也仿佛是看呆了，一动也不动。

而那两位亲贵，就算是再不懂武功，也知道这手定是十分厉害，都挺直脖子仰头，仿似被镇住了。

而那位王妃却是举起一只手，好像要抵住下颌，可被面具挡住这才放下，显然也是十分惊愕。

再见老道脚踏阴阳位，将剑横在左臂上，竖左掌道："尤量大尊！"

"天地造化，孕育灵杰，肉身归尘，魂魄不灭！

吉时祥瑞，凤鸣再现，再登大宝，统领万兆！

魂兮归来，魄兮归来，重聚新身，阴阳轮转！"

老道念念有词，而脚下却开始像按逆时转八字一样转着，就好像脚下有一幅看不见的太极阴阳图一般。

其实他根本就不用说那些虚虚幻幻的过场话，场外的人都已经被镇住了。

况且他那些过场话跟以往道士做法时说的还全然不同。

除了那句"无量天尊"外,其他的根本就听不出和道家有什么联系。

这一点莫沁然却是猜到了些大概,据她所知,现在道家那些门派的做法术数基本都成型在宋代以后。

而道门符箓虽然早已有之,但多数都是乾阳刚正,镇鬼驱邪的,虽然也有阴阳聚散的,不过这场合要是配上符箓,哪里能显得出尘虚子的本事?

还有重要一点是,老道本来是个痴迷丹药的,对符箓一道又哪里能懂?

可看见哪个在炼丹时还嘴里一堆道家贯口的?所以老道这完全是在扬长避短。

而他凭借着神功幻化,早已能将场面镇住,那些随口的话也就是个陪衬。

而此时大家都被紧接着发生的事情彻底牵引住了全部注意力,也没什么人在乎他说些什么了。

随着他倒绕八字舞剑的加快,从每个白瓷瓮里肉眼可见飘出青色光点。

那些光点就像是拽着游丝一般,在空中缓缓地漂浮游荡着,划出了一片淡淡的拖尾光。

但那些拖尾并没有影响那十点青光的亮度,就见它们上下飘动起伏着,向着中央的月亮光束靠近。

秦潇可是傻眼了,这难道是什么幻术?且不说瓷瓮里怎么能飘出青色光点,可这些光点怎么还能向中央聚齐?

他思量着在这里就吃过一顿饭,而且并没有什么不畅的感觉,莫非被下了药?

他满心狐疑间一瞟,却发现那王妃好像是飞快地微微掀起面具,把什么东西塞到了鼻子下面,随即立刻扣上。

这是她第一次掀开面具,可是速度过快,根本就来不及看清一点样貌。

不过秦潇却是暗暗心惊,莫非那个王妃也在怀疑这里被老道布下了什么秘药,所以在鼻子下塞了什么解毒物?

他忙看莫沁然,却见她身子微微颤动,似乎在掩饰着什么不安。

秦潇心惊,难道老道真的在这里撒了什么致幻药?

再看那两位大员,却已经是目不转睛,看得动也不动,显然十分陶醉。

他忙到处看,却见四周并没有什么异常之物,目光再回到中央,看到那三炷高香都快燃到一半了。

整个大厅里只有那里有缕缕青烟冒出,但马上就被老道的剑风刮得四散。

难道这致幻物就在香里,随着燃烧让所有人中招?

不过,他就算是想到了也没什么用,他身上没有任何避毒驱邪的药物,如果单纯闭气,也挺不过太久。

难道还能马上撤出去?那不是坏了全套计划?他现在知道莫沁然为何微微发

抖了。

显然她也想到了此节，只是出于无奈，只得听之任之。

秦潇又看了一眼王妃，就见她身形放松多了。到了此时，他不禁暗暗佩服起此人来，看来她是深知江湖险恶的，随身带了避毒物，所以也就着不了道也。秦潇的情绪并没有因此而紧张多少，因为接下来让他更为瞠目结舌的一幕出现了。

就见此时月光光束已经渐渐收窄，已经就像是要逐渐消失了一般。

此时月相虽满，但方向在变化，如果月光射不进这个洞口，而世间也刚过午夜，那倒的确是阴气最盛的时候。

就见那月光好像确实是从下到上慢慢消失一般，这速度慢得几乎肉眼可见。

而在月光就要从洞顶消失的时候，就见残余的光线里蓦然冒出了一堆青白色光点。

这些光点游走向下，逐渐和那些正在靠拢的青光点一一融合。

说来真的是诡异莫名，那些光影的运动，好像都拖着光尾一般清晰可见，让人叹为观止。

两位权贵，此时口中都发出了不由自主的啊啊惊叹声。

秦潇也是看得更加傻眼，更加坚信自己一定是药物迷幻，再被幻术迷惑了。

不过他看着那位在鼻下塞了避毒物的王妃，此时好像也是颇为惊愕，也是目不转睛地看着。

他心中更疑惑了，再去看莫沁然，却见她似乎更加紧张了，不由自主地握起了拳头。

秦潇几乎就没见过莫沁然紧张失态，这是他第一次见她紧张连续升级。

他心中更疑惑了，难不成沁然也相信所见为真？

这时那些光点已经全部融合成了十点更大的亮点，就漂浮在空中。

此刻月光全无，整个大厅里只有四角点着烛光，而这些光点的亮度竟然能将正中的地面映得一片青白。

就见老道突然止住了剑招，收身竖掌道："无量天尊！魂魄已齐，英灵已聚。新主已待，遴选入体！"

说罢他再次于原地舞起剑来，这回是身形不动，却将宝剑在身周舞得像团团口花□般。

秦潇是见识过明墉舞的那套"荡叶剑"的，同样是能把自己罩得密不透风。

不过跟老道一比，那可就是天壤之别了。

好比一个是大师在挥毫泼墨，而另一个就是顽童在划拉树枝。

他这时也不得不叹服这尘虚子的功夫真的不是盖的，仅凭这手剑法估计当世也是无敌了。

不过再看莫沁然似乎也是痴痴地看着，身上的紧张之感反而消退了。

他再生疑惑,沁然这是怎么了?完全摸不着头脑吗?

不过更让人难以理解的还在后面,就见顶上那些光点正在慢慢汇聚到一起,慢慢地形成了个拳头大小的光球。

就见这光球在半空中围着那些女孩一圈圈绕着,而在每个头上都略有停留,好像是真的在仔细鉴别筛选一般。

这情景让人无比惊愕,难道这光球还真的是魂魄构成的,有形也有神了?

不过更让人难以理解的事情是,那些小女孩本来都是仰躺在床上,闭着眼不哭不闹。

本来照秦潇之前的理解,肯定是被喂了药。

但此刻这些女孩却是齐齐地睁开眼睛,向上盯着,同样是不动不闹。

那就难理解了,这段时间根本就没人靠近那些小孩,可突然就这么醒了又是为什么?

秦潇这下彻底懵了,难道还真有什么灵异,莫非真有什么阴阳转世不成吗?

难道这些孩子还真的在冥冥中等着,等着转世的魂魄降临吗?

九十六、假假真真

就见那光球转了几圈,最后又悬浮回空中。

老道顿了一顿道:"恭请圣主转生!"随后他又是一阵剑光舞动。

就见那光球也停了一下,随后以迅雷之势直向下冲去,正好直中富家闺女黄霓鹓的头顶。

就见那团光就那么钻进了她的头中一般,而等光线全部隐入,黄霓鹓突然直挺挺地坐了起来!

这场景真的比死人复生还要骇人,只见她小小的身躯慢慢从石台上下来,颇具威严地环视着众人。

老道马上深深一揖道:"恭迎圣主再临!"

那两个大员忙不迭地跪倒叫着:"恭迎圣主再临!"

然后见那王妃似乎是不情不愿,但也和手下一起跪倒。

他们这一跪,秦潇向他们身后看了一眼,似乎发现了些什么。

可还没等他多想,就听莫沁然叹道:"真是登峰造极,叹为观止!"

说罢她也跪了下去,秦潇也只得跟着跪了下去。

他不明白沁然何以这样说,更不明白她的态度为何好像有了什么转变。

而在屋中的一众道士也都纷纷跪倒,向新主朝贺。

一时间大厅里站着的只有这小小的新主,还有作揖的老道了。

就听老道叫道:"请护法给新主加冠!"

就见莫沁然起身,端起凤冠向小女孩走去,将那颤巍巍、沉甸甸的金冠戴在小孩头上。

而此时胖瘦两人,也将早已准备好的一方玉玺还有几纸诏书呈上。

就见小女孩挥挥手,那两人当即就跪下谢恩,而后开始往诏书上敲章。

秦潇见这女孩虽然没有说话,但是目光中却透着阵阵阴冷,而举止上却现着肃然威严。

他直怀疑自己是不是已经完全进入了幻境,要不一个还不到三岁的小女孩怎么能有如此镇定呢?

他又见莫沁然站在女孩旁边，却是有着难得的恭谨，心下更疑，难道沁然也被这幻术给迷得失去心智了？

此刻胖瘦二人已经把三张圣旨都用好了玺，而后就开始挨张宣读。

第一张当然就是封他们两个做摄政王和大学士的，读完后，他还和胖子一起领旨谢恩。

第二张是封辅政王和辅政王妃的，当然还有加封属地王。

只是这辅政王的名字叫乌祁凌宙，这名字里有个祁字，好像就是以前见过的那个鬼魅祁主使，可是为何姓也改了，还是这么古怪拗口？

那王妃也是领旨谢恩，不过谢恩和领回圣旨都是随从干的，她倒是端的好大架子。

接下来就是册封尘虚子为国师，老道照例只是作揖。

不过等这些封完后，老道突然道："有请圣主册封我徒莫沁然为大护法，贫道在此感激不尽！"

秦潇没想到老道在此时竟还要给莫沁然要个册封，心下直叫着老道阴险。

不过此举也确实可以看得出老道对沁然的一片赤诚之心。

胖瘦二人刚一犹豫，谁知小女孩却突然说了一句："准！"

这可是新主转世说的第一句，准确说是第一个字，两人哪里敢怠慢，忙草拟圣旨。

而后就是授印环节，秦潇万没想到这四六不着的仪式竟然还要搞得这么烦琐。

不过他看着烦琐，当事人可都是很看重。

尤其是到了最后莫沁然那里，由于之前并无准备，就见老道将自己那方大印横向徒手劈成整齐两段，而后用手一抹，新削开的一面就被抹平。

而后他用指甲在上面划着，就听着嗤嗤的声音过后，一方印就被刻出来了。

他还看得见老道那长长弯曲如树枝的指甲，根本不知道他是怎么刻出这方印的，不过就凭这一手，估计再也没人敢不服了。

此时老道却突然让莫沁然开始放鸟，以示礼成。

莫沁然依言叫秦潇递过去两个鸟笼，就见她手在笼里一挥，再拿出手时，两笼七彩纷呈的小鸟叽叽喳喳扑扑拉拉地就在大厅里欢叫着飞舞起来。

这是取个百鸟朝凤的好兆头，这些鸟儿煞是好看，叫声也格外悦耳，众人不禁都是喜笑颜开。

但秦潇却看见那王妃低着头，似乎显得十分落寞。

而就在此时，空中突然蹿进来了个花团锦簇的人影，就见那人双手开弓，连续出手，转眼就把几只小鸟抓在了手中。

等双足落地，那人开口却是个清脆的女声，道："搞什么呀？竟然敢不等本妃就开始！"

众人皆是大哗,老道完全没想到他这里固若金汤、如此隐蔽,竟然还会有人明目张胆闯进来!

可秦潇和莫沁然听到此人声音却是心头一震:这不就是盛思蕊的声音?

再看那王妃听到此声,却好似被雷击中一般,身体踉踉跄跄,几欲摔倒在地。

老道正要开口问,却被盛思蕊抢了先道:"我说枉你还自称国师,来了个假货都不知道?"

"不等我到就开始,你们胆子可真是大了!"

假货?老道狐疑地看着眼前这个戴着面具的女子,就见她身材婀娜灵动,话音俏皮蛮横,倒真像是个王妃的样子。

可自己这山谷的入口没什么人知道,而之前那个却是大摇大摆地按时来的,怎么会有假呢?

他这才想起,之前那个王妃到现在还没有发过一言,莫非是……

老道赶忙道:"辅政王妃,事到此时你总该说句话澄清一下吧!"

盛思蕊也向那边看去,就见这回那高大王妃身后的随从不知何时已经全都没了。

而只剩下王妃在大氅里,似乎浑身在瑟瑟发抖。

盛思蕊道:"乔装打扮的,我说这个你可有什么好冒充的!你要是真想要,亮出真面目,让我看看,过关了,我让给你就是了!"

见那人还是摇摇欲倒般一言不发,盛思蕊倒是来了兴致。

她两步就到了那人面前,可那人不知是被吓呆了还是怎的,竟躲也未躲。

盛思蕊伸手道:"你再不说话,我可就要动手了!"

可她见自己的手指都快接近对方的面具了,对方还是一抽一抽地根本没躲的意思。

她哼了一声,手似闪电,一把就将那人面具掀了下来。

可一见到对方的脸,盛思蕊顿时如被定住了般,动也动不了了!

秦潇忙探头去看,只见这面具后的人,正无声地流着两行眼泪,他……他不就是明墉吗?

难怪之前着他跪倒时好像是看出了些什么,因为明墉长期行走关外,所以他穿的是耐磨损的短筒鹿皮靴,这赭黄色的靴子是在租界买的,外面很少见。

所以之前秦潇见他露出靴子时,心下就有了怀疑,可是事情一件接着一件,根本没来得及多想。

可此时见到了明墉,心中疑问更多了,他怎么会出现在这儿了?

还有思蕊难道还真的嫁给那个怪物了?这怎么都赶到一起了?

不过事发突然,所有人都被这新来的王妃揭开之前王妃的瞬间给镇住了,全都被那张露出的脸给惊住了。

倒不是那张脸丑，相反还有些英俊，只是显得过于憔悴沧桑，上面竟然还冒着青黢黢的胡茬。

这回就连傻子都能看出来，别说是王妃，这根本就不是个女人！

老道目光虽利，已经洞彻，但还在后面站着不发一言，只是冷冷地注视着事态的发展。

因为他从直觉上判定这两人一定是有故旧的，虽然缘何相继到此不得而知，但定是有什么不可告人的事情。

所以他决定先冷眼旁观，这位新来的王妃功夫不弱，安全不必担心。

他倒是可以借此机会多了解了解这位姓乌的未来领主，毕竟之后这二者才是劲敌，多知道些强敌的隐私，对自己来说是绝无坏处的。

秦潇倒是想马上过去跟二人相认，这几年他心中不挂念盛思蕊那是不可能的。

再怎么说那也是他朝夕相处了几年的师妹，他们的情感已经到了近乎血肉亲情的地步。

但是之前还有个比自己还要挂念，还要惦记，心焦得近乎发狂的明墉一心扑在寻找她的事上，那他何必要表现得过于急切呢？

现在这样的意外重逢，实在是完全出乎他的意料，他不知道明墉故意假扮王妃而来是不是就是奔着思蕊来的，但既然终于能够重聚，还能有比这个更欢喜的吗？

他侧头看着此刻已经站在老道身侧的莫沁然，本来老道等走完表面的流水功夫后，就要行拜师纳徒礼的。

可就是思蕊突然出现这么一搅和，倒是把那件事给耽误了。

秦潇心中更是庆幸小师妹的出现是恰逢时机，就如天上救兵一般把沁然从火坑边缘给拉了上来。

要不老道届时强要纳徒，那仅凭他们两个无论如何都不能阻挡分毫的。

不过他看现在的莫沁然，却进入了一种全然淡定飘然的状态，虽然看不出表情，但那份镇定自若却是由内而外地发出来。

而且她在老道身后，身形却现出了一份恭谨，好像是真的跟在师父身后一般。

这不禁令秦潇十分怀疑，难不成沁然被老道刚才那套超绝的幻术给迷惑，对他开始深信不疑了？

这可不行呀！老道明明亲口说过这只是个障眼法，走过场，连他自己都不信转世那一套，沁然怎么还能轻信了呢？

难道老道趁她不备给她下了幻药，才让她如此盲从？

一时间各种想法涌上他的脑海，让他都忍不住想去问个究竟。

可是先忍不住的并不是他，而是胖瘦两位权贵。

此二人之前被假王妃的手下恫吓过，又被这假扮的混小子给无视过，最可恨的是就连之前上首的位子都被抢走了，而他们还敢怒不敢言。

要知道在京城，且不说太后在世时他们多么风光，除了金銮殿上的两位主子，没人敢不巴结他们！

当然李莲英那个没把的刁奴也给他们穿过小鞋，暗中使过坏逼他们孝敬，可最后不都还回来了？

就算太后殡天后，他们地位大不如前，可那也是起居八座、山呼海啸的人物，什么时候有人敢无端给他们脸子，更别提提剑恫吓了！

如果对方真是那个不得不倚重的老怪的女人，这口气他们就先忍了。毕竟开国大局当先，这些冲杀在前的得罪不得。

等以后朝局稳定了，就凭他们多年官场贵圈历练出的手段，不把那对贼夫妻玩得死无全尸都不叫解气！

可现在摆明了，这根本就是个西贝货！那还要顾什么面子，当然是直接剁碎了喂狗方能出气！

胖子先是大怒叫道："大胆小贼，竟敢混入偷听国务机要，来人，把他给我拿下砍了！"

可是话出了口，根本就没人反应。他这才明白过来，这可是在人家国师的地盘，完全没人听他招呼。

倒是瘦子计谋高心机深，作为大学士他显然比胖子更有算计。

他见新王妃就空中抓鸟一手，就足可以证明她是个功夫高手。

他看王妃身子在颤抖，胸口在华服下剧烈地起伏着，觉得这是王妃被这假冒的给气住了，都气得说不出话了！

他低沉道："王妃，这个小贼实在是狗胆包天，竟敢假冒国色天香的您！实在是令您脸上无光，清誉受损！望王妃速速出手结果此贼！也好还您清名，以正煌煌视听！"

胖子一听还是这老家伙够损，这一招借刀杀人自己怎么就想不到！

谁想王妃就那样和那小贼对视着，一动不动一言不发，而那贼人哭得是一把鼻涕一把眼泪的。

他二人都纳闷，这是怎么了？要说气怎么也得说两句吧？她可是能言善辩的？对方那个就更奇怪了，都被拆穿了还不赶紧溜之大吉，还在那痛哭不止，难道是在博同情？

胖瘦二人对望一眼，决定要加把火，齐声道："请王妃出手，明正典刑！"

谁想到二人这齐声一喊，对面两个人果然都动了！

只不过不是冲向对方，而是箭一般冲向他们两个。

就见真假王妃上前,一人一脚将胖瘦两个踹倒在地,而后几乎齐声道:"给我闭嘴!"

这两个哪里受过这样的突袭,顿时就觉得胸口剧痛,腹部翻江倒海,刚张嘴大叫呻吟,那两个又一人补上了一脚,再齐声叫道:"要命就闭嘴!"

此时就算这两位已经疼得撕心裂肺,也没人再敢张嘴了,任凭豆大的汗珠滚滚而下,而眼中全是茫然不解。

明墉和盛思蕊在两个权贵老朽的聒噪下,忍不住竟似心有灵犀般一同出手,还齐齐喝叫,这份默契让外人都看得无比惊讶。

这时两人又面对面了,明墉终于止住了哭,使劲地抹了几把脸,而后怔怔地问道:"这几年你还好吗?"

这跟废话无异,更像是在没话找话似的开场白。

秦潇此时才觉得这明墉也是个色厉内荏的主儿,疯了似的找了几年,终于见面,开口却是这般没营养!

没想盛思蕊却是迟疑一下也怔怔地回道:"过得去,你呢?"

秦潇都要晕了,谁能想到,心有灵犀的两人开口竟然都是这么死板生硬!

却听明墉道:"我不太好!"

秦潇一听这回答,心道:明墉你可要撑住呀,无论如何也要把蕊妹给留下呀!

盛思蕊看着他又迟疑了片刻,才似轻哼一般道:"嗯⋯⋯"

秦潇刚要着急,却听明墉凄然道:"我每天都睡不着,眼前总是浮现着你的样子,看见你在受苦遭罪!我急呀,我几年间把北地都跑遍了,每一处到过的地方都反复找,到处打听,可就是找不到你!可是我一想到你在受罪,我就绝不能让自己停下来!我不停地疯找,风里雨里,雪里冰里,每次冰棱风从脸上刮过的时候,我都想着你是不是受着这样的罪!每次大雨瓢泼中,我都想着你是否也在雨中飘零!每晚看着孤寂的星空时,我都想着你是否躲在哪一颗寒星的后面!可我就是找不到你,哪怕用尽全力,踏遍孤山万仞,行遍北地苍茫,都找不到你!我很绝望,但我没有放弃!每次钱花光了,入夏了我都会回去挣钱,等赚够了钱再出去!我记得答应过你什么,我做的都是干干净净的事,挣的都是明明白白的钱!我不想践踏对你的承诺,哪怕根本就没有你的任何音讯!可我不知是运气在几年前用尽了,还是老天对我失去了眷顾,我怎么努力都是找不到你!可是今年开春我从北境两手空空返回时,突然想起了我们说过的话!我要寻你到海角天涯,那南边我还没去呢?可是线索就断在北方,到南边又要怎么找,从哪里找?我完全没了方向,根本不知道从哪里开始!可是我就相信一点,我一定能把你找到,把你救出来!哪怕这辈子做不到,那我下辈子就接着找!生生世世地找,直到找到你！看来老天还是被我的恒心打动了！终于让我能再见你了！让我看看你现在怎么样了，好吗？"

这近乎哀求的语气说出这样凄婉的请求，才让众人反应过来，王妃还戴着面具呢！

这要求是她提出的，也不知怎么就被冒充的小贼得知，钻了空子混了进来！

不过王妃为何有此离奇要求，难不成她面貌恐怖可憎无法见人？

不过看那小子那副死皮赖脸的纠缠样，应该不会吧？

而此时秦潇却在暗暗地为明墉加起油来，同时心里叫着："师妹快摘下面具，跟明墉痛哭一场，互诉衷肠！"

他想起不久前和莫沁然的那一番痴缠，觉得有那么一刻，一生也就满足了，想必明墉也有相同的期待吧？

不过他抽空瞟了一眼莫沁然，却见她仍然正襟淡然地乖乖站在老道身后，又加上有面具罩着，根本就看不出任何变化。

这的确也令秦潇异常心焦，不会是好不容易刚刚重聚，又被老道给迷惑了吧？

不过盛思蕊一句小声回答，又把他的注意力给拽了回去。

她似乎嗫嚅地说了句："不必了吧！"

可明墉一听此言，顿时泪水又是夺眶而出，他抽噎道："好歹我也在北境找了你三年，拼命地找！没找到是我没本事，是我没运气，可是我一直都把你系在心里！现如今，好不容易见到了，我也没有别的奢求，只求能看看你现在到底怎么样了！难道这也不行吗？你不信我……你看看……"

就见明墉从脖颈下揪下了一个小鱼形石片挂坠道："你忘了吗？先生说过这石坠子的石头是娲族留下的，能变色验真心！"

众人的眼光都看向那坠子，就见是血红满布。

明墉抽噎道："这几年，这坠子中的红色凝固不动，我的心从没变过！但是这两日，它的颜色竟然流动了！虽然还是血红一片，但是它动了！我就知道我离你近了！它是感应到你了！这坠子你还戴着吗？拿出来看看，不就都知道了！"

就见盛思蕊迟疑间把手伸向脖颈处，随即又猛然警醒般放下道："我的早就扔了！"

她这话说得好冰冷，但隐隐听出了哭音。

这样的细节明墉怎么会看不出，他叫道："你骗我！不，你在骗你自己！你明明就是带着的！为何不敢拿出来看？难道你是怕我看出了你的真心没变！"

却听盛思蕊猛地打断他抽泣道："够了！你别再说了！我已经是王妃了！我劝你别再纠缠我了，自己好好活着去吧！"

明墉却是来了倔强，道："我知道你已经是王妃了，要不我还根本找不到你！不过没什么，你让我看看坠子，让我死了心也好！"

可盛思蕊却犟口道："我都说了，我都扔掉了，还哪里去找给你看！你要再这样一味地纠缠，可别怪我不客气了！"

此言一出，地上还在捂着胸腹的两位权贵却像是来了精神，都是暗道：小贼，接着缠着她，然后自己作死！

可明墉却不为所动，抹了一把眼泪道："那也好！不过你让我再看看你吧！毕竟我已经苦苦等了找了一千多个日夜！在我脑海里它也出现了不止千万次！让我再看看吧，再给我些印象，好让我今后还能回想起亿万次！"

盛思蕊好像是经不住他的纠缠一般，轻轻摇摇头道："这又是何必呢？"

说罢她不情愿般，缓缓地揭开了自己的面具。

面具下的那张脸，怎么就不是明墉朝思暮想、在脑中万转千回的面孔？

此刻它的上面除了泪痕遍布，容貌风采却是依旧，好像时间也没在她脸上留下什么痕迹一般。

此刻地上的胖瘦二人见了，都是倒抽凉气互视：这王妃难怪要戴着面具，这模样可远超他们见过的所有标致姑娘！

而更难得的是她虽然已经是王妃，早为人妻了，脸上却还保留着少女一般的稚气和绝丽。

他二人都暗叹：那个老怪物倒是艳福不浅！

不过明墉看着那张他魂牵梦系无数次的脸庞时，却是痴痴地怔住了，一任泪水不住地涌出。

而盛思蕊却也是再也憋不住眼泪，一任泪水肆虐。

此时二人相距五尺，谁都没说话，也没有任何动作，只是注视着对方，一任泪水喷涌。

秦潇眼睛一酸，想起他和沁然重聚时还能互相拥抱将泪水流在对方肩头，相较之下，那是一种怎样莫大的幸福！

那两人就那样互视着，哭泣着，用泪水倾诉着离愁。

这时大厅中的鸟儿们早被莫沁然收走噤声了，厅里其他人好像都有默契般一声不吭。

厅里静得仿佛就只能听到他们无声的哭泣声、泪水的滑落声一般。

而这时盛思蕊突然咬咬牙，猛地拭了一把眼睛道："好了，你也该看够了！赶快走吧！这里你不能久待！"

一听此言，地上的两位心里在咆哮着：绝不能让这狗崽子跑了！

而秦潇心里也在焦急地呼叫着：明墉，你可千万不能退去！这一走，可就再没有机会了！

而明墉却是无惧无畏地向着盛思蕊走近了两步，道："我不走！"

"你走吧！别再纠缠我了！"

"我就是不走！你到哪里我就到哪里！我再也不会离开你了！"

秦潇心中是激动地叫着好，却见盛思蕊急道："你再不走，别怪我无情了！"

明墉却是继续向着她慢慢地走着，边摇头边道："我不走！我绝不会走！"

盛思蕊是心气极为高傲的，眼见他就要离自己不过一尺了，她一咬牙，手中变戏法般多了一把寒气森森的匕首。

她疾如闪电抬手，匕首一下子就架在了明墉的脖子上。

秦潇知道那是师妹削铁如泥的宝器，只要轻轻碰一碰，明墉小命即刻难保。

他心中狂呼着：师妹，可千万不要如此草率！否则后悔莫及。

想着，他脚下就已开始轻轻移步，想在情况失控前救下明墉。

可明墉仍旧是毫无惧色，眼睛只是痴痴地盯着盛思蕊，道："你下手吧！那样我以后就再也不用心碎，再也不用孤单了！"

盛思蕊完全没明白他说的再也不孤单是什么意思，而是又急哭了道："你说说你！我都是人家妻子了，你还这样苦苦纠缠，有意思吗？……"

就在这剑拔弩张之际，忽听老道一声喊："请住手！王妃！"

谁都没想到老道在这时候竟然来了这样一句，大家都是齐刷刷地望着他。

只见老道报尊号道："无量天尊！今日是圣主重临之日！不可杀生！请王妃放下手中凶器，到外面去解决吧！"

盛思蕊此时一肚子憋闷冤苦正没地方发泄，见老道如是说，她头也不回骂道："你个老杂毛，本姑娘的事情碍着你了？"

秦潇一听，得了，这还是原先那个师妹没错，骑虎难下之际可千万招惹不得！

谁知明墉听盛思蕊这一句出口，眼珠一转哀求道："思蕊，不如我们就听了道长的，咱们到外面说清楚去！"

盛思蕊眼睛　立道："不行！要走你走！"

"我不走，死也不走！"

"那我可真……"

"你杀吧！就让道长这盛世道场被我的血玷污吧！就让新主登基见血，晦气伴随吧！"

他是见证了整个转世仪式的，知道这里虽然粗陋，但是所有过程都完备之至，而老道也是绝不允许这件能够记载在他们新国史书中的大事有任何瑕疵的。

果不其然，老道有些愠怒道："王妃，本国师好言相劝，望你顾着自己的身份自重！还望出去解决个人俗务！"

这一句自重又把盛思蕊激怒了，她还是瞪着明墉，头也不回骂道："我有什么身份自重什么？我都沦落到如此了，还有什么好顾忌的！你再逼我，别怪我不顾任何情面！"

她这话是对老道说的还是针对明墉，还是两边全算上了，估计只有她自己知道。

但明墉却目光灼灼，轻声回道："我没有逼你！我是要救你出火坑！我曾发过誓今生无论如何都要救你出来！"

盛思蕊美目圆睁道："刚才你还说要找我三生三世的！……"

"没错，可是现在找到你了，哪怕是你把我杀了，我的魂魄也要跟着你，一直保护你！而且道长还会聚魂还阳术！到时我央他帮我还阳，今生还要缠着你！"

盛思蕊刚到不久，根本就不知道老道刚才那一番惊世绝伦的法术，于是不屑一顾骂道："胡扯！什么狗屁还阳术！装神弄鬼糊弄人罢了！"

她这次是完全冲着明墉，但激动之下声音过大，老道当然听了个一字不落。

此刻他要是还有表情，那一定是如被打了脸一般。

就见老道哼了一声，身上道服突然全部被气流鼓起，而后大厅里的每个人都感觉到了一股凌厉的内劲向身上袭来。

可是盛思蕊可能好久都没跟人如此斗嘴了，她嘴不间歇道："什么装神弄鬼的，制贩丹药的，也就是你这样的蠢蛋才会被蒙蔽！"

她完全是跟明墉找到了多年前打嘴仗的感觉，这一放肆就说畅快了，但她忘了老道可还在后面听着呢。

所谓"说者无心，听者有意"，尘虚子对自己的丹药极为骄傲，为了制丹他还不惜承受了千年的折磨，对自己的丹药一脉是极为自信。

他怎能忍受有人空口白牙诋毁他毕生的成果，践踏他艰辛的付出！

这一次他是真怒了，忍不住凝神向前迈出了两步，而身上散发的气场更加强劲，连四周的烛灯都被吹得摇曳起来。

而盛思蕊此时背对着老道，但似乎是并未感觉到强烈杀气对自己身体的冲撞一般，还在瞪着眼和明墉较着劲。

可明墉却看出了不对劲儿，小声道："思蕊，咱们快出去吧！老道看样子真生气了，后果很严重！"

他之前见老道言语一下把思蕊激回了少年时的乖张模样，便一直出言旁敲侧击，目的就是不离开盛思蕊。

可现在阶段性目的实现了，祸事却也跟着招来了。

之前他也不信世上还有老道这样的江湖顶尖奇人，今天看到了全都信了。

以前他只以为祁主使是无法战胜的，现在看来，这老道不论修为的深度广度都绝不在祁主使之下，虽然他不知道这怪老道到底是何许人也。

不过眼见着真正巅峰级武林人物在向他们靠近，他还是觉得脊背发凉，只想着赶紧能拽着盛思蕊躲出去。

可盛思蕊却是来了倔劲儿，愣是什么都听不进去，反而眼中又泪光盈盈道："你以为这几年我就过得舒服吗？我就没想过去找你吗？可是一切都木已成舟了，都晚了！……"

明墉听着这话，心里像是被一股强大的暖流冲晕，他迷迷糊糊道："不晚，都不晚，只要我们能再见，能在一起，就都不晚！"

可是盛思蕊却闭上眼冲着他叫道："都晚了！你都听到我现在是什么了？是王妃！不再是你那个思蕊妹子了，都晚了！……"

她边说，泪水再次决堤。

而明墉却不住地低声劝慰着，全然不顾盛思蕊的刀锋此刻就在颈边，而这两人似乎又都沉浸在了自己的世界中，当外面的一切都不存在一般。

老道见这两人完全当自己不存在般，一气之下，又向前迈出两步。

他的步幅生硬，跨度却颇大，此时他的身形已经离开了石床围成的圈。

正当他还要继续前行时，就听到身后扑通一声。

他急回头，就见那位戴着凤冠的小小新主竟倒在了地上。

尘虚子暗道不好，刚才被分了心神，这下子新主可要失控了！

而这一声也引起了大厅不少人的主意，包括他的弟子和胖瘦两位大员。

他们都用疑惑的目光看着老道，都不明白刚刚还一身凛然威严的新主为何就这样不省人事了。

这时，莫沁然突然疾步走了上来，对老道耳语道："师父，您先去护着新主，我替您去解决那边的麻烦！"

尘虚子正无措呢，莫沁然就跑来分忧，还第一次叫了他师父。

他顿时是心花怒放，既觉得老怀宽慰，又觉得得此佳徒不虚此生。

于是，他向莫沁然道："好徒儿小心了，王妃手中的看起来是把宝器！别伤了你！"

"师父放心！徒儿定能化干戈为玉帛，绝不破坏圣主道场！"

尘虚子被莫沁然连叫两声师父，顿觉无比开怀，闪身回了女孩儿身边。

他刚才被盛思蕊言语冲撞了，是以一时没控制住心神，险些破坏了他精心营造的转世道场。

本来他只是从典籍上知道有这么个法术，但那都是在他全真之后出现的。

在他心里除了武功炼丹之外的林林总总后世演化，都是虚妄不值一提的。

他更不信什么道术转世之说，要不当年徐福干吗远赴海外去求药，何不直接为始皇帝转个世就解决了？

说穿了这些后世的故弄玄虚，既破了道家修为的真谛，又有为权贵谄媚之嫌。要不为何元朝后，这些显然是阿谀奉承的东西就全都出来了？

不过从另一角度来说，这也为道教增加了神秘性，提高了身价。

基于此，他便想将这次转世道场假戏真做，让所有人都对他们未来的国教无比崇信。

这话说起来容易，但操作却让他颇费了一番苦心。

首先，就是要让整个过程看起来真的像是转世。他知道后世有些驱尸御尸的法门，通过改造也可以用在活人身上。

但一旦真的给人施加了，那人也就变成了行尸走肉。此举是大损阴德，他这样的一派至尊是不屑于用的。

所以他就炼制了一种丹药，可以使人暂时处于意识全无但身体自如的状态，但对受药者本身来说还不会产生无可挽回的影响。

其次，转世后，新主必须要能行动能说话，还要按照他的意思来，这可就要倚仗他浑厚无比的内力修为了。

他拿自己的几个弟子做了实验，终于能将人在他的内力和药石的共同作用下，说出他想要表达的意思，做出他希望做到的行为。

不得不说，一代登峰造极的人物就是能人所不能，及人所难及！

在他的巅峰功力下，用药粉化成的充作魂魄的亮点，都能运动出飘荡自如的模样，而光可以看起来就像是虚实相济一样。

不过这也着实耗费了老道颇长时间，而这山谷里独特的形制也为他提供了方便，为此他还颇感祖师有灵。

在一番精心准备布置下，这场看起来无比玄妙的转世仪式如愿完成。

而莫沁然只是知道老道对什么转世说法是嗤之以鼻的，但根本不知他在这上面花的心思，所以一看之下，也是惊得心神摇荡。

不过尘虚子这番神妙靠的全是他的精纯内力，为了避免让外人识破端倪，他的功力运用只是局限到覆盖住十位待选女童的范围之内。

当然还有另一个因素就是，这套装神弄鬼是极耗真元的，他也不想因此受损过大。

所以当他离开这功力圈子时，新选圣主就脱离了他的功力覆盖范围，自然就不受控地真倒了下去。

在他进退两难之际，恰好莫沁然挺身而出，他才得以抽身回去继续运功控制女孩。

说来也神奇，他一回到女孩附近，闭目凝神，再运玄功，那位头戴硕大凤冠的黄霓鹏竟又歪歪扭扭地站了起来。

不过等他睁开眼,看到已经控制住场面,心安之余,却看到下面的人包括那两位大员竟然都没有看到自己这番神妙的演绎。

他们的目光都盯着正在缓缓回返的莫沁然,此时莫沁然已经掀开了面具,在一身红衣的印衬下显得更加仙子般不可方物。

尘虚子见众人的目光全被莫沁然吸引过去了,竟没人留意自己的神功幻化,不愠反喜。

他心中得意:看到了吧!这就是我的好徒儿!今后衣钵传人,日后的一代宗师!这番美貌气度还不倾倒天下众生!

他甚至眼前都幻想出一个画面,莫沁然带领万千门徒向他这个师尊行礼,那场面山呼海啸,那份绝拔尊崇放眼古今能有几人!

等莫沁然悠然踱步回来,向他微微点头。

老道再看那两个闹事的果然已经收手站到一边去了,尘虚子无比自负,心道那个混进来的西贝货谅他也逃不了,等下收拾不迟,当前一定要趁热打铁完成拜师仪式,这才是他最期待的环节。

他对莫沁然道:"好徒儿,万事俱备,当着圣主的面,咱们可以正式开始拜师了!"

这话音虽还是如木头般僵硬,但话里透着无比的憧憬兴奋。

这话一出,胖瘦两个大员倒在地上,喉咙里发出阵阵咕噜声。

这两位之前见莫沁然拦住老道走了下来,慢慢地揭开了面具,顿时被惊得嘴巴大张,本来要偷偷离地的屁股又重新坐回到地上。

他们碰过的顶级美人不可胜数,捆在一起都演绎不出这种凌波仙子的感觉!

他们再看看王妃,也是一样美貌绝伦,水样清爽,二人酸水不住地往外冒。

这叫什么事,他们可曾经算上是权倾朝野,富可敌国,可这般的美人愣是一个都碰不上!

反而那古怪的辅政王和同样怪异的国师却一人网罗了一个,怎不让人艳羡到恨!

他们根本就没留意这个仙子和那个精灵到底在交涉什么,只是看着二人背影不住吞咽口水,心中浮想联翩。

此时见仙女给老道行了拜师之礼,心中更是妒恨交加,外加淫念不断,都忘了站起来。

不过莫沁然却飘然上前一步,朗声道:"今日尘虚子道长要小女拜他老人家为师,不知有反对的没有?"

话音刚落,一条人影就跳到前面道:"我第一个不同意!"

老道一看，这就是一直跟着莫沁然的徒弟，他此时还戴着面具。

尘虚子完全搞不懂这小混球到底吃错了什么药，竟然敢当面和自己叫嚣！

他怒道："大胆劣徒，休要胡言，还不速速退下！"

谁知那人一掀面具道："你看清了，谁是你徒弟！"

老道一看此人初时有些恍惚印象，而后猛地醒悟道："你是怎么混进来的？"

而后他转头看看莫沁然，他当然记得十年前这两个是怎么闯进自己的丹观，又是怎么偷走长生丹的！

不过莫沁然的反应却极为淡然，而秦潇则飞身上前去抓她。

老道哪里肯容他动手，只是一闪身，那如枯枝般的左手就掐住了秦潇的咽喉，而后把他慢慢地提了起来。

秦潇挣扎着，可莫沁然的眼光却看向下面。

尘虚子冷冷道："十年前让你逃了，这次可没那么好运了！"

就此时，一人飞身来到近前，斗篷一甩，抽出一柄长剑，舞动剑花，直向老道走路逼近。

老道一看是假王妃，此时他那云鬓也没了，全身都被笼罩在如网的剑花之中。

要是按功夫修为，老道尚在祁主使之上，只是没他那么邪门的功力。

此时老道只是瞄了两眼，就看出这不过是一套粗劣的小孩功夫，仅仅能护盘自保罢了。

所以等剑光接近之时，他只是用如枯枝般的手指在剑花中如闪电般一点。

只听呛啷哎呀接连两声，明墉紧握着差点儿脱手的宝剑飞了出去，而老道的长指被残剑的余势削掉了半截。

老道吃惊地举手看看，那断指处一丝血都没流出，反而是有些枝叶状的液体微微渗出。

他惊疑道："没想到，现今这世道还能有这样的宝器！正好国师我缺把利剑，你就献上来吧！"

说罢他一伸手，那把残剑就像是被一股隐形大力拖拽般被拉动，幸好明墉死死地攥住宝剑，才没让残剑脱手。

而就在此时，就听到空中一人喝道："老道撒手！"随后一片如寒芒般的暗器向他面门直袭而来。

老道眼光如电，立刻就看清了出手的正是正牌王妃。

他不清楚王妃为何对他突然发难，但尘虚子又岂能让她给伤到！

只见他袍袖一挥，一股旋风就把所有暗器裹挟着直接射向一边的墙面，而且几乎都是齐齐地钉在了石墙上。

就是盛思蕊灌注全力也没法把一只镖射进石头里，而这老道只是随手一挥衣袖，竟有如此神力！盛思蕊也被吓住了。

尘虚子似乎在冷笑一般道："王妃如何也突然对本国师下手呀！不如过来说个明白！"

说罢他突然朝着盛思蕊猛地吸气，盛思蕊就觉得有如一股龙卷风般的吸力裹着自己就向老道那边过去。

她心下更是大骇，这老家伙功夫毫不在祁凌宙之下！怎么世上还有一个这样登峰造极的人物？

不过他们此时也就是能暂时想一想，而接下来就是调动全身功力与尘虚子的功力对抗。

而且老道同时制住三人，仍然绝对占据着上风。那三个在他的控制下已经眼看难以自保了。

要不是尘虚子坚持今天不能见血杀人，这三位至少一个就已经死了，不过他们此刻也快生不如死了。

正在此紧要关头，却见一直在尘虚子边上淡定异常的莫沁然突然手中一晃，一把明晃晃的匕首直向老道掐住秦潇的手臂上削去。

九十七、情归何处

尘虚子双手和口部三处动用内力，同时将三人制住，而且制得他们毫无还手之力。

他如此施为，一是确实动了好好教训三人之心，再者就是让所有人见识一下，什么叫国师的鬼神莫测无匹神功！

不过他万没想到，这位已经叫了他师父的小仙子，会在这时突然骤起发难。

之前莫沁然走出说有没有人反对时，他就有了点疑问，但这种事情不是没发生过。

千年前，他曾亲见以为武林前辈收徒时，有过这样一问，目的是收得心安理得。

尤其是有诸多外面见证人在场时，这问题无可厚非。

而当秦潇蹦出来掀开面具时，他想起了二者的关系，也怀疑这到底是怎么回事。

可后面两个小辈相继以杀招来犯，也就由不得他细想了。

此时他没法侧目观瞧，但耳听得一阵破空的风声，还没等他做出反应，就见眼侧寒光一闪，而后觉得左臂突然一空，那被抓在空中的小子就落到了地上。

而连带着的还有自己的一条手臂，还死死地掐住他的脖颈。

尘虚子当时就愣了，他绝没想到自己心仪的爱徒，自己倾注了这么多心血苦劝的爱徒，自己浪费了数载珍藏灵药救回的爱徒竟会对自己痛下杀手！

尘虚子对其他二人控制的功力此时已经全泄，那拼命运功反向用力的两位，被这一突然脱力都猛然身子倒向后方。

尘虚子只是转过头盯着莫沁然，吃吃地问道："为什么？我对你还不够好吗？我对你还不够倾心倾力吗？我只是要收你为徒，传你衣钵，助你登上巅峰！这有错吗？"

莫沁然也好像是羞愧般低下头，轻声道："对不住！我这也是不得已！……"

老道向莫沁然近了一步道："为了你，我可是耗尽了治伤灵药！为了你，我不惜纡尊降贵，做这些蠢事！可你怎么如此辜负我！"

要是不知道老道只是一门心思想收莫沁然为徒的外人，这话听起来可是让人肉麻肝疼。

果然盛思蕊已经从人群中出来喊道："老杂毛！你别得便宜卖乖了！"

"我那匕首可是无匹利刃！刚才沁然姐姐完全可以砍掉你的头！她已经饶了你一命，你还不赶紧溜呀！"

谁知老道袍袖一挥，一股巨力就向盛思蕊袭来。

盛思蕊见老道明明失了条手臂，攻势还可以这样刚猛，刚要惊讶大叫。

就见眼前剑花猛闪，明墉已经舞开了残剑护在她面前，将这一挥之力化解掉。

盛思蕊有些生气地微嗔道："我就不会躲吗？用你逞什么英雄？"

而此时老道却是心无旁骛地盯着莫沁然道："是这样吗？你要对我动手，还心中有所不忍？……"

莫沁然依旧低着头，不忍直视尘虚子，轻轻道："我很感念道长的救命之恩，也很感激道长的一番青睐！所以……"

"那我给你安排的道理有什么不好？为什么你就不愿意呢？"

"我……"

"那是因为我！"

老道被秦潇这突然一句引得回过头去，只见此时他的脖颈仍被老道的断臂死死地扣住。

就见他一边掰着枯枝般的手指，一边道："就是因为我们两情相悦！沁然怎么会跟你走！"

老道看着他突然长出口气，随后右臂一挥，一阵气流就在他左手上盘旋，那股无质的内力就像是有形般在慢慢凝结起来。

尘虚子冷冷道："我虽说承诺今日不杀生，但我可以把你打得筋骨寸断而不死！"

莫沁然忙叫道："不要！道长！我知道您是个抱负高远的人，又是个心胸广博的人！您一心要做的就是恢复你们的门派传承！何苦要跟这些权贵裹挟在一起干这么荒谬的事情！什么转世复国，开始看了你的仪式我还真的惊诧了，还真以为你有通神勾鬼的能力！可等我进了这圈子，就感觉到了你无处不在的内力场，慢慢也就想明白了你这番奇绝背后的门道！道长您有不世神功，何苦要和朝廷这些卑鄙奸佞之人纠缠在一起呢？您到哪里不能把本派发扬光大呢？如果掺和进这件事情里，迟早会遗臭万年，道长您现在迷途知返可还来得及！千万不要做千古罪人呀！"

老道认真听着她这番话，手中凝结的内力场看起来似乎小了一些。

而莫沁然此刻所说，也确实是肺腑之言，真心相劝。

老道何尝听不出，等莫沁然住嘴，他突然哈哈笑了起来，这笑声就像是一堆木头相撞的声音，让人十分憋闷。

他止住笑道："这是为师这些年来，听到过的最诚心的真话了！你为何就不肯做我的徒儿？让我将你这资质品性俱是上上品的人培养成当世顶尖呢？你当我愿意干这个什么国师，愿意操持这装神弄鬼的转世仪式？这些故弄玄虚都是纯粹的胡扯！"

胖瘦两人听闻此言，脸色俱是十分难看。

"我虽有长生之身，但一副枯骨如何能够号令天下群雄，如何能让人心悦诚服？其实我早已没了什么野心，是你的突然出现给了我希望！那是一脉相传的功夫，你有前所未见的资质，更有倾倒众生的容貌！关键的是你有一颗质朴热诚的心肠！这不就是一派宗师应有的吗？我这般苦心全都是为了你能登峰造极，再创一个辉煌的武林出来！"

"你别胡说了！你是为你的门派死灰复燃！"秦潇叫道。

"那又如何？哪一个宗师没有个门派支撑？那些单打独斗的就算功夫再强也是过眼云烟！只有门派才能让你永立庙堂之上，让后人景仰传承！"

"可你们这么做是公然分裂，打内战，还不是遗臭万年？"秦潇继续道。

老道轻轻哼道："真不知乖徒看上你哪点！如此愚钝，就算是跪死在我门前求入师门，我也绝不会收！什么叫遗臭万年？在没有胜负之前，哪一方写历史都说不定，指不定谁会遗臭万年？胜王败寇的道理没人教过你吗？成者流芳败者遗臭的定论没人告诉你吗？所谓有打未必输，更何况我们有天下无敌的武功，还有西洋火器辅助，怎么就不能光复汉人江山，赶跑洋鬼子？汉高祖、明太祖还都是底层出身呢，那又怎么样了？我这佳徒哪样比不了历代英主？恐怕女皇则天也不遑多让吧？"

秦潇见莫沁然眼中忽然闪过一丝犹疑，他深知她的志向是解救天下万民，推翻皇权暴政，如果有老道尽心辅佐，这愿望没准就能达成！

老道适时接着说："到时天下在手里了，要救民于水火，那还不是你一念之间的事情！"

莫沁然听了后沉吟不语，秦潇一听老道果然老辣，一下子就点中了莫沁然的要害。

可还没等他想出怎么反驳，却听瘦子站起来叫道："好你个妖道，原来如此居心叵测，一早就有了这样的算计！亏你还……"

没等他把话说完，老道一挥手，那团内力直扑向瘦子，将他直接击飞撞嵌在了墙里。

只见瘦子浑身软塌塌地嵌进了石墙上的人形中，根本就说不出话了，只是发出哦哦声。

这一手功夫极为骇人,把人打进了石墙里人竟然还没死,更没有见血,这内力修为和控制让人恐怖得汗毛炸裂。

"贫道说了今天不杀生,所以他只是筋骨都碎了,但内脏完好,完全可以撑过今天去!"尘虚子冷冷道。

"不知摄政王大人你是什么意见呢?"

胖子连忙作揖摆摆手道:"都听国师的!那混蛋最愿意摆起脸孔说些他都不信的大道理,合该有此一报,国师此举大快人心!……"

谁知老道根本就不听他这套奉承,而是冷冷道:"你们一起来的,就一起作伴吧!"

说罢他袍袖再一挥,胖子那圆滚的肉身就嵌在了瘦子边上,同样是只剩下了呃呃声。

尘虚子道:"现在新国倒是空出了两个高位,你们有谁有兴趣吗?"

"你这小子,看在你和我徒儿有情的分上,你选一个,这样也可以一直陪着爱徒!"

这诱惑实在是太大了,尘虚子不但没说要惩戒秦潇,反而要给他个高位,还能一直陪着莫沁然。

老道刚才把人直接拍进石墙里那功夫,着实把秦潇也吓得肝胆俱寒。

他算是明白了,老道想要他死,那真是弹指之间的事情,而一直不对他下手全是看在沁然的分上!

而且他还给开出了这样的条件,那可是只要答应,就两难自解!

秦潇的心绪剧烈地起伏着,多年的梦想和自己的良知瞬间就在眼前摇摆开来。

这时盛思蕊叫道:"老道,别再信口开河了!谁知你对他们有什么企图,嫌一掌拍死太便宜,要诱回去慢慢折磨!"

谁知这回尘虚子倒是没生气,反而道:"王妃要想和旧情人一道走,贫道倒也可以成全,毕竟辅政王的功夫我是不怕的!"

明墉听他这么一说,眼神立刻放出光来。

他作揖道:"道长,刚才是我们不敬,给道长赔罪了,望道长成全!"

盛思蕊走过去一把把他的手拍下来道:"干什么呢?明知他就是个妖道……"

什么是诱惑?什么人又架不住诱惑?

世人总说女子抵不过诱惑,那纯粹是无稽之谈。

也有的说男人抗不过诱惑,那也算是以偏概全。

实际上多数人抵抗不了的诱惑,就是心中念念所想又为之苦求而不可得的。

好比莫沁然,老道给她画出的蓝图就是她梦寐以求的,倒不是地位至尊,而是解救苍生、推翻无道帝制！

再比如秦潇，历经长久的内心磨难，能和莫沁然长相厮守不啻于天大的事情，如此条件，他就能和梦中人不离不弃，何乐不为？

对明墉来说，祁主使是他最大的梦魇，盛思蕊是他最真的依恋，如果就此能两难全解，当然是天大的好事！

他们心中都有苦求不得的，是以在诱惑面前就会摇摆，更何况开出条件的是随时可以要他们命的强人呢？

唯独盛思蕊，历经百转，心思一样单纯，善恶仅凭一念，也没什么野心抱负，自然就能不被诱惑所迷。

她见这三人似乎都对老道说的话心有所动，不禁大急道："你们都怎么了？明知这妖人信口开河，你们还信以为真了？……"

就在这时，大厅外忽然传来了一阵枪声，几人都从沉思中警醒过来。

这枪声越来越近，而且还传来了连续的嗒嗒声，那是机枪发出的声音，小道们的哀号声也不绝于耳。

这时一个女子如洪钟般的声音叫起来道："打死你们这帮小杂毛！师哥你还有气吗？赶紧说话，想急死我呀！还有老七呢？……"

秦潇一听这声音精神大振，一下子就从被老道迷住的精神中清醒过来。

他叫道："沁然，六姐他们来救援了！"

莫沁然也猛地醒悟，向后撤了几步道："请道长自重！您说的那些恐怕我无能为力！"

秦潇见状忙闪身站在莫沁然身前，一把接来那把宝匕道："道长，我们已经言尽！如你真心爱惜沁然，还请你就此退去！以后大家各不相干！"

尘虚子本来就快把几人给说动了，谁知凭空来了个拦路虎！

不过他还不死心，仍然说着："乖徒儿，跟师父走吧！为师一定兑现承诺！往事一笔勾销，为师还要治好你的伤……"

他边说边向秦莫二人逼近，这两个知道老道神功莫测，胳膊掉了都没流血，根本就不敢招架，只是不断后退。

这时盛思蕊踢了还在傻站着的明墉一脚道："还不过去帮忙？"

"我？哪里是对手……"

"还有我！"盛思蕊脖子一梗，往日豪气重生。

明墉一见此情，也觉热血上涌，举着剑就飞身到了莫沁然身前。

而后盛思蕊过去和莫沁然站成一线道："没事，姐姐，我们可不能眼看着歪道强抢了你去！"

这时几人摆出了一副同仇敌忾的样子，倒是让尘虚子勾起了往日的回忆。

那是一千多年前，在师门和自己的师弟师妹们一起练功。呃，一晃千年过去了,为何好像还就在眼前呢?

按说这几个就算是摆成十层都架不住他的攻势,可不知为什么他看着这几个年轻人心中有说不出的感触。

再看看莫沁然的脸上露着决然,而神情中却像是对他有着一丝歉意。

看着看着,他凝结的怨气好像慢慢地被化开了。

这时外面伍芮的叫喊声和枪声越来越近,要不是这里九曲回转的,她恐怕早就杀到了。

尘虚子突然笑道:"你们几个小辈今天算是运气了,本道爷不杀生,暂且饶你们一命!"

众人都知道他所言非虚,就连盛思蕊这回都没还嘴。

"不过徒儿你的内伤还没好,要是复发了记得来南边儿找为师!"

而说这话的时候,他已经抱起了小女童黄霓鹣,身形飘在空中接着道:"花园通道外壁有株千年灵芝,采了去服用可缓解伤症⋯⋯"

说到此时,他的人影就像是凭空消失一般不见了。

几人都是咋舌,这功夫除了祁主使外,还哪里见过如此厉害的!

还没等他们庆幸劫后余生呢,伍芮就端着枪冲了进来。

她扫了一圈,立刻就看到了秦潇,顿时眼圈一红道:"老七,你还活着呢!"

"可是师兄他人呢?⋯⋯"

"四哥?他也进来了?"秦潇惊道。

"可不是!你过去了,好像掉坑里了,半天都没动静!我们想过去救你,可就师兄功夫最好!他就按你那样过去了!没想到跟王八掉井里一样,也是死活不知了!我们其他人也没招,这不花了一天时间才绕了过来!怎么你也没见着他!⋯⋯"伍芮急得都要哭出来了。

莫沁然忙上前道:"伍姐姐,你别急,慢慢说!凌哥哥不一定就出事了!⋯⋯"

"哎呀,仙女妹子你也在呢⋯⋯"

"还慢个毬呀!搞不好就噶儿屁了!这扔下我一个可咋办!"

秦潇忙道:"不急!我掉下来那里是个洞,下面⋯⋯不过凭四哥的本事不会死的!"

他想起了那些走肉,要是真掉进去了还真难说死活,所以没说出来,赶忙带着众人过去。

而明墉一眼看到盛思蕊正在悄悄地往外溜,忙不迭地跟了过去。

秦潇等人来到了那个直上直下的洞口,顺着通道口往下一看,顿时心中一凉。

只见原来站满了走肉的下面,此刻已经是血肉模糊一片,叫了几声没有任何应答。

秦潇率先用轻功下去，为防伍芮有失，莫沁然给她找了根绳子固定好顺下去。

等秦潇到了下面，心中更是如石沉水，就见地上到处是血污和碎尸块，密密麻麻的，让人看着眼晕，可是不见凌震的踪影。

伍芮也下来了，看到此情险些晕了过去，缓过来后挨个儿翻找，终于在一堆碎尸下看到了凌震的身体。

二人勉力把凌震的身体拽出来，就见他身上脸上全是血污，腹部似乎有个伤口朝上翻开着。

可凌震本人却是双眼紧闭，动也不动。

伍芮见状，忙蹲下边哭边叫，可是凌震根本就没反应。

她见状更是泪如泉涌道："师兄呀！你咋就先走了呢？平时也没见你逞强，这回咋就这么想不开非要打头呢？……"

秦潇也是心中黯然，之前他曾见过下面的走肉至少有几十个。

就是换作自己毫无防备地掉下去，也得耗尽全力血拼一场，还不见得能全身而退，更何况功夫不及自己的四哥呢？

伍芮这一哭就像是打开了封闭已久的水闸，泪水如泄洪般倾泻而出。

她抱着凌震的头，眼泪哗哗地落在了凌震布满血污的脸上，将他的脸上洗出一条条白道儿。

伍芮哭诉着："师哥呀！你说说你，这十几年就没怎么顺过我的心意！我说东你偏说西，我往南你就要往北拽我，没事还总愿意教训我！你当我真是无理取闹呀！不过就是想讨点小威风，得点儿小满足！你说但凡是大事，我哪一次又不是顺着你们，你没事干吗老跟我争论哪！你当我真喜欢老五那花花肠子呀！我只是得意他顺着我说话！你还当我真乐意他经常对我轻佻呀！我还不知他自打不唱戏后就爱钻女人裤裆？我还不知道他见一个爱一个就想上人家床？我给他好脸就是给你看的！你说你这些年就连一句稀罕我都没说过！你这么大老爷们儿，窝窝囊囊的连个爱逛堂子的都不如！你说你的嘴是被封上了吗？咋就说不出那几个字儿呢？我等你等了十来年了，你越是不说，我越是生气！可倒好，越骂你你还偏不说！你想咋的，难不成还让我姑娘家先开口呀！那我这脸可往哪儿搁呀！你说你对我这个肉呀，就没一点儿爷们儿样！你在战场上杀敌那份劲头都哪儿去了？全他妈和饼子喂狗了？你说说我从二十几等到你三十几，你再不开口我也就不用出嫁了，干脆就当老姑娘了！你说说你把我坑的，等了你这么多年，都从黄花姑娘等成黄花菜了，你他妈撒手就走了，可让我咋办呀！……"

说到恨处，伍芮抬手就摇凌震的胸口，摇得那叫一个恨爱交加，怒其不争。

秦潇在一旁看着本想拦着，但见六姐悲痛欲绝，又想反正四哥也死了，也没什么好痛的了，不如就让她好好发泄一番。

谁知凌震在伍芮怀里猛地一动，噗地喷出口血来。

这一下正喷到伍芮的拳头上，她顿时是又惊又喜，把凌震的脑袋提起来猛晃道："师兄，你装死吓我是不是……是不是……"

凌震的头被摇得就像个沙锤，他连咳几声吃力地摆手。

伍芮停了手，瞪大杏仁眼瞪着凌震的双目，好像是要通过眼神把他的命勾回来一般。

就听凌震虚弱地道："师妹，你把我从鬼门关给叫回来了！幸亏我还没喝老婆子的汤……"

伍芮一听又是喜极而泣，抱着凌震的头道："妈呀！可是吓死我了！你这一走我魂都没了！扔我一人儿可咋办呀……"

凌震喘着粗气道："师妹，我再也不离开你了！我喜欢你！我要娶你……"

"啥？"伍芮猛地把凌震的脑袋往后一扳，盯着他的眼睛道，"你说啥？再说一遍！"

"我说……我稀罕你！要娶你！"

伍芮猛地掐了凌震一把，见他龇牙咧嘴叫疼，嘟囔道："是真的？！"

凌震被这测试方法气着了，刚要发作，又忍住道："当然！只要你不嫌我都伤成半残了……"

伍芮再次喜极而泣道："嫌啥呀！只要有气儿拜堂就行！"

说罢，她紧紧将凌震抱进怀里，不住地抽噎。

凌震从她那丰满的胸膛中探出头，冲着秦潇眨眨眼，使个眼色。

秦潇立刻就明白了，这是让自己回避呀！

不过他也暗笑四哥也不嫌这下面肮脏污秽恐怖，不过再一想只要有两个真心人在一起的时候，哪里又不是梦中的天堂？

他自然识趣悄悄撤了，上去后又安排人准备索套救人上来。

不过他心中也在思索，四哥这到底是被六姐摇醒的呢，还是早就醒了，故意装死等着六姐尽吐真言呢？

不过想这些已没有什么意义了，至少结局是圆满的。

但得有情人终成眷属，还管它往昔苦痛离奇？

不过他上来就看不到莫沁然了，顿时心中一凛。

难不成老道又回来把沁然给掳走了？秦潇心中顿时毛了。

要说尘虚子绝有这个能力，又熟悉地形，而现在沁然的内力几乎全无，那就是几无还手之力。

想到此他开始到处疯找莫沁然，在一处转弯时似乎看见明墉正在追着盛思蕊。

不过他根本顾不上跟他们说话，而是继续疯也似的乱转。

而直到回到那个转世道场，秦潇才放下心来，此时莫沁然正在一一查看那些女孩。

秦潇长嘘口气，走到近前，看着一脸严肃的莫沁然。

就见她把全部女孩检查了一圈，见他来了，才略略松了口气道："这些孩子呼吸均匀，脉搏平稳，显然无大碍，只是醒不了！明少侠呢？我看他好像有什么辟邪驱毒的药丸，让这些孩子闻闻或许就能清醒了？"

她之前注意到明墉在仪式中往鼻子下塞了个东西，想必是看到过于骇然，以为是药物幻术，就拿药丸驱邪，故此她才有了这么一问。

秦潇长松口气道："他？追思蕊去了！他们分别得比我们还久，我们就先不要打扰他们了！"

莫沁然点点头释然道："也罢，反正这些孩子的药效迟早会过去，不急一时。"

而后她又略有凄苦地浅笑一下道："他们可真是分别了好久呢。这些年思蕊妹妹又生死茫茫不知所踪，可真是苦了他们了！"

秦潇也是点头道："我们又何尝不是呢？总之我们以后再也不分开啦！"说罢上前牵住莫沁然的手。

莫沁然没有拒绝，而是盯着秦潇的眼睛道："你好像长高了呢！"

"你好像更美了！"秦潇眼中柔情无限。

莫沁然轻轻拍了他一下道："我可不用油嘴滑舌哄呢！"

"我也全是真心实意的话，可不像是明墉那样！"

"他呀是有着和别人不同表现的一片赤诚，这可假不了呢！"

秦潇也是点头表示服气，而莫沁然接着说："他们在此地如此相逢，明少侠可是费尽了全部苦心呢！"

秦潇疑道："对呀？这是怎么回事？怎么如此巧合呢？"

事实真如秦潇想的那般巧合吗？当然不是！

正应了莫沁然的说法，明墉为此可是费尽了心思，用足了运势。

今年已经是他第二次从北地无果而返了，算上从漠北出来直接去的那次已经三次落空了。

他秉承着高级技术工种的细致，从出发的起始点，也就是最初遇险被救到圣族的那个聚点开始，沿着之前的足迹一路寻去。

圣族的聚点早已经化为一片瓦砾，那时逃脱时正受着清兵的炮轰，成了这样也是情理之中。

他没在废墟中找到任何尸首，当然他不知道祁凌宙之后回来过，早就处理了后事。

他又顺着线索找到了赤乌山圣族的祭拜地，可是一顿打听却得知，这里除了快十年前来过一拨人后便再无人造访。

接着他又绕过陷空地洞来到了山后的萧氏族葬群,却发现守墓姑姑的木屋早已破败不堪,看来是空置了好久。

而他记得对思蕊的承诺,也没进墓室去看个究竟。

接着他沿路一直到了霍勒金布拉格,同样是毫无所获。

等到了入冬,他到了之前秘境的入口处丛林。

可让他更为惊讶的是,那片森林早已不复存在,只剩下了大片树根,而秘境的入口再也找不到了。

他是连等再寻,想着无论怎样也能摸到秘境飞船的边界。

可是差不多苦寻了一个月,毫无所获,只看到了一片早已干涸的湖泊的遗迹,以及地上留下的一个巨型深洞和一处深不见底的巨大地裂。

他不由得茫然了,又开始怀疑自己是陷入了一场无穷尽的幻想之中。

不过,那个地裂和种种线索又提醒着他,这一切应该是真的。

但他怎么也想不透,为何存在了数千年之久的秘境飞船竟会平白消失了?可就算飞船消失了,那地下封印的魔兵入口呢?怎么也全都消失了?

还有秘境中的那座快被青铜熔汁覆满的山呢?他倒是找到了一些印记,那是一堆堆破碎的大块山石,石头上还有着熔岩的痕迹。

难道那秘境中的火山喷发把山给炸了?可秘境中先民的遗迹呢?怎么什么都找不到?

他又往西北到了贝加尔湖,再向东北去了海参崴,打听到一些零零碎碎的片段。

说是几年前的确是来过几艘来路不明的巨船,它们趁着一次风暴靠岸,可等风暴过后却是船影全无。

当时风暴太大,码头的人都不敢出去,就说是几艘如山般的巨船,万吨级巨轮在它们面前都如同玩具一般。

也有人说,那些船都如同远古时期传说中的诺亚方舟般巨大,却又是极具东方古韵的木船。

那些船几乎与风暴同时入港,风云中似乎还有神龙上天入海的盘旋。

海参崴华人很多,有这样的传言也不稀奇,但神龙之说又是什么呢?

而且他们还说就在差不多两个多月后,有一次飓风来袭,而那些巨船似乎又是伴着暴风雨出现。

它们在巨龙的盘绕护送下,凭空出现却又离港而去。

可是并没有任何人或船只在海上发现过它们的踪迹,所以这事情被传得神乎其神。

就连当时在码头的一些当事人都觉得可能是幻像,不过被巨力破坏的码头却又似乎在告诉大家此事真实存在。

很多人因此开始借酒麻痹，逃避亲眼见过却谁也不信的神迹，因此还犯上了酒瘾。

不过，他不死心，细细查找，却发现了在雪下埋着的如拖动一座城市般的拖痕，那痕迹直到贝加尔湖边。

难道秘境被整个拖走了？被巨船带走了？那魔兵呢？那些石头屋子呢？那些青铜巨弩组呢？全被带走了？

这事情越想越不可思议，但是如果他经历过的那些都是真实的，那还有什么能让他不相信呢？

但至此秘境的线索算是全断了，而他也花光了钱，只得一路探寻回返了上海。

回去后，偶遇了周炯，才知道秦潇也回来了，但已经深陷在酒海之中无法自拔。

他见此二人，一个有家有业，一个烂泥一摊，更是不愿详说。

还好周炯给了份正式的赏金侦探工作，他也能安心挣点儿干净钱。

他恪守着对盛思蕊的承诺，再也不碰歪的斜的，攒够了盘缠就再次上路。

这回他根据听到的蛛丝马迹，先在中原一带寻找赤乌族遗留的族人，可整整两个月的寻访更让他如堕云里雾里。

哪里有人听说过什么赤乌族，什么桓祭司，什么祁主使，一概就是没人知道。

他更傻了，但还是抱着一丝希望，尽着十二万分的努力继续上路。

这次搜寻的发现并不比上次多，反而不少略微知道些蛛丝马迹的人相继离世。

明墉完全困惑了，他更加怀疑这一切的一切都是他自己臆造出来的。

要不然怎么会毫无线索留下，怎么会消失得仅剩下些毫不相关的石渣子？

他彻底困惑了，似乎盛思蕊是假的，他经历的的这十年都是假的。

而此时他听到了"漠北五十八骑"扬威的消息，让他就快沉到深渊的心再次见到了光明。

没错，这不是假的，要不然自己还能臆造个莫沁然出来？

自己幻想出个古灵精怪、刁钻乖张的小精灵还情有可原，可那个大家闺秀、诗书满腹、聪明绝伦的小仙女就凭他根本就编造不出来！

所以他再次振奋精神，回去赚钱等着再次上路。

再次踏上征途，他已是满满的疲惫，不是身体有多虚弱，而是内心中的空虚感。

他不怕孤独地寻找，更不怕独身上路，而是怕再一次毫无结果的落空。

没有什么打击能比什么都找不到更加糟糕，他暗下决心这次无论如何也要找个端倪出来。

华人将三次当作个极致的次数，古有大禹治水三过家门不入，也有刘备三顾茅庐，还有孙悟空三打白骨精，那他这就是三寻盛思蕊，决计要达成目标！
　　为了给自己增加信心，他一路上是遇庙就烧香磕头，完全不管是不是临时抱佛脚，只为给自己一些信仰，给自己一些盼头。
　　结果一无所获。
　　他讪讪地向回走到了和盛思蕊共同上路、齐历艰险的辽西境内。
　　他心中是越想越悲苦，越想越憋屈，越觉得压抑得无以复加。
　　他决定去烧了此地最大一间庙——奉国寺，以此来发泄神佛不助的愤懑。
　　可就在白天去踩点儿时，他碰到了两个以前的老熟人。
　　这两位是团伙中的探子，专司乔装打扮打探情报。
　　明墉也很纳闷，他们怎么放弃了南方多如牛毛的寺庙，跑到这关外来了？
　　一问之下才知道，这群人自打上次莆田寺一别，被官府关了几年，出来后便开始转战西南。
　　他们从四川起手一路南下，直入云南境内。
　　在今年初到了磨勘境内一颇具寮国特色的寺庙处准备动手，却被突如其来的一拨人马给打乱了。
　　那伙人极为彪悍，在短短几日就占据了全镇，赶走了官兵，并宣称此处为乌王领地。
　　这群人还极度强横地抢了相邻的寮国的一片土地，也宣称为乌王所有。
　　官军不是没来过，但被那个乌王几下就打得大败亏输。
　　而他们占据的地方又不大，也就没官兵再来生事了。
　　于是这伙人就趁着这些强人守备松懈时逃了出来。他们商量，如今南边是乱哄哄的，生意越来越难做，搞不好把命都得搭上。
　　于是领头的就做了个决定，向相对安定的关外出发，继续窃寺大业，让北边的秃驴们见识见识和尚敛财的下场。
　　于是这两个就被派来了，才与明墉相遇。
　　不过说起那乌王，他们倒是对乌王巡视领地时身边带着的女子记忆深刻。
　　他们说那个乌王怪里怪气，戴着个黄金面具，但功夫却是鬼神皆惊。不过那个王妃却是美若天仙，青春少艾。
　　他们都感叹一朵鲜花插进了硬牛粪，再也拔不出来了。
　　不过听到这里明墉却是一屁股坐在了地上，顿时呆了。
　　什么乌王，那不就是赤乌的乌吗？什么功夫盖世，除了祁主使还有这样的人物？那王妃就是……
　　自己怎么这么傻，北边本来就是满清的发家地，又有蒙古骑兵，这些圣族残员还怎么能兴风作浪？

那他们还不如去南方边陲,那里清兵虚弱,还不是造反的绝佳去处?

他想也不敢多想,但又止不住地猛想,想到深处,竟然伤心地大哭起来。

那两位眼见都是吃惊,这小子多年不见怎么如此多愁善感了?

不过明墉想通了此节,便要及时行动。

他央求着二人跟他同行,仗着他们的消息网给自己打探,并许以日后一件大活的重谢。

他二人都知明墉的手段,有他出马什么寺庙都不在话下。再加上关外却是油水稀薄,不值得投入过多,于是欣然加入。

二人说此时华东华南已是一片混乱,怎么走都要耽误行程,最好就是从安徽入湖北再转道四川云南。

明墉依计而行,三人迅速出了山海关,快马加鞭上路。

可刚到了合肥境内,那二人就收到风声,此时磨勘已经是全境封锁,而据说那位王妃在人的护送下出了境,声称要去参加什么大典,为此乌王还组成了仪仗队夹道欢送。

明墉顿时心下猛抽,但同时心中狂跳不止。

他心道:思蕊呀,不管如何,我总算是要找到你了!

于是三人就留在了长江淮河水道边,等着消息,准备进一步行动。

那两位不愧是一流的探子,各种消息更是纷至沓来。

直到他们收到了最后的消息,王妃一行要顺着山脉下的水道进入皖南。

而且这两位还打探到用船信息和一行人的衣着。

据分析他们一行昨日都已戴上了面具,就是市面能买到的那种傩神面具,而王妃则带着两名亲信要简行入最后一段水道。

明墉盘算着,如果就那么贸然出去见面,盛思蕊会不会当时因羞愧翻脸,而凭着自己还真不知能否跟得住她。

虽然这几年他常年寒苦,功力深厚了不少,但谁又知道思蕊体内的内丹被化尽了没有。

于是一场乔装冒充抢先进入的大戏就上演了,那二位探子就权当他的随从。

但是就算化装和面具都掩饰不住声音,所以自从进入后所有话都让那二位代劳了,直到盛思蕊出现。

刚才老道抢走了所谓的新主遁走后,明墉无时无刻不在盯着盛思蕊的一举一动。

见她觉得没了风险,要一声不吭地悄悄溜走,明墉便跟着死咬了上去。

盛思蕊功夫自然是不弱,可明墉到了此时也是拼了,他无论如何也要让思蕊给自己一个交代。

盛思蕊显然不想跟他纠缠,身形飘忽左晃右晃,但是没法甩掉进来已经良久的明墉。

当然他还要感谢修造此间的主人,这洞内地形是环环相套,如迷宫般。

盛思蕊越是慌乱,越是找不到正经的出路。

终于盛思蕊一闪身进了一间石室内,明墉急跟进去。

已进了此间,明墉安心了,这是一间只有洞口进出的石屋,里面除了个石床石桌椅再无他物,而盛思蕊也是四顾茫然找不到出路。

明墉悄悄地在衣襟处摸索,而后假意在洞口两边轻抚,好像是倚门慨叹般说道:"思蕊,你还要继续躲着我吗?"

盛思蕊一跺脚,猛地回头,她美目圆睁,脸颊涨得发红道:"那还能怎么样?难道把你带着一起去祁凌宙那边?"

明墉一听这名字就如同三伏天被泼了盆冷水,不过他还是关切道:"蕊妹,你过得好吗?"

"你问过了!还好,多谢!"盛思蕊不耐烦道。

"难道你真的愿意跟那个怪物在一起生活吗?"明墉语声凄然。

盛思蕊是真的怒了:"我都说了,我已经是人家妻子了,这已经改变不了了!你就别再纠缠我了!"

"我不相信这是你愿意的!你心中的苦楚我知道!都怨我,没能早点儿出去找你!可我直被困到三年前才逃脱出来!一出来我就马不停蹄地在北地找你!可都快三年了,我怎么都找不到你!现在我终于见着你了,我是再也不会让你离我而去了!"

盛思蕊听他三年前才出来,也是吃了一惊。

她问道:"怎么,你们也被困住了吗?……"

不过她马上警醒道:"现在说那些都没用了!反正三年前我就已经嫁给祁凌宙了!我说了我已经是他的妻子了,你是知道我的,我不会背叛自己的丈夫!以前我们的过往,你就当作场梦全忘了吧!求求你,你就放过我吧,让我走吧!"盛思蕊话中透露出难得的软气。

"忘了?怎么忘?这三年来我无数次都怀疑自己是否是做了一场大梦!你不知道第一次,找到秘境连任何蛛丝马迹都没发现。我就以为自己做了个无比心碎的大梦!可那些过往历历在目,怎么能是梦呢?"

"怎么不能呢?"盛思蕊突然有些幽怨,"人生匆匆,一梦百年,有什么不能是梦呢?是梦就能忘掉,就能淡化,慢慢地你也会忘了我,忘了过往!你还年轻,大把的好时光等着你!你为何不把我忘了呢?"

明墉看着她说话时眼神中的凄凉,忍不住泪水滚涌而出。

"忘了?我能忘,可这坠子忘不掉!"他一把扯下胸前坠子,那里面缓缓地流动着一片血红。

"我想你也带着吧？你拿出来看看，是什么颜色了？你难道会忘了？"

盛思蕊抚着胸前，但迟疑着没有拿出坠子。

明墉见她触动，接着擦着眼泪道："你说忘了，可这伤痕还在，怎么忘？"

他亮出手腕处深深的划痕，那是他在用血给思蕊喂服内丹时划伤的。

由于用的是那把宝匕，所以伤口终身都是一道浅沟。

盛思蕊看了一眼，脸上变色，忙又转过眼去。

她的眼中似乎也有了泪光，但她脚一跺牙一咬道："没关系，我也还你一刀，就当两清了！"

说罢她就伸手入怀去掏匕首，明墉大骇，想不到她竟然会用如此决绝的办法！他忙一把扑过去拉盛思蕊的手。

可盛思蕊那一探却落空了，她这才想到，刚才这匕首给了莫沁然，辗转又到了师兄手里，而自己仓皇想逃，竟然忘了要回来！

不过明墉此刻已经一把将她揽入怀中道："思蕊，蕊妹，你不要固执！跟不喜欢的人在一起，那此生还有什么盼头！就算是跟那老怪拜了一堂又怎样？你那是被逼的！离开他也是合情合理！你不知道宋婉毓姑娘就曾经有过一段伤心过往，但现在还不是和周炯师兄过得好好的！人渣谁不曾遇到，更何况还是被逼的！我会一心对你好的！绝不会嫌弃你！哎呀……"

盛思蕊一脚重重地跺在他脚上，疼得明墉继续飙泪。

盛思蕊挣脱开道："姑娘我没有匕首在手，只是跺了你一脚算便宜你了！"

"姑娘我还轮不到你来嫌弃！"盛思蕊恨恨地说道。

明墉心知说错了话，还没来得及开口道歉，盛思蕊的身影就向门口飘去。

明墉暗叫不好，马上提气去追。

盛思蕊的功力毕竟是胜了一筹，只是半跃之间就到了门口。

她回头一望，明墉正起身来追，她心中叫了声苦，暗道：明哥哥，你以后要好好的，可不要再傻等我了！

正这时，她就觉得身子被门前什么绊住了，身形落了下来。

她一看，原来门上不知何时多了两道极细的钢丝，在门前形成了障碍。

这正是明墉在进来时急中生智偷偷设置的，没想到一下就起了作用。

而就这么一霎间明墉已经追到，他从后面两手分别拽住了盛思蕊的两个袖口。

盛思蕊心惊，猛地挣扎，而明墉是拼死不放。

你争我抢间，就听刺啦刺啦两声，盛思蕊的衣裙顿时成了短袖装。

盛思蕊一恼之下回头指着明墉道："你……"

而明墉脱力拽着断袖向后退了两步，再一看盛思蕊的臂弯，猛地张大了嘴巴道："你！……你！……你骗我！"

九十八、再聚人非

盛思蕊被明墉扯断袖子,这跟当众扒她衣服有何分别?

她正要盛怒教训,却听明墉说她骗他。

她顿时狐疑地气道:"我骗你什么了?你个小贼!"

明墉疾走两步,面对盛思蕊指着她的臂弯道:"还说你没骗我?那你的守宫砂怎么还在?"

盛思蕊立刻低头一瞧,果真十年前被姑姑点的那殷红一点赫然还在。

她本就对这个没有什么意识,模模糊糊早就不理会了,没想到这么多年它还在。

却听明墉道:"你说你成亲嫁人了!可你明明还是个处子之身!"

盛思蕊显然被问得有些糊里糊涂,怔怔地问道:"你怎么知道的?"

"这是姑姑给你点的守宫砂!处子之身没了自然会褪去,你这颗呢?还是殷红一片!"明墉指着她的臂弯忿忿地说。

盛思蕊恍惚回忆了一下,猛地摇摇头,又怒目圆睁道:"那又怎么样?我已经和祁凌宙拜堂成过亲了,现在就是他妻子了!"

"好,那我问你!"明墉丝毫不让,"你说你们成亲,三书六礼有没有,冰媒证人有没有,官府文案有没有?"

"这个……"盛思蕊当时是万般无奈下,当着祁凌宙的一些亲信仓促间交拜天地,明墉说的那些东西还当真没有。

"这些都没有,怎么算作成亲,你们又哪里算作夫妻?"明墉气道。

盛思蕊略一琢磨,又勃然怒道:"你这是什么意思?我们是夫妻是外人都知道的,也就是事实!这和有没有那些繁文缛节有什么相干?"

明墉气得都快冒烟了,不管不顾地上前一把抱住盛思蕊道:"你跟他只是假夫妻,你到现在还不明白什么是夫妻吗?"

盛思蕊没提防被他一把紧紧搂住,又是急得涨红了脸,她挣扎咬牙道:"你个小贼,快给我放手!你这样抱着别人的妻子,毫不知礼仪廉耻!信不信我……"

明墉用尽全力越抱越紧道:"什么别人的妻子,要是真夫妻,我也不会抱!可你这是假的！你都忘了我们的约定了吗？你忘了我在苦苦等你吗？你却跟个怪物玩起了过家家！"

盛思蕊被抱得死死的，越挣扎越紧，虽然听到约定时她身上一软，可还是十分硬气道："那又怎么样？外人眼里我们是夫妻，那就是夫妻，我不能对他不忠，不能背叛他！"

秦潇一听盛思蕊竟还有着这样的迂腐思想，不禁气得快七窍生烟道："你们那是假的！假的！你知道什么是真夫妻吗？什么是相濡以沫，灵肉交融吗？……"

他边说边死死地抱着盛思蕊，往石床边退去。

盛思蕊见状大急，可是不知怎么的，在明墉的大力拥抱下，闻着他身上熟悉的气息，她却感觉心中扑扑乱跳，身子逐渐发软。

可她绝不会轻易放弃挣扎，很快一只手解脱了出来。

她劈头就给了明墉一巴掌，这一掌是势大力沉，打得明墉是眼前金星乱冒，牙齿都有些松动。

可明墉却是咬紧牙关越抱越紧，他嘟囔说道："我就不信这些年你就不想我！你都忘了最后我们在湖边是怎么说的吗？……"

盛思蕊还是不住地拍打着明墉，可明墉此时已将脸藏到了她另一边身下，只能猛击到他的背部。

盛思蕊脸红得已如熟透的苹果般，边打边说："说了又如何，但我已经是别人的妻子了！你还想怎么样？……"

明墉躲着不敢露头，继续嘟囔道："你们不是夫妻，是假的！我们的约定自然没变过！思蕊你怎么还不明白？……"

盛思蕊的拼力挣扎，另一只手也抽了出来，这回明墉可是躲无可躲，脸上被她左右开弓，噼里啪啦一顿乱打。

可明墉就是抱定信念，一任被打得天旋地转，就是死不撒手往后退着。

此时二人已来到石床边，明墉抱着盛思蕊一仰两人就倒在了床上。

盛思蕊更是惊惧交加，不住地拍打叫着："你要干什么？你个小贼！你个淫贼！……"

可明墉突然抬起头，直面就挨了她一掌，被打得鼻血长流。

不过他毫无惧色道："我问你！有哪个淫贼能十年如一日，念念不忘只想找到你！有哪个淫贼能跟你风风雨雨那么久，还秋毫无犯？有哪个淫贼能除了你，别的女子连看都不看一眼？"

盛思蕊看着她一掌竟把对方打得满脸是血，一下子愧意就上来了。

她只是从没经验被这样强抱着上床，出手乱打只是出于自卫的本能，但没想到会把明墉打成这样。

尤其是她听到明墉说到那三点时，想起过往的点滴，阵阵情意涌上心头，往事飞快浮现。

那些好那些爱，哪一样不是真真实实的？而自己这些年又何尝不是经常回味，聊以解愁呢？

不过她自己这般反应强烈是为了什么？还不是她已经认定了自己是他人的妻室了，骨子里的传统让她不能背叛？

她略有歉意地对明墉道："对不起，我下手重了！你松开手，我们好好说！"

明墉这次是铁了心死活都不会松手了，他侧头用衣服一擦鼻子道："你打吧！打死我都不会松手！打吧！把我打死我就不用再受相思之苦了！打死我让我绝了念想！让你少了牵挂！你倒是打呀！……"

可盛思蕊却怎么也下不去手了。

明墉接着道："思蕊你别傻了，思蕊，你们那是假夫妻，又是不合礼法的，为何还苦苦地为了虚假的东西死守！我们好不容易能重聚，难道你真的忍心就再次离我而去！让相爱的人永世不能相见吗？"

说到这里，明墉又是涕泪横流，这一哭，脸上全是血道子。

盛思蕊一下心就软了，这些话不知她在心里盼了多久，可为何一见面她又如此抗拒呢？

明墉见盛思蕊身上开始发软发烫，一狠心抱着盛思蕊就滚在了一起，而一边还抽出手来扒她的衣裳。

盛思蕊猝不及防，竟被他一把把外衫扯开，露出了里面的香肩。

她大惊失色，顺手又是一掌搧上去。

明墉差点儿被打倒在床上，可他愣是挺着，继续扒着盛思蕊的衣裳。

"你住手！小心我出匕首了！"

"都没了！思蕊你就别挣扎了！我倒是要让你看看夫妻应该怎样！"

"我们才应该是天造地设，顺理成章的夫妻！"

"哎呀！你怎么还打！"

"你松手！"

"哎呦！再踹我们可就做不成大妻了！……"

"你……"

"思蕊，我真的永生永世只爱你一个！"

"你！……你可要记住这话……"

……

……

原本处在山谷角落的石洞，此时因为一场激烈的缠绵变得有了温度。

而更因为浓情蜜意的弥漫，变得春色无边。

盛思蕊衣衫凌乱地躺在尚起伏着的明墉的胸口上，伸出两条玉臂注视着，上面已是洁白无瑕。

已经被打成了猪头状的明墉，脸上却流露着满足的神情，好像自己刚刚不是差点儿被打死一样。

盛思蕊转头看看明墉的脸，轻轻摸了一把，明墉疼得直哼哼，她关切地问："好疼吗？我也没怎么用力！"

明墉心道：姑奶奶你要是用力，石洞都能被打破！他笑着道："没事！疼在我身，乐在我心！"

盛思蕊一气又拍了他一下，明墉又开始哼哼，盛思蕊忙又摸了摸道："对不住，以后我不打你了！"

明墉一兴奋，眼睛放光道："真的？"

谁知盛思蕊小嘴一噘道："那得看你表现！要是再这般无礼，照打不误！"

明墉有些泄气，想想自己日后的艰难，暗自叫苦。

不过他还是振作精神问道："思蕊，我这几年拼了命找你，你到底到哪里去了？"

"你说你三年前才脱身出来，我也好不了多少，五年前我才重新回到了真正的世界之中……"

盛思蕊当日被祁主使掳走，眼看着同行都掉进了地裂的水漩之中。

她当时是万念俱灰，又想着此后可能再也见不到明墉了，连死的心思都有了。

当时秘境中引发了一场地震，大湖的水翻滚滔滔，到处都是天崩地陷的感觉。

由于整个秘境都处于巨震之中，祁主使为求安全，就挟着她先躲在山林里观看动静。

等强震过后，地壳变化，秘境中也乱哄哄的不太平，祁主使他们就在林子里足足待了半月有余。

其实根本不用等这么久，而是祁主使发现这里的环境很适合他提升功力而强行留下的。

这段时间祁主使对她秋毫无犯，每日只是封住她的经脉，还每日去给她找吃的。

盛思蕊那时是万念俱灰，更是全身心的空虚茫然。

她无时无刻不企盼着明墉能来救她，可见到祁凌宙那神鬼难敌的功力每日精进，她又盼着那个傻小贼千万别来送死。

等祁主使觉得功力提升得差不多了，就带着盛思蕊潜到了魔兵的洞窟之中。

倒不是他睚眦必报，非得报被魔兵毁容之仇，而是只有魔兵，能检验他的功力到了什么火候。

祁凌宙在那蜿蜒曲折的洞里不知待了多久，而随着洞中魔兵被不断击杀，祁主使的功夫日渐接近鼎峰。

在那段时间，盛思蕊被迫天天以昆虫为食。

刚开始她觉得自己要是吃了肯定要呕死，可说来也怪，每每昆虫被送到面前，她却迫不及待地吃完了。

听到这里，明墉心思翻滚，决定要跟盛思蕊说真话："蕊妹！"

盛思蕊虽然被打断，可是毫不介意地微笑看着他问："怎么了？"

"我们已是夫妻，什么都要向你坦白！其实那日为了救你，我喂你服下的不是什么灵药，而是……而是……"

"而是什么？磨磨蹭蹭的！"盛思蕊又拍了他胸口一下。

"而是金蟾精的内丹！"明墉鼓足勇气说出口。

可是他预料的暴风骤雨般的拳头没到，看到的却是盛思蕊略为得意的笑容。

他惊道："你不生气我骗你吗？"

"怎么不气！可这个当时祁主使已经帮我猜了个七七八八！"

"他怎么知道呢？"

"他说要是受了他一掌，没有内丹一类的是不可能痊愈得如此之快，还功力大增的！"明墉闻言只能是干瞪眼。

"不过也幸亏吃了那内丹，要不我在那洞里根本就熬不下去！……"

盛思蕊万没想到自己竟然能进食昆虫，可经祁主使点拨，她倒是明白了来由。

在那里他们不知住了多久，直等到祁主使练到能单掌就把魔兵击个粉碎为止。

这样祁主使为了练出巅峰武功，竟无意间为秘境除了魔兵之患。

等杀光了魔兵，祁主使却要从另一端出去。

而他们出去的地方，正是当时盛明二人将祁主使困住的光壁。

此时魔兵除尽，光壁果真就消失了。盛思蕊在慨叹娲族先人神妙的同时，还在担心着离冰。

不过外面有一道机关，祁主使不一定就能通过。

可事情并非按她预料发展，祁主使轻松地破了机关石壁，来到了那个先人洞中，并不出所料地擒获了离冰。

明墉又插嘴道："不对呀！那个大个儿和离冰合力可是神妙无穷呀！怎么轻松就被擒获了呢？"

"祁凌宙在那段时间悟透人心了，他知道这两者是难分难离，所以只要擒住一个，另一个就得乖乖就范！果不其然！……"

不过祁凌宙并没有痛下杀手，只是强迫收了离冰这个徒弟，并让他们在此等候他的光复大业。

而经过这一番折腾，他们再出去时，已经都快光绪三十二年了，他们整整在秘境和洞里待了快六年！

可这六年盛思蕊觉得根本就没什么感觉，就像是待了几个月甚至更短一般。

祁凌宙此刻的功力已经登峰造极，他料想当世再无敌手，便带着盛思蕊回返去找圣族的人。

可等他们到了早先的据点和接头点，却发现早已物是人非，所有的一切都不同了。

原来这六年间，随着祁主使的凭空消失，桓祭司也亡故了，圣族从此群龙无首。

本来就对复族这样虚无缥缈、近乎妄念不报指望的众人，也就早作鸟兽散了。

等祁凌宙再次召集，除了一些死忠外就再无旁人加入，而区区几十人的力量，就算祁凌宙再强，也就再没什么复族的希望了。

祁主使不知道秘境密道里时间会过得这么快，而盛思蕊也一直没告诉他，要不然他也会早回来安定族中事务。

不过既然圣族已经名存实亡了，祁主使只得暗中用力，想再次集结族人，再树希望。

可是这次就连他带着圣女回来的消息都没能再次聚拢族人，两年时间人员总数还不过百，眼看着复族希望已成明日黄花。

祁主使一直坚忍不拔地努力着，可对于这个已经没有多大作用的盛思蕊就不再那么警惕了。

盛思蕊也能到处走走转转了，她先到上海，那时周焗还带着钱千金混迹于底层求生，盛思蕊自然不会留意。

但当她看到宋婉毓已经成了唐季孙府上的夫人时，也就不打算惊动了。

而后两年间，她是走遍了大江南北，根本就没有明墉的任何消息。

甚至她还去了明墉提到过的窃寺盗墓团伙出没的地方，都没有一丝信息。

渐渐地她绝望了，她以为明墉已经死了，要不然怎么会到处都找不到人？

可如果他没死，为何就不来找她？难道忘了以前的山盟海誓，也像师兄那样，另寻新欢了？

不论哪一种结果，似乎都是一样的，找不到人。

她是又绝望又怨恨，普天下之大，心爱的人把她给忘了，自己如同亲人一般的又只剩下了个向权贵低头的师姐，那这世上哪里又是她的容身之处？

她带着无比的沮丧心伤回到了祁凌宙处，这是她自己回去的，没有任何人逼她。

看着也已经快要陷入深深绝望的祁凌宙，她突然感觉有点儿同病相怜。

祁主使虽然掳了她，可之后不说是千依百顺，可也从不强迫她，对她又是百般照顾。

虽然谈不上疼爱,但最起码对她还保持着一份敬重。

而且自打掳了她后,祁主使便再也不提她身上藏宝的事了。

慢慢地盛思蕊开始有点可怜这位复族入魔的祁主使了,他坚忍不拔,敢于牺牲,而且武功盖世,可偏偏就没有时代来成全。

终于,祁凌宙再一次努力失败后,他喝了个大醉,躲起来痛哭失声。

盛思蕊觉得这哭声怎么那么熟悉,就像是自己心爱的人曾经那样,让人心中生怜。

她当时鬼使神差地作了个决定,嫁给祁凌宙,帮他完成复族大业。

祁凌宙被这突如其来的喜讯给镇住了,但是也没错过机会,当时就叫手下准备,当日完婚,并把消息通传族内人等。

他们结婚的时间恰好是明塘在嘉峪关前转向进入蒙古关外之时,哪怕是再早些这样的错失就可以避免了,这才是天意弄人!

婚后祁主使根本就没进过盛思蕊的闺房,而盛思蕊倒是一门心思帮起他来。

也不知是因为圣女和主使结婚的消息,还是盛思蕊自带旺夫运,婚后祁主使竟奇迹般地在大业上大幅跨进。

之后的两年间,他不仅又召集了两三百死忠,还打通了南北线甚至打通了宫廷线。

他与权贵结识,为太后治病,直至密谋一起建立新国。

祁主使当然是想通过此事复族,而现在看起来的确没有什么能比这个更现实的了。

他不遗余力地奔波于塞北南陲之间,斡旋于宫廷江湖之间,终于将这建国复族的计划准备周全。

当然这些很多盛思蕊都不知道,她只是帮助打理族中事务。

直到今年初主使带着她和上百人手再次出关,先是来到陷入地底的千禅寺,带走了沉睡中的金蟾精。而后再到北境,带走了离冰和寸步不离的大个儿。

而祁主使竟然早已备好海船,装上他们从俄境出海直奔南陲。

盛思蕊陪着他们一路过去,这一路上金蟾精早被祁主使制得服服帖帖的,而离冰更是早被他吓破了胆。

在说清祁主使并非杀害他母亲的真凶后,离冰也就不再反抗了。

盛思蕊曾问过祁主使此举为何,他的回答是新国成立、新族领地建立,必须得有祥瑞的神物才能让百姓信服。

而南陲的百姓多信妖虫精怪,把这两个带过去是为了震慑当地百姓别有反心。

盛思蕊虽觉得不妥,但又实在找不到理由反对,所以两个多月后,他们就从安南上陆,一路到了滇缅寮的边陲境内。

这就是祁主使找的立国之地,此处看似有清兵、英军、法军,却是势力庞杂,各方都很孱弱。

而且此地地势极为封闭复杂,苍莽层障,一般人都不会轻易深入,更不会跟他费力抢夺。

果不其然,祁主使只是几个回合就把各派人马都杀了个大败亏输,在这片状如三角的地区,再也没有任何势力能和他抗衡了。

于是乌王领地正式确立,这也是未来新国的所在地。

而这国名祁主使早已想好,就等着时候一到再行宣布。

到了这时,盛思蕊觉得祁主使距离自己的复族梦只有一步之遥,暗想着自己的使命也就要完成了。

而祁主使却看出了她萌生了退意,也不在乎,只是要她以王妃的名义参加新主转世仪式。

而她之后的去留,则是她自己的自由。

听到这里,明墉不禁问道:"既然去留都随你了,你为何还死活不肯为我留下?"

盛思蕊举手要拍,却见他咬着牙准备硬受的样子,再看看已经渐渐浮现出的满脸伤痕,放下手叹气道:"谁叫你突然出现了,还说到处找我!可我也到处找过你呀!根本就找不到!我想起那两年的心碎委屈,才不要跟你走呢!况且我已经是人家妻子,怎么能轻易背叛!"

明墉心疼地抱住她柔声道:"我答应你!再也不会离开你了!再也不会让你找不到了!"

"我们安顿了就成亲!"明墉目光灼灼道。

"要明媒正娶,要八抬大轿!"盛思蕊咬着嘴唇道。

"那是自然!"不过他突然想起盛思蕊说祁主使不对她的秘密感兴趣了,那她的秘密到底是什么?

刚才他曾见盛思蕊背后有什么像是文身的图画,好大一片,莫不是那个?

于是他问道:"思蕊你背后文的是什么?让我看看有什么蹊跷……"

谁知盛思蕊猛地罩起衣裳,扇了他一下道:"没正式成亲之前,再也不许碰我!……"明墉只得讪讪点头。

这时外面突然有人叫了声:"思蕊妹子,你在吗?哎呀!……"

二人闻言忙起身整理衣服,却见莫沁然正背着身捂着脸在门外,进退不是。

他二人慌慌张张出来,却见莫沁然羞红了脸对他们说:"都办完了,我们该走了,你们跟着一起吗?"

他们此时当然没有意见了,盛思蕊见莫沁然看着她,眼含笑意,娇嗔道:"莫姐姐不许笑我!"

众人出来看,果然都已经准备好了,凌震已经被救了上来,简单用药敷过,没有性命之虞,伍芮此时对他已是寸步不离。

那些孩子都醒了,被莫沁然安抚得都乖乖地傻傻地看着这些大人忙碌。

还好伍芮带来的几位弟兄成了主力,忙着带人拿东西。

此行并未在此发现任何珍宝,想必都被运到新国去了,但剩下的都有命在,还救出了孩子,也是不幸中的万幸了。

看着那两个被嵌在墙里半死不活的权贵,众人可是没什么怜悯,任由他们自生自灭。

不过下面水道里的船都被老道和他逃出去的弟子开走了,所以众人只得再走山路。

一行人有伤员在侧,一路行进很慢,直用了十天才回到了丹奕镇。

他们委托那两个衙差将孩子各个送回到家中好生安置,两人见这群神人只多不少地回来了,都是连连称谢,心中敬佩无以复加。

而黄霓鹏的父母知道孩子还在强人手中,都哭得什么似的,在莫沁然一定帮忙找回的允诺下才悻悻而去。

之后秦潇又拿着巨型野生灵芝去了趟掌故通处问用法,并为凌震求了副外伤奇方才回返。

走前他还看了看此时已经改名叫作灵芷萱的灵福,就见她正泡在个冒着热气的大缸里,露出头,似乎向他绽放着甜美的笑容。

几人一商议,还是先回上海再做打算,由于陆路不便,还是选择行船。

这时江淮流域刚刚发了场大洪水,路过洪泽湖时,这里已经是一片汪洋,变成了名副其实的"洪水过后,泽湖一片"。

看着这富庶的渔米之乡的惨境,却没有任何官方的人来救援,大家都是十分沉重。

江南富庶之地大灾过后尚且如此,那要是换作黄泛区,那些百姓又将如何流离失所,饿殍遍地?

不过他们的行程倒是较顺,几日后就到了法租界的十六铺码头。

得到了通知的周炯早早在此迎候,兴高采烈地将众人迎回了家。

还好他家中十分宽敞,这么多人入了府都不嫌拥挤。

而宋婉毓见了盛思蕊则是抱头痛哭,互诉着十年来的各种苦痛愁思,惹得众人直掉眼泪。

等大家都一起拜见了钱先生,他见了盛思蕊回来果然十分激动,竟然能完整地说几句话了。

而盛思蕊见钱先生已经无法站起,更是抱着他痛哭了一番。

十年倏乎而过,留在各人身上心中的都是伤痕,一如这个时代一般。

不过在这波澜诡谲的乱世之中,几个孩子都能齐齐整整地重聚一起,还能再多求什么呢?

周烔十分兴奋,在府上连开了三天大宴,款待这些兄弟姐妹。

就连钱千金都兴奋地多喝了几杯酒,每人更都有有劫后余生的畅快。

可秦潇却发现周烔看起来有些不对劲儿,他是和周烔最熟悉的,知道这位师弟在亲人身边,脸上根本就藏不住什么事儿。

可他几次想私下问,却都被周烔以各种借口一一岔开。

他虽然存疑,但也没多说,毕竟周烔他是了解的,应该不会干出什么伤天害理的事情,更何况大家刚刚重聚,每个都沉浸在喜悦中,自己干吗去破坏氛围?

他按照掌故通写的做法,找药铺给莫沁然煎了那棵巨型野灵芝。

药铺直言暴殄天物,要用五千银元来收,秦潇当然不干。

但他被骗得久了,留了个心眼,把家伙和人一起接到了家里去制药。

这大灵芝果真是有奇效,莫沁然只服了两天就觉得身上力气恢复了不少。

秦潇见她气色也回转了良多,就带着她到外面去走走。

他们一路来到了秦潇曾经醉居的小楼前,秦潇是感触良多,莫沁然也格外注意,直说这里也算个纪念,不经寒彻骨,哪知梅花香呢?

两人正在闲聊,突然有人在背后叫道:"秦大哥!你回来啦!"

秦潇回头一看,却是个熟人,这人其实早在十年前就与莫沁然相距甚近但没见过面。

他忙向莫沁然介绍:"这是十年前我在山东那里结识的小兄弟袁赞卿,他现在可出息了,已经成了位建筑设计师了!"

"这位是你莫姐姐!"秦潇一指莫沁然。

袁赞卿虽然心下不懂这个看起来美若仙子的少女怎么成了姐姐,但还是极为有礼地行了个西式礼。

莫沁然也觉得纳闷,这人看起来成熟稳重,浓浓的书卷气中还透着一股子英气,怎么倒成了弟弟?但她也及时还礼。

秦潇道:"这位袁小弟十年前就说以后要当个建筑师,要大庇天下寒士尽欢颜!没想到他还真做到了!就这一点,足可以让哥哥我敬佩了!"

莫沁然也是眼中露着欣赏之色,毕竟在腐朽的朝代,这样有朝气有抱负的青年实在是太少了。

其实秦潇没说,袁赞卿读了几年私塾后,就觉得科举之路一定长久不了。所以干脆不顾父母反对,只身来到上海到洋人设计所里做了学徒。

经过了几年无比严苛、近乎残酷悲催的学徒生涯后,他倒是脱胎换骨,真的成了一名注册建筑师。

秦潇从在租界偶遇他之后,几年间为了破案,也向他求过图纸、寻找过帮助。

而袁赞卿也很是敬佩秦潇的人品武功,长久下来两人也算是十分熟稔的朋友了。甚至可以说,他也是秦潇在上海除了周炯、明墉外为数不多的朋友之一。

秦潇见袁赞卿一直温和热情的脸上现着焦虑急切,就疑道:"袁兄弟,你是遇到什么难事了吗?"

这些年秦潇颓废沉沦,还受过小兄弟的接济,看到他现在似乎碰上了难关,那已经振作起来的秦潇焉有不管之理?

袁赞卿看看莫沁然欲言又止,秦潇道:"无妨!莫姐姐可是极为灵透的人,思谋远虑都在我之上,你有什么事有她一起帮着参详,定能无往不利!"

秦潇终于也开窍了,对莫沁然也是不假掩饰地奉承,当然说这些话的时候,他心中是乐滋滋的。

莫沁然倒是淡然一笑道:"别听你大哥浑话,但有什么且讲无妨!"

袁赞卿有些释然道:"其实这段时间我都来找秦大哥好多次了,可没一次有人!"

"可这事情太大,又恐有风险!偌大个上海滩我还真不知道能告诉谁!……"

去年年末,袁赞卿工作的事务所接到了一个急单,要在六个月内设计建造好一间工厂。

事务所见对方出价甚高,但时间过短,一开始是不想接手的。

可对方却说,厂房上面的部分可以慢慢来,但是地下部分必须要在半年建好。

事务所于是接了单,对方提出的没有设计难度,只是要连轴吃苦,所以这任务就指派给了华人设计师袁赞卿。

这地方选址在租界外缘,苏州河上游,但已经向官府拿了地,所以袁赞卿拉起队伍说干就干。

不出六个月一套硕大的地下设施就已修造完毕,虽说时间急,造得很是简陋,但这也是对方要求的。

袁赞卿根本就不知道委托方要这么一个巨大的地下设施有什么用,但既然是工厂,可不能少了什么化学实验。

不过再怎么想,也不需要个半个球场大小的实验室吧?

虽然疑惑重重,但袁赞卿还是秉承着一丝不苟的专业精神,继续地上设施的修造。

为了让工期顺利进行,他甚至住在工地里,日夜工作,不敢有丝毫废弛。

也就在五月左右,地下室的水泥工程彻底干透,可以投入使用了。

袁赞卿每晚就见到大量的货箱从船上卸下，而后再由马车悄无声息地转运到地下室中。

按理说客人的工厂筹备，袁赞卿不应该过问，但是，他渐渐地发现了很多奇怪的地方。

一次晚上，厂房外运来了大量的木条箱，而透着箱子，借着月光，隐隐看到里面竟然是人的样子。

他对此偶然发现十分惊骇，仔细悄悄查看，发现这些是一具具被装在箱子里的死尸，而仅一次的数量就有百具之多。

此后陆续有大量的木条箱被运进来，袁赞卿每次都看在眼里记在心上，就整个五月，他们运到地下的尸体竟有近千具之多！

袁赞卿彻底傻了，他完全不知道委托方这是要干什么。

他以前听事务所的洋鬼子们闲谈时说过，西洋曾有过利用尸体传播瘟疫疾病的先例，每次都会造成毁灭性的打击。

他在惊骇之下，开始了暗中调查，他回到事务所，千央万求用尽了办法，才知道这委托方原来是日本人。

他早就知道这些小日本一直对中华虎视眈眈不怀好意，莫非是想在上海传播一种疾病？

为此他决定趁着夜半防备松懈之时，亲探地下设施。

按说对方安排了人巡视守卫，这工作对一般人来说难度很大。好在这里是他设计的，他对一切通道了如指掌。

就这样他偷偷地溜进了地下设施之中开始查看，可一看之下却让他顿时傻了眼。

在地下专门划出的一间足有篮球场大小的大厅里，密密麻麻摆放着死尸。

这些死尸都是立着的，好像是站立一般，有的甚至还在微微地动着。

他当时都快被吓瘫了，不过更让他惊异的是这些死尸竟然没有任何腐败的迹象！

身为大清人，谁没见过死尸呀！可从最早一批被搬下来的到现在也过去一个多月了，这季节怎么也该有腐烂的了吧？

可这里的都虽死犹生般，除了一些被剃光的头上胸前有明显的缝合痕迹外，却是个个完好。

而且这里散发着浓重的化学药水味儿，但跟他闻过的医院用的福尔马林还有很大不同。

他被吓得赶快就从通风口逃了出去，回去后更是觉得心有余悸。

于是第二日他就来到了松江府报官，可是地方官死活不管，就说是已经卖地给了洋人，那就是洋人的事，告诉他别多管闲事，要不是看他为洋人打工，早就把他给羁押了。

袁赞卿知道地方官收了小日本的好处，这是明显的袒护。可他虽然痛恨，却又无计可施。

百般无奈下，又出于良心的驱使，他就跑来找秦潇商量。

可是当时秦潇刚接了袁克己的案了出门了，袁赞卿就此落空。

此后他三番五次地来，但秦潇都是不在，他就算是急上了天，也毫无办法。

幸好过了两个多月他还没有放弃，这才能见到秦潇说明此事。

秦潇和莫沁然互望了一眼，当时都明白了这是什么地方，这不就是那个叫村山的小日本在上海制造走肉的基地吗？

莫沁然问道："袁兄弟，那些尸体现在还在吗？"

"之前陆陆续续被偷偷运走大半，现在应该还有几百具吧！"

"那除了这些，你还知道些什么？"

"噢！"袁赞卿道，"我还怀疑他们提炼鸦片！"

"提炼鸦片？"

"对！我之前曾见过他们偷偷运送过大量鸦片到地下，可并没有见到那些人有吸食的迹象！"

"我在一次夜探中从他们的实验室偷拿出了这个……"

袁赞卿从兜里掏出一个布包，打开拿出一颗白球道："就是这个！我没有化学实验设备，不知道是什么物质，但肯定和鸦片有关！"

秦潇一看，顿时一惊，这不就是他在丹奕镇尸体中见到的那种白丸吗？这日本鬼子果真还同时研制着这种致幻的白丸！

他收了白丸，继续问道："你说还有什么特别的？"

"噢，那里领头的日本人好像是叫村山，而且他还有两个白人帮手。"

"白人？"

"对！听他们说话应该是英国人，好像一个叫史密斯，一个叫杰弗逊！"

秦潇凝神细思，顿时眼前一亮，心道：原来是他们！这两个魔鬼不知悔改，竟然还在干着伤天害理的事！看来是要新账旧账一块算了！

秦潇想毕道："袁兄弟，多谢你这条消息，这事情我们肯定要管上一管！"

袁赞卿嘘口气道："这就好了！我就知道秦大哥是这种侠肝义胆的人了！"

秦潇却心中泛起了迷惑，自己算是侠肝义胆吗？

可是莫沁然却问道："袁兄弟，你把这件事告诉我们，日后出了事，你也脱不了干系！现在这世道见义勇为的不见得就有好报！你想过以后该怎么办吗？"

秦潇一听沁然此言，甚觉有理，自己怎么就没想到要给袁兄弟留条后路呢？

却听袁赞卿苦笑道:"那又能怎样呢?难道世道艰难就不能路见不平了,难道世风日下就不能存有正义了?我不会武功,没法干那行侠仗义、快意恩仇的事,但至少不能泯灭良知,至少不能遇事就躲!在力所能及的范围内,能为无辜的百姓多做些事情就多做些,这样自己也会心安!至于什么干系,我也想好了!如果大哥姐姐你们真能把那个魔窟给毁了,丢了工作又算什么?况且在那些洋鬼子手下,干的不都是为权贵服务的事儿?哪一样真的利国利民了?所以呀!我也想好了!既然见到了秦大哥,把知道的说了,回去我就辞职!天下之大,哪里还没有容身之所?百废待兴之时,哪里还不要建房修屋?与其在租界里为那些洋人修造些华丽的居所,还不如多为百姓造些结实的房子来得更痛快,更踏实!多谢莫姐姐提醒了,您可真是难得的大好人!不过不要为我担心,我可是吃过好多苦的,到哪里都能生存!"

"那你不怕日后事务所恼羞成怒,去衙门报官通缉你吗?"莫沁然问。

"这个大清的衙门坏透了!这事情他们干得出!可清廷也烂透了,又有多少本事找到我呢?所以我以为天下百姓修屋为怀,以天下为家,他们又能奈我何呢?"

看着袁赞卿离去的背影,莫沁然悠悠道:"我本想让这有骨气有血性的小兄弟跟着我们,不过看来他的抱负更大呀!"

秦潇点头道:"没错!大庇天下寒士俱欢颜!这孩子十岁时就说出了这样的话,足见心怀黎民苍生,以后造化非浅呀!"

莫沁然却道:"这你可说错了!但凡有这样理想并能亲力亲为的,以后可能都不会有人记得他的名字!"

"可是说回来!"莫沁然淡然地盯着秦潇道,"你觉得让人称道的成就什么的,在他心里有那么重要吗?"

秦潇二人马上回到了周府,想找周炯商量一下,可没想到周炯不在,这些天他总是行踪不定,神神秘秘的。

无奈之下,他们只得找了整天腻在一起的盛明二人商量对策。

明墉对这种打扰一开始态度是十分勉强的,因为实际上不是他和思蕊整天粘在一起,而是他除了如厕睡觉,整天都缠着思蕊,就连睡觉时他也不踏实。

这也难怪,一回到周府,盛思蕊似乎又回到了以往对他爱搭不理的状态,这让明墉十分捉摸不透,更是小心翼翼,不敢轻离半步,唯恐一不留神她又消失了。

明墉实在想不明白,那个和她只是表面夫妻的祁凌宙她念念不想背叛,可自己这个与她已有夫妻之实的她却是若即若离,怎么想都不应该,只得赔着十二分小心。

听到小日本村山时,盛思蕊眼中杀气突盛,嚷嚷着要去教训。

等听到英国人史密斯时,明墉突然来了同仇敌忾,当时就要和秦潇同去将这些魔鬼除之后快。

最后商议下来，秦潇和明墉同行趁夜捣毁这个魔窟。

盛思蕊参战的强烈要求被几人苦劝下来，明墉的借口是那么多尸体她看了一定会反胃，盛思蕊琢磨琢磨只得作罢。

而明墉还以自己有残剑这利刃，为秦潇求了盛思蕊的断刃做防身之用。

这二人　山府，秦潇就感激起来，感谢他为自己着想借了师妹的宝贝。

谁知明墉白了他一眼道："对付那些，随便给你些什么兵刃不行？"

"那你死活要借她的匕首？"秦潇不解。

明墉摇头道："什么心最难测，美人心！"

"你说都到这个份上了，思蕊还是对我一副不冷不热、若即若离的态度，我这心里虚呀！"

"你们到什么份上了？"秦潇问道。

明墉白了他一眼道："别装孙子！"秦潇有点犯傻，自己哪里装孙子了？

"我可不能让她带着匕首单独待着，要不她要是想溜，我追又追不上！"

"所以你就把匕首借出来，把她留在家里？"秦潇道。

"那你以为呢？"明墉又白了他一眼。

"你这个师妹你是一点儿都不了解！其实过了这么久我也不了解！"明墉叹道。

"那你的意思是……"秦潇试探问。

"哪里有什么意思？这辈子好生伺候着吧！"明墉颇为无奈。

秦潇看他尚未完全消肿的猪头脸，想笑又憋住了。

明墉再白了他一眼道："笑什么笑？你那个莫姑娘就是省油的灯了？"

"告诉你，你是没到时候！到了有你的苦头吃！"

"你说沁然也会像师妹那样无理取闹？"秦潇不信。

"那倒不会！可她的意志是九牛二虎都拉不回来的！"

"等哪天她想到了要做什么，一定会义无反顾！"

"所以呀别怪兄弟我不提醒你！你一定要早些打算，早做应对，才不至于鸡飞蛋打，煮熟的鸭子飞了！"

秦潇听了心头一凛，他深深点点头道："这回可是真要多谢明兄指教了！"

二人一路闲话着倒是走得十分轻松，因为天色尚早，这次捣毁计划不能惊动官府，所以要等到入夜后才能实施。

不过一路来，秦潇倒是从明墉处学来了不少宝贵经验。

二人都是很慨叹，当初是被猪油糊了心，怎么鬼迷心窍就偏偏迷上了一个仙女一个精灵，弄得自己这些年来是苦不堪言。

说着说着他们倒有了些同病相怜的味道，感觉这么多年他们从没有这样亲近过。

等入夜到了地方，这两人心一横，再无收敛，一路就杀了进去，看到那些叫嚷着的倭国武士被砍得支离破碎，秦潇这样不存杀念的人都有了极大的快感。

很快，守卫被杀了个干净，两人直入地下，但到了那里后他们却都茫然了。

这里除了个空空如也的大厅外，哪里有尸体的影子？

莫非小鬼子知道了消息，提前撤离了？

不过在实验室中，还是让他们逮到了个关键人物——杰弗逊。

此时杰弗逊见到两个杀神一路砍瓜切菜般进来，早就吓得体似筛糠瘫坐在地。

刚开始他还没认出这两个，也难怪，那已是十年前，而且当时这两个还是满脸油污蓬头垢面的少年。

而他们再看杰弗逊，却已是头发花白，满脸衰色，看起来十分苍老，哪里还是十年前那个青年才俊的模样？

但当秦潇细数了罪状后，杰弗逊才恍然大悟，痛哭流涕道："我也不想的！都是史密斯逼我的！"

原来自打远东第一疯人院被放火后，莱斯特院长被射杀，而疯人院中用活人做大脑实验的秘密也逐渐被公之于众。

西方媒体广为关注，大肆报道，这两个当事人立刻就在西方医学界成了人人喊打的过街老鼠。

他们的医生执照全部被吊销，而英国他们再也混不下去了。

杰弗逊本来生性懦弱没有主见，只能处处听史密斯的话，跟着他到处谋生。

这些年他们辗转去了非洲，到了印度、缅甸，但都没有能再继续他们的事业。

可一个医生，尤其是执着于医学研究成狂的人来说，没法继续自己的科研实在是个残酷的折磨。

眼见着这么多英属殖民地，没有一个的研究条件能和上海相提并论，他们就在去年又流窜回了这个远东都市。

而就在上海，他们举目无措间，史密斯结识了村山。

之后两人一拍即合，史密斯听说了村山的研究后更是双眼冒光，急切地加入进来。

杰弗逊没有生计，也在威逼利诱下加入了计划。

可他到这里后，事情进展得越顺利，他就越胆寒。

看着一具具行尸走肉被改造成杀人利器，他并没有像史密斯一样兴奋，而是陷入了深深的恐惧之中。

他深知这些东西被投入战场后将会造成多么可怕的后果，如果大范围使用，灾难将不可避免。

可他还是像以前一样，敢想不敢言，只能窝窝囊囊地混日子。

今天本来是最后一批走肉被运走的日子，他被留下来负责销毁实验数据和清理实验室。

秦潇问道："你们是不是还在这里用鸦片提炼致幻剂？"

杰弗逊惊道："这你也知道？"

日本人确实是不知从哪里找来了些白丸，这有强烈的致幻性。

不过那些白丸数量有限，所以他就想出了用鸦片提纯混合的方法，实用后效果极佳。

"那些东西呢？"秦潇逼问道。

"最后一批都一道装箱运走了！在十六铺码头，今晚就开船！"

秦潇一听在法租界，这小鬼子运货怎么不在日租界，反而到了这边？

杰弗逊在逼问下答道："日本人说了，这样的东西不能脏污了大日本帝国的土地，而且法租界的巡捕是见钱眼开的，什么都方便运！"

九十九、求仁得仁

秦潇让明墉押着杰弗逊回府去通知,自己则抢了辆马车在路上飞奔着,目的地直指十六铺码头。

在法租界待久了,他很熟悉这码头上的事物,尤其是经常带人去巡视的周炯。

可眼下仅仅几个月没见,周炯怎么变得那么陌生了?

难怪这几天周炯一直对他们遮遮掩掩,躲躲藏藏,原来是要做这件事!

他不相信以周炯一个副探长的身份会不知道这件事,码头走私一直是巡捕的重要财源,不管是进货出货他们都要管,说不知道谁会相信!

可周炯会干出这样的事情他可是怎么都不信,难道他不痛恨把他父亲杀死在黄海的日本人吗?

难道他会眼睁睁地看着这样丧尽天良的东西流出去吗?应该不会!

秦潇修正着自己的判断,他坚信周炯一定是被蒙在鼓里,或是另有隐情!

因为他坚信自己师弟的纯良本性,内心的良知!

周炯一直是他们中有仁义却从不多说的,他的仁义全在心里,全在骨子里。

他心里焦虑,把马车赶得飞快,不多时夜幕中的码头就出现在眼前。

他眼看着有一艘大船已经离港,而正有一艘还在码头边装运着货物。

经常看着这些来来往往的船只,人会变得麻木,可秦潇却从未像今天此刻一般痛恨这些货船。

它们带来的有必需品,有消费品,但也有着数不清的违禁品,甚至是毒害品。

它们运载出了繁华,但也承载着罪恶。

不过没有一次货物离港能让他如此揪心。

眼见着近了,他索性离马飞身到了船前,双手比画着叫道:"都住手!别搬了!都别搬了!"

果不其然,周炯正在那里站着看着货物上船,他见秦潇来了,先是一愣,随即低头旁顾。

而旁边一人却先是一惊,看了看周炯,转而笑着说道:"哎呀!是秦老弟呀!你怎么什么热闹都不落下呀!怎么?我委托的事办完了吗?"

秦潇定睛一看，原来是袁克己，见他在场，秦潇似乎明白了什么。

就见他一袭白色纯丝长袍，还是那么潇洒风流，一副翩翩佳公子的气派，但此刻在秦潇眼里这就是个衣冠禽兽！

秦潇强压怒气，瞪圆双眼道："袁公子！那件事回头再说！这里现在运什么货你知道吗？"

可袁克己却是洒脱地打开折扇，边摇边道："知道呀！有何不妥？"

秦潇见他还是这样气定神闲，当时就气急道："你这运的都是害人性命的东西！你竟然还这样无动于衷？"

谁知袁克己却轻笑道："秦老弟这话过了，害人性命得分怎么说！"

"之前你说我运进来军火是残害百姓，我知道你不识大体，也就任你揣度，不跟你计较了！可现在呢？我是把害人的东西运出去！你怎么还要装作义正词严般跟我纠缠不休呢？"

秦潇见他脸上显得不屑，心中更气，怒道："什么叫把害人的东西运出去？那些走肉就是要运到边境打仗用的！还有那些致幻白丸，我可是亲眼见过，是能要人命的！"

袁克己微微吃惊，他显然不知道秦潇竟知道这么多。他看看周炯，见他微微摇头，再一想这走肉的细节自己也没告诉过他，应该不是他说的。

于是他轻哼一声道："你也知道那些人肉要送去打仗？那好！他们要去对付的可是英军法军，有何不可呢？"

"可边境上还有我们的百姓！"秦潇对他的强词夺理怒不可遏。

"什么叫我们的百姓？我可听说这些东西比狗都听话，只要不去交战，百姓怎会受伤？"

这话虽是歪理，但有一定的逻辑，秦潇一时倒是不知该怎么反驳。

见他语塞，袁克己马上道："还有那些白丸，你该知道是'仙乐散'的进化配方，吸食者可是会轻者成瘾成狂，重者极乐丧命！那些东西可是要运到海外去卖给那些洋人的！就是那些曾经用鸦片毒害我们国人的洋人！你说我们以彼之道还之彼身，这有何不可呢？"

这话倒像是说得慷慨激昂，连码头上不少装卸工人都跟着叫好。

秦潇顿时讷塞了，以洋人祸害国人的手段还治他们，这不是解气的好事吗？

而一旁周炯开口道："是呀！师兄！之前袁公子来找我时就是这么说的！我觉得把这些害人的鬼东西再卖回给他们，实在是雪我国耻，报我民仇的好事，所以我就答应帮忙了！我可是分文不取，就是为了能出口恶气！师兄你就别计较了！"

秦潇听着就觉得哪里不对，可是却怎么也转不出这思维的圈子。

这行径听起来是以毒攻毒，似乎站在国仇家恨的角度上确实说得过去。

可问题到底出在哪里了呢？他似乎被绕进去了，怎么也绕不明白。

这时周炯问道:"袁公子,那些什么走肉是怎么回事?你怎么没跟我提过?我说怎么这么多货呢?是不是还有什么死畜生?"

袁克己搪塞道:"没什么,也都是一路招呼洋人的,而且比药丸更厉害!"

秦潇却是猛地一惊,果然周炯还被蒙在鼓里!

自己这个师弟认死理,有些一根筋,虽然身在租界位为巡捕,可是心中对洋鬼子的愤恨却是丝毫未减。

而袁克己正是看中了他这点,才施以误导,加以利用的。

可现在这情况,自己该如何反驳呢?看着码头上的上百人,还有持枪的巡捕,自己孤身一人是没法阻止的,可自己该如何做呢?

这时他突然灵光一现,对周炯肃然道:"师弟,你知道这些走肉是什么吗?"

"别听他废话,赶快装船!"袁克己唯恐迟则生变。

周炯却接问道:"是什么?"

"那是我华人同胞的尸身,被邪术改造成了不死的杀人利器!你知道他们被用来干什么的吗?"

周炯已经有所震惊,接着目不转睛地听着。

"他们要被运到边陲,帮助密谋割据的祁主使打下地盘,建立新国用的!"

"他说的是真的吗?"周炯瞪眼大声问袁克己。

袁克己不耐烦道:"不管它们是怎样的,反正都不是活人也不关人命!还有运出去可是要从英法殖民地抢夺土地,又不干咱们版图的事儿!况且滇缅寮那一块本来就是大清的,是这些年国弱了才被抢走的!被咱们华人抢回来,也是情理之中!"

周炯似乎被这解释给说服了,轻轻松了口气。

"这不是真相!实际上它们被运过去先要来打我们中华的版图!那些割据分裂者打下他国地盘只是为了做战略缓冲,最后还不是要打回神州?历史上无数次发生了,难道师弟你没看到吗?而且这些走肉我是领教过,刀枪不惧,没有痛觉,被砍断了手脚还能杀人呢。而且毫无人性,一味地就知道嗜血杀戮!你觉得把它们放走,真的不会给百姓带来伤害?其实它们到哪里就是哪里百姓的灾难!"

周炯再次一惊,瞪眼看着袁克己。

袁克己忙道:"别管那些,不管怎么说,这些比鸦片还强劲害人的东西可是要运到海外,去收拾洋人的!这总是假不了的!"

周炯似乎又被这个理由给说动了,在那里犹豫不决。

秦潇转而严肃地问袁克己道:"袁公子,你真是要把这些东西运出去害洋人?"

"那还有假?"袁克己正色道,"告诉你们,我出身名门,身份显贵,也有一份爱国之心!"

  他似乎有些被气着了，突然豁出去般道："不怕告诉你，秦老弟！我派你出去追查贪赃就是个局！我知道你本事不大，意见倒是不少！满嘴的仁义道德，深明大义，却什么爱国救国的事情也做不了！像你这样的人，本公子我见多了！什么叫志大才疏，什么叫伪善假道，什么叫夸夸其谈，就是你们这种人的注脚！可你们又做过什么？整天嚷嚷着解救黎民、拯救苍生，可哪里见过你们杀过一个贪官酷吏？整天喊着驱赶洋鬼、救国救民，可哪里见过你们拿着刀枪对洋鬼子动手？就包括那些革命党，也都是色厉内荏的主儿！这么多年了说要推翻大清，可做过什么？除了放过听不着响的几声枪，搞过几次放爆竹般的暗杀，可还做过什么？除了用嘴喷，就是用嘴到处喷！我问你，这些能有什么用？可我就不一样！有我大哥二哥在，我虽然不能在官场上纵横捭阖，但照样能有一番作为！这些年上至亲贵权臣，下至反贼逆党，哪个不得和我称兄道弟，给我几分薄面？我建立了庞大的关系网，既可以帮革命党买枪买炮，又可以扶植新生势力，待到时机一到，他们转眼间就可推翻这腐朽的朝廷！到时我爹辛苦了半辈子都达不到的成就，说不准就能在我手中完成！你以为我那围局是干什么的？就是去摸那些权贵的底的！你还当我是他们的真朋友？去他们姥姥的吧！我早就记下大账，等着新朝一立就跟那帮鳖孙子一块算账！我为什么安排人去抢劫，那还不是看现在革命势力势单力孤，想弄点儿钱帮帮他们？没想到被一伙儿关外的给截胡了！不过没关系，我的机会大把！就像现在，我就是要把这些祸害东西弄出去给洋鬼子们尝尝，让他们自食其果！你说我干的是不是比你们这些满嘴仁义道德的更多、更彻底！"

  秦潇听着，心中的疑惑终于全被解开了。

  原来那个围局就是袁克己的，而那第一伙露面的劫匪就是他安排的。

  本来胖瘦两位权贵还想着安排人火中取粟，没想到被他算计在先了。

  也幸好关外这些人的驾到，要不然他自己现在可能还灰溜溜地，没头苍蝇般到处乱转呢！

  不过他这么说就能掩盖他私藏的祸心和野心了吗？这人诡计多端，计谋老辣，所图所想定不会向他说的这么简单。

  不过看着周炯似乎又被他说动了，秦潇猛地又想到了一点，道："好，袁公子，我说不过你！但你的阴谋企图总有露馅的一天！到时清者自清！我只问你一点！这些致幻剂运出去，你就能保证它们不会再回到国内吗？"

  袁克己促狭笑道："我说老弟呀，你知道这东西多贵吗？在京城也就顶尖儿的人能用得起！就算是流回来了，那祸害的也就是那些为富不仁的！你难道胸怀大到还为他们的死活担心吗？"

  谁知秦潇道："所谓的致幻剂说白了就是药剂丹药，我知道这种原始的生产过程！那可是触目惊心，产量少，所以贵。可是它们说穿了也就是一些化学元素，倘若能把这些元素给研究出来，那就能大量生产，到时候价格也自然会下来！你说到那时,这些东西会不会回流回来?会不会继续毒害国人?"

袁克己显然没想到这点,一贯能言善辩的他竟一下被问得懵住了。

周炯闻听此言顿时恍然道:"师兄说得没错!难怪义父总说鸦片危害之大,但迟早会升级换代,让更多人买得起而深陷其中!所以这大烟无论何时,都要坚决禁绝!洋人化学远远先进于我们,迟早会破解出配方构成,到时受害的还不是我们大清人!所以袁公子,这次的货运就到此为止了!"

他对外面的手下喊道:"兄弟们,让船工把货都搬下船!今晚这船货不能离港了!"

周炯的突然反目给了袁克己结实一击,现在无论他怎么游说,周炯都认进死理去了,坚决不肯让步。

此时码头上百十多人都听周炯的,他只有几个随从,自然奈何不得他们。

就见袁克己叹气道:"没办法了!这是你们哥两个逼我的!"

说罢,他突然抽出一支短小手枪,向空中放了一枪。

而就在众人还惊愕着不明就里之时,从码头两边迅速拥出了几百人,他们两方各执短斧长枪,前面的不少还手执火枪,迅速把这里给围了个水泄不通。

周炯和手下的巡捕兄弟迅速抬枪,对着来人。

不多时,两人在众人的诧异目光中走到了里面,向袁克己施礼。

秦潇一看,认得正是冯兴庄和严曲九,是他们带着自己帮派的弟兄策应袁克己把这里围住的。

冯兴庄道:"周探长,你叫手下把枪放下,俺们斧头帮和你们巡捕井水不犯河水,犯不着伤了和气!"

一旁严曲九也道:"周探长呀,袁公子和大家都是老熟人了,又是金主,干吗非要闹得不可开交呀?"

此时周炯这边只有十来杆枪,剩下的都是码头苦力,根本就不能和这两拨人马抗衡。

不过他还是硬气道:"我说你们红枪会和斧头帮的吃错了药吧?竟敢挟持巡捕?赶快把枪放下!"

"还有老严老冯你们,知不知道这货是害人的东西,绝不能让它们离港!"

"周探长,刚才已经走了一大船了,那时你咋不拦着?"

"那时我不知道!现在明白了,就绝不能再放走了!"

"我说吃错药的是你!"严曲九道,"没有袁公子,巡捕兄弟哪里来的这么多油水,你是不是想砸了他们的饭碗呀!"

周炯平时对手下弟兄极好,所以大家开始都是同仇敌忾。可一听严曲九这么说,很多已经把枪口放下了。

周烔一见局面逆转，顿时怒道："亏你们还是江湖出身，难道就不知道江湖道义吗？难道就不知道世间正义吗？"

袁克己却是哈哈笑道："周老弟这话是我听过最梦幻的了！人连饭都没了，谁还跟你讲什么仁义道德？"

"你闭嘴！命可以没有，但仁义不可丢！"

"你这话好可笑，你问问你的弟兄们谁想和你一起丢命，恐怕就是一起丢饭碗都没人肯吧？"

巡捕们都知道这袁公子手眼通天，见他这么说，众人把枪都放下了。

转眼间，秦潇和周烔就成了两个光杆，面对着几百人。

虽然以这两人的功夫拼命一击，也可以给对方造成重创。可这说穿了都是同胞，又是低头不见抬头见的，他们怎能下得了手？

就这么对峙间，码头上的工人已经在催促下把货物全部装船了，而随着汽笛声起，货船已经渐渐驶离码头。

秦潇是一脸沮丧，周烔也是怒火难捺道："就这么放他们走了，大师兄，你倒是想个办法呀！"

秦潇只是摇摇头，如果让他为了那些东西动手和自己的同胞相残，那他是不会做的。

袁克己见二人满脸颓唐，笑道："干什么这么严肃？以后大家还有得合作！记住这些虚仁假义以后可要不得了！"

说罢，他就带着冯严二人和这几百人浩浩荡荡地撤了。

周烔气急道："我就不信这世上还没有正义仁义在了！"

秦潇忍不住抢白了一句："如果不是你给他们开路，他们也不会走得这般从容！"

周烔顿时涨红脸道："师兄，你这话什么意思？我只是表面风光的小角色！这些都是黄大哥他们定好的，我只是来执行罢了！怎能全怨在我头上？"

"不是吗？如果你能早做防范，早点儿通知我们，至少我们还能有个周详的计划！现在呢？只能眼睁睁看着祸害离港！"秦潇愤然道。

"你……你……"周烔一贯不善争辩，被堵得语塞，他一贯自认行得正，做事仁字当先，怎么受得了这样的抢白？

正此时，两辆马车风驰电掣赶到，车上跳下几人，细看下，莫沁然、盛思蕊、明墉都来了，最后下车的竟然是宋婉毓。

几人到了港口边粗略一问，都是看着离岸已有二十多丈的货船跺脚。

盛思蕊先按捺不住了，几步点上了最近的一条船，探囊飞手一摆，一把飞镖就向着船上射去。

就听到哎呀几声,似乎是射中了几个,可还没等她高兴,就听一梭子嗒嗒声,盛思蕊大惊,忙身形向后急撤,而那艘她踏脚的船已被打穿了不少洞。

在盛思蕊惊魂之际,众人都是愕然,没想到这货船上竟装上了机枪!这可如何是好?

而此时,宋婉毓轻轻拉着周炯,却见自己的丈夫,自己已经认识了十来年的人脸上现出了前所未见的杀气,那张憨厚忠实的脸孔因为气恼扭曲着。

而他也第一次没有对她和颜悦色,只是愤恨道:"我一定要把它拦下来!"

宋婉毓一怔,默默地摇摇头,手探到兜囊里两次都半途拿出,但见到周炯的脸色越来越难看,似乎都要气炸了。

她实在无奈之际,只得从兜囊里掏出个小铁盒递给周炯道:"哥哥,钱先生让我把这个交给你,他说你会自己选择的!"

周炯忙不迭地打开一看,里面赫然是一针管暗绿色的液体,正是那剩下的最后一针变身药。

此时众人都看到了,秦潇伸手过去道:"给我打上!我去把那艘船弄沉!"

而周炯这回却无比灵活地把他的手打开,恨恨道:"谁也别跟我抢!我犯的错自己弥补!莫姑娘上次就是你给我打的针,这次还是你来吧!"

宋婉毓紧紧地攥着周炯的衣袖,轻轻地摇着,眼中全是不舍。

而周炯却轻轻放下她的手道:"婉妹,让哥去吧!否则我这一辈子都会不安生!"

船已驶离了港口过百米,这个距离,岸上人怎么也奈何不了了。

村山从驾驶舱走出来,看着岸边,对跟在身旁的史密斯道:"看到了吗?这就是可笑可悲的中国人!他们自己从来不知道团结,有利益什么都可以不顾!这样的民族实在是不堪一击!"

史密斯邪邪一笑道:"可不是?这群人还跟绵羊一样,怎么压榨都不知道反抗!不,他们还不如绵羊,就算他们被杀死前,都不懂挣扎!"

"所以说!"村山突然豪气满怀道,"我们的计划一定会成功!从南疆开始,我们一路制作走肉,用不了多久,这个羸弱的国家就会彻底崩溃!到时我们帝国不费吹灰之力就可以占领广袤的领土!那个时候,史密斯先生你就可以名利双收,在这东方富庶的土地上,成为一代领主!"

这话说得史密斯哈哈大笑,似乎是壮志得酬一般。

"你想好了,真的不想为你们大英帝国争取些利益吗?"村山道。

"算了,那国家就差点儿把我当成通缉犯了!难道我还要回去等他们审判吗?等我有了钱,有了土地,有了数不清的奴隶,就可以建立自己的国度!到时就可以和祖国讨价还价了!"史密斯得意道。

村山心道：到时候你一个人，被怎么吃了都不知道！

不过他却客气道："既然大家的目的一致，就要开诚布公！你可以把走肉控制体系改进的方法和药物配方给我公开了吧？"

"那可不行！"村山的套话被史密斯断然拒绝。

"为什么？我们已经支付了足够的金钱，还有，难道到了现在，先生你还不信任我吗？"

史密斯干笑道："中国有句俗话叫'防人之心不可无'，我知道制作的方法，不过配方不在我手上，这样子对我们都安全！"

"你是说配方在杰弗逊那里？"村山吃惊道。

他没想到一直看起来跟个鹌鹑一般的落魄人，竟然有着至关重要的配方！早知如此，他绝不会把杰弗逊留到后面。

"你不要担心！等他赶上来，你要多少走肉就有多少！而且我也会制作呀！不会影响你使用的！"

村山暗骂这帮白猪也是信不过，个个都比豺狼还精！

就在这时，底舱的机枪声响了，而且是各种枪声骤起，接着人声鼎沸号叫四起。

他们忙向下看，一看之下全被镇住了！

就见一个巨人正扒着船舷大步踏上船来，各种子弹打在他身上仿佛无效一般，而他的大脚一用力就将甲板踩塌了一大片。

村山忙叫着还击，而史密斯却惊呼道："这不是传说中死了多少年的海德吗？怎么会在这里出现？……"

这时船上的人也在求生欲的驱使下拼了，几颗手榴弹在巨人身边炸响，而又有一挺机枪加入了对巨人的扫射。

巨人的腿部似乎受了伤，打了个趔趄。不过他猛抬头就看见了顶层驾驶舱外的两人。

就见巨人瞪着红灯般的巨眼，猛地双掌向他们拍来，两人想躲，可无奈那巴掌实在是太大，竟连着驾驶舱和他们一同被拍在掌下。

而这掌拍落过后，他们就什么东西都不会再看见了。

岸上的几人焦灼地看着货船上的举动，这时明墉突然叫道："不好！"

只见船舷尾侧突然有火光冒起，货船被烧着了。

几人大惊，忙到下面找船货船边划去。

可是此时正逢汛期，小船吃水浅，明墉、秦潇二人费尽力气，才能保证船身不会随波逐流。

可是这样下来，却是很难靠过去。

这时就听货船上接连三声轰隆的爆炸声，团团火球骤起，而货船已经变成了火海一片，正在快速地向水下沉去。

而火光中，哪里还能见到周炯的影子呢？

宋婉毓哭着大声呼唤，喊得声嘶力竭了，可就是没有任何回应，也没出现任何人影。

直到船彻底沉到了江里，周炯都没有再出现。

崩溃的宋婉毓痛哭不止，只是张着嘴却再也发不出声音了。

水性较好的秦潇和明墉立刻潜水去找，可是找了几轮直到二人气力用尽，这才悻悻地返回小船。

盛莫二人劝着宋婉毓，众人回到岸边。而此刻巡捕房的黄总探长带着人来了，忙指挥找人打捞自己的好兄弟。

可是集齐上百人找了三个多小时，还是一无所获。下潜人说汛期水下水流太急，当夜不好找，要是被激流冲走那就说不准了。

宋婉毓是彻底癫狂了，她跟周炯苦尽甘来后没过几年太平日子，本想着就这样跟他心满意足白头到老的，没承想现在已经人去影空。

回想着和周炯的点点滴滴，她是心碎欲裂，万念皆灰，直想着陪周炯一起去了。

幸亏盛莫二女不离左右，才没给她轻生的机会。

不过宋婉毓还是因为悲痛过度晕死过去，众人忙找来郎中，可是一号脉却查出了喜脉。

众人更是悲喜交加，悲的是这孩子一出生可能就没了爹，喜的是周炯在不幸中竟然还留了个后。

等宋婉毓醒来后得知此事，更是难抑复杂的情愫，可是她却再也不想寻死了，她要将周炯的孩子好好带大，告诉他他爹爹是个英雄。

出事后一直忙左忙右的黄世荣这时表示，周炯的孩子就是他的干儿子干闺女，以后他们一家都由他来照顾，不必有任何顾虑。

不过秦潇却对这个貌似忠肝义胆的大哥很是怀疑，这事情应该是他吩咐周炯做的，事后他又来得如此及时，是不是本来就有所图谋？

不过他最恨的是自己，要不是当时他一个劲儿地激周炯，师弟也绝不会做出这样不管不顾的事情！

毕竟他现在已经有了妻室也将有儿女，他要真是就这样走了，那秦潇还不得埋怨自己一辈子？

想着想着，他来到门外，却见到几个巡捕正在门口挂白灯笼。

他顿时大怒，上前一把扯掉道："你们干什么？周炯还生死未卜，你们就想给他出殡了？你们安的是什么心？盼着我兄弟死是吧？"

他越想越气，忍不住挥拳就要揍那个领头的。

这时他的胳膊被一只有力的大手拽住，他愤而侧目，却是吃惊地叫道："义父！你……终于回来了！"

出手阻止秦潇的正是让众人朝思暮想，苦寻无踪，多年后突然露面的李白安！

就见他身材依旧挺拔英武，衣着仍是朴素随意，面容却满布沧桑，只是神情坚韧依然。

他的脸下有一道暗红色的疤痕划过脖颈直入胸膛，显然是曾经受过什么重伤。

秦潇见了朝思慕想的义父，喜极而泣。

他赶忙抓住李白安的手哽咽道："义父，快跟我进府！大家这些年都想死你了！"

"现在思蕊、婉毓、明墉还有钱先生都在府里，可惜周炯他昨晚……"这大悲大喜间的转换过于突然，让秦潇也不知该怎么说下去了。

李白安听到几个年轻人的名字时脸上还露着暖意，可听到钱千金时面色微变，待得听到周炯时却说："潇儿，不要过于难过！炯儿这是舍身成仁！是大义！就算是真的葬生了，也是英雄豪侠所为，是死得其所！况且现在只是找不到人，未必人就真死了！他这几年的作为堪称大丈夫！吉人自有天相！也许冥冥中有另一份造化等着他也说不准！"

听义父如此说，秦潇倒是略略放下了悔愧之心，可是李白安却接着道："我先不进去，我们师徒到外面，为师有些要紧话要跟你说说！"

秦潇完全不知为何义父时隔多年，刚一出现却不急着看望大家，似要先跟他说什么要紧事，他不禁目光中有些疑惑。

李白安见状微微一笑道："其实这两年来除了思蕊，你们的近况我都大概知道！你们这些年都做得很好，为师很是宽慰！尤其是你，深陷泥沼中还能自己幡然醒悟爬出来，就这个也够为师欣慰的了！"

秦潇听了一惊：怎么义父知道他们的近况，可是为什么不出来和大家相见呢？还有义父既然知道自己堕落到了崩溃边缘，为何就不现身斥责点醒自己呢？

不过他还是说："其他人是都很努力，可是弟子我真的惭愧！"

李白安摇头道："任何人都会走弯路，都会迷茫无措，也可能沉沦，但只要能站起来，走出去，也不失为大丈夫所为！其实为师也想过要现身点醒你，可是一个人如果都过不了自己的一关，那未来他还如何能面对千难万险，如何能百折不回呢？"

听义父这样说，秦潇顿时肃然。没错！那个孟圣人的"天将降大任于斯人"之说，不就是说的人要如何过自己这一关吗？如果连自己都克服不了，那还何谈什么大任什么难关呢？

秦潇深深点头道："义父说得对！徒儿经此之后，确实不再乱想了！"

"这就好！凡天下豪侠者，必将自己置于最后，而将国民放在心上！这就是大仁大义！这也是我辈武林人士的最高追求！"

秦潇惶恐点头，但心中却泛起了个不小的疑问，如果历史上的豪侠们都能在国难关头挺身而出，那些朝代为何会灭亡呢？

而历史中除了东周的寥寥几笔，为什么没有什么侠士的记载呢？

当然这些他只是一想，并没有说出口。

李白安在前面开始走得飞快，秦潇只得亦步亦趋地跟着，两人几个转弯，竟然来到了秦潇曾经居住的小木楼前。

秦潇惊讶义父竟然知道自己曾经沉醉的陋室，看来的确是没少关注他们呀！顿时也觉得心中温暖满溢。

这二人当然是直接从窗户进去了，秦潇就见李白安的身形比较之前更加轻盈迅捷，显然功力有进步，虽然还是与自己见过的那两个绝世高手不可同较，可是在江湖之内也绝对是顶尖的了。

两人随便坐下，屋内久未住人，弥漫着潮腐气，连口水都没有。

李白安见秦潇忙乱地想找水，忙道："不必了，为师说完就走！"

秦潇一惊，义父为何如此匆忙？大家都不见，连说话的时间都没有吗？

李白安却道："为师现在身份特殊，在哪里都是个危险人物，还是少露面的好！"

秦潇更不明白了，怎么义父刚刚露面就成了危险人物了呢？难道……难道他成了刺客？

不过让他挂念的是另一件事，他急问道："义母可好？我们大家都很是挂念！"

"她已经痊愈了，现在安稳地生活着！"

秦潇心中一块大石落地，这事也是一直让他们几个小的牵肠挂肚的。

他接着问："那她在哪里？我们很想去看望她，还在秘境中吗？可明墉却说那秘境已经不复存在了呢？"

"那里确实已经不存在了！为师已经将整个秘境连同你义母、先圣和残留上古族人一同用船运走，安置到南太平洋一处岛屿上了！那里人迹不至，也是个世外桃源，他们可以在那里安度了！"

秦潇一听兴奋了，忙道："那太好了，这下我们可安心了！等什么时候义父你有空，带我们过去拜见！别说，沁然还很是思念羽澄姐姐呢！她现在怎么样了？"

听到羽澄，李白安顿时神色迷离黯然道："她……两年前去世了！"

"怎会这样?"秦潇惊道。

"她在那秘境中生活了几百年,离开时间一旦过长,人体在外面就会加速衰老!她算是老死的!"李白安话中透着无尽的哀伤。

秦潇心中一凛,没错了,赵信他们那些汉军也都是加速衰老死的,看来在秘境中时间被无限地拉长了!赵信他们待了快两千年,结果到了外面两年就开始加速衰老,那羽澄待了八百多年,也就是说她是……

却听李白安道:"所以我为了保住这些远古先民,才不惜代价用东渊巨船将秘境一并带走了!"

秦潇咋舌道:"那得是多大的船呀,才能将秘境装下?"

"中华先民的智慧我们迄今也难以企及!"李白安叹道,"哪怕是现在先进的西洋科技也打造不出那样的娲族巨型木船来!"

秦潇一听惊道:"您到了极东娲族的那一舆?"

"何止,东渊、西狩、南巅我都走遍了!那三个金盒我也都打开了!而且那时我还都不记得自己是谁!"

秦潇是惊得都快掉了下巴,真是难以想象,这得是多么绝拔的毅力,才能将这些不可能完成的任务做完!

那不记得自己是谁又是怎么回事?

不过他略有激动问道:"那既然四舆宝盒都被打开了,不是这帝王的天下就要结束了吗?"

李白安微微一笑道:"你说呢?"

不过,李白安却是脸色一转道:"这些我说上几天几夜都说不完,义父这次来找你是有别的要事!"

一听李白安不容置疑的口气,秦潇立刻坐了下来,等着他的训示。

可李白安说的事情,更让他瞠目结舌。

李白安自从把秘境拉到了孤岛上,把爱妻和先圣族人都安置好后,他再乘船出来,却是先遇到了孙文和同行的革命党。

这时国内的革命事业似乎已经准备得如火如荼,很快革命之火将如燎原般展开。

但这一切都只是革命党人乐观的预测和幻想,每次各地掀起的起义都以迅速被镇压告终。

李白安虽然受孙文器重,进入了革命队伍,而且担任着军事联络的要职,可是每每鞭长莫及,根本就来不及救援各路同仁,他深感无力。

为此他利用自己师父胡进锐传下的漕帮帮主河神腰牌,广纳江湖武林人士。

可让他沮丧的是,那些还有传承的名门正派,都不愿掺和到革命这种公然造反的事情中来。

而且李白安也发现，在这些大派中，既有惊天动地本事也具备侠肝义胆的是凤毛麟角，根本就无从寻觅。

他只得从隐匿的江湖人物中寻找帮手，终于通过各种关系，还真让他找到了几百名可称为豪侠的人物。

不过将这些人安置到各个预备的起义据点后，他们的力量又变得杯水车薪一般。

这也好理解，现在的对抗已经完全不同于冷兵器时代，万军中取上将首级就能制服整营的火枪兵这样的事情已经不可能发生了。

所以就算这些高手能在一战一回甚至几回中都能占到便宜，可依旧没法战胜装备人数都远超己方的整营清军。

而这样的问题在黄花岗起义时表现得淋漓尽致，当时有十来名好手埋伏在广州城中各处，等待着响应。

可还没等他们完成下一步任务，最先的起义同志就已经全部牺牲了。而这些豪侠中竟也有人中了埋伏，英勇就义，那接下来的计划也只能不了了之。

于是李白安痛定思痛，认为再这样一盘散沙、广泛布点地干下去，不仅起义难见成效，自己招来的热血英雄也会被慢慢地耗光。

所以他再次把众路英雄集结在一起，准备找个合适的时机选个合适的地方，先打下个州府，先让革命的旗帜屹立不倒再说。

孙文当然极其支持，说实在的，这些江湖英雄，除了李白安，在他这里就没人再能指挥得动了，所以李白安当仁不让地就成了此路人马的领袖。

不过就在革命党人四处寻找时机时，一封密信却给了他们新的契机。

这是通过一位孙文信任的中间人，辗转经过了一个月才转达到的。

秦潇不解道："现在电报已经那么普及，为何不用？"

"电报？"李白安道，"任何涉及机密的，都不能用可能会泄密的渠道！别说现在，就是当时黄海一战时，京津就已通了电报，可是战况密报还是要通过专人急递送达，为师也是快把两匹马跑死送信的！"

秦潇愕然，不再提问，听着李白安继续讲述。

那封信没有署名，但送信的说此人来头极大，甚至可以左右朝野，尤其是在清军精锐中更是一呼万应。

信中内容是他愿意协助孙文的革命，首先是可帮忙提供武器弹药，其次是各地的布防都可以告诉革命党。

但军火要自己出钱买，他只能提供门路。

别说第二条，就光是武器弹药，就已经足够让革命党人兴奋了。

他们不是没有渠道弄到，只是能买到运进的量太少。分到各个革命据点，有个百十把长枪就已经不错了。

这时经过孙文的不懈努力，革命党海外募款已经极有成效，只要能买到军火，不怕出钱，更别说是还有各地布防了。

不过那人也提出了条件，那就是革命党和清廷争的是天下，绝不能出现分裂割据势力，日后仍然是一个中华。

这当然也是孙文所愿，更不是问题。

但下面说的就是此时在南陲，正有一小撮人在抢夺地盘，意图另立王国。

这些人虽然不多，但悍勇异常，清军已经完全不能抗衡。

所以如果孙文能答他派人去剿灭这伙妄图分裂的野心分子，他承诺的条件全部都会兑现。

中间人说了此人口碑极好，一诺千金，不用担心他会反悔。

不过，孙文他们一直是在东部沿海地区谋求起义，对南陲出现了这样的势力还真是一无所知。

他们联系了云南的革命党领袖蔡先生，得到了相同的答案。

不过他也说那伙人虽然占了些城镇，但看着人数颇少，成不了气候。

而他们革命党人正在积极筹划在昆明起义，一举占领首府，并没有任何精力去顾及其他。

于是孙文就把这个任务派给了李白安，因为他这支豪侠队伍人数虽然不多，也没有多少人愿意用枪，都持着各色奇异兵刃，不过战斗力却是不容小觑。

而且等有了大量武器后，各地起义军也就能与清廷抗衡了。

总之话里话外的意思，冠冕堂皇一点说就是人尽其用，而说得不好听就是，这群江湖人物，也就能用在对抗个别骁勇狠辣的势力身上了。

不过，李白安凭着一腔救国救民的热血，毫不为意，带上人马就上了路，并在哥磊城上与他们对峙上了。

这时哥磊镇守的清兵早已经就逃得没影了，而那伙人在磨勘镇中正在举行欢送仪式，据传是送王妃出城去参加个什么庆典。

当时李白安就想把王妃擒来看个究竟，可等他到了近处，却看出是盛思蕊一行。

他很是惊讶盛思蕊怎么成了王妃？不过他似乎明白了些什么，没有贸然动手。

果然再经过打探，才知对面那群势力已经打下了缅寮境内不少地方，现在在向滇境扩展势力。

据说那位号称是大王的戴着个黄金面具，武功是呼风唤雨，神鬼莫测，惊涛骇浪，飞沙走石，总之百姓都给传神了。

而他还有两头圣物，据说都是千年成精级别的，看过的都吓得不敢不拜服。

到这里,李白安也明白了,对面为首的就是那位祁主使。

要说他的武功,那还真是当世没有什么人是对手的。

他将这些与群雄们一说,却招致嘘声一片。

那些人有的说首领长他人威风灭自己锐气,有的说拈叶飞花即可杀人谁见过,有的说好虎他也架不住群狼,众人齐力怎么不还得把他给撕碎了,云云。

总之就是没人信李白安口中那个神乎其神的人物,还真的是神了!

李白安也有些恍惚了,莫非自己之前和几个能力不济的徒弟在一起,潜意识中把祁主使的能力给夸大了?

而现在有数百高手在此,没准儿真的就能和祁主使分个胜负高低!

被众人盲目的热情鼓舞着,他也就不做他想,积极备战。

终于祁主使的手下开始攻城了,这个哥磊是个弹丸小城,城墙都没京城王府的府第厚实。

但群雄一出手的确给对方造成重创,杀得他们狼狈奔逃。

豪侠们大受鼓舞,不顾李白安的劝阻,一路追杀至磨勘城下。

而这场大胜随着祁主使的出手开始急转,祁主使几乎一招一个,接连毙掉了数十位好手,而且各人死状极其惨烈,几乎就找不到整块的尸首。

群雄们这才知道强中更有强中手,赶忙随着李白安的号子撤回了哥磊城中。

可祁主使自从认出李白安后,却不急于攻城,反而退了回去。

退回城中的群雄们陷入了空前的集体沉默,死掉的人中有他们公认的几位高手。这些人都没能过得了一招,那还有什么胜算?

一时间人心浮动,差点儿就散伙儿,被李白安好不容易才给重新聚回到一起。

他心中暗怕,此时那个祁主使只要一个人来,估计就能把这些已经被吓破胆的全歼了。

可也是奇了怪了,往后五天祁主使竟根本没有动静。

这时人心已经躁动,眼见队伍要散,李白安只得登高喊话,把他这辈子能想出的为国为民,侠之大者那一套全都说干净了,众人才放下散伙的心,硬着头皮继续和深不可测的恐怖对手对峙着。

而李白安也心知如此下去没法长久,他这才想起了自己那几个徒弟,还有那两个少年,这几个武功都不弱,而且有人身怀异能,还有人智谋无双,何不当此危机人尽其用呢?

于是,他就说是要去搬救兵,日夜兼程就来到了上海。

他之前来过上海法租界几次,知道周炯、秦潇和明墉的近况,但他没有现身相见。

他很珍惜和他们的这段师徒缘分,很想让这些年轻人有自己的未来,有自己幸福的生活,所以不想打扰他们。

而这次是情非得已，但他还是犹豫了要不要就这样把他们拽进浑水中，而且还有可能是淹没他们的滔滔浑水中。

为此他在周炯府上隐藏起来，想看看这些孩子到底过得怎么样再做打算。

他正赶上明墉押着个鬼佬回来报信，而让他意想不到的是盛思蕊和莫沁然都在这里。

他见这些孩子都是群情激奋，热血侠肝不减当年，心中既是喜悦也有迟疑。

而回想起之前他听到的盛思蕊、宋婉毓二人的私语，却是给了他一份信心。

宋婉毓说："思蕊现在已经和明墉在一起了，师兄也找到了莫姑娘，以后呀大家就在上海好好住着，大家做邻居，永远在一起。"

而盛思蕊却说不行，她还要找老怪物祁主使解除婚约，才能和明墉正大光明地在一起。

宋婉毓就说："你们以前那些都是假的，何必当真？"

可盛思蕊却反驳道，在她看来经过的一切就是真的，如果不把这事情解决，她会一生寝食难安。

看来思蕊还是那个认死理的思蕊，她要回去见祁主使，她既然曾经跟那老怪有过交往，那或许这事还能有转机。

至少祁主使看在她的面子上，不会对武林仅存的这些豪侠们斩尽杀绝。

于是当几个孩子闹哄哄地赶去码头时，他却悄然下来走进后堂，去看看阔别已久的老友钱千金。

钱千金见了他十分激动，差点儿背过气去，等平静下来后才老泪纵横地和他倾吐离情。

钱千金话还是说得不利索，所以耗了很长时间，可李白安却是单刀直入向他介绍了现状，问他自己想把几个孩子带到前线去可否。

钱千金差点儿被惊成石雕泥塑，等他缓过劲儿来，才像是用出全身力气般叫道："白安！……这些孩子吃了那么多苦头……好不容易苦尽甘来了……你还要把他们往火坑里推吗？"

可李白安却坚定道："救国救民怎么能是火坑呢？习武之人的侠肝义胆正当此时，正当此用！"

钱千金激动道："什么救国救民……那是圈套……是把你们这些忠勇的……武林人士……耗尽的圈套！"

"你们没了，不管谁坐江山……都能做得安稳……几千年都是这样！……白安你还看不出吗？……"

可李白安道："不会的！这次不会的！这回是推翻帝制的革命！没有人再会做皇帝，也不用怕我们这些方外的武林之人！"

钱千金急得已经上气不接下气了："你怎么执迷不悟呢！都一样！……

一样!"
　　李白安想着去码头那边看看几个孩子怎么样了,没说完就先行走了。
　　不过他还是来晚一步,周炯已经不知所终了。
　　李白安下潜了好多次,耗费了几个小时都没有在水底发现周炯的一点儿踪迹。
　　他深信,以他的水性要是找不到,那就是找不到了。
　　所以他就沉重地走回周炯府上,边走边在想着钱千金的话,难道真的会如他所言吗?
　　他就这样心情矛盾地走到了门口,正踌躇着要不要进去,刚好碰到秦潇出来,这才上去相认。
　　他说了这些,也没隐瞒钱千金的话,之后问秦潇:"潇儿,我不逼你!你自己判断你该不该去。"
　　谁知一句果断的答复响起:"我去!我也要让他们一起去!"

一 百、群侠浩劫

李白安没想到秦潇竟然答应得如此干脆,不禁愕然。

就听秦潇凛然道:"义父您有所不知,那个祁老怪还有一个与他功夫不相上下的高手,那是个千年老道,不过不太嗜杀!但他们还有一群生力军,那是上千个被秘密制作的走肉!这些东西不知疼痛,不畏刀枪,实在是一群恐怖的杀人机器!徒儿自从知道了他们的图谋后,寝食难安,实在不想让这群东西祸害百姓!就算是义父你今天不来说,徒儿知道消息后,也会赶过去协助剿灭这群有肉没心的魔头!况且那两个老怪还跟我们有很多恩恩怨怨,如果不能了结了,我们几个都会一辈子不得安生,不踏实!所以您放心,我们都会去!"

李白安边听边点头,而后激动地说道:"这才是我的好徒儿!懂得大仁大义!懂得危难之时挺身而出!这才是侠之大者,才是为师的期望!"

他拍拍秦潇的肩头,掏出块金牌递过去道:"这是我们漕帮的河神帮主牌,你拿着到了地方他们就能认得!"

"怎么义父,你不跟我们一起同行吗?"秦潇道。

"我还要去湖北看看起义的准备情况,日后我们在南陲小镇哥磊会合!"

秦潇一个人走回周府,路上他想起了义父说的这件事似乎是个神通广大的人安排的,那人是谁?

按照描述的特征,那人好像就是袁克己!可是他为什么要有这样的计划呢?

难道真的像钱先生所讲,任何一个朝代都不能容忍武林豪侠们坐大,都容不下一些热血豪边的人物?

不过就算革命成功了,那按孙文以前的说法也会建立民国,又关袁克己什么事呢?

这些问题他都没有跟义父说,他不是怕别的,而是担心已经深深陷入救国救民情怀中的义父根本听不下去。

难道自己说话还能比钱先生更管用?他摇着头。

不过这次是一定要去的,思蕊、明墉要和祁老怪有个了断,自己和沁然要与尘虚子有个了结!

他回到上海后不是没有过消沉逃避的想法，而且莫沁然服用了野生巨灵芝煎的药后的确是有所改善。

但他还记得老道说过要想根治必须还得找尘虚子，他可不想让莫沁然种下病根终生受苦。

还有思蕊自打出了山谷后就一直和明墉保持距离，还说要找祁老怪解除婚约。这件事弄得明墉叫苦不迭，所以他相信他们也一定会去。

有了他们四人在一起，就算是克制不了两个老怪，也会击杀大量走肉。

想到了明墉的残剑和思蕊的宝匕，他觉得信心一下子溢满心头。

所以等他入府时，府门前满脸愁容的巡捕见他突然春风满面地回来了，还十分纳闷这人是不是出去一趟吃错了药。

等他进去后将陪伴着宋婉毓的几人悄悄叫出来，把事情一说后，众人的反应还是极出乎他的预料。

明墉先道：“李叔也不知是怎样想的，这里还生不见人死不见尸呢，怎么就叫我们去前线了？这也太不近人情了吧？”

盛思蕊拍了他一下道：“不许说我义父！我们当然要去，我还要去找祁凌宙要休书呢！”

“不过！”她转而脸现愁容道，“二师兄刚走了，我们就这么走了，师姐怎么办？你们没看她还寻死觅活的吗？”

"要是我们走了，怎么保证她不寻短见？"

莫沁然却道："婉毓姐姐有了身孕，是不会寻短见的了！"

"但是！"她也微微变色道，"这时她可是最需要关心照顾的时候，我们突然走了，她难免会忧伤成疾，那可就不利于他们母子平安了！"

明墉装模作样地点头装懂，可盛思蕊却疑惑道：“有了身孕就不会寻短见吗？”

明墉道："哎，当然不会了！"

"你明白呀？"盛思蕊瞪着大眼问。

"这个……"明墉不知如何作答，"要为人母了，总要为孩子着想吧？"

盛思蕊切了一声问莫沁然：“是这样吗？”

莫沁然还是个姑娘，怎能说懂呢，只能尴尬道："是这样吧！"

"不过我还有个疑惑！"明墉皱眉道。

"李叔说有个人找他们去做这件事，这人会是谁？有何目的？"

秦潇把自己的猜测说了一遍，而后道："我不是没想过动机，但这件事却是我们要做的，那也就不管什么居心阴谋了！"

几人都点头，这祁主使和虚老道就是鲠在他们喉咙里的刺，不拔出来谁都寝食难安。

"不过……"明墉道,"就凭我们几个,想去对付他们俩,是不是太自不量力了?"

盛思蕊又拍了他一下道:"不试试谁知道!我们四个可是聚齐了!那力量也不是可以随便小觑的!"

莫沁然却摇头道:"就算我们有四十个,都不是他们的对手!此行必须要智取!"

"那可怎么智取呢?又不是两军交战,可以用上三十六计七十二计,这可是高手间的对决,怎么……"明墉皱眉道。

盛思蕊再拍了他一把,这下比较用力。她瞪眼道:"不试试谁知道,瞧你那个窝囊样子!"

莫沁然还是有些担忧道:"我最怕的还是我们要是走了,婉毓姐姐要是想不开……"

而此时,屋门突然被推开,宋婉毓面容憔悴地走了出来,无比坚定道:"你们去吧!别担心我!"

大家之前以为她睡了,所以没走太远,现在只觉得后悔。

"我现在有了炯哥的骨肉,无论如何我都要好好地把他生下来,把他好好带大,好不负炯哥的在天英灵!你们放心走吧!我会更加爱惜自己,哪怕就是为了炯哥的骨肉!"

众人看着宋婉毓盈盈泪光中流露出的坚韧,都敬佩得说不出话来。

秦潇等四人入滇之时,已是阴历九月初,西历十月下旬。

这一路他们为了赶时间,没走看似缓慢的水路,但还是耗时颇久。

此时,莫沁然内力刚刚开始恢复,没法运用轻功。

但最重要的是他们还要带着孱弱的杰弗逊,这个脑神经专家、走肉的炮制者之一,他们当然不能落下。

此外在出发前,他们还逼着杰弗逊给尘虚子的断臂做了解剖化验。

结果就是块手臂形状的木头,而且连肌理、血肉、骨骼、组织都完全与人类手臂相同,但就是木质的。

这结论让众人十分惊讶,难道老道竟然是木头人?

不过杰弗逊倒是给出了些科学解释:之前在西方就发现过石化人,身体组织渐渐碳化钙化,可不同的是那人就是等死,而这个却是个形如鬼魅、武功造极的人物。

秦潇也顺道让他化验了一下自己顺手牵来的那颗长生丹,不过这可是难倒了杰弗逊,因为这里面除了大量重金属元素外,还有很多根本分析不出的未知元素。

这样尘虚子的能力来源再次成谜，但众人此时已经抱着死猪不怕开水烫的心态，管他是什么，总要照了面才知道。

虽然明墉还是认为此举就是自寻死路，但是看着盛思蕊无比坚决，他就算是赴百死也要跟着。

不过，他看出杰弗逊似乎在遮遮掩掩什么隐情，逼问兼以酷刑威胁才知，原来让走肉在死的状态下，仍能被神经元驱动并能服从命令正是他研究的杰作。

他被问出了端倪，索性就全招了。那是他和史密斯在英属东南亚殖民地混迹时从当地部落弄到的土方子，并对之改良的成果。

当地人可以用它来驱动死尸兴风作浪，而用到走肉身上效果同样显著。

他们把最初的试验品大脑全部摘除了，但却发现并不能做到令行禁止。

所以改良后的走肉保留了一部分大脑，就成了可以完全被驱使的杀人利器。

不过他痛哭流涕，指天抢地说自己只是被逼的，这都是无奈之举。

明墉在江湖混迹久了，知道对杰弗逊这样的虚伪混蛋不能客气，不见真章不会尽吐真言，所以真的用上了些狠手段。

杰弗逊吃不住苦头又招出，其实他改良药物配方时曾考虑到这些东西如果成灾必将是毁灭性的，所以用的药物量都在可衰减的范围之内。

也就是说，只要时间够久，这些走肉的神经控制就会完全失灵。不过具体要多久，他也没实验出，所以说不好。

这倒是给了众人些许安慰，这样说来只要拖得够久，那些走肉的威力也就发挥不出了。

所以他们抄近路赶时间，想在走肉被运抵之前赶到前线。

不过万事都常不如愿，一路上他们是到处受阻，行进缓慢，不过按通常对海运的理解，他们应该还是能赶在前面。

走之前伍芮他们联系上了邹赟，还有远在东北的张聚霖，对方要他们就留在上海静观态势变化。

所以有伍芮留在周府照看凌震，顺带着陪伴宋婉毓，倒是让几人没了后顾之忧。

他们一路专找人烟稀少的地方行进，入滇之时杰弗逊已经被折腾得形如野人，其余人也是疲惫不堪。

而等他们到了哥磊这个闭塞封闭的小镇后，局面的惨烈还是让他们大吃一惊。

据李白安说此间至少应该还有两百多豪侠，可是他们到时全须全影的已不足七八十人。

看着这些重伤的江湖人士，他们不禁心下发凉，莫非那些走肉已经到了？可它们走的是海运，怎会如此快？

果不其然，大家相互认识后，群侠临时领头的就跟他们介绍了战况。

李白安走后，对方放着哥磊没有攻打，而是将它两侧的镇子全都占了。

之后就对哥磊形成了三面合围之势，本来对方没有多少人，一开始群侠还没放在心上，只要那怪物不来攻打，他们安心守着即可。

可不到一个月前，对方阵营里突然多了大量道士，这些人开始了挑衅性的叫阵。

不过这些人还不在群侠眼里，他们只是被骂得急了，才偶尔出战，倒像是古时交战一样，大家来来回回都挺有阵势。

可就在七天前情况完全变了，对面突然增加了上千上身赤裸的生力军。

这些人远看呆呆傻傻动也不动，很像是传说中的行尸走肉，不过却是鸦雀无声，但沉默的气氛让人感觉极为惊悚压抑。

而随着对面阵营一阵奇怪刺耳的响动后，这些诡异的家伙就潮水般向着小镇扑来。

这些豪侠们谁都没打过攻防战，一下乱了阵脚，竟然多数冲出与对方交锋上了。

这一交手的确把他们吓得不轻，对方虽然不会武功，但是不惧刀砍斧剁，而是一根筋地就是要把群侠剖腹掏肠，那阵势十分骇人。

群侠中有几个不济事的，不久就被成群的对手扯个稀烂，模样惨不忍睹。

但豪侠们也都是见过世面，经过阵仗的，很快从最初的恐慌中镇定下来。

大家开始各显神通，照着毫无生气的对手猛剁猛砍，不久就砍倒了上百个。

正在众人越战越勇之际，一直压在众人心中的恐惧终于出现了。

空中两条人影就像是黑风一般袭来，根本就看不清样貌动作，群侠们就被一个个从空中提起封住气脉，扔到行尸走肉的大潮中去。

每个被扔进去的都顿时被一帮裸身人抓住撕烂，顿时哀号声不绝于耳。

大家都想到了那黑影就是对方那个功夫绝顶的老怪，可是怎么有两个？难道他还会分身术不成？

在极度恐慌下，为数不多没被抓住的开始没命似的逃回城内。

可说来也怪了，这些家伙们只要一拥而上，不出 大城墙就会被推倒。

可他们偏偏在一阵让人毛骨悚然的声音后放弃了进攻，缓缓向后撤去。

群雄经此一战是被吓得胆寒，赶忙召集百姓加固城防，日夜巡视，不过对方却似是又蛰伏了起来，再不出现。

这不直到秦潇他们到来，对方都没再次进攻，只是远远地围困着。

盛思蕊气道："这不是猫捉老鼠的游戏吗？等着我们这边被吓破胆？"

"没错！"明墉道，"老怪物就是这个意思！等着我们自行崩溃！"

"你又明白了！"盛思蕊瞪眼道，"那你倒是想个办法，怎么赢回一阵呀！"

"这个……办法不是没有！"明墉凝眉沉思道，"不过未免太过歹毒，也能……"

"对方不仁，还能怪我们不义吗？有什么赶紧说出来呀！"盛思蕊捶他。

"我想明少侠的意思是火攻，但是这里丛林深莽的，一不留神就会造成火势蔓延，没法收拾，最后殃及百姓！"

"对吧？"莫沁然似乎也在凝眉沉思着，自从她内力不存后，表情也丰富了不少。

明墉忙点头："这还是次之，真要用火攻，万一激起了对方的反扑，那结果就得不偿失了！我想这里的英雄前辈肯定也想到过这点，对吧？"

众人点头，一人道："我们不是没想过火攻偷袭什么的，只是对方那个王实在是强到了难以想象，我们怕把他激怒了，还不直接进来屠城？"

大家又是一阵点头赞同，众人中还有的说那人可能是看在武林同道分上，没有痛下杀手，给他们机会自行撤退，这话一出倒是附和者不少。

"不如我们……要不我们……"有人开始小声道。

"撤了？现在李大侠的徒弟们都到了，我们也在这里坚守了两个多月，按说也是仁至义尽了！"

"干吗非得把大家都拼光？总得给武林留点传承吧？"

此言一出，又有不少人开始议论纷纷，赞同的竟然也有不少。

"胡说什么？大丈夫一诺千金！你们都忘了当初加入革命党时怎么说的了？怎么？遇到苦难就打退堂鼓，这是英雄好汉所为吗？"领头的愤愤道。

"也不能这么说，这段时间大家都尽力了，可是对手他实在不是……不是个人！再加上这些根本就不是血肉之躯的。叫啥来着……走肉！"

"我们根本不是在跟人战斗呀！这打不过，也不能眼睁睁地等死呀！"

"胡说！什么叫侠义！对方太强就躲了？眼见着打不动就颓了？亏你还自称'南岭侠'！"

"那是我自称的吗？是江湖道上的朋友给起的！"

"别说我！上次出阵你就缩在城里，你还叫'赤胆侠'呢？我看改名叫'乌龟侠'吧！"

"你……"

"你怎样……"

秦潇他们一看群侠争吵起来，忙去劝阻。

不过在莫沁然这样真正组织过队伍的人眼里，这些群侠不啻于一盘散沙，如果各自为政，还能有些造化成就，可是硬捆到一块，那就是鸡鸭同舍，根本就没法凑成一群。

在中华武林，自古侠是一种被图腾化的个人标志，是一种被弱小者崇拜的象征。

但他们只是个体，他们虽然嫉恶如仇，虽然功夫超群，虽然侠肝义胆，但那只是就个体而言。相反，他们大多桀骜不驯，多数不受羁绊，好云游漂泊，更加不服任何约束管教。

他们单独行侠时，可能都是一次次的热血喷涌，一段段的佳话传奇，可聚在一起时，却又会成为典型的有组织无纪律的松散群体。

莫沁然深知在战场上，一群功夫高强、个人能力突出，但组织涣散的群体，是根本顶不过那些训练有素、令行禁止、纪律严明的军队的。

她在这点上有过血的教训，所以也对组织纪律的重要性有更深刻的认识。

眼见着群侠们是群龙无首，谁也说服不了谁，她心想李大侠不知费了多少苦心才把他们聚到一起，可能他们眼里除了李大侠也没谁能领导了，更何况他们几个看上去还是初出茅庐的小青年呢。

于是她叫过几人，找了个安静的所在商量对策。

一般在兵法上成功的偷袭案例不外乎几类，那就是夜袭、水淹和火攻等。

但现在为免伤及无辜，破坏莽林，火攻是不能用的。

至于水嘛，盛思蕊倒是在这一带待过些时日，确实有较大的水源，但着实不近，想调水过来那可是大型工程，可那样就能保证伤不了百姓？

再说奇袭，就算是把这里的群雄都算上，趁夜偷袭，可只要等到祁主使和虚老道发觉，那谁也跑不了。

这问题就难办了，面对无法对抗的对手，狠辣的办法又用不出来，那还不是坐困愁城？

明墒突然央盛思蕊把杰弗逊拉过来，刚开始众人还没太理会这个西洋人，此时见有个泥猴一般的洋鬼子冒出来，都投来不友善的目光。

盛明二人把他拉到稍远的地方，他怕群侠们要是知道这个洋鬼就是炮制走肉的，那为了泄愤还不得把他给剁成肉馅儿？

他问走肉们多久才能失效，这杰弗逊哪里答得出，只是个住摇头。

他再问走肉们到底有何弱点，杰弗逊想了半天才道："走肉们的神经触汇点在颈椎的第三、四节之间，如果直接把那一段破坏，或许会阻止他们的行动！"

盛思蕊把这个翻译给明墒，明墒试了试这位置，正好就是人的脖颈之间。

他恍然想到了什么，道："我倒是见过一套机关，或许能对付走肉！"

几人忙聚过来，明墒道："我看这里城墙上有很多坚韧的藤蔓，我们可以用它们在城下编成格子网阵！"

之后，他详细解释，这网阵是铺在地上的，每格约一人大小，而走肉踏过去根本不会有感觉。

　　等它们全部入阵，众人从城上收网，这网格是机关设置，往上收的过程中穿过人体会直接收窄，最后直接卡在走肉的脖子上。

　　而这些藤蔓韧性极强，轻易不会被扯断，这样一网就可以锁住大量走肉。

　　而接下来好汉们要做的就是在脖颈处把他们的头颅砍下，按说一次就可报销不少走肉。

　　秦潇马上就叫了临时首领过来一说，他顿时也觉得此计可行。

　　反正现在实在没有别的办法，与其等死，还不如死马当活马医。

　　于是明墉给群侠们讲了方法，绘制了详图，众人马上开始着手准备。

　　不过这仅对走肉有效，如果祁凌宙和尘虚子也一同过来，那这阵法就形同虚设了。

　　如果想要反攻，想要把对方走肉全歼，必须得拖住这两位顶尖高手不可。

　　此时明墉已经教会了不少人藤蔓阵的编制办法，群侠既然能成为一代人杰，那认知学习能力都是一流的，所以一教就会，完全不用明墉再费力了。

　　盛思蕊见明墉过来，一反常态地挽住他的胳膊道："看不出，到关键时候你还真有两下子！真是不枉了本姑娘的垂青！"

　　明墉有点儿受宠若惊道："不敢不敢！都是你教导得好！"

　　不过他看盛思蕊眼神闪烁，就知道没有好事，他突然一把抱住盛思蕊的纤腰道："没事，有什么刺激的你就说，我挺得住！"

　　"反正我说过，就是刀山火海我也陪你去！"

　　盛思蕊被他一抱顿时羞红脸，猛踩他一脚道："刚好些，又来无聊的！"

　　明墉疼得直蹦道："反正是要去送死！死之前怎么也要一近芳泽！"

　　盛思蕊伸脚踢他，两人倒是缠在了一起，明明严肃的事情就要进行不下去了。

　　莫沁然见秦潇傻乐着看着他们，脸上还有了艳羡的神色，不禁摇摇头暗道："这几位呀，都不是能成就大事的！"

　　不过她还是和缓脸色，叫来众人道："等着机关大网布好，我们就要亲自做诱饵，去把那两位强人缠住！"

　　虽然几人心中都隐隐明白了这唯一的办法，但说出后还是陷入了集体沉默。

　　还是盛思蕊心直口快道："其实我来不就是要向他要个说法，之后我和明哥才能放心行走？怎么到了真要面对的时候，我心中倒打起鼓来？"

　　"其实我倒是不怕他会害我，可是他要害明哥那可是举手之间的事！"

　　"所以……"她看看明墉，眼神中充满着不舍。

　　明墉轻轻地抱住她，这次盛思蕊没反抗，他叹气道："就算他杀了我又如何？他要是想杀，我躲到天涯海角他还是杀得了！不如就新仇旧怨一起了了！这样蕊妹才能安心，我也才能挺起胸膛！"

盛思蕊轻咬嘴唇却嘴含笑意靠在了他身上，这是两人第一次当着外人哥哥妹妹这样肉麻地互称，也是两人第一次在外人面前如此亲昵。

在面对可能突然降临的生离死别时，他们倒是真的放下了一切羁绊，心真的贴在了一起。

盛思蕊小声道："其实到这里，我也不那么坚持非要他说明白了！我们也可以不用去面对！……"

谁知明墉轻轻摇头柔声道："不行！以后你要是再翻起此事，我又到哪里去找老怪？就这次了，管他什么……"

盛思蕊抬眼，柔情似水地看着明墉，明墉却是低头在她耳边说了一句。

盛思蕊顿时脸涨成猪肝色，狠狠地给了明墉一脚。

"哎哟，都这时候了还来……"明墉蹦高叫着。

他们打打闹闹，却将整体的氛围直接转成了轻松，莫沁然还是微微摇头，但脸上也有掩饰不住的笑意了。

她再看看傻乐的秦潇，这回秦潇倒是心有灵犀般转头看着她。

"不用问我，你到哪里我就跟到哪里！"

莫沁然看着打闹中的盛明二人，心中倒是突然泛起了一阵说不出的酸楚。

众人拾柴火焰高，群侠齐心，在掌灯之前编成了一张足有百丈长宽的大网。

明墉安置了机关，并试用了几次，效果甚是奇妙。

如果不是城中的藤蔓都被群侠摘下来用了，他们兴奋得都要连夜再赶制一张。

夜深了，群侠们在一番痛饮后一扫阴霾，都畅快地睡了。

明墉和盛思蕊却在席间就消失了，谁也不知他二人躲到哪里去了。

今日阴历九月初八，上玄月起，月色柔华，但过了午夜月色就会隐退，到时又是黍夜一片。

秦潇在安顿了群侠后，找不到莫沁然，他只得自己走上了城楼。

也就是在不到三个月前，他和莫沁然还是天各一方，也就在五个月前，他还是个沉沦的酒鬼。

人生的际遇真是没法理解和判断，似乎每一步都是冥冥注定，但似乎每一步又都是辛苦得来。

他要是没有一份爱国之心，没有一份怜悯之心，没有一丝爱民之心，没有些许侠义心肠，这一切的一切他都会错失。

那到底际遇是天定的，还是人为的呢？他是算不清了。

但走到如今这一步，未来究竟会如何，还真的只能看天意了。

想着不见踪影的盛明二人，他也猜出他们定是去缠绵了。

也对！面对茫茫未卜的明天，苦尽却未甘来的两人是要无比珍惜的。

不过沁然呢？怎么又抛下他孤身一人了？

正想着，城楼上有清澈空明的声音传来："怎么了？秦少侠，事情都安排完了吗？"

他心中骤喜，立刻飞身上了楼顶，看见莫沁然正痴痴地看着即将消隐的玄月。

他关切地问道："天凉，你怎么上来了？你还没恢复好！"而后马上脱了外衣给她罩上，接着坐到了她的旁边。

"我只是在想，你越来越像个大侠了！"她微笑着。

"那不正是你期望的样子吗？"他也报以微笑。

可她却蓦地有些神伤道："其实到了现在，我反而不知道这种期望是不是对的了！"

"怎么会突然这样说？"他问。

"以前我认为成了一呼百应的英雄豪侠就能推翻暴政，还百姓清明。可现在我却越来越糊涂了！"她黯然道。

"有了什么不同的认识？"他给她轻轻地盖严衣服。

"我们个体不论有多大的意志，有多大的决心，有多大的行动，可是强中自有强中手，只是面对两个绝世高手，我们就束手无策了！天下之大，江湖之深，我们能看到多少，又能探出多少？哪怕是我们倾尽全力，可是什么改朝换代、推翻帝制还是和我们没有半点关系！就算是我们想为新的时代做一点儿事情，也是困难重重，而且就像眼前的这些事情一般无法跨越！那你说我的期望追求还有什么价值，是不是跟黄粱一梦般可笑？"她扭过头来，如月下仙子般向他凄然一笑。

秦潇突然鼓足勇气，一把把她揽入怀中道："别这么想！你付出了努力，至少不会后悔！你用尽了力气，至少印证你为这时代拼搏过！结果不是我们能期望的，也不是仅仅凭我们能改变的，做了但求问心无愧也就够了！人活着不就是为了个心安理得吗？不就是为了能一抒胸臆吗？你都做到了！也就没遗憾了！"

莫沁然似乎心力交瘁地靠在他肩上道："或许我真的累了！或许我的心有点儿凉了！虽然我不知道这次是什么圈套，但我还是义无反顾地来了！我知道自己进了陷阱，可还是自己跳进来的，你说傻不傻？"莫沁然神情中的哀伤愈见浓烈。

"不会的！"秦潇突然扭过她的肩头，看着她清澈如水的眼眸，那里面积满了看不见的悲痛哀愁，就像是藏在深海中的暗涌一般。

秦潇知道她太累了，他心疼得鼻子一酸，差点儿掉下泪来。

他将莫沁然紧紧地抱进怀里，轻声道："这次是我们不得不面对的，等事后我们还能活着，我们就像他们那样好不好？就像他们一样，不问世事，让我们的余生每天都能在快乐中度过好不好？我不忍心再看见你受苦，心痛！要是你非要那样，就让我来吧！"

他觉得莫沁然在他的怀抱里轻轻地颤抖，似乎是在无声地哭泣。

　　他抬起她的脸，轻轻地为她拭掉了泪珠，对他而言那是无比宝贵的眼泪，因为迄今为止他只看到她哭过两回。

　　莫沁然眼中露着歉意道："这次把你也拖进危险中来了，要不是我一意孤行……"

　　秦潇忙轻轻按住她的嘴道："你没有错！是我没能坚定地留在你身边，该说抱歉的是我！但以后不管如何，我都会不离半步，再也不会失去你了！"

　　两人抱着相拥在一起，在这一晚仅存的月光下，就像是一对坚定的石雕般动也不动。

　　这时盛明二人却从街上不知何处钻了出来，盛思蕊整理着衣服道："一不留神又着了你的道！唉，这次可是两情相悦，不能全算在我头上！哎呦！"话没说完，他又挨了甜蜜一脚。

　　"还敢说！本姑娘的名节呀算是让你给败坏光了！"盛思蕊叹道。

　　"两夫妻有什么败坏不败坏的？"明墉反口。

　　"你还好意思说！你明媒正娶了吗？"盛思蕊又要起脚。

　　明墉一下蹦开道："蕊妹，脚下留情！明天可要大战！我被踢坏了，可就保护不了你了！"

　　"要你保护，你个小贼！"盛思蕊作势欲扑过去。

　　"嘘！"明墉突然嘘声指了指上面。

　　盛思蕊凑过去往上一看，瞪大眼小声道："是师兄和莫姐姐……"

　　"对呀！他们脸皮薄，我们别打扰他们！"

　　盛思蕊却叹道："他们也算是苦尽甘来了，可是明天过后还不知……"

　　这时她又想起了什么，怒道："你说他们脸皮薄，那是说我们厚脸皮了？"

　　明墉忙告饶："不是不是，我是说你宽宏大量，最会体谅人了！"

　　盛思蕊笑了一下像是消了气，转而却愁色上脸道："明天过后还不知是什么……"

　　明墉轻轻地揽住她道："别想了！只要知道，不管何时何地我都跟你在一起！不论生死我都陪着你！哪怕是只要死一个，我也……"

　　盛思蕊一把捂住他的嘴嗔道："不许乱说！"

　　"好，我不说，良辰美景不能错过！时刻珍惜眼前才最重要！"

　　见盛思蕊欣然点头，他俯在她耳边轻轻说了些什么。

　　盛思蕊却咬着牙推了他一把道："你还要来……"

　　"你都同意了嘛！"

　　"我同意什么了？"

　　……

但愿人间常团圆，莫误了那好时光！

第二天天刚亮，明墉就来找秦潇了，手里还拿着两个密封的竹筒。
他狡黠一笑道："我来跟你换样东西！"

今天是重阳九月初九，祁凌宙在营帐里正盘膝运功。
他这套功法是至阴至寒，每年到了今天都是他最难过的时候。
他这套邪功是威力无穷，但有个致命的弱点，就是阴至极盛，一脉全阴，却完全忽视了人体本身还有阳气存在。
他的先师在传功之时曾再三告诫他，这功法阴邪之极，日后恐有难以弥补的大损。
不过他执意要练，为了复族梦他什么都豁得出去。
报应来了，他娶了娇妻却根本无法人事。实际他自从开始练功就对女色没有半分兴趣了，只是没想到后果会如此严重。
所以他根本就没进过盛思蕊的屋门，就是不想自己的秘密被任何人知道。
他总想，先师曾说过还有半卷至阳的功夫遗失，如果找到阴阳相济，这问题就能解决了。
所以他耐心地等待着，等待着开国，等待着打下一片大大的疆域，等待着名垂青史后，这些都能迎刃而解。
所以他也不刻意去管盛思蕊的去留，反正她现在对大业也没什么用处了。而等他心愿得偿，再修回全本，到时什么样的女子找不到，自己还能子孙延绵呢！
不过每次全阳之日的内力反噬还是让他痛苦之极，只能单独待着度过这万蚁噬心的一天。
可是今天早早的，手下却来回报说，哥磊城中那些人来到营前叫阵了。
他并不理会，只是吩咐放出走肉。对这些所谓的豪侠，他根本就当蝼蚁一般。
他也很纳闷，为什么明明功夫如此不济的一群人，还偏偏要打肿脸充胖子摆出这样正义凛然的架势呢？
不过他并没放在眼里，心上更是半点不存，他没进城杀光这些鼠辈，只是不想在成事后在中原落下个暴虐的名声。
那个国师尘虚子不也是一样，而且那家伙更过分，总是人前人后扮作仁师的样子。
这不就是明显地收买人心吗？所以祁凌宙绝不能输给他，绝不能让他动摇了自己的根基。
要说那老道功夫也着实了得，要不自己见他只有一人带着新主来时一早就除了他了！

不过现在对他来说，保存实力，树立威望还是最重要的。

至于那些个小鱼小虾，要是他们不肯自生自灭，继续纠缠，他也不介意给他们个痛快的了结。

不过不能是今天！想到此，他派人去国师处，就说他身体不适，要国师出去督战。

做完这些，他又开始运功，压制着功力的反噬。行功中还在想着秘籍中的最后两句。

"印劫相照，否于鼎瑞"什么意思？什么又叫"大躬予玄，自在极罂"？

这时手下又有人慌慌张张来报："大王，王妃突然回来了！"

祁凌宙心中一动，没想到她还会回来，国师那老东西已经把那天发生的都告诉他了，他本以为盛思蕊就会顺势消失了，没承想竟然还回来了！

难道是对他还有一丝眷恋？或是放不下即将到手的功名利禄？

他虽然携了她几年，可是对这个小女孩还是一点儿也不了解。

不过他看在这些年她肯陪自己吃苦的分上，还是心中一软道："让她进来吧！"

"不行，她还带来一人，请您出去相见呢！"

祁凌宙一听还有一个，当下就猜出就是她那个小相好。

没想到还敢带着小情人一起回来！他一动气，又觉得血脉翻涌。

不过对他们他根本不惧，出去看看这两个小鬼又有何妨？

想毕，他大氅一抖，人已经出了帐外。

群侠们的先头挑战队伍早早就出发了，明墉、盛思蕊、秦潇、莫沁然等到了十里外对方营帐前才隐藏起来。

见到对方放出了数百走肉后，他们才现身。

说实在的，大规模的走肉狰狞而沉默地喷涌出来，还是让他们心惊胆寒。

这边显然没有放出所有走肉，这是觉得上次大战之后群侠们消耗过度，明显是小觑他们。

不过就是一半数量的走肉，群侠们能否全歼也还是个未知数。

现在的关键就是要他们来拖住两大高手了，能拖多久就是多久。

几人都是长长地嘘气，在这清冷的晨幕里，身上都有些微微颤抖。

秦潇和明墉先互视了一眼，双方的眼中倒都有了一丝狡黠，也都有些凌厉。

莫沁然和盛思蕊知道这二人清早便密会了一番，但到底说了什么做了什么就无从而知了。

莫沁然问秦潇："你怎么？有了什么破敌之计了？"

秦潇摇头道："尽人事听天命罢了！不过……"

他继而眼中掠过一瞬凶狠道："等一下要是有机会，咱们可千万不能留手！"

莫沁然却是眼现哀愁道："道长虽说是选错了路，但不失一派宗师的气度！他可是千年来道家正宗传承的集大成者了！我还真不忍心看他就这样……"

秦潇知道她是在感念老道对她的救命之恩，还有那冠冕堂皇的一片痴心。

他也知道莫沁然虽然对世代仇怨有着刻骨之恨，但更是个记得住恩情的人。

就算是有机会对老道下手，她也会手下留情，不为别的，就是心中那一份感念和歉疚。

要不然上次她直接斩了老道的头颅，还能有今日的生死一线？

不过他还是柔声道："总之他若是有仁，我们就不会不义，这总行了吧？"

莫沁然怅然地点点头，既然已经走到了一线天堑，那再想着回头也没什么意义了。

他们缓缓地走向了老道的大帐，这两方高手的驻扎处相距过百丈，都十分醒目，而且极易区分。

平时两边人传个话都要累得呼哧带喘，可他二人若要见面却是转瞬之事。

看着二人大帐中间用木栏围起的走肉们，同样让人触目惊心。

在尘虚子帐外候着的小道们，有认得莫沁然的，一见她过来顿时大惊，飞腿进帐禀报。

而就在二人在帐前站定之时，帐中却传出实木敲击的声音："好徒儿来了？进帐来吧！"

秦潇哪里肯走进去，叫道："还请尘虚子道长出来一见，有东西要当面奉还！"

话声也就过了那么几秒，帐中一片沉默，老道似乎在思索，而后转眼间一阵旋风就到了他们面前。

老道带着那个他们在玄玉丹观看过的人皮面具，话音深沉道："好徒儿，为师就知道你一定会来的！你的伤势好些了吗？"

无论尘虚子斥责也好、愤恨也罢，莫沁然都能承受，可老道上来却先问自己的伤情，足见一份关切之情。

莫沁然顿时觉得内心羞愧，不知怎么开口了，只是喃喃道："道长近来可好？不知您的伤势……"

老道一挥左袖，在袖口处竟然探出了一小截前臂，而前端如婴儿般的手掌似乎正在成型之中。

秦潇看了大惊，难不成这人还能断肢重生？

老道笑道："乖徒儿，要不是你上次斩断我一臂，为师还真不知道自己还有这个本事！这可都是拜你所赐呀！"

莫沁然虽然看得惊讶，但这话还是让她觉得心中有愧，只是歉声道："抱歉，让道长心寒了！"

而秦潇却道："哎呀，贺喜道长呀！我们还怕道长少了手臂不便，这不把上次砍下的还带来奉还了，看来多此一举了！"

此刻尘虚子是烦透了这个武功微末的小辈，就凭他也想和自己对话？就凭他也配得上自己资质绝伦的徒儿？

不过看二人亲密，知道两人已情根深种，就算自己再不喜欢，也不能痛下杀手，让好徒儿觉得无情不是？

所以他只是轻哼了一声，不去理睬。

不过他还是对莫沁然道："好徒儿，现在你应该知道了，为师的队伍是势如破竹，对面那些号称是当世武林的豪侠，还不是让师一下一个，不费吹灰之力？"

"所以徒儿呀，为师开疆扩土只待时日，倒是我派光复传承、开枝散叶就要靠你我师徒了！"

这时莫沁然才稳住心神，强鼓起勇气道："道长，小女子此番前来是劝您退兵的！"

"退兵？"老道呵呵一笑道，"要是战事胶着、旗鼓相当，这么说还有些依据，现在呢……你是向我求情，让我饶了那些小辈吧？"

秦潇一听顿时凛然道："道长，我们确实是一番好意，现在你们对一些血肉之躯看似是占了便宜，可如果对方调来火枪炸药手雷，那你们又该如何抵挡呢？所以现在还是早早退去，省得所有人落得个性命不保的下场！"

这套说辞是他和明墉清早商量出的，不论如何，冷兵器在现代武器面前无法抵敌已是不争事实，他相信老道懂这些。

"那又如何？我先灭了这些鼠辈，而后据守不出，等你们弹药耗尽，我再来夜袭，看你们如何抵挡！"

秦潇明白老道有这个本事，他和明墉也料到了这点，于是道："那大炮呢？等调来大炮，那你们这边很可能就尸骨无存了！"

尘虚子心念一动，他在关外是见识过火炮的威力的，知道这些威力巨大的西洋武器的确不是他的神功就能克制的。

于是他道："那又能如何呀？凭本国师的功夫还能被炮炸到？等你们防守松懈之时，本国师可以一夜间将来人屠个干净！那些武器也能一道全毁了！你们又能如何？"

秦潇听老道已到了自负的程度，又道："那对方如果有上万军马呢？如果是十万八万呢？您还能都给杀了？"

"哈哈哈哈！"老道一笑就极为刺耳，"清军一个营也就上千人，都现在这时候了,他们还能凑齐那么多人吗?"

"可革命党呢?革命军呢?你就不怕?"

"我怕什么?历经千年,很多事我都想明白了、想透彻了!中华历朝的军队到了末代就是一盘散沙、一堆蠹虫,杀点手无寸铁的百姓还成,面对强敌还不望风而逃?且不说他们还凑不凑得出十万人,就算凑出了,那也不过是砧板上多了些肉!何足为惧?你们看我们起兵至今可遇过敌手?那些当兵的逃得比谁都快!这样的朝代你们还要力保干什么?不如跟着我,我们训练出一批忠肝义胆的高手!势必把洋鬼子给赶出中华去,还百姓个安稳的江山!"

"那你就不怕激起了武林人士的公愤,到时他们一起……"秦潇还想接着辩,却被老道打断了。

"别提那些所谓的武林人士,他们算什么?在我们那时还有豪侠,可现在的呢?朝廷昏聩至极,到处欺压百姓,有几个为民出头了?官兵随处欺凌百姓,有几个挺身而出了?洋鬼子打入国境,又有几个去当先对敌了?且不说现在,就回到满清入关那会儿,如果习武之人还能有血性有侠义,清廷能稳坐两百多年江山?再往远说说,就算是到了我那时,那些人但凡还有一丝侠义,就不会眼睁睁地看着蒙古铁蹄践踏中原了!所以说,武林已经堕落上千年了!难道还能指望他们做什么?所以我才要重建正宗,重塑传承,让后辈门徒都能将忠义廉耻、为国为民记在心上!那时才会有真正的武林,才会有百姓的清平盛世!好徒儿,你觉得为师说得对不对?"

秦潇语塞了,尘虚子的逻辑的确是有理有据,难以反驳。

改朝换代本是大势所趋,是不可逆转的,就算是武林前辈全部葬身,也不过是为新朝添上些地基罢了!

不过史书上还真没有什么侠义前辈力挽狂澜的记载,就算是有,也被当权王朝有意给涂改掩饰掉了。

所以他这话还真是无从反驳,这时,莫沁然却道:"道长,且听我一言!"

莫沁然终于克制了羞愧的心态,坦然道:"道长说得或许是有理!但煌煌几千年,武林人士不是没给国家人民抛头颅洒热血过,只是都被时间湮没掉了!哪个王朝能承认自己的建立是有武林侠客的鼎力相助?又有哪个肯承认曾经受过侠士们的重挫呢?因为如果承认本质上就是动摇了帝王统治的根基,就是树立了武林侠客的威名,也是助长了豪侠们的团结之心!只有一盘散沙的武林才是朝廷乐于看到的!只有各自为政、难掀大浪的侠客才是朝廷不恐惧的!所以不要一味地贬低武林,这世上侠客总是有的,侠气也总是存的!小女子年纪虽浅,可就真的亲眼看到过那么一些!您说要光复宗派,打下江山,那不是从根本上违背了习武人士的宗旨!还有您一直都是讲究自身修为德行的,这样做不是损德断修之举吗?"

莫沁然不觉间又恢复了自己的淡然从容，正气凛然。

老道之前所言不过就是教训教训秦潇这个无知小辈，要说什么杀光上万人，那他可是想都没想过。

听莫沁然这么说，他顿了一顿道："那徒儿你是什么意思？"

"我想您肯定也能明白，什么分裂出个国家，推行自己那一套是根本行不通的！想您如此睿智通达，难道不知历史上从来就没有过这样的情况吗？"

其实尘虚子掺进这件事的初衷还真的是看出了莫沁然的潜质，让他燃起了这种虚妄的念头。

但失去了莫沁然后，冷静下来，他也觉得此举甚是荒唐，但已是骑虎难下。

现在听了莫沁然如是说，他静了静道："那这件事为师是一心为你考虑才走到今天，你总要给我个交代才行！"

秦潇听老道竟然无耻地将起因推到了莫沁然头上，怒道："这怎么是沁然的错？都是你自己的野心作祟！"

谁知老道又笑道："你们都看过我的手臂了，你们说我还能有什么野心？就算是当了皇帝，又有多少臣僚百姓能信服？"

秦潇一听这话倒是不假，他要真是登了大位，那下面的还不得以为是个妖怪上位了？

谁知莫沁然突然坚定说道："如果道长您能停止杀戮，就此退去，我愿意现在就拜您为师，以高传为尊！"

尘虚子一听倒是大喜，没想到绕了这么大一圈，这女娃儿终于开窍了，早知如此，在当时就威胁多杀些人，那还有这麻烦事儿？

秦潇一听却是大急道："沁然你疯了！怎么能跟他学艺去？他可是个不死妖怪呀！"

老道却道："你当真吗？如果你真的拜我门下，为师定会应允你的要求！"

莫沁然坚毅道："我不反悔，只要师父放过苍生！"

老道喜道："为师早就说讨，只要你入了我门，你说什么为师都答应！"

秦潇没想到莫沁然竟然会以己换苍生，急得都说不出话了，眼见着她就要飘飘下拜，等到礼成，按她的性子就再也不能挽回了！

于是他默默地掏出明墉给他的两个竹筒藏在身后，默默地向老道靠去。

就在这时，哥磊方向突然传出了隆隆的爆炸声，这声音一声声炸响，连十里外的地面都在微微颤动。

秦潇忙回头看去，不知出了什么变故。

老道可是认准了时机，绝不想再错过，他笑道："那你现在就拜师，为师就答应你撤兵！"

秦潇猛回头，就见莫沁然果然施施然向老道拜倒下去。

老道心愿终于得偿，忙上前用手去搀扶。

秦潇大急，两个竹筒破空就向老道抛去，老道听声头也未转，双手仍是扶向莫沁然。

而一股内力却将两个即将近身的竹筒击碎，而这两个筒内装的不知什么液体溅了老道一身。

老道微微一怔侧过头去，秦潇却见莫沁然突然飞身而起，一道寒芒向着尘虚子迎面砍去。

而正在此时，老道的身上突然冒起了白色火光，转眼间火团就把老道裹了起来。

一百零一、沉舟侧畔

盛思蕊和明墉惴惴不安地等着祁凌宙。

见他一闪就到了面前,盛思蕊有些心虚地低头不看他。

而明墉在见他之前还觉得双腿颤抖,可是真的面对了,却发现自己反倒是镇静了。

反正他想躲也躲不了一招,还不如坦然点儿好。

见祁凌宙戴着个镶满珠宝的黄金面具,明墉先道:"祁主使!好久不见,您老身子可好?这面具可真是霸道,也就是您才配戴着!"

这面具本来是寮国进贡的宫藏珍宝,到了他手里后就一直戴着。据说此物有通阴阳的妙处,不过他还没发觉。

祁凌宙冷冷道:"要叫大王了!"

"那不知该叫什么王?是辅政王吗?"明墉继续笑。

"是赤乌王!"盛思蕊一惊,难道王号都想出来了?以先族命名,这野心不是昭然若揭吗?

"那您既然是一王至尊,说过的话总该算数吧!"明墉接着笑。

"那是自然,本王一言九鼎!"

"那好,以前不知谁说过,等他复族大业一成,就放了我和思蕊去!现在他好像都称土了,那是不是该兑现承诺?"明墉轻佻问道。

祁凌宙回忆了半天,这才想起这话自己是在那个山洞里说过,当时他想劝他们两个放弃抵抗,随口一说,没承想这小子竟还记着!

他是个目高于顶的、更是个尊严至上的,说过的岂能反悔?

于是他哼了一声道:"没想到你这小鬼记性还不错!"

"那是自然,您是大人物,日理万机,这点小事我当然要记得了!那您现在会不会反悔呢?"明墉问道。

祁凌宙想了一下,虽说圣女已经是自己的王妃了,可手下谁人不知自己都没进过她的房间?

自己的亲信更是以为他只是借圣女之名来招纳族部,更没把王妃当真。

他心想如今自己离霸业只有一步之遥，干吗非得为了个女子毁了自己守信的形象？

不如就顺水推舟，成全了他们！

虽说就这样便宜了这小混蛋心有不甘，而且这厮还三番五次设计陷害自己，但每次似乎自己功力还得到了收益。

如此说来自己不如大度一些，再加上今日他的确是不方便多做纠缠，就遂了他们吧！

于是祁凌宙道："好吧，本王言而有信！你们走吧！"说罢他就要转身回去。

就听明墉道："慢着！"祁凌宙回头没好气问："还有什么？"

"是这样的，思蕊坚持要一份休书才算正式，要不我们都不会来！大王您看能不能给写一份？"

祁凌宙一怔道："休书？我们连婚书都没有，何来休书？没此必要了！"

明墉马上对盛思蕊叫道："你看，我都说了，你们不是真夫妻，你非要较真！现在知道了吧？人家只是当你个摆设而已！"

盛思蕊却是长长松了口气，九九八十一难终于到头了！自己终于可以放心离开这个老怪了。

她心气一松，竟然只说了声"后会无期"，而后转头就要走。

明墉忙咳了两声，盛思蕊这才想起来自己还另有任务，这才转回来道："大王，我有一事相求，不知您可否答应？"

祁凌宙一听这话，转过身来道："什么事？"其实他内心中对盛思蕊还是有些感情的，如果对方有什么，他倒不妨送个人情。

"请您撤兵，别再为难那些侠客了，还有也请您别再攻打中华的地盘了！"盛思蕊颇为诚恳地求道。

祁凌宙疑道："你说什么？"他真的不敢相信对方竟然提出这样的要求。

"没错，请大王你撤兵吧！那边缅寮有那么多地盘，你为什么非要功打国境呢？还是放过自家百姓，去外面建国吧！"盛思蕊有些激动，口不择言。

祁凌宙一听突然哈哈大笑，这笑声直如刺破人耳膜般，他的亲信们都悄悄地掩住了耳朵。

就听他笑完道："是你幼稚，还是我糊涂了？我们圣族根在神州，自然要回神州发展！本来不能在先祖的土地上建国，已经是无比遗憾了，你竟要我去外面？告诉你，外面的地盘只是战略后备，神州才是我的目标！"

盛思蕊听了心中发凉，瞪了明墉一眼，似乎是在埋怨他为何让她说得如此草率。

却听明墉道："大王，话也不是这么说的，您想现在世上都是捡软柿子捏，谁没事鸡蛋往石头上碰呀！"

"现在那些相邻小国就是您的软柿子,可是神州大国呢?"

"你觉得清廷能是我的对手?现在本王有财有人还会有枪,我会怕了清军不成?"

"不是清军也不是革命军,而是大炮!您总知道厉害吧?"

"如果百炮齐发,那您这里可是焦土一片了!你总要好好想想吧?"

"呵呵,什么百炮齐发,外面都打成一锅粥了,哪里还有什么百炮齐发?"

"你可别不信,就是思蕊义父,您见过的那个,现在是革命军高官,他专管军事,他可说了要调百门大炮来这里打击叛军!到时您说……"

祁凌宙倒是听盛思蕊听过那个义父的只言片语,知道他曾是个当官的,莫非现在还真成了革命领袖不成?

盛思蕊却是瞪着明墉,意思是你怎么满嘴胡说呢?

不过祁凌宙还是道:"那又如何?等他来了,我都拿下哥磊了!况且他的炮还能伤得了我?"

他的这种狂傲态度正在明墉意料之中,他道:"您倒是伤不了!可您的手下和这群走肉恐怕是都要化作一堆碎尸了吧?"

说这话时,他有意提高声量向那边偷瞄,果然那些亲信现出了惧色。

"而且有件事您还不知道,您那位国师可是另有心思!"

"他?"祁凌宙对他一直有忌惮,所以此话倒是撩动了他的神经。

"没错!您也不想想,为什么他只带着个小女孩回来了,那两位大员呢?还不是为了他说什么就是什么!好蒙骗您!你不知道当时我们在场,他为了收个女徒弟,可是说过答应她的一切要求!现在那女徒弟就在对面帐子里,和老道商量着怎么撤兵呢!"明墉信誓旦旦道。

祁凌宙疑惑地看向盛思蕊,却见她也在点头。他知这小女子虽然有些狡黠但从不撒谎,见她默认,此话估计是错不了。

而盛思蕊点头,是因为明墉说的这些确实都是事实呀!

"现在大王你将内忧外患,何不早早撤走以备后手呢?"明墉继续道。

祁凌宙却是哼了一声道:"你让本王撤,本王就撤吗?"

"你可能不知道那老道比您的优势在哪里,他可是千年的不死之身,是长生不死的!"

祁凌宙又看看盛思蕊,见她又是真诚地点头。

"您知道你们功夫本来就难分上下,如此时间一久,你不是吃亏吗?"

祁凌宙觉得有理,难怪那老怪功夫一路正宗,却有如此修为,原来是长生不死呀!那自己可怎么和他斗下去?

"但您不知道,他能长生,是吃了自己炼制的长生药!"

祁凌宙再看向盛思蕊,盛思蕊忙点头道:"没错,这是我师兄亲耳听到的,他不会骗我！"

明墉接着道："不过我们也感念大王的饶命之恩，把老道炼制的另一颗长生丹偷来献给大王！"

说罢他掏出丝囊打开，露出里面金色的丹丸来。

祁凌宙再看向盛思蕊，她立刻点头道："没错，这就是我师兄从他丹观里顺手牵的！说是老道要敬献给自己师尊的，应该假不了！"

还没等明墉动手，那颗丹就到了祁凌宙手里，他看着丹药问道："我凭什么信你？"

"我师兄从来不骗我的！他一直带着这颗丹！"盛思蕊道。

"我知道您这里有个日本人，你让他化验化验不就全明白了！"明墉道。

那个鬼子能做什么化学实验，这是真的。虽然他现在还没到，但这两个小鬼估计不敢拿这个骗人。

祁凌宙之所以抢去长生丹，是因为长生这种事对他这样的巅峰人物实在是太诱惑了。

设想如果复族大业漫漫无期，那他要是挨不到那天就寿终了，可怎么办？那岂不是一生心血都化成泡影了！

有了这颗丹，他就有了更强的底气来继续大业。

而且有个长生的老道做先例在那里，长生后武功完全不受损，这还不够吗？

这时盛思蕊道："丹也给你了，我求你就撤兵吧！别再让生灵涂炭了！"

祁凌宙今天气血翻滚，实在是不适合再过多纠缠，再加上他对盛思蕊也还有一份人情，于是道："好了，好了，看在你们的分上，我就暂且饶了那群废物！"

盛思蕊听了是大喜过望，没想到设想中千难万难的事情竟如此简单地解决了！

可祁凌宙却暗暗冷笑，自己说的是暂且，等过了今天弄明白了老道的意图，再收拾那群宵小不迟！到时还能算自己违背诺言吗？

正在此时，他们都听到了远处的隆隆炸裂声，祁凌宙知道这就是炮弹炸裂的声音。他心中顿疑，难道这小子说得不错，对面真的调来大炮了？

明墉拽着盛思蕊趁着祁凌宙还在迟疑中一路狂奔，不久就到了哥磊城下。

眼前的情景让他们顿时震惊，只见城下是数十个大小不一的弹坑，而周围都是一地碎尸。

而最让他们惊诧的是，竟然有一排大炮正被马车向前拖动着，不少军人打扮的正在赶车向前寻找炮位。

却听城上有人叫道："蕊儿你们快上来，我要向对方营地开炮了！"二人一喜，正是李白安站在城上！

盛思蕊叫道："义父，沁然姐姐他们回来了没有？"

后面传来上气不接下气的喊叫:"我们回来了!"就见秦潇横抱着莫沁然在拼命奔跑。

二人都不解,但确定的是他们几个都平安回来了!

此时一排大炮已经摆放就位,在炮手用旗语向李白安报告瞄准目标进入射程后,李白安一声令下,十门大炮齐鸣向远处的营帐轰去。

众人在城上看着轮番的炮弹在对方营地炸开花,那场景十分撼人心魄。

这时,李白安才得空说了自己这一路为何耽搁了。

原来他进入湖北后,就赶上武汉筹备起义,所以就留下了直到起义成功。

而后就调了三十门大炮,上千发炮弹,星夜兼程赶往昆明。

可是进入云南时,他实在是放不下自己号召集结的那群豪侠,还有自己的四个孩子,再加上已经知道了走肉的事情,更是惴惴不安。

所以他就硬扣下了十门炮,两百发炮弹,日夜不停过来驰援。

果然到达的时候,正好看到群侠们正在和走肉血战。

明墉的机关虽然好用,但也解决不了那么多走肉,李白安忙叫大家撤退,先行开炮轰倒了这一批走肉,而此刻盛思蕊他们也刚好赶回。

在问及情况时,莫沁然说亏了临行前思蕊把匕首借给了她,这才让她想到了在拜师关头力劈尘虚子的办法。

虽是冒了奇险,可秦潇在旁边分散了老道的注意,这才涉险成功。

要说这匕首真是厉害,一刀下去几乎把老道的半边肩头都给削了下来。

再加上老道烧着了,所以他们才能顺利逃出。而莫沁然那一击几乎耗光了刚刚恢复的内力,所以几乎是被秦潇抱回来的。

至于那两个竹筒是明墉秘制的,里面装满了火油,还有白磷引燃机关,只要一淬火,油溅到老道身上就能把他烧着。

用火来克木,是昨天众人商议不能用火攻时,明墉想出的替代办法,针对一个人还是个木头人,用火总不至于丧尽天良吧!

可莫沁然仍是心有不忍,尘虚子不是个十恶不赦之人,他甚至比很多人还都要仁慈,自己对他卜这般毒手实在是过于残忍。

在几人的劝说下,她才稍有缓和,但仍是愁眉不展。

秦潇发现自打她功力几近全失后,她的表情开始丰富起来,再也不像以前那般不形于色了。

等炮弹全部射完,尚且完好的三四十个豪侠去看了一下战场。

那叫真是叫满目疮痍,惨不忍睹,血肉遍地,残损一片,不过经仔细搜索,并没有发现祁凌宙和尘虚子的尸体。

这结果虽然在众人的预料之中,但对于一直在心中祈祷两人被炸碎的秦潇、明墉二人来说,却不啻于一颗大石横在了心间。

鉴于危急仍未解除，李白安和群侠继续留守观察动静，而四个年轻人则匆匆地赶回了上海。

至于那个半死不活的英国佬杰弗逊，李白安认为他或许还能为革命做些贡献，就留在了身边。

李白安伙同剩下的侠士乘胜追击，一举收复了没人把守的磨勘镇。

在镇上他们救出了被硬生生作为活牌位的小女孩儿黄霓鹏，并派人兼程将她送回了丹奕镇的父母身边。

不过令人吃惊的在于，这个小女孩竟然表现出与年龄极不相仿的成熟，一路漠然，表情肃穆，闷不作声。

这倒是让人怀疑她是否真的被什么鬼祟附了身，难道太后还真的还魂了？

不过当事人尘虚子遁形无踪了，真相再也无从查证。

而一直在镇后丛林里被看守住的蟾蜍精和离冰大个儿，因为看守逃跑而脱困。

之后他们就一头扎进了缅寮的深山丛林之中，就算一众人知道这些怪物迟早是个祸害，但也再难寻踪迹。

而且那里是国境之外，就算寻找也多有不便，只能听天由命。

而李白安因为擅自挪用起义重要物资，还受到了来自总部的严厉斥责。

幸好昆明起义成功了，要不李白安难辞其咎。

也幸好还有很多用到李白安的地方，他才能没受重大处分，继续奔走，应援各地革命势力。

但剩下的群侠经此一役，都完全磨灭了当初的豪情。

他们都选择悄然隐去，不论李白安如何挽留、施以何种许诺，都不愿意再干下去了。

按其中一位的说法，你李大侠立下如此奇功一件，可上面的人来了，别说夸奖、安抚了，当众就是斥责，就是严厉批评。

这举动让人心寒，就算是李大侠受得了，他们也受不了了。

所以也不管什么封赏的许诺，各自四散去了。

留给他们的也许是一生都无法磨灭的记忆，当然还有被深深挫伤的情感。

可是李白安全然不管这些，他多年的努力，多年的付出，终于就要见到曙光的到来，他要亲眼见证新时代的来临。

在他心里，亲手将大清倾覆，是一生的宏愿，为此他愿不惜一切。

不过他现在不知道的是，此次挪用大炮来解哥磊镇燃眉之急的事情，在民国成立后竟然还差点儿给他带来牢狱之灾。

而在军事法庭上，更让他意想不到的事发生了。

由于没了负担也不需赶时间，秦潇等人先是绕道广州，而后坐船回沪。

到了广州时，这里的革命起义已经成功。

除了进步的学生和民主人士奔走相庆外，百姓倒是很平和，看不出有何改变。

他们还去了当初和邪教起冲突的鹰嘴崖，明墉听盛思蕊声情并茂地讲述过往的经历，表现得兴趣十足。

而秦潇和莫沁然却是相顾微笑，莫沁然还露出羞怯的神色。

虽然谁都没说那个妖女是谁，盛思蕊更是不知道，但明墉看那两个的神情似乎猜到了什么。

等他们四人一行回了上海，已经是西历十二月末了，上海外滩到处是彩旗飘飘，张灯结彩，一派喜气，原来革命领袖孙文即将到来。

到时所有的国民都将见证一个没有帝王的国家的新生，而上海作为当时西洋思想最为活跃的地方，百姓自然是欢天喜地。

本来秦潇想凑热闹，带莫沁然见见他认识的那位孙领袖，不过她却拒绝了。

莫沁然说她奋斗的目标就是推翻满清帝制，既然目的达到了，那这些形式还有什么好稀罕的。

秦潇没想到莫沁然竟淡泊如此，心中敬意更是油然而生。

几人回了周府，本想着宋婉毓会强作欢颜，可没承想她却是真的欢喜无限。

原来日前她接到了电报，周炯竟然没死！

当天他变身毁了运送船后，腿部受伤，药力消退后就被顺流冲出了黄浦江，并在入海口被人搭救上来，而救他的还是革命党的要员一行。

得知了他的身份、能力后，他立即就被吸纳进了组织，而后跟随一行在船上到处奔走。

他经此一事，再也不想回去给洋人做狗了，就在组织里尽心做事。由于忠诚可靠，能力突出，他还得到了重用，很快就成了一号人物。

之所以在革命党大局将定时才给宋婉毓通信，是怕之前被清廷的爪牙知道了使她不安全。

知道周炯没事了，大家心中的大石才算落地。

而在向钱先生讲述了此行一路经过后，钱先生是半响沉默不语，而后只是喃喃地说愚蠢之极，也不知是说谁。

不过没有什么能比再次平安相聚更令人快乐的了，所以接下来几日他们是过得兴奋异常。

当然好事还不止这些，等凌震已无大碍，伍芮他们就走了，并把到手的百万多两银票带回给了张聚霖。

张聚霖是大喜过望，得知了老七的倾力相助，以及莫沁然受了内伤，他豪气干云地派人给小妹妹送大补品去，并相应送上大礼。

这事情陈同恩抢着来做，他现在已经是张聚霖手下举足轻重的人物，平时也是威风八面。这次积极要亲自去，就是为了感谢当年莫沁然指点迷津和引路相助之恩的。

等他叫人把礼物往周炯家中一放，众人顿时傻眼。

那是足足有几百斤的上等老参、鹿茸和熊胆等大补之物，光是三两以上的老山参就超过了一百只。

秦潇之前还担心大灵芝吃完了，莫沁然的伤情怎么办，现在看来治内伤的补品恐怕往后十年都不用愁了。

陈同恩对莫沁然的感激是溢于言表的，按他的说法，没有莫沁然指点迷津，他怎能扬眉吐气，怎能光耀门楣？所以这恩情一定是要谢的。

同时他还拿出了五万两的银票感谢众人，大家都被这种阔绰震慑，唯独莫沁然却笑说，以张大哥的豪气，日后东北王非他莫属。

钱千金行动不便，连字都写不了，现在出乎意料地来了个饱学之士，那众人婚礼的准备就请他代劳了。陈同恩当仁不让，大包大揽，好在以前在海府都有了经验，一切都熟门熟路。

不过时过境迁，更是别有一番滋味在心头。

在陈同恩的操持下，秦潇、莫沁然，明墉、盛思蕊终于如愿以偿，在同一天举行了大婚。

由于李白安奔波在外，无暇赶回，家长重任只能由钱千金一人担当。

在民国元年，在熙熙攘攘的周府里，两对新人在欢笑和泪水中终成眷属。

婚后，盛思蕊和明墉立刻就开始了没心没肺的生活。

他们拿着一万两谢银，立刻兑现诺言开始了说走就走，走遍天涯，尝遍美食的旅程。

秦潇极为羡慕，也想叫着莫沁然一起去。

可他发现莫沁然这段时间以来，经常是愁思锁眉，偶尔还会凝思出神。

架不住他不住的询问，她才道出心中一直还对尘虚子有愧疚之心，久久不能原谅自己。

当时她本想着就用拜师了却这段干戈，没想到下拜之时却偷眼看到了秦潇正要偷袭尘虚子。

她心知这样的偷袭无异于自寻死路，所以在情急之下才使出了杀招。

她从未做过这种恩将仇报的事情，所以内心就像是压了重石般，喘息都觉沉重。

秦潇没想到莫沁然是如此恩怨分明，是如此自我压抑，不禁心痛长叹。

世人总道"杀人放火乐逍遥，慈悲行善泪千行"，莫沁然不就是这样吗？

就是她对自己的道德标准太高,她对自己的人生准则太严,她对自我的约束太强,她对自我的要求太过,才会受这种内心的煎熬。

为此秦潇是磨破了嘴皮,用尽了开导,才让她暂时将耿耿于怀的心稍微放下。

之后他见她恢复平稳,便带足了药材,带着她出去走走简单的路线,来番故地重游,让她多看看平和快乐的事情,好让她能缓解心郁。

他们在东部沿海由南至北到了天津,再到了京城。

一路来他们看到的虽然是民心向上,但也看到了各种不尽人意。

这时袁世凯已经在京城担任民国的大总统了,此时的京城虽然再也看不到遍布的辫子兵了,但军队仍然不少。

而且百姓对军队仍是抱有畏惧之心,而这些从旧时北洋新军直接转变而成的民国军队,对百姓也还是老样子。

一次秦潇见军人强抢百姓东西,出来打抱不平,差点儿和大队起了冲突。

而此时一个人的到来却立刻化解了剑拔弩张,他就是秦潇恨得牙痒痒的袁克己。

依旧保持着风度修养、依然儒雅热情的袁克己,让秦潇没法拒绝他的邀请。

虽然经过莫沁然事后推测,当初他提出要革命党去攻打两位绝世高手,就是为了引发武林残存豪侠的一场浩劫。

而等到中华武林热血行侠的一干人都被残杀殆尽,再也掀不起风浪了,那今后无论是哪方最后得了天下也都高枕无忧了。

不过此事殊无证据,也没有站得住脚的论据,所以只能算是自己的猜测。

不过袁克己没有因为亲爹当了总统而身居任何官位,依旧是干着老营生。这倒是让秦潇颇觉意外,心中再次为自己对他的揣测疑惑起来。

在席间听了一大通袁克己对莫沁然的奉承话后,袁克己知道了二人现在竟然是闲人。

他大呼不值,并亲自把他们带回府上见父亲,袁世凯对这个曾经帮助过自己的小伙子颇有好感,也对莫沁然的风度气质是赞叹有加。

他大笔一挥,立刻委任了秦潇巡视员的官职,专在华北巡视民情、督察官员,并力邀莫沁然加入他兴办女学的计划。

秦潇对能为国为民出力深感荣幸,而莫沁然也对女性解放颇为上心,于是在袁世凯分配了宅子后,他们就留在了京城。

自此秦潇经常往华北的田间地头跑,而莫沁然则和一位吕先生在京城准备建立女学。

实际上在袁世凯任职前朝直隶总督时,就促成这位女学领袖、一代才女吕先生创办了第一所女子学堂。

而现在民国了,袁世凯想让京城也能兴起女学。

莫沁然倒是尽职尽责,全身心投入到女学的筹备中来,而此时明墉和盛思蕊却找上门来。

原来他二人拿了钱,就开始一路逍遥。

明墉本是个节俭之人,但婚后乐昏了头,一路上处处惯着娇妻。

而盛思蕊本来就是个对钱没数的,好不容易挣脱烦恼了,一路上那是从心所欲,自在洒脱。

而此种情况下,就算有金山银山也迟早得被他二人花光。

当二人囊中羞涩之时,明墉想做些副业,贴补一下,却被盛思蕊断然否决。

所以两人只得悻悻地返回,得知秦潇他们已在京城立足,早就在上海住烦了的盛思蕊就立刻拉上明墉来到京城。

而恰逢袁克己又来叨扰,正碰上了这个当年让自己印象深刻的顽皮姑娘。

他立刻又向父亲引荐,袁世凯十分宽宏地派盛思蕊也去筹备女学。

盛思蕊一直对中华数千年男权社会耿耿于怀,此事算是正中下怀,欢欣而去。

而明墉就没了着落,但得知他有开机关的异能后,袁克己就告知他现在民国百废待兴,用度捉襟见肘。

于是政府打算学习西方,准许民间为国寻宝,但前提是不能碰陵墓。

而且寻宝成功后,会给予寻宝者一成奖励金。

明墉听后是双眼放光,这不是可以合法开掘宝藏了吗?

而且这正是自己的强项,现在终于能光明正大地干了!有了这营生,以后还怕不能富甲一方?

他顿时想起了曾经在北地逮到过的川耗子,想到了他们说过的地方。

于是立刻动身,集结曾经的地下旧识,动身入川明目张胆地寻宝去了。

秦潇看着这几位都有了自己喜欢的事业,心中十分欣慰,想着他们这算是真正的自立门户,可以宽慰师长了。

谁想好景不长,问题先出在盛思蕊身上,本来她是一位女权激进者,对女学抱有极大的热情,一反常态认真投入。

可不久后,却因为教学内容和吕先生闹得不可开交,原因就在要开办的西洋画人体写生课上。

作为西洋画派的重要组成,人体写生课是吕先生坚持要上的,而且也已在天津得到推行。

可盛思蕊在英伦时就最恨那些狗屁画家画的裸女画,她认为这纯粹是在侮辱女性,败坏风气,成就流氓,于是就坚决反对。

一时间二人针锋相对,互不让步,但袁公的意思是偏向吕先生这边。

盛思蕊哪里受得了这气，立刻嚷嚷着要退出，并拉上莫沁然一起。

莫沁然本来只是专心筹备，对这些她并不在意，但碍不过面子又顾及盛思蕊的感受，只得跟着一道退出。

而吕先生倒是宽宏大度，这位淑女典范在临分手前还给她们各画了一幅侧身肖像，说是以后要挂在学堂里，以示纪念奠基人。

可盛思蕊却叫嚣道你要是挂了我就给烧了，至于后来到底是挂了没有那就无从得知了。

放开这一边，再说明墉那边也是落得个意冷心灰。

他召集了几十人入川，经过了数道生死考验，历经绝境，九死一生，终于找到了一代魔王的宝藏。

而等他们在付出了十几个弟兄性命的代价，回去交差时，却都愤怒了。

政府那边专员给这笔财宝的估价都不如实际价值的百分之十，而他们再拿一成，那岂不是变成只得到了百分之一？

那付出这么大代价，根本就不值！

他们本来不想上交了，不过官员说，你们如果私藏，就要按盗墓罪论处。

这官字两张口，他们可是彻底见识了，但别无他法，只得接受现实。

所得分给众兄弟和死者家属后，到明墉手里只有一万大洋。

这可是气煞了明墉，坚决再也不上官府的套了。

不过他私下说那笔财宝他们只拿出来一小部分，等以后换个能办人事的政府再去挖不迟！

不过他还是在京城置办了套宅子，总算是让他们小夫妻有了自己的居所。

而最大的问题却是出在了秦潇身上，他在华北一巡视才发现，原来废除了帝制，成立了民国，可是很多事情似乎根本没有什么改变！

先是很多百姓依旧坚持留着辫子，要强行削辫，都会哭爹喊娘，寻死觅活，推行得十分困难。

秦潇就不明白了，那标志着耻辱的辫子就有那么重要？

而后是各级的官吏，很多都是换汤不换药，就是前朝人马剃了头换身衣服，继续坐在那儿，继续用老法子鱼肉百姓。

秦潇更不明白了，难道民国建立不是应该从上到下焕然一新吗？

说到上层，让他不明白的就更多了，原本身在高位的很多都是大清旧员，而国会里还有一些真正的进步人士。

而随着时间的推移，国会里反对的声音越来越小，敢于坚持真理的人越来越少，连国会都似乎又变成了大清的朝堂。

他越来越不明白，这民国除了名字不同，又和大清有何分别？

当然还有一位熟人的际遇，更是让他惊愕不已。

那就是一直做着青天梦的糊涂贵族海旭，竟然倚仗自己兵多枪多，看到形势逆转，迅速选择起义。

所以在民国成立后，他摇身一变成了推翻清廷的功臣。加之有钱又善钻营的属性，竟然让他在某省谋了个督军的高位。

相较在清廷的小小武官，他这可算是平步青云了。

甚至他的小舅子，就是那个曾被海晓掳去后被秦潇救下，再倒插门进了海府的落魄书生竟然也成了该省的教育专员。

这才叫一人得道鸡犬升天，但秦潇除了慨叹愤懑外就别无他法了。

然而另一位从未谋面的熟人的际遇，更是让他完全如身堕雾中。

那就是明墉的叛徒大师兄汪自麒，此人竟在外交部坐上了高位。

秦潇之前听过那些密谋，和明墉探讨后都一致认为，那醉心机关、为李莲英修造宝盒的二师兄杜自鲲就是被他出卖，而后才惨遭横祸的。

但是这样的叛师背祖的奸佞小人，竟然还堂而皇之居于人上了，而这样让人不可思议的人事任命却在民国之初频繁上演着。

当然此事秦潇一直瞒着明墉，怕他一时激愤下了杀手惹下祸端。

毕竟民国之初，暗杀官员可是重罪，而且在北洋军严密把守的京城，这样的行为无异于自寻死路。

民国渐欲迷人眼，夺权争位走马灯，秦潇这样单纯的人在政治旋涡里日益发觉有心无力。

时间荏苒，岁月如梭，虽然有各种各样的不如意，每日都过得越来越浑噩，可秦潇依旧是在做着这份让他愈加绝望的工作。

因为他还存有一点希望，那就是一切都会好的！

盛思蕊早些年生了个小女儿，为了给孩子找玩伴，她回到上海和宋婉毓一道带孩子去了，而明墉自然跟随。

而莫沁然也在年前因为寒症发作，去法国尝试一种新型的治疗方法去了。

要说祁凌宙的掌力的确是深入膏肓，那么多顶级补品都不能完全化解郁结于脏器里的寒毒。

而世上再也没有像尘虚子那般能化解寒毒的内修顶尖高人了，在哥磊仓皇一逃后，他们就再也没了老道和祁凌宙的任何消息。

但据说在缅寮境内，有一个戴着黄金面具的妖怪被当地土人敬奉为神。

而且据说南洋兴起了个教派，而教主是个行迹缥渺的仙人。

不过这两人都没在民国再次出现，那这世上也就再没人能用内力为莫沁然逼出寒毒了。

所以在听说巴黎研究出了一种能根治伤寒的方法后，秦潇立刻就把莫沁然送过去治疗了。

那是欧洲科学家针对在第一次世界大战中被冻伤的大量士兵研究出的，据说治疗效果十分显著。

而促成这次赴巴黎医治的竟是顾卿卿！她苦缠了几次秦潇郁郁不得后，回巴黎学了医，再次回国后，秦潇、莫沁然已是璧人一对了。

她怅然若失，但也是无可奈何，之后还保持着和二人的联系。

在得知了莫沁然身染寒症，而巴黎实验出了新型的疗法后，她才积极邀请莫沁然过去治疗。

这也算是报了这对夫妻当年的救命之恩，不过在她的内心深处何尝不是想借此能多看看牵挂的人？毕竟少女的情窦初开是毕生难忘的。

说到她就不得不提到凯特了，她在得知秦潇已经结婚后，反而再不纠缠了。

之后她在香港结识了个华人探险家，两人是一见如故，很快就情投意合，喜结连理。

虽然凯特的两个哥哥都很反对，认为那男子只不过是想通过凯特的家世来为自己捞取资本。可凯特再次一意孤行，谁让她自从被秦潇弄得魂牵梦系后，就此更愿意钟情于斯文含蓄的东方男子了呢？

莫沁然走前对秦潇说要是干得不开心，不如不做了。

因为她也看出了这几年民国的现状，更是经常深深叹息。

但是她坚信这世上一定能有一种力量能彻底将中华百姓救出水火，能真正实现中华民族的复兴，只是目前还没找到。

送走了莫沁然后，孤身一人在空荡荡的宅子里，秦潇觉得无比孤寂寒冷。

这年冬天来得很早，干冷干冷的，但似乎都没有秦潇心里更加深寒。

因为袁世凯居然称帝了！他居然把刚刚推翻的帝制又给端上来了！而且皇帝的帽子还要自己戴！

这让秦潇陷入了无比的深寒，陷入了深深的怀疑，自己这几年到底在干什么？在帮助一个要登基的皇帝吗？

而正在他感到孤苦无助时，李白安却突然出现了他家中。

李白安自从民国成立后，先被告上了军事法庭，罪名就是挪用重要军事物资，致使革命党人付出无谓死伤。

这罪名听起来就可笑，革命就会有死伤，什么叫无谓？还有李白安挪用是去消灭叛乱，也是革命任务，何来挪用？

不过这主控方竟然是孙先生方面的人，李白安只得坦然接受。

不过让他没想到的是，给他特赦的竟是袁世凯！

而且袁世凯还把他叫到府上，推心置腹地好一番抚慰，并请他留下来襄助民国军事建设。

不过李白安是犹豫的，虽说民国是孙袁二人和谈换来的，而且二人在表面上是亲密无间。但他知道孙先生那些革命党人是不服袁世凯的，现在的局面只是暂时的妥协。

所以他不想有负孙先生，可这次把他告上军事法庭确实是让他有些伤心，但总不能为此就与袁世凯合作吧？

最后袁世凯甚至开出了海军参谋长的高位，李白安还是拒绝了。

他感觉累了，也觉得自己的使命完成了。

他并不想陷入任何权力的斗争中，也对高官厚禄没有兴趣，于是就飘然而去。

一晃四年，他又回来了，还是带着杀气回来的，身上背着那把明晃晃的"绝批"宝刀。

秦潇正在深深的绝望中，近乎无法自拔，忽见义父出现，心中一热，正要叙旧，却被李白安正色打断。

李白安叫他穿好便服跟他出去一趟，秦潇见他神情中杀气腾腾，不再多问，连忙照办。

此时已经入夜，二人蹿房越脊，不多时就静悄悄地落入了一座堂皇的宅院之中。

秦潇认得这里，正是袁世凯的皇宫！难道义父他要……

李白安没容他细想，继续身形扭转，轻盈躲过所有守卫，带着秦潇转眼间就到了一处宏大的居所，这里应该就是袁世凯的寝宫了。

李白安打开窗子和秦潇跳了进去，就见一张大床上正卧躺着身穿龙袍的袁世凯。

他猛见二人进来，伸手想要掏枪，可他龙袍在身，哪里还带着枪呀？

不过毕竟是久经大场面，袁世凯倒是渐渐地镇定下来了，一张胖脸还是那样笑容可掬，道："白安呀！前来贺喜，也不用如此唐突吧？"

李白安哼了一声，叫秦潇出去关好窗把风。

秦潇出去关上窗户，四处查看，耳边却能模模糊糊断断续续听到些说话声。

"白安，这可是民心所向！……"

"狗屁！就是你利欲熏心！……"东西打碎声。

"这外国公使都发电庆贺了，还能有假……"

"胡扯！你看看海外报纸！……"

"这是怎么回事？克定明明说……"

"你就是想做皇帝想疯了！……"

"不过日本公使是当面说支持的呀！……"
"为了当皇帝，你不惜出卖国家利益……"
"这你可冤枉我了！我那条约可是尽量为国争取……"
"还胡说！你那份条约内容海外已经……"
"那是孙文故意给我扣……"
"你都称帝了，还有什么干不出……"
"白安，你别激动！事情不是你想的那样，真相……"
"还在混淆视听？……"
"不是！你看看他签的条约……"一阵翻找声音。
"你看看，哪个条约更卖国？……"
"你这是假的，是捏造！……"
"真假你一问他便知！……"
"那你呢？你就堂而皇之地当这个皇帝了吗？……"
"可是皙子说国体……"
"国体个屁！梁启超都不满你，离你而去了！……"
"那好，我们慢慢商量！这件事总不能说变就变……"
"那也好！"随着话音，李白安破窗而出，手上还拿着一卷纸。
秦潇仔细看，似乎最上面还模糊写着"中日条约"字样。
李白安回身怒道："我向来光明磊落，绝不会冤枉好人！"
"不过等我求证回来，你若是还当着狗皇帝，此柱就是你的下场！"
说完，他把宝刀横抛出去，窗前檐下一根半尺粗的立柱应声横着被斩为两段，而后刀身扎进墙里直发抖。
李白安随后飞身而去，秦潇忙把刀拔了跟上。
他回眼透过窗子看了一下袁世凯，就见他已经被吓得呆若木鸡了。

之后李白安就只身去了日本找孙文求证，秦潇想跟着，可是他不同意。
秦潇想看看那卷纸到底写的什么内容，李白安也不同意。
李白安这回是空着手去的，看来不论如何，至少孙文性命无忧。
之后秦潇就在忐忑中度过了接下来的两个多月，按说袁世凯认得他，又见了他的正脸，应该派人来捉拿才是。
不过令他奇怪的是，过了多日都毫无动静，难道行刺这种大事他竟能放过？
而这件事就像是没发生过一样，袁世凯还照样上着朝。
但此时国内各路媒体已经铺天盖地地掀起了口诛笔伐，大有用唾沫淹没新皇宫之势。
而国会中人又罕有地硬气起来，纷纷公开地发表反对称帝的言论。

一时间国内京城被高涨的反帝情绪充斥，倒是给了许久未感温暖的秦潇些许暖意。

一晃两个多月过去了，当袁世凯公布了逊位诏书之日，满脸苦涩、一身疲惫的李白安回来了。

秦潇刚想告诉他袁世凯已经不是皇帝了，李白安却颓然地坐在那儿，摆摆手止住他。

李白安突然茫然道："潇儿，你有没有觉得一切都不值过？"

秦潇懵住了，完全不明白义父怎会这般颓唐地说出这样的话来。

在他的印象中，义父就是果敢坚毅的化身，就是侠骨柔肠的写照。

他不畏艰险、克服万难，他勇往直前，从不言退，关键的是他淡泊名利，品格高尚，可他怎么突然就变得如此消沉了？

秦潇注视着义父寂寥的身影，猛地发现他已经满头华发了！

他这才醒悟到这些年随着时间湍流而下，日子过得匆忙，来不及停下来仔细回想，但从认识义父至今已经过了二十多年了！

回想回国之时，义父还是豪气干云、身姿矫健的青年大侠。

可毕竟十几年过去了，虽然秦潇因为在秘境中的滞留显得年轻些，可他自己都已经三十多岁了。

那义父已经是将奔知天命的年纪，而这句感叹是否就是他现在内心的写照呢？

回想当时自己还不过是十来岁的少年，那一切都鲜活地历历在目。

可转眼间他已经过了而立之年，那自己经过的一切是值得还是不值呢？

就在他苦思答案时，李白安突然长叹一声对他说道："你去准备准备，为师带你去个早就该去的地方！"

秦潇收拾好东西后与李白安上路，二人直向东北，在丹东出海，来到了黄海中一片碧波轻漾的海域。

李白安立在船头道："这就是当年我们北洋水师覆没的地方，上万将士几十艘军舰，你和炯儿、婉毓的父亲就葬生在这下面！"

秦潇放眼望去，这海面是波澜不惊，周围一片静谧，哪里能想象得出这就是当年一场滔天血战发生的地方？

他看向深不见底的海水之中，想到父亲的音容样貌竟已在记忆中慢慢地模糊，不禁流下泪来。

"当时的一切还犹在我眼前！"李白安眼光出神道，"我就是从这里落海，幸得奇遇，才能苟活至今的！当时我一心想的是怎样杀敌报仇，怎样意气用事，可当时形势所迫，不得不带着你们远赴海外！待到终于能够回来时，或许是出于对李大人的感召，也或许是被孙文理想的激励，我一门心思扎进了为国为民寻找出路的事业里！虽然被你义母伤情耽搁，但之后的这些年我一直都在拼尽全力，用尽各种办法来想着推翻这个腐烂透顶的王朝，还百姓清平盛世！很多事看似我都做到了，该用的办法都用尽了，本想着就此能国泰民安了！谁承想……"说到这儿，他长吁一声摇摇头道，"谁想，竟然还出了个皇帝！"

秦潇见李白安感慨颇多，全不似以往的行多话少，也就不去插嘴。

李白安又叹道："其实现在我才想明白，清廷这艘巨船早在北洋水师覆灭的时候就已经沉了，只不过它太大，沉得有些慢，但总会沉到底的！可是如何能保证新的国家，能不载着个皇帝也慢慢地沉下去呢？本想着民国有制度，有宪法，还有孙文他们仁人志士的护航，这船不会成为皇帝私家的船，能让百姓都成为船上的乘客，而不是奴隶！没想到……我不知道以后还会不会再出皇帝，而且如何能让高高在上奴役百姓的皇帝消亡，如何能让鱼肉百姓的朝廷消亡，我不知道了！这许多年下来，为师觉能做的都做到了！我也觉得身心俱疲了！或许故人的一句话说得对！一代人只能做一代人的事，我们能留下的只是一些火苗和一些盼头罢了！但愿真的会有么一艘承载着希望和新生的大船，将百姓载到富足安康的彼岸吧！"

说罢他突然抽出了宝刀，看着锋锐无比的刀锋在阳光下射出耀眼的光芒，李白安再叹气道："其实这把刀，早就应该随着舰队一起沉到海里！我用它没劈过敌酋，没斩过皇帝！真不知道是它生不逢时，还是它注定要在这个时代没落！拿着它的人总想见证它的威力，可在这个枪炮横行的年代，就算在绝世高手手中，它又能改变多少，又能成就多少呢？"

秦潇听着义父的感慨，一时也是思绪万千，不知该如何应答。

可此时，忽然间李白安双手猛地一放，宝刀连同刀鞘都落入了海中。

秦潇大惊，忙扒住船舷查看，刀鞘还飘在水面上，可宝刀却在快速下沉，眼看着就要消失踪迹了。

他想跳水救刀，却听李白安道："算了！潇儿！"

"它本就该陪着那些兄弟们，为他们的英武做个见证！现在它终于找到了自己的归宿！"

秦潇对此刀也有很深的情感，他实在是惋惜不止，更不明白义父何以舍得就这样将宝器沉入深海。

但抬眼一见李白安那苍凉的眼神，决然的神情，却都明白了。

义父这是在和自己一生的壮志豪情永别，是在和过往的一切心血诀别！

他曾经说过，这把刀本来就不是属于他的，那现在既然宝刀已经无用，那让它下去陪伴死去的兄弟不是更好？

秦潇慢慢地站了起来，再看李白安孑立在船头眺望，眼中似乎泛起了点点的泪光。

再回到岸上，李白安辞别了徒儿，并把他们居住的岛屿坐标写给秦潇后，就隐然而去，就好像水滴落入大海，也像孤星湮入星河般再也看不到踪迹。

秦潇在岸上为亡父和将士们的英灵焚香化纸后，也怅然地回到了京城。

他先去辞了差事，交了公房，而后再次变得孑然一身。

这时他才恍然发现，这些年来他的薪水虽然不低，但大多都分给了穷苦百姓，他自己可以说是身无长物。

要不是有之前张聚霖的馈赠，他可能连名贵补品都买不起给沁然。

想到此，他又对沁然有了深深的愧疚，成婚后莫沁然跟着他，没享过福，但从没有一丝抱怨，相反还鼓励他到处施舍。

他甚至连无业游民明墉都不如，至少那位在京城还挣了一套自己的宅院。

念及此处，他就想身生双翅马上飞到莫沁然的身边，从此为她挣得幸福快乐。

当晚，他在天津踏上了开往巴黎的游轮，二十多年前，他也是在这里上的船，从此人生的轨迹全部改变。

他记得莫沁然在给他的信中提到，她在巴黎发现了一个进步组织，他们的革命理念或许能为中国带来翻天覆地的变化，或许能为百姓带来真正的曙光。

他知道沁然心中炙热的火焰是永不会熄灭的，一如她的性格如水中之火般。

在清晨的一轮朝阳下，秦潇想起了莫沁然在临行前赋的一首《定风波》，他情不自禁地望着喷薄的海上日出念了起来：

谁道少年醉蹉跎，破浪荡莽且当歌。
千渊万劫岂能阻，无惧，傲啸群魔百战坷。
十年斗转家国故，思惘，诡谋老怪难辨彻。
再到荼蘼云翻涌，谁改，赤子衷情贯山河！

跋

民国八年，五月的京城提前就热了起来，艳阳下，到处弥散着热潮将来的气息。

这种躁动混合着澎湃的气息，即将激荡全城甚至是全国。

西城一处四合院门一开，一个五六岁大的小女孩被个艳丽明媚的少妇拉着，蹦蹦跳跳地到了外面。

街市上早早就有摆摊的，这眼光灵动的孩子一眼就看中了个孙悟空糖人。

少妇架不住她央求买下了，口中还埋怨道："你这小家伙，就是不听话，你要少吃点儿糖！"

女孩舔着金箍棒的一端道："可爹爹说了，我吃什么都行！"

"别听他的，他整天不着家，一回来就知道教你跟我造反！"

"反正你长成个大胖妞，他又不管！"

女孩眼光闪烁道："妈妈，我为什么不能长胖呀？"

"周哥哥不是胖胖的吗？二师舅妈也不管他呀？"

"那是他不能练轻功，你不一样，妈妈还要教你轻功！你胖了，可怎么能飞起来呀？"

"噢！"女孩故意顽皮地拖长音道，"不过周哥哥说了不管怎么样，他都要娶我！"

"别听他胡说八道！想得倒美！"

"可他说二师舅可是上海的督军了！是最有权势的！"

"那我们也不稀罕！他再敢这么说，一嘴巴子抽他！"少妇话虽狠，但嘴角带着笑意。

"噢！"女孩还是俏皮地拉长音，"不过张哥哥就不一样了，对不对妈妈？"

"他说他爹爹已经是关外的大王了！他也抢着要娶我呢！"

"下回别理他！"少妇有些严厉道，"那小子一肚子花花肠子，都是大人了，还跟小孩儿胡说八道！"

"那我长大了嫁给谁呀？"

"谁叫你现在想这个的?！记住妈妈要教你功夫,让你成为一代女侠,就像妈妈年轻时一样!"少妇眼神中有些小兴奋。

"然后呢?就嫁给爹爹那样的人吗?"女孩歪着头,羊角辫儿冲了起来。

"然后,等你长大了,就能遇到一个真心对你的侠客!然后呢,你再想嫁不嫁的事情!"

"那以前你怎么没要教我功夫呢?"女孩奇怪道。

"那时妈妈以为你生活在一个不需要武功的时代,现在看起来,还是妈妈太一厢情愿了!"

少妇猛然醒悟对孩子说这种事为时尚早,转而正色道:"总之,别理会那些混小子!你就要好好做自己,让自己强大起来!"

女孩还小,怎么能理解妈妈这些话里的意思呢?

这时大街小巷上突然涌来了很多学生,他们打着标语,喊着口号,群情激奋地向着一个地方汇聚而去。

女孩眨眨眼,不解地问道:"妈妈,他们要干什么呀?"

"他们呀!"少妇对要发生的事有所耳闻,轻叹道,"他们要表达出为这个国家的呼声!"

女孩还是不懂,只是舔着糖人,那根焦黄的金箍棒都快被她舔干净了。

少妇看着这些少年,眼中不断地回放着自己年轻时的经历,那些个热血衷肠,那些个诡异惊心,还有那些个真情流露,她脸上不禁现出了甜蜜。

而这时,她突然看到了远处有一面面旗在挥舞着、飘扬着,她猛地感觉这情景很是熟悉,似乎就是在自己记忆的一个角落里。

这情景似曾相识,她却一时记不真切。

不过她还是看着那些少年的背影喃喃道:"希望你们的努力将换来一个新生的中国!一个黎民百姓真正不会受苦的国家!"

……

图书在版编目(CIP)数据

覆帝记. 暗涌狂澜 / 鲜于冶鈺著. —上海：上海社会科学院出版社，2020
 ISBN 978-7-5520-3025-9

Ⅰ.①覆… Ⅱ.①鲜… Ⅲ.①长篇小说-中国-当代 Ⅳ.①I247.5

中国版本图书馆 CIP 数据核字(2020)第 013883 号

覆帝记·暗涌狂澜

著　　者：	鲜于冶鈺
责任编辑：	王　勤
封面设计：	叶　茂
出版发行：	上海社会科学院出版社
	上海顺昌路 622 号　邮编 200025
	电话总机 021-63315947　销售热线 021-53063735
	http://www.sassp.cn　E-mail: sassp@sassp.cn
照　排：	王川
印　刷：	上海麝通时代印刷有限公司印刷
开　本：	890 毫米×1240 毫米　1/32
印　张：	13
字　数：	522 千字
版　次：	2020 年 5 月第 1 版　2020 年 5 月第 1 次印刷

ISBN 978-7-5520-3025-9/I·389　　　　　　　　　　定价：69.80 元

版权所有　翻印必究